Belva Plain

Wenn die Flammen verlöschen

Deutsch von Karin Dufner

Weltbild

Originaltitel: *After the Fire*
Originalverlag: Delacorte Press

Die Autorin

Belva Plain gehört seit mehr als 25 Jahren zu den erfolgreichsten Autorinnen der USA. Die studierte Historikerin hatte sich während ihrer »Familienphase« einen Namen als Autorin von Kurzgeschichten gemacht; zum Schreiben von Romanen fand sie erst später die Zeit. Ihre Bücher sind in 22 Sprachen übersetzt. Nach einer vierzigjährigen glücklichen Ehe verwitwet, lebt die Autorin heute in der Nähe ihrer Kinder und Enkel in New Jersey. Im Weltbild Buchverlag erschienen bereits ihre Romane *Ein bisschen Glück* und *Wo die Sterne leuchten* in deutscher Erstausgabe.

Weltbild Taschenbuch

Prolog

Das Haus, in dem sich die Frauengruppe mit dem Namen »Mütter ohne Sorgerecht« trifft: Ihr Blick schweift ängstlich durch den schäbigen, tristen Raum mit den grauen Vorhängen und der nach Wasser flehenden welken Amaryllis, als erhoffe sie sich von dieser Umgebung die Antwort. Quälende Sorge liegt schwer in der Luft.

Die verzweifelte und mittellose Einwanderin, deren Mann die beiden Töchter nach Indien entführt hat, sitzt mit vors Gesicht geschlagenen Händen da, denn ihr fehlen Wissen und Geld, um sich gegen ihn zu wehren. Die elegante Frau mit dem korallenroten Schal und den hübschen Ohrringen hat ihren zwölfjährigen Sohn an die Verlockungen einer Villa am See verloren, die sein Vater besitzt. Die trockene Alkoholikerin wünscht sich vergeblich eine zweite Chance.

Trotz ihrer Anteilnahme für ihre Leidensgenossinnen merkt sie, dass einem Menschen nichts so nah ist wie das eigene Schicksal. Sie hält es keine Minute länger mehr aus. Leise steht sie auf und tritt hinaus in den schwülen Sommernachmittag.

Von der Hügelkuppe, wo ihr Auto steht, blickt sie hinunter auf die Dächer der Häuser und fragt sich, welche Willkür und welche Grausamkeiten sich wohl im Schutz dieser vier Wände zutragen mögen. Wie seltsam – oder vielleicht auch nicht –, dass sie vor gar nicht so langer Zeit an einem Fenster in Paris gestanden und genau dasselbe gedacht hatte.

»Ich denke trotzdem, dass du aus einer Mücke einen Elefanten machst.«

»Jim, ich spreche von Demütigung und einem gebrochenen Herzen. Er passt einfach nicht zu ihr. Daraus kann nichts werden!«

Hyacinth klopfte das Herz bis zum Halse.

Er passt nicht zu mir? Was wisst ihr denn schon von ihm oder von mir? Ihr habt doch keine Ahnung von meinem Leben.

»Sie ist so ein herzensguter Mensch, Jim.«

»Ja, ja, das ist sie.«

Hyacinth sah ihre Gesichter so deutlich vor sich, als hätte sie bei ihnen auf der Veranda gesessen. Die hellen Augen ihres Vaters, die den ihren so ähnelten, blickten nachdenklich in die Ferne. Die strahlend blauen Augen ihrer Mutter huschten hin und her, während dazwischen zwei senkrechte Falten standen, so wie immer, wenn Francine aufgebracht war oder heftig wurde.

»Ich verstehe dich nicht, Francine. Der junge Mann ist nett, gut erzogen, klug, studiert Medizin und ist Mitglied einer ärztlichen Standesvereinigung. Also eine gute Partie, wenn du mich fragst. Außerdem finde ich ihn recht sympathisch.«

»Ja, sympathisch mag er sein. Aber ich sage dir noch einmal, dass er zu gerissen für sie ist. Sie ist doch so ein Unschuldslamm. Was weiß sie schon von der Welt oder von den Menschen? Bis jetzt ist sie nur mit Studenten und ein paar Künstlern ausgegangen, die sie in ihrem Beruf kennengelernt hat. Ihr mangelt es an Erfahrung. Dieses Jahr hat sie praktisch nur mit Gerald verbracht.«

Das beste Jahr meines Lebens. Das Jahr, das alles verändert hat.

»Sie ist eben eine typische Künstlerin. Ein Bücherwurm und eine Eigenbrötlerin. Das war sie schon immer.«

»Das gilt für viele Menschen, und nicht wenige von ihnen sind sehr bemerkenswerte Leute.«

»Stimmt, und ihnen wird auch am häufigsten wehgetan.« – »Nun, wenn du es so siehst, solltest du vielleicht mal mit ihr reden.«

»Mit ihr reden? So reizend sie ist, so stur kann sie auch sein. Wie ein Esel, das weißt du genau. Oder muss ich es dir Schwarz auf Weiß geben? Wie lange flehen wir sie schon an, mit dem Rauchen aufzuhören? Ohne Erfolg. Und dabei passt es so gar nicht zu ihr, mit einer Zigarette in der Hand herumzulaufen.«

Sollte sie nach unten stürmen und ihre Eltern zornig zur Rede stellen? Doch sie blieb, unfähig, sich zu rühren, sitzen und lauschte weiter.

»Du regst dich viel zu sehr auf«, sagte ihr Dad leise.

»Was soll ich tun? Etwa tatenlos zusehen, wie ein Mann mein Kind ausnützt?«

»Was meinst du mit ausnützen? Sex?«

»Wer weiß? Außerdem gibt es da noch ein paar andere Dinge.«

»Und die wären?«, beharrte Dad.

»Schau dich doch nur um. Das ist ein wunderschönes Haus und auch recht gemütlich. Das ist ihm bei seinen wenigen Besuchen gleich aufgefallen. Ich habe es ihm angemerkt.«

»Tja, wärst du an seiner Stelle nicht neugierig gewesen? Das ist nur natürlich. Immerhin kommt er aus einfachen Verhältnissen und ist bis über beide Ohren verschuldet. Normalerweise bist du nicht so kritisch und zynisch.« Dad seufzte leise auf. Er hasste Streit.

»Ich bin nicht zynisch, sondern realistisch.«

»Wir wollen reingehen. Hier sind so viele Mücken.«

Aber Francine war noch nicht fertig.

»Lass dich von Hys Intelligenz, ihrem Tatendrang und ihrem Ehrgeiz nicht täuschen. Im Grunde ihres Herzens ist sie ein Bücherwurm und mit neuem Lesestoff oder einer CD zufrieden. Sie stellt keine hohen Ansprüche und ist ein bescheidener Mensch. Ganz im Gegenteil zu diesem Kerl. Sie haben nicht einmal denselben Geschmack.«

Dad lachte auf.

»Wie gut hast du dich mit Chemie ausgekannt, als wir geheiratet haben?«

»Das war etwas anderes, denn schließlich warst du zuverlässig und eine ehrliche Haut. Und das bist du noch heute«, erwiderte Francine liebevoll und lächelte wehmütig. »Hyacinth ist so empfindsam wie du, Jim. Ganz anders als ich.«

»Nun, bis jetzt waren wir beide doch ein gutes Team, oder? Komm mit herein. Du veranstaltest nur viel Lärm um Nichts. Glaube mir. Wenn es zwischen den beiden wirklich so ernst ist, wie du meinst, könnten wir sowieso nichts dagegen tun.«

Unten fiel die Fliegengittertür zu. Der Himmel verdunkelte sich rasch. Hyacinth saß zitternd in der Finsternis und fühlte sich, als habe man sie erniedrigt und ihre Gefühle mit Füßen getreten.

Wie konnten ihre Eltern so schreckliche Dinge über Gerald sagen! Und dabei war er doch so sanft, so rücksichtsvoll und so anständig. Vor allem das letzte Wort fasste all seine guten Eigenschaften zusammen: anständig. Außerdem arbeitete er schrecklich hart. Obwohl ihm im Leben nichts geschenkt worden war, beklagte er sich nie, sondern erfreute sich an kleinen Dingen wie einem Buch als Geburtstagsgeschenk oder einem Abendessen in ihrem Elternhaus.

Ich sollte jetzt sofort runtergehen und ihn in Schutz nehmen, dachte sie wütend. Worauf warte ich noch?

Aber ihre Beine waren wie Gelee. All die Kraft, die sie noch vor einer Stunde beseelt hatte, war wie weggeblasen, so, als hätte jemand Wasser aus einem Becken abgelassen.

Da es keinen Sinn hatte, heute Abend weiterzuarbeiten, zündete Hy sich eine Zigarette an, räumte den Schreibtisch auf und verstaute Zeichenkohle und Skizzenbuch. Nach einer Weile zog sie sich aus und legte sich aufs Bett.

Plötzlich wurde sie von Furcht ergriffen. Oh, mein Gott, was war, wenn etwas geschah? Würde etwas passieren? Wenn Gerald jetzt dagewesen wäre, er hätte sie in den Arm nehmen und trösten können. Aber so lag sie da, während die Gedanken in ihrem Kopf kreisten.

Wie gut erinnerte sie sich an ihre erste Begegnung, den Ort, die Uhrzeit, die ersten Worte und sogar daran, was sie angehabt hatte – einen Regenmantel, denn das schlechte Wetter hatte den Museumsparkplatz in eine Schlammwüste verwandelt. Gerade fuhr sie den Hügel hinunter und an der Universität vorbei, als sie im Rückspiegel einen jungen Mann vor dem Gebäude der medizinischen Fakultät stehen sah. Ohne Mantel oder Schirm, schutzlos dem Wolkenbruch ausgesetzt, hielt er eine Plastiktüte mit Büchern vor die Brust gedrückt. Er war klatschnass.

Hyacinth legte den Rückwärtsgang ein.

»Kann ich dich irgendwohin mitnehmen?«

»Ich warte auf den Bus. Er fährt einmal stündlich. Offenbar habe ich ihn gerade verpasst.«

»Stimmt. Es ist zehn nach. Ich bringe dich hin, wohin du willst. Steig ein.«

»Danke, aber ich muss in die andere Richtung.«

»Egal. Du kannst doch nicht weiter im Regen herumstehen. Bei so einem Wetter schickt man keinen Hund vor die Tür.«

»Dann sage ich nicht nein. Könntest du mich an der nächsten Bushaltestelle absetzen? Das wäre nett.«

»Du brauchst nicht auf den Bus zu warten«, meinte Hy, als sie sich dem Buswartehäuschen näherten. »Wo wohnst du denn? Ich fahre dich nach Hause.«

»Aber nein! Ich wohne in Linden. Lass mich einfach hier aussteigen.«

Hyacinth war noch nie jemandem begegnet, der in Linden wohnte, einer von einer Eisenbahnbrücke und viel LKW-Verkehr geprägten Industriestadt, an der man möglichst schnell vorbeifuhr, ohne sie eines Blickes zu würdigen. Außerdem waren es bis dorthin gut fünfzehn Kilometer.

Er hatte die Bücher immer noch auf rührende Weise an die Brust gedrückt. Bis zu diesem Augenblick hatte Hyacinth wegen des zerzausten nassen Haars und des hochgeklappten durchweichten Kragens sein Gesicht kaum sehen können. Nun warf sie einen Blick darauf: Es sah sympathisch und offen aus.

»Wir fahren nach Linden«, verkündete sie.

»Nein, dass kann ich nicht von dir verlangen«, protestierte er.

»Wie willst du mich daran hindern, ohne aus dem Auto zu springen?«

»Also gut.« Er lächelte. »Ich heiße übrigens Gerald. Und du?«

»Hyacinth. Ein scheußlicher Name.«

Wieso hatte sie das gesagt? Dass sie sich ständig für ihren albernen Namen entschuldigte, war eine schlechte Angewohnheit, die sie dringend ablegen musste.

»Warum? Ich finde, es ist ein sanfter Name, der zu deinem Gesicht passt.«

Sanft. Eine seltsame Feststellung.

Wie sie so dalag und sich mit pochendem Schädel an diese Szene erinnerte, war ihr ganz und gar nicht sanft zumute.

»Mein Auto hat den Geist aufgegeben. Es ist schon dreizehn Jahre alt«, hatte er erklärt. »Hoffentlich liegt es nur an der Batterie.«

»Hoffentlich.«

Verlegenes Schweigen entstand. Offenbar empfand Gerald es als ebenso unangenehm, denn er brach es.

»Ich studiere im vierten Jahr Medizin und bin im nächsten Mai fertig. Studierst du auch?«

»Ich habe im letzten Mai meinen Abschluss gemacht und arbeite.«

»Schon mitten drin im Ernst des Lebens. Mir stehen weitere drei Jahre bevor. Vielleicht sogar vier, wenn ich nach dem Praxissemester noch eine Facharztausbildung dranhänge.«

»Du klingst, als täte dir das leid.«

»Eigentlich nicht. Mir gefällt das Studium. Das Problem ist nur, dass ich rasch Geld verdienen und auf eigenen Füßen stehen will. Und was machst du beruflich?«

»Ich habe Kunstgeschichte studiert. Im Moment absolviere ich ein Praktikum im Museum und restauriere alte oder beschädigte Kunstwerke. Außerdem male ich und habe zu Hause ein Atelier.«

»Ich hätte nie gedacht, dass man mit dem Restaurieren beschädigter Kunstwerke seine Brötchen verdienen kann.«

»Es ist mehr als nur ein Broterwerb und erfordert viel Fachkenntnis.«

Warum hatte sie das bloß gesagt? Es hörte sich arrogant an, obwohl sie es gar nicht so gemeint hatte.

»Man schickt uns Gemälde und Skulpturen aus dem ganzen Land«, fügte sie erklärend hinzu, um ihren Worten die Schärfe zu nehmen. »Gegenstände, die entweder schlecht oder gar nicht restauriert worden sind. Momentan entferne ich gerade den vergilbten Firnis von einem Ölbild aus dem Jahr 1870.«

»Muss interessant sein.«

»Ja, das ist es. Mir macht es großen Spaß, auch wenn ich noch viel lernen muss. Risse zu reparieren ist ein ziemlicher Eiertanz.«

»Offenbar so ähnlich wie beim Operieren. Ich will nämlich einmal Chirurg werden.«

Gespräche hatten die seltsame Eigenschaft zu erlahmen, sofern man den Ball nicht umgehend zurückwarf. Wenn man nicht für unhöflich gehalten werden wollte, musste man sich rasch eine Antwort einfallen lassen. Obwohl es Hyacinth eigentlich hätte gleichgültig sein können, was dieser Fremde von ihr dachte, sprach sie deshalb weiter.

»Es ist eine schöne Uni und außerdem angeblich eine der besten im Land.«

»Stimmt, und ich bin auch dankbar, sie besuchen zu können. Aber wenn ich irgendwo anders einen so günstigen Studentenkredit bekommen hätte, wäre ich auch an die Westküste oder in den Süden gezogen.«

»Ich wäre auch gern weggegangen. Aber das haben meine drei älteren Brüder bereits getan, und meine Eltern haben sich so gewünscht, dass wenigstens ich zu Hause bleibe.«

Wieder entstand Schweigen, das Gerald jedoch nach wenigen Minuten wieder brach.

»Ein tolles Auto.«

»Vermutlich die Belohnung dafür, dass ich nicht weggezogen bin.«

Ja, ihr kleiner roter Flitzer, ihr funkelnagelneues Spielzeug, war tatsächlich eine Belohnung gewesen. Ebenso wie der Malkurs letzten Sommer in Italien. Hyacinth verkniff sich gerade noch rechtzeitig, das zu erwähnen. Mit einem Menschen, der auf Kredit studierte, plauderte man nicht über Europareisen.

»Anscheinend wollen sie diese alte Industriestadt in ein echtes Kulturzentrum verwandeln«, meinte er. »Wie ich gehört habe, soll das Museum berühmt sein.«

»Stimmt. Warst du schon einmal dort?«

»Nein. Von Kunst habe ich keinen Schimmer.«

»Du solltest es dir einmal anschauen. Es ist wirklich wunderbar.«

»Vielleicht mache ich das.«

Die Scheibenwischer konnten dem Wolkenbruch kaum standhalten.

Der Wagen rumpelte durch Schlaglöcher, sodass das Wasser in alle Richtungen spritzte und Hyacinth Mühe hatte, nicht von der Fahrbahn abzukommen. Das Gespräch geriet ins Stocken, bis sie die Abzweigung nach Linden erreichte und Gerald nach dem Weg fragen musste.

»Ich wohne in der Smith Street. Mitten in der Stadt. Ich zeige es dir.«

Als er ausstieg und sich bedankte, bemerkte sie zum ersten Mal, wie hochgewachsen er war. Außerdem hatte er schimmerndes schwarzes Haar, lebhafte Augen und ein markantes, oval geschnittenes Gesicht. Er gehörte zu den Menschen, nach denen sich die Passanten – männlich oder weiblich – auf der Straße umdrehten.

»Ich kann dir gar nicht genug danken«, sagte er ernst.

»Das war doch keine große Sache.«

»Doch, war es.«

Hyacinth fuhr die von schäbigen Ladengeschäften und heruntergekommenen klassischen Stadtvillen gesäumte Straße entlang. In den unteren Etagen wurden Schuhe repariert, Zeitschriften und Fleischwaren verkauft und Haare geschnitten. Ein Stockwerk darüber führten Feuerleitern zu schmutzigen Fenstern mit schlaffen Gardinen. Hyacinth empfand diesen Anblick im inzwischen nachlassenden Regen als merkwürdig ernüchternd.

Gerald. Er hatte ihr nicht einmal seinen Familiennamen verraten. Bis heute wurde Hyacinth vor Scham ganz heiß, wenn sie sich an den albernen Gedanken erinnerte, der ihr damals durch den Kopf geschossen war: Er ist ein Mann, den ich lieben könnte. Und dazu waren nur zwanzig Minuten nötig gewesen.

»Man weiß nie, was der nächste Tag bringt«, lautete das Motto ihrer Großmutter, ohnehin eine Freundin von Sprichwörtern. »Und wenn der Richtige kommt, wirst du es schon merken.«

Vielleicht hatte ihre Großmutter gar nicht so unrecht gehabt. Denn als Hy zwei Tage nach dem Unwetter an ihrem Arbeitsplatz saß, bemerkte sie plötzlich, wie die Köpfe ihrer Kollegen sich zur Tür wandten. Sie drehte sich um und stellte fest, dass Gerald in den Raum spähte.

»Darf ich hereinkommen?«, flüsterte er.

Während sie ungläubig errötete und nicht wusste, was sie sagen sollte, trat er bereits ein.

»Ich habe auf deinen Rat gehört und mir das Museum angesehen«, verkündete er.

»Wir … wir haben zu arbeiten«, stammelte sie verlegen, weil sie befürchtete, dass ihre Kollegen sich gestört fühlen könnten.

Sie polierte gerade einen antiken Buddha aus Bronze mit einem Olivenkern. Wie gut erinnerte sie sich noch an die Situation – den großen luftigen Raum, das von Norden hereinfallende Licht, ihre zitternden Hände an der wertvollen Statue und Geralds Blick, der auf ihr ruhte.

»Schon verstanden. Ich warte draußen auf dich. Ich wollte dich nur wiedersehen«, antwortete er.

Alles stand ihr noch so lebhaft vor Augen … Inzwischen ein wenig ruhiger und befreit von ihrer Wut, blickte sie zur dunklen Zimmerdecke hinauf und lächelte.

2

Am nächsten Morgen jedoch kehrte ihr Zorn zurück.

Er ist zu gerissen für Hy. Er wird ihr das Herz brechen. Er ist ein Schürzenjäger.

Sie bürstete sich so heftig das Haar, dass ihre Kopfhaut schmerzte.

Mein Herz brechen? Nein, du bist es, die das tut, Francine.

»Warum nennst du deine Mutter beim Vornamen?«, hatte Gerald gefragt.

»Weil Francine das so möchte«, antwortete sie.

Eigentlich hieß sie Frances, hatte aber vor vier oder mehr Generationen französische Vorfahren gehabt. Obwohl sie die wunderschöne Sprache nicht beherrschte, wollte sie gern wie eine Französin wirken. Vermutlich fand sie, dass das am besten zu ihrem guten Aussehen passte.

Hys Empörung steigerte sich, und all die kleinen Ärgernisse und schweigend hingenommenen Nichtigkeiten, wie sie zwischen Menschen, die unter einem Dach leben, naturgemäß vorkommen, fielen ihr nun wieder ein.

»Nur weil du früher Kandidatin in einem Schönheitswettbewerb warst, hast du von deiner Tochter verlangt, es genauso weit oder noch weiter zu bringen«, sagte sie laut. »Ja, ich verstehe genau, dass ich eine Enttäuschung für dich war. Ich bin zu groß, zu knochig, zu linkisch und zu mager. Ich ziehe am Samstagabend nicht durch die In-Lokale wie du in meinem Alter. Auch sportlich war ich nie und habe es, anders als du, nie zur Anführerin der Schwimmmannschaft gebracht oder mich für die Hallenmeisterschaft im Basketball qualifiziert. Meine Bilder interessieren dich eigentlich nicht. Das hast du zwar nie ausgesprochen, aber ich weiß, was du denkst. Ja, du liebst mich. Daran besteht kein Zweifel. Und du warst immer eine gute Mutter. Aber du bist trotzdem von mir enttäuscht. Nur du allein. Nicht Dad oder meine Vorgesetzten im Museum. Und ganz sicher nicht Gerald.«

Es war still im Haus. Plötzlich wollte Hyacinth nichts wie weg, bevor die anderen aufwachten, denn nach dem Vorfall von gestern Abend war es ihr einfach unmöglich, gute Miene zum bösen Spiel zu machen. Also zog sie sich rasch an und schlich auf Strümpfen die Treppe hinunter.

An den Wänden hingen dicht an dicht Familienfotos. Obwohl Hy sie schon tausendmal gesehen hatte, musste sie heute trotz ihrer Eile stehen bleiben, um die dort abgebildeten Menschen zu betrachten. Hier war ein Herr mit hohem gestärktem Kragen aus dem neunzehnten Jahrhundert. Dort ein Mädchen aus den Zwanzigern, das einen Glockenhut trug. Wer verbarg sich wirklich hinter dem freundlichen angedeuteten Lächeln dieser Leute? Ähnelte sie ihnen tatsächlich? Da waren auch ihre älteren Brüder: George, ganz in Weiß und wie immer mit einem Tennisschläger in der Hand. Die anderen beiden bei ihren Hochzeiten, ihre in Spitze gehüllten, wohlanständigen Bräute am Arm. George, Paul und Thomas waren attraktive männliche Ebenbilder ihrer Mutter. Und völlig anders als Hyacinth.

»Ihnen habt ihr vernünftige Namen gegeben«, hatte sie sich oft beschwert. »Und ich muss Hyacinth heißen. So ein dämlicher Name. Was habt ihr euch bloß dabei gedacht?«

»An diesen langweiligen Namen führte kein Weg vorbei«, erklärte Francine dann stets mit – zugegebenermaßen – bewundernswerter Geduld. »Sie sind nach zwei Großvätern und einem Onkel benannt, der im Krieg gefallen ist. Als du auf die Welt kamst, wollte ich der einzigen Tochter, die ich je haben würde, deshalb einen schönen Namen geben. Den Namen einer Frühlingsblume.«

Für eine eigentlich intelligente Frau konnte Francine manchmal recht albern daherreden, und sie war in vielerlei

Hinsicht ziemlich überspannt. So etwas über die eigene Mutter sagen zu müssen, war – gelinde ausgedrückt – beunruhigend. So, als hätte man ein scharfkantiges Steinchen im Schuh. Doch wenn aus Überspanntheit, so wie gestern Abend, Grausamkeit wurde, konnte man nicht mehr von einem Steinchen reden.

Hyacinth setzte sich ins Auto, fuhr bis zur Weggabelung und blieb dort stehen. Wohin jetzt? Heute war Samstag, und Gerald wollte am Wochenende für eine Prüfung am Montag büffeln. Die Restaurierungsabteilung des Museums war offiziell geschlossen und nur wichtigen freien Mitarbeitern zugänglich.

Also kam nur Großmutter infrage.

Oma konnte man immer das Herz ausschütten, denn sie war so tröstend und aufmunternd wie heißer Haferbrei an einem kalten Montagmorgen. Selbst ihr Haus in einer idyllischen Straße mitten in der Altstadt wirkte mit der ringsherum verlaufenden Veranda, den Holzschnitzereien und den der Jahreszeit entsprechenden Blumen – Tulpen, Stockrosen und Astern – am Gartenzaun, als hieße es den Besucher mit offenen Armen willkommen. In diesem Haus wohnte Großmutter. Dort hatte sie ihr Eheleben verbracht. Und dort würde sie vermutlich auch sterben, was jedoch sicher noch eine Weile dauern würde. Sie war eine starke, in sich ruhende Frau, für die es niemals in Frage gekommen wäre, nach Beliebtheit zu streben oder sich Gedanken über die Meinung anderer Leute zu machen. Es war ein offenes – wenn auch nie ausgesprochenes – Geheimnis, dass Francine und Oma nicht viel füreinander übrighatten.

Als sich die Eingangstür öffnete, wehte der Duft von Zucker und Zimt durch den Flur. Hy schnupperte.

»Bäckst du schon?« Es war kurz nach acht.

»Apfelkuchen«, erwiderte Großmutter. »Für das Ehepaar am Ende der Straße, das ans Haus gefesselt ist. Ich bringe ihnen am Wochenende öfter etwas. Komm doch rein. Oder möchtest du auf der Veranda sitzen? Es ist warm genug draußen.«

»Gerne.«

»Dann hole ich rasch mein Nähzeug. Ich nähe gerade eine Steppdecke für das neue Baby deines Bruders, Vierecke und Kreise in Rosa, Blau und Gelb, weil wir nicht wissen, ob es ein Junge oder ein Mädchen wird.«

Müßiggang schien für Großmutter ein Fremdwort zu sein, auch wenn nicht feststand, ob ihre ständige Betriebsamkeit aus puritanischer Arbeitsethik oder innerer Unruhe entstand. Während ihre Großmutter sich mit ihrem Nähzeug niederließ, hatte Hyacinth den Eindruck, dass sie selbst heute Morgen auch ziemlich unruhig war.

»Ich hätte nie gedacht, dass ich lange genug lebe, um Sachen für meine Urenkel zu nähen. Gefällt es dir? Ich will deine ehrliche Meinung hören.«

Hy betrachtete die Decke.

»Nicht so viel Rosa. Meiner Ansicht nach sollte man mit Rosa nur Akzente setzen.«

Oma neigte den Kopf zur Seite und überlegte.

»Ich glaube, du hast recht. Du hattest schon immer ein gutes Auge für Farben. Vielleicht solltest du auch etwas für das neue Baby machen, ein Erbstück von Tante Hyacinth. Ich hoffe, du hast noch nicht vergessen, wie man eine Decke häkelt.«

»Es ist zwar schon lange her, aber ich kann es noch, glaube ich jedenfalls.«

»Natürlich. Du hast ja auch geschickte Hände, Hy. Als ich es deiner Mutter beibringen wollte, hat sie dankend abgewinkt.«

Nein, es schien unvorstellbar, dass Francine stundenlang über einer Handarbeit saß oder gar in der Küche hantierte. Sie war am liebsten unterwegs, engagierte sich, meist als Vorsitzende, für wohltätige Zwecke oder nahm, sehr oft siegreich, an Tennis- und Golfturnieren teil. Francine musste gewinnen und organisieren und ließ die Mitmenschen nach ihrer Pfeife tanzen.

»Wie läuft es denn in der Arbeit?«, fragte Großmutter lächelnd.

»Dein Vater sagt, eure Restaurierungsabteilung gehöre zu den besten des ganzen Landes.«

»Stimmt, aber ich bin ja nur Anfängerin. Bevor man an ein Gemälde im Wert von mehreren Millionen Dollar herandarf, muss man jahrelang lernen.«

»Eines Tages wirst du dir mit deinen Bildern einen Namen machen. Die Studie von deinem Dad beim Nickerchen ist wirklich ausgezeichnet.«

Hy freute sich über das Lob. Jeder, der das Bild kannte, fand, dass es ein wundervolles und einfühlsam ausgeführtes Porträt war.

Doch ihre Großmutter musterte sie eindringlich, und nachdem sie eine Weile über Belanglosigkeiten geredet hatten, fiel sie ihr ins Wort.

»Aus welchem Grund bist du so früh hier? Sicher hast du etwas Wichtiges auf dem Herzen.«

Obwohl Hy eigentlich gekommen war, um sich alles von der Seele zu reden, bereute sie nun ihren Entschluss. Die Sache schien ihr auf einmal schrecklich abgedroschen: Mutter und Tochter stritten sich wegen des zukünftigen Schwiegersohns! Doch dann richtete sie sich auf und erzählte ihre Geschichte.

»Tut mir leid«, meinte sie abschließend. »Ich kann nicht von dir erwarten, dass du Partei ergreifst, und sollte dich nicht mit hineinziehen. Es wäre besser gewesen, es für mich zu behalten.«

»Nicht, wenn du dich jetzt besser fühlst. Ich bin immer für dich da, Hy, das weißt du. Allerdings kann ich dir nur eines raten: Häng das, was du mitgehört hast, nicht an die große Glocke, denn außer weiteren verletzten Gefühlen wird nichts dabei herauskommen. Tu so, als wäre nichts geschehen, und lass die Sache auf sich beruhen. Hat er dir denn einen Heiratsantrag gemacht?«

»Noch nicht, aber das wird er bestimmt.«

»Und bist du sicher, dass du annehmen solltest?«

»Natürlich bin ich sicher. Ich liebe ihn.«

»Du weißt, dass deine Mutter eine kluge Frau ist.«

Diese Bemerkung, ausgerechnet von ihrer Großmutter, erstaunte Hyacinth ziemlich.

»Sie und ich sind, wie dir vermutlich schon aufgefallen ist, nicht immer derselben Meinung.« Ein spöttisches Schmunzeln. »Aber du solltest ihre Bedenken trotzdem nicht in den Wind schlagen. Ich kenne deinen jungen Mann zwar nicht, weiß aber, dass die Ehe kein Zuckerschlecken, sondern eine Entscheidung ist, die man sich gründlich überlegen sollte.«

Zum ersten Mal im Leben machte Hy die Erfahrung, dass ihre Großmutter sie weder tröstete noch ihr zustimmte oder ihre Empörung teilte.

»Jetzt bist du sicher böse auf mich, Hyacinth. Du hattest mit einer anderen Antwort gerechnet.«

»Nun ja, ich glaube schon.«

»Kopf hoch. Davon geht die Welt nicht unter. Und morgen ist auch noch ein Tag.«

Die sonst so amüsanten altmodischen Sprichwörter konnten Hy diesmal nicht aufheitern.

»Nimm einen Kuchen mit nach Hause. Ich habe drei Stück gebacken.«

»Wir sind alle auf Diät«, erwiderte Hy abweisend.

»So ein Tamtam wegen ein paar Kilos. Du bist doch sowieso dünn wie eine Bohnenstange. Gibt es bei deiner Mutter je etwas anderes als Salat? Kochst du denn gar nicht? Das solltest du aber, schließlich habe ich es dir beigebracht. Nimm den Apfelkuchen mit. Und vom Hühnerschmortopf. Ich habe noch mehr davon in der Gefriertruhe.«

Hyacinth widersprach nicht, denn es war einfacher, die Speisen anzunehmen, die ihr ohnehin in die Hand gedrückt werden würden. Deshalb bedankte sie sich, stieg ins Auto und fuhr langsam die Straße hinunter, ohne zu wissen, wo sie nun hinwollte.

Sie fühlte sich aufgewühlt, einsam und verloren und hatte weder Lust, nach Hause zu fahren, noch Freunde zu besuchen. Also parkte sie den Wagen vor der Bibliothek, einem ausgezeichneten Ort, um sich für den restlichen Tag zu verkriechen.

Als Hyacinth nach Hause kam, stand Francines Wagen zu ihrer, wenn auch nur vorübergehenden, Erleichterung nicht in der Garage. Dad war vermutlich im Garten und setzte Blumenzwiebeln, ebenfalls ein Glück, da sie sich nicht in der Stimmung fühlte, mit jemandem zu sprechen.

Oben in dem Zimmer, das früher George gehört hatte und ihr nun als Atelier diente, schloss sie die Tür und betrachtete ihre Arbeiten. Eine Weile stand sie da und versuchte, sie mit neutralem Blick zu sehen und die Proportionen, die Perspektive, die Schattierungen und die Pinselführung zu begutachten. Alle Lehrer hatten ihre Schneeszenen gelobt. Und als sie sie nun musterte, glaubte sie, die Atmosphäre und die träumerische Stille fallender Flocken wirklich eingefangen zu haben. Wieder ließ sie den Blick über die Porträtstudie von ihrem Vater gleiten. Es stimmte. Ihr kam es vor, als hätte sie seine wahre Persönlichkeit auf die Leinwand gebannt.

Seit ihn der Stellenabbau in der Chemiefabrik in den vorzeitigen Ruhestand gezwungen hatte, schien er gealtert und stiller geworden. Ein zurückhaltender Mensch war er schon immer gewesen, doch nun wirkten seine Lider schwer, selbst wenn er aufgeräumter Stimmung war. Ja, sie fand, dass sie ihn wirklich gut getroffen hatte. Das Bild musste unbedingt gerahmt werden.

Und da fiel es ihr plötzlich wie Schuppen von den Augen: Ihre Bilder waren gut! Ganz gleich, was sonst geschah, ihre Arbeiten würden ihr Kraft geben und es ihr ermöglichen, sich frei in der Welt zu bewegen. Es kam ihr albern vor, dass sie sich das Selbstvertrauen und die Zuversicht rauben ließ. Warum nur hatte sie den ganzen Tag mit Grübeleien vergeudet?

Von unten aus dem Garten drang das Surren des alten Handrasenmähers hinauf, mit dem Dad die Rasenkanten säuberte.

»Hey, Dad, ich bin zu Hause!«, rief sie ihm zu.

»Ich dachte, ich hätte das Garagentor gehört. Deine Mutter ist unterwegs. Wo warst du denn den ganzen Tag?«

»Da und dort. Außerdem habe ich Oma besucht, und die hat mir wie immer etwas Essbares mitgegeben. Das Hühnergericht mit Shrimps, das du so magst. Ich mache uns einen Salat dazu.«

»Ach, das brauchst du nicht. Du arbeitest die Woche über so viel. Gönn dir einen freien Tag.«

»Salatmachen ist doch keine Arbeit.«

»Gut. Dann decke ich den Tisch auf der Veranda. Wir schaffen es noch, zu essen, bevor es dunkel wird.«

Er liebte diese häuslichen Momente mit seiner Tochter, die spürte, dass ihm das Zusammenschrumpfen seiner Familie – George arbeitete bei einer Bank in Singapur, seine Brüder waren verheiratet und betrieben gemeinsam eine Firma an der Westküste – mehr zu schaffen machte, als er sich selbst eingestand.

Nachdem sie den üblichen Haufen Grünzeug, diesmal garniert mit Erdbeerstückchen und gehackten Walnüssen, zusammengestellt hatte, richtete sie ihn in der hübschen Porzellanschale an, die sonst – nur zu Dekorationszwecken – in der Esszimmervitrine stand. Beim Anblick der Schüssel zog Dad fragend die Augenbrauen hoch.

»Du benützt sie?«

»Warum nicht.«

»Nun, es ist eine wertvolle Antiquität.«

»Um so mehr ein Grund, dass wir uns daran erfreuen sollten. Ich finde, man muss sich jeden Tag etwas gönnen, nicht nur, wenn man Besuch hat. Findest du dieses traumhafte Blau nicht auch wunderschön?«

Dad schwieg eine Weile.

»Der Mann, der dich einmal abkriegt, ist ein großer Glückspilz, wer immer es auch sein mag«, meinte er schließlich. »Klug, erfolgreich, unabhängig und trotzdem so häuslich, dass man gerne nach Hause kommt.«

Hyacinth wusste nicht, was sie sagen sollte. Hatte sie auf Großmutters Rat hin nicht beschlossen, das Thema nicht anzuschneiden? Doch sie war machtlos dagegen, dass die Worte aus ihr herausströmten.

»Wer immer es auch sein mag? Ihr wisst genau, wer es ist, oder? Ich habe euch beide gestern Abend gehört, Dad. Oder, besser gesagt, Francine. Ich wollte nicht lauschen, aber ich konnte nicht anders.«

»Es tut mir furchtbar leid.« Dad seufzte. »Wie du sicher bemerkt hast, teile ich ihre Ansicht nicht.«

»Hoffentlich. Sie hat schreckliche Dinge gesagt.«

»Du darfst sie nicht so einfach abtun. Die Meinung deiner Mutter ist es wert, dass du sie dir zu Herzen nimmst, auch wenn sie dir nicht gefällt. Schließlich liebt sie dich und will nur dein Bestes. Aber das brauche ich ja nicht eigens zu betonen.«

»Es war grausam und gemein von ihr, ihm zu unterstellen, er sei nur auf mein Geld aus und außerdem ein Schürzenjäger. Sie kennt Gerald doch gar nicht. Und sie war so heftig. Dieses Wort hast du selbst benutzt.«

»Richtig. Aber du musst verstehen, dass sie nur ihre Befürchtungen äußern wollte. Sie denkt, du könntest einen Fehler machen. Sie ist eben eine Mutter, die ihr Kind vor Unheil bewahren will.«

»Kind? Ich? Immerhin bin ich einundzwanzig und habe einen tollen Beruf, der mich irgendwann auch ernähren wird.«

»Stimmt. Allerdings hast du nicht erwähnt, dass du recht

stur sein kannst, Hyacinth.« Dad lächelte ein wenig wehmütig.

»Wenn man weiß, dass man recht hat, muss man eben stur bleiben. Ich möchte Gerald nur in Schutz nehmen. Sie schätzt ihn völlig falsch ein, und ich liebe ihn.«

»Gut. Aber versuche es mit der Liebe nicht zu überstürzen. Viele Dinge regeln sich mit der Zeit von selbst.«

Vergesst euren Streit, versöhnt euch, und irgendwann löst der Konflikt sich in Wohlgefallen auf. Nichts als abgedroschene Phrasen. Freundliche Sätze ohne Aussagekraft.

»Ich hoffe, dass du dich nicht von deinem Zorn mitreißen lässt, Hy. Das Ergebnis wäre nur sinnlose Zankerei. Warte ab, bis sich die Wogen geglättet haben.«

»Ich weiß, ich weiß. Oma hat dasselbe gesagt. Ich bin ja nicht blöd und habe keine Lust, mich zu streiten. In vieler Hinsicht bin ich dir nämlich sehr ähnlich.«

»Wenn Gerald der Mann ist, für den du ihn hältst – und ich vertraue deinem Urteil –, wird deine Mutter es irgendwann einsehen. Lass dir einfach Zeit.«

Dad sah auf die Uhr. Offenbar wollte er dieses Gespräch beenden, bevor Francine hereinkam.

»Außerdem heiratest du schließlich nicht morgen. Es gibt also keinen Grund zur Eile«, meinte er gerade, als Francine auf die Veranda hinaustrat.

»Entschuldigt die Verspätung«, begann sie. »Ich hatte nicht mit so viel Verkehr gerechnet. Die Modenschau hat einfach ewig gedauert. Was man nicht alles über sich ergehen lassen muss, um Spenden zu sammeln. Heute haben wir für das Kinderkrankenhaus sage und schreibe sechzehntausend Dollar gemacht. Für diesen Wohltätigkeitslunch habe ich mich ziemlich abgeschuftet.«

»Das sieht man dir gar nicht an«, erwiderte Dad. »Übrigens ein hübsches Kostüm.«

Das graue Tweedkostüm war schlicht und hätte ohne den elegant um Hals und Schultern geschlungenen jadegrünen

Schal wohl recht trist gewirkt. Als Francine sich eine schwarze Locke aus der Stirn strich, funkelten silberne Armbänder. Wie sie so in der Tür stand, erinnerte sie an ein Gemälde, dem Hy in Gedanken den Titel *Frau mit Silberarmbändern* gab. Trotz ihrer modischen Kleidung und ihres zeitgemäßen Auftretens hatte sie eine Art, die Hyacinth vermutlich zu einem *Porträt der Francine* inspiriert hätte.

»Ach, du meine Güte, habt ihr aber nett gedeckt. Das Hühnergericht scheint von deiner Mutter zu sein, Jim. Oder hast du es gekocht, Hy?«

»Nein, Oma. Ich war heute Morgen bei ihr.«

»Das ist ja ein richtiges Festmahl. Da das Essen heute eine Katastrophe war, bin ich richtig ausgehungert.«

Redselig wie immer, plauderte Francine angeregt und wechselte dabei ständig das Thema, überzeugt, dass ihre Zuhörer sich brennend für das interessierten, was sie zu sagen hatte.

»Kaum zu fassen, dass Toms Hochzeit schon zwei Jahr her ist. Habe ich euch erzählt, dass Diana gestern angerufen hat, um sich für das Geschenk zum Hochzeitstag zu bedanken?«

»Ich weiß gar nicht mehr, was wir ihnen geschickt haben«, antwortete Dad.

»Eine kupferne Kaffeekanne. Ein sehr hübsches Stück, das fünfzig Tassen fasst. Schließlich haben sie häufig Geschäftsfreunde zu Gast. Ich bin stolz auf Tom. Ein Glück, dass Diana eine so gute Gastgeberin ist. Apropos, Hyacinth: Als ich gerade an Marthas Haus vorbeifuhr, habe ich gesehen, wie die Stühle für die Party geliefert wurden. Ihre Mutter war heute Mittag auch bei der Veranstaltung und meinte, sie erwarteten einen ziemlichen Andrang. Was ziehst du an?«

»Ich gehe nicht hin.«

»Aber warum denn nicht?«

Wäre eine Stimme ein geflochtenes Stoffband, könnte man diese Worte den einzelnen Strängen zuordnen, dachte Hy: Erschrecken, Ungeduld und ein Hauch von Gereiztheit.

»Es wird ein furchtbarer Trubel werden, und so etwas mag ich nicht.«

»Du brauchst Freunde, Hyacinth.«

»Ich habe Freunde.«

»Aber Marthas Familie sind unsere Nachbarn. Du kennst Martha seit der Grundschule und darfst ihr nicht einfach die kalte Schulter zeigen.«

»Ich zeige niemandem die kalte Schulter. Glaubst du etwa, es interessiert sie, ob ich komme oder nicht?«

Francine schob ihre halb verzehrte Nachspeise weg und schlug einen bemüht einfühlsamen Ton an.

»Vielleicht interessiert es sie doch. Oder willst du sie kränken?«

Martha kränken? Das war ein Ding der Unmöglichkeit. Martha war ein Mensch, der durch die Welt glitt wie auf Schlittschuhkufen. In gewisser Weise ähnelte sie Francine wie eine Tochter.

»Ich möchte niemanden kränken. Doch ich habe etwas anderes vor und deshalb keine Zeit.«

Schweigen entstand.

Dad beobachtete die beiden Frauen schweigend, schenkte sich noch eine Tasse Kaffee ein und rührte darin herum, bis Francine wieder zu sprechen begann.

»Habe ich gerade beim Hereinkommen nicht das Wort ›heiraten‹ gehört? Falls es stimmt, dass du damit noch eine Weile warten willst, freut mich das sehr. Ist das zufällig der Grund, warum du Marthas Einladung ablehnst?«

»Ja«, erwiderte Hy mit ruhiger Stimme. »Ich treffe mich lieber mit Gerald.«

»Dann bring ihn eben mit zu der Party.«

»Das ist keine gute Idee. Er passt nicht zu diesen Leuten.«

»Warum nicht? Was stimmt denn nicht mit ›diesen Leuten‹? Soweit ich es beurteilen kann, handelt es sich um sehr sympathische junge Menschen.«

»Etwas anderes habe ich auch nie behauptet.« Hys Antwort fiel trotzig aus. Sie fühlte sich in die Ecke gedrängt und wäre am liebsten geflohen.

»Also? Ich verstehe dich einfach nicht.«

»Es ist nicht leicht zu erklären, weil es sich zwischen den Zeilen abspielt. Feine Nuancen eben.«

Ach, warum begreift sie einfach nicht, dass wir nur miteinander allein sein wollen? Dazu haben wir viel zu selten Gelegenheit und müssen uns außerdem in ein schäbiges Motel flüchten. Und sie plappert über Marthas dämliche Party!

»Feine Nuancen. Da hast du ganz recht. Und du verschwendest deine Zeit, indem du alles für einen einzigen Mann aufgibst. Du musst mehr ausgehen, dich mit Leuten treffen und diese feinen Nuancen beobachten, anstatt jede freie Minute mit ihm zu verbringen.« Allmählich riss Francine der Geduldsfaden.

»Er heißt Gerald.« Hys Wut meldete sich zurück. »Ich muss dir leider sagen, dass ich gestern Abend jedes Wort mitgehört habe.«

»Oh, Hy, du hast es doch versprochen!«, rief Dad aus und stellte so heftig die Tasse weg, dass der Kaffee überschwappte.

»Das bedauere ich wirklich«, meinte Francine, »aber ich möchte aus meinem Herzen keine Mördergrube machen. Schließlich verbiete ich dir ja nicht, Gerald zu sehen, sondern befürchte nur, du könntest seinetwegen alles andere vernachlässigen, auch wenn ich hoffe, dass ich mich irre.«

Wieder standen Sorgenfalten auf ihrer Stirn. Auf Hy wirkten sie theatralisch und albern.

»Es ist mir wirklich ernst mit ihm«, entgegnete sie.

Die beiden Frauen wechselten einen vielsagenden Blick und erinnerten sich an eine nachmittägliche Begebenheit vor einem knappen Monat.

»Ich muss dich etwas fragen, Hyacinth«, hatte Francine an diesem Tag begonnen. »Selbstverständlich stimmt es, dass du einundzwanzig bist und ein Recht auf ein eigenes Leben hast, doch Eltern machen sich eben auch Sorgen um ihre erwachsenen Kinder. Schläfst du mit ihm?«

Niemals zuvor war Hy so gedemütigt worden.

»Nein«, hatte sie gelogen und sich den Spaß erlaubt, ihre Mutter, wenn auch vorsichtig, ein wenig zu hänseln. »Noch nicht, obwohl er gerne würde.«

»Natürlich tut er das! Und du auch! Aber lass nicht zu, dass er dich benutzt. Dass du einundzwanzig bist, macht dich noch lange nicht allwissend. Sex ist kein Spiel.«

»Das sagst du alles nur, weil du Gerald nicht ausstehen kannst, Francine«, zischte Hyacinth nun. »Das ist der einzige Grund. Es sieht dir nämlich gar nicht ähnlich, so herabsetzend zu sein.«

»Ich habe niemals behauptet, dass ich ihn nicht ausstehen kann. Sei doch nicht so stur, Hyacinth!«

»So hat Dad mich heute auch schon genannt.«

Francine sah Hy ärgerlich an. »Und er hatte recht.«

»Warst du nicht auch stur, als du dich in Dad verliebt hast?«

»Das kann man nicht miteinander vergleichen, Hyacinth. Schließlich kannten wir einander gut. Unsere Familien waren befreundet. Wir verkehrten in denselben Kreisen. Und wir haben nichts überstürzt.«

Hy musterte die winzigen senkrechten Falten zwischen den dünnen Augenbrauen ihrer Mutter, der einzige Makel auf ihrer glatten Haut.

Haut wie Milch, pflegte Dad immer zu sagen.

Sie ist immer überzeugt, dass sie recht hat, dachte Hy.

»Dir geht es gar nicht darum, dass ich etwas überstürzen könnte«, erwiderte sie leise. »Das Problem ist viel mehr, dass Gerald aus armen Verhältnissen stammt und allein in einem Zimmer in Linden wohnt.«

Francine schnappte nach Luft. »Schätzt du mich wirklich so ein? Wenn ja, solltest du dich schämen. Hast du das gehört, Jim?«

»Ja, und ich finde es ziemlich unfair von dir, Hyacinth. Man kann deiner Mutter wirklich nicht vorwerfen, dass sie an Standesdünkel leidet und die Menschen nach ihrem Geldbeutel beurteilt.«

Zugegeben, dieser Vorwurf war wirklich ungerecht und entsprach auch nicht den Tatsachen. Aber wenn man bedachte, was sie über Geralds Besuch in diesem Haus gesagt hatte …

»Tut mir leid«, entschuldigte sich Hy dennoch. »Das war nicht richtig von mir. Allerdings bin ich noch immer davon überzeugt, dass du ihn aus irgendeinem Grund nicht leiden kannst. Das ist unverzeihlich und außerdem gemein von dir.«

Im Anbetracht dessen, dass sie Mutter und Tochter waren, stritten sie sich viel zu häufig. Wie so oft, war keine von ihnen zum Nachgeben bereit.

Wieder einmal versuchte Dad, die Lage zu entschärfen.

»Ihr lasst euch beide von euren Gefühlen mitreißen, was schade ist, weil ihr eigentlich vernünftige Menschen seid und einander liebt. Deshalb tut ihr jetzt Folgendes: Ihr beendet dieses Thema, und zwar sofort. Ich will nichts mehr davon hören. Das meine ich ernst. Wir kennen den jungen Mann nicht gut genug, um uns ein Urteil über ihn zu erlauben. Du kannst ihm ausrichten, Hyacinth, dass wir ihn gerne öfter sehen würden. Wenn er es ehrlich meint, wird er diese Einladung zu schätzen wissen. Und nun wollen wir in Ruhe aufessen.«

3

»Fünfzig Kilometer, nur für einen Film über Kunst?«, wunderte sich Francine. »Lohnt sich das bei diesem Wetter?«

Der höfliche Einwand erfolgte freundlich und wurde ebenso aufgenommen, weil inzwischen bereits seit zwei Wochen Frieden herrschte. »Es regnet doch bloß.«

»Schau aus dem Fenster.«

Ein heftiger Wind zauste die Bäume, sodass die unteren Zweige den Boden peitschten und wieder emporschnellten.

»Der Film läuft nur noch heute«, erwiderte Hy. »Also ist es unsere letzte Chance. Er soll ausgezeichnet sein.«

»Es ist ein großer Umweg für dich, wenn du ihn in Linden abholst.«

»Ich habe eben das bessere Auto. Seines hat zu viele Mucken. Mach dir keine Sorgen um mich. Schließlich haben sie keinen Schneesturm angekündigt. Wir fahren ganz langsam, gehen nach der Vorstellung einen Happen essen und kommen erst spät zurück.«

Das Liebespaar auf der Leinwand beobachtete, wie ein Segelboot auf die blaugrüne Bucht des Tyrrhenischen Meeres zusteuerte. Hand in Hand standen die beiden da, während eine Brise dem Mädchen den Baumwollrock um die nackten Knie bauschte.

Gerald fasste Hy an der Hand. »Lass uns verschwinden. Wir brauchen das Ende doch nicht abzuwarten.«

»Der Film ist so schön. Ich möchte ihn bis zur letzten Minute genießen«, flüsterte sie.

»Stell es dir einfach vor. Ich habe ein viel besseres Happy End für dich. Du wirst schon sehen.«

Das Highway Motel stand zwischen einem verlassenen Lagerhaus und einer Brachfläche, auf der sich rostige Maschinenteile türmten. Ein auffälliges Schild, wegen der aufziehenden Dämmerung hell erleuchtet, warb für Zimmer mit Fernseh- und Videoanschluss. Hy und Gerald waren schon so oft hier gewesen, dass der Mann an der Rezeption sie inzwischen sicher erkannte.

Gerald schauderte.

»Eine grässliche Absteige. Aber ich müsste ja daran gewöhnt sein. Immerhin habe ich lange genug in so einem Loch gewohnt.«

»So schlimm ist es nun auch wieder nicht.«

»Meine Hyacinth ist und bleibt eben eine unverbesserliche Optimistin.«

»Warum auch nicht? Außerdem habe ich von zu Hause eine hübsche Steppdecke mitgebracht. Sie liegt im Kofferraum, und zwar eingewickelt, damit niemand merkt, was es ist, auch wenn es eigentlich egal wäre.«

Gerald kicherte. »Du denkst aber wirklich an alles.«

»Ich denke an dich. Ich denke den ganzen Tag an dich.«

Sie betraten das Zimmer. Hy wusste nicht, unter welchem Namen er sie beide eingetragen hatte. Sie fragte auch nicht, denn es ging niemanden etwas an. Nachdem sie die Tür hinter sich zugezogen und abgeschlossen hatten, nahm sie die Tagesdecke vom Bett, breitete ihre Steppdecke aus und entkleidete sich.

»Spür nur mein Herz. Wie es pocht«, sagte sie.

»Wenn ich dich so ansehe, eine gebildete, ehrgeizige und ernsthafte junge Frau, würde niemand darauf kommen, was du sonst noch sein kannst. Ich jedenfalls hätte nicht damit gerechnet.«

»Warum hast du mich dann im Museum besucht?«

»Keine Ahnung. Aus welchem Grund läuft ein Mann einer Frau hinterher? Du hast mich eben sehr neugierig gemacht.«

»War es nicht Liebe auf den ersten Blick? Lach jetzt nicht, so etwas gibt es wirklich, und zwar nicht nur im Märchen.«

»Gut, dann war es Liebe auf den ersten Blick. Ach, komm her und schlüpf mit mir unter die Decke.«

Nachdem sie Erfüllung gefunden und ein wenig geschlafen hatten, lagen sie da und beobachteten, wie der Regen gegen die graue Fensterscheibe peitschte.

»An dem Tag, als wir uns kennengelernt haben, hat es auch so schrecklich geregnet«, murmelte Hy.

Sein Hals fühlte sich unter ihren Lippen weich an. Am liebsten wäre sie in diesem Bett liegen geblieben, auf ewig mit ihm vereint. Heftige Gefühle stiegen ihr in der Brust hoch, eine Glückseligkeit und Zärtlichkeit, wie sie sie nie zuvor empfunden hatte. Ihr Herz klopfte stark und stetig.

Draußen auf dem Flur hallte eine laute Stimme. Eine Tür wurde kräftig zugeknallt.

»Was für ein Drecksladen«, beklagte sich Gerald.

»Mich stört es nicht. Das Wichtigste ist, dass wir beide zusammen sind.«

»Nein, wir haben etwas Besseres verdient.«

Ein Anflug von Melancholie schnürte ihr die Kehle zu, und sie wusste, dass sie gleich in Tränen ausbrechen würde.

Nach dem Liebemachen ist der Mensch traurig, war ein Satz, der ihr auf einmal in den Sinn kam.

Woran mochte das liegen? Ist es die Angst, nie wieder eine solche Verzückung zu erleben? Die Gefühle, die uns überkommen, wenn wir ein unsterbliches musikalisches Werk hören? Der Anblick eines Junitages, der so makellos strahlt und am Abend für immer verflogen ist? Oder war es die Furcht, dass er ihre Liebe nicht im gleichen Maße erwidern könnte?

So fest klammerte sie sich an ihn, dass er ihre feuchten Wimpern an der Schulter spürte.

»Ich weiß nicht ...«

»Als ich vorhin so getan habe, als hätte ich mich nicht auf

den ersten Blick in dich verliebt, wollte ich dich nur auf den Arm nehmen«, meinte er.

»Dann sag mir, was du an mir liebst.«

»Ich liebe deine Ernsthaftigkeit, deinen Charme, dein Temperament, deine Begabung, deine Stimme, deine Leidenschaft, ja, einfach alles an dir, Hyacinth. Du grübelst viel zu viel, mein Schatz.«

»Wir müssen absolut ehrlich miteinander sein«, brach es so plötzlich aus ihr heraus, dass es sie selbst überraschte.

»Sind wir das denn nicht? Ich verstehe nicht ganz.«

»Manchmal fällt es mir schwer, gewisse Dinge auszusprechen. Es ist nicht leicht. Meine Eltern würden dich gerne besser kennenlernen. Schließlich sind wir ständig zusammen.«

In der Dämmerung konnte sie sein Lächeln zwar nicht sehen, aber sie hörte es seiner Stimme an. Hy setzte sich auf, machte Licht und musterte ihn fragend.

»Du bist nicht böse?«

»Nein, natürlich nicht. Dass Eltern sich so benehmen, ist ganz normal. Vor allem Eltern von Töchtern.«

»Dad findet es prima, dass du Arzt werden wirst. Immerhin ist er selbst Chemiker, also auch Naturwissenschaftler. Außerdem bist du ihm sehr sympathisch.«

»Das weiß ich. Und ich weiß auch, dass deine Mutter mich nicht leiden kann.«

Hyacinth spürte, wie sie errötete.

»Oh, sie … wir haben noch gar nicht richtig über dich geredet. Erstens ist sie viel wortkarger als Dad, und sie und ich … das heißt nicht, dass wir uns nicht verstehen. Ich wollte nur sagen, dass sie sehr von sich überzeugt ist, während ich ziemlich stur sein kann. Also gehe ich Diskussionen lieber aus dem Weg.«

Sie war vom Thema abgekommen und stammelte wirres Zeug. Als Gerald die Hand hob, hielt sie inne.

»Damit willst du mir offenbar durch die Blume mitteilen, dass ich mich nicht wundern darf, wenn sie mich nicht mit offenen Armen willkommen heißt. Ich verstehe. Allerdings war mir auf Anhieb klar, dass sie mich nicht mag.«

»Davon hatte ich keine Ahnung. Nie im Leben ...«

»Du wolltest doch, dass wir ehrlich miteinander sind, oder?«

»Ja, aber was ist zwischen euch vorgefallen? Was hat sie zu dir gesagt?«

»Gar nichts. Doch ihr Gesichtsausdruck sprach Bände, und ich bin ein guter Menschenkenner. Als Arzt muss ich das sein.«

»Das tut mir leid. Ach, wie schrecklich, mein Liebling! Sie kennt dich einfach nicht richtig, daran muss es liegen. Sicher wird sie bald einräumen müssen, dass sie sich geirrt hat.«

»Wenn du mir erklärst, was sie an mir stört, kann ich ja versuchen, mich zu ändern.«

Hy brachte es nicht über sich, die Worte ihrer Mutter zu wiederholen, und sie konnte ihm nicht in die Augen sehen.

»Sie glaubt, du würdest mir nicht treu bleiben, und meint, ich sollte mich nicht auf dich verlassen«, antwortete sie vorsichtig.

»Das ist doch Unsinn. Dann muss ich ihr eben das Gegenteil beweisen.«

»Bist du auch wirklich nicht böse?«

»Ganz bestimmt nicht.«

Diese unschönen Verdächtigungen waren eine Demütigung für sie beide, und sie bereute, dass sie das Thema überhaupt aufs Tapet gebracht hatte. Vor Scham glühte sie von Kopf bis Fuß.

»Mach nicht so ein Gesicht, Hy. Komm, schau nur, wie du aussiehst.«

Nackt standen sie nebeneinander im Bad vor dem großen Spiegel.

»Verzieh dein hübsches Gesicht nicht so scheußlich.«

»Findest du es wirklich hübsch?«

»Das weißt du ganz genau.«

Ihr glattes pechschwarzes Haar war schulterlang und umrahmte ein ebenmäßig geschnittenes Gesicht mit ernsten Augen, hohen Wangenknochen und einer breiten glatten Stirn.

»Mit ein wenig Schminke wärst du eine richtige Schönheit«, pflegte Francine oft zu sagen. »Dein einziges Problem ist, dass du immer das graue Mäuschen spielst.«

»Dein Gesicht zeigt Charakter«, lautete hingegen Großmutters Urteil. »Du hast so ein Zeug nicht nötig.«

Damit meinte sie offenbar, dass Francine zu großzügig mit diesem »Zeug« umging.

Diese Erinnerung brachte Hyacinth zum Schmunzeln. Gleichzeitig fand sie es seltsam, wie rasch ihr Selbstbewusstsein zwischen Höchststand und Tiefpunkt hin und her schwankte. Aber vielleicht war das normal, nur dass die Leute nicht darüber sprachen und es sich selbst nicht eingestanden.

»Halt dich gerade«, ermahnte Francine sie immer wieder. »Große Frauen wie du machen häufig einen Buckel. Pass auf, dass du deine Schultern nicht nach vorn fallen lässt und in dich zusammensackst, vor allem nicht in Gegenwart eines Mannes, der zu klein für dich ist.«

Bei Gerald brauchte sie solche Befürchtungen ganz bestimmt nicht zu haben. Da stand er neben ihr, der Traummann, nach dem sich die Leute auf der Straße umdrehten. Und er gehörte nur ihr allein.

»Du zitterst ja«, meinte er. »Wir wollen uns anziehen. Es ist eiskalt hier. Außerdem ist es schon spät, kurz vor Mitternacht. Wir sollten losfahren. Und zerbrich dir nicht den Kopf über deine Mutter und mich. Lächle nur und überlass das alles mir. Ich garantiere dir, dass sie mich mögen wird, und zwar schneller, als du denkst. Vielleicht lernt sie mich sogar lieben.«

4

Das Feuer knackte und knisterte, tauchte das Messinggitter in einen goldenen Schein und beleuchtete den rosafarbenen Perserteppich. Gerald räkelte sich mit einem Seufzer.

»So stelle ich mir das Paradies vor. Draußen schneit es, und drinnen ist es friedlich und wunderschön.«

Hyacinth betrachtete den Raum mit seinen Augen. Die Bücher, die Kristallpferde auf dem Kaminsims und Francines blühende Gardenien im Blumenfenster. Dann versetzte sie sich in seine Erinnerung hinein und sah sein Zimmer vor sich, wo sie einmal gewesen war – ein düsteres Loch, erfüllt von Lärm und Küchendünsten, die aus dem Treppenhaus und von der Straße hereindrangen, eng, zugestellt und einsam.

In den letzten Monaten waren sie unverzichtbar für einander geworden, nicht nur körperlich, sondern auf eine Weise, die weit über die sexuelle Liebe hinausging. Hy fand, dass ihre zärtlichen Gefühle für Gerald so viel größer waren als bloße Leidenschaft.

»Ich liebe dein Haar«, sagte er.

»Es ist zu glatt. Ich sollte mir öfter die Zeit nehmen, mir Locken zu drehen.«

»Nein, tu das nicht. Wenn es so ist wie jetzt, sieht es im Feuerschein beinahe rötlich aus.« Er streichelte ihr über den Kopf.

Es war eine besitzergreifende Geste, als sei er ein Ehemann, der bei seiner Frau seine Rechte einforderte. Die Vertraulichkeit ging ihr ans Herz, ebenso wie wenn er sie davor warnte, zu viel Salz zu verwenden oder zu dicht auf den Vordermann aufzufahren.

Dad hatte recht gehabt, als er von ihr verlangt hatte, Gerald jede Woche einzuladen. Allmählich, wenn auch anfangs ein wenig verlegen, fügte er sich in die Familie ein. Die beiden Männer verstanden sich auf Anhieb, und selbst Francine verkniff sich jegliche Kritik, obwohl sie alles andere als begeistert war. Sie schien fest entschlossen, gute Miene zum bösen Spiel zu machen.

»Ein wunderschönes Zimmer«, stellte Gerald nun fest. »Das ganze Haus ist so friedlich, genau das, was man sich unter einem Zuhause vorstellt.«

»Jetzt mag es das sein. Als meine drei Brüder noch hier wohnten, ging es ziemlich rund. Von Ruhe keine Spur. Aber wir vermissen sie trotzdem.«

»Da fällt mir etwas ein. Dein Vater hat mir letzte Woche erzählt, er hätte, seit sie ausgezogen sind, keine gute Partie Schach mehr gespielt.«

»Ich weiß. Meine Mutter und ich geben uns zwar Mühe, doch wir sind einfach keine ernst zu nehmenden Gegner. Und wenn er zu leicht gewinnt, macht es ihm keinen Spaß.«

»Ich würde ihn gerne jetzt gleich zu einer Partie herausfordern.«

»Ja, warum nicht. Er fand es sehr interessant, gegen dich zu spielen. Ich schaue mir währenddessen den wunderbaren Kunstband an, den du mir geschenkt hast. Du hättest wirklich nicht so viel Geld ausgeben sollen.«

»Weshalb nicht? Du bist es wert. Ich gehe deinen Vater suchen.«

Eigentlich war für den Nachmittag ein Spaziergang am See geplant gewesen, doch der Wind wehte bereits Schneeflocken vor sich her, sodass sie beschlossen, im Haus zu bleiben und das Unwetter durch die Fensterscheibe zu betrachten. Die Schachpartie verlief wie immer in konzentriertem Schweigen. Nachdem Hy die beiden gebeugten Köpfe – der eine schwarz, der andere grau meliert – eine Weile beobachtet hatte, wurde sie von einer tiefen, fast schläfrigen Zufriedenheit ergriffen.

Plötzlich stieg wie aus dem Nichts ein seltsamer Gedanke in ihr hoch, und sie sah ein Glas mit bunten Murmeln vor sich. Wenn man es schüttelte, purzelten die Murmeln durcheinander.

Wäre ich das, was ich heute bin, wenn ich nicht diesen Mann dort zum Vater hätte? Vermutlich nicht. Und den Mann ihm gegenüber hätte ich dann wahrscheinlich nie kennengelernt. Und nun sitzen wir hier, miteinander und auch mit Francine verbunden, die gerade oben in ihrem Zimmer ist und für ihre Wohltätigkeitsorganisation herumtelefoniert. Ein Glas voller Murmeln …

Hy schlug das Buch auf und las ein halbes Kapitel über den Neoimpressionismus, stellte dann aber fest, dass sie dieselben Wörter immer wieder studierte, ohne ihren Sinn zu verstehen. Auch die bunten Abbildungen nahm sie nicht wirklich wahr, denn ihre Gedanken schweiften weit weg von diesem Zimmer und diesem Augenblick.

In wenigen Monaten würde es eine wichtige Wende in ihrem Leben geben. Gerald bewarb sich um eine Stelle in einem Krankenhaus. Wo würde er diese finden? Und was sollte dann aus ihr werden? Bis jetzt hatten sie keine konkreten Zukunftspläne geschmiedet. War es nicht seltsam, dass darüber noch kein Wort gefallen war?

Und dennoch sprachen sie offen und unverblümt über ihre Gefühle, sparten auch schmerzliche und traurige Themen nicht aus und förderten selbst peinliche und vertrauliche Dinge aus den geheimen Winkeln ihrer Erinnerung zutage.

Gerald hatte ihr von seiner Mutter erzählt, die nach langem Leiden an Alzheimer gestorben war. Hy wusste, dass seine Familie sehr arm gewesen war und dass ihm, wie er selbst es ausdrückte, oft der Mut gefehlt hatte, »sein Schicksal zu tragen wie ein Mann«.

Hy hatte sich nicht gescheut, ihm auch von Banalitäten zu berichten, und über sich selbst gelacht, als sie Martha aus ihrer Straße, die sie seit der vierten Klasse wegen ihres Namens hänselte, als ihre »Unglücksbotin« bezeichnete.

»Du siehst eindeutig nicht aus wie eine Blume«, hatte Martha immer gehöhnt. Martha, die taillenlange Zöpfe trug und keine Zahnspange brauchte.

Sie hatten sogar über frühere Liebesgeschichten gesprochen, doch die bedeuteten Hyacinth eigentlich nie etwas.

»Vor dir habe ich niemanden wirklich geliebt. Die Jungen, die ich kannte, waren eher Freunde.«

»Ich war mit einigen Frauen zusammen«, erwiderte er. »Vielleicht hatte ich sogar überdurchschnittlich viele Freundinnen. Aber keine von ihnen war wie du. Sie waren mir nicht wichtig. Gibt es überhaupt jemanden, der ist wie du, Hyacinth?«

Nun erhoben sich die beiden Männer gleichzeitig vom Schachbrett.

Gerald verbeugte sich höflich.

»Ich verneige mich vor einem Meister«, verkündete er.

»Unsinn! Wir sind noch längst nicht fertig, und ich habe meine liebe Not, mich zu verteidigen. Ich bin nur aufgestanden, weil Francine hereingekommen ist. Das heißt nämlich, dass das Essen fertig ist und wir eine Pause machen müssen.«

Hyacinth hatte den Großteil des Essens zubereitet, während Francine das Einkaufen, Tischdecken und Gemüseputzen erledigte. Diese Arbeitsteilung war nur gerecht, da die eine von ihnen gerne kochte und die andere nicht. Die ersten Tulpen der Saison standen in einer blauen Glasvase und neigten anmutig nach Tulpenart die Köpfe. Dem Rinderragout mit Röstkartoffeln und Karotten entstieg ein köstlicher Kräuterduft. Neben jedem Teller befand sich eine Portion grüner Salat, und ein guter Rotwein funkelte in den zueinander passenden Karaffen.

»Ein Festmahl!«, begeisterte sich Gerald.

»Hyacinth ist nicht nur eine Künstlerin, sondern auch eine ausgezeichnete Köchin.«

Hy errötete. Das klang fast, als wolle ihr Vater sie auf dem Heiratsmarkt anpreisen! Allerdings schien Jim dafür viel zu aufrichtig und eine ehrliche Haut. Die Bemerkung war nur liebevoll gemeint gewesen.

»Natürlich möchte ich meine Frau nicht ihrer Lorbeeren berauben«, fügte er nun beschwichtigend hinzu.

Francines Lächeln war kaum als solches zu erkennen und berührte nur ihre Mundwinkel, sodass ein Grübchen auf jeder Wange entstand. Sie trug ein dunkelblaues Kleid und bis auf kleine Diamantohrringe, die bei jeder Kopfbewegung funkelten, keinen Schmuck. Weil sie Gerald das Reden überlassen wollte, sprach sie selbst kaum ein Wort. Hy wusste, dass sie ihn beobachtete und auf etwas wartete. Aber worauf nur?

Doch ihr Betragen war makellos, und nur wer sie gut kannte, konnte sich denken, was in ihrem Kopf vorging, während sie so förmlich und gepflegt bis zu den hellrosa Fingernägeln am Tisch saß.

Hy betrachtete ihre eigenen Hände. Sie hatte gestern nach dem Malen vergessen, die Ockerfarbe richtig abzuwaschen, und nun ließ sie sich auch unter der Dusche mit noch so viel Schrubben nicht mehr entfernen.

Plötzlich fühlte sie sich beklommen. Anders als vorhin während der Schachpartie, herrschte auf einmal eine steife Atmosphäre.

»Ja«, sagte Gerald in Antwort auf Dads Frage. »Da bin ich ganz sicher. Ein Nachbar von uns wurde im Koreakrieg verwundet, sodass sein Gesicht neu aufgebaut werden musste. Ich fand dieses Wunder der Medizin faszinierend, und als ich ihn sah, wusste ich sofort, welchen Beruf ich einmal ergreifen wollte.«

Seine Ausdrucksweise war so präzise wie alles, was er tat, ganz gleich, ob er nun einen Apfel zerteilte, einen Pullover faltete oder, so wie jetzt, das Messer parallel zur Tischkante auf seinen Teller legte.

»Wie lange dauert die Facharztausbildung zum plastischen Chirurgen?«, erkundigte sich Dad.

»Mindestens drei Jahre.«

»Dann sind Sie momentan sicher auf der Suche nach einer Stelle in einem Krankenhaus«, sagte Francine.

»Ja, ich habe schon einige Bewerbungen verschickt.«

»Sie müssen ein gutes Lehrkrankenhaus finden.« Als Gerald nickte, fügte sie hinzu: »In der näheren Umgebung gibt es keines, denn unser Ortskrankenhaus würde Ihnen sicher nicht genügen.«

»Stimmt.«

Das Wortgefecht wurde über Hys Kopf hinweg geführt.

Natürlich freut sich Francine, dass er von hier fortgehen muss, dachte sie. Warum spricht er nie mit mir darüber? Was steckt dahinter?

»Zumindest werden Ärzte im Praktikum heutzutage bezahlt«, meinte Dad. »Zu meiner Zeit erwartete man von ihnen, dass sie dankbar waren, etwas lernen zu dürfen.«

»Sie bezahlen zwar, aber nicht zu üppig. Wenn man Schulden hat, wird es ziemlich knapp.«

»Ach ja, Hy hat mir erzählt, dass Sie einen Studienkredit aufgenommen haben.«

»Außerdem muss ich noch die Pflegekosten für meine verstorbene Mutter abbezahlen.«

»Hut ab, Sie sind ein ehrgeiziger und verantwortungsbewusster junger Mann.«

Hoffnungslos, sagte sich Hy.

Als ob er ihre Gedanken gelesen hätte, kam Dad auf die Tulpen zu sprechen.

»Wie nett, dass Sie sie mitgebracht haben. Wenn man Blumen sieht, weiß man, dass der Frühling nicht mehr weit ist.«

»Sie haben mich an die gelbe Tapete hier erinnert«, wandte sich Gerald an Francine. »Für mich sieht dieses Zimmer, ja, das ganze Haus aus, als gehöre es in eine Wohnzeitschrift.«

So ging das steife Tischgespräch weiter, aber Hy hörte gar

nicht richtig zu, denn in ihrer Magengrube machte sich Furcht breit wie ein Eisklumpen.

»Was haltet ihr davon, im Wohnzimmer einen Brandy zu trinken?«, schlug Dad vor. »Man spürt förmlich, wie der kalte Wind durch die Mauern dringt.«

»Geht nur«, erwiderte Hy. »Ich decke ab und räume die Geschirrspülmaschine ein.«

Er wird wegziehen, dachte sie. Der Himmel weiß, wohin. Soll ich drei Jahre auf ihn warten? Sicher wird er in der Zwischenzeit eine andere kennenlernen.

»Ich helfe dir«, erbot sich Gerald prompt und fügte, an Francine gewandt, hinzu: »Keine Sorge, ich weiß, dass Weingläser nicht in den Geschirrspüler gehören. Ich werde sie behandeln wie rohe Eier.«

Er gab sich solche Mühe, sich bei ihr beliebt zu machen. Aber warum interessierte er sich für Francines Meinung, wenn es ohnehin bald aus sein würde?

»Nein«, protestierte Hy. »Ich erledige das schon. Spiel lieber die Schachpartie mit Dad zu Ende.«

Als sie vom Spülbecken aufblickte, stand Francine in der Tür und musterte sie mit leicht trauriger Miene.

»Ich kümmere mich um die Weingläser«, meinte sie rasch.

»Acht Gläser, vier für Wasser und vier für Wein. So ein Unsinn!«, schimpfte Hy. »Warum wird um diese dämlichen Gläser nur so ein Theater veranstaltet?«

Als sie bemerkte, wie barsch ihr Ton gewesen war, fügte sie hinzu: »Tut mir leid. Wahrscheinlich bin ich müde.«

»Nicht müde, sondern besorgt«, erwiderte Francine leise.

»Besorgt? Aber warum denn?«

Hy hatte nicht vor, sich auf die Diskussion einzulassen, die ihre Mutter offenbar anzubahnen versuchte.

»Ich weiß nicht, Hyacinth. Das musst du mir schon selbst erklären, wenn du glaubst, dass ich dir helfen könnte.«

»Nur, wenn du deine Meinung über ihn geändert hast.«

Ich fürchte mich, hätte sie am liebsten gerufen.

Und ich wünschte, jemand – du vielleicht – würde mir sagen, was ich tun kann. Ich weiß nicht, ob ich ihn fragen oder abwarten soll, bis er den ersten Schritt macht. Als ich euch vorhin bei Tisch reden hörte, fand selbst ich, dass er merkwürdig klang. Ich habe keine Ahnung …

»Ich denke immer noch, dass Gerald sehr charmant und intelligent ist. Er kann sich gut ausdrücken. Er gibt sich Mühe, und wie ich schon von Anfang an sagte …«

»Francine, komm und bitte Gerald, über Nacht zu bleiben«, rief da Jim vom Flur aus. »Er möchte uns keine Mühe machen. Aber die Straßen sind völlig vereist. Wer sich bei diesem Wetter ins Auto setzt, muss lebensmüde sein.«

»Natürlich stören Sie uns nicht. Wir haben genug Platz.«

»Ich muss noch eine Arbeit fertig schreiben, die am Montag fällig ist«, antwortete Gerald zögernd.

»Sie können morgen gegen Mittag losfahren«, beharrte Jim. »Bis dahin ist das Glatteis weggetaut, und Sie haben genug Zeit für Ihre Arbeit.«

»Das ist wirklich sehr nett von Ihnen, doch ich bin schon öfter bei Glatteis gefahren …«

Hyacinth stand allein im Lichtkegel der Flurlampe und lauschte.

Warum fleht ihr ihn an, zu bleiben? Merkt ihr denn nicht, dass er nicht will?

Doch an Dads Entschluss war nicht zu rütteln. »Los, Hy, zeig ihm Pauls Zimmer.«

Sie gingen nach oben.

»Du möchtest nicht bleiben«, meinte Hyacinth. »In diesem Fall solltest du es auch nicht tun.«

»Du bist böse auf mich«, wunderte sich Gerald.

»Ja. Oder nein, nicht böse, sondern gekränkt. Wie du gerade selbst erzählt hast, hast du so viele Pläne, über die du nie mit mir gesprochen hast.«

»Das hatte ich heute vor, doch dann hat mich der Mut verlassen. Ich wollte dir den Tag nicht verderben.«

»Den Tag verderben? Was soll das heißen?« – »Setz dich. Ich erkläre dir alles.«

Hy ließ sich auf die Bettkante nieder und starrte auf seine sich bewegenden Lippen. Nun würde sie gleich etwas erfahren, das ihr Ende bedeutete. Das wusste sie ganz genau. In banger Erwartung richtete sie sich auf.

»Ich wollte erst damit anfangen, wenn wir allein sind. Ich habe nämlich bereits einen Praktikumsplatz, genau genommen sogar zwei, und zwar in erstklassigen Häusern. Der Haken daran ist, dass sie beide in Texas sind.«

»Und was ist so schlimm daran?«

»Nun, es ist ja nicht gerade billig oder einfach, zwischen hier und Texas zu pendeln.«

Seine sonst so flüssige Sprechweise war stockend. Sein Lächeln wirkte gezwungen.

»Und weiter«, sagte sie.

»Ich weiß es seit zwei Wochen, Hy, und habe nicht gewagt, dich zu fragen«, fuhr er in klagendem Ton fort und breitete die Arme aus. »Wirst du auf mich warten? Ich habe mich vor deiner Antwort gefürchtet. Aber wirst du es tun?«

»Bedeutet das, dass wir uns die nächsten drei Jahre nicht sehen werden?«, entsetzte sie sich, als ihr die Tragweite seiner Worte klar wurde. »Was redest du da? Warum denn?«

Zärtlich legte er den Arm um ihre starren Schultern.

»Darauf gibt es eine einfache Antwort: Geld.«

»Du hast doch gesagt, dass sie dir ein Gehalt bezahlen.«

»Du vergisst meine Schulden.«

»Das meinst du nicht im Ernst«, flüsterte sie.

»Liebling, ich kann nicht anders.«

»Und dabei behauptest du immer, eine Woche wäre schon zu lang.«

»Das stimmt.«

»Ja«, sagte sie leise, »heute Abend lag etwas in der Luft. Es war eine böse Vorahnung. Als ich dich beim Essen ansah, empfand ich plötzlich einen schrecklichen Schmerz. Verstehst du? Und ich war wütend, so wütend auf die Welt. Keine Ahnung, warum. Es war, als wäre jemand gestorben oder für immer fortgegangen.«

»Nicht für immer«, protestierte er.

»Das ist absurd. Andere Paare schaffen es schließlich auch. Oder glaubst du, ich würde aufhören zu arbeiten, verdammt?«

»So einfach ist das nicht. Als Alleinstehender kann ich praktisch kostenlos ein Zimmer bekommen, als Verheirateter nicht.«

»Wer spricht denn von Hochzeit?«

»Nun, wie sollten wir es sonst anstellen?«

»Wir bleiben einfach zusammen.«

»Nein, so kann ich keine neue Stelle in einem Krankenhaus antreten. Entweder bin ich ledig oder anständig verheiratet, so wie alle anderen dort. Ich mache keine halben Sachen.«

»Also ist das ein Heiratsantrag?«

»Eindeutig, allerdings geknüpft an eine Bedingung: Wir müssen warten.«

Enttäuscht und verzweifelt sah sie ihn an.

»Hier.« Gerald zog Notizbuch und Stift aus der Tasche. »Ich zeige dir in Dollar und Cent, was ich meine.«

Sie beobachtete seine Hand mit den zarten blauen Venen und den schmalen ovalen Nägeln, die Hand, die jeden Zentimeter ihres Körpers kannte. Trotz ihrer Panik arbeitete sie bereits an einer Lösung, während er unbeirrt weiterrechnete.

Dad wird uns helfen, dachte sie. Er ist zwar kein Multimillionär, aber er wird es tun.

»Es muss einen Weg geben«, meinte sie. »Ich frage meinen Vater.«

»Wegen des Geldes?«

»Natürlich.«

»Niemals könnte ich Geld ausgerechnet von ihm annehmen.«

»Ich verlange ja nicht, dass du ihn darum bittest. Dass ich

das erledige, ist doch selbstverständlich. Und was bedeutet ›ausgerechnet von ihm‹?«

»Das liegt meiner Ansicht nach auf der Hand. Die Demütigung ...«

»... fällt auf mich zurück, nicht auf dich.«

»Ich werde sie trotzdem empfinden. Immerhin geht es um mich.«

»Durch den Studentenkredit hast du dich doch auch nicht gedemütigt gefühlt.«

»Das kann man nicht vergleichen. Das Geld war nur geliehen.«

»Dann leihen wir es uns diesmal eben auch. Du kannst es zurückzahlen, wenn du deine Praxis eröffnest.«

Schweigen entstand.

»Die Idee gefällt mir gar nicht«, erwiderte Gerald nach einer langen Pause.

»Aber mir.«

Er schmunzelte. »Jetzt ist mir endlich klar, was gemeint ist, wenn deine Eltern dich als stur bezeichnen.«

Hy lächelte.

»Da ich nun weiß, dass es nur eine Frage des Geldes ist, fühle ich mich viel besser. Ich dachte schon ... oh Gott, ich habe befürchtet, deine Gefühle für mich hätten sich verändert.«

Er lachte.

»Du spinnst!« Dann wurde sein Tonfall ernst. »Allerdings wird es sicher nicht so einfach, wie du es dir vorstellst. Oder hast du vergessen, was deine Mutter von mir hält?«

»Das ist Monate her. Und wenn Dad sich dafür entscheidet, wird er sich von nichts abhalten lassen.«

»Gut, dann frage ihn. Ich kann es nicht«, antwortete Gerald schließlich nach einer erneuten Pause.

In jenem Frühling dachte Hyacinth oft, dass sie sich eines Tages, wenn sie einmal alt war, an diese Zeit zurückerinnern würde. Wie ihre Großmutter würde sie endlose Anekdoten aus diesen Tagen der Küsse, Freudentränen, Glückwünsche, weißen Kleider, Blumenhüte und des Champagners erzählen, in denen alle ihre Wünsche wahr geworden waren.

»Ich freue mich sehr, euch unter die Arme greifen zu können«, hatte Jim noch am selben Abend verkündet. »So bekommen Sie den Kopf frei, Gerald, um sich voll und ganz auf Ihre Ausbildung zu konzentrieren. Es gibt nichts, was einen Mann mehr ablenkt als eine leere Brieftasche.«

»Also steht es fest«, meinte Francine. »Verlobung, Zeugnisverleihung, Hochzeit und dann ab nach Texas?«

»Zwei Wochen nach der Abschlussfeier« erwiderte Hyacinth, die Wangen freudig gerötet und überglücklich.

Sie saßen im Wohnzimmer. Das Feuer war heruntergebrannt, und im Hintergrund lief leise das *Requiem* von Verdi, das Jim sich angehört hatte, als sie hereingekommen waren. Sie würde die Musik für immer mit diesem Ereignis verbinden.

»Sie beide sollen wissen«, antwortete Gerald sofort, »dass ich Ihnen unbeschreiblich dankbar bin. Außerdem werde ich Ihnen Hyacinth nicht wegnehmen. Sie hat mir erzählt, wie sehr Sie Ihre Söhne vermissen, und deshalb verspreche ich Ihnen, dass wir nach meiner Ausbildung zurückkommen und in dieser Gegend bleiben werden. Als Arzt muss man nicht ständig umziehen. Außerdem versichere ich Ihnen«, er wandte sich an Francine, »immer daran zu denken, dass ich Hyacinth nicht ›Hy‹ nennen soll. Sie hat mir gesagt, dass Sie das nicht ausstehen können.«

»Schon gut, Gerald. Nennen Sie sie nur so, wie sie es möchte. So eine alte Hexe bin ich nun auch wieder nicht.«

Diesmal war ihr Lächeln warm, und sie umarmte ihn mütterlich. Hyacinth konnte sich nicht vorstellen, was in ihr vorging. Die Verlobung überraschte sie nicht. Offenbar hatte sie ihre Meinung über Gerald geändert oder merkte zumindest, welche Mühe er sich gab, ihr zu gefallen.

Es war, als hätte er sich in diesen letzten Semesterwochen vor der Abschlussfeier eigens Zeit genommen, sich noch besser in die Familie zu integrieren. Auch das Frühlingswetter spielte mit, und die schönen, aber kühlen Tage boten nach dem harten Winter eine willkommene Abwechslung.

Jim war gerade dabei, an der Schattenseite des Hauses eine neue Blumenrabatte anzulegen. Er und Gerald durchforsteten gemeinsam Kataloge nach Blumensorten, die dort gedeihen würden, kauften Saatgut und arbeiteten an den immer länger werdenden Tagen Seite an Seite im Garten, bis es dunkel wurde. Jims eigene Söhne hatten ihrem Vater nur selten so viel Zeit und Aufmerksamkeit gewidmet, wie Gerald es nun tat. Als es wärmer wurde, lackierten sie zusammen die Terrassenmöbel, gingen Angeln und kauften einen neuen Grill, den sie im Garten aufstellten.

Eine idyllische Stimmung lag in der Luft. An der Straßenbiegung befand sich ein Wäldchen, dessen Besitzer nichts gegen harmlose Spaziergänger einzuwenden hatte. Dorthin zogen sich Hyacinth und Gerald oft zurück, ließen sich auf einem umgestürzten Baumstamm nieder und führten lange ernste Gespräche. Eine so friedliche Atmosphäre wie hier hatte Gerald bisher nie kennengelernt. Hyacinth fand, dass sie einander auf eine neue Weise noch viel näher kamen.

Eines Abends besuchten sie ihre Großmutter und konnten die gewaltigen Portionen kaum bewältigen, die diese ihnen auftischte. Anschließend erzählte Großmutter Geschichten von früher, als es rings um die Stadt noch riesige Landgüter mit preisgekrönten Rindern und privaten Bahnlinien gegeben hatte. Von Chauffeuren gesteuerte Limousinen waren über die Einkaufsstraße gerollt, und »Over There« war das Lied des Jahres 1917 gewesen.

Als sie sich verabschiedeten, überreichte Großmutter ihnen zwei selbst gestrickte dunkelblaue Pullover. Hyacinth hatte befürchtet, dass Gerald sich langweilen könnte, denn Großmutter redete oft zu lange über ihre Lieblingsthemen, die für Außenstehende möglicherweise nicht von Belang waren. Aber nein, Gerald fand die alte Dame »wirklich reizend« und eine beeindruckende Persönlichkeit.

Im Mai war es so weit. An einem strahlenden Morgen im hellen Sonnenschein und begleitet von den traditionellen Klängen von »Pomp and Circumstance« wohnte Hyacinth mit tränenverschleiertem Blick der feierlichen Zeugnisübergabe bei. Gerald wurde der Doktortitel in Medizin verliehen. Anschließend fand zu Hause ein Empfang mit den üblichen Verwandten und Freunden statt.

Und am Abend lernte er sogar die »Unglücksbotin« Martha und die übrige Clique kennen, als Hyacinth – scheinbar zufällig – mit ihm an ihrem Haus vorbeischlenderte. Als sich alle einander vorstellten, war Martha das Erstaunen deutlich anzumerken. Zu ihrer eigenen Verlegenheit fühlte sich Hy hin und her gerissen zwischen einem Triumphgefühl und Ärger, weil sie sich überhaupt für die Meinung anderer Leute interessierte.

Kurz darauf wurden die Vorbereitungen für eine kleine Hochzeitsfeier im Garten getroffen. Die Brüder buchten ihre Flüge, Hyacinth suchte sich ein Hochzeitskleid aus, und Einladungskarten mit Prägedruck wurden in Auftrag gegeben. Einige Geschenke waren bereits eingetroffen, und man bedachte die Absender mit Dankeskarten. Auch der Umzug nach Texas wurde sorgfältig geplant.

Dad war es, der vorschlug – oder eher darauf bestand –, dass nach der Trauung eine Party stattfinden müsse.

»Es ist verständlich, dass du aus deiner Hochzeit keine Massenveranstaltung machen möchtest, Hyacinth. Aber wenn du anschließend nicht feierst, wirst du es irgendwann bereuen. Außerdem ist es nicht nett, unsere Freunde auszuschließen, nachdem du dein ganzes Leben in dieser Stadt verbracht hast und hier zur Schule gegangen bist. Was sagst du dazu, Francine?«

Eigentlich hätte Hy erwartet, dass die Initiative zu der

Party von ihrer Mutter ausgehen würde, aber sie erhob zumindest keine Einwände. Überhaupt verhielt sie sich seit jenem verschneiten Abend, an dem Jim Gerald sein Herz und seine Brieftasche geöffnet hatte, erstaunlich zurückhaltend, vielleicht ein wenig zu still – oder bildete Hyacinth sich das nur ein?

»Nun, du weißt ja, wie gerne ich Partys gebe«, erwiderte sie nun. »Hyacinth, du musst mich bei der Dekoration, der Speisenfolge und der Gästeliste beraten. Ich mache mich sofort an die Arbeit.«

Als der Hochzeitstag näher rückte, war Hyacinth oft versucht, Francine nach ihrer wahren Meinung über Gerald zu fragen, der schließlich inzwischen zur Familie gehörte. Doch sie scheute stets davor zurück. Auch Francine schnitt das Thema nie an, vermutlich, weil sie – wie konnte es auch anders sein? – ihren Irrtum einsah und sich dessen schämte. Vielleicht war es besser, die Vergangenheit zu ruhen zu lassen.

Hyacinth fand, dass das Leben wunderschön war.

5

Den ganzen Nachmittag lang wirbelten sie, begleitet von einer ausgezeichneten fünfköpfigen Kapelle, über die Tanzfläche, die auf dem Rasen aufgebaut worden war. Für den Fall, dass es regnen sollte – zum Glück wies nichts darauf hin –, hatte man ein Zeltdach aufgespannt. Rings um die Tanzfläche standen mit weißen Rüschendecken und Taftschleifen geschmückte kleine Tische, und an einem von ihnen hatte sich die Familie niedergelassen, um den Gästen beim Tanzen zuzusehen.

Jim war, um einen seiner Lieblingsausdrücke zu benutzen, »in seinem Element«.

»Schaut euch nur an, wie Gerald das Tanzbein schwingt. Und Hy lässt sich auch nicht lumpen. Ich hätte nie gedacht, dass sie eine so gute Tänzerin ist.«

Francine war nachdenklich.

Wahrscheinlich gibt es viel, was wir nicht über sie wissen, sagte sie sich.

»Unsere stille kleine Schwester«, merkte George an, »heiratet als Erste aus ihrer Klasse! Damit hätte ich nie gerechnet. Ihr Mann ist wirklich ein sehr netter Kerl, der es weit bringen wird. Ich kann da mitreden, denn als Mitarbeiter eines weltweit operierenden Bankhauses lerne ich viele erfolgreiche Leute kennen.«

»Ja, und ist er nicht charmant?«, stimmte Großmutter zu. »Bei mir war es Liebe auf den ersten Blick. Wie ich Hyacinth sagte, ist es eine sehr ernste Entscheidung zu heiraten. Aber diese Ehe wird halten. Sicher wird er sie glücklich machen, das spüre ich in meinen Knochen. Was meinst du, Francine?«

Bestimmt hat Hyacinth ihr von dem Gespräch erzählt, das

sie belauscht hat, dachte Francine, und nun verlangt sie von mir, dass ich mich auf eine Meinung festlege. Es wird sie erstaunen zu hören, dass er mir immer besser gefällt. Zumindest habe ich in den vergangenen Monaten keinen Grund zur Kritik gefunden.

»Ja, das glaube ich auch«, sagte sie.

Sie hoffte und betete, dass sie mit ihrem vorschnellen Urteil über den Mann, den Hyacinth anbetete, keinen allzu großen Schaden angerichtet hatte und dass ihre harten Worte rasch in Vergessenheit geraten würden. Trotz des sonnigen Nachmittags war Francine ernster Stimmung. Wie leicht war es doch gewesen, diese drei jungen Männer großzuziehen, die nun wieder über die Tanzfläche glitten. Bei ihnen hatte sie nie eine Überraschung erlebt. Ganz anders als bei Hyacinth.

Vermutlich bin ich ihr oft auf die Nerven gegangen, überlegte sie. Ganz bestimmt. Ich habe mir Sorgen um sie gemacht, und wahrscheinlich haben wir mehr an ihr herumerzogen, als gut für sie war. Aber ich wollte doch nur, dass sie glücklich wird und mehr aus sich herausgeht. Und so habe ich von ihr verlangt, jemand zu sein, der sie einfach nicht ist.

»Schau sie dir an«, meinte Jim. »Sie ist aufgeblüht wie eine Rose.«

Francines Blick ruhte bereits auf ihrer Tochter, die lachend den Kopf in den Nacken legte. Der kurze Schleier schwebte hinter ihr her, und ihre Füße bewegten sich rasch. Sie tanzte mit einem Kollegen aus dem Museum. Ihre Freunde dort hatten ihr ein originelles und hübsches Hochzeitsgeschenk gemacht, eine wunderschöne und geschmackvoll gerahmte Fotoserie von Shackletons Expedition zum Südpol. Hyacinth hatte sehr nette Freunde.

Als Gerald abklatschte, reckte Hyacinth sich auf die Zehenspitzen und küsste ihn auf den Mund. Wieder setzten sich ihre Füße in Bewegung, ihr Schleier flog, und sie strahlte vor Liebe. Jim hatte recht: Sie war aufgeblüht wie eine Rose.

Auch Jim war überglücklich.

»Ein traumhaftes Fest, mein Schatz. Du bist einfach die Tüchtigste. Und wie immer hast du alles im Griff. Ich möchte dich irgendwann einmal dabei erwischen, dass du etwas vergisst. Nur ein einziges Mal.«

»Tja, hier kommt deine Gelegenheit. Die Weinkaraffen sind fast leer. Ich werde die Kellner rasch daran erinnern, dass der Nachschub in der Garage steht.«

Als Francine zurückkehrte, hatte sie Großmutter etwas auszurichten.

»Der Partyservice möchte wissen, wo ich die Plätzchen herhabe und wie viel sie kosten. Sie würden gern welche beziehen.«

Oma lachte.

»Ach du meine Güte, das sind doch nur meine Gewürzplätzchen, ein Rezept aus einem Williamsburger Kochbuch aus dem achtzehnten Jahrhundert. Oder ist das Kochbuch aus New Orleans? Ich weiß es nicht mehr so genau.«

»Nun, zumindest sind sie beinahe aufgegessen, und dabei hast du mindestens zweihundert Stück gebacken. Jim, hat Gerald nicht gesagt, sie wollten um sechs aufbrechen? Dann sollten sie sich jetzt aber umziehen. Wo steckt Gerald denn? Ich kann ihn nirgendwo entdecken.«

»Er ist vor einer Weile hineingegangen«, erwiderte Großmutter. »Vielleicht der Wein und die Aufregung.«

»Gut, dann frage ich ihn, wie er weitermachen möchte. Die Kapelle wäre bereit, auch länger zu bleiben, wenn wir wollen.«

Nur aus der Küche waren Geräusche zu hören, als Francine durch das sonst stille Haus ging. Dann jedoch nahm sie Stimmen aus Hyacinths kleinem Atelier oben an der Treppe wahr.

»Bist du das, Gerald?«, rief sie und ging darauf zu.

»Ja, ich zeige gerade Hys – Hyacinths – Arbeiten ihrer Freundin Martha.«

Kurz kochte Zorn in Francine hoch. Was hatte das zu bedeuten? Als sie das Atelier betrat, schenkte Martha ihr ein blendendes Lächeln. Francine erkannte sie erst auf den zweiten Blick, denn sie färbte sich das Haar, seit sie in New York wohnte und arbeitete. Offenbar hatte sie einen teuren Friseur, denn es waren keine dunklen Ansätze zu sehen.

»Nun kenne ich Hy so lange und hatte keine Ahnung, wie begabt sie ist!«, rief Martha aus. »Das Bild von ihrem Vater ist ausgezeichnet. Und das Stillleben mit dem Obst ist eine Wucht.«

»Es ist schon verkauft«, erklärte Gerald. »Einer ihrer Freunde aus dem Museum wollte es haben. Und ihre Großmutter möchte das Aquarell erwerben, das dieses Haus darstellt, um es George zum Geburtstag zu schenken.«

»Davon wusste ich wirklich nichts! Aber Hy ist so bescheiden. Das war sie schon immer.«

»Stimmt«, meinte Gerald.

»Nun, sie ist schließlich eine Künstlerin. Und Künstler sind eben ein bisschen anders.«

Sei nicht albern, schalt Francine sich währenddessen. Hast du etwa gedacht, dass die beiden hier oben ein Rendezvous verabreden? Trotzdem macht es einen seltsamen Eindruck, dass sie sich gemeinsam von der Party verdrückt haben. Das war ziemlich gedankenlos von ihnen. Und sicher weiß diese junge Frau genau, was sie tut. Sie hat Macht über Männer und Vergnügen daran, nur so zum Spaß mit ihnen zu spielen. Ach, das kenne ich aus Erfahrung. Doch seit ich mit Jim verheiratet bin, habe ich diese Macht nie mehr eingesetzt. Und da liegt der Unterschied.

»Die Schneeszene ist wunderschön«, verkündete Martha. Sie nahm sich Zeit, ein Bild nach dem anderen zu betrachten, wie um zu betonen, dass ihr Besuch im Atelier völlig harmlos war. »Man fängt förmlich an zu frieren.«

Lange unterdrückte Gedanken stiegen in Francine auf wie hartnäckiges Unkraut, das sich trotz aller Bemühungen nicht ausrotten lässt. Hatte nicht ein französischer Philosoph geschrieben – oder war es einfach nur ein Sprichwort? –, dass es Menschen gab, die liebten, und solche, die geliebt wurden? Hyacinth liebte. Hyacinth verschenkte arglos ihr Herz und ihre Seele, weil sie keine Hintergedanken kannte. Sie war offen und ehrlich und einfach von Natur aus naiv. Hinterlist schien für sie ein Fremdwort zu sein.

Francine stand am Fenster und blickte auf die fröhlich lärmenden Partygäste hinab, die sich vor ihren Augen plötzlich in einen hektisch summenden Bienenschwarm verwandelten.

Geht es wirklich immer nur um den Kampf, an der Spitze zu bleiben? Ein schrecklicher Gedanke. Natürlich wusste er, dass Jim ihm das Geld geben würde. Er hat es geschickt angefangen.

»Hast du nach mir gerufen?«, fragte Gerald.

»Ja, ich dachte, dass du und Hyacinth vorhattet, um sechs aufzubrechen, und wollte euch nur daran erinnern.«

»Danke, ich komme gleich.« Er drehte sich zu Martha um. »Schau dir Francine an. Ist sie nicht wunderschön?«

»Traumhaft. Und sie scheint nicht älter zu werden.«

Gerald legte den Arm um Francine und küsste sie auf die Wange. Seine ausdrucksvollen Augen waren ihr schon immer aufgefallen. Im Moment stand ein sanfter und anteilnehmender Ausdruck darin.

»Du machst dir Sorgen. Dein letztes Küken verlässt das Nest, und du bist traurig darüber. Bitte, versuche dich für uns zu freuen. Ich werde sie sehr, sehr glücklich machen.«

Woher weiß ich nur, dass das nicht stimmt? Ich habe kein Recht, ständig schwarz zu sehen. Das führt bloß zu Schwierigkeiten. Also muss ich aufpassen, was ich denke.

»Ganz sicher«, erwiderte sie.

Das rote Auto, vollgepackt mit neuen Koffern, stand in der Auffahrt, während die Gäste warteten, um das Brautpaar zu verabschieden. Francine und Jim waren bedrückt, weil ihr jüngstes Kind fortgehen würde, genau wie Gerald es vorhergesagt hatte. Hinter sich hörten sie Gesprächsfetzen.

»Sah Hyacinth nicht hinreißend aus? Und sie hat gestrahlt vor Glück.«

»Was hältst du von ihm? Ist er nicht niedlich?«

»Wollen sie direkt nach Texas fahren?«

»Nein, sie werden ein paar Wochen herumreisen, bevor er seine Stelle antritt. Grand Canyon. Teton Range. Alle wichtigen Sehenswürdigkeiten eben. Im Gegensatz zu ihr war er noch nie an der Westküste.«

»Sie ist schon viel herumgekommen.«

Ja, wir haben alles getan, um ihren Wissensdurst und ihren scharfen Verstand anzuregen, dachte Francis. Und die Förderung scheint nicht vergebens gewesen zu sein, auch wenn sie ein stures kleines Geschöpf war.

»Mom«, sagte Hyacinth.

Für die Reise hatte sie Jeans und einen dicken Pulli angezogen, denn es war ein kühler Wind aufgekommen. Sie hielt eben nicht viel von Konventionen, die für den Aufbruch in die Flitterwochen eigentlich ein schickes Kostüm vorsahen.

»Mom, ich möchte dir etwas ins Ohr flüstern. Hör zu. Ich bin so froh, dass du und Gerald ... keine Tochter könnte sich eine bessere Mutter wünschen als dich. Vergiss meine dummen Bemerkungen und meine Kritik. Bitte. Es war eine Traumhochzeit. Ach, du weißt schon, was ich dir sagen will. Wenn ich nicht gleich aufhöre, fange ich noch an zu weinen.«

»Ich auch, Liebes. Passt auf euch auf. Wie heißt das alte irische Sprichwort noch mal? Möge die Straße ...«

»Möge die Straße sich auf euren Wegen ebnen und möget ihr stets den Wind im Rücken haben.«

»Los geht's!«, rief Gerald aus und hielt Hyacinth die Tür auf. »Steig ein.«

»In mein Glücksauto. Nur, dass es heute nicht regnet.«

Er setzte sich ans Steuer, sie winkten, und kurz darauf war das rote Glücksauto verschwunden.

6

Wenn Gerald am späten Nachmittag nach Hause kam, blieb er häufig an der Tür stehen, schüttelte den Kopf und meinte verwundert: »Ich hätte nie gedacht, dass sich mein Leben einmal so entwickeln würde.«

»Ich auch nicht«, antwortete Hyacinth dann.

Sie fühlte sich wie eine Königin in ihrem kleinen Reich. Die modern ausgestattete Wohnung verfügte über allen erdenklichen Komfort, und die schlichten Massivholzmöbel würden sie vermutlich überleben. Francine und Jim, die für die Einrichtung verantwortlich zeichneten, vertraten nämlich die Auffassung, dass man durch Qualität langfristig Geld sparte. Ganz zu schweigen davon, dass schöne Dinge einfach Freude bereiteten.

Die Regale quollen bereits von Büchern und Schallplatten über. Gardinen und Polster waren geblümt. George hatte einen lackierten Wandschirm aus Singapur geschickt. Und die hellblau gestrichene Küche, wo Töpfe mit Kupferböden an einem Gestell hingen, war blitzblank. Der Traum von einem Schlafzimmer war osterglockengelb ausgestattet. Ein großer, weicher, schon viele Jahre alter Teppich, von Großmutter handgeknüpft, war ihnen nach Texas gefolgt.

Aus jedem Fenster bot sich ihnen eine andere Aussicht. Von der kleinen Küche aus hatten sie Blick auf die weite brettebene Landschaft von Texas, wo sich in der Ferne einige unerwartete Wolkenkratzer erhoben. Einige von ihnen waren bereits fertiggestellt, andere bestanden noch aus stählernen Gerüsten. Wenn man das seitliche Fenster öffnete, wehte der Duft der Pappeln von der anderen Straßenseite herein.

Unter den Schlafzimmerfenstern wuchsen einige junge

Dattelpflaumen, deren Laub sich, wie man Hyacinth gesagt hatte, im Herbst von Dunkelgrün zu Gelb verfärben würde. Im Moment jedoch standen sie staubig und schlaff in der Hitze, denn die Temperatur war auf knapp vierzig Grad gestiegen. Das Wohnzimmerfenster ging auf einen belebten Highway hinaus. Jeden Morgen brachte er sie, vorbei an von Sicherheitszäunen geschützten Luxussiedlungen und teuren Einkaufszentren, in die Innenstadt, wo Gerald im Krankenhaus arbeitete und Hyacinth in einer kleinen Kunstgalerie beschäftigt war.

Das hiesige Museum hatte keine freien Stellen gehabt. Anfallende Restaurierungsarbeiten wurden hier nämlich – Ironie des Schicksals, wie sie Gerald erzählte – an das Museum ihrer Heimatstadt vergeben! Also schien die Galerie die zweitbeste Möglichkeit. Ihre Tätigkeit war recht interessant und gab Hy genug Zeit, am Küchentisch Aquarelle und Skizzen anzufertigen. Dort saß sie meistens, wenn Gerald nach Hause kam.

Noch nie hatte sie ihn so ausgelassen und in Hochstimmung erlebt. Er tauchte ins Krankenhausleben ein und hatte sich einen Chirurgen zum Vorbild erkoren, der die Fähigkeit besaß, einem mit halber Nase geborenen Kind zu einem neuen Gesicht zu verhelfen oder einen in einer Maschine zerquetschten Arm zu retten. Obwohl Gerald oft über seine eigene Gewissheit lachte, war er überzeugt, dass auch er einmal solche Wunder würde bewirken können.

Da sein Arbeitsalltag volle Konzentration erforderte, wusste er ein friedliches Zuhause zu schätzen. Seine Freude an den kleinen Dingen des Lebens wie einem leckeren Abendessen und einem hübsch gedeckten Tisch ging Hyacinth ans Herz. Er lobte den frisch gebrühten Kaffee, das Muster auf der Porzellantasse und die Aufmerksamkeiten, mit denen sie ihn überschüttete.

Eines Abends blickte er von dem Text auf, den er gerade las.

»Endlich fühle ich mich sesshaft«, sagte er unvermittelt.
»Wie bitte?«, fragte sie.

»Sesshaft. Noch nie habe ich länger als zwei Jahre an einem Ort gelebt. Häufig nicht einmal das.«

Auch Hyacinth hatte gelesen. Doch nun sorgten seine Worte dafür, dass sie aufstand und die Arme um ihn legte.

»Wir bleiben zusammen«, meinte sie

»Mir ist heute deine Mutter eingefallen. Und wie sie ihre ursprüngliche Meinung über mich geändert hat. Du solltest nur Gutes über sie denken.«

»Ich denke grundsätzlich gut über meine Mitmenschen«, erwiderte Hyacinth ernst. »Schade, dass nicht alle so glücklich sein können wie wir. Es mag naiv klingen, aber manchmal könnte ich die ganze Welt umarmen.«

Allerdings war Hyacinth nicht so naiv anzunehmen, dass es sich bei diesem Gefühl um mehr als um einen vorübergehenden Zustand handelte.

Und sie war Realistin genug, um zu wissen, dass Flitterwochen nicht ewig dauerten.

Irgendwann kam jeder dahinter, dass der Partner auch seine dunklen Seiten hatte. Wenn man bedachte, wie viele Gewohnheiten, Erinnerungen und Vorlieben die Persönlichkeit eines Menschen prägten, konnte man wohl kaum erwarten, jemanden zu finden, der einem in allen Einzelheiten entsprach.

Zum Beispiel war da der Tag, als Hyacinth eine Vernissage im Museum besuchen wollte und Gerald sich weigerte, sie zu begleiten.

»Es ist nur eine halbe Autostunde von hier«, protestierte sie. »Außerdem sind die Bilder eine Leihgabe der National Gallery. Willst du dir das wirklich entgehen lassen?«

»Offen gestanden sind mir Kunstwerke herzlich gleichgültig, Hy«, meinte er verlegen. »Ich habe nur so getan, als interessierte ich mich dafür.« Als er ihre verdutzte Miene sah, fuhr er fort: »Du solltest dich geschmeichelt fühlen. Es war meine Methode, dich herumzukriegen.«

Ein anderes Beispiel war die Radiomusik, die sie gerne beim Kochen hörte – und sie stand in letzter Zeit recht häufig in der Küche. Als sie eines Tages bemerkte, dass er beim Nachhausekommen das Gesicht verzog, erkundigte sie sich nach dem Grund.

»Für mich hört sich das schrecklich an.«

»Die Musik ist wunderschön – Mozart«, erwiderte sie nachsichtig.

»Wahrscheinlich bist du von Kindheit an daran gewöhnt. Dein Vater hört dieses Zeug ja ständig.«

»Wahrscheinlich hast du recht. Dann mache ich es eben aus, wenn du da bist.«

Den Pfannenwender in der Hand, stand sie da und wurde von gemischten Gefühlen ergriffen. Einerseits fühlte sie sich ein wenig gereizt, andererseits wusste sie, dass das falsch von ihr war. Schließlich war das auch sein Zuhause, und wenn er solche Musik nicht leiden konnte, durfte man ihn nicht zwingen, sie sich anzuhören. Oder?

Nun, sie hatten eben einen unterschiedlichen Geschmack. Das Erstaunliche daran schien nur, dass Gerald mit seinen Vorlieben so lange hinter dem Berg gehalten hatte. Allerdings kam es ihr nur natürlich vor, dass eine Ehe, zumindest in der Anfangsphase, so manche Überraschung bereithielt, bis sich die beiden Partner im Laufe der Jahre aneinander gewöhnten und zusammenwuchsen.

Zumindest in manchen Dingen, sagte sie sich realistisch.

Auch die traute Zweisamkeit konnte nicht von Dauer sein. Da Gerald in einem großen Krankenhaus beschäftigt war, schloss er rasch viele Freundschaften. Von seiner geselligen Ader hatte Hyacinth nichts geahnt. Bald versammelte sich jeden Samstagabend eine große Clique in ihrer Wohnung. Hyacinth bemerkte, dass Gerald dank seines scharfen Verstandes und seiner Ausstrahlung eine Führungsrolle in der

Gruppe genoss, und ihr schien es, als ob er immer mehr Raum einnahm.

Sie fand es rührend zu sehen, welche Freude er an diesem Leben hatte. Die Wohnung war sein ganzer Stolz, denn die meisten anderen jungen Paare wohnten möbliert und aßen auswärts. Welch ein himmelweiter Unterschied zu diesen geschmackvoll und behaglich ausgestatteten Räumen, wo stets ein appetitlicher Imbiss bereitstand.

»So gut wie bei dir essen sie sonst nie«, meinte Gerald.

»Da kannst du dich bei Oma bedanken. Sie hat mir das Kochen beigebracht.«

Obwohl Hy gern die Gastgeberin spielte, wünschte sie nach einer Weile, sie hätten nicht so häufig Besuch gehabt. Außerdem fühlte sie sich in diesem Kreis wie eine Außenseiterin, denn wenn es nicht um medizinische Themen ging, wurde über abwesende Personen gelästert, sodass sie meistens nur schweigend danebensaß, lauschte, beobachtete, sich ein Bild von den Anwesenden machte und Rivalitäten oder eine aufkeimende romantische Beziehung erahnte.

»Du bist ein wissbegieriger Mensch«, meinte Gerald einmal zu ihr. »Dir entgeht nichts. Ständig denkst du nach und versuchst, den Dingen auf den Grund zu kommen.«

Ja, das stimmte. Sie bemerkte vieles und prägte es sich gut ein. Während es erst Herbst und dann Winter wurde, bildete sie sich eine Meinung über jeden Einzelnen der häufigen Besucher. Und da es ihr nun einmal im Blut lag, ihre Mitmenschen zu mögen – oder sie zumindest nicht zu verurteilen –, gab es da nur eine Person, die sie wirklich nicht leiden konnte. Es war eine Ärztin, die Elizabeth hieß, jeder aber Bettina nannte. Obwohl keine klassische Schönheit, erregte sie Aufmerksamkeit und war sich dessen sehr wohl bewusst. Dass sie deshalb bei ihren Geschlechtsgenossinnen nicht sehr beliebt war, schien sie nicht weiter zu stören.

»Sie sind also die Frau dieses schönen Mannes!«, lautete ihre Begrüßung bei ihrer ersten Begegnung mit Hy. »Sie hätten die Schwestern hören sollen, als er in die Station spaziert kam. Sicher wird er mit einer Privatpraxis sehr erfolgreich sein, denn er hat nicht nur Verstand, sondern einen unwiderstehlichen Charme.«

Charme, das konnte man laut sagen! Vor ihrer Hochzeit hatte Hy Gerald nie in einer Gruppe erlebt. Und so war es eine völlig neue Erfahrung für sie, wie sein Tonfall und sein Mienenspiel sich in Gesellschaft veränderten. Er lachte sogar anders, ein ansteckendes Kichern, bei dem seine Augen so spitzbübisch und wissend funkelten, als teilten er und sein Zuhörer ein Geheimnis.

Kurz darauf, an einem besonders ausgelassenen Abend, hörte Hy plötzlich dicht neben sich eine Frauenstimme.

»Du bist aber sehr geduldig. Geduldig und tolerant.«

Erschrocken blickte Hy in den Flur hinaus, wo Gerald und Bettina schon seit einer geraumen Weile beisammenstanden.

»Wahrscheinlich nimmst du es nicht ernst. Bettina würde niemals den Dickwanst verlassen, mit dem sie verheiratet ist, oder riskieren, dass er sie wegen eines Seitensprungs vor die Tür setzt. Der Kerl erstickt nämlich im Geld, und sie könnte nicht auf den Luxus verzichten.«

Hy spürte, wie sie errötete.

»Keine Ahnung, was du mit Geduld und Toleranz meinst«, entgegnete sie steif.

Die Frau, ein eher seltener Gast, zuckte lässig die Achseln. »Dass du tatenlos zusiehst, wie er dich demütigt.«

Da die Frau angetrunken war, ließ Hyacinth sie einfach stehen.

»Ich fühle mich nicht gedemütigt«, sagte sie noch und wünschte, die Leute würden endlich nach Hause gehen.

Hy verstand die Welt nicht mehr. Wurde sie gedemütigt? Oder führte sie sich auf wie eine prüde Moralapostelin? Wiederholte sie ihr Verhalten von damals, als sie Martha als Konkurrentin gesehen hatte? Wenn ja, musste damit unbedingt Schluss sein.

Viel später, Hyacinth hatte sich bereits die Zähne geputzt und sich bettfertig gemacht, ging ihr der Zwischenfall noch immer im Kopf herum. In ein durchscheinendes Negligee aus violetter Seide – ein typisches Geschenk von Francine – gehüllt, stellte sie sich vor den bodenlangen Spiegel, hob das Nachthemd und musterte sich. Sie war schlank, gut proportioniert und hatte ein ansprechendes Gesicht. Allerdings war sie keine bemerkenswerte Schönheit, nach der die Leute sich umdrehten.

Ganz im Gegensatz zu Dr. Bettina.

Gerald kam herein und lachte auf. »Was machst du denn da vor dem Spiegel? Ich hoffe, du bist mit dir zufrieden.«

»Das ist nicht die Frage. Viel wichtiger ist, ob du mit mir zufrieden bist.«

»Was ist los, Hy?«

»Ich vergleiche mich mit dieser anderen Frau – Bettina.«

»Ach du meine Güte!«

»Wir müssen ehrlich zueinander sein.«

»Ich dachte, das wären wir.«

»Oh!«, rief sie aus. »Eifersucht ist so etwas Schäbiges! Mir ist das richtig peinlich.«

Sein Blick wurde traurig, als er sie eindringlich ansah. Es war ein gleichzeitig ernster, flehender und leicht bestürzter Augenausdruck, den sie sehr gut kannte.

»Hyacinth, mein Liebling, verzeih, wenn ich dich gekränkt habe, aber du benimmst dich wirklich albern. Wie kannst du dich mit dieser Frau vergleichen, die eine absolute Null, ein Kleiderständer und ein billiges Flittchen ist? Komm ins Bett. Stell dich nicht so an. Oder soll ich dich mit Gewalt hineinschleppen? Es ist schon kurz vor eins.«

Lange lag sie da und vergrub den Kopf an seiner geliebten Schulter, während er Koseworte in ihr Haar murmelte.

»Liebe Hy, du bist reizend, klug und so eine Närrin. Ein Unschuldslamm. Nennt Francine dich nicht auch so?«

Sie wurde von der Sehnsucht erfüllt, mit ihrem ganzen

Körper mit ihm zu verschmelzen und eins mit ihm zu werden.

»Für dich würde ich sterben«, flüsterte sie.

»Nein, nein, so etwas darfst du nicht sagen.«

»Doch, das würde ich. Erinnerst du dich an die Frau auf der *Titanic?* Straus hieß sie, Mrs Straus. Als sie in ein Rettungsboot gesetzt werden sollte, hat sie sich geweigert, weil sie lieber mit ihrem Mann untergehen wollte. Das hätte ich auch getan.«

»Dann hätte dich mit Gewalt in das Rettungsboot geschubst. Jetzt aber genug von diesem Gerede. Ich weiß da etwas viel besseres.« Seine warmen, kräftigen Hände zupften an dem Seidennachthemd. »Zieh dieses dumme Ding aus.«

7

Es war ein milder Nachmittag in ihrem zweiten gemeinsamen Herbst, ein himmelweiter Unterschied zu dem frischen, kühlen Wetter in Massachusetts, wie Hyacinth bei einem Telefonat mit einer Freundin in ihrer Heimatstadt feststellte.

»Das nennen die kalt. Dabei haben wir fünfundzwanzig Grad. Kannst du dir das vorstellen? Außerdem ist Football für die Einheimischen so etwas wie eine Religion, und wenn ein Spiel stattfindet, möchte man meinen, dass zwischen Frankreich und Deutschland Krieg ausgebrochen ist. Aber mir gefällt es hier. Die Leute sind nicht so förmlich und sehr nett, sogar in den Großstädten. Ach, und ich kann jetzt den Text von ›The Yellow Rose of Texas‹ auswendig.«

In Hochstimmung, betrat Hy die Arztpraxis, und als sie eine halbe Stunde später, ein breites Lächeln auf dem Gesicht, wieder herauskam, hatte sie sich noch immer nicht von der Überraschung erholt.

»Keine Verhütungsmethode ist hundertprozentig zuverlässig«, hatte der Arzt, ebenfalls schmunzelnd, erklärt. »Der Juni ist eine gute Zeit für eine Geburt, weil es dann, wenn wir Glück haben, nicht ganz so heiß ist.«

Geburtshelfer musste ein aufmunternder Beruf sein, dachte Hy.

Sie hatte das Gefühl, auf Sprungfedern zu gehen, die bei jedem Schritt einen Hüpfer machten. In ihrer Brust prickelten Kohlesäurebläschen wie in einem Champagnerglas, und sie hätte die ganze Zeit laut lachen können.

Da es erst vier Uhr war, musste sie die gute Nachricht noch zwei Stunden für sich behalten, bis Gerald nach Hause kam. Am liebsten hätte sie gesungen oder den nächstbesten Passanten angehalten, um ihm von diesem Wunder zu erzählen. Warum blieb die Welt nicht stehen, weil sie ein Baby bekam? Eigentlich hatten sie mit der Familiengründung bis zum Ende von Geralds Praktikum warten wollen, doch nun war es eben anders gekommen. Als Hy weiterschlenderte, nahm sie so viele Kinderwagen wahr wie nie zuvor.

Hy bekam Lust, zur Feier des Tages ein paar Einkäufe zu machen und sich etwas zu gönnen. Und so kehrte sie, einen riesigen Plüschpanda, einen Strauß Astern, eine Flasche Champagner und einen kleinen Kuchen im Arm, zu ihrem Wagen zurück.

Zu Hause angekommen, fiel ihr ein, dass ihre Eltern einen Besuch angekündigt hatten. Derzeit befanden sie sich auf der zweiten Etappe ihrer Rundreise zu ihren Kindern und Enkelkindern. Nächstes Jahr um diese Zeit würden sie ein neues Enkelkind besuchen können.

Wir müssen uns einen besseren Fotoapparat besorgen. Dieser Kuchen ist viel zu klein.

Wie hatte sie nur den morgigen Tag vergessen können? Sie würde morgen wohl noch einmal loslaufen und einen zweiten Kuchen kaufen müssen. Oder vielleicht einen backen, wenn die Zeit reichte. Etwas Selbstgebackenes machte immer einen besseren Eindruck und wirkte gastfreundlicher. Auch eine zweite Champagnerflasche musste her. Und so wirbelten zusammenhanglose Gedanken in ihrem Kopf durcheinander, während sie den Tisch fürs Abendessen deckte.

»Was ist denn das?«, wunderte sich Gerald beim Anblick des Pandas in der Sofaecke.

»Dreimal darfst du raten.«

»Einer deiner Brüder wird wieder Vater.«

»Nein, Onkel«, entgegnete sie lachend.

Er starrte sie fassungslos an. »Was soll das heißen?«

Hy genoss es, ihn auf die Folter zu spannen. »Ich war heute bei Dr. Lilly.«

»Lilly? Der ist doch Facharzt für Geburtshilfe.«

»Genau! Ach, Liebling, im Juni ist es so weit. Weil ich mir nicht ganz sicher war, wollte ich es mir erst bestätigen lassen. Aber es stimmt.«

Gerald zog das Sakko aus und legte es, ordentlich wie immer, über eine Sessellehne. Er schwieg.

»Hat es dir vor Überraschung die Sprache verschlagen? Das ist ja wie in einer dieser alten Komödien, in denen der Mann in Ohnmacht fällt, wenn die Frau es ihm eröffnet …«

»Überraschung ist der richtige Ausdruck. Immerhin ist der Zeitpunkt nicht unbedingt passend.«

Sein Gesicht! Er hatte die Lippen zu einem strengen, schmalen Strich zusammengepresst. Hy konnte den Blick nicht abwenden.

»Bist du sicher?«, fragte er. »Hat Louie sich nicht geirrt?«

»Du bist aber komisch! Natürlich nicht.«

Ihr wurden die Knie weich, sodass sie sich, die Vase mit den Astern noch immer in der Hand, an den Tisch setzen musste.

»Was ist denn los?«, fuhr sie fort. »Ich dachte, du würdest dich freuen.«

»Nun, ich freue mich aber nicht. Nicht hier und jetzt. Sei doch vernünftig, Hy. Einen ungünstigeren Zeitpunkt konntest du dir gar nicht aussuchen. Meine Ausbildung dauert noch fast zwei Jahre. Die Wohnung ist viel zu klein für ein Bettchen, einen Kinderwagen, nasse Windeln und … Ach herrje. Lass uns etwas unternehmen und noch eine Weile warten, wie wir es geplant hatten. Bitte.«

Ihr Herz klopfte so heftig, dass sie kaum ein Wort herausbrachte. »Etwas unternehmen? Was meinst du damit?«

»Stell dich nicht dümmer, als du bist. Dein Kleinmädchengetue kann einem manchmal ziemlich auf die Nerven gehen. Du weißt genau, wovon ich rede.«

Hy fühlte sich wie in einem bösen Traum.

Geschieht das alles wirklich?, schoss es ihr durch den Kopf. Wie kann das sein? Wie kann er solche Sachen sagen? Ausgerechnet er.

»Abtreibung«, flüsterte sie. »Verlangst du das etwa von mir?«

»Es liegt nur am Zeitpunkt, ist das denn so schwer zu verstehen? Jetzt passt es einfach nicht. Wir können doch später Kinder bekommen. Sei vernünftig, Hy, und lass die Sentimentalität.« Hy brach in Tränen aus. Als sie aufsprang, stieß sie so heftig gegen den Tisch, dass die Champagnerflasche zu Boden fiel und zerbrach.

»Pass auf, tritt nicht in die Scherben!«, rief er.

»Warum interessiert dich das? Schließlich liebst du mich nicht. Denn anderenfalls würdest du unser Kind auch lieben und nicht von mir fordern, dass ich es umbringe. Wir sind jung, wir sind gesund, wir nagen nicht am Hungertuch, und wir leben auch nicht im Krieg. Eine Abtreibung, mein Gott, du solltest dich schämen! Wie kannst du nur …«

Gerald knallte das Fenster zu.

»Jetzt wirst du schon wieder hysterisch. Willst du, dass die Nachbarn dich hören?«

»Das ist mir völlig egal. Sollen sie ruhig wissen, dass du mir das Herz gebrochen hast. Die ganze Welt soll es erfahren.«

»Moment, Hy, so beruhige dich doch. Es macht keinen Sinn …«

Aber sie war schon ins Schlafzimmer gerannt und hatte die Tür zugeschlagen, dass die Wände wackelten. Weinend und bebend warf sie sich aufs Bett, wo ihr plötzlich flau wurde, sodass sie ins Bad laufen musste, um sich zu übergeben. Als sie sich wieder hinlegte, fühlte sie sich wie in einem Nebel, so, als wäre ihr Herz in sich zusammengefallen.

Einige Stunden später wachte sie auf. Es war dunkel im Zimmer. Sie trug noch ihr Twinset. Gerald lag schlafend am äußersten Rand des breiten Bettes. Eine Weile stand sie da und betrachtete ihn. Man heiratete einen Menschen, vertraute ihm absolut, und dann, eines Tages, wurde dieses Vertrauen im Bruchteil einer Sekunde zerstört, sodass man erfüllt von Bitterkeit und Wut zurückblieb.

Leise ging sie ins Badezimmer, um sich zu entkleiden. Ihre Augen waren geschwollen, ihre Wangen bleich und aufgedunsen. Sie sah zum Fürchten aus. Wenn sie nur die Möglichkeit gehabt hätte, den morgigen Besuch von Francine und Dad abzusagen. Aber unter welchem Vorwand? Es war nicht zu machen.

Doch nein, es gab immer eine Lösung.

»Immer«, sagte sie laut. »Jede Situation lässt sich bewältigen. Irgendwie.«

»Ein Waschlappen mit Eiswasser hilft sicher«, meinte Gerald in diesem Moment.

Er stand in der Tür. Vielleicht hatte sie ihn geweckt, obwohl sie so leise gewesen war. Natürlich konnte er sich auch nur schlafend gestellt haben.

»Ich werde dir sagen, was hilft: Wenn ich dorthin zurückkehre, von wo du mich in deinem Überschwang entführt hast. Wie heißt es in dem Gedicht von Robert Frost? ›Heimat ist dort, wo man stets willkommen ist.‹ Aber es wird nur vorübergehend sein. Ich komme allein zurecht. Mein Baby und ich brauchen dich nicht.«

»Wann landet der Flug deiner Eltern?«, fragte er, als hätte er sie nicht gehört.

»Um viertel nach zehn. Ist das wichtig?«

»Natürlich ist es das. So kannst du nicht zum Flughafen fahren. Und du darfst sie nicht warten lassen.«

»Das ist nicht dein Problem. Es sind meine Eltern. Ich hole sie ab.«

»Sei nicht albern. Ich habe mir extra den Vormittag freigenommen.«

»Ach, weil sie dir so viel bedeuten.«

»Ich gebe dir anderthalb Stunden, um dein Gesicht herzurichten, damit sie dich nicht so sehen.«

»Was soll das heißen? Glaubst du, wir könnten ihnen diesen Horror verheimlichen?«

»Erstens ist es kein Horror, sondern ein Problem, das man

auch sachlich erörtern kann, wenn du es nur versuchen würdest. Außerdem müssen wir sie nicht gleich bei ihrer Ankunft damit überfallen. Mehr wollte ich gar nicht sagen.«

»Halte mir keine Vorträge. Ich hasse diesen selbstgerechten Ton. Wenn das Baby nicht wäre, würde ich am liebsten sterben oder dich umbringen.«

»Hyacinth, hör mir zu.«

»Lass mich in Ruhe. Ich will nichts mehr mit dir zu tun haben.«

Das Bett war der einzige Schlafplatz in der Wohnung. Die Nacht war kühl geworden, und so lag sie, zitternd vor Kälte und Anspannung, mit offenen Augen da und starrte zum Mond hinauf, der immer wieder von Wolken verdeckt wurde. Ob Gerald schlief, wusste sie nicht. Es war ihr auch herzlich egal.

Die Astern von gestern standen, inzwischen vom Boden aufgehoben, auf dem Tisch, flankiert von den Kerzenhaltern aus Kristall, die Jim und Francine mitgebracht hatten. Hyacinth hatte Hühnchen mit Shrimps, das Lieblingsgericht ihres Vaters, zubereitet und den Champagner kalt gestellt, den Gerald nun einschenkte. Francine berichtete von den Brüdern und ihren Kindern. In ihrer scharlachroten Bluse mit Perlenkette sah sie strahlend aus.

Für sie ist das Leben so einfach, dachte Hy.

Es war eine gemütliche, vertraute Runde – oder zumindest wäre sie das gewesen, hätte Hy nicht mit sich gerungen, ob sie ihren Eltern sofort oder lieber erst später am Telefon oder in einem Brief die Wahrheit sagen sollte.

Das Gespräch drehte sich um die – selbstverständlich außergewöhnlichen – Enkelkinder, Georges Rückkehr aus Singapur in die Heimat und Pauls neues Haus. Während Jim redete wie ein Wasserfall, war Francine untypisch still und sah Hyacinth immer wieder forschend an.

»Allmählich überlegen wir uns«, meinte Jim, »ob das Haus

nicht zu groß und zu leer für uns ist. Natürlich lieben wir unseren Garten sehr, aber wenn wir etwas Kleineres mit einem ähnlich großen Grundstück finden und ihr euch nach eurer Rückkehr an die Ostküste dafür interessiert, könntet ihr das Haus vielleicht übernehmen.«

»Ein wunderschönes Haus!«, rief Gerald aus. »Und ein sehr großzügiges Geschenk.«

»Lasst uns nichts überstürzen«, wandte Francine freundlich und pragmatisch ein.

»Du hast recht«, erwiderte Gerald. »Momentan lebe ich ohnehin in einer anderen Welt.«

Und mit diesen Worten setzte er zu einem lebhaften Bericht über seinen Krankenhausalltag an, der Hys Eltern zu interessieren schien.

»Der Unfall war absolut unnötig – kein Sicherheitsgurt. Der Mann wurde auf der Beifahrerseite durch die Windschutzscheibe geschleudert. Sein Gesicht möchte ich lieber gar nicht beschreiben. Malt euch nur aus, wie es sein muss, für den Rest des Lebens so entstellt zu sein. Als junger Mann, der die ganze Zukunft vor sich hat. Mir wurde ganz schön mulmig, als Grump – das ist Malcolm Grumboldt, der Chefarzt – mir die OP übertragen hat. Natürlich stand er die ganze Zeit neben mir und hätte bei einem Fehler meinerseits eingegriffen. Aber Gott sei Dank hat alles geklappt.«

»Ich weiß nicht, wie du das schaffst«, meinte Jim bewundernd zu seinem Schwiegersohn. »Wann war denn das?«

»Gestern Nachmittag.« Gerald lächelte. »Als ich nach Hause kam, habe ich noch immer gezittert wie Espenlaub.«

Das war auf mich gemünzt, dachte Hyacinth. Soll ich es jetzt sagen?

Francine musterte sie weiterhin. »Hast du etwas an den Augen? Sie sehen so müde und geschwollen aus.«

Nein, besser nicht.

»Offenbar bin ich gegen irgendetwas allergisch. Es kommt und geht und ist nicht weiter schlimm.«

»Ach, erzähl es ihnen doch«, mischte Gerald sich ein, als wolle er sie auf den Arm nehmen. »Also gut, wenn du es nicht tust, werde ich es wohl übernehmen müssen. Hyacinth ist schwanger und fühlt sich deshalb nicht so gut.«

In ihrem entgeisterten Blick schwang die Frage mit, was er nun wieder im Schilde führte. Im nächsten Moment ertönten Freudenrufe.

»Liebes!«, begeisterte sich Francine. »Warum hast du denn nichts gesagt? Das ist ja wundervoll!«

»Wenn ich es richtig verstanden habe, halten Frauen es lieber geheim, bis sie sicher sind, dass alles in Ordnung ist«, meinte Gerald.

Hyacinth war machtlos dagegen, dass ihr die Röte den Hals hinaufstieg. Was hatte das zu bedeuten? Sie wartete darauf, dass Gerald ihren Streit erwähnte. Aber er tat es nicht.

Jim stand auf und küsste sie gerührt auf die Stirn.

»Es ist merkwürdig, wenn die eigene Tochter ein Kind bekommt, obwohl es eigentlich etwas ganz Normales sein sollte. Ach, deine Großmutter wird ganz aus dem Häuschen sein, weil sie wieder Urgroßmutter wird.«

Francine, die Hy bereits geküsst hatte, vergaß nicht, auch Gerald einen Kuss zu geben.

»Das Baby ist ein echtes Glückskind«, sagte sie zu ihm. »Heutzutage haben nicht alle Kinder so gute Eltern. Lässt du mich die Erstausstattung besorgen, Hyacinth? Ich kaufe so gerne Babysachen.«

Du kaufst überhaupt gerne ein. Welche Antwort erwartest du von mir?

Bedrückt saß Hy da.

»Aber jetzt musst du wirklich das Rauchen aufgeben«, fuhr Francine mit einem liebevollen Lächeln fort.

Es war schon lange her, dass sie Hy, wenn auch nur beiläufig, kritisiert oder ein Wort über ihre Frisur, ihr Make-up oder ihren Zigarettenkonsum verloren hatte. Wie Hy wusste, lag das an ihrer Erleichterung darüber, dass die Ehe ihrer Tochter trotz ihrer Befürchtungen ein Erfolg geworden war.

Deshalb war ihr ziemlich elend zumute, als sie leise erwiderte: »Natürlich höre ich auf zu rauchen. Sobald ich es wusste, habe ich alle Zigaretten im Haus weggeworfen. Ich werde gut auf mein Baby aufpassen«, fügte sie mit einem scharfen Blick auf Gerald hinzu.

Nun mussten eine neue Wohnung und ein größeres Auto anstelle des kleinen roten Flitzers her. Ob es wohl besser sei, den Wagen zu leasen anstatt ihn zu kaufen? Über gut gemeinten Ratschlägen wie diesen verging die nächste Stunde.

»Wir haben noch viel Zeit«, sagte Gerald schließlich, »obwohl Hyacinth schon erste Vorbereitungen getroffen hat. Wo ist der Panda? Geh und hol ihn, Hyacinth.«

Also musste sie das unhandliche Stofftier hervorkramen, das sie am Morgen ins oberste Regal des Wandschranks gestopft hatte. Jim stimmte den Donauwalzer an und tanzte mit dem Panda durchs Zimmer, alle, bis auf Hyacinth, lachten. Und alle außer ihr tranken noch mehr Champagner und überschlugen sich förmlich vor Begeisterung. Dann wurde es Zeit, ihre Eltern zum Hotel zu bringen.

»Komm doch mit, Hy. Unser Flugzeug geht schon morgen früh, und wir werden uns eine ganze Weile nicht sehen.«

Aber Francine protestierte. »Hyacinth soll besser zu Hause bleiben. Ich glaube, sie ist müde.«

»Ein bisschen.«

Ich bin nicht müde, dachte Hy, sondern nur so schrecklich verzweifelt.

Als sie die Sahnetorte in den Kühlschrank stellte, folgte Francine ihr in die Küche.

»Alles in Ordnung, Hyacinth?«

»Warum? Ja, alles bestens.«

Die zwei senkrechten Falten zwischen Francines Augen entstanden wie immer, wenn sie fest von etwas überzeugt war.

Ich schreibe ihnen.

»Du und Gerald versteht euch doch noch, oder?« Eine Mutter hatte das Recht, so etwas zu fragen. Also musste Hy ihr auch eine Antwort geben.

»Ach, wir haben unsere kleinen Auseinandersetzungen«, räumte sie ein.

Francine betrachtete sie forschend und schien kurz zu zögern. Dann jedoch wurde ihre Miene fröhlich.

»Kleine Auseinandersetzungen. Ja, es ist ganz normal, dass man sich einmal streitet.«

Hy lag schon im Bett, als Gerald zurückkehrte und auf der Schwelle stehen blieb.

»Was sollte das vorhin beim Essen?«, erkundigte sie sich und setzte sich auf.

»Ich habe gründlich nachgedacht. Jetzt weiß ich, dass ich mich schrecklich geirrt habe. Ich schäme mich und möchte dich um Verzeihung bitten.«

»Wirklich? Woher dieser plötzliche Sinneswandel?«

»So plötzlich war er nun auch wieder nicht. Das trifft eher auf meine gestrige Reaktion zu. Ich habe geredet, ohne zu wissen, was ich sagte. Wie du schon gehört hast, hatte ich einen anstrengenden Tag hinter mir und war müde, was natürlich keine Entschuldigung ist. Inzwischen begreife ich nicht mehr, wie ich so etwas von mir geben konnte. Es tut mir aufrichtig leid.«

Sein Blick war schmerzerfüllt. Hyacinth verstand die Welt nicht mehr. Tränen traten ihr in die Augen, und das, obwohl sie unter gar keinen Umständen zu weinen anfangen wollte. Zornig wischte sie sie mit dem Handrücken weg.

»Ich habe dir wehgetan«, meinte er.

»Stimmt.« Als er auf sie zutrat, hob sie abwehrend die Hand. »Nein, noch nicht. Möchtest du dieses Baby wirklich? Denn wenn nicht, werde ich es trotzdem zur Welt bringen. Ohne dich.«

»Ich schäme mich«, wiederholte er. »Bitte, Hy, versteh

mich doch. Ich flehe dich an. Ich habe Panik bekommen und nur an Zeit, Geld und äußere Umstände gedacht. Aber ich will das Kind. Auf dem Heimweg vom Hotel habe ich mir überlegt, wie wir es hinkriegen können. Dieses Zimmer ist groß genug für eine Wiege. Und wenn wir wegziehen und mehr Platz haben, wird er oder sie erst ein gutes Jahr alt sein. Der Kinderwagen kann im Flur stehen. Es wird zwar recht eng, doch das macht nichts. Oh, Hyacinth, bitte verzeih mir und vergiss, was ich gesagt habe. Bitte, mein Liebling, ich weiß, dass du das kannst.«

Die Zeit heilt alle Wunden, dachte Hyacinth. Eine anfangs blutende Verletzung verwandelt sich in eine weiße Narbe und ist irgendwann kaum noch zu sehen.

Die Geburt ihres Sohnes in den frühen Morgenstunden eines schönen Junitages verlief ohne Komplikationen. Nachdem Hy sich ausgeschlafen hatte, wachte sie gegen Mittag auf. Die Sonne schien, und der öffentliche Golfplatz im Park auf der anderen Straßenseite wimmelte bereits von Menschen, deren bunte Kleidung sich wie Punkte von der grünen Wiese abhob.

Wie eine Landschaft von Brueghel, sagte sie sich zufrieden.

Neben ihrem Fenster stand eine Robinie in voller Blüte. Und im Babyzimmer am Ende des Flurs schlief ein kleiner Junge mit dunkler Haut und schwarzem Haarschopf.

»Ein hübscher Kleiner«, meinte die Schwester, als sie Hy das Baby brachte. »Er sieht aus wie sein Vater.«

»Gerald Junior«, sagte Gerald. »Wir werden ihn Jerry nennen. Mit J., damit es keine Verwechslung gibt.«

Der Name war nicht Hyacinths Wahl gewesen. Doch sie wusste aus eigener Erfahrung, dass ein Name nicht weiter wichtig war. Es zählte nur, dass Gerald seinen Sohn bereits vergötterte und im siebten Himmel schwebte.

»Schau ihn dir an! Was für lange Beine er hat. Und so breite Schultern. Für ein Neugeborenes hat er eine wunderschöne Kopfform. Man kann die Knochenstruktur schon gut erkennen.«

Während Hyacinth den Kleinen stillte, saß Gerald daneben und sah ehrfürchtig zu.

»Mutter und Kind. Was für ein Bild. Obwohl es das Normalste von der Welt ist, empfindet man es immer wieder als neu. Als ein Wunder. Hoffentlich ist das Leben gut zu ihm. Deine Eltern waren auch begeistert.«

»Oh, ja, Francine hat sich nach all den Enkeltöchtern endlich einen Jungen gewünscht.«

»Ich habe eine gute Nachricht für dich, Hy. Grump – entschuldige, ich sollte ihn wirklich Dr. Grumboldt nennen – weiß, dass wir zurück an die Ostküste wollen. Deshalb hat er mir einen Kontakt zu einem Kollegen vermittelt, der mir sicher weiterhelfen kann. Er hat vor zehn oder zwölf Jahren hier seine Facharztausbildung gemacht und ist inzwischen sehr erfolgreich, auch wenn er einen wirklich komischen Namen hat: Jack Arnold Ritter-Sloan. Hast du schon einmal so was gehört? Grump sagt, er sei sehr nett und umgänglich, ein prima Geschäftsmann und nicht zu vergessen ein ausgezeichneter Chirurg. Ein wenig geizig soll er sein, aber das ist schließlich seine Sache. Kurz und gut, ein interessanter Mensch. Grump hätte ihn am liebsten hierbehalten, doch er hat damals aus heiterem Himmel beschlossen, seine Zelte abzubrechen. Inzwischen hat er an der Ostküste so viel zu tun, dass er einen Teilhaber sucht. Laut Grump kommt nur ein Spitzenmann in Frage, und er findet, dass ich genau der Richtige bin.« Gerald hielt inne. »Und eins sage ich dir, Hy, Grump geht mit Komplimenten ziemlich sparsam um.«

Hyacinth erinnerte sich an den Tag, an dem sie einen jungen Mann, der einsam auf einem Hügel im Platzregen stand, im Auto mitgenommen hatte.

Junge Mütter sind nun einmal sehr emotional, dachte sie dann, und ich war ohnehin schon immer gefühlvoll.

Sie musste über sich selbst schmunzeln.

Die Monate vergingen, und der Alltag plätscherte dahin, während sich kommende Ereignisse drohend ankündigten wie Gewitterwolken in einem blauen Sommerhimmel.

Jerry fing an zu lächeln, sich umzudrehen und zu krabbeln und machte schließlich die ersten unsicheren Schritte. Er war ein gesundes, aufgewecktes und reizendes Kind, das prächtig gedieh. Wenn seine Augen, wie so oft, spitzbübisch funkelten, war er seinem Vater wie aus dem Gesicht geschnitten.

Wenn Hyacinth ihn beobachtete, dachte sie häufig daran, was seine Geburt für seine Eltern bedeutet hatte. Nie hätte sie gedacht, dass sie und Gerald nach ihrer großen Krise eine – abgesehen von kleinen Ärgernissen – so harmonische Ehe führen würden. Doch dieser kleine Junge, der aus ihnen beiden entstanden war, hatte es geschafft, sie wieder zu versöhnen.

Gerald verhielt sich rührend und schleppte ständig Spielsachen von der Babyrassel bis zum blitzblauen Dreirad an, das Jerry frühestens in zwei Jahren würde benützen können. Dafür hatten der Cowboyhut und die Westernjeans, die er mitbrachte, die Größe einer Serviette. Hy schenkte er zum Geburtstag ein Foto von Jerry in einem geschmackvollen antiken Rahmen. Und als Jerry seinen ersten Geburtstag feierte, lud er die Kinder sämtlicher Kollegen zu Eiscreme und Kuchen auf eine große Wiese im Park ein.

»Er soll alles bekommen, was ich früher entbehren musste«, sagte er.

Es war eng in der Wohnung. Die hübschen Hochzeitsgeschenke wie Großmutters handgewebte Teppiche und Francines Porzellanfigürchen waren aus Sicherheitsgründen weggeräumt worden. Trotzdem konnte man sich kaum bewegen, ohne sich den Ellenbogen oder einen Zeh zu stoßen. Und dennoch war es wunderschön.

Hin und wieder fand Hyacinth die Zeit, ein wenig zu malen, wenn Jerry sein Mittagsschläfchen hielt oder nachdem sie ihn abends zu Bett gebracht hatte. Allerdings fühlte sie sich kein bisschen erschöpft, sondern war überglücklich. Sie malte die Pappeln, hinter denen sich in der Ferne ein Wolkenkratzer aus der ebenen Landschaft erhob, und fertigte mit Bleistift und Tusche eine Zeichnung des Hauses an, damit Jerry später ein Erinnerungsstück an seine erste Wohnung haben würde.

Es gelang ihr sogar, einige Bilder zu verkaufen. Ihre beste Arbeit war nach der Vorlage des Fotos entstanden, das ihre Kollegen aus dem Museum ihr zur Hochzeit geschenkt hatten: Ernest Shackletons Schiff, gestrandet in der Antarktis.

Gerald hatte sie gedrängt, es der Galerie anzubieten, zu der sie noch gute Kontakte hatte, obwohl sie nicht mehr dort arbeitete.

»Sicher wird es jemand kaufen«, meinte er. »Du hast es ausgezeichnet getroffen: ein dunkles Schiff, so geneigt, dass es jeden Moment ins zerschmetterte Eis zu stürzen droht. Ein Meisterwerk, Hy.«

Das Bild hing erst eine knappe Woche in der Galerie, als ein Junge es als Geschenk zum Vatertag kaufte. Dass es für ein Butterbrot wegging, war, wie Gerald sagte, nebensächlich.

Am Anfang des letzten Jahres seiner Facharztausbildung beschloss Gerald, zu einem Treffen mit Dr. Ritter-Sloan an die Ostküste zu fliegen. Warum auch bis nach ihrem Umzug warten? Denn falls sich erst dann herausstellen sollte, dass sich die beiden Männer nicht verstanden, hätte das nur sinnlos Zeit gekostet.

Bei seiner Rückkehr war Gerald begeistert. Die Besprechung war ausgezeichnet verlaufen. Bis spät in die Nacht saßen er und Hy am Esstisch, während er davon erzählte.

»Wir mochten einander auf Anhieb. Arnie bestand sofort darauf, dass wir uns beim Vornamen nennen. Er ist sehr nett und für einen Mann in seiner Position äußerst bescheiden. Du wirst ihn sympathisch finden, Hy. Seine Praxis ist noch größer, als Grump gesagt hat. Das schöne Gebäude, in dem sie untergebracht ist, hat Arnie selbst entworfen. Die Kleinstadt selbst ist nur zwei Autostunden von deinen Eltern entfernt.« Geralds Augen funkelten aufgeregt.

»Warte, bis du die Praxisräume siehst«, fuhr er fort. »Ich wage gar nicht, mir vorzustellen, wie viel er in die Geräte investiert hat. All dieses Geld müsste ich selbst aufbringen, wenn ich mich allein niederlassen würde.«

Hyacinth wollte wissen, ob Arnie verheiratet sei.

»Nein, er ist ein eingefleischter Junggeselle.« Gerald grinste. »Vielleicht amüsiert er sich ja gern. Man merkt ihm gar nicht an, dass er zwölf Jahre älter ist als ich. Ja, ich habe den Eindruck, dass er gerne Spaß hat und den Luxus liebt. Eines seiner Hobbys sind Rennpferde. Er reitet, reist viel und besitzt eine Wohnung in Florida.«

»So einen Menschen habe ich noch nie kennengelernt.«

»Das kann ich mir denken. Jedenfalls finde ich das Angebot sehr interessant. Offenbar möchte er in Zukunft ein wenig kürzer treten und mich deshalb in seine Praxis aufnehmen. Wenn er nach einem Jahr mit mir zufrieden ist, werde ich gleichberechtigter Partner. Und ich werde ihm keinen Anlass zu Beschwerden liefern«, fügte Gerald hinzu. »Ich bin gut in meinem Beruf. Da ich mir meiner Sache so sicher bin, habe ich bereits einen Mietvertrag für ein Haus unterschrieben. Es ist ein tolles Haus und nur zwanzig Minuten von der Praxis entfernt. Wenn es uns gefällt, können wir es auch kaufen.«

»Oh!«, rief sie aus. »Warum hast du mich nicht angerufen?«

»Keine Zeit. Ich musste sofort zuschlagen. Du wirst es garantiert mögen. Es sieht aus wie eine kleinere Version des Hauses deiner Eltern.«

»Wie können wir uns das leisten?«, wunderte sich Hy.

»Hast du schon vergessen, dass ich bald gleichberechtigter Partner sein werde. Mach dir wegen des Hauses keine Sorgen. Ich kenne deinen Geschmack und weiß, dass du begeistert sein wirst. Anderenfalls kaufen wir es eben nicht. Versprochen.«

Offenbar war er sehr froh über diese neue Wendung, die sein Leben nun nehmen würde, und Hyacinth freute sich mit ihm.

Diesmal zog das rote Auto einen ziemlich großen Umzugsanhänger hinter sich her. Als sie schon den Motor anlassen wollten, fiel Hyacinth die Kamera ein, und so knipste ein Nachbarskind die Familie vor dem Gebäude, das ihr erstes Zuhause gewesen war. Lächelnd standen sie da, ein hochgewachsenes Paar und ein kleiner Junge, der seinem Vater kaum bis zum Knie reichte – ein Erinnerungsstück für das Alter und für die Nachwelt.

Der Abschied ging Hyacinth sehr nah, denn Texas war ihr im Laufe der Jahre allmählich zur zweiten Heimat geworden. Als sie nun davonfuhren, bemerkte sie, dass die jungen Dattelpflaumen – eine Sorte, die nach Aussage des Mannes, der sie pflegte, nur in Texas vorkam – mindestens einen halben Meter gewachsen waren. Auf der Westseite des Hauses, wo vor einigen Jahren noch Rinder auf freiem Feld gegrast hatten, schoss nun ein weiterer Bürokomplex aus dem Boden. Selbst jetzt, in der Mittagshitze, spürte man, wie das Leben pulsierte.

Freunde hatten sich versammelt, um sie zu verabschieden. Jemand hatte Jerry einen Miniatur-Cowboyhut geschenkt, den er nun nicht mehr abnehmen wollte. Von den Kollegen aus dem Krankenhaus hatten Gerald und Hyacinth zwei Paar schicke Cowboystiefel und eine Karte bekommen.

»In Massachusetts werdet ihr damit der Hit sein«, stand darauf.

Und dann war der Moment da. Der Motor sprang an, und der Wagen rollte die Straße entlang in Richtung Highway.

»Wir waren so glücklich hier«, sagte Hyacinth, als sie um die Ecke bogen und nach Osten fuhren.

Während seine Eltern auf dem Weg nach Norden beschwingte Musik hörten, schlief Jerry in seinem Kindersitz oder plapperte vor sich hin. Sie kamen durch Arkansas, überquerten bei Memphis den Mississippi und fuhren durch Tennessee in die Great Smokies. Am dritten Tag erreichten sie das Shenandoah-Gebirge und Pennsylvania und näherten sich Neuengland. Bald würden sie zu Hause sein, und ihre Rückkehr war ebenso ein Abenteuer wie damals ihr Aufbruch.

Endlich kamen sie in eine breite, auf beiden Seiten von Ahornbäumen und eleganten Läden gesäumte Hauptstraße. Sie passierten eine Highschool mit gotischen Bögen, einen kühlen grünen Park mit einem Teich und ein beeindruckendes Krankenhaus. Dahinter standen hohe alte Bäume und, wie erwartet, gemütliche weiße Häuser, über deren Türen sich Ventilatoren im Kolonialstil drehten.

»So«, verkündete Gerald. »Da wären wir. Wie findest du es?«

Es ist so vertraut, war Hyacinths erster Gedanke.

Das Haus wirkte einladend und trotz seiner Schlichtheit elegant. Und dort, auf der Vortreppe, saßen Dad, Francine und sogar Großmutter, die den ganzen weiten Weg gefahren waren, um sie zu begrüßen.

»Da ist ja auch Arnie!«, rief Gerald aus. »Er ist eigens gekommen, weil er dich kennenlernen wollte. Damit hätte ich nie gerechnet. Habe ich nicht gleich gesagt, dass du ihn mögen wirst?«

Arnie hielt sich taktvoll abseits, während die Familienmitglieder einander um den Hals fielen und Jerry begutachteten. Erst nach einer Weile trat er vor, um sich vorstellen zu lassen.

»Gerald, Sie haben mir gar nicht erzählt, was für eine hübsche Frau Sie haben!«, begeisterte er sich.

Ein Playboy, so war Hyacinths erster Eindruck. Sein dichtes graues Haar war gewellt, und seine Jacke schimmerte violett. Ein rascher forschender Blick sagte ihr, dass ein gütiger

Ausdruck in seinen merkwürdig kupferfarbenen Augen stand. Dieser Playboy schien harmlos zu sein. Wenn sie Gerald später von ihrem Urteil berichtete, würde er sich sicher darüber amüsieren.

»Ich habe ein paar Leute besorgt, die Ihnen heute Abend beim Ausladen helfen werden«, meinte Arnie. »Sie bauen auch die Betten zusammen, damit Sie sich fürs Erste häuslich einrichten können. In der Stadt gibt es ein ausgezeichnetes Feinkostgeschäft. Normalerweise liefern sie nicht, aber weil ich Stammkunde bin, machen sie für mich eine Ausnahme. Also müssen Sie auch nicht hungrig schlafen gehen.«

»Arnie«, antwortete Gerald. »Wie kann ich Ihnen nur danken? Jeder sollte einen Chef wie Sie haben.«

Arnie tat das Kompliment mit einer Handbewegung ab.

»Außerdem habe ich ein Bankkonto für Sie eröffnet. Ihre ersten beiden Wochengehälter habe ich bereits eingezahlt. Vermutlich wird Ihre Frau viel Bargeld brauchen, um alles für das Haus zu besorgen, denn in Texas haben Sie schließlich in einer Dreizimmerwohnung gelebt. Kommen Sie, ich zeige Ihnen das Haus. Sicher wollen Sie sich nach der langen Fahrt die Beine vertreten. Wie geht es eigentlich dem alten Doc Grump?«

Sie traten ein, stiegen in den Keller hinunter und gingen dann durchs Parterre die anmutig geschwungene Treppe hinauf in die erste Etage, wo sich weitere Räume befanden.

Jim bewunderte den Grundriss.

»Schöne, quadratische Zimmer. Das hat mir schon immer gefallen. Wie steht es finanziell?«, raunte er dann Gerald zu. »Ich greife euch gern unter die Arme.«

»Danke für das Angebot, aber wir kommen zurecht.«

Francine und Großmutter waren sich einig, dass sich dieses Haus mit den sonnigen Zimmern sicher ganz reizend einrichten ließ.

»Es wirkt so fröhlich. Und man kann den ganzen Winter über blühende Pflanzen auf den Fensterbrettern haben.«

»Außerdem reicht die Wandfläche für viele Bilder«, meinte Gerald. »Aber sicher wird bald kein Platz mehr sein. Habe ich Ihnen schon erzählt, dass meine Frau Malerin ist, Arnie? Sie hat schon einige Werke verkauft und wird sicher einmal berühmt.«

Arnies begeisterte Reaktion machte Hyacinth verlegen, und sie wünschte Gerald würde nicht immer so prahlen.

»Wenn Sie sich erst eingerichtet haben, müssen Sie mich unbedingt in meiner neuen Eigentumswohnung am Golfplatz besuchen.«

»Also spielen Sie auch Golf«, sagte Francine. »Das ist mein Lieblingssport.«

»Unter anderem«, ergänzte Jim.

»Nein, obwohl es seltsam ist, wenn man an einem Golfplatz wohnt, ohne ihn zu nutzen. Ich besitze einige Pferde und fahre, so oft ich kann, hinaus zum Stall. Reiten ist für mich das Größte. Wenn der Kleine hier erst einmal fünf Jahre alt ist, würde ich ihm an Ihrer Stelle ein Pony kaufen. Man kann nicht früh genug anfangen, denn es ist wirklich ein großer Spaß.«

»Nun, was haltet ihr von Arnie?«, wollte Gerald später wissen.

»Wenn ich offen sein soll, finde ich den Kerl nicht ganz koscher«, erwiderte Jim zweifelnd. »Er ist ... ich weiß nicht, wie ich es ausdrücken soll.«

»Was du meinst«, sagte Großmutter tadelnd, »ist, dass er nicht daherredet wie ein Arzt. Die Zeiten haben sich geändert, und mit ihnen auch das Verhalten der Menschen. Das haben schon die alten Römer gewusst, verstehst du? Aber trotzdem denke ich auch ...«

Gerald unterbrach sie, um Francine nach ihrer Meinung zu fragen.

»Ich mag ihn, auch wenn er ein wenig sprunghaft wirkt, was du im Auge behalten solltest. Doch ich traue ihm nicht zu, jemandem zu schaden, und das ist schließlich das Allerwichtigste.«

Gerald nickte. »Das war sehr weise gesprochen, Francine. Du bist eine gute Menschenkennerin.«

»Ich sag dir etwas«, meinte Gerald einige Wochen später zu Hyacinth. »Arnie entspricht so gar nicht meinen Erwartungen. Ich muss mich wundern. Seit er vor vierzehn Jahren seine Facharztausbildung abgeschlossen hat, gab es in der Medizin viele Weiterentwicklungen. Er ist nicht mehr auf dem neuesten Stand. Zum Beispiel sehen seine Nasen alle gleich aus, auch wenn das nicht unbedingt ein Weltuntergang ist. Natürlich soll das nicht heißen, dass er unfähig ist, aber er gehört eindeutig nicht zu den besten unseres Faches. Das weiß er auch. Ein Glück, dass die Patienten es nicht merken.«

»Und warum unternimmt er nichts dagegen?«

»Ich glaube, es interessiert ihn nicht. Er übt seinen Beruf nur mit halber Kraft aus und widmet sich ansonsten seinen Hobbys. Seinem Mercedes-Tourenwagen, oder was er sonst noch so treibt. Die schwierigeren Fälle überlässt er inzwischen lieber mir. Gut, da habe ich nichts dagegen. Ich mag diese Stadt und würde dieses Haus gerne kaufen und bleiben. Einverstanden?«

Hyacinth hatte sich schon im Laufe der ersten Woche entschieden. Da sie sich mächtig ins Zeug legte, stand der Plan für die Einrichtung des Hauses bereits nach einem knappen Monat, würde aus finanziellen Gründen allerdings nur schrittweise in Angriff genommen werden können. Arnie hatte sich zwar großzügig erboten, ihnen eine beträchtliche Summe zu leihen, und ihnen das Geld regelrecht aufgedrängt, doch Hyacinth lehnte ab.

Außerdem hatte sie sich bereits mit einigen Nachbarinnen angefreundet und war einem Zirkel beigetreten, der sich zweimal monatlich traf, um klassische Musik zu hören.

Hinzu kam, dass sie nun wieder ein großes Atelier ihr Eigen nannte, wo sie sich voller Zuversicht an die Arbeit machte. In der näheren Umgebung bot sich zwar keine Gelegenheit, Kurse zu belegen, doch sie hielt sich vor Augen, dass viele große Künstler niemals Unterricht genossen hatten.

Arnies teures zweistöckiges Praxisgebäude stand in einer der wohlhabendsten Straßen der Stadt und strotzte von modernen medizinischen Geräten und wertvollen Möbeln. Als Hyacinth Gerald dort besuchte und ihn im weißen Kittel vor sich sah, wurde sie von Stolz ergriffen. Endlich war er am Ziel seiner Träume angelangt.

Nur Narren spazierten durch die Welt und wähnten sich in einem Rosengarten. Und dennoch glaubte Hy manchmal fast, dass es sich bei ihr so verhielt.

Emma Louises Geburt eine Woche nach Jerrys drittem Geburtstag schien einer dieser Momente zu sein. Auch das kleine Mädchen war ein Ebenbild seines Vaters. Dieser hatte sich zwar noch einen Jungen gewünscht, verliebte sich aber sofort in sein Töchterchen.

»Sie ist so schön und wird sich anders als ich nicht ihr Leben lang mit einem albernen Namen herumschlagen müssen«, meinte Hyacinth zu Francine, die einige für sie typische Vorschläge gemacht hatte.

Vor einigen Jahren hätte niemand damit gerechnet, dass die kleine Familie so gut gedeihen würde. Am Sonntagnachmittag saß Hyacinth oft auf der Terrasse hinter dem Haus und las, während die Kinder mit Gerald spielten, denn der legte großen Wert darauf, genug Zeit mit ihnen zu verbringen. Hin und wieder hob sie den Blick von den Seiten, lauschte und beobachtete die Szene.

Kinderstimmen jauchzten, kreischten, befahlen und flehten.

»Ich bin dran, Daddy! Ich will zuerst auf den Arm. Du hast es versprochen. Warum nicht? Das war toll! Noch mal schaukeln, Daddy! Noch mal.«

Etwas Vollkommeneres auf Erden konnte es nicht geben, dachte sie, als dieses von Hecken abgeschirmte, private Fleckchen Erde mit dem fröhlichen rot und blau lackierten Klettergerüst, wo ein lebhafter junger Mann mit seinen gesunden Kindern spielte. Alles strahlte so viel Geborgenheit und Sesshaftigkeit aus, um einen ihrer Lieblingsausdrücke zu verwenden.

Doch irgendwann kommt plötzlich der Moment, in dem man bemerkt, dass der Garten nicht mehr so gut gedeiht wie früher. Eine schleichende Veränderung ist eingetreten. Eine Kälteperiode? Eine Dürre? Zu viel Wasser oder vielleicht zu wenig?

Immer öfter brachen kleine Streitereien aus, die aus dem Nichts zu entstehen schienen. Gerald schien sarkastisch geworden und verhielt sich häufig gereizt. Nach längerer Überlegung kam Hyacinth zu dem Schluss, dass es an der ständigen Hetze liegen musste.

Gerald war inzwischen gleichberechtigter Partner in der Praxis. Dass mehr als die Hälfte der Arbeit auf seinen Schultern ruhte, schien ihn nicht zu stören. Außerdem durfte man die gesellschaftlichen Verpflichtungen nicht vergessen, die mit dieser Position einhergingen. Dazu der volle OP-Plan im Krankenhaus und der Sitz im Finanzausschuss. Vermutlich lag es an seiner Stellung ebenso wie an seinem einnehmenden Wesen, dass bald jeder Abend verplant war. Entweder waren sie bei Bekannten eingeladen oder hatten selbst das Haus voller Gäste.

Dass Gerald hohe Ansprüche an seine äußere Umgebung stellte, wusste Hyacinth schon seit den Anfangstagen, als er sich so bitterlich über das hässliche Motelzimmer beklagt hatte. Inzwischen war er noch pedantischer geworden und achtete auf jede Kleinigkeit, wenn sie Besuch hatten – von der Speisenfolge und der Bedienung bei Tisch bis hin zu Hyacinths Kleidung. Obwohl sie stets stolz darauf gewesen war, eine gute Gastgeberin zu sein, musste sie sich mittlerweile widerwillig eingestehen, dass sie sich nach einem weniger vollgestopften Tag und der heimeligen Zweisamkeit aus der Zeit vor Jerrys Geburt zurücksehnte.

»Er setzt sich viel zu sehr unter Druck und gönnt sich keine Ruhe«, meinte sie zu ihrer besten Freundin Moira.

»Glaub mir, Hy, er arbeitet auch nicht mehr als du. Kein Mann würde es schaffen, zwei Kinder im Griff zu haben, zu kochen, das große Haus in Schuss zu halten und alles zu erledigen, was sonst so anfällt. Ganz zu schweigen von den vielen Partys, die ihr veranstaltet. Da würde er ganz schön dumm aus der Wäsche schauen. Außerdem findest du sogar noch die Zeit zu malen. Wann schläfst du denn eigentlich?«

Gerald konnte Moiras unverblümte Art nicht leiden.

»Was zum Teufel findest du nur an dieser Frau?«, fragte er ärgerlich.

»Sie ist sehr nett, und man kann mit ihr Pferde stehlen. Hinzu kommt, dass wir dieselbe Sprache sprechen.«

»Und die wäre?«

»Ach, sie interessiert sich auch für Musik und Literatur und hat viel dazu zu sagen.«

»Nun, meiner Ansicht nach sollte eine unattraktive Frau wie sie in der Öffentlichkeit besser den Mund halten.«

»Sie ist nicht unattraktiv, Gerald. Wie kannst du so abscheulich sein? Ich möchte, dass du freundlich zu ihr bist. Ich habe sie und ihren Mann an ihrem Hochzeitstag zu uns zum Essen eingeladen.«

»Ach herrje. Warum denn das?«

»Weil sie uns an unserem Hochzeitstag auch eingeladen hatten.«

»Kannst du ihnen nicht stattdessen etwas schenken? Ich habe keine Lust auf diese Leute. Die Frau ist eine dumme Kuh, und ihr Mann ist auch nicht viel besser.«

Das Abendessen fand dennoch statt. Gerald verhielt sich zwar höflich, aber kühl und distanziert, und nachdem die

Gäste fort waren, kam es zwischen ihm und Hyacinth zum ersten schweren Streit seit langem. Obwohl sie sich am nächsten Tag natürlich wieder versöhnten, machte das Hy ziemlich zu schaffen.

Immer öfter empfand sie grundlos Angst und Anspannung, zum Beispiel beim Einkaufen oder wenn sie, eigentlich friedlich, an ihrer Staffelei stand.

Eines Nachmittags war sie in ihrem Atelier beschäftigt, als Arnie an der Tür läutete.

»Gerald hat versucht, Sie zu erreichen, aber die Vermittlung sagte, das Telefon sei ausgehängt«, meinte er.

»Ich weiß. Ich habe es selbst gerade erst bemerkt. Manchmal spielt Emma damit. Sicher ist sie die Übeltäterin. Ist etwas passiert?«

»Nein, er wollte Ihnen nur mitteilen, dass er erst spät nach Hause kommt. Da Ihr Haus auf meinem Heimweg liegt, habe ich mich erboten, es Ihnen auszurichten. Wie ich sehe, haben Sie gemalt. Sie haben einen grünen Farbklecks auf der Nase.«

Arnie lehnte am Türrahmen und schien darauf zu warten, dass sie ihn hereinbat. Hyacinth ließ sich erweichen. Schließlich mochte sie ihn, und sie erinnerte sich daran, wie gerne er mit Gerald und Jerry Männerausflüge zum Angeln unternahm. Er beobachtete, wie sie eine Baumgruppe im Hintergrund einer Hafenszene schattierte.

»Ein hübsches Bild, Hy. Ist es zu kaufen?«

»Ich verkaufe meine Bilder immer, wenn sich die Gelegenheit ergibt«, erwiderte sie wehmütig. »Leider ist das nicht sehr oft.«

»Ich bin zwar kein Kunstkenner, doch die Arbeiten, die ich hier im Raum sehe, machen einen sehr guten Eindruck auf mich. Vielleicht sollte ich mir ein paar Gemälde anschaffen. Sie waren doch schon in meiner Wohnung. Was halten Sie von der Wand über dem Kamin, wo jetzt der Spiegel hängt.«

»Das ist eine ausgezeichnete Stelle für ein Bild.«

»Warum kommen Sie nicht bald einmal mit Gerald vorbei

und sehen nach, welche Farben am besten zu den Möbeln passen würden. Die Auswahl hier ist ja ziemlich groß.«

»Gerne, Arnie«, erwiderte sie. Eine vertrauliche Stimmung war entstanden, die sie beide zum Schmunzeln brachte.

»Was macht denn die brennende Zigarette dort im Aschenbecher?«

»Ach herrje, die hatte ich ganz vergessen. Ich habe sie abgelegt, als es an der Tür geklingelt hat.«

»Ich wusste gar nicht, dass Sie rauchen. Ich habe Sie noch nie mit einer Zigarette gesehen.«

»Eigentlich hatte ich es aufgegeben, als ich mit Jerry schwanger war. Aber vor ein oder zwei Wochen habe ich wieder damit angefangen. Keine Ahnung, warum.«

»Wie dumm von Ihnen, Hy, wenn Sie mir die Bemerkung verzeihen. Ich habe vor fünfzehn Jahren aufgehört, und Gerald sagt, er hätte gar nicht erst damit angefangen. Wir können auf Lungenkrebs dankend verzichten.«

»Jetzt bekomme ich ein schlechtes Gewissen.«

»Warum rauchen Sie dann?«

Sie zögerte. »Das kann ich mir selbst nicht richtig erklären ... Bitte verraten Sie Gerald nichts.«

»Ich werde schweigen wie ein Grab. Allerdings kommt er sicher von selbst dahinter.«

Er musterte sie so eindringlich und ernsthaft besorgt, wie es eigentlich gar nicht zu ihm passte. Hy musste den Blick abwenden.

»Sie müssen doch den Grund kennen, warum Sie wieder damit angefangen haben, während die meisten Menschen versuchen, sich die Glimmstängel abzugewöhnen.«

Arnie blieb beharrlich. Hy kannte ihn inzwischen gut genug, um zu wissen, dass er nicht lockerlassen würde, bis er eine Antwort bekam.

»Ich bin manchmal so nervös, und eine Zigarette hilft mir, mich zu entspannen.«

»Warum sind Sie denn nervös?«

»Geht das nicht allen hin und wieder so?« – »Ach, Hyacinth, eine Frage mit einer Gegenfrage zu beantworten ist ein alter Anwaltstrick.«

»Tut mir leid, aber mehr fällt mir dazu nicht ein.«

»Sie sind eine sehr attraktive Frau. Ich kann nicht erklären, woran es liegt, und ich habe im Leben viele faszinierende Frauen kennengelernt. Doch keine war so wie Sie. Sie sind anders.«

Komisch, dachte sie. Genauso hat Gerald sich früher auch ausgedrückt. Mit denselben Worten.

»Es gefällt mir nicht, dass Sie unglücklich sind, Hy. Wenn jemand unter Anspannung steht, heißt das, dass er nicht glücklich ist. Aber Sie sollten sich nicht grämen. Schließlich sind Sie mit einem bemerkenswerten Mann verheiratet. Wie er vergangene Woche den Brandverletzten wieder hingekriegt hat, grenzt an ein Wunder. Ich habe meinen Augen nicht getraut.«

Arnie stand auf, legte ihr die Hand auf die Schulter und fuhr in väterlichem Ton fort. Allerdings hatte sein Verhalten etwas Bewunderndes an sich, das zwar keinesfalls unschicklich, jedoch alles andere als väterlich war.

»Ich kenne Sie nun seit fast sechs Jahren und möchte Ihnen deshalb etwas sagen: Sie stellen Ihr Licht unter den Scheffel. Außerdem gebe ich Ihnen einen guten Rat: Sie und Gerald brauchen einen Tapetenwechsel. Wegen der vielen Arbeit und der Kinder hatten Sie nie einen richtigen gemeinsamen Urlaub. Reisen Sie zwei Wochen nach Italien, Frankreich oder in ein anderes Land Ihrer Wahl, und zwar so schnell wie möglich. Sie können es sich doch leisten. Nehmen Sie sich eine Woche Zeit für die Vorbereitungen, packen Sie, kaufen Sie sich neue Kleider, und dann ab die Post. Nein, ich dulde keinen Widerspruch. Ich werde es Gerald morgen mitteilen. Nein, und Dank will ich auch nicht hören. Ich habe es nämlich eilig und bin schon spät dran.«

Mit diesen Worten hastete er den Gartenweg entlang,

drehte sich aber noch einmal zu Hyacinth um, die ihm verdutzt nachblickte.

»Und werfen Sie die Zigaretten weg!«, rief er.

»Ein Jammer, dass ihr so Hals über Kopf aufbrechen wollt«, beschwerte sich Francine. »Wenn ihr die Reise ein paar Wochen verschieben könntet, würden wir gerne auf Jerry und Emma aufpassen. Aber Diana muss operiert werden, und wir haben Tom versprochen, dass wir zu ihnen kommen.«

»Das passiert eben, wenn man so viele Enkelkinder hat«, fügte Jim hinzu, während er Emma die Haarschleife festband.

Es war ein reizendes Bild, wie der Großvater mit seiner kleinen Enkelin in dem großen Korbsessel auf der Veranda saß. Am liebsten hätte Hyacinth den Urlaub wieder abgeblasen, aber sie wusste, dass sie dringend ein wenig Abstand brauchte. Sicher hatte Arnie recht. Sie waren schon viel zu lange nicht mehr von zu Hause weg gewesen.

»Hoffentlich werden sie euch nicht zu sehr vermissen«, meinte Jim besorgt.

»Sie schaffen es schon. Jerry ist ein richtiger kleiner Mann, und Emma liebt alle Menschen. Es sind ja nur zwei Wochen. Die Kinder sind in guten Händen.«

»Ist diese Frau auch wirklich vertrauenswürdig?«, fragte Francine.

»Absolut. Sandy arbeitet schon seit drei Jahren bei Gerald im Büro. Er hat eine hohe Meinung von ihr.«

»Wie alt ist sie denn? Das interessiert mich nur deshalb, weil immer die Möglichkeit besteht, dass ein junges Mädchen irgendwelche Verehrer ins Haus schleppt, während ihr weg seid.«

»Sie ist eher ein zurückhaltender Typ und alles andere als eine Partymieze. Das merkt man ihr an. Sie hat zwar ein hübsches Gesicht, ist jedoch ziemlich pummelig. In ein paar Jahren wird die Arme richtig aus dem Leim gehen.«

Francine lachte auf. »Manche Männer haben eine Schwäche für mollige Frauen.«

»Ich nicht«, protestierte Jim. »Kurvig ja, aber schlank muss sie sein.«

Richtig. Francine stand, in ein scharlachrotes Etuikleid gehüllt, am Geländer und sah zu, wie Jerry mit seinen Freunden im Garten spielte.

»Schaut euch nur diesen Lockenkopf an! Für solche Haare würden viele Frauen einen Mord begehen. Was, um Himmels willen, willst du denn mit der Zigarette, Hyacinth?«

»Sie rauchen, Francine.«

»Das solltest du aber lassen.«

Dieses Genörgel! Sie macht einfach dort weiter, wo sie damals aufgehört hat, so als wäre ich noch neunzehn Jahre alt.

»Nun ja«, begann Jim, wurde aber unterbrochen.

»Sieh sie dir nur an, Jim, und sag jetzt nicht, dass es dir nicht aufgefallen wäre. Seit Stunden steht sie schon so verkrampft da. Lass die Schultern sinken, Hyacinth. Sie sind ganz hochgezogen und verspannt. Sogar dein Kiefer ist ganz starr. So sehr ich mir auch seit gestern auf die Zunge beiße, gefällt mir gar nicht, was ich da sehe.«

Dann schau halt nicht hin, hätte Hy am liebsten erwidert, verkniff sich allerdings die patzige Bemerkung. Schließlich meinte ihre Mutter es nicht böse.

»Bedräng sie nicht«, wandte Jim leise ein. »Hy ist erwachsen und kann für sich selbst sorgen. Wir wollen den schönen Nachmittag nicht verderben.«

»Schon gut, meinetwegen. Entschuldige, Hyacinth, das war keine Absicht. Ist das Geralds Auto?«

»Ja, er wollte heute früher kommen, um mehr Zeit für euch zu haben und vielleicht mit dem Packen anzufangen. Seine erste Europareise. Er kann es kaum erwarten.«

8

Der Mietwagen war ein Cabrio. Ausgerüstet mit verschiedenen Landkarten und Hyacinths recht annehmbaren Französischkenntnissen, fuhren sie in der milden Sommerbrise von Paris aus all die Sehenswürdigkeiten ab, die jeder Tourist einmal besucht haben muss: Versailles, Fontainebleau, Monets Wasserlilien und die Schlösser und Gärten, die Gemälden entstiegen zu sein schienen.

»Es ist wie ein Traum!«, rief Hyacinth lachend aus. »Das klingt zwar nicht sehr originell, aber ich habe wirklich das Gefühl zu träumen. Wie wunderschön das alles ist. Ich liebe dieses Land.«

»Du warst doch schon einmal hier.«

»Mit zwölf. In diesem Alter weiß man so etwas noch nicht richtig zu schätzen. Wenn ich könnte, würde ich jedes Jahr herkommen. Wie ein Traum«, wiederholte sie.

»Ich freue mich, dass du glücklich bist.«

»Wer wäre nicht glücklich? Schau dir diese wundervollen Mohnblumen an. Hier wachsen sie wild wie die Gänseblümchen zu Hause. Im Hochsommer sind die Sonnenblumen mannshoch. Daran erinnere ich mich noch.«

Als sie zwischen den Feldern dahinfuhren, erklang im Radio ein bekanntes Lied. Hyacinth sang den Refrain auf Französisch mit. Gerald sah sie lächelnd an.

»Du bist so ein fröhlicher Mensch, Hy. Es ist schön, mit dir zusammen zu sein.«

»Das Kompliment kann ich nur zurückgeben«, erwiderte sie, und sie meinte es ernst.

Ach, endlich fühle ich mich wie ich selbst! Ich selbst!, dachte sie überrascht.

Der Nebel, der sie zu ersticken drohte, hatte sich gelichtet, und plötzlich fiel ihr ein, dass sie seit zwei oder drei Tagen keine Lust mehr auf eine Zigarette gehabt hatte. Arnie war ein guter Ratgeber. So sehr sie und Gerald die Arbeit, die Kinder und das Haus auch liebten, war der Tapetenwechsel dringend nötig gewesen.

Wir müssen so etwas öfter tun, damit unsere Beziehung nicht langweilig wird. Und wenn es nur ein Wochenende in der Stadt oder in einem Landgasthof ist.

»Heute werden wir in einem anderen reizenden Städtchen übernachten«, verkündete sie. »Ich habe dir doch das Foto gezeigt, oder? Von Chartres aus ist es nicht weit, und die Strecke ist sehr hübsch. Warte nur, bis du Chartres gesehen hast, Gerald. Dort steht eine der beeindruckendsten Kathedralen Europas. Manche finden sogar, dass es die schönste von allen ist. Außerdem lebt dort ein ausgezeichneter Fremdenführer, ein Kunsthistoriker, der viele Abhandlungen über dieses Bauwerk veröffentlicht hat und auf der ganzen Welt Vorträge darüber hält. In seinen Büchern erläutert er die Geschichte und die Bedeutung der Buntglasfenster …«

»Ich denke, dass ich ein Fenster schon selbst erkenne, wenn ich eins sehe.«

Hy musterte ihn. Da er fuhr, konnte sie ihn nur im Profil betrachten und seinem Gesichtsausdruck deshalb nichts entnehmen. Nach all den Jahren war sie noch immer nicht sicher, ob eine Bemerkung von ihm scherzhaft gemeint war.

»Es ist früh genug für einen Stadtbummel«, schlug sie vor. »Anschließend reicht die Zeit vor der Besichtigung für ein gutes Mittagessen.«

»Hoffentlich dauert diese Führung nicht zu lang.«

»Du kannst dich jederzeit aus dem Staub machen.« Hy wusste nicht, was sie davon halten sollte. »Obwohl du da sicher der Einzige wärst. Ich habe sein Buch gelesen. Es ist wirklich faszinierend.«

»Offen gestanden würde ich lieber nach Paris zurückfahren. Wir haben nur noch ein paar Tage und sollten lieber das Nachtleben genießen, uns mit den Leuten treffen, die wir im Hotel kennengelernt haben, und außerdem Einkäufe erledigen. Wir haben nicht einmal Geschenke für die Familie besorgt.«

Hy begriff nicht, warum er dieser idyllischen Landschaft offenbar so wenig abgewinnen konnte. Was war denn so wichtig daran, mit anderen Touristen in einem Hotel zu sitzen? Natürlich hatte sie – insbesondere in den letzten Jahren – die Erfahrung gemacht, dass er viel geselliger war als sie. Aber dennoch …

»Unser Zimmer in Paris ist reserviert. Wir können morgen ganz früh losfahren. Es ist ja nur ein Katzensprung«, erwiderte sie trotzdem gut gelaunt.

»Eigentlich würde ich lieber heute umkehren. Vielleicht sollten wir früh zu Abend essen und auf die Übernachtung verzichten. Wenn du nicht unbedingt diese Kathedrale besichtigen müsstest, könnten wir gleich zurückfahren.«

»Ich möchte sie aber sehen. Wir sind doch schon fast dort. Die beiden Türme sind bereits zu erkennen.«

Geralds Worte hatten ihrer ausgelassenen Stimmung einen Dämpfer aufgesetzt. Allerdings war es egoistisch von ihr zu erwarten, dass er alle ihre Interessen teilte. Umgekehrt war das ja auch nicht der Fall.

Der Kunsthistoriker erwies sich als ausgezeichneter Führer. Da die Saison gerade erst begonnen hatte, war die Gruppe, der Hyacinth sich anschloss, recht klein. Den breiten Mittelgang entlang schlenderten sie durch Querschiff und Apsis und dann zurück zu dem prachtvollen Rosettenfenster. Dort sah Hyacinth zu ihrem Erstaunen einen gelangweilten Gerald stehen, der ungeduldig mit dem Fuß klopfte.

»Also hast du dich doch verdrückt!«, rief sie lächelnd aus.

»Ich habe schon befürchtet, dass der Kerl die ganze Nacht weiterredet«, erwiderte Gerald.

»Tut mir leid. Ich dachte, es würde dir gefallen.«

»Wahrscheinlich bin ich eben nicht so begeisterungsfähig wie du.«

»Schon gut. Dann fahren wir jetzt zum Gasthof und gönnen uns ein köstliches Abendessen. Und anschließend geht es weiter nach Paris.«

In der letzten Stunde war die Sonne plötzlich hinter Wolken verschwunden. Nun begann es zu nieseln, sodass sie das Verdeck schließen mussten. Da Gerald die kurvigen Straßen nicht kannte, nahm er den Fuß vom Gas, während Hy die Karten studierte und nach Wegweisern Ausschau hielt.

Als sie den Gasthof im prasselnden Regen erreichten, wurde bereits serviert. Der Speisesaal war nicht viel größer als das Esszimmer in einer Adelsvilla aus dem achtzehnten Jahrhundert.

»Schau dir das Porträt über der Tür an, Gerald«, begann Hyacinth. »Das von dem Mann mit der Perücke und den Spitzenmanschetten. Vielleicht war das einmal sein Haus.«

»Vielleicht.«

Die Pilzsuppe war üppig und cremig, das Brot warm und der Wein köstlich, auch wenn Hyacinth keine Weinkennerin war. Das Essen stimmte Gerald wieder versöhnlicher.

»Ausgezeichnet«, lobte er.

»Ja, wirklich.«

»Gerald, bist du wegen irgendetwas böse?«

»Böse? Warum sollte ich böse sein?«

»Keine Ahnung. Aber du machst so einen gereizten Eindruck.«

»Na, da irrst du dich. Ich bin nur müde, weil ich den ganzen Tag am Steuer gesessen habe. Und jetzt auch noch dieser schreckliche Regen. Eine Rückfahrt nach Paris auf unbekannten Straßen kommt wohl nicht mehr in Frage.«

Das Licht der Laternen in der Auffahrt beleuchtete eine windige, ungemütliche Nacht, die Erinnerungen in Hy wachrief.

»Als wir uns kennenlernten, hat es auch so geregnet. Weißt

du noch, wie es gestürmt hat? Ich konnte kaum den Wagen auf der Straße halten.«

»Verdammt! Ausgerechnet jetzt sitzen wir hier in der Einöde fest. Offenbar bleibt uns nichts anderes übrig, als schlafen zu gehen.«

Nichts anderes, als sorglos und kuschelig zusammen in einem gemütlichen Zimmer zu liegen, während draußen das Unwetter tobte.

Ich verstehe das nicht, dachte Hyacinth.

Vielleicht, um sich abzulenken, ließ sie den Blick durch den Raum schweifen.

Am Nachbartisch saß eine junge französische Familie, Mutter, Vater und drei Kinder. Die Kinder waren reizend und gut erzogen. Die Frau sah ziemlich durchschnittlich aus, doch der Mann hatte ein bemerkenswertes Gesicht. Es war derb und kantig geschnitten, ganz anders als Geralds klassische Züge, nach denen sich die Leute umdrehten. Und dennoch hatte der fremde Franzose etwas an sich, einen Ausdruck, der Hyacinth noch einmal hinschauen ließ.

Es war die Art, wie er seine Frau betrachtete, mit dem Anflug eines Lächelns, in dem sich so viel Zärtlichkeit malte! Seine Frau erwiderte den Blick, und es war, als gebe es da etwas, das nur die beiden wussten – ein Geheimnis, das nur ihnen gehörte.

Im nächsten Moment griff der Mann nach der Hand seiner Frau.

»Warum starrst du so?«, fragte Gerald. »Was ist denn so interessant?«

»Habe ich gestarrt? Wie peinlich, das wollte ich nicht. Sie haben nur einen so netten Eindruck gemacht.«

»Ist dir aufgefallen, dass sie kein Kinn hat? Vielleicht wäre da eine kleine Operation nötig.«

»Er liebt sie trotzdem.«

»Ach, du bist wohl Hellseherin. Das habe ich gar nicht bemerkt. Woran erkennst du das denn?«

»Es gibt Zeichen ... Findest du, dass ich mich operieren lassen sollte?«

Gerald musterte sie gründlich.

»Du siehst mich an, als wäre ich eine Fremde.«

»Nein, du hast das nicht nötig. Deine Gesichtsform ist in Ordnung so, ein wenig kantig vielleicht, aber annehmbar. Nein, du siehst recht gut aus.«

»Nur ein bisschen langweilig«, erwiderte sie.

Er lachte auf. »Hy, hör auf, nach Komplimenten zu angeln.«

»Es gibt Leute, die mir freiwillig welche machen. Arnie zum Beispiel.«

»Arnie! Dem laufen die Frauen überall nach. Kentucky. Florida. Wo er Pferde hat, hat er auch eine Braut im Hafen.«

Hys Hände zitterten, und sie blinzelte, um die Tränen zu vertreiben. Dann kramte sie eine Zigarette aus der Handtasche hervor. Ehe sie sie anzünden konnte, stieß Gerald einen Schrei aus.

»Was, rauchst du wieder? Nun ja, was macht schon ein kleiner Lungenkrebs? Allerdings vergisst du offenbar, dass du zwei Kinder hast.«

Hy ließ die Zigarette sinken und blickte ihn an.

»Also gut. Aber warum weigerst du dich, mir zu verraten, was zwischen uns nicht stimmt. Dass etwas im Argen liegt, sieht doch ein Blinder. Ich habe ein Recht, es zu wissen. Bin ich langweilig? Hässlich? Unsympathisch? Was ist es?«

»Gar nichts, verdammt. Du siehst Gespenster, Hy. Iss auf und trink noch einen Schluck Wein.«

Ich verstehe es nicht.

Am nächsten Tag hetzten sie bei strahlendem Sonnenschein durch Paris. Hyacinth konnte kaum mit Gerald Schritt halten, als er vom Étoile zum Präsidentenpalast, über die Seine und zurück zur Place de la Concorde eilte.

»In dieser Stadt muss man jung sein«, meinte er und fügte zu ihrem Erstaunen hinzu: »Ich bin schon zu alt.«

»Was für ein Unsinn!«, rief sie aus. »Mit vierunddreißig?« – »Diese Stadt ist für die Jugend gemacht. Für junge Menschen, die Geld und Muße haben.«

Er bemitleidet sich und trauert um all die Jahre, in denen er nichts hatte, dachte sie und ärgerte sich über seine Weinerlichkeit.

»Ich werde dem Krankenhaus einen Besuch abstatten«, verkündete Gerald. »Ein Kollege zu Hause hat mich an einen Arzt dort weiterempfohlen, der mir alles zeigen wird.«

»Gut. Dann gehe ich ins Rodin-Museum. Wir treffen uns später.«

Sie zwang sich zu einer Fröhlichkeit, die sie trotz aller Kunstschätze nicht einmal im Museum empfinden konnte, denn sie nahm die schönen Dinge kaum wahr, als sie sich niedergeschlagen durch die Säle schleppte.

Dann, plötzlich, wurde sie ruckartig aus ihrer Niedergeschlagenheit gerissen: Die kleine Skulptur stellte einen Mann dar, der eine überglückliche junge Frau in den Armen schwenkte wie ein lachendes Kind.

»Je suis belle«, las Hy. Ja, natürlich.

Ich bin schön, wenn ich geliebt werde.

Lange stand sie da und betrachtete die Gesichter, die wohlgeformten jungen Körper und die Freude, die sie ausstrahlten.

Nach einer Weile verließ Hyacinth das Museum und schlenderte durch den reizenden Garten. Dass sie sich ausgerechnet in Paris so traurig und einsam fühlen musste! Sie ging weiter. Im Schaufenster eines Geschäfts für Kindermoden sah sie das hübscheste Kleidchen, das ihr je untergekommen war – weißes Leinen und schmucklos bis auf eine Rosenbordüre, die sich vom Halsausschnitt bis zum Saum erstreckte. Dazu gab es passende rosafarbene Schuhe. Emma würde begeistert sein. Kleid und Schuhe waren zwar nicht in ihrer Größe vorrätig, konnten aber bis morgen bestellt werden.

»Sicher? Denn morgen ist unser letzter Tag. Übermorgen fliegen wir nach Hause.«

Ja, am späten Nachmittag würden Kleid und Schuhe eingetroffen sein. Auf dem Rückweg zum Hotel dachte Hy an ihre Kinder. Zum ersten Mal seit der Abreise verspürte sie schmerzliche Sehnsucht nach ihren Gesichtern, nach Jerrys Fröhlichkeit und nach Emmas Wissbegier. Sie vermisste ihre Kinder so sehr.

Sie aßen zu Abend. Da Gerald den Kollegen im Krankenhaus verpasst hatte, hatte er die Zeit damit verbracht, Geschenke zu kaufen. Gewissenhaft wie immer, hatte er genau das Richtige für Hys Eltern, für Arnie, für Emma und Jerry, für die Kollegen und ein Dankespräsent für Sandy ausgesucht.

Mit den Amerikanern, die Gerald im Hotel kennengelernt hatte, besuchten sie einen Nachtclub. Als Hyacinth neben ihrem Mann dort saß, wurde sie wieder von dem Gefühl der Einsamkeit ergriffen, das ihr schon den Nachmittag vergiftet hatte. Gerald und das andere Ehepaar sogen die Eindrücke in sich auf und ließen die Menschenmenge, das bunte Treiben und den Anblick der herumstolzierenden nackten Frauen auf sich wirken, während Hy nur so tat, als hätte sie Spaß daran. Schließlich gab es keinen Grund zur Kritik, und über Geschmack konnte man bekanntlich nicht streiten. Wenn Gerald ihr nur verraten hätte, was er wirklich wollte! Wie gerne hätte sie es ihm gegeben.

Was mochte da bloß im Argen liegen? Eine andere Frau? Die Verdächtigung schien ihr absurd! Aber natürlich war sie das. Er hatte doch alles – ihre tiefe Liebe, seinen Beruf, Kinder, ein Zuhause – und musste nichts entbehren. Hy saß da und drehte an ihren Ringen herum: dem Ehering und dem kostbaren Diamantring, den er ihr von seinem ersten Monatsgehalt gekauft hatte.

»Nun«, meinte er später in ihrem Hotelzimmer. »Jetzt haben wir nur noch einen Tag. Am liebsten würde ich nächsten Monat wiederkommen.«

»Ich hätte nicht gedacht, dass es dir so gut hier gefällt.«

»Wem, mir? Was bringt dich denn auf diese Idee?«

»Du warst in den letzten Tagen nicht sehr guter Stimmung, Gerald. Habe ich dich nicht oft genug gefragt, warum du Trübsal bläst?«

»Trübsal? Nur weil ich mit der Führung in Chartres nichts anfangen konnte?«

»Nein, natürlich nicht. Bitte, bitte, weich mir nicht ständig aus und beantworte meine Frage. Habe ich etwas falsch gemacht? Sei ehrlich.«

»Nein, selbstverständlich nicht. Rede doch nicht so dummes Zeug.«

»Schwörst du?«

»Ja, ich schwöre.«

Sein rabenschwarzes Haar schimmerte im Lampenlicht, und das Grübchen am Kinn ließ sein männlich-markantes Gesicht weicher wirken. Hy dachte an die Skulptur, die sie heute Nachmittag gesehen hatte, und unwillkürlich entfuhr ihr ein Geräusch, das gleichzeitig Aufschrei und Seufzer war. Es gelang ihr nicht, die Tränen zurückzudrängen, bevor er sie sah.

»Was ist denn nur los mit dir, Hy? Was hast du? Ich kann es nicht leiden, wenn du so bist, und es tut mir leid, falls es an mir liegen sollte. Aber es gibt keinen Anlass. Du bildest dir ...«

Sie lief auf ihn zu. »Heb mich hoch und trag mich zum Bett, so wie früher. Ich liebe dich so ...«

Später – Gerald schlief wie immer tief und fest – lag Hy wach und blickte in die Dunkelheit, wo die Umrisse des marmornen Kaminsims und der Blumen auf dem Tisch zu sehen waren. In der Ecke standen ihre eleganten Koffer. Sie hatte ihn gebeten, ihr zu bestätigen, dass er sie liebte, und er hatte ihr den Gefallen getan.

Wie konnte man einem so intimen Akt etwas Unpersönliches geben?, fragte sie sich. Ja, es war möglich, nämlich dann, wenn es einen nicht kümmerte, wer neben einem im Bett lag.

Leise stand Hyacinth auf und trat ans Fenster. Wegen der späten Stunde waren auf dem großen Platz kaum Autos unterwegs. Laternen standen auf der Brücke, die über den Fluss führte. Am gegenüberliegenden Ufer erhoben sich imposante öffentliche Gebäude, die der Welt ihr würdevolle Fassade zeigten, so wie es auch die Menschen tagtäglich taten.

Doch überall in dieser großen pulsierenden Stadt gab es kleine geheime Nischen, wo Männer und Frauen miteinander lebten. Wie viele von ihnen mochten – so wie Hyacinth, wenn auch in einer anderen Sprache – wohl denselben Schrei ausstoßen, der von Einsamkeit und der Angst vor dem freien Fall zeugte?

Francines Anruf erreichte sie am nächsten Morgen vor dem Frühstück.

»Jim ist tot. Gestern nach dem Abendessen ist er plötzlich gestorben.«

9

In den nächsten sechs Wochen überstürzten sich die Ereignisse derart, dass Hyacinth gar nicht dazu kam, an ihre eigenen Probleme zu denken. Bald erschien ihr die Zeit in Paris wie ferne Vergangenheit, während die Gegenwart sie zu erdrücken drohte. Die arme Großmutter hatte den unerwarteten Tod ihres zweiten Sohns nicht verwunden und war in ein Altersheim gezogen. Francine befand sich, auf Beharren ihrer Söhne, mit ihnen auf einer langen Urlaubsreise durch den Nordwesten und Alaska.

»Mach dir keine Sorgen um sie«, sagte Gerald. »Francine schafft das. Sie ist eine starke und kluge Frau und war schon immer die Denkerin in eurer Familie.«

»Denkerin!«, protestierte Hyacinth erschrocken. »Und mein Vater war wohl ein Dummkopf.«

»Er war einfach nur anders, ein Intellektueller und ein Träumer. Francine hingegen besitzt Schläue und ist intelligent genug, sich das nicht anmerken zu lassen. Ich möchte sie nicht gern zur Feindin haben.«

Diese Bemerkung – zusammen mit den anderen aufgewühlten und traurigen Gedanken, die einen Todesfall für gewöhnlich begleiten – ging Hyacinth an einem Spätsommermorgen im Kopf herum, als sie einen anonymen Anruf erhielt.

»Sie kennen mich nicht«, sagte die Frau, »und ich schäme mich dafür, dass ich meinen Namen nicht nenne. Seit Wochen schiebe ich es schon vor mir her, aber nun habe ich beschlossen, nicht länger zu schweigen. Es geht um Ihren Mann und eine andere Frau.«

Die Hand, die den Hörer hielt, zitterte so sehr, dass Hyacinth sie mit der anderen stützen musste. »Wovon reden Sie? Wer sind Sie?«

»Das darf ich Ihnen nicht verraten. Bitte verstehen Sie mich.« Die Stimme war leise und bebte leicht. »Sie kennen mich nicht. Wir sind einander nie persönlich begegnet. Ich habe nur von Ihnen gehört und weiß, dass Sie eine nette Frau sind und Familie haben. Ich hatte selbst mit vielen Problemen zu kämpfen und möchte nicht untätig zusehen, wie eine Frau von einem Mann gedemütigt wird. Das ist alles. Ich dachte, Sie könnten vielleicht etwas dagegen unternehmen, bevor es zu spät ist, wenn ich Sie warne. Die Frau arbeitet in der Praxis Ihres Mannes.«

Im nächsten Moment war die Leitung tot. Hys Kopf sank auf die Tischplatte. So schäbig und feige es auch sein mochte, am Telefon seinen Namen nicht zu nennen, hatte die Frau glaubhaft auf sie gewirkt.

»Was ist da los?«, flüsterte sie.

Als sie den Kopf hob, drehte sich der Raum um sie, und es dauerte eine Weile, bis sie sich gefasst hatte und in der Lage war, Moira anzurufen. Auf Moira konnte man bauen. Sie würde alles stehen und liegen lassen und sofort kommen.

Die beiden Frauen setzten sich auf die Verandastufen. Nachdem Hyacinth die kurze Geschichte erzählt hatte, herrschte lange Zeit Schweigen. Ihr wurde abwechselnd heiß und kalt, während sie auf die Antwort wartete.

Als Moira schließlich mit ruhiger Stimme das Wort ergriff, sah sie Hyacinth nicht an, sondern blickte auf den von der Sonne ausgedörrten Rasen.

»Ich weiß es schon seit einer Weile, Hy. Es ist die Frau, die auf die Kinder aufgepasst hat, während ihr in Frankreich wart. Da ich schon länger im Bilde war, habe ich immer wieder mit mir gerungen, ob ich dir reinen Wein einschenken soll. Vermutlich ahnt Gerald, dass ich ihm auf die Schliche gekommen bin, und kann mich deshalb nicht leiden.«

»Woher hast du es erfahren?«

»Bist du sicher, dass du das hören willst? Es bringt dich doch auch nicht weiter?«

»Ich muss es aber wissen. Erzähl es mir.«

Moira seufzte auf.

»Die Menschen reden, und Gerüchte verbreiten sich ziemlich schnell. Ich kenne eine Frau, deren Mann Arzt ist. Seine Sekretärin ist wiederum mit dieser Sandy befreundet. Jemand hat Gerald gesehen, wie er mit ihr im Auto an einem Sonntag vom Strand wegfuhr. Außerdem wurden sie ... ach, was nützt das noch? Sie wurden eben beobachtet.«

»Also wissen es alle außer mir.«

Nun waren es die Bäume, deren Wipfel langsam im Himmel zu kreisen schienen. Hyacinth stand auf und lehnte sich an den Türrahmen.

»Ist dir nicht gut, Hy?«

Moiras Miene war so besorgt, als wolle sie gleich in Tränen ausbrechen.

»Doch. Ich fühle mich nur ganz entsetzlich schwach und ausgelaugt.«

»Geh rein und setz dich. Es tut mir leid. Du hast so etwas nicht verdient. Bist du sicher, dass alles in Ordnung ist?«

»Ja, wirklich, Moira.«

»Wirst du ihn zur Rede stellen?«

Hyacinth lächelte. »Das muss ich wohl, oder?«

»Soll ich bleiben?«

»Nein, danke. Ich muss mich um die Kinder kümmern.«

»Ich nehme sie mit zu mir und koche ihnen ein Abendessen. Mach dir keine Sorgen um sie.«

»Danke. Danke für alles, Moira.«

»Ein dreckiger anonymer Anruf«, sagte Gerald. »Und du nimmst ihn ernst. Sicher ist es irgendeine gehässige Alte, die nur neidisch auf dich ist. Eine Geisteskranke, die überall ihr Gift verspritzt.«

»So hat sie sich nicht angehört.«

»Wie sonst? Was weißt du über sie? Das ist doch albern. Ich muss mich über dich wundern.«

Da es nicht richtig gewesen wäre, Moira mit hineinzuziehen, entgegnete Hyacinth nur: »Andere Leute wissen es auch. Die Frau meinte, du seist mit Sandy im Auto gesehen worden.«

Gerald lachte auf. »Aber, aber. Sandy ist eine geschätzte Mitarbeiterin. Ich werde sie doch ab und zu im Auto mitnehmen dürfen. Oder ist das unmoralisch?«

»Es war auf der Straße am Strand.«

»Ihre Schwester wohnt dort. Wo genau soll es denn gewesen sein? Immerhin ist diese Straße fünfundsiebzig Kilometer lang, zum Donnerwetter! Merkst du denn nicht, wie albern du dich aufführst und wie sehr du mich damit kränkst?«

So gerne hätte Hyacinth auf die hartnäckige Stimme in ihrem Kopf gehört, die ihr riet, ihm zu glauben, und versuchte, sich gegen die Gewissheit durchzusetzen. Sie fühlte sich todmüde! Es war ein langer Tag gewesen, vielleicht der längste in ihrem Leben.

»Komm, wir essen etwas«, meinte er, nun wieder freundlicher. »Ich muss schnell etwas in den Magen kriegen und dann gleich zurück ins Krankenhaus.«

»Ich habe nichts gekocht. Es sind nur noch Reste von den Hamburgern da.«

Obwohl Gerald nicht an so kärgliche Kost gewöhnt war, nahm er es mit Humor. »Schon gut. Bleib sitzen, wenn du dich nicht wohlfühlst. Ich wärme sie mir auf.«

Nach dem Essen ging Hy die Kinder bei Moira abholen. Gerald war bald zurück und half, sie zu baden. Dann lasen sie ihnen gemeinsam eine Gutenachtgeschichte vor. Anschließend setzte sich Gerald im Wohnzimmer vor den Fernseher, um sich ein Footballspiel anzuschauen. Hyacinth starrte blicklos in ihr aufgeschlagenes Buch, während sich ihre Gedanken überschlugen.

Er wollte sich doch wohl nicht etwa scheiden lassen? Das

würde er schon wegen der beiden Kinder, die oben schliefen und die er vergötterte, niemals tun! Und war es wirklich möglich, dass ein eingefleischter Ästhet wie Gerald plante, sie, Hyacinth, durch eine Frau vom Schlag einer Sandy zu ersetzen? Hy hob den Kopf und sah ihn an. Nein. Allein die Vorstellung war absurd.

Nun, vielleicht hatte er ja ein wenig geflirtet.

Sei ehrlich, Hyacinth, das hast du schon öfter erlebt, sagte sie sich. Damals mit dieser Dr. Bettina in Texas. Auch wenn es dir nicht gefällt, verfügst du inzwischen über genug Lebenserfahrung, um zu wissen, dass so etwas kein Weltuntergang ist. Bestimmt handelt es sich nur um ein Gerücht, das immer weiter aufgeblasen worden ist, bis selbst intelligente Menschen wie Moira darauf hereingefallen sind. So etwas geschieht alle Tage.

Der nächste Tag war ein Sonntag, und der Morgen verlief gemütlich wie immer: Pfannkuchen mit Speck, die Zeitung und für die Kinder eine Partie Krocket auf dem Rasen. Am Nachmittag musste Gerald ins Krankenhaus, auch das an einem Sonntag nicht weiter außergewöhnlich.

Doch obwohl Hyacinth ihre Zweifel beschwichtigt zu haben glaubte, brachen sie plötzlich wieder über sie herein. Die vernünftige Art der fremden Frau am Telefon und Moiras niederschmetternde Eröffnung hallten ihr in den Ohren. Und so rief sie am späten Nachmittag im Krankenhaus an – und erfuhr, dass Gerald den ganzen Tag nicht dort gesichtet worden war.

Als er nach Hause kam, aßen sie wie immer zu Abend und brachten anschließend die Kinder zu Bett. Niemals hätten sie sich in Gegenwart von Jerry und Emma gestritten. Dann jedoch stellte Hy ihren Mann wütend zur Rede.

»Du warst heute nicht im Krankenhaus.«

»Was soll das heißen?«

»Genau das, was ich gesagt habe. Lüg mich nicht an. Ich habe angerufen.«

Sie gab ihm ein paar Sekunden, um über eine Antwort nachzudenken, und als keine kam, ging sie zum Angriff über.

»Wo warst du? Unterwegs mit dieser Sandy?«

Ein hässlicher Zug entstand um Geralds höhnisch zusammengepresste Lippen, ein seltener Anblick zwar, doch Hy fürchtete sich davor.

»Ich war tatsächlich heute Nachmittag mit ihr zusammen. Ich bin nämlich zu dem Schluss gekommen, dass die Gerüchte, die du erwähnt hast, vielleicht gar nicht so albern sind, sondern mir gefährlich werden könnten. Deshalb werde ich sie von nun an nicht mehr im Auto zum Haus ihrer Schwester mitnehmen, auch wenn ich in diese Richtung muss. Dasselbe gilt für Fahrten zu den Läden in der Main Street, obwohl die auf meinem Weg liegen. Es ist empörend. Aber wenn böswillige Menschen ihre Schlüsse aus einem an sich harmlosen Verhalten ziehen, müssen wir dieses Verhalten eben ändern. Und damit basta.«

Hyacinth starrte ihn entgeistert an.

Erwartete er wirklich von ihr, dass sie diese faulen Ausreden glaubte?

»Offenbar hältst du mich für geistig zurückgeblieben, Gerald. Verrate mir, warum du mir vorlügst, du würdest ins Krankenhaus fahren. Du hättest mir diese Erklärung doch gleich geben können.« Sie zitterte wie am Vortag bei Moiras Besuch, sodass sie sich an einer Stuhllehne festhalten musste. »Ich weiß, wie sehr du dich in den Schmeicheleien anderer Frauen sonnst. Ich …«

»Sonnst«, spottete er. »Wie poetisch.«

»Ja, sonnst. Wie eine Katze. Eigentlich ist das nicht weiter schlimm, sondern nur ganz normale männliche Eitelkeit. Ich hätte schon öfter Grund gehabt, mich zu beschweren, aber ich habe es vorgezogen, nicht darauf zu achten. Nie hätte ich gedacht …«

Offenbar hatte sie einen wunden Punkt getroffen.

»Die betrogene Ehefrau!«, höhnte er. »Eine wunderbare

Rolle. Warum hast du nicht den Mund aufgemacht, anstatt edel und still vor dich hin zu leiden?«

»Ich wollte es nicht an die große Glocke hängen. Schließlich haben wir eine glückliche Ehe geführt, Gerald. Wir haben Kinder.«

»Danke, dass du mich daran erinnerst. Fast hätte ich es vergessen.«

»Vermutlich vergisst du es wirklich, wenn du mit einer anderen Frau ins Bett steigst – oder was du sonst so tust, um dich zu amüsieren.«

»Nur weiter. Manchen Leuten macht es eben Spaß, sich selbst zu quälen. Dass du am ganzen Leibe zitterst, weil dein Mann mit einer jungen Frau befreundet ist, zeugt von mangelndem Selbstbewusstsein. Außerdem handelt es sich in diesem Fall um eine ausgesprochen tüchtige junge Frau, die sich gut um deine Kinder gekümmert hat. Aber du warst ja schon immer ein wenig unsicher. Ein Jammer, wenn man eine so schöne Mutter hat.«

Ihr fehlten die Worte, und auch ihm hatte es offenbar die Sprache verschlagen.

Der grausame Seitenhieb erschreckte sie beide. Gerald machte ein bestürztes Gesicht.

»Es tut mir leid, Hy. Das wollte ich nicht. Es stimmt nicht und war nur so dahingesagt. Diese ganze Situation ist Wahnsinn. Bitte entschuldige.«

Um Fassung ringend, biss Hyacinth sich auf die Lippe.

»Raus. Geh zu ihr oder zu sonst jemandem. Verschwinde. Es ist mir egal.«

»Ja, ja, schmeiß mich ruhig raus.« Mit einem Aufstöhnen schlug er die Hände vor die Stirn. »Das ist ja hier nicht mehr zum Aushalten.«

Eine Stunde später – sie hatte die eilig herbeigerufene Babysitterin eingewiesen – ging Hy in die Garage. Geralds Auto war fort. Vermutlich hatte er sich in die Praxis geflüchtet. Was für einen besseren Treffpunkt für ihn und seine Geliebte konnte es nach Einbruch der Dunkelheit geben als ihren gemeinsamen Arbeitsplatz?

In ihrer Hosentasche steckte der Zweitschlüssel, mit dem sie die Alarmanlage abschalten konnte. Ihre Handtasche enthielt eine winzige Taschenlampe, um ihr den Weg die Treppe hinauf zu dem Raum zu leuchten, in dem sie sich vermutlich aufhielten. Dank der Turnschuhe an ihren Füßen würde der Klang ihrer Schritte sie nicht verraten.

Hy parkte ihren Wagen im Schatten eines Baumes einen halben Häuserblock entfernt, wo er vom Gebäude aus nicht gesehen werden konnte. Die tagsüber so belebte Straße war nun menschenleer und so still, dass das Knacken eines Zweiges unter ihrem Schuh knallte wie ein Schuss. Die Wolken am Himmel erinnerten an Wattebäusche. Es herrschte eine gruselige Atmosphäre wie in einem Sherlock-Holmes-Roman.

Der dämmrige Schein der Straßenlaterne fiel auf die ansprechende Fassade von Arnies »kleinem Schmuckstück«. Den Schlüssel in der schweißfeuchten Hand, stand Hy einen Moment unschlüssig da. Dann jedoch stieg sie die kleine Treppe zur Eingangstür hinauf und steckte den Schlüssel ins Schloss.

In der Vorhalle gab es keine Hindernisse, über die man lautstark hätte stolpern können. Geräuschlos pirschte sich Hy zu dem Zimmer, wo sie die beiden vermutete. Es war leer. Mit klopfendem Herzen ging sie von Raum zu Raum und suchte Behandlungszimmer, Archive, Röntgenkabinen und das restliche Haus ab. Wo mochten sie nur sein?

Vermutlich bei dieser Sandy zu Hause. Sie wohnte zwar mit ihrer Schwester zusammen, doch das spielte ja keine Rolle. Wahrscheinlich war die Schwester ebenfalls ein Flittchen.

Diese Frau. Ich habe ihr doch nichts getan und war immer nett zu ihr. Und dennoch nimmt sie mir den Ehemann weg, schadet mir und meinen Kindern und zerstört meine Familie und mein Leben.

Noch nie hatte Hyacinth eine solche Wut empfunden, die ihr Blut in Wallungen brachte und einen salzigen Geschmack in ihrem Mund hinterließ.

Denk nach. Denk gründlich nach.

Auf und ab gehend versuchte sie, einen Plan zu entwickeln, rauchte eine Zigarette, dann noch eine, und lief dabei weiter hin und her.

Da war Sandys Schreibtisch mit seinen übersichtlich angeordneten Gerätschaften: Telefon, Schreibtischlampe, Computer und ein gläserner Briefbeschwerer mit dem Eiffelturm darin – ein Mitbringsel von Gerald aus Paris. Wenn er die Tür öffnete, um einen Patienten zu empfangen, fiel sein Blick zuerst auf sie. Nickten sie einander zu oder taten sie so, als sähen sie den anderen nicht? Aller Wahrscheinlichkeit nach spielten sie Theater, denn Gerald wollte sicher seinen guten Ruf nicht riskieren.

Die mittlere Schreibtischschublade stand einen Spalt weit offen. Hier bewahrten Sekretärinnen normalerweise ihre persönlichen Sachen auf: einen Ersatzlippenstift, Kamm und Spiegel, Papiertaschentücher und manchmal sogar wichtige Briefe, die sie immer in ihrer Nähe haben wollten. Hy fing an zu kramen. Und wirklich entdeckte sie ganz hinten einen mit einem Gummiband zusammengehaltenen Umschlag. Darin befand sich ein Bündel von Briefen, in Geralds Handschrift und an ihre Privatadresse gerichtet.

Auch im schwachen Schein der Taschenlampe war die rückwärts geneigte Schrift gut zu lesen.

Sandy, du weißt nicht, was du mir antust. Jeden Tag gehe ich durch die Straßen und denke an dich. Warum bist du nicht bei mir? Wieder eine Kathedrale und eine scheußliche regnerische Nacht in einem langweiligen Landgasthof. Ein großes Bett, in dem du mir gefehlt hast.

Heller Zorn ergriff Besitz von Hyacinth, und seltsamerweise richtete sich dieser gegen Sandy, nicht gegen Gerald.

»Zwei Wochen hast du in meinem Haus verbracht. Du

hast meine wunderschönen Kinder gesehen und meine Sachen durchwühlt!«, rief sie aus. »Meine Kleider, meine Bücher, meine Post. All meine Geheimnisse und Privatangelegenheiten. Ihr beide habt über mich gelacht. Wie gerne hättest du meinen Platz eingenommen und mein angenehmes Leben geführt! Und du wirst es mir wegnehmen, wenn du kannst. Du wirst darauf hinarbeiten und dich hineinfressen wie eine Termite.«

Als Hyacinth ausholte, traf ihr Arm die Schreibtischlampe und schleuderte sie zu Boden. Dann fegte der Arm über den Schreibtisch und erfasste Papiere, Briefbeschwerer, Telefon und Computer, die krachend hinunterstürzten.

In Geralds Zimmer setzte sie ihr Zerstörungswerk fort. Eine klägliche Rache für die Demütigung, die er ihr zugefügt hatte. Er hatte sie als Frau zutiefst beleidigt. Ein Lächeln auf den Lippen, stand sie da, ließ den Blick über die Verheerung schweifen und malte sich aus, was für Gesichter die beiden machen würden, wenn sie morgen zur Arbeit kamen.

Im nächsten Moment meldete sich Furcht. Was war, wenn sie jetzt erschienen und sie hier antrafen? Nein, darauf war sie nicht vorbereitet. Hyacinth ergriff die Flucht und rannte den Flur entlang und die Vortreppe hinunter, wo sie stolperte, ins Gras fiel und ihre Handtasche verlor. Nachdem sie den Inhalt eingesammelt hatte, hinkte sie mit blutendem Knie zurück zum rettenden Auto.

Das Haus war dunkel. Nur im Wohnzimmer, wo die Babysitterin saß und las, brannte Licht. Hy bezahlte das Mädchen, beantwortete die Fragen zu ihrem verletzten Knie und erfuhr, dass die Kinder längst schliefen. Nein, Gerald sei nicht nach Hause gekommen.

Später im Bett wurde sie von einem merkwürdigen Gefühl ergriffen. Es war, als hätte sie nach schmerzlichen Bemühungen endlich triumphiert und den Berggipfel erreicht und blickte nach unten – nur um zu sehen, was für ein tiefer und dunkler Abgrund sich unter ihr auftat und sie zu verschlingen drohte. Was sollte nun werden? Mit diesen quälenden Gedanken, dem pochenden Knie und völlig erschöpft lag sie da und wartete, dass etwas geschehen würde.

Hy wurde von nächtlichen Geräuschen geweckt. Erst zirpten die Grillen. Dann läutete das Telefon. Der Apparat stand auf Geralds Seite des Bettes. Aber er war nicht da. Also tastete sie nach dem Hörer und nahm die Nachricht entgegen. Falls er inzwischen zu Hause war, schlief er sicher im Gästezimmer. Hyacinth ging hinüber.

»Steh auf. Es brennt. Arnie hat gerade den Anruf erhalten.«

»Was?«, nuschelte Gerald.

»Es brennt. Die Praxis steht in Flammen.«

Nach dem Frühstück brachte Hyacinth die Kinder zu Moira und fuhr zur Praxis, wo es von Schaulustigen und Fahrzeugen wimmelte. Auch die Wagen von Feuerwehr, Polizei und Rettungsdienst blockierten die enge Straße. Das elegante Gebäude hatte sich in eine traurige Ruine verwandelt. Die steinernen Mauern standen zwar noch, waren jedoch geschwärzt und ihrer Holzverkleidung beraubt. Die Fensterscheiben waren zerbrochen. Das hübsch mit Holzschindeln gedeckte Dach war eingestürzt.

Jetzt werden sie nie erfahren, was ich mit ihren Schreibtischen gemacht habe, dachte sie.

Doch im nächsten Moment bekam sie Mitleid mit dem armen Arnie, der auf dem Gehweg stand und die Ruine seines »kleinen Schmuckstücks« betrachtete.

»Ach, Arnie, das ist ja entsetzlich! Wie ist denn das passiert?«

Ein beißender Geruch nach Rauch lag in der Luft. Arnie blinzelte mit geröteten Augen und sah sie so hilflos und verzweifelt an, dass ihr plötzlich ein Gedanke durch den Kopf schoss: Wenn er eine Frau wäre, könnte er öffentlich weinen.

»Weiß man schon ... ich meine, ist noch etwas zu retten?« Sie überlegte, was sie sagen sollte, um ihn zu trösten.

»Nein, es ist alles verloren. Nur Trümmer und Scherben. Das Gebäude ist vollständig ausgebrannt. Bis jetzt konnte man lediglich feststellen, dass der Feueralarm ausgefallen ist. Die Feuerwehr durchsucht noch die Überreste nach Hinweisen. Vielleicht ein Kurzschluss. Das ist die wahrscheinlichste Erklärung. Gerald ist drin und spricht mit den Feuerwehrleuten. Ich musste raus, um frische Luft zu schnappen. Von dem Gestank wird einem übel. Nun, Jammern nützt nichts. Es lässt sich nicht mehr ungeschehen machen.«

»Sie waren so stolz auf Ihr Haus«, meinte sie leise. »Und es war wirklich wunderschön.«

Hy legte ihm die Hand auf den Arm und küsste ihn auf die Wange. Am liebsten wäre sie in Tränen ausgebrochen – wegen seines Verlusts und noch aus vielen anderen Gründen.

»Sie können es wieder aufbauen lassen, oder? Es ist doch bestimmt versichert«, meinte sie.

»Ich habe mich noch nicht entschieden. Gerald und ich überlegen nämlich seit einer Weile, mit der Praxis nach Florida überzusiedeln. Vielleicht war das der Schubs, den wir brauchten, um unsere Zelte hier abzubrechen. Zum Glück lagen die Patientenakten in feuerfesten Safes«, fügte Arnie hinzu.

»Florida? Sie wollen nach Florida ziehen?«

»Hat er es Ihnen nicht erzählt? Wahrscheinlich sollte es eine Überraschung werden. Wir haben dort ein Angebot für eine riesige Praxis, gegen die unsere hier richtig jämmerlich aussah. Ein alter Kollege geht in den Ruhestand. Wir sind überzeugt, dass wir es schaffen.«

Hy war der Schreck deutlich anzumerken.

»Ach, es wird Ihnen dort gefallen, Hy. Keine kalten Winter mehr. Gute Privatschulen für Emma und Jerry, wenn Sie das möchten. Außerdem gehört ein großes Haus am Meer zum Paket. Da ich kein Haus brauche, können Sie es haben.«

Hy hatte es die Sprache verschlagen, und nachdem Arnie eine Weile vergeblich auf eine Antwort gewartet hatte, fuhr er fort.

»Schönheitsoperationen sind dort sehr beliebt. Sie werden viel für die Kinder auf die hohe Kante legen können, damit sie im Fall einer Flaute versorgt sind. Das ist doch keine schlechte Idee, oder?«

»Nein«, murmelte sie benommen.

Arnie wechselte das Thema.

»Die Feuerwehr ist gleich mit drei Löschzügen angerückt. Ist das zu fassen? Als ich kurz nach zwei ankam, stieg grauer und roter Qualm auf wie aus einer brennenden Stadt nach einem Bombenangriff. Die Löscharbeiten dauerten bis etwa sieben Uhr. Hut ab vor diesen Männern. Einer hat sich den Arm gebrochen und zwei mussten mit einer schweren Rauchvergiftung ins Krankenhaus gebracht werden.«

Hyacinth musterte die rußgeschwärzten Mauern. Ein Problem folgte auf das andere. Nun musste sie sich in ihrer Wut und Trauer mit einer weiteren neuen Entwicklung auseinandersetzen. Immer noch starrte sie auf die Ruine, als Gerald auf sie zukam.

»Da drin sieht es aus wie in einem Kriegsgebiet«, wandte er sich an Arnie. »Wahrscheinlich musste ein Feuerwehrmann dran glauben. Als der Boden unter ihm wegbrach, ist er mitten in die Flammen gestürzt.«

Arnie schüttelte den Kopf. »Was kann so einen Brand auslösen? Ich habe gehört, dass Ratten, Mäuse oder Eichhörnchen manchmal Kabel durchnagen und es dann zu einem Feuer kommt.«

»Es muss kein Kurzschluss gewesen sein.«

»Nein? Was dann? Wo hat es angefangen?«

»Man ist zwar noch nicht sicher, aber der Ausgangspunkt war aller Wahrscheinlichkeit nach mein Zimmer. Die Feuerwehr hat bei ihrem Eintreffen letzte Nacht Hinweise auf einen Einbruch bemerkt. Gegenstände lagen auf dem Boden.

So sah es wenigstens aus. Allerdings lässt sich das jetzt kaum noch feststellen.«

»Wer hätte denn einbrechen sollen? Immerhin ist die Alarmanlage nicht losgegangen.«

»Keine Sorge, das wird untersucht.«

Gerald hatte Hy keines Blickes gewürdigt.

»Du könntest dich darum kümmern, ob die Familie des armen Teufels Hilfe braucht, Hyacinth«, meinte er nun mit finsterer Miene. »Er hat einen kleinen Sohn, und seine Frau ist schwanger. Hier, ich habe den Namen aufgeschrieben.«

»Wird er wirklich nicht überleben?«, fragte sie.

»Er ist eine ganze Etage tief in den Keller gestürzt und mit dem Kopf auf den Betonboden geschlagen. Nein, er schafft es sicher nicht. Und wenn doch, wird er nicht mehr viel vom Leben haben.« Gerald wandte sich ab. »Kommst du mit, Arnie? Die Leute von der Versicherung wollen mit uns reden.«

»Gott, steh mir bei«, rief Hyacinth auf dem Heimweg im Auto aus.

Während ihre Hände das Lenkrad umfassten, sprach ihr Verstand mit ihr, als sei er ein selbstständiges Wesen, und zerlegte die Situation in ihre Bestandteile.

Du hast ein paar Zigaretten geraucht, das ist richtig. Aber du hast sie ausgedrückt. Ganz bestimmt. Schließlich bist du ein vorsichtiger Mensch.

Allerdings geschehen hin und wieder Unfälle, richtig? Etwas, das man nicht beabsichtigt hat. Man ist unachtsam, schaut nicht auf die Straße oder schaltet den Gasherd nicht ab. Einen Unfall kann man einem sonst guten Menschen nicht zum Vorwurf machen. Oder?

Nein, ich bin sicher, dass ich keine brennende Zigarette liegen gelassen habe. Reiß dich zusammen, Hyacinth. Du hast mit diesem Brand nichts zu tun.

Wirklich nicht? Hast du die Zigaretten tatsächlich ausgedrückt? Hast du überhaupt einen Aschenbecher gesehen? Denk nach, denk gründlich nach.

Zu Hause angekommen, setzte sie sich in die Küche und trank drei Tassen Kaffee. Vor dem Fenster erstreckte sich der Garten, den Dad für sie angelegt hatte. Wenn er nur noch am Leben wäre! Der gute, kluge, vernünftige Jim, der stets die Ruhe selbst gewesen war. Er würde wissen, wie sie sich aus diesem Gewirr von Schwierigkeiten befreien konnte. Beinahe hörte sie seine Stimme, als er am Tag vor ihrer Abreise nach Frankreich mit Emma auf dem Korbstuhl gesessen hatte. Hy stand auf, öffnete die Tür zur Veranda und betrachtete den Stuhl. Auf dem Boden lag Emmas Stoffpuppe, Jerrys neues Fahrrad lehnte an der Wand.

Ihr Zuhause! Mein Gott, durfte man wirklich zulassen, dass eine Person wie Sandy es zerstörte?

Gerald will das sicher auch nicht. Es ist nichts weiter als eine unschöne, aber vorübergehende Eskapade. Männer tun so etwas eben, und Frauen dürfen darin keinen Weltuntergang sehen.

Womöglich hatte sich sogar Jim – mit oder ohne Francines Wissen – hin und wieder einen Seitensprung geleistet. Das konnte selbst in einer glücklichen und friedlichen Ehe wie der ihrer Eltern geschehen.

Ist es nicht seltsam, dass meine schreckliche Wut und Eifersucht von letzter Nacht verflogen sind? Ich fühle mich nur so entsetzlich gekränkt, doch das ist etwas anderes.

Aber ich bin stur. Das bin ich schon immer gewesen. Was tut man, wenn auf dem Meer ein Sturm ausbricht? Man schließt die Luken und rafft die Segel. Und ich muss mich jetzt zusammenreißen und meinen Verstand benutzen. Wie sieht mein nächster Schritt aus?

Morgen ist der erste Schultag. Jerry kommt in die zweite Klasse und Emma in die Vorschule, ein großer Tag für die beiden. Sie brauchen Liebe und Aufmerksamkeit, die Gerald ihnen in seiner momentanen Stimmung nicht geben kann. Also werde ich mich doppelt ins Zeug legen müssen. Heute Nachmittag: neue Socken für Jerry und ein Termin zum

Zahnsteinentfernen für beide. Dann am Abend etwas ganz Besonderes kochen, um meinem zornigen Mann zu zeigen, dass sich der Sturm ein wenig gelegt hat.

Beseelt von diesem Entschluss, arbeitete Hyacinth systematisch ihre Erledigungen ab. Aber Gerald kam nicht zum Essen nach Hause. Erst spät, Hy war schon zu Bett gegangen, hörte sie, wie er die Treppe hinaufstieg und ins Gästezimmer trat. Gut, Botschaft verstanden.

Am Morgen fing sie ihn an der Tür ab, als er gerade das Haus verlassen wollte.

»Wir können so nicht weitermachen, Gerald«, sagte sie leise, »und uns weiter aus dem Weg gehen. Wir müssen miteinander reden.«

»Nicht jetzt.«

»Dann erzähl mir wenigstens, was aus dem armen Mann geworden ist.«

»Er ist gestorben. Der Trauergottesdienst findet übermorgen um elf in der Kirche in der Maple Street statt.« Geralds Stimme klang tonlos. »Danach führen wir unser Gespräch.«

»Gerald! So lange können wir nicht warten. Mir dreht sich der Kopf. Wir müssen klären, wie du mit Sandy verfahren willst. Und was soll das mit dem Umzug nach Florida?«

»Nicht jetzt, habe ich gesagt. Lass mich gehen. Ich habe es eilig.«

»Kommst du heute zum Abendessen?«

»Wahrscheinlich nicht.«

»Gerald, bleib stehen, so funktioniert das nicht. Wenn du mich anschweigst, können wir nicht …«

Aber er war schon außer Hörweite.

Offenbar hatte mehr als die Hälfte der Stadt den Verstorbenen gekannt. Die lokale und die überregionale Zeitung brachten auf der ersten Seite ein Foto des tapferen jungen Feuerwehrmannes, der inmitten von einstürzenden Mauern und Flammen den Tod gefunden hatte. An allen öffentlichen

Gebäuden wehten die Fahnen auf Halbmast, die Feuerwache war mit schwarzem Tuch verhüllt. Die Kirche war so überfüllt, das viele Trauergäste draußen bleiben mussten.

Fest entschlossen, sich nichts anmerken zu lassen, traf Hyacinth früh genug ein, um zwei Plätze für Gerald und Arnie zu besetzen. Sie war überrascht, als Arnie allein erschien, und erkundigte sich, wo Gerald steckte.

»Er kommt noch«, erwiderte dieser. »Er hatte etwas zu erledigen.«

Der Sarg war geschlossen. So sehr Hy auch versuchte, zur Gewölbedecke hinaufzuschauen, wanderte ihr Blick doch immer wieder zu der länglichen schwarzen Kiste hinüber. Dreißig war er gewesen.

Zwei Jahre jünger als ich, dachte sie.

»Oh, da ist er ja«, meinte Arnie. »Mit den Mädchen aus dem Büro. Er hat mich nicht gesehen. Ach, sie haben sich nach hinten gesetzt. Ist etwas mit Gerald, Hy?«

»Es liegt nur an dem Brand und dem ganzen Durcheinander. Reicht das nicht?«

»Ja, natürlich. Aber ich habe trotzdem den Verdacht, dass mehr dahintersteckt.«

Die klagenden Klänge der Orgel übertönten das Raunen und Rascheln der Anwesenden, als die Witwe erschien. Sie trug ein ärmliches schwarzes Kleid, hatte den Kopf gesenkt und hielt einen kleinen Jungen mit vor Schreck geweiteten Augen an der Hand. Das Kind war etwa in Jerrys Alter. Seine Mutter sah aus, als würde sie jeden Moment ihr Baby zur Welt bringen. Hys gespielter Gleichmut fiel von ihr ab wie ein abgelegter Mantel.

Draußen hatte sich das Wetter eingetrübt, als wolle es dem traurigen Anlass entsprechen. Ein bleigrauer Himmel lag über der Landschaft, und ein warmer Wind zauste das Laub der Bäume.

Ich spüre das herannahende Unwetter wie in Pferd oder eine Kuh auf der Weide, dachte Hyacinth.

Das Gewitter brach los, kurz nachdem die Kinder zu Bett gegangen waren. Als Gerald in das kleine Wohnzimmer kam, wo Hyacinth saß, grollte der erste Donner.

»Wie du gesehen hast, ist das Gebäude vollständig ausgebrannt«, begann er und verfiel in Schweigen.

Seine kühle, förmliche Art beunruhigte sie. Warum sprach er denn nicht über sie beide oder über ihre Ehekrise? Als die Pause weiter andauerte, ergriff sie schließlich das Wort.

»Was ist mit uns und unserer Ehe?«

»Darauf kommen wir später«, erwiderte er. »Eins nach dem anderen. Zuerst möchte ich wissen, wie du dich fühlst, nach dem, was du getan hast.«

»Getan hast? Was soll ich denn getan haben? Schließlich bin ich nicht diejenige, die beim Lügen oder bei einem Seitensprung ertappt worden ist«, entgegnete sie leise und gefasst. »Seit dem letzten Montag denke ich ununterbrochen darüber nach, Gerald. Ich muss dir nicht sagen, was das für mich bedeutet, denn du weißt es sicher genau. Ich möchte dir nur mitteilen, dass ich beschlossen habe, es zu vergessen. Ja, ich gebe dir mein Wort, dass ich es für den Rest meines Lebens nicht mehr erwähnen werde, falls du diesem Mädchen morgen den Laufpass gibst, damit wir einen Neuanfang machen können. Für uns beide, für Jerry und Emma und für unsere Familie möchte ich das tun.«

»Ich habe von etwas völlig anderem gesprochen, Hyacinth, nämlich davon, warum du in meinem Büro gewesen bist.«

Seltsamerweise wurde ihr Herzschlag nicht schneller, sondern langsamer.

»Ich? In deinem Büro? Wann?«

»In der Nacht, als alles abgebrannt ist, nachdem du Feuer gelegt hattest.«

»Ich soll das Feuer gelegt haben? Das kann nicht dein Ernst sein.«

»O doch, das ist es. Mein voller Ernst. Wir haben es nämlich nicht mit einem Kurzschluss zu tun. Jemand war im Gebäude und hat mein Büro verwüstet.«

»Und natürlich bin ich dieser Jemand, weil ich hinter deine Affäre gekommen bin. Du bist wirklich ein Meisterdetektiv.«

»Dein Sarkasmus hilft dir nicht weiter, Hyacinth.«

»Hör zu. Wenn du glaubst, dass jemand in deinem Büro war, solltest du deine Mitarbeiter befragen. Schließlich sind es fünf, und jeder von ihnen hat einen Schlüssel. Es ist eine Unverschämtheit, dass du mich verdächtigst.«

»Sie wurden bereits vernommen. Die Polizei und die Versicherungsleute verstehen ihr Geschäft, Hyacinth. Alle meine Mitarbeiter haben für die fragliche Nacht ein wasserdichtes Alibi.«

Jede Wiederholung ihres Namens traf sie wie ein Peitschenhieb. Und dennoch wurde ihr Herzschlag immer langsamer. Vielleicht würde ihr Herz irgendwann stehen bleiben.

»Dann sollen sie mich eben auch vernehmen. Das ist mir egal. Diese Verdächtigungen sind einfach unsinnig. Nein, nicht unsinnig, sondern böswillig, Gerald.«

»Findest du das wirklich?«

»Natürlich. Ich war seit unserer Reise nach Paris nicht mehr in deinem Büro, verdammt.«

Lieber Gott, verzeih mir diese Lüge. Wie soll ich mich sonst retten? Ich habe das Gebäude nicht angezündet.

Gerald zog ein kleines Papierpäckchen aus der Tasche, öffnete es, schob einige Bücher beiseite und legte den Inhalt auf den Tisch.

»Und was ist das?«

Hyacinth riss die Augen auf. Es waren die Puderdose, der Lippenstift und der Taschenkamm, die sie zusammen am linken Seineufer unweit eines Museums gekauft hatten. Sie waren blau und mit einem schmalen schwarzen Streifen und dem goldenen Emblem des Herstellers verziert. Ihr fehlten die Worte.

»Die Sachen lagen im Gras zwischen den Azaleen und dem

Gehweg. Ich habe sie im Morgengrauen nach der Brandnacht dort gefunden.«

Geralds Stimme wurde seltsam schmeichelnd. »Sonst weiß es niemand. Kein Mensch außer uns.«

Trotz ihrer ehernen Entschlossenheit flossen die Tränen, die sie, heftig wie immer, mit dem Handrücken wegwischte. Immer noch brachte sie keinen Ton heraus.

»Warum hast du das getan, Hy?«

Oh, mein Gott, es muss passiert sein, als ich gestolpert bin und die Tasche fallen gelassen habe.

Sie konnte die Tränen nicht zurückhalten.

»Es war keine Absicht. Es muss mit den Zigaretten passiert sein. Als ich deine Briefe an sie las, bin ich so wütend geworden. Ich wollte nur ihren Schreibtisch verwüsten. Und dann deinen. Ich war völlig außer mir. Kannst du mir glauben? Ich habe nicht absichtlich Feuer gelegt.«

»Auch wenn ich dir glaube«, fuhr Gerald fort, immer noch in sanftem Ton, »würde das sonst jemand tun? Welche plausible Erklärung hast du dafür, dass du nachts in meinem Büro warst? Alles deutet auf Brandstiftung hin, und das ist kein Scherz, sondern eine schwere Straftat.«

»Obwohl es keine Absicht war?«

»Ja, Hy, selbst in diesem Fall. Vergiss nicht, dass, ob Absicht oder nicht, deshalb ein Mensch sterben musste.«

Sie schwieg benommen, während er weitersprach.

»Denn so wird daraus ein Mord mit oder ohne niedere Beweggründe. Vermutlich wird man dir keine Heimtücke anlasten.«

»Was bedeutet das?«, flüsterte sie.

»Etwa zwanzig Jahre wegen der Brandstiftung und noch einmal zwanzig wegen des Tötungsdelikts, die gleichzeitig abzusitzen wären.«

»Woher weißt du das?«

»Von den Anwälten und den Versicherungsleuten.«

»Bist du sicher?«

»Schlag es doch selbst nach. Aber keine Sorge. Niemand verdächtigt dich. Überhaupt niemand. Zumindest noch nicht.«

Hy sah den Schwangerschaftsbauch der Witwe unter dem ärmlichen schwarzen Kleid, die verängstigten Augen des kleinen Jungen – und sich selbst hinter einer Zellentür.

»Ich will sterben.«

»Nein, Hyacinth.«

»Ich habe es nicht mehr verdient zu leben.«

»Natürlich hast du das. Du bist ein guter Mensch. Harmlos und unschuldig, wie deine Mutter immer sagt.«

»Was soll ich tun?«, rief sie händeringend aus. »Und was wirst du unternehmen?«

»Ich? Überhaupt nichts. Meine Lippen sind versiegelt, wie die gute alte Redensart heißt. Vertrau mir. Hier geht es nicht nur um dich, sondern um Jerry und Emma und nicht zuletzt um meinen guten Ruf. Arnie und ich ... vor allem Arnie ... haben für die Witwe eine beträchtliche Summe auf ein Konto eingezahlt und planen, es weiter aufzustocken.«

Schweigend saßen sie da. Gerald griff nach der Zeitung und begann zu lesen wie an einem ganz normalen gemütlichen Abend. Immer noch unter Schock, starrte Hy ihn etwa eine Stunde lang an. Schließlich konnte sie Ruhelosigkeit und Verzweiflung nicht mehr ertragen und erhob sich.

»Ich mache einen Spaziergang«, meinte sie. »Kommst du mit?«

»Nein, ich warte auf dich.«

Es war fast dunkel. Die vertrauten Straßen wirkten auf einmal seltsam fremd und abweisend. Ein Haus erinnerte sie an ein Gesicht mit einem mürrisch verzogenen Mund als Tür und böse glotzenden Augen als Fenster. In einem Vorgarten stürzte sich eine Katze so wild auf einen kreischenden Vogel, dass der Anblick Hy beinahe den Magen umdrehte. Rasch machte sie kehrt, ging nach Hause und setzte sich auf die Veranda in Jims Korbsessel.

Seit Monaten geht es schon bergab mit mir, dachte sie. Es

fing bereits vor der Europareise an. Deshalb sind wir ja hingefahren. Oder vielmehr ich. Arnie hat es gewusst. Er ist ein guter und kluger Mensch. Vielleicht ahnte er sogar, dass Gerald mich nicht mehr liebt.

Inzwischen war es stockfinster. Die Großvateruhr im Flur schlug elf. Immer noch saß Hy da und grübelte.

Was ist nur aus mir geworden? Was habe ich in meiner Wut und Unachtsamkeit angerichtet?

Wieder sah sie die hochschwangere Witwe und den kleinen Jungen den Mittelgang entlang auf sich zukommen. Dann standen ihr Emma und Jerry vor Augen.

Was habe ich ihnen angetan?

Ja, es wird immer schlimmer mit mir, aber ich muss mich wieder nach oben arbeiten und lernen, mit diesem Grauen zu leben. Ich muss dafür sorgen, dass Gerald mich wieder so liebt wie am Anfang. Ja.

O Gott, bitte hilf mir.

Inzwischen waren die Erde, das Gras, der Zaun und das Haus selbst in der Dunkelheit nicht mehr zu sehen. Doch am Himmel leuchteten die Sterne. Und aus einem Grund, der tief in der Mythologie oder im menschlichen Bewusstsein verborgen ist, begannen die uralten Himmelslichter ihr Mut zu machen, sich aus dem Abgrund zu befreien.

»Komm.« Plötzlich stand Gerald vor ihr. »Komm nach oben. Ich gebe dir eine Schlaftablette.«

»Du weißt, dass ich keine Tabletten mag. Ich brauche keine.«

»Heute Nacht schon.« Er nahm ihre Hand, um sie hochzuziehen. »Komm.«

»Du musst dich zusammennehmen und dir helfen lassen«, sagte er am nächsten Tag.

»Findest du es nicht traurig, dass du und ich uns an eine dritte Person wenden müssen? Aber wir haben es nötig.«

»Ich glaube, du hast mich nicht richtig verstanden, Hyacinth. Nicht ich bin es, der einen Therapeuten braucht, falls du das gemeint haben solltest.«

Sie saßen in der Küche. Die Kinder waren schon zur Schule gegangen. Hyacinth hatte das Geschirr weggeräumt. Nun zog sie sich einen Stuhl heran und setzte sich.

»Ich weiß nicht, wovon du redest«, meinte sie.

»Das tust du sehr wohl, Hyacinth.«

Dass er sie mit ihrem vollen Namen ansprach, verhieß nichts Gutes.

»Tja, da bin ich anderer Ansicht«, erwiderte sie dennoch ruhig. »Ich werde mir Mühe geben, damit wir diese schreckliche Phase überstehen. Und mit deiner Unterstützung werde ich verkraften, was ich getan habe.«

»Du kannst dich auf mich verlassen. Ich werde wie immer für alles aufkommen.«

Er musste doch begreifen, was sie meinte! Sicher wich er ihr nur aus, weil er sich nicht damit auseinandersetzen wollte. Als er nun, elegant gekleidet, hoch gewachsen und viel zu weltmännisch für die schlichte Küche, in der Tür stand, erschien er ihr wie ein Fremder. Herablassend war ein Wort, das ihr dazu einfiel. Anspruchsvoll ein anderes. Kühl, beherrscht und sich seiner selbst so sicher, dass sie sich kaum noch an den aufgeregten Studenten erinnern konnte, der sie an jenem Morgen vor so vielen Jahren im Museum besucht hatte. Wie hatte er sich so verändern können?

»Ich verlange kein Geld, sondern nur, dass du dieses grässliche Mädchen loswirst, Gerald.«

»Das Thema interessiert mich nicht. Darum geht es nicht.«

»Es interessiert dich nicht? Du bist also nicht in sie verliebt?«

»Nein. Und das war ich auch nie. Tut mir leid, dass du die dummen Liebesbriefe gefunden hast und deshalb so verletzt warst. Ich wollte dich nicht kränken. Es war nur eine alberne Affäre und nach sechs Wochen vorbei. Am nächsten Ersten fliegt sie.«

Obwohl Hy sich eigentlich über diese ausgezeichnete Nachricht hätte freuen sollen, erschrak sie dennoch über seine Gleichgültigkeit. Und plötzlich stand sie wieder an einem ruhigen Abend am Fenster und hörte Francines Stimme: »Wenn er es erst zu etwas gebracht hat, wird er hinter jedem Weiberrock her sein ... Hyacinth ist dem nicht gewachsen ...«

»Wie viele sogenannte alberne Affären hattest du bis jetzt, wenn ich fragen darf?«

»Nicht viele. Männer tun so etwas eben hin und wieder. Danach hat man das Gefühl, dass es die Mühe nicht wert war. Es ist nur, nun, du kannst es dir sicher denken. Schließlich liest und hört man so etwas öfter. Es ist zwar kein feiner Zug, passiert aber. Ich gebe zu, dass ich mich schäme. Doch das geht den meisten Männern so.«

Eine von Herzen kommende Entschuldigung oder eine Bitte um Verzeihung ist das ja nicht gerade! Aber vielleicht kann er ja nicht anders. Also muss ich nachsichtig mit ihm sein. Schließlich hat er mir meine Tat ja auch vergeben.

Schweigend saß Hyacinth am Küchentisch und drehte an ihrem Ehering. Inzwischen war das zu einer Angewohnheit geworden. Sie hielt inne und ließ den Blick durch ihr gemütlich ausgestattetes Heim schweifen. Die mit ihrem Namenszug in Rot versehenen Tassen der Kinder. Großmutters Teppiche im Flur und Geralds Golfschläger an der Wand. Es war ein Leben, das sich ständig weiterentwickelte und mit jedem Jahr ein Stückchen wuchs.

»Wir haben beide Fehler gemacht«, sagte sie leise. »Aber wir können einen Neuanfang wagen, damit alles wieder so wird wie früher. Das weißt du doch.«

Er sagte nichts.

»Keine Antwort, Gerald?«

Er ließ sich ihr gegenüber am Küchentisch nieder, sah sie jedoch nicht an, sondern schaute an ihr vorbei aus dem Fenster.

»In den letzten beiden Jahren hat sich viel verändert«, meinte er.

»Stimmt, und ich habe sehr darunter gelitten. Es hat mir wehgetan. Doch bei all meinen Versuchen herauszufinden, was dich bedrückt, hast du immer nur beteuert, alles sei in bester Ordnung.« Ihr Tonfall war nicht vorwurfsvoll, sondern traurig. »Selbst jetzt sitzt du da und schweigst, Gerald.«

»Ich höre zu.«

»Gut. Wir haben uns weiterentwickelt. Aber schließlich sind wir älter geworden. Da ist das doch ganz natürlich. Du zum Beispiel bist geselliger als ich. Du brauchst ständig Trubel und andere Menschen um dich. Das will dir auch niemand nehmen«, fügte sie rasch hinzu. »Es ist überhaupt kein Problem. Wir müssen nicht die gleichen Bedürfnisse haben, sondern Kompromisse finden.«

»Vielleicht wäre eine vorübergehende Trennung gut für uns.«

»Trennung? Was soll das heißen?«

»Ich meine, unter den gegebenen Umständen ... Nur zur Probe, um zu sehen, wie wir es empfinden.«

»Dauernd diese Geheimnistuerei!«, rief sie aus und schlug die Hände vors Gesicht. »Alles passiert hinter meinem Rücken. Vom Umzug nach Florida musste ich von Arnie erfahren. Du machst den Mund nicht auf und fängst plötzlich von Trennung an. Ausgerechnet jetzt, wo ich deine Unterstützung brauche!«

»Nein, nein, Hyacinth, hör mich an. Ich sprach nur von einer Pause für uns beide. Wir haben eine Krise durchgemacht und brauchen Zeit zum Nachdenken.«

Als er ihr die Hand auf die Schulter legte, riss sie sich unwirsch los.

»Zeit zum Nachdenken? Worüber denn? Wenn ein Paar sich trennt, um nachzudenken, ist das Ergebnis normalerweise eine Scheidung. Ist es das, was du willst? Raus mit der Sprache. Willst du dich scheiden lassen?«

»Hyacinth.« Beschwichtigend hob Gerald die Hand. »Wir sollten uns beruhigen und das Thema vernünftig erörtern. Du hast das Wort Scheidung aufs Tapet gebracht. Und wenn man es sich genauer überlegt, ist eine Scheidung kein Weltuntergang. Sie kann sogar ein Neuanfang und eine Befreiung sein.«

»Vernünftig!«, schrie sie. »Eine vernünftige Scheidung. Wieder so eine moderne Phrase. Darauf willst du also hinaus. Hast du vergessen, dass wir einander einmal geliebt haben? Mein Gott, wir waren eins. Ein Körper, eine Seele. Hast du das vergessen?«

Schluchzend wiegte sie sich hin und her.

»Reg dich nicht so auf und mach dich nicht verrückt. Was sollen denn die Kinder denken, wenn du dich so aufführst? Jerry ist schon ein großer Junge und alt genug, um Fragen zu stellen.«

Als er ihr über den Kopf streicheln wollte, fuhr sie wieder hoch und schlug nach ihm.

»Zum Teufel mit dir! Du wolltest damals, dass ich ihn abtreiben lasse!«

»Reiß dich zusammen, Hyacinth. Das bringt uns nicht weiter. Wir wollen ruhig miteinander sprechen. Ich möchte dir nicht schaden, dich auf keinen Fall unglücklich machen. Aber du musst mir zuhören.«

Doch Hyacinth war außer sich. Alles war vorbei. Ihre Welt stand Kopf.

»Meinst du das ernst?«, stieß sie hervor. »Dann sag es auch: ›Ich liebe dich nicht mehr, Hy, und ich will mich scheiden lassen.‹ Sag es. Laut. Damit ich es auch wirklich verstehe.«

»Ich würde nie so etwas sagen, weil es nicht stimmt.«

Sie sah zu, wie er seinen Teelöffel ordentlich parallel zur Tischkante auf der Untertasse deponierte. Anschließend wurde die Serviette korrekt links neben dem Teller abgelegt. Es war diese Pedanterie, die sie zornig machte. Wie konnte er derart penibel sein, während er gleichzeitig ihrer Ehe den Todesstoß versetzte? Mit einer heftigen Handbewegung kippte sie den Tisch um, sodass Kaffeekanne, Tassen und Teller zur Boden fielen.

»Nun gut«, meinte Gerald. »Wie ich sehe, ist heute Morgen nicht mit dir zu reden. Verschieben wir es also auf ein andermal. Ich fahre jetzt ins Krankenhaus. Schließlich habe ich Patienten, um die ich mich kümmern muss, nur für den Fall, dass dich das interessieren sollte.«

»Es interessiert mich einen feuchten Kehricht! Mich kümmert einzig und allein, was aus meinen Kindern und mir wird.«

»Die Kinder werden nichts entbehren müssen. Offenbar bist du nicht mehr ganz richtig im Kopf. Schau, was du gerade angerichtet hast. Oder nennst du das auch einen Unfall? Das zeigt doch deinen Realitätsverlust.«

»Soll das bedeuten, du glaubst nicht, dass das Feuer in der Praxis ein Unfall war?«

»Ganz richtig, Hyacinth.«

»Du bist also überzeugt, dass ich den Brand absichtlich gelegt habe?«

»Ja. Du warst rasend vor Eifersucht und wolltest dich an mir rächen.«

»Ich war einen Moment so außer mir vor Wut, dass ich die Sachen von den Schreibtischen gefegt und einiges zerbrochen habe. Aber mehr nicht.«

»Vergiss nicht, dass ein Mensch gestorben ist.«

»Das habe ich nicht vergessen, und ich werde wohl damit leben müssen. Doch ich bin nicht verrückt.«

»Sparen wir uns die Haarspalterei. Du hast dich nicht im Griff, und ich kann deinen Zustand nicht mehr ertragen. Es ist zu viel für mich, meine Kinder richtig zu versorgen, ein guter Arzt zu sein und mit einer Frau zusammenzuleben, die sich aufführt wie du.«

»Was meinst du mit ›richtig versorgen‹? Jerry und Emma

sind meine Aufgabe. Immerhin bin ich den ganzen Tag zu Hause.«

»Wie ich schon sagte, sprechen wir später darüber.« An der Küchentür blieb er stehen und meinte ernst: »Hyacinth, ich habe dir mein Wort gegeben, und ich wiederhole es noch einmal: Niemand wird je die Wahrheit über dein Verbrechen erfahren. Keine Menschenseele. Das würde ich dir und den Kindern niemals antun. Vergiss das nie. Ich werde keinen Widerspruch einlegen, wenn du wegen Zerrüttung oder seelischer Grausamkeit die Scheidung einreichst. Am besten trennen wir uns einvernehmlich und bewahren über dieses Thema Stillschweigen. Und jetzt muss ich los. Ich bin spät dran.«

Es war totenstill. Das Haus war viel zu groß und erinnerte an einen See ohne Ufer. Sie schwamm, doch die Kraft in Armen und Beinen ließ allmählich nach. Die Wände kamen näher wie in einer Zelle oder einem im Schacht stecken gebliebenen Aufzug, dem langsam der letzte Sauerstoff entwich.

Was soll ich tun?, fragte sie sich verzweifelt.

Sie hatte keinen ihr nahestehenden Menschen, den sie um Hilfe bitten konnte. Jim war tot, Großmutter alt und gebrechlich. Francine hatte den tragischen Verlust ihres Mannes noch nicht verkraftet. Und Moira war zwar eine gute Freundin, doch der Stolz verbot es Hy, sie mit ihren Problemen zu behelligen.

Ach, hallo, Moira, ich muss dir etwas erzählen. Gerald will sich von mir scheiden lassen.

Raus aus dem Haus und an die frische Luft. Setz dich in den Garten. Entspann dich in einem Liegestuhl. Es ist, als wäre ich gerade aus einem Albtraum erwacht. Das alles geschieht nicht wirklich. Mach die Küchentür auf und schau hin. Der Tisch sieht aus wie ein totes Pferd, das arme Ding reckt alle vier Beine in die Luft. Also doch kein Albtraum. Lehn dich im Liegestuhl zurück und betrachte den Himmel.

So ruhig und blau. Ein Schwarm Gänse fliegt nach Süden. Soll ich meine Kinder nehmen und mit ihnen irgendwohin fliehen?

Da ihr nach einer Weile zu warm wurde, kehrte sie ins Haus zurück. Das Durcheinander in der Küche wollte beseitigt werden. Außerdem gab es wie jeden Morgen eine Menge zu tun, und so unwichtig ihr diese Aufgaben auch erschienen, sie musste sie erledigen. Dort drüben auf dem Tisch lag die blaue Puderdose neben einem Zigarettenpäckchen. Hy holte kräftig aus und schleuderte die Zigaretten in den Mülleimer. Dabei schwor sie feierlich, dass sie nie mehr im Leben eine Zigarette anrühren würde.

»Niemals wieder, so wahr mir Gott helfe«, beteuerte sie.

Dann legte sie sich aufs Wohnzimmersofa. Im Klassikradio lief ein Klavierkonzert, dessen Name ihr nicht einfiel, obwohl es ihr vertraut erschien. Das war die Musik, die Jim geliebt hatte. Eines Abends hatte er die CD sogar zweimal abgespielt. Gerald hatte Begeisterung geheuchelt. Bei Gerald war so vieles nur Theater gewesen.

Am Nachmittag läutete das Telefon.

»Hallo, Liebes«, sagte Francine. »Wie geht es dir?«

»Prima. Und dir?«

»Ach, die Reise hat mir wirklich gut getan. Eigentlich wollte ich ja gar nicht fahren, aber deine Brüder haben darauf bestanden. Jim hätte auch gewollt, dass ich weitermache und nicht in Trauer versinke. Also habe ich zugestimmt. Wir haben über Jim gesprochen und lustige Anekdoten von ihm erzählt. Ich konnte sogar darüber lachen. Nie hätte ich gedacht, dass ich je wieder lachen würde. Du musst dir unbedingt Pauls neues Haus ansehen. Im nächsten Sommer kannst du ihn ja mit Gerald und den Kindern besuchen. Die Aussicht ist wunderbar ...«

»Francine, das hast du mir alles schon bei deinem Anruf letzte Woche erzählt.«

»Gut, dann rede ich nicht länger um den heißen Brei herum und komme gleich auf den Punkt: Jerry hat mich gerade angerufen.«

»Jerry? Heißt das, er hat die Nummer selbst nachgeschlagen?«

»Natürlich. Er kann schließlich lesen, und Gerald hat ihm gezeigt, wie man telefoniert. Er wollte mir mitteilen, dass etwas nicht stimmt. ›Mommy weint‹, hat er gesagt. Er hat dich nämlich gehört.«

»Ich war doch in meinem Zimmer. Bei geschlossener Tür.«

»Nun, er hat es eben trotzdem gehört.«

Hy erschrak. Jetzt hatte sie ihrem kleinen Sohn solche Angst eingejagt, dass er seine Großmutter anrief. Offenbar war er inzwischen alt genug, um etwas zu ahnen.

»Gerald will sich scheiden lassen«, erwiderte sie mit zitternder Stimme.

Am Telefon war zu hören, dass Francine entsetzt nach Luft schnappte. »Was?«

»Er will sich scheiden lassen!«

»Warum? Seit wann?«

»Bitte frag nicht so viel. Es ist heute Morgen passiert. Ich kann jetzt nicht reden, weil ich aufräumen und kochen muss. Bitte.«

»Hyacinth, ich komme sofort. Allmächtiger, das ist ja Wahnsinn. Ich setze mich auf der Stelle ins Auto.«

Ein Besuch von Francine war wirklich das Letzte, was Hy momentan gebrauchen konnte.

»Nein Mom, bitte komm nicht.« Wahrscheinlich war es das erste Mal seit ihrer Kindheit, dass sie ihre Mutter *Mom* genannt hatte. »Ich schaffe das schon. Du brauchst nicht zu kommen. Bitte nicht.«

Aber Francine hatte schon aufgelegt.

Da Francine in ihrer Sorge auf der Fahrt durch die Dunkelheit kräftig Gas gegeben hatte, fühlte sie sich bei ihrer Ankunft völlig erschöpft. Allerdings war in dieser Situation ein scharfer Blick angesagt, und den ließ sie nun durch die gemütliche Bibliothek schweifen. Die Bücher, die Hyacinth seit ihrer Kindheit sammelte. Die elegant geschwungene Leiter, um die obersten Regale zu erreichen. Die großen blauen Lampen aus dänischem Porzellan und die geschmackvollen Möbel.

Alles angeschafft von Geralds Gehalt.

Er brauchte Hyacinth nicht mehr, denn nun würde er auch ohne sie weiterkommen. So einfach lagen die Dinge. Gerald selbst thronte, makellos gepflegt wie immer, in einem Ledersessel. Es fehlte nur noch ein Rassehund zu seinen Füßen – ein Setter oder ein englischer Schäferhund hätte ausgezeichnet gepasst – und dazu ein silbernes Tablett mit Gläsern und einem teuren Scotch an seiner Seite, um das Bild des Landedelmanns komplett zu machen.

»Sei nicht böse, Hyacinth«, meinte Francine. »Ich bin nicht hier, um mich einzumischen. Oder habe ich dir je in deine Ehe hineingeredet? Doch als Jerry anrief, konnte ich doch nicht einfach die Hände in den Schoß legen. Immerhin bist du nicht irgendeine Nachbarin, sondern meine Tochter.«

Hyacinth, die mit ihren großen traurigen Augen und dem bleichen eingefallenen Gesicht an einen Flüchtling erinnerte, schwieg nur erschöpft.

»Ich weiß, dass du dein Leben im Griff hast, und beabsichtige nicht, dich wie ein Kind zu behandeln. Falls du möchtest, dass ich wieder nach Hause fahre, tue ich es.«

Weder Gerald noch Hyacinth gaben ein Wort von sich, vielleicht, weil schon alles gesagt worden war. Allerdings konnte eine dritte Person möglicherweise zur Klärung der Verhältnisse beitragen, und so wandte sich Francine bemüht beherrscht an Gerald.

»Sie hat in einem Wutanfall den Küchentisch umgekippt? Mehr hast du nicht dazu zu sagen? Und währenddessen tratscht die ganze Nachbarschaft über deine Affäre mit der

Babysitterin. Welche Reaktion erwartest du denn von einer Frau?«

»Die Probleme gehen, wie ich dir schon zu erklären versucht habe, viel weiter zurück. Hyacinth ist bereits seit einer Weile nervös und depressiv.«

»Außer Kontrolle, wie du es so zartfühlend ausdrückst. Wenn das stimmt, was ich bezweifle, weil Hyacinth, abgesehen von einigen seltenen Temperamentsausbrüchen, ein sehr friedfertiger und gelassener Mensch ist, ist das noch lange kein Grund für eine Scheidung. Du willst sie im Stich lassen.«

»Ich beabsichtige nicht, sie im Stich zu lassen«, entgegnete Gerald. »Wenn du bitte so freundlich wärst, mich nicht ständig zu unterbrechen.«

»Jetzt ist nicht der richtige Zeitpunkt für Spiegelfechtereien, Gerald. Das Thema ist zu ernst.«

»So etwas lag nie in meiner Absicht.«

Da er offenbar vorhatte, sie auf kühle Weise abzuwimmeln, durfte sie sich nicht aus der Reserve locken lassen, so sehr sie innerlich auch vor Wut kochte.

»Weißt du«, meinte sie, »wenn es schon länger so geht, muss es dafür einen Grund geben. Ich habe den starken Verdacht, dass diese Affäre nicht deine erste war. Also bist du es, der der Beziehung Schaden zugefügt und dieses Durcheinander verschuldet hat.«

»Es geht nicht um diese elende Affäre. Außerdem habe ich mich aufrichtig dafür entschuldigt.«

Hyacinths Stimme war kaum zu hören.

»Und ich habe die Entschuldigung angenommen. Das Mädchen hat Gerald nichts bedeutet, Francine. Wir gehören immer noch einander.«

Ihr gehört einander, dachte Francine. Ach Kind, jeder Mensch gehört einzig und allein sich selbst.

»Darum geht es nicht«, beharrte Gerald.

Doch Francine ließ sich nicht so leicht beirren.

»Meiner Ansicht nach sehr wohl. Vermutlich handelt es

sich um einen Fall vom verflixten siebten Jahr. Du bist gereizt, weil du dich an deine Familie gebunden fühlst. Das wiederum bedrückt Hyacinth, und so ist die Sache eskaliert.«

»Ich fürchte, du vereinfachst die Dinge.«

»Dann drück dich gefälligst ein bisschen deutlicher aus. Was sagt denn übrigens dein Geschäftspartner dazu?«

»Unser Verhältnis ist wirklich rein geschäftlich. Die Sache geht ihn nichts an.«

Francine schluckte die Abfuhr und versuchte es mit einer anderen Taktik. »Unsere Familie hat dich mit offenen Armen aufgenommen wie einen Sohn, Gerald. Deshalb würde ich mich freuen, wenn du dir diesen schwerwiegenden Schritt noch einmal gründlich überlegst.«

»Meinst du das Geld? Ich war immer sehr dankbar dafür, denn ich habe es wirklich dringend gebraucht. Als ich es zurückzahlen wollte, hat Jim das rundheraus abgelehnt. Mein Plan ist, dass Hyacinth die gesamte Summe bekommen soll.«

»Das Geld war doch nicht von mir!«, rief Hyacinth, auf einmal ein wenig lebhafter, aus. »Sondern von meinem Vater. Ich will keinen Penny von dir. Nicht so. Du möchtest dich nur freikaufen, damit du dich guten Gewissens aus dem Staub machen kannst. O nein! Du hattest recht, Francine. Du hattest von Anfang an recht.«

Sie sprang auf und stürzte aus dem Zimmer.

»Schau, was du angerichtet hast, Gerald.«

»Mit Hyacinth kann man nicht vernünftig reden. Sie wird immer gleich so emotional.« Gerald schüttelte den Kopf. »Heutzutage ist eine Scheidung etwas ganz Alltägliches. Da braucht man doch nicht gleich durchzudrehen. Am besten findet man sich damit ab, dass man sich eben nicht mehr versteht.«

»Nun, Hyacinth sieht das aber anders. Sie hat dich geheiratet, weil sie dich von ganzem Herzen und leidenschaftlich geliebt hat. Für sie war es mehr als eine Verbindung auf Zeit.«

»Die Sache liegt komplizierter. Du kennst die Hintergründe nicht.«

Dieser Mann war eiskalt und hart wie Stein. Nun versuchte Francine schon seit einer Stunde vergeblich, zu ihm durchzudringen. Schließlich war ihre Geduld zu Ende.

»Deine sogenannten Hintergründe habe ich von Anfang an vorausgeahnt. Du bist ein Don Juan und wechselst die Frauen wie ein anständiger Mann die Oberhemden. Nein, mich konntest du nicht täuschen. Meine Hyacinth war die ideale Frau für dich – ein reizendes Mädchen, gebildet, gut erzogen, anpassungsfähig und verrückt nach dir. Aber du hattest sie irgendwann satt. Sie wurde dir zu langweilig. Und nun steht dir die ganze Welt offen.«

»Wie ich schon oft gesagt habe, Francine, bist du eine kluge Frau. Trotzdem irrst du dich. Ja, in deinen Worten liegt ein Körnchen Wahrheit. Allerdings ist das längst nicht die ganze Geschichte. Doch ich möchte nicht mit dir darüber sprechen.«

Gerald stand auf. Offenbar betrachtete er die Debatte als beendet.

»Ich versichere dir, dass es kein öffentliches Aufsehen geben wird. Die Scheidung wird rasch und ohne Rosenkrieg über die Bühne gehen. Ich trage die Kosten und zahle Hyacinth für den Rest ihres Lebens Unterhalt. Einverstanden?«

»Ob ich einverstanden bin? Du Schweinekerl! Und Jim hat dir vertraut! Er wird sich im Grabe herumdrehen.« Francine drohte mit der Faust. »Kein Rosenkrieg? Du wirst Augen machen, wenn wir mit dir fertig sind, Freundchen. Und jetzt gehe ich nach oben und kümmere mich um meine Tochter. Das nächste Mal sehen wir uns vor Gericht, da kannst du Gift darauf nehmen.«

»Deine Mutter hat die Kinder zur Schule gebracht«, meinte Gerald zu Hyacinth, als sie nach neun Uhr hinunterkam.

»Ich habe verschlafen«, sagte sie.

»Das lag an der Tablette. Du hast sie gebraucht. Fühlst du dich besser?«

»Wie kannst du so etwas fragen?«

»Setz dich und iss etwas.«

»Ich habe keinen Hunger.«

»Aber du musst essen. Als ich dich oben gehört habe, habe ich süßen Buttertoast für dich gemacht.« Gerald stand auf und stellte einen Teller vor sie hin. »Er ist noch warm. Der Kaffee ist heiß, und der Orangensaft ist kalt und frisch gepresst, wie du es am liebsten hast.«

Obwohl Hy keinen Appetit hatte, nahm sie, als sie saß, automatisch die Gabel zur Hand.

Der Mensch ist ein Gewohnheitstier, dachte sie. Hier sitzen wir in dieser Küche, einfach nur, weil wir es schon an so vielen Morgen getan haben, auch wenn wir eigentlich gar keinen Wert auf die Gesellschaft des anderen legen.

»Deine Mutter und ich hatten gestern Abend ein sehr unschönes Gespräch, und das tut mir leid«, begann Gerald. »Aber es war schwierig, mit ihr zu reden, ohne ihr die ganze Wahrheit zu sagen.«

»Das geht nicht, Gerald. Francine hat derzeit genug um die Ohren. Immerhin ist mein Vater gestorben. Also quäle sie nicht mit diesem Geschwätz über Brandstiftung.«

»Einverstanden. Ich habe dir mein Wort gegeben. Wie oft muss ich es noch wiederholen? Hör zu. Wenn du mir gleichgültig wärst …«

»Ich? Nein, nein, inzwischen ist mir einiges klar, Gerald. Francine hatte recht. Ich war nie dein Typ, sofern es überhaupt eine Frau gibt, die du nicht irgendwann satthättest.« Ihre Worte waren so bitter, dass sie ihr im Mund zu brennen schienen. »Ohne die Finanzspritze meines Vaters hättest du mich nie geheiratet.«

Ahnte ich es schon damals an jenem gemütlichen Winterabend, als sie miteinander Schach gespielt haben? Wusste ich es und habe dennoch die Augen davor verschlossen?

»Es ist mir peinlich, dass ich mich aufgeführt habe wie eine eifersüchtige Närrin.«

Als er nichts darauf erwiderte, sah sie, dass er bewegt war. Dann meinte er mit leiser Stimme: »Ich hatte nie vor, mich scheiden zu lassen, Hyacinth. Glaube mir. Wenn das Feuer nicht gewesen wäre, hätte ich dich, wie bereits geschehen, um Verzeihung gebeten, dich gefragt, ob wir zusammen weitermachen wollen. Aber das ist nicht mehr möglich. Ich erkläre dir den Grund. Es heißt, nach dem Brandstifter werde gesucht. Die Fahndung läuft bereits. Eine Putzfrau, die in jener Nacht in dem Backsteinhaus an der Ecke sauber gemacht hat, behauptet, sie hätte ein Auto gesehen. Es sei das einzige Fahrzeug gewesen, das so spät in dieser Straße parkte. Das erschien ihr merkwürdig, da niemand dort wohnt und alle Fenster dunkel waren. Hoffentlich hat sie vergessen, um was für einen Wagentyp es sich handelt.«

Hy rang nach Atem und sah schon vor sich, wie sie, schreiend und hilflos um sich schlagend, in ein Krankenhaus oder ein Gefängnis geschleppt wurde. Ihre Hände ballten sich zu Fäusten.

»Zum Glück wurden keine Fingerabdrücke sichergestellt. Dank der Zerstörung durch das Löschwasser sind hoffentlich keine übrig geblieben. Doch sicher verstehst du, dass ich, falls du in diese Sache hineingezogen wirst, ebenfalls Nachteile erleiden würde. Mein guter Ruf wäre dahin. Ein schönes Erbe für Jerry und Emma!«

Immer noch nach Luft schnappend, sah Hy ihn nur wortlos an. Seine schmalen, anmutigen Hände lagen auf dem Tisch.

Früher habe ich jeden Finger genommen und ihn einzeln geküsst, dachte sie. Ich habe ihm sogar gesagt, dass ich auf der *Titanic* mit ihm gestorben wäre, und das hätte ich wirklich getan. Doch die Liebe ging einzig und allein von mir aus, nicht von ihm. Inzwischen sehe ich das ein. Ich war so jung und lebte in einer Märchenwelt. Viel zu jung.

»Du hast mich nie geliebt«, sagte sie. »Wahrscheinlich kann ich dir das nicht zum Vorwurf machen. Liebe lässt sich eben nicht erzwingen. Aber du hättest mir kein Theater vorspielen dürfen.«

»Es war nicht alles Theater«, rechtfertigte sich Gerald. »Wenn du kein Feuer gelegt hättest, könnten wir zusammen alt werden.«

»Nein«, erwiderte sie. »Das stimmt nicht. In einer einseitigen Ehe wie unserer würde ich meine Selbstachtung verlieren.«

Mit dieser Antwort hatte er nicht gerechnet. Wie ein Sinnbild gekränkter Eitelkeit richtete er sich auf.

»Nun, dann müsste ja alles glatt über die Bühne gehen. Erinnerst du dich noch, wie wir den Ablauf geplant haben? Keine Gerichtsverhandlung, keine strittigen Punkte, Ausfertigung der Papiere in einer Anwaltskanzlei, keine Auseinandersetzung ums Sorgerecht, keine Schwierigkeiten. Der Vertragsabschluss in Florida steht kurz bevor, und da ich das Haus voll möbliert und bezugsfertig kaufen werde, können die Kinder und ich Ende nächster Woche abreisen. Der Papierkram dauert sicher nur ein paar Monate. Falls etwas unterschrieben werden muss, kann ich mich ja jederzeit in die nächste Maschine setzen.«

Hyacinth brauchte einen Moment, um zu begreifen.

»Was sagst du da?«, rief sie aus. »Du willst die Kinder nach Florida mitnehmen?«

»Was hast du denn gedacht?«, erwiderte Gerald in nachsichtigem Ton. »Du glaubst doch nicht ernsthaft, dass ich sie unter den gegebenen Umständen dir lasse? Ich nahm an, dir wäre klar, dass ich das Sorgerecht bekomme.«

Es war, als wäre ein Damm in ihr gebrochen. Hyacinth begann zu schreien wie eine gequälte Seele, ein schreckliches schrilles Geräusch, das sich an den Wänden brach. Gerald stürzte zum Fenster, um es zu schließen. Dann hielt er Hy die rudernden Arme fest, schüttelte sie und schlug sie auf die Wangen.

»Mein Gott, Hy, das ist doch kein Weltuntergang.« Er wirkte besorgt. »Für die Kinder ist es besser so. Ich schwöre, dass du sie besuchen kannst, sooft du willst. Aber wir müssen sie von hier fortbringen. Begreifst du das nicht?«

Ihre Zähne klapperten. Noch nie zuvor war ihr das passiert, und sie hatte auch noch nie solche Schmerzen in der Brust gehabt.

»Das kannst du nicht tun«, keuchte sie.

»Leg dich hin«, befahl Gerald. »Du legst dich sofort hin und hörst mir zu. Aber zuerst trinkst du einen Schluck Brandy. Widersprich nicht, sondern trink. Es wird dir nicht schaden.«

Er schob sie ins Wohnzimmer, bugsierte sie aufs Sofa und reichte ihr ein Glas. Doch sie schleuderte es gegen den Kamin, wo es splitternd zerbrach. Gerald schenkte ein zweites Glas ein und zwang sie, den Inhalt zu schlucken.

»Und jetzt hinlegen, Hyacinth«, sagte er streng wie ein Arzt zu einem hysterischen Patienten.

Hy lag schlaff da wie eine Lumpenpuppe. Tränen liefen ihr die Schläfen hinunter, während eine höhnische Stimme in ihrem Kopf widerhallte.

Er nimmt mir dir Kinder weg. Er nimmt mir die Kinder weg.

Sie würden sie im Gefängnis besuchen, sie in gestreifter Sträflingskleidung sehen und sich voll Entsetzen abwenden.

Meine Kinder. Mein Leben. Was ist nur aus mir geworden. O Jim. O Oma. O mein Gott.

Nach einer Weile versiegten die Tränen. Hy schlug die Augen auf.

»Warum tust du mir das an, Gerald?«, rief sie aus. »Wie sehr musst du mich hassen.«

»Ich hasse dich nicht, Hyacinth. Du bist mir sehr wichtig. Aber verstehst du denn nicht, dass es besser für die beiden ist?«

Seine dunkle einschmeichelnde Stimme gab beschwichtigende Worte von sich, die in ihrer Wiederholung so hypnotisch waren, dass Hy sich ihnen nicht entziehen konnte.

Vielleicht, sagte ein anderer Teil ihres Verstandes, ist es ja nur der Brandy, der dafür sorgt, dass ich hier liegen bleibe und sein Gerede über mich ergehen lasse.

»Wir wickeln alles schnell ab. Schließlich wollen wir keine Aufmerksamkeit erregen. Es ist das Beste für uns alle, insbesondere für dich, Hy. Du kannst dir kein Aufsehen leisten. Wenn herauskommt, dass es schon länger zwischen uns kriselt, werden alle mit dem Finger auf dich zeigen. Du kommst am ehesten als Täterin in Frage. Schwer zu sagen, was ein kluger Polizist so alles herausfindet. Fälle wie diese werden niemals zu den Akten gelegt. Die Ermittlungen können jederzeit wieder aufgenommen werden. Wenn ich vor Gericht das Sorgerecht erstreiten müsste, bliebe mir nichts anderes übrig, als die Wahrheit zu sagen. Begreifst du das nicht? Und vergiss nicht, dass deine Mutter es nie erfahren darf. Ich bewundere ihren Kampfgeist, aber sie glaubt, dass sie es mit der ganzen Welt aufnehmen kann. Wenn du ihr reinen Wein einschenkst, wird sie sofort zum Anwalt laufen. Dann kommt alles in die Zeitung, und das wäre das Ende für dich. Mein Gott, ich möchte dir das ersparen. Immerhin ist ein Mann getötet worden, Hyacinth. Ein Menschenleben, denk immer daran. Mach dir keine Sorgen um die Kinder. Ich habe bereits eine gute Privatschule und eine nette Kinderfrau für sie gefunden, eine sympathische Dame mittleren Alters. Also zerbrich dir nicht den Kopf über sie. Schlaf ein bisschen. Ich muss weg. Deine Mutter sollte jeden Moment zurück sein.«

Als Francine ans Sofa trat, lag Hy immer noch dort. Nun würde sie rasch Antworten auf viele Fragen finden müssen.

»Hast du gefrühstückt?«

»Nein.«

»Ich habe gesehen, wie Gerald Toast gemacht hat. Er

sagte, der sei für dich. Ich muss sagen, dass mich seine Fürsorglichkeit beeindruckt.«

»Ich hatte keinen Hunger.«

»Hast du mit ihm geredet.«

»Ja.«

»Ich habe ihn keines Blickes gewürdigt. Wir sehen uns vor Gericht wieder.«

So undankbar es auch sein mochte, wünschte Hy, Francine würde wieder nach Hause fahren. Denn die vielen Gespräche, die nun anstanden, waren absolut sinnlos, da es nur noch darum ging, um eine Wahrheit herumzureden, die nicht ausgesprochen werden durfte.

»Du musst etwas in den Magen kriegen. Wann hast du zuletzt gegessen?«

»Gestern Mittag.«

»Bleib liegen. Ich bringe dir etwas.«

Francine verbreitete geschäftigen Lärm. Ihre Absätze klickten, und es klapperte, als sie sich in der Küche zu schaffen machte. Die vertrauten Geräusche zauberten ein wehmütiges Lächeln auf Hys Gesicht. Zunächst fand sie es seltsam, dass sie in einer solchen Situation lächeln konnte. Aber vielleicht lag es daran, dass die Alltagslaute, wie das Rumpeln des Kühlschranks oder das Rauschen der Heizung, deshalb so beruhigend waren, weil sie Normalität vermittelten.

»Ich habe Tee gemacht«, verkündete Francine und stellte das Tablett auf den Couchtisch. »Den Kaffee konnte ich nicht finden. Und iss dieses Ei. Du brauchst Eiweiß. Die Muffins habe ich besorgt, nachdem ich die Kinder zur Schule gebracht hatte.«

»Möchtest du denn nichts?«

»Ich habe in dem Café gegessen, wo ich die Muffins gekauft habe, denn ich wollte dir und Gerald Zeit für euer Gespräch geben.«

Francines schwarzer Lackschuh klopfte ungeduldig auf den Teppich. Aber sie schwieg, bis Hyacinth aufgegessen hatte. Dann brachte sie das Tablett weg und kehrte mit einer Haarbürste zurück.

»Du musst dringend gebürstet werden. Dreh dich um«, befahl sie und fügte, als Hy gehorchte, hinzu: »Das wird dich beruhigen. Deine Kopfhaut ist ganz verspannt. Weißt du, dass du wunderschöne Haare hast? Und sag nicht wieder, sie wären viel zu glatt.«

Das angenehme Streichen der Bürste und die gleichmäßigen Bewegungen machten Hy schläfrig. Gerald hatte ihr einmal erklärt, dass manche Menschen unter Stress nicht schlafen könnten, während andere umso mehr schliefen, um dem Druck zu entfliehen.

Möglicherweise gehöre ich ja zur zweiten Gruppe, dachte sie. Ja, vermutlich. Schlafen. Vielleicht träumen. Oder nie wieder aufwachen.

»Hat Gerald dir eigentlich je gesagt, dass du schönes Haar hast, oder dir sonst irgendwelche Komplimente gemacht?«

»Vor langer Zeit.«

Francine verkniff sich die Antwort und bürstete weiter. Was für eine Erleichterung wäre es gewesen, ihr alles anvertrauen, Vergangenheit und Zukunft bei ihr abladen zu können – wie ein Kind, das mit seinen Problemen aus der Schule nach Hause kommt und weiß, dass es dort Hilfe finden wird. Aber Hy war kein Kind mehr und hatte auch nie eines sein wollen. Bis jetzt hatte sie ihr Leben im Griff gehabt. Doch nun war sie ein Opfer ... Sie konnte nicht verhindern, dass sie tief aufseufzte.

Francine legte die Bürste weg, nahm in einem Sessel gegenüber dem Sofa Platz und begann mit den Fragen, die Hyacinth erwartet hatte.

»Wann fingen die Schwierigkeiten denn an? Schon in Texas oder erst hier?«

Widerstand schien zwecklos.

Antworte, so gut du kannst, sagte sich Hy. Und falls es nicht geht, erklär es ihr.

»Wenn ich gründlich darüber nachdenke, gab es vermutlich schon damals in Texas die ersten Anzeichen, obwohl man rückblickend betrachtet natürlich leicht reden hat. Gerald hat mit anderen Frauen geflirtet. Manchmal war er unwirsch zu mir, aber nie grob zu den Kindern. Außerdem schien er mir nicht ... nicht sehr zärtlich. Ich dachte, es läge am vielen Arbeiten.«

»Ich verstehe.«

Die senkrechten Falten erschienen auf Francines Stirn.

»Danke, dass du nicht gesagt hast, du hättest mich gewarnt!«, rief Hyacinth, von plötzlicher Zuneigung für ihre Mutter ergriffen.

»Schon gut, Liebes. Ich hätte mich ja auch irren können. Das habe ich bis gestern eigentlich auch geglaubt.«

Auf dem Kaminsims stand ein Foto von Gerald. Es war an dem Tag der Zeugnisverleihung an der medizinischen Fakultät aufgenommen worden und zeigte ihn mit dem Anflug eines Lächelns und einem Grübchen am Kinn.

Ich fasse es nicht, dass ich hier sitze und dieses Gespräch führe, schoss es Hy durch den Kopf.

»Das wird er dir büßen!«, verkündete Francine. »Du nimmst dir den besten Anwalt, den du kriegen kannst. Gerald wird dafür bezahlen, was er dir angetan hat, finanziell und mit seinem guten Ruf.«

»Ich möchte nicht vor Gericht, Mom. Sein Geld interessiert mich nicht.«

»Du willst sein Geld nicht? Das ist albern, Hyacinth! Er schuldet dir etwas. Außerdem hat er deinem Vater nie die Summe zurückgezahlt, die, wie ich mich gut erinnere, nur ein Darlehen war.«

»Dad wollte es nicht, das weißt du genau. Bleib bitte fair.«

»Gut, einverstanden. Es hat mit diesem Thema ohnehin nichts zu tun. Doch dass du nicht vor Gericht gehst, kommt überhaupt nicht in Frage.«

»Ich will nicht. Wir werden uns außergerichtlich einigen.«

»Was bist du für eine starrsinnige Närrin! Du warst zwar schon immer stur, aber was zu viel ist, ist zu viel. Sei nicht absurd. Ein besseres Wort dafür fällt mir nicht ein.«

Hy konnte Francine gut verstehen – natürlich musste sie ihre Entscheidung angesichts dessen, was sie wusste, für absurd halten.

»Also gut, Hyacinth, die Karten auf den Tisch. Hat er heute Morgen etwas gesagt, das du mir möglicherweise verschweigst?«

Hyacinth stand vor einer gewaltigen Mauer. Sie lief daran entlang und betastete die Steine, auf der Suche nach einem verborgenen Durchgang.

Deine Mutter glaubt, sie hätte alles im Griff. Sie wird Anwälte beauftragen. Du kannst dir kein Aufsehen leisten. Fälle wie diese werden nie zu den Akten gelegt. Auf Brandstiftung stehen zwanzig Jahre. Ein Mann ist gestorben. Mord. Ein Mensch kam ums Leben.

»Ich habe dich gefragt, ob etwas vorgefallen ist, Hyacinth.«

Hy war so geistesabwesend, dass sie eine Weile brauchte, um Francine in die ernst dreinblickenden Augen schauen und antworten zu können.

»Nur, dass er die Kinder für eine Weile mit nach Florida nehmen will.«

»Für eine Weile? Was um Himmels willen redest du da?«

Francines Aufschrei war so laut, dass man ihn sicher bis nach oben gehört hätte, wenn dort jemand gewesen wäre. »Du lässt dir die Kinder wegnehmen? Ich fasse es nicht.«

Es war zu viel. Erst setzte ihr Mann sie unter Druck, und dann musste sie Vorwürfe von ihrer Mutter ertragen.

»Bitte«, flehte Hyacinth. »Nur für eine Weile, habe ich gesagt. Francine, ich kann nicht mehr reden. Im Moment sind mir die Hände gebunden. Bitte glaube mir.«

»Ich glaube nur, dass du den Verstand verloren hast. Was verschweigst du mir?«

»Nichts, gar nichts. Mehr darf ich dir nicht sagen. O bitte, bedränge mich nicht weiter. Ich muss allein sein.«

»Was hat er gegen dich in der Hand? Erpresst er dich etwa? Habe ich als deine Mutter keine Rechte? Warum sprichst du nicht mit mir? Du vertraust mir nicht, obwohl ich die beste Freundin bin, die du auf der ganzen Welt hast.«

Francine umfasste Hyacinths Kinn.

»Schau mich an. Du kannst mir alles erzählen. Hattest du eine Affäre? Etwas anderes fällt mir nicht ein. Ja, sicher hattest du ein Techtelmechtel mit einem anderen Mann, und Gerald will sich an dir rächen.«

Hyacinth sprang hoch und baute sich vor ihrer Mutter auf.

»Du setzt mich unter Druck!«, schrie sie. »Nein, ich hatte keine Affäre! Nein, nein und nochmals nein! Bitte fahr nach Hause und lass mich in Ruhe. Ich ertrage das nicht mehr. Ich kann nicht …«

»Du musst zum Psychiater, Hyacinth. Offenbar steckt ein schwerwiegendes Problem dahinter.«

»Ich muss überhaupt nichts. Lass mich in Ruhe.«

»Wenn du nicht freiwillig einen Arzt aufsuchst, hole ich einen her, und zwar noch heute.«

»Falls du jemanden anschleppst, laufe ich davon, Francine. Ich wünschte, du würdest endlich gehen und mich nicht weiter bedrängen. Fahr nach Hause!«

Nachdem die Tür hinter Francine ins Schloss gefallen war, trat Hy ans Fenster und sah ihre Mutter in den Wagen steigen. Doch schon kurz darauf stieg sie wieder aus, kehrte um und läutete. Die Türglocke hallte durchs ganze Haus.

Die Stirn an die Wand gepresst, stand Hy da.

Ich ertrage das nicht mehr, dachte sie. Aber ich muss weiterleben. Ich habe Kinder. Für sie muss ich durchhalten. Ach, lasst mich doch in Ruhe. Verschwindet einfach. Ich kann nicht mehr.

Es läutete immer weiter und weiter. Aber nach einer Weile wurde es still.

Alles reine Gewohnheit, sagte sich Hy später. Wie an diesem Morgen, als sie mit Gerald am Tisch gesessen hatte, nur weil sie es eben immer so tat. Und dann machte sie sich an ihre alltäglichen Pflichten, räumte auf, holte die Kinder von der Schule ab und kochte das Abendessen. Dabei fühlte sie sich ziemlich zwiegespalten. Ein Teil von ihr schälte eine Kartoffel, während der andere Teil sie dabei beobachtete: eine hoch gewachsene, schlanke Frau in einem karierten Baumwollrock, die, von der Sonne beschienen, auf einem grünen Linoleumboden stand.

Als Gerald hereinkam, war das Abendessen schon vorbei. Er hatte in der Stadt gegessen und erkundigte sich nach ihrer Mutter. Auf die Antwort, sie sei nach Hause gefahren, erwiderte er, sie fühle sich hoffentlich besser.

»Es war ein schweres Jahr für sie. Sie kann keine weiteren Probleme gebrauchen.«

Diese höflich geäußerte Anteilnahme aus Geralds Mund war unerträglich. Und dennoch erinnerten seine Worte Hy an das Läuten der Türglocke von heute Morgen. Sie sah Francines Wagen die Straße hinunterrollen und wurde plötzlich von Mitgefühl ergriffen.

Als sie Francines Nummer wählte, läutete es, ohne dass jemand abnahm. War ihr in ihrem aufgebrachten Zustand etwa unterwegs etwas zugestoßen?

»Das mit heute Morgen tut mir leid«, stieß Hy hervor, als Francine sich endlich meldete. »Ist alles in Ordnung?«

»Und bei dir?«

»Na ja, ich habe den Tag irgendwie herumgebracht, das ist alles.«

»Und was wird aus morgen und übermorgen? Hoffentlich denkst du auch daran und überlegst es dir anders.«

»Francine, das geht nicht.«

»Ich muss sagen, dass du mich ziemlich gekränkt hast. Außerdem bin ich böse, weil du dich geweigert hast, mit mir über dein Problem zu sprechen. Dein Privatleben geht mich nichts an. Doch das, was Gerald mit dir macht, hast du sicher nicht selbst verschuldet.«

Wenn ich nur eine Affäre gehabt hätte, wie sie glaubt, dachte Hyacinth. Aber stattdessen droht mir, dass mein Fall in den Medien breitgetreten, der Ruf der Familie in den Schmutz gezogen wird. Die Kinder, die am wenigsten dafürkönnen, werden leiden.

»Und was hat er mit Jerry und Emma vor? Ist der Kerl bösartig oder einfach nur übergeschnappt? Meiner Ansicht nach seid ihr beide nicht ganz richtig im Kopf. Wann wird er dir die Kinder zurückgeben? Und wie wollt ihr ihnen die Scheidung erklären?«

»Ach bitte, Francine, mach es mir doch nicht noch schwerer.«

»Nachdem ich heute Morgen bei dir weggefahren bin, habe ich mir Rat geholt. Hör mir gut zu: Wenn ihr euch wirklich scheiden lassen wollt, müsst ihr es den Kindern sehr schonend beibringen. Ansonsten werden sie schreckliche Ängste bekommen, dass einer von euch beiden sterben könnte oder dass es womöglich ihre Schuld ist. Vielleicht entwickeln sie dann Albträume oder Verhaltensstörungen. Du musst dich informieren, wie und mit welchen Worten du es ihnen erklärst. Ach, es ist eine Tragödie. Wirst du wenigstens das tun?«

Die Witwe im ärmlichen schwarzen Kleid. Brandstiftung. Ein Schwerverbrechen. Gefängnis.

»Ja, natürlich.«

»Und wehr dich gegen ihn, Hyacinth. Du bist doch sonst so hartnäckig.«

»Ich versuche mein Bestes.«

»Der Arzt, mit dem ich gestern sprach, meinte, ich dürfte nicht weiter nachbohren, wenn du es mir nicht erzählen willst. Also höre ich auf damit. Ich möchte dir nur sagen, dass ich immer für dich da bin. Ich halte zu dir, so sehr du mich auch gekränkt haben magst.«

Nach dem Telefonat ging Hyacinth zur Hintertür und blickte in den Garten hinaus, wo Gerald mit den Kindern spielte. Jerry und er täuschten einen Boxkampf vor, komplett mit Finten und angedeuteten Schwingern, während Emma von ihrem Logenplatz auf der Schaukel alles beobachtete.

Wehr dich, hat Francine gesagt. Ein guter Rat, nur dass das ziemlich schwierig ist, wenn einem die Waffen fehlen. Allerdings brauchen wir, ganz gleich, was Francine meint, das Wort »Scheidung« nicht in den Mund zu nehmen. Die Reise nach Florida ist einfach nur ein Urlaub. Sie verbringen eine kleine Weile dort und besuchen eine neue Schule, während Mommy hier bleiben muss, um … nun, um der armen kranken Oma ein bisschen zu helfen.

Wie lange ist eine kleine Weile? Daran will ich jetzt lieber nicht denken.

Sie bemerkten gar nicht, dass Hy in der Tür stand und sie mit Blicken verschlang. Jerry ballte kriegerisch die kleinen Fäuste. Die Sommerbräune über seinen Shorts verblasste bereits. Gestern hatte Emma mit einem weisen Nicken verkündet, ihre Kindergärtnerin, Mrs Darty – fünfundsechzig Jahre alt und kurz vor der Pensionierung – würde bald ein Baby bekommen.

»Doch, das stimmt! Sie hat es selbst erzählt!«, beteuerte Emma feierlich und mit wippenden Zöpfen.

Hy blieb stehen. Ihre Gedanken überschlugen sich und ähnelten eher Fetzen, unzählige Fragen, auf die sie keine Antwort wusste. Hätte Gerald seine Kinder auch so geliebt, wenn Jerry ausgesehen hätte wie Moiras übergewichtiger kleiner Sohn, der bereits fünfzig Prozent mehr wog als in seinem Alter angemessen? Lag es womöglich an der häufig bewunderten Schönheit seiner Kinder, dass er sie so vergötterte? Hätte Gerald sich mit anderen Frauen abgegeben, wenn …

Es war besser, sich nicht den Kopf darüber zu zerbrechen, jedenfalls nicht allzu sehr.

Eines frühen Nachmittags stattete Arnie ihr einen Besuch ab. In der Vorhalle türmten sich Umzugskartons mit Geralds Kleidern und Büchern und warteten auf den Abtransport nach Florida.

»Es ist vorbei«, meinte Hyacinth, als sie sah, wie er die Sachen betrachtete. »Das Haus macht bereits einen verlassenen Eindruck.«

»Verlassen? Muss das denn sein?«

Sie bemerkte selbst, dass sie vor Staunen den Mund nicht mehr zubekam.

»Jetzt habe ich Sie offenbar überrascht. Vielleicht sollte ich mich besser rar machen und nicht so viel reden.«

Wie meistens trug er Stiefel und lässige Reitkleidung – offenes Flanellhemd und breitkrempiger Hut –, eine Aufmachung, die er als »Cowboylook« bezeichnete. Hy fand, dass er wie immer zwanzig Jahre jünger aussah.

»Kommen Sie doch herein«, sagte sie.

»Sie möchten sicher nicht, dass ich Pferdegeruch in Ihr Wohnzimmer trage.«

Hy war es inzwischen herzlich gleichgültig, ob es in ihrem Wohnzimmer nach Stall roch.

»Kommen Sie«, wiederholte sie deshalb und fügte entschuldigend hinzu: »Ich sehe zum Fürchten aus. Ich bin gerade dabei, Jerrys und Emmas Sachen zu packen. Das ist mehr Arbeit, als ich gedacht habe.«

»Und eine traurige Angelegenheit, Hy. Ich weiß, dass ich mich nicht einmischen sollte, aber Ihre Mutter hat mich angerufen, als ich vorhin aus dem Stall kam. Deshalb bin ich sofort zu Ihnen gefahren. Sie macht sich schreckliche Sorgen um Sie und dachte, ich könnte vielleicht etwas für Sie tun. Sie und ich verstehen beide nicht, warum die Kinder ohne Sie nach Florida reisen. Das ergibt doch keinen Sinn.«

Ein flehender Ausdruck stand in seinen vertrauten, freundlichen Augen, als wolle er die Tatsache wettmachen, dass ihm für diese Situation die beschönigenden Worte fehlten.

»Arnie«, antwortete sie. »Sie sind der netteste Mensch, den ich kenne. Ich weiß, dass Sie mir gerne helfen würden, aber das können Sie nicht.«

»Kann ich denn nichts flicken? Ein paar Stopfarbeiten wie bei einem teuren Anzug, den man noch nicht wegwerfen will?«

Hyacinth brachte keinen Ton heraus und rang nur die Hände.

»Mit mir können Sie offen reden, Hy. Gerald hat mir erzählt, dass es um Sandy geht. Ich hatte sie schon immer im Verdacht und hätte eigentlich einen besseren Geschmack von Gerald erwartet. Ach herrje, die Sache ist doch längst vorbei. Das Mädchen war nichts weiter als ein billiges Flittchen. In zehn Jahren wird sie aussehen wie ein Wackelpudding.«

»Die Sache ist ein wenig komplizierter.«

Erschöpft und voller Furcht überlegte Hy, wie lange sie den vielen Fragen wohl noch ausweichen und Ausreden erfinden müsste. Da war zum Beispiel Moira, der sie die gleichen Ausflüchte auftischte wie allen anderen, obwohl sie doch so eine treue Seele war.

Auf Moira würde eine wahre Armee weiterer besorgter Freunde und Bekannte folgen – sofern die unaussprechliche Wahrheit nicht trotzdem ans Licht kam …

»Diese alberne Affäre ist keine Trennung wert, Hy. Ehrlich gesagt verstehe ich Sie beide nicht. Gerald liebt das Leben, seinen Beruf, seine Kinder …«

»Aber nicht mich«, fiel Hyacinth ihm ins Wort.

»O doch, das tut er, Hy. Er ist ganz begeistert von Ihren Bildern. Ständig spricht er davon, dass Sie einmal berühmt sein werden, und er wiederholt dauernd, was für eine gute Mutter Sie sind.«

»Sie kennen nicht die ganze Geschichte, Arnie.«

»Ich weiß nur, dass es ein ziemliches Kuddelmuddel ist. Ihre Mutter sagte, Gerald hätte sie angerufen. Aber sie hätte aufgelegt. Alle sind wütend aufeinander und machen sich Sorgen. Gerald sorgt sich um Sie …«

Wieder musste sie ihn unterbrechen. »Ich versichere Ihnen, dass Gerald sich nicht die geringsten Sorgen um mich macht.«

Arnie zuckte die Achseln.

»Na, ich weiß nicht. Eigentlich möchte ich neutral bleiben, denn ich hatte Sie alle beide auf Anhieb gern. Daran hat sich nichts geändert. Gerald ist mein Geschäftspartner, und zwar ein guter, den ich sehr schätze. Wir werden in Florida sicher erfolgreich sein. Ich wünschte nur, Sie wären mit von der Partie. Warum, zum Teufel, geben Sie sich keinen Ruck und kommen mit? Springen Sie über Ihren eigenen Schatten. Es klappt sicher.«

Hy antwortete mit einer Gegenfrage.

»Wann genau soll es denn losgehen? Gerald und ich sprechen kaum noch miteinander.«

»Übernächste Woche. Hy, es ist schrecklich, dass die Kinder ohne Sie abreisen. Mir kommt das falsch vor. Ich verstehe es einfach nicht.«

Als Hy die Hände vors Gesicht schlug, schwieg Arnie, bis sie sich wieder gefasst hatte. Offenbar hatte sie, jedenfalls für den Moment, keine Tränen mehr.

»Ganz gleich, was auch im Argen liegen mag«, meinte er, »folgt auf Regen immer Sonnenschein. Sie beide können es sich ja noch anders überlegen. Wir bleiben in Kontakt, denn ich werde in nächster Zeit öfter in der Stadt sein, um das Land zu verkaufen, wo die Praxis stand. Das Grundstück ist ziemlich viel wert. Außerdem habe ich einiges in New York zu erledigen. Also können wir uns treffen, und dann erstatte ich Ihnen Bericht über die Kinder. In Florida nehme ich sie mit zu den Ställen und bringe ihnen das Reiten bei. Das habe ich schon vor Jahren versprochen. Es sind wirklich sehr nette, reizende Kinder.«

Dann gab es nichts mehr zu sagen, und sie sahen einander

eine Weile schweigend an. Schließlich meinte Arnie: »Begleiten Sie sie nicht zum Flughafen. Geben Sie ihnen an der Tür einen Abschiedskuss und laufen danach schnell ins Haus, damit sie Sie nicht weinen sehen.«

»Ein guter Rat. Sind Sie in derselben Maschine, Arnie?«

Er nickte und erhob sich. »Gut, dann mache ich mich auf die Socken. Ich gebe Ihnen meine Telefonnummern, damit Sie mich, wenn Sie wollen, jeden Tag anrufen können. Dann erzähle ich Ihnen alles. Aber keine Sorge. Gerald liebt die Kinder. Vergessen Sie das nicht.«

»Ich wünschte, es wäre schon morgen. Verstehen Sie das?«

»Klar. Die ganze Geschichte ist mir zwar unbegreiflich, doch ich weiß, was Sie meinen. Sie wollen es hinter sich bringen. Tja, es dauert nicht mehr lang. Die Zeit vergeht schnell.«

Zum Glück tat sie das wirklich. Am Tag der Abreise küsste Hyacinth lächelnd ihr Kinder, die beim Gedanken an einen Flug so aufgeregt waren, dass sonst nichts eine Rolle spielte.

»Bis bald«, meinte sie, als sie in das mit Gepäck beladene Auto stiegen.

Anschließend machte sie kehrt und ging zurück zum Haus, wo sie stehen blieb und den Zeitungsausschnitt las, den Gerald ihr gerade in die Hand gedrückt hatte: »Ein vier Jahre alter mysteriöser Fall von Brandstiftung wird nun wieder aufgerollt.«

10

Nachdem Hyacinth die Kinderzimmertüren geschlossen hatte, um nicht hineinschauen zu müssen, putzte sie das ganze Haus. Das Bett, das sie bis vor wenigen Wochen mit Gerald geteilt hatte, musste frisch bezogen werden. Auch die Matratze wollte sie wenden, und wenn sie sich dabei das Kreuz verrenkte. Die eigentlich saubere Überdecke musste in die Reinigung, und außerdem brauchte sie neue Kopfkissen. Anschließend würde sie Geralds Kleiderschrank schrubben, der, obwohl nun leer, nach seinem Rasierwasser roch. Nichts durfte von ihm übrig bleiben. Weder in der Garage, wo er einen zerrissenen alten Schirm vergessen hatte, noch im Garderobenschrank, wo sein nagelneuer Regenmantel hing. Den Staubsauer und einen Korb mit Staubwedel, Möbel- und Metallpolitur und andere Putzmittel hinter sich her ziehend, reinigte sie das ganze Haus.

Dabei bewegten sich ihre Gedanken ebenso schnell wie ihre Arme und Beine.

Wie kann ich weiterleben? In dieser Stadt auf dem Friedhof in der Grove Street liegt ein Mann, der durch meine Schuld zu Tode gekommen ist. Seine Kinder müssen ohne ihn aufwachsen – und meine Kinder ohne mich. Wie kann ich sie zurückbekommen? Wie nur?

Das Telefon läutete.

Bitte lass es nicht wieder Moira sein. Sie hält zwar taktvoll Abstand, weil sie weiß, dass ich niemanden sehen möchte, doch ich kann sie nicht länger damit vertrösten, die Kinder seien nicht in der Schule, weil Gerald sie auf einen Kurzurlaub mitgenommen habe. Sie glaubt mir nicht. Es ist zwar eine miserable Ausrede, aber die Einzige, die mir ein-

gefallen ist. Momentan bin ich nicht sehr geistesgegenwärtig.

Es war Francine. Und zwar heute schon zum dritten Mal. Ihre Stimme klang besorgt, und sie stellte wieder dieselbe Frage.

»Bist du sicher, dass ich nicht zu dir kommen soll, Hyacinth?«

»Das wären hin und zurück vierhundert Kilometer für nichts. Aber trotzdem danke.«

»Sei nicht so förmlich. Wenn mir die Fahrt zu viel wäre, würde ich es dir nicht anbieten.«

Voller Furcht vor einer weiteren Flut beharrlicher Nachfragen, stieß Hyacinth einen Seufzer aus.

»Ich habe dich seufzen gehört.«

»Es liegt wirklich nicht an dir. Ich will überhaupt niemanden sehen, sondern allein sein, um meine Gedanken zu ordnen. Nicht, dass mich das sonderlich weiterbringt.«

»Was hast du heute gemacht?«

»Geputzt. Und ausgemistet. Unser Hochzeitsfoto zum Beispiel.«

Nun war es an Francine, einen Seufzer auszustoßen.

»Pass auf dich auf, Hyacinth. Und ruf mich an, wenn du etwas brauchst. Versprochen?«

Typisch Mutter, dachte Hy. Allerdings hat sie sich die Bemerkung verkniffen, sie habe mich ja gewarnt. Wenn ich nur auf sie gehört hätte! Aber dann hätte ich keinen Jerry und keine Emma. Meine Kleinen. In seiner Obhut.

»Diese Wut wird mich irgendwann umbringen«, stieß sie hervor. »Ich muss damit aufhören.«

In den nächsten Tagen ging sie nicht vor die Tür. Draußen strahlte der bunte Nachmittag. Die ersten gelben und roten Blätter von Ahorn und Eiche trudelten zu Boden, und der Himmel war wolkenlos blau. Winslow Homer hätte diesen Himmel sicher gemalt. Hy hingegen hatte seit Wochen weder einen Pinsel angerührt noch überhaupt ihr Atelier betreten.

Plötzlich jedoch sprang sie auf, griff nach einem Pullover und verließ das Haus. Die Zeit bis zum Ladenschluss reichte noch, um zwei Bücher für Emma und Jerry zu kaufen. Jerry hatte Spaß daran, Emma vorzulesen, weil er sich dann sehr erwachsen vorkam. Hy stellte sich vor, wie die beiden auf einem Boden oder einer Vortreppe saßen. Aber auf welchem Boden und welcher Treppe? Arnie hatte erzählt, die Kinderzimmer hätten Blick auf einen Kanal. Das Haus sei sehr schön.

Auf dem Weg zum Buchladen musste sie an der verkohlten Ruine der Praxis vorbei, deren Fenster an blinde Augen erinnerten. Der Anstrich von Wohlstand und Zuverlässigkeit war ebenso dahin wie das Feuer ihrer ersten Liebe.

Eine Passantin blieb neben Hyacinth stehen und musterte das Gebäude.

»Schrecklich«, murmelte sie. »Es soll Brandstiftung gewesen sein. Ich frage mich, ob sie den Täter je schnappen werden.«

»Ich mich auch.«

Da Hy keine Lust hatte, das Gespräch fortzusetzen, ging sie weiter zum Buchladen. Beim Anblick der Ruine hatte sie das Bild eines Mannes vor Augen gehabt, der in die Flammen stürzte. Der Todesschrei! Die Schmerzen! Ein eiskalter Schauder durchfuhr sie.

Wenn ich den Rest meines Lebens im Gefängnis verbringen müsste, würde es ihn auch nicht wieder lebendig machen, dachte sie dann. Dieser Unfall hat Gerald nur einen Vorwand geliefert, mich loszuwerden, was er – vielleicht unbewusst – sicher schon seit einiger Zeit vorhatte. Und jetzt ist er frei.

Wir waren so ein hübsches Paar. Das glaubte ich wenigstens. Bestimmt haben uns viele, die weniger Glück gehabt hatten, um unser Haus, unsere geselligen Abende und unsere reizenden Kinder beneidet, die auf dem Rasen spielten. Der äußere Schein kann sehr trügerisch sein.

Immer noch diesen Gedanken nachhängend, kaufte sie ein Buch mit einfachen Geschichten für Jerry und für Emma ein Bilderbuch mit Tieren. Es handelte hauptsächlich von Pferden, eine gute Vorbereitung auf den Besuch in Arnies Stall in Florida.

Der Mann an der Theke war freundlich und gesprächig. Auch er kaufe häufig Bücher für seine Enkel, sagte er, denn etwas Wertvolleres könne man einem Kind nicht schenken. Er konnte sich gut ausdrücken und wirkte auf Hy wie ein Lehrer. Doch trotz seiner netten Art war er unsicher und »neu hier«, wie er ihr erklärte. Der Anblick seines zerknitterten Hemdes und seiner fadenscheinigen Krawatte ging Hyacinth ans Herz. Was hatte ihn wohl hierher geführt? Und warum fehlte es ihm in seinem Alter so an Selbstbewusstsein? Sie versuchte sich vorzustellen, was für ein Leben er wohl geführt haben mochte, doch das war ebenso unmöglich, wie er umgekehrt etwas von ihrer Vergangenheit ahnen konnte.

Obwohl der Heimweg weit war, ließ Hyacinth sich Zeit. Es gab keinen Grund zur Eile, denn schließlich wurde sie von niemandem erwartet. Bis zur herbstlichen Tagundnachtgleiche waren es nur noch ein paar Tage, weshalb es am Ende des kurzen Nachmittags rasch dunkel wurde. In einigen Fenstern brannte bereits Licht. Wenn die Vorhänge offen waren, konnte man Menschen in der Küche oder am Tisch sehen, wo freie Stühle zum Platznehmen einluden.

Am Fuße ihrer eigenen Auffahrt blickte sie zu ihrem dunklen Haus hinauf. Ein seltsames Gefühl der Leere ergriff sie, als ob dort nun eine Lücke klaffte, wo so viele Wochen lang widersprüchliche Gefühle getobt hatten – wie in einem Topf kurz vor dem Überkochen.

Auf einmal hatte sie nichts mehr zu tun. Nach ihrer Putzaktion war das Haus blitzblank, und jeder Gegenstand befand sich an seinem Platz. Der ordentlich geschrubbte Kühlschrank war fast leer. Allein lebende Frauen neigten dazu, die Ernährung schleifen zu lassen. Obwohl Hy das wusste, war es ihr einfach zu lästig, sich etwas zu essen zu machen. Also setzte sie sich mit einer Birne und einem Apfel aufs Sofa und schlug die Zeitung auf, als das Telefon läutete.

»Mommy!«, gellte Jerrys kräftige Stimme in ihrem Ohr. »Wir haben einen kleinen Hund. Daddy ist mit uns zu Leuten gefahren, die ganz viele Welpen hatten, und wir durften uns einen aussuchen. Dann haben wir ihm zwei Näpfe gekauft, einen für Wasser und einen …«

Er wurde von einem Schrei unterbrochen.

»Lass mich! Ich will es Mommy erzählen! Weißt du, was für ein Hund es ist? Ein Schpannel.«

»Es heißt Spaniel, du Dummerchen. King Charles Spaniel. Deshalb haben wir ihn Charlie genannt.«

»Ich bin kein Dummerchen, Mommy. Der Hund ist braun und weiß. Der Schwanz ist hauptsächlich braun. Ich habe Charlie furchtbar lieb.«

Das Herz klopfte ihr bis zum Halse. Und die eiskalte Leere wich einem warmen und kuscheligen Gefühl.

»Ich schicke dir ein Foto von ihm«, fuhr Jerry fort. »Onkel Arnie hat mir eine Kamera geschenkt …«

»Sie gehört mir auch.«

»Du hast ja keine Ahnung, wie man sie benutzt.«

Nun war Arnies Stimme zu hören.

»Ich erkläre Emma, wie es geht, Jerry. Die Kamera ist für euch beide. Wenn ihr fertig seid, möchte ich kurz mit eurer Mutter sprechen.«

Ihr wäre am liebten gewesen, wenn das Telefonat nie aufhörte, denn sie hätte ihnen die ganze Nacht zuhören können.

Ja, die Schule sei in Ordnung. Sie habe ein rotes Dach. Jerry habe schon einen Freund, nein, eigentlich zwei, weil sie Zwillinge seien. Jeff und Larry, die ganz gleich aussähen! Emma sei gestern beim Schwimmen gewesen. Sei es denn nicht zu kalt? Nein, doch nicht im Meer, sondern im beheizten Pool! Ob Mommy nicht wüsste, dass in Florida jeder einen Pool hatte?

»Und überall Palmen«, fügte Jerry hinzu. »Zu Hause haben wir so etwas nicht. Wann kommst du, Mommy?«

»Bald«, erwiderte Hyacinth.

»Ich versuche es«, verbesserte sie sich. »Darf ich jetzt mit Onkel Arnie sprechen?«

»Ich weiß, was Sie fragen wollen«, begann Arnie. »Allen geht es gut. Glauben Sie mir. Ich würde es Ihnen sagen, wenn es nicht so wäre.«

»Können Sie offen reden?«

»Ja. Gerald ist noch in der Praxis. Ich habe den Nachmittag freigenommen, um ein paar Papiere für ihn vorbeizubringen. Ja, alles ist bestens.«

»Vermissen sie mich?«

»Sie fragen dauernd, wann Sie kommen. Aber ansonsten sind sie zufrieden und ständig beschäftigt. Sicher wissen Sie, was ich meine.«

»Ich habe überlegt, ob ich zu Thanksgiving nach Florida fliegen soll. Dann könnten sie mich im Hotel besuchen. Das Haus möchte ich lieber nicht betreten.«

»Gut. Lassen Sie mich sehen, was ich arrangieren kann. So sehr ich mich auch bemühe neutral zu bleiben, weil es eben nicht anders geht, bin ich auf Ihrer Seite. Eine absurde Situation.«

»Vielen Dank, Arnie.«

Nach diesem Gespräch konnte sich Hy ein paar Tränen nicht verkneifen. Bald jedoch hatte sie sich wieder gefasst und widmete sich wieder der Zeitung, die sie, obwohl sie eigentlich eine eifrige Leserin war, heute nicht fesseln konnte. Nach einer Weile ging sie, wie so oft, in ihr verlassenes Atelier, um schweigend ihre Arbeiten zu betrachten. Seit dem einen Bild aus dem letzten Jahr, das Francine und Emma auf einer Gartenbank vor einem Busch zeigte, war kein neues Gemälde mehr entstanden. Es stellte eine Szene dar, wie man sie häufig bei Impressionisten fand, auch wenn Hyacinth nicht so selbstverliebt war, sich mit diesen Meistern auf eine Stufe zu stellen. Doch als sie das Bild nun mit kritischem Blick betrachtete, fand sie, dass es gut gelungen war. Sogar sehr gut.

Allerdings konnte unter den gegebenen Umständen niemand – nicht einmal sie selbst – von ihr die Kraft oder die Inspiration zum Malen erwarten. Ja, irgendwann würde sie wieder anfangen. Ganz sicher. Aber nicht jetzt. Nicht heute.

Unten im Wohnzimmer legte sie eine CD mit leiser Klaviermusik auf und ließ sich aufs Sofa fallen, wohl wissend, dass sie in den letzten Wochen viel zu viel Zeit auf diesem Möbelstück verbrachte, döste, gegen ihre Ängste ankämpfte und versuchte, einen Weg aus diesem Sumpf zu finden.

Es war kalt. Bald würde sie die Heizung einschalten müssen. Beim bloßen Gedanken an den langen dunklen Winter, der vor der Tür stand, wurde ihr noch kälter, sodass sie aufstand und in den Flur ging, wo seit ihrem letzten Besuch vor einem Monat ein alter Schal von Großmutter lag. Der Schal war rostrot, eine Farbe, die Oma – im Gegensatz zu Hy – sehr gern hatte. Aber er war warm, und zwar nicht nur als Kleidungsstück, sondern weil er von Großmutter stammte. Hyacinth schlang ihn um sich und legte sich wieder hin. Nach einer Weile begannen ihre Gedanken im Gleichtakt zu der ruhigen Nocturne zu fließen, und sie erinnerte sich an all die Pullover, Überdecken und Kleidchen für Emma, die Großmutter selbst gestrickt oder genäht hatte.

Und plötzlich fiel ihr etwas ein: Ich bin in Paris nicht mehr zurück zu dem Laden gegangen, um das bestellte Kleid abzuholen. So ein reizendes Kleid mit einer Rosenranke an der Vorderpartie und dazu die passenden rosafarbenen Schuhe.

Immer noch sah sie jedes Detail deutlich vor sich. Mit ein wenig – oder besser mit viel – Geduld würde sie es sicher schaffen, das Kleid aus Paris für ihre Emma zu kopieren.

Da Hy im Laufe ihres Lebens viele Puppenkleider genäht hatte, wusste sie, wie man dabei zu Werke ging, und wäre mit einer Nähmaschine sicher in einem Tag fertig gewesen. Allerdings besaß sie keine. Und außerdem war das Kleid in Frankreich handgenäht gewesen, ein Unterschied, der einem qualitätsbewussten oder wählerischen Menschen sicher sofort ins Auge stach. Mit einer winzigen Schere musste man jedes Blatt und jede Blüte aus dem geblümten Stoff heraustrennen und es mit Miniaturstichen auf das feine weiße Leinen heften. Das Kleid würde ein kleines Kunstwerk werden.

Hy arbeitete jeden Tag mehrere Stunden daran, bis ihre Augen ermüdeten. Nach einer Woche war das Kleid vollendet, und ihr wurde überraschend klar, dass sie ebenso viel Aufmerksamkeit darauf verwendet hatte wie auf ihre Gemälde.

Ein Plan entstand: Sie würde das Kleid persönlich nach Florida bringen, vielleicht als Geschenk zu Thanksgiving. Arnie hatte versprochen, ihr zu helfen und alles für den Besuch vorzubereiten. Bestimmt würde Gerald es nicht wagen, Einwände dagegen zu erheben. Da Francine erwähnt hatte, sie wolle die Kinder auch gerne sehen, konnte sie vielleicht mitkommen. Die Kinder liebten ihre Großmutter. Wenn sie versprach, sich bohrende Fragen und Kritik zu verkneifen, würde sie eine angenehme Reisegefährtin sein.

Aufgemuntert von diesem ersten Hoffnungsschimmer nach so langer Zeit, ging Hyacinth mit dem Kleid in das Kaufhaus am Ort, um ein Paar passende Schuhe für Emma zu erstehen.

Das Warenhaus R.J. Miller Company stand am Hauptplatz. Inzwischen gehörte es zu einer kleinen Kette und war der Laden, in dem die meisten Einwohner der Stadt alles vom ersten Strampelanzug bis hin zur Ausstattung für den Highschool-Abschlussball und zum Hochzeitskleid kauften. Hyacinth, inzwischen ebenfalls Stammkundin, begab sich schnurstracks in die Schuhabteilung, wo sie, wie erwartet, keine rosafarbenen Schuhe vorfand.

Die Verkäuferin, die Hyacinth und Emma kannte, merkte an, dass weiße Schuhe besser passen würden als solche aus schwarzem Lackleder.

»So ein hübsches Kleidchen. Darf ich Sie fragen, wo Sie es gekauft haben?«

»Ich habe es selbst genäht. Nach dem Vorbild eines Kleides, das ich in Frankreich gesehen habe.«

»Selbst genäht? Das muss ja eine Heidenarbeit gewesen sein. Ich würde es gerne Mrs Reynolds aus der Konfektionsabteilung zeigen. Hätten Sie etwas dagegen?«

»Überhaupt nicht.«

Nach dem tagelangen Schweigen war es Hy sogar angenehm, ein wenig mit Menschen zu plaudern, die sie nicht gut genug kannten, um Fragen zu stellen.

»Jerry war nicht in der Schule, sagt Kevin. Nach Florida, mit seinem Vater? Soll die Praxis eigentlich wieder aufgebaut werden?«

Und dann hörte sie Moiras sanfte Stimme: *»Ich will dich ja nicht bedrängen, Hy. Sag mir Bescheid, wenn du jemanden zum Reden brauchst. Ich bin immer für dich da.«*

»Das Kleid ist wirklich ein Traum«, begeisterte sich Mrs Reynolds. »Ich möchte, dass unsere Einkäuferin es sich ansieht. Sie wartet gerade im Büro auf Mr Miller. Wenn Sie Zeit hätten, könnte ich sie gleich rufen.«

Alle Zeit der Welt.

Die Einkäuferin hieß Sally Dodd. Die in schickes Schwarz gewandete junge Frau war ebenfalls beeindruckt.

»Es wirkt so französisch, aber das ist ja heutzutage der neue Look. Wirklich charmant. Haben Sie sich schon einmal überlegt, dass es eigentlich für alle Altersgruppen tragbar wäre? Können Sie vielleicht ein Modell in einer Erwachsenengröße anfertigen?«

»Daran hatte ich noch gar nicht gedacht.«

»Würden Sie eines für mich persönlich nähen?«

Hy fiel aus allen Wolken.

»Nun, ich weiß nicht so recht. Schließlich bin ich keine ausgebildete Schneiderin. Nähen ist nicht einmal mein Hobby.«

Doch Sally Dodd ließ sich nicht so schnell abwimmeln.

»Es gefällt mir wirklich ausgezeichnet. Ich mache bald eine Kreuzfahrt. Dafür würde es sich wunderbar eignen.«

Inzwischen war Hyacinth nicht nur erstaunt, sondern

fühlte sich auch sehr geschmeichelt. Im nächsten Moment jedoch meldeten sich Zweifel. Und diese wiederum führten zu einem spontanen Entschluss: Warum denn nicht? Schließlich standen ihr noch viele lange Abende bevor.

»Also gut«, erwiderte sie. »Auch wenn ich nicht vorhabe, eine Gewohnheit daraus zu machen.«

»Ich zahle Ihnen einen guten Preis. Offenbar tragen wir dieselbe Größe: achtunddreißig. Die Länge müsste ebenfalls stimmen.«

Hyacinth blickte auf ihren alten Rock, der aus gutem, haltbarem Tweed bestand.«

»Ich habe auch Größe achtunddreißig.«

»Prima. Ich freue mich wirklich sehr. Könnten Sie sich die Kontaktdaten notieren, Mrs Reynolds? Die Adresse und so weiter. Und jetzt entschuldigen Sie mich bitte. Ich sehe gerade Mr Miller kommen, und den darf ich nicht warten lassen.«

»Mr Miller«, sagte Mrs Reynolds, obwohl Hyacinth sie nicht um eine Erklärung gebeten hatte, »führt das Unternehmen in der vierten Generation. Anfangs war er in der Filiale in Oxfield beschäftigt, doch vor kurzem ist er zum Geschäftsführer aller sechs Filialen befördert worden.« Offenbar genoss sie diese kleine Abwechslung im Arbeitsalltag.

»Ein sehr kluger junger Mann«, fuhr sie fort. »Und außerdem ein Glückspilz. Trotz aller wirtschaftlichen Veränderungen scheint sich die R. J. Miller Company behaupten zu können.«

Als Hyacinth wieder draußen auf der Straße stand, kam sie sich plötzlich albern vor. Nun hatte sie impulsiv eine Zusage gemacht, die sie bei genauerem Nachdenken sicher nicht gegeben hätte. Seit wann war sie denn Schneiderin?

Doch da es kein Zurück mehr gab, blieb ihr nichts anderes übrig, als in der Stoffabteilung mehr von den Materialien zu kaufen, die sie für Emmas Kleid verwendet hatte. Anschließend schlenderte sie gemächlich über den Platz.

Die friedliche Stimmung in diesem alten Städtchen übte, zumindest vorübergehend, eine beruhigende Wirkung auf sie aus. Auch wenn die Zeit hier nicht unbedingt stehen geblieben war, verstrich sie dennoch ein wenig langsamer als anderswo, und die Einwohner waren stolz auf ihre Vergangenheit. In dem Park, der lange vor dem Bürgerkrieg eine öffentliche Viehweide gewesen war, stand ein Kriegerdenkmal. Mitten im Stadtzentrum gab es ein altes Holzhaus mit einem Ziehbrunnen im Garten, das dem Roten Kreuz als Zentrale diente. Alles, selbst das Rascheln des trockenen Laubs unter ihren Füßen, war so aufmunternd und gemütlich, dass es ihr davor graute, nach Hause zu gehen. Allein der Gedanke, den Schlüssel im Schloss umzudrehen und allein in die bedrückende Stille hineinzutreten, war entsetzlich.

Ob sie dem Buchladen einen Besuch abstatten sollte, um sich mit neuem Lesefutter einzudecken? Oder sollte sie im Plattenladen ein paar CDs erstehen? Vielleicht auch beides. Als sie kehrtmachte, um den Platz zu überqueren, musste sie daran denken, wie oft sie über Menschen hergezogen war, die ziellos durch Einkaufszentren oder Hauptstraßen bummelten, in Schaufenster blickten oder Dinge kauften, die sie nicht brauchten. Inzwischen wusste sie, dass es sich dabei nur um Fluchtversuche handelte.

Gerade trat sie, zwei Bücher und das Nähmaterial in der Hand, aus dem Buchladen, als ein Mann ihr entgegenkam und vor ihr stehen blieb.

»Habe ich Sie nicht vorhin in der Damenabteilung bei Miller gesehen?«, fragte er.

»Ja. Ich war dort.«

»Beim Hereinkommen konnte ich einen Blick auf Sie erhaschen, und später erzählte man mir, dass Sie für Sally Dodd ein Kleid anfertigen. Eine verkehrte Welt, habe ich mir da gedacht. Eine Kundin näht unserer Einkäuferin ein Kleid.«

»Mittlerweile bereue ich meinen Entschluss ein wenig. Was ist, wenn ich es verpatze?«

»Nun, Sally ist das Risiko ja freiwillig eingegangen. Also würde ich mir an Ihrer Stelle keine Sorgen machen.«

Da sie mitten auf dem schmalen Gehweg standen, versperrten sie den anderen Passanten den Weg. Hyacinth hätte sich am liebsten verabschiedet, doch er schien zu zögern, was dazu führte, dass sie sich einander vorstellten: Hyacinth und Will. Darauf folgte eine Frage, in welche Richtung sie müsse.

»Über den Platz«, erwiderte sie. »Ich bin auf dem Nachhauseweg.«

»Ich auch. Stört es Sie, wenn ich Sie begleite?«

»Nein, ganz und gar nicht. Auf der anderen Seite muss ich nach links.«

»Genau wie ich. Ich wohne vorübergehend bei Freunden in der South Street.«

Als Hy ihn betrachtete, sah sie eine Hornbrille, einen fröhlichen Mund und ein sympathisches gesundes und sonnengebräuntes Gesicht. Offenbar verbrachte er viel Zeit im Freien.

»Ich besuche diese Stadt ganz besonders gern. Die alten geschichtsträchtigen Häuser haben so viel Charme. Bevor Millers Warenhaus gebaut wurde, war dieser Park dreimal so groß wie heute. Mein Großvater hat 1910 mit einer Kolonialwarenhandlung angefangen, zwei Stockwerke und ein Speicher. Hier sollen Kühe geweidet haben … hoppla!«

Die Papiertüte aus dem Buchladen riss, sodass die beiden Bücher herauspurzelten. Will hob sie auf.

»Stephen Spender. ›Ständig denke ich an die wahrhaft großen Männer.‹ Kennen Sie das?«

»Ja. ›Die Namen derer, die unermüdlich für das Leben kämpften …‹ Wie geht es weiter? ›Die ihre Herzen trugen …‹«

»›… mitten hinein ins Feuer. Von der Sonne geboren, reisten sie ihr eine kleine Weile entgegen, und ihre Ehre stand, Lettern gleich, in der bewegten Luft.‹«

»Unterrichten Sie Englisch?«

»Nein. Warum fragen Sie?«

»Weil ich nicht viele Menschen kenne, die Gedichte auswendig können. Insbesondere keine Männer.«

»Wenn mir während meines Literaturstudiums jemand erzählt hätte, dass ich einmal in unserem Familienunternehmen arbeiten würde, ich hätte ihn wohl ausgelacht. Eigentlich müsste ich es heute bedauern, dass ich nicht die akademische Laufbahn eingeschlagen habe, aber das ist nicht so. Ich habe Freude an meinem Beruf und finde, dass ich Glück hatte, eine solche Chance zu bekommen. Sagen Sie, kaufen Sie gern bei Miller ein?«

»Sehr gern. Ich bin zwar nicht sehr konsumfreudig, aber ich bekomme dort stets, was ich brauche.«

»Das hört man gern. Hoffentlich empfinden Sie meine Frage nicht als zudringlich. Die Pflege von Kundenkontakten gehört nämlich zu meinen Aufgaben.«

Sein Tonfall war zwar ernst, doch es schwang ein Anflug von Selbstironie darin mit. Hy mochte ihn. Doch wie Gerald zu sagen pflegte, mochte sie schließlich alle Menschen.

Gerald. Sein Name allein schien die Luft zu vergiften und dafür zu sorgen, dass der Himmel sich verfinsterte. Düsternis senkte sich herab. Erschwerend kam hinzu, dass sie inzwischen in der Straße standen, wo die verkohlte Ruine in den Himmel ragte.

»Was machen Sie, wenn ich fragen darf, wenn Sie nicht gerade Kleider verkaufen?«

»Ich verkaufe keine Kleider, sondern bin Malerin. Früher habe ich als Restauratorin in einem Museum gearbeitet.«

»Welchem Stil hängen Sie an? Sie müssen mir alles erzählen. Ich bin Kunstliebhaber, allerdings nicht sehr bewandert. Immer wenn ich geschäftlich nach New York muss, verbringe ich einige Stunden in den Museen, um mir auf die Schnelle ein paar Kenntnisse anzueignen.«

»Ich bin auch keine große Kunsthistorikerin. Ich male einfach die Dinge, die ich liebe.«

Hy schaute starr geradeaus, um die Ruine nicht ansehen

zu müssen. Dennoch spürte sie Wills Blick auf sich. Unter günstigeren Umständen hätte sie wohl das leichte Prickeln empfunden, das eine Frau überkommt, wenn ein Mann sie bewundernd mustert.

»Bis zum Abendessen dauert es noch ein paar Stunden«, stellte Will fest, als sie den Imbissladen an der Ecke erreichten. »Ich hätte Lust auf ein Sandwich. Was ist mit Ihnen? Leisten Sie mir Gesellschaft?«

»Sehr gerne. Mir ist gerade eingefallen, dass ich heute noch gar nicht zu Mittag gegessen habe.«

Im Laden war es ziemlich schmuddelig. Aus den Sandwiches quoll die Mayonnaise, und die Kaffeetassen nahmen ein Fußbad. Mit einem Lächeln holte Will Servietten vom Nachbartisch, um die Untertassen trocken zu wischen.

»Die Bedienung ist allein«, meinte er. »Schneller kann sie nicht arbeiten.«

Gerald hätte sicher missmutig das Gesicht verzogen und der Frau eine Szene gemacht.

Werde ich Gerald denn nie vergessen?, dachte sie. Eine dumme Frage. Immerhin ist er der Vater meiner Kinder und der Herr meines Geschicks, der mich im Bruchteil einer Sekunde vernichten kann.

Sie richtete sich auf. Will erzählte ihr gerade von seinem Vater, dem es gesundheitlich nicht gut ging, sodass er ein wenig kürzertreten sollte. Allerdings sei er arbeitssüchtig und einfach nicht zu bremsen …

Sie musste besser zuhören. Seit Wochen schon hatte sie nicht mehr mit einem Menschen gesprochen, der sie weder aushorchte noch bemitleidete oder eine Erklärung von ihr einforderte. Also hätte sie diese Begegnung eigentlich als befreiend empfinden müssen. Sie sollte sich freuen und sich dementsprechend verhalten! Aber es drohten Komplikationen.

Sein Blick war bereits zu ihrer Hand gewandert, an der kein Ehering steckte. Bestimmt würde er sie fragen, ob sie sich wiedersehen könnten. Wirklich seltsam. Und dabei sah sie doch zum Fürchten aus, die unvermeidliche Folge, wenn man nicht aß, nicht schlief und keinen Sport trieb.

Inzwischen hatte er rücksichtsvoll das Thema gewechselt und redete nicht mehr über R.J. Miller, sondern über etwas, das sie seiner Einschätzung nach interessierte. Ob sie die Museen in Frankreich mehr angesprochen hätten als die Renaissancekunstwerke in Florenz? Ob ihre eigenen Arbeiten abstrakt oder eher gegenständlich seien?

Als Nächstes waren Filme an der Reihe. Sie waren sich einig, dass sie Komödien und Melodramen liebten und Gewaltdarstellungen ablehnten. Nachdem die Sandwiches verzehrt waren, setzten sie die Unterhaltung im Gehen fort, bis sie plötzlich vor Hyacinths Haus standen. In diesem Moment gingen die Straßenlaternen an. Will sah auf die Uhr.

»Ich hatte keine Ahnung, dass es schon so spät ist!«, rief er aus. »Meine Freunde erwarten mich. Oh, schauen Sie sich diese beiden Prachtexemplare an.«

Die »Prachtexemplare« wurden gerade an der Leine über die Straße geführt.

»King-Charles-Spaniels«, verkündete er. »Ich habe auch einen.«

Meine Kinder in Florida ebenfalls, dachte Hyacinth. Und wieder bohrte sich Angst wie ein Pfeil in ihre Magengrube.

»Es war nett, mit Ihnen zu plaudern«, meinte Will. »Möchten Sie mir Ihre Telefonnummer geben? Hier haben Sie einen Stift.«

Sie schrieb sie auf. Nachdem sie ihm die Hand geschüttelt hatte, ging sie die Stufen hinauf. Obwohl sie sich nicht umdrehte, war sie sicher, dass er ihr nachblickte. Bestimmt würde er bald eine junge Frau sehr glücklich machen. Sie öffnete die Tür.

»Nein, Arnie«, protestierte Hyacinth. »Ich kann wirklich nicht. Wenn möglich, will ich nie wieder seine Stimme hören.«

Sie führten wieder eines ihrer häufigen Telefonate. Selbst Francine war erstaunt, wie oft er anrief.

»Arnie ist wirklich ein Unikat«, meinte sie. »Bis jetzt habe ich keinen Mann kennengelernt, deinen Vater eingeschlossen, der derart viel Zeit und Mühe aufwenden würde, um jemandem in einer so verzwickten Situation zu helfen. Ganz bestimmt ist er in dich verliebt Hyacinth. Eine andere Erklärung gibt es nicht.«

Wie albern! Arnie war eben ein ungewöhnlich einfühlsamer Mensch. Mehr steckte nicht dahinter. Vielleicht war er ein wenig jung für einen väterlichen Freund, aber ebenso gütig, hilfsbereit und geduldig.

»Gerald wird sicher einverstanden sein, Hy«, sagte Arnie nun. »Schließlich hat er Ihnen ein Besuchsrecht für die Kinder zugesichert.«

»Allerdings könnte er genauso ablehnen und es auf später verschieben, und das wäre unerträglich für mich.«

»Nun, wie ich immer sage, sitze ich zwischen den Stühlen. Ach, zum Teufel, da Sie viel mehr unter der Situation zu leiden scheinen als er, werde ich mich wohl auf Ihre Seite schlagen. Ich werde ihm strikte Anweisung geben, Ihnen an Thanksgiving die Kinder zu überlassen.«

»Ich habe solche Sehnsucht nach ihnen. Wir können in meinem Hotel essen. Schließlich begehen viele Leute den Feiertag auf diese Weise, auch wenn wir das früher nie getan haben. Aber wenn es nicht anders möglich ist, muss es eben sein. Ich vermisse die beiden so sehr, dass es wehtut.«

»Immer mit der Ruhe, Hy, immer mit der Ruhe. Sie dürfen sich nicht so aufregen. Ich rede mit Gerald und melde mich morgen bei Ihnen.«

»Danke, Arnie. Sie sind ein guter Mensch. Francine ist bereits verliebt in Sie. Sie möchte mich begleiten. Ich brauche zwar keine Verstärkung, finde die Idee aber trotzdem gut. Die Kinder haben sie sehr gern.«

»Bestimmt werden Sie sich prima amüsieren. Ich habe leider ein paar sehr betagte Verwandte in New York, die fest mit meinem Besuch rechnen. Also werde ich nach Norden fliegen, während Sie sich nach Süden aufmachen. Bis morgen, Hy, und nicht die Nerven verlieren.«

Arnie hielt Wort und bereitete alles vor: die Verabredung mit Gerald, die Flugtickets, Hotelzimmer mit Meerblick und zu Thanksgiving ein Abendessen in einem privaten Nebenraum, komplett mit Schoko-Truthähnen als Dekoration.

»Es wird fast so sein wie zu Hause«, meinte er.

Als Francine davon erfuhr, nannte sie Arnie einen Engel.

Sie waren mit Geschenken beladen. Hyacinth hatte zwei verschiedene Sorten Lieblingskekse gebacken und außerdem weitere Bücher, ein Kinderschachbrett für Jerry und eine Babypuppe für Emma erstanden, die bereits mit Begeisterung Vater-Mutter-Kind spielte. Hinzu kamen Anziehsachen für die beiden, allen voran natürlich das nach Pariser Vorbild bestickte Kleid.

»Das ist ja fast wie Weihnachten, nicht wie Thanksgiving«, meinte Francine. »Und wenn man aus dem Fenster schaut, passt keines von beidem.«

Draußen bot sich ihnen ein buntes Bild: blaugrünes Wasser, scharlachrote Sonnenschirme, grüne Palmen und leuchtend weißer Sand. Rechts von ihnen befanden sich die Tennisplätze, allesamt besetzt. Auf der linken Seite konnten sie einen Blick auf den Jachthafen erhaschen, wo ein prächtig funkelndes weißes Schiff vor Anker lag. Die Stimmung wirkte fröhlich.

»Ich bin so glücklich, dass ich in Tränen ausbrechen könnte«, sagte Hyacinth.

Francine schwieg. Schon den ganzen Tag hatte sie sich jeglichen Kommentar über Hys Leben verkniffen. Allerdings hatte Hyacinth auch nicht damit gerechnet, denn Francine war viel zu gutherzig, um ihr den Tag zu verderben.

»Komm, wir wollen in der Vorhalle warten, Hyacinth.«

»Hoffentlich werden sie vom Kindermädchen gebracht.« Hy wollte Gerald nicht einmal aus der Ferne sehen.

»Keine Sorge. Bei meinem Anblick wird er sicher sofort die Flucht ergreifen.«

In der Vorhalle ging es hoch her. Sie war zwar nicht so überfüllt, dass man nur noch wogende Köpfe sah, jedoch belebt genug, um für ständiges Gewimmel zu sorgen. Während Francine eine Zeitschrift las, beobachtete Hyacinth die Szenerie. Hier, inmitten dieser Menschen, bekam Florida für sie plötzlich ein Gesicht, was sie ganz und gar nicht gebrauchen konnte. Und dennoch war sie machtlos dagegen.

Das attraktive junge Paar mit den nagelneuen Koffern war sicher in den Flitterwochen. Zwei alte Leute, die in der Ecke saßen, lachten über etwas. Ein Vater schleppte sich mit einem pummeligen Kleinkind ab, während seine Frau ein Baby auf dem Arm hielt. Hy saß da und versuchte, nicht hinzuschauen. Ihre Hochstimmung legte sich zunehmend.

Nach einem Blick auf die Uhr beugte Francine sich wieder über ihre Zeitschrift. Auch Hyacinth sah auf die Uhr, sagte aber nichts. Dreißig Minuten vergingen, und bald war eine ganze Stunde vorbei.

»Feiertagswochenende«, meinte Francine. »Sicher stecken sie im Stau.«

»Arnie hat gesagt, es wäre nicht weit.«

»Trotzdem.«

Dennoch wirkte Francine beunruhigt und klopfte mit dem Fuß leise auf den Boden. Das Geräusch zerrte an Hys Nerven.

Warum bin ich so überdreht?, schalt sie sich. Reiß dich zusammen.

»Ob wir anrufen sollten?«, schlug Francine vor. »Gib mir die Nummer. Ich erledige das.«

Hyacinth blickte ihr nach. Sie war von Kopf bis Fuß der Inbegriff der Perfektion – die Frisur, die Haltung, das schwarze Leinenkostüm, die weiße Rüsche an ihrem Hals und der goldene Armreif. Zwei Männer drehten sich nach ihr um, und das, obwohl Francine viel älter war als die beiden.

»Wenn deine Mutter nicht so schön wäre«, hatte Gerald einmal gesagt.

Er hatte ihr so viele schreckliche Dinge an den Kopf geworfen. Und Francine hatte es vorausgeahnt. Seltsam, wie sie so weise sein und dennoch manchmal solchen Unsinn reden konnte.

Als ich ihr Emmas Kleid zeigte, antwortete sie, sie liebe Amerika zwar, wünsche aber, sie wäre Französin. Na ja, hin und wieder gebe ich sicher auch dummes Zeug von mir. Da kommt sie. Sie wirkt nicht sehr erfreut.

»Es geht niemand ran. Ich begreife das nicht. Bist du sicher, dass du die Uhrzeit nicht verwechselt hast?«

»Francine, seit meinem Gespräch mit Arnie vor einigen Wochen denke ich an nichts anderes mehr.«

»Nun, dann bleibt uns wohl nichts anderes übrig, als zu warten.«

Wortlos saßen sie da. Nach einer Weile traten die ersten Gäste in den Speisesaal am Ende der Halle. Das Abendessen wurde serviert. Die beiden Frauen wechselten besorgte und fragende Blicke.

»Ob sie einen Unfall hatten?«

»Nein, dann wären wir verständigt worden.«

Francine sprang auf.

»Wir fahren hin. Ich rufe ein Taxi«, verkündete sie.

Schweigend sah Hyacinth zu, wie die Einkaufszentren und Straßenschilder an ihnen vorbeiflogen. Als sie an ihren Ringen nesteln wollte, fiel ihr ein, dass sie sie abgenommen hatte. Also klemmte sie die verschränkten Hände zwischen die Knie und versuchte nicht daran zu denken, dass Fahrräder umkippen, Bälle Menschen am Auge treffen und Swimmingpools für Kinder zur tödlichen Falle werden konnten. Ganz sicher war ein Unglück geschehen. Er konnte die Verabredung unmöglich vergessen haben.

»Hier wären wir«, sagte der Taxifahrer, als sie sich einer Mauer näherten. »Wie lautet die Hausnummer?«

Francine nannte sie ihm. An einem Wachhäuschen gaben sie einem Mann ihre Namen und wurden eingelassen. Eine gewundene Straße führte an makellos gepflegten Rasenflächen, Tennisplätzen und gewaltigen rosafarbenen und weißen Häusern vorbei. Die hohen Bäume waren üppig grün, die Blumen leuchteten bunt. In den Einfahrten standen blitzblanke Autos, und alles strahlte, als reflektierte sich der Himmel darin.

Vielleicht hatte der emailleblaue Himmel ja auch das Spiegelbild der Erde eingefangen. Es war eine unwirkliche Szene für ein Drama.

»Warten Sie bitten auf uns«, wies Francine den Fahrer an, als der Wagen vor einem der großen rosafarbenen Häuser stoppte. »Steig aus, Hyacinth.«

Sie übernahm das Kommando, etwas, das sie seit Hyacinths Hochzeitstag und ihrem Auszug aus dem Elternhaus sorgsam vermieden hatte. Eigentlich hatte sie schon einige Zeit davor damit aufgehört. Hyacinth folgte wie eine Patientin, die in die Notaufnahme geführt wird, als Francine die drei Stufen hinaufstieg und an der imposanten doppelflügeligen Tür läutete.

Eine Frau machte auf. Offenbar hatten sie sie beim Putzen gestört, denn sie hatte eine Flasche Glasrein in der Hand und sah sie erstaunt an.

»Wir wollen Jerry und Emma abholen«, begann Francine, ohne sich mit überflüssigen Erklärungen aufzuhalten. »Das ist ihre Mutter, und ich bin die Großmutter. Wo sind sie?«

»Ach, sie sind doch in den Urlaub gefahren. Heute Morgen, und zwar mit ihrem Vater und dem Kindermädchen.«

»Urlaub? Aber wohin denn?«

»Sie sind auf einer dieser Inseln, Ma'am. Den Bahamas, glaube ich. Den Namen habe ich vergessen. Ich soll auf das Haus und den Hund aufpassen.«

Hyacinth musste sich an dem schmiedeeisernen Treppengeländer festhalten. Ihre Hände hatten keine Kraft mehr.

Überlass alles Francine.

»Wir hatten eine Verabredung! Die Kinder sollten die Nacht bei uns im Hotel verbringen und Thanksgiving mit uns feiern. Das ist doch nicht zu fassen. Wir haben eine weite Anreise hinter uns. Eine Unverschämtheit ...«

»Tut mir leid, Ma'am, aber ich kann nichts dafür«, rechtfertigte sich die Frau.

Ihr Erstaunen war einem gleichzeitig neugierigen und abfälligen Blick gewichen, als wolle sie sagen: Das ist also die Rabenmutter. Sicher stimmt etwas nicht mit ihr.

»Gerald hätte uns wenigstens Bescheid geben können«, beharrte Francine.

»Oh, das hat er versucht, Ma'am. Ich habe ihn heute Morgen sagen hören, dass er bei Ihnen zu Hause angerufen hat. Sie sind nicht rangegangen.«

»Kein Wunder«, entgegnete Francine spitz. »Wir waren nämlich unterwegs zum Flughafen. Es ist scheußlich heiß. Wir sind schon lange unterwegs, und meine Tochter fühlt sich nicht wohl. Könnten wir wenigstens hereinkommen und ein Glas Wasser trinken?«

»Ich darf niemanden ins Haus lassen.«

»Sie dürfen auch nicht tatenlos zusehen, wie jemand vor ihrer Tür tot umfällt. Los, Hyacinth.«

Als die Frau ihnen Platz machte, meinte Francine herablassend zu ihr: »Vielen Dank. Wir setzen uns einen Moment. Wenn Sie bitte so gut wären, uns das Wasser zu bringen. Keine Sorge, wir stehlen schon nichts.«

Das weiß sie selbst, dachte Hyacinth. Francines Diamanten sind ihr nicht entgangen.

Eine Meeresbrise wehte in den Raum, und Glastüren führten auf eine Terrasse. Unter einem riesigen Baum – gab es in Florida Mammutbäume? – befand sich ein großer runder Sandkasten. Auf dem Rasen waren Spielsachen verstreut.

Auf der anderen Seite des Flurs sah Hyacinth ein Esszimmer, das in demselben Hellgelb gehalten war wie das zu Hause. An der Decke hing ein Kronleuchter aus Kristall. Unter der geschwungenen Treppe standen ein Puppenwagen und ein rosafarbenes Dreirad. Also war Emma mindestens vier Zentimeter gewachsen, sagte sie sich. Sie musste auf jeden Fall verhindern, dass ihr in diesem Haus übel wurde.

Die Frau brachte das Wasser auf einem silbernen Tablett und blieb abwartend vor ihnen stehen. Hyacinths Sinne waren so geschärft, dass ihr keine Vorhangfalte und kein Augenzwinkern entging, und sie spürte die Frage, die zwischen ihnen in der Luft schwebte.

»Gab es denn einen bestimmten Grund für ihren überstürzten Aufbruch?«, erkundigte sich Francine.

»Nun, sie wurden von einer Dame eingeladen. Cherry. Sie kennen sie doch sicher aus dem Fernsehen. Die mit den langen roten Haaren, die bei den Rub-a-Dubs singt.«

»Den Namen habe ich schon gehört«, erwiderte Francine.

»Tja, sie ist eine Freundin des Herrn Doktor. Wenn sie nicht in Kalifornien ist, kommt sie oft in dieses Haus.«

Inzwischen war die Frau redseliger. Offenbar mischte sich ihre unverhohlene Neugier, die man ihr nicht verdenken konnte, mit dem Stolz, Überbringerin einer wichtigen Nachricht zu sein.

»Wenn Sie mich fragen, hat der Herr Doktor ihr Gesicht operiert. Sie ist nicht seine einzige prominente Patientin. Da könnte ich Ihnen Namen nennen. Ich arbeite zwar nicht in der Praxis, aber wenn er Gäste hat und ich bei Tisch serviere, schnappe ich natürlich das eine oder andere auf.«

Ein böser Traum, dachte Hyacinth.

Dieses Haus. Gerald Junior – »Wir werden ihn Jerry mit J nennen«. Seine fröhlichen Augen. Emma, eine lebhafte kleinere Version von Francine. Ihr Kleid in einer Schachtel im Hotelzimmer. Der protzige Polstersessel in der Ecke. Die Meeresbrise auf meinem Gesicht. Nur ein Traum.

Währenddessen erkundigte sich Francine, wann die Kinder zurückerwartet würden.

»Am späten Sonntagabend, weil am Montag die Schule wieder anfängt.«

Sie fragte, ob die Kinder glücklich seien.

»O ja, Ma'am, das sind sie. Ihr Vater vergöttert sie. Und die Kinderfrau auch. Eigentlich heißt sie Mrs O'Malley, aber wir nennen sie Nanny. Sie hat schon verheiratete Enkelkinder. Und Sie sollten die Spielsachen oben in den Zimmern sehen. Damit könnte man einen Laden eröffnen. Der andere Herr Doktor, sie sagen Onkel Arnie zu ihm, beschenkt sie wie der Weihnachtsmann, wenn er kommt. Außerdem geht er mit ihnen zum Reiten. Jerry besitzt schon länger ein Pony, und da Emma nun groß genug ist, hat ihr Vater letzte Woche auch eines für sie gekauft. Ach, diese Kinder haben einfach alles. Sie kriegen, was sie wollen. Ein Wunder, dass sie keine verwöhnten Gören sind.«

Die Frau in der Selbsthilfegruppe hat erzählt, ihr Sohn habe sich in die Villa seines Vaters am See locken lassen. So etwas geschieht öfter.

»Möchten Sie die Zimmer sehen, Ma'am?«

Die Frage war zwar an Francine gerichtet gewesen, doch Hyacinth schüttelte den Kopf.

»Sehr gerne«, erwiderte Francine prompt.

»Aber ich will gehen«, protestierte Hyacinth.

Erspart mir den Anblick der Betten, wo Jerry sonst so ruhig schläft und wo Emma sich an ihre Puppen und Stofftiere kuschelt, fügte sie in Gedanken hinzu.

Francine warf Hy einen erschrockenen Blick zu und stand sofort auf.

Auch Hyacinth erhob sich.

Ich muss zum Fürchten aussehen, dachte sie.

»Ich brauche Ihre Namen, damit ich sagen kann, wer hier gewesen ist.«

»Sagen Sie einfach die Mutter und die Großmutter der

Kinder. Außerdem können Sie ausrichten, dass wir eine Erklärung verlangen. Vielen Dank. Einen schönen Tag noch.«

»Eine Erklärung«, schimpfte Francine, als sie wieder im Taxi saßen. »Du scheinst offenbar nicht zu glauben, dass wir eine kriegen werden. Hast du etwas? Du wirst doch nicht etwa in Ohnmacht fallen oder etwas Dummes tun?«

»Was würde das nützen? Nein, ich fühle mich nur wie vor den Kopf geschlagen.«

Inzwischen war es dunkel. Vor dem Autofenster lief der Film von vorhin, untermalt von blinkenden Lichtern, nun rückwärts ab: Einkaufszentrum, Möbelhaus, Pizzeria, Gebrauchtwagenhandlung, noch ein Einkaufszentrum – sie alle sausten vorbei und waren im nächsten Moment verschwunden. Die beiden Frauen schwiegen, bis sie das Hotel fast erreicht hatten.

Francine ergriff zuerst das Wort.

»Noch nie in meinem ganzen Leben bin ich so wütend gewesen. Es ist zum Haareausraufen! Und was machen wir jetzt?«

»Am besten fliegen wir nach Hause.«

»Wir sollen umkehren, obwohl wir erst seit sechs Stunden hier sind?«

»Hast du etwa Lust, dir morgen im Hotel den Bauch mit Truthahn vollzuschlagen?«

»Nein. Ach herrje, Hyacinth, wenn du nur endlich den Mund aufmachen würdest. Ich fühle mich wie eine Blinde, die sich durch ein fremdes Land tasten muss, dessen Sprache sie nicht versteht. Und allmählich habe ich es satt. Ein Tag wie heute verkürzt das Leben eines Menschen um zehn Jahre.«

»Ich habe dich nicht gezwungen mitzukommen.«

»Schon gut, schon gut. Wir wollen nicht im Taxi streiten. Am besten bestellen wir etwas beim Zimmerservice und reden oben weiter.«

Kaum zu fassen, dass ein Mensch trotz abgrundtiefer Erschöpfung hungrig sein kann, dachte Hyacinth. Aber vermutlich will der Körper weiterleben, auch wenn der Verstand keine große Lust dazu hat. Natürlich will ich weiterleben – wenn ich nur wüsste, wie.

Hy schob den leeren Teller weg und blickte über den Tisch hinweg zum Nachthimmel, wo die Sterne, kleinen Inseln gleich, in einem aufgewühlten Meer aus silbergrauen Wolken schwammen.

Es könnte ein Bild von Turner sein, sagte sie sich und erinnerte sich an die bleichen, von pastellfarbenem Dunst geprägten Sonnenuntergänge des Malers. So viel Schönheit, Farbe und Leben gibt es unter diesem weiten und geheimnisvollen Himmelszelt. Nur der Mensch verdirbt alles.

Francines Stimme riss sie aus ihren Grübeleien.

»Früher hast du deine Großmutter um Rat gefragt. Warum sprichst du jetzt nicht mit mir, wenn du Hilfe brauchst? Merkst du denn nicht, dass du mir damit wehtust?«

»Bitte sei nicht gekränkt. Ich werde mit niemandem über dieses Thema reden. Aber wenn ich es täte, würde ich mich zuerst an dich wenden.«

»Ich begreife das alles nicht, Hyacinth. Eigentlich wollte ich während unseres Urlaubs nicht damit anfangen, um uns den Spaß mit Jerry und Emma nicht zu verderben. Doch da der Feiertag ohnehin ruiniert ist, kann ich genauso gut den Mund aufmachen.«

»Rede. Ich werde dir nicht widersprechen, sondern nur zuhören.«

»Ich bin verzweifelt und muss zugeben, dass ich mich noch einmal habe beraten lassen. Allerdings habe ich dieselbe Antwort erhalten: Ihre Tochter ist eine erwachsene Frau, und wenn sie sich Ihnen nicht anvertrauen will, müssen Sie das akzeptieren.«

»Ein guter Tipp.«

»Nein. Genauso gut könnte man von mir erwarten, dass ich unter Berufung auf das Alter des Betreffenden tatenlos zusehe, wie derjenige Gift nimmt oder von einer Brücke springt. Jeder hat ein Recht auf Selbstzerstörung. Fragen verboten. Einmischung unerwünscht.«

»Ich werde weder Gift nehmen noch von einer Brücke springen. Ehrenwort.«

»Manchmal habe ich aber diesen Eindruck. Nur der Gedanke an deine Kinder hindert dich daran.«

Hyacinth schwieg.

Als Francine aufgebracht hochfuhr, stieß sie gegen den Tisch, dass das Geschirr klapperte.

»Bei dieser ganzen Angelegenheit ist Erpressung im Spiel. Um das zu sehen, braucht man keine Intelligenzbestie zu sein. Außerdem liegt auf der Hand, dass es etwas mit Sex zu tun hat.«

»Das hast du schon einmal behauptet. Du bist überzeugt, dass du es mit einem Fall von Ehebruch zu tun hast: Ich hatte eine Affäre, und er hat mich dabei erwischt.«

»Na, und wenn schon? Das ist doch kein Weltuntergang. Vor Gericht hättest du trotzdem gute Chancen. Mein Gott, er hat seine Seitensprünge schließlich auch zugegeben. Nenn mir einen triftigen Grund, warum du dir keinen Anwalt nimmst.«

»Ich habe dir bereits gesagt, dass ich nicht vor Gericht will, und daran hat sich nichts geändert.«

Francine ging im Zimmer hin und her.

Sie tut mir leid, dachte Hyacinth, sogar noch mehr als meine Kinder. Denn die amüsieren sich in diesem Moment vermutlich ausgezeichnet und haben keine Sorgen.

»Wovor hast du Angst? Hast du Fahrerflucht begangen? Bist du beim Ladendiebstahl ertappt worden? Ganz gleich, was es auch ist, du musst dich einem Anwalt anvertrauen. Wenn du es mir erlaubst, beschaffe ich dir einen guten. Immerhin hatte dein Vater ausgezeichnete Beziehungen.«

Die schlimmste aller Katastrophen.

Francine verhielt sich genau so, wie Gerald es vorhergesagt hatte. Alles würde ans Licht kommen. Und dann würde sie wirklich einen Anwalt brauchen, einen Verteidiger, der eine Strafminderung für sie aushandelte. Fünfzehn Jahre anstelle von zwanzig? Mit einer Begnadigung wegen guter Führung?

»Ich weiß deine Bemühungen zu schätzen, Francine, aber ich habe schon einen Anwalt. Er fertigt derzeit die Papiere aus, die ich dann unterschreiben werde.«

»Papiere! Mein Gott, wahrscheinlich lässt du dich um Haus und Hof bringen. Du hast heute doch wieder gesehen, wie vertrauenswürdig Gerald ist. Diesen elenden Mistkerl würde es nicht kümmern, ob du auf der Straße landest, solange er wie ein Prinz in seinem Palast residieren kann, ohne sich mit lästigen Verpflichtungen herumzuschlagen.«

»Du irrst dich, was das Geld angeht. Jede Woche lässt er mir einen großzügigen Scheck zukommen.« Hyacinth lachte höhnisch auf. »Aber ich schicke ihm die Schecks zurück.«

»Was tust du?« Francine verstand die Welt nicht mehr. »Ich traue meinen Ohren nicht. Bis jetzt habe ich dich eigentlich für intelligent gehalten. Jede normale Frau, die so etwas erleben musste, würde dem Kerl das Fell über die Ohren ziehen und ihn ihren Hass spüren lassen.«

»Ich hasse ihn sehr«, entgegnete Hyacinth leise. »Und deshalb will ich sein Geld nicht. Ich will gar nichts von ihm, nicht einmal den Scheck berühren, den er beim Ausfüllen angefasst hat. Am liebsten würde ich vergessen, dass ich ihn je gekannt habe.«

»Das ist nicht ganz einfach. Schließlich gibt es Jerry und Emma.«

»Bitte, lass uns nicht streiten. Der Tag war schon scheußlich genug.«

Sie standen da und blickten einander in die traurigen Augen, bis Hyacinth das Schweigen brach.

»Ich frage mich, warum er uns das heute angetan hat? Aus Sadismus vielleicht?«

»Weißt du was, ich glaube, er hat einfach keinen Gedanken an uns verschwendet. Er hat bei dir angerufen, wir waren schon weg, und damit hatte sich das Thema für ihn erledigt. Wahrscheinlich hat er sich so auf die vielen Prominenten bei dieser Cherry gefreut, dass er uns schlicht und ergreifend vergessen hat. So ein Verhalten ist typisch für Gerald. Nun zeigt er endlich sein wahres Gesicht. Komm, wir packen die Geschenke zusammen und nehmen sie wieder mit. Schließlich ist morgen auch noch ein Tag.«

Als Hyacinth, wieder zu Hause, aus dem Supermarkt kam, stand sie plötzlich vor Moira, die gerade den Inhalt eines vollgepackten Einkaufswagens im Kofferraum ihres Autos verstaute. Hyacinth trug nur eine Tüte und war zu Fuß unterwegs.

»Man möchte meinen, dass nach der Völlerei am Feiertag kein Mensch mehr Hunger haben kann«, sagte Moira. »Aber der Kühlschrank war schon wieder leer.«

Freundlich wie immer, wollte sie offenbar Konversation betreiben – so, als ob die beiden sich täglich gesehen hätten. Doch das war vorbei, seit Hyacinths Leben Kopf stand.

»Wie war der Besuch bei Emma und Jerry? Gefällt es ihnen unter Palmen?«

»Ach, großartig, Moira. Sie besuchen eine ausgezeichnete Schule und haben den Wechsel gut verkraftet. Wir haben uns prima amüsiert. Meine Mutter war auch dabei. Wir hatten schönes mildes Wetter ...«

Was spricht dagegen, sie anzulügen? Es tut ihr nicht weh und macht es mir leichter.

»Du bist gar nicht braun geworden.«

»Ach, doch nicht in den paar Tagen. Ich liege sowieso nicht gerne in der Sonne.«

»Soll ich dich nach Hause fahren?«

»Danke, nein. Ich brauche die Bewegung, damit ich nicht in die Breite gehe.«

Peinlich berührt blieb sie stehen. Wie konnte sie etwas so Gedankenloses zu Moira sagen, die mit ihren achtundzwanzig Jahren bereits mindestens zehn Kilo Übergewicht mit sich herumschleppte? Was redete sie nur für dummes Zeug? Offenbar war sie nicht mehr ganz klar im Kopf. Mit diesem fröhlichen Getue konnte sie ihre Freundin keine Minute lang täuschen.

Also los, entschuldige dich. Gib ihr wenigstens eine Erklärung.

»Ich habe mich nicht bei dir gemeldet, weil es mir ziemlich elend ging, Moira. Ich hatte keine Lust auf Leute. Deshalb habe ich Gerald auch die Kinder überlassen. Es ist besser für sie, bis ich mich wieder gefangen und alles geregelt habe. Bitte versteh mich. Ich weiß schon, ich hätte dich anrufen und dir alles erzählen sollen. Schließlich bist du meine Freundin.«

»Zerbrich dir nicht den Kopf darüber, Hy. Schau einfach, dass du wieder auf die Beine kommst. Du hattest eine Menge um die Ohren. Allerdings merkt man dir das überhaupt nicht an. Du siehst großartig aus.«

»Danke. Ich versuche mein Bestes. Jetzt muss ich alles für Weihnachten vorbereiten, denn die Feiertage stehen vor der Tür. Die Kinder kommen nämlich aus Florida.«

Wenigstens das stimmte, denn Arnie hatte alles in die Wege geleitet: »Gerald hat mich gebeten, Sie anzurufen, nachdem sie bei ihm aufgelegt haben. Er ist wirklich sehr betroffen und wollte dieses Durcheinander nicht. Als er am Morgen eine Nachricht auf Ihrem Anrufbeantworter hinterließ, ahnte er nicht, dass Sie schon so früh aufgebrochen waren. Das ist die reine Wahrheit, Hy. Daraufhin habe ich ihm vorgeschlagen, den Schaden gutzumachen, indem er die Kinder über Weihnachten zu Ihnen schickt. Sie fliegen am dreiundzwanzigsten. Ich begleite sie. Natürlich weiß Gerald, dass Sie ihn nicht sehen wollen. Aber für mich haben Sie doch hoffentlich ein Häppchen zu essen übrig.«

»Prima«, begeisterte sich Moira. »Dann können wir uns treffen und mit den Kindern etwas Nettes unternehmen.«

Nachdem sie Hy noch einmal viel Glück gewünscht hatte, fuhr sie los.

Vermutlich wäre ich bei einem anderen Menschen nicht so leicht davongekommen, dachte Hyacinth. Sicher wird die treue Seele bei der nächsten Zusammenkunft der Elternschaft oder beim kommenden Schul-Baseball-Turnier die Ohren spitzen. Denn wo immer Frauen sich versammeln und über die neuesten Ereignisse in der Nachbarschaft sprechen, werden Gerüchte über die seltsame Trennung von Hyacinth und Gerald die Runde machen. Nicht einmal Moira wird es schaffen, den Klatschweibern den Mund zu verbieten.

Als sie das Haus betrat, hörte sie das Telefon läuten, ein seltenes Geräusch so früh am Morgen. Normalerweise war es nur Francine, die sich zuverlässig jeden Tag meldete.

Diesmal jedoch war es nicht ihre Mutter, sondern Will Miller.

»Ich habe am Tag vor Thanksgiving schon einmal angerufen, aber keine Nachricht hinterlassen, weil ich glaubte, Sie hätten mich vielleicht vergessen. Jedenfalls bin ich heute in der Stadt und wollte Sie zum Abendessen einladen. Haben Sie Lust?«

Im nächsten Sekundenbruchteil wirbelten unzählige Elektronen und Neutronen durch Hyacinths Kopf, sodass sie keinen klaren Gedanken fassen konnte. Es waren nichts als unzusammenhängende Fetzen: Er kennt mich doch gar nicht. Was ist, wenn mich jemand mit ihm sieht? Wenn mir der Gesprächsstoff ausgeht? Über was unterhält man sich denn mit einem Mann? Ich bin zu müde. Ich bin zu erschöpft. Ich würde ihn doch nur belügen. Ich will nicht.

»Ach, das ist aber nett von Ihnen«, hörte sie sich dennoch sagen.

»Wunderbar. Wäre Ihnen halb sieben zu früh? Ich muss anschließend nämlich zurück nach Oxfield.«

»Zufällig passt mir diese Zeit ausgezeichnet. Ich esse gern früh zu Abend.«

»Dann hole ich Sie um viertel nach sechs ab.«

Kaum hatte sie den Hörer aufgelegt, als sie am liebsten sofort wieder angerufen und unter einem Vorwand abgesagt hätte. Aber sie hatte seine Nummer nicht.

Zu spät, sagte sie sich ärgerlich.

Andererseits würde es vielleicht ein angenehmer Abend werden, eine willkommene Abwechslung zu den langen, einsamen Stunden, in denen sie das Lesen, Musikhören oder Fernsehen satthatte. Fest entschlossen, ihren Sorgen und Tränen nicht nachzugeben, blieb ihr in solchen Fällen dann nichts anderes übrig, als zu Bett zu gehen und zu hoffen, dass sie nicht allzu lange wachliegen und dem Knarzen im Haus lauschen würde.

Oben warf sie einen Blick in den Spiegel. Laut Moira sah sie wunderbar aus, obwohl es dafür eigentlich nur wenig Grund gab. Normalerweise hatte ein Gewichtsverlust bei einem ohnehin schmalen Gesicht verheerende Auswirkungen. Aber als sie sich nun näher betrachtete, stellte sie fest, dass das genaue Gegenteil zutraf. Ihre Wangen waren nicht eingefallen, und die zarten Schatten unter den Augen ließen diese größer wirken. Mit ihrem langen Haar erinnerte sie an ein Renaissancegemälde, nicht unbedingt eine Schönheit zwar, aber apart, ja, vielleicht sogar geheimnisvoll.

»Reiß dich zusammen. Du führst dich albern auf!«, schalt sie sich laut, wurde jedoch vom Läuten des Telefons unterbrochen. Diesmal war es sicher Francine.

Wie immer dauerte ihr Gespräch nicht lang, denn sie hatten die stillschweigende Übereinkunft getroffen, jenes Thema zu meiden, das sie wie ein Graben aus glühenden Kohlen trennte.

Mit mütterlicher Neugier erkundigte sich Francine, ob Hy heute etwas vorhätte.

»Du wirst deinen Ohren nicht trauen: Ich bin zum Abendessen eingeladen«, antwortete Hy und erzählte von ihrer Begegnung mit Will Miller.

»Aber, Hyacinth, das geht doch nicht! Was ist, wenn Gerald herausfindet, dass du dich mit anderen Männern herumtreibst? Und dabei glaubt er ohnehin schon, etwas gegen dich in der Hand zu haben.«

Mit Männern herumtreiben. Hyacinth erschauderte. Wenn Geralds Munition gegen sie damit nur schon verschossen gewesen wäre!

»Du hast recht«, stimmte sie zu. »Allerdings ist die Sache völlig harmlos. Es geht nur um das Kleid, das ich für Emma genäht habe.«

»Das spielt keine Rolle. Du kannst dich nicht mit einem anderen Mann sehen lassen, solange die Scheidung nicht rechtskräftig ist und du die Papiere in der Hand hast. Und falls du je deine …«

Die Kinder, meinte sie. Hyacinth ging nicht darauf ein und versprach, dass es bei dieser einen Verabredung bleiben würde.

»Ich könnte ohnehin nicht absagen, weil ich nicht weiß, wie ich ihn erreichen soll.«

»Dann sucht euch wenigstens ein Lokal aus, wo du niemanden kennst. Sei vorsichtig.«

Hyacinth hätte keine diskretere Wahl treffen können. Das Steakhaus war in einer umgebauten Scheune untergebracht, eine halbe Autostunde entfernt von der Stadt. Im Sommer und an den Wochenenden erfreute es sich zwar großer Beliebtheit, aber mitten in der Woche und im prasselnden Dezemberregen waren sie fast die einzigen Gäste. Nur drei oder vier andere Paare saßen, in großem Abstand zueinander, in dem riesigen Raum. Im Kamin brannte ein Feuer, und es herrschte gedämpftes Stimmengewirr.

»Sehr gemütlich«, meinte Hyacinth.

»Ich dachte, ein Lokal wie dieses wäre genau Ihr Stil.«

»Sie kennen mich doch gar nicht.« – »Man bekommt ein Gefühl für Menschen.«

»Das kann einen auch trügen.«

»Mag sein.«

Hy hatte befürchtet, sie könnte vergessen haben, wie eine Frau mit einem neuen männlichen Bekannten Konversation betrieb. Wenn man nicht berufstätig war, begegnete man nach der Hochzeit eigentlich nur noch den Ehemännern anderer Frauen, und zwar zumeist in Anwesenheit des eigenen Gatten, sodass man sich nicht mehr sonderlich ins Zeug zu legen brauchte. Arnie war die einzige Ausnahme, und den hatte sie stets eher brüderlich behandelt.

Will nahm die Brille ab.

»Eigentlich brauche ich sie nur zum Lesen. Aber bei der Arbeit trage ich sie ständig, damit ich sie nicht verlege. Ich bin nämlich ein Spezialist darin, Dinge zu verlieren – Autoschlüssel, Handschuhe und so weiter.«

Hy lächelte. Er hatte tief liegende Augen, hervorstehende Wangenknochen und eine breite Stirn. Sein Blick war gleichzeitig lebhaft und ernst.

»Lassen Sie uns über Stephen Spender sprechen. Haben Sie eigentlich alle seine Gedichte gelesen?«, begann er.

»Ja, ich habe das Buch mit auf eine Flugreise nach Florida genommen. Die ganze Zeit dachte ich mir, dass ich diesen Mann gern kennengelernt hätte.«

»Ja, dieses Gefühl hat man öfter, wenn man etwas Großartiges liest oder sieht. Ich hätte gern den Bildhauer getroffen, der die Statue von Lincoln in Washington angefertigt hat. Also verstehe ich, was Sie meinen. Wie hat Ihnen eigentlich Florida gefallen?«

»Ich kann mir kein Urteil darüber erlauben. Es war nur ein Kurzbesuch.«

Er wartete darauf, dass sie weitererzählte. Und ihr war klar, dass die Gesprächspause Beklommenheit erzeugte. Es erinnerte an den einen peinlichen Moment bei einer Dinnerparty, wenn alle Gäste, die sich gerade noch kreuz und quer über den Tisch unterhalten haben, gleichzeitig verstummen.

Sicher bedauerte er nun, dass er sie eingeladen hatte. An jenem Nachmittag im Café war sie, verglichen mit heute Abend, regelrecht gesprächig gewesen. Ahnte er von dem Kampf, der in ihr tobte, von ihren Schuldgefühlen, weil sie unter Vorspiegelung falscher Tatsachen gekommen war?

»Was haben Sie?«, fragte er sanft. »Ihr Gesichtsausdruck ändert sich ständig. Sie dürfen mich ruhig zurückpfeifen, falls mich das nichts angeht.«

»Ich mache mir Sorgen«, erwiderte sie schnell entschlossen. »Ich stecke nämlich mitten in einer unschönen Scheidung. Doch das sind Scheidungen ja meistens.«

»Etwas Ähnliches habe ich mir gedacht. Niemand wohnt allein in einem so großen Haus.«

»So wie ich im Augenblick.«

Was würde sie sagen, wenn er sie fragte, ob sie Kinder hatte? Doch zum Glück hakte er nicht nach. Denn sie wollte ihn nicht mit derselben faulen Ausrede abspeisen wie Moira.

»Und wie vertreiben Sie sich die Zeit, bis sie das Schlimmste hinter sich haben?«

»Nun, wie ich Ihnen schon erzählt habe, male ich, auch wenn ich die Dinge in letzter Zeit ein wenig habe schleifen lassen.«

»Verständlich. Arbeiten Sie zu Hause?«

»Ja. Ich habe ein ausgezeichnetes Zimmer dafür. Mit Lichteinfall aus Norden.«

»Darf ich mir Ihre Bilder einmal ansehen?«

»Ja, natürlich. Aber Sie werden vermutlich enttäuscht sein.«

Sie flirtete ja! Die kokette Bemerkung war ihr sofort unangenehm. Sie fühlte sich, als hätte sie nach Komplimenten geangelt. Ihr fielen einfach nicht die richtigen Worte ein.

Anstatt weiter darauf einzugehen, erkundigte er sich nach dem Kleid, das sie für Sally Dodd nähte.

»Ehrlich gestanden, habe ich noch gar nicht richtig angefangen. Ich wünschte, ich hätte ihr keine Zusage gemacht.«

»Sie haben es versprochen«, erwiderte er ernst. »Sie rechnet fest damit.«

»Ich weiß. Ich schaffe es schon rechtzeitig.«

»Vergessen Sie nicht, dass sie es auf die Kreuzfahrt mitnehmen will.«

»Ja, ja«, wiederholte sie. »Ich schaffe das.«

Seine Augen waren so eindringlich und hatten das helle Grau von Opalen, in die das Kerzenlicht grüne Pünktchen zauberte. Nichts entging diesen Augen. Sie durchschauten alles – die Täuschungen, die Ausweichmanöver und die Unwahrheiten. Nein, sie würde sich nicht wieder mit ihm treffen. Nicht nur wegen Francines sehr vernünftigem Rat, sondern aus einem anderen Grund, den sie nicht beim Namen nennen konnte.

»Wo haben Sie nähen gelernt?«, fragte er.

»Von meiner Großmutter«, erwiderte Hy prompt, froh, das Thema wechseln zu können. »Sie ist vermutlich die Letzte einer aussterbenden Art, eine Superhausfrau und im Jahr 1910 geboren. Für sie ist alles, angefangen vom Kochen bis zum Häkeln, ein Kunstwerk. Wahrscheinlich gilt das sogar fürs Fußbodenscheuern.«

»Ich hatte so eine Urgroßmutter. Leider habe ich keine meiner Urgroßmütter kennengelernt. Meine andere Urgroßmutter war nämlich Geschäftsfrau und hat mit ihrem Mann den ersten R.-J.-Miller-Laden eröffnet. Wir haben noch eine vergilbte Aufnahme des Ladengeschäfts in Oxfield aus dem Jahr 1879. Meine Urgroßeltern stehen in der Tür, und vor dem Haus parkt ein Pferdefuhrwerk. Die Straße selbst, damals die Hauptstraße von Oxfield, ist noch ungeteert. Was sie wohl sagen würden, wenn sie die Stadt heute sehen könnten?«

Will kicherte.

»Meine Urgroßeltern sollen ein Traumpaar gewesen sein.

Doch vermutlich neigt man dazu, seine Vorfahren zu idealisieren, je länger sie nicht mehr unter den Lebenden weilen.«

Als er ihr die Firmengeschichte erläuterte, lauschte Hy höflich. Da sie als Tochter eines Chemikers und Ehefrau eines Arztes fast nichts über die Geschäftswelt wusste, fand sie die Schilderung sehr aufschlussreich.

Allmählich wurde sie lockerer. Will hatte einige lustige Anekdoten auf Lager, zum Beispiel die Geschichte von dem neuen Verkäufer, der den Firmenchef nicht erkannt und sich geweigert hatte, ihm einen bestimmten Ledergürtel zu zeigen, weil dieser »nicht das Richtige für ihn und viel zu teuer« sei. Sie stellte fest, dass er Sinn für Humor und nichts Böswilliges oder Sarkastisches an sich hatte.

Eine Bemerkung über ein mit indischen Saris dekoriertes Schaufenster bei Millers führte zu einem Gespräch über ferne Länder. Will war in Burma und Tibet gewesen. Doch anders als viele, die die Gelegenheit genutzt hätten, mit ihren Eindrücken zu prahlen, äußerte er sich sehr zurückhaltend.

Ein außergewöhnlicher Mensch, dachte Hyacinth. Die meisten bewegen sich nur an der Oberfläche, während er wirklich Tiefgang hat.

Wieder musste sie daran denken, dass man, wenn man ein wirklich gutes Buch aufschlug, dieses oft schon nach der ersten Seite nicht mehr weglegen konnte, bevor man es zu Ende gelesen hatte.

Der Heimweg führte sie an Millers Schaufenstern vorbei, über den Platz und in die Straße, wo Arnies ausgebranntes Praxisgebäude stand.

»Ich bin am besagten Tag zufällig frühmorgens hier gewesen«, merkte Will an. »Eine beängstigende Szene. Die Menschenmenge. Die Krankenwagen. Die Flammen, die durch die zerborstenen Fenster schlugen. Ich habe gehört, dass es Brandstiftung gewesen sein soll.«

»Das wusste ich nicht.«

»Das Gebäude war ziemlich neu. Nicht auszudenken, wie

hoch die Brandgefahr in einer alten Hütte wie unserem Kaufhaus ist. Wenn ich etwas zu sagen hätte, würde ich den Kasten abreißen und dafür ein neues Gebäude mit den modernsten Sicherheitsvorkehrungen hinstellen. Allerdings würde ich mich damit ganz schön unbeliebt machen. Die meisten Menschen wollen das Alte und Vertraute bewahren. Vermutlich finden sie es anheimelnd, während es auf andere nur altbacken wirkt. Über Geschmack lässt sich eben nicht streiten.«

Den Rest der Fahrt über hörte Hy kein Wort mehr von dem, was er sagte. Sie hatte nur das schreckliche Gefühl, dass ein Damoklesschwert über ihrem Kopf hing.

An der Tür nahm Will ihre Hand.

»Ich würde Sie gern wiedersehen«, meinte er. »Aber fühlen Sie sich nicht unter Druck gesetzt. Hoffentlich haben Sie die Scheidung bald hinter sich.«

»Das hoffe ich auch«, erwiderte Hy.

»Ich werde bis nach Neujahr verreist sein. Wenn ich zurück bin, melde ich mich.«

Sie blickte ihm nach, als er den Gartenweg entlangging und in sein Auto stieg.

Er wird eine junge Frau sehr glücklich machen, dachte sie wie beim ersten Mal.

Doch ich darf ihn auf keinen Fall wiedersehen. Sicher glaubt er, dass ich den Kontakt aufrechterhalten möchte. Eine verständliche Annahme. Aber das geht nicht. Ich will keinen Mann mehr in meinem Leben.

Hyacinth hatte den Weihnachtstisch so sorgfältig gedeckt, als erwarte sie zwölf Gäste zu einer Dinnerparty. Vier Kerzen flankierten das Blumengesteck aus rosa und roten Nelken. Die Blumen waren ein Geschenk von Arnie, arrangiert in einer unglaublich kostbaren dänischen Silberschale, die er ihr so beiläufig überreicht hatte wie einen gewöhnlichen Blumentopf. Die Milch der Kinder wurde in Weingläsern serviert. Alles – vom Porzellan bis hin zu den Nüssen und Datteln – entsprach genau der Familientradition.

Jerry und Emma saßen festlich herausgeputzt auf ihren üblichen Plätzen. Emma, links von Hyacinth, trug das Kleid mit den Rosen und sah sehr stolz und reizend aus. Rechts von ihr hatte sich Francine niedergelassen.

Nur die Zusammensetzung der Tischrunde hatte sich geändert. Der Stuhl, der Jims gewesen wäre, stand an der Wand. Und auf Geralds ehemaligem Platz saß Arnie, der zwar kein Familienmitglied war, aber sein Bestes tat, um die Stimmung aufzulockern.

Auch Hyacinth gab sich redlich Mühe, das bedrückende Gefühl beiseite zu schieben, dass die Zeit raste. In wenigen Tagen, in ein paar Stunden nur, würde alles vorbei sein. Die Festtagslaune war gekünstelt, auch wenn es ihr in den letzten beiden Wochen gelungen schien, sich selbst zu täuschen. Entschlossen, keinen Trübsinn aufkommen zu lassen, hatte sie sich in die »üblichen« Vorbereitungen gestürzt, Geschenke gekauft, gebacken und gekocht und zum ersten Mal wieder die beiden Kinderzimmertüren geöffnet.

Da es zu schneien begonnen hatte, hatte sie sogar neue Schlitten, einen davon für sich selbst, angeschafft. Der Plan war, bewaffnet mit belegten Broten und einer Thermosflasche Kakao, zum Nod's Hill zu fahren. Ach, dieser Anschein von Normalität!

In Wahrheit jedoch kämpfte Hy mit den Tränen, sobald sie das Wort an die Kinder richtete. Bis jetzt hatte sie sich zusammennehmen können, und sie schickte ein Stoßgebet zum Himmel, dass sie nicht zu weinen anfangen würde, wenn es Zeit zum Abschiednehmen war.

»In Florida schneit es nie«, verkündete Emma. »Mommy, hast du gehört? Ich habe gesagt, dass es in Florida nie schneit.«

»Das wissen doch alle«, meinte Jerry.

»Na und?«

Im letzten Sommer hätte Emma entweder geweint oder entrüstet reagiert. Inzwischen hatte sie eine schlagfertige Antwort auf den Lippen. Sie besuchte den Kindergarten und lernte die Wirklichkeit kennen. Wenn man ein Kind nicht täglich sah, erschien es einem nach mehreren Wochen oder Monaten Abstand völlig verändert. So, als habe man einen wichtigen Entwicklungsschritt verpasst.

»Wie geht es Charlie?«, erkundigte sich Hyacinth.

»Er macht nicht mehr Pipi ins Haus«, antwortete Emma. »Daddy hat es ihm beigebracht.«

Unwillkürlich warf Hy Francine einen Blick zu. Seit der Ankunft der Kinder war das Wort »Daddy« erstaunlich selten gefallen. Doch Hy stellte fest, dass jedes Mal ein merkwürdiger Ausdruck über Francines Gesicht huschte. Wer sie als sonst lebhaften Menschen kannte, hätte bemerkt, dass sie ungewöhnlich still war.

Und dabei hatte ich gehofft, dass sie das Gespräch am Laufen hält. Stattdessen haben wir es Arnie zu verdanken, dass keine beklommenen Pausen entstehen, die die Kinder nur beunruhigen würden.

Auch jetzt sprang er wieder in die Bresche.

»Erzähl von meinem neuen Pferd, Jerry.«

»Oh ja. Es ist ein Tennessee Walker, riesengroß, du solltest es sehen. Und weißt du, welche Farbe es hat? Pinto. Das heißt gescheckt. Braune Flecken auf weißem Fell. Weil es zu groß ist, kann ich nicht darauf reiten. Aber Onkel Arnie bringt mir das Reiten auf dem Pony bei.«

»Nanny nimmt mich manchmal mit in den Stall«, fügte Emma hinzu. »Und dann darf ich auch reiten. Daddy kommt nie mit. Er mag sein Boot lieber. Es ist ein Segelboot, und wir fahren hin und wieder damit.«

»Das ist aber nett.« Hyacinth lächelte.

Boote und Pferde, dachte sie. Wahrscheinlich finden die beiden das genau so normal wie die Spielsachen oben in ihren Zimmern. Wir erkaufen uns beide ihre Liebe. Doch ich darf nicht schlecht über Gerald reden und die Kinder nicht gegen ihn aufhetzen. Das würde es ihnen nur noch schwerer machen. Auch Francine muss das unbedingt verstehen.

»Wann kommst du zu uns nach Florida, Mommy?«, fragte Emma. »Ich vermisse dich.«

»Sie hat geweint«, ergänzte Jerry. »Ich nicht, weil ich schon groß bin. Außerdem habe ich ihr erklärt, dass wir herkommen und dich besuchen können. Das hat Daddy gesagt.«

»Warum?«, schluchzte Emma. »Warum müssen wir hierher kommen, wenn wir Mommy sehen wollen?«

Keiner der drei Erwachsenen wusste eine Antwort, bis Francine schließlich erwiderte: »Oma ist sehr krank, und eure Mommy will sie nicht allein lassen.«

»Oma kann doch auch nach Florida kommen.«

»Nein, Emma, dazu ist sie viel zu alt.«

»Dann bleib du bei ihr. Ich will, dass Mommy nach Florida kommt.«

Warum fällt er nicht einfach tot um?, dachte Hyacinth. Er soll verschwinden und uns in Ruhe lassen. Nein, dieser Kerl wird bestimmt mindestens hundert Jahre alt. Also ist es wohl besser, wenn ich sterbe …

»Ich glaube, ihr lasst euch scheiden«, stellte Jerry plötzlich fest. »Das muss der Grund sein.«

Er erwartet eine Antwort. Wir hätten den Kindern reinen Wein einschenken sollen. Aber wahrscheinlich habe ich gehofft, dass sich die schreckliche Situation durch ein Wunder in Wohlgefallen auflöst. Nein, eigentlich war mir klar, dass es irgendwann sein muss. Ich habe es nur vor mir hergeschoben, bis die Papiere fertig sind und es keine Ausflüchte mehr gibt.

»Es sieht ganz danach aus«, kam Arnie ihr zu Hilfe. Seine Stimme war ganz ruhig, so als ob eine Scheidung etwas völlig Alltägliches wäre.

Nun, vielerorts ist es das auch. Heutzutage erleben viele

Kinder, dass sich die Eltern trennen. Aber doch nicht meine. Meine Kinder sind so empfindsam.

»In meiner Klasse haben viele Kinder Eltern, die geschieden sind«, verkündete Jerry in gewichtigem Ton. »Aber die wohnen alle bei ihren Müttern, und die Väter kommen nur zu Besuch.«

Arnie nickte.

»Solange ihr beide Eltern sehen könnt und alle zufrieden sind, gibt es keinen Grund zur Sorge.«

Emmas Augen waren weit aufgerissen, und ihre Lippen zitterten, als würde sie gleich in Tränen ausbrechen.

»Bist du glücklich, Mommy? Möchtest du nicht in unserem Haus wohnen?«

Unser Haus.

Was sollte man darauf antworten? Doch da kam Hy zum Glück der zündende Gedanke.

»Wir können zwei Häuser haben, abwechselnd darin wohnen und glücklich sein.«

Wie soll ich das schaffen? Ich halte das keine Minute mehr aus. Francine stand auf, als ahne sie, wie nahe Hyacinth einem Weinkrampf war.

»Kinder, wir reden später darüber«, befahl sie in fröhlichem Ton. »In der Küche steht eine Schoko-Sahne-Torte, die sofort gegessen werden will. Also nehmt eure Teller und helft beim Abräumen. Schließlich hat eure Mutter gekocht. Jetzt seid ihr dran.«

Da Hyacinth mit Blick zum Fenster saß, sah sie im Schein der Straßenlaterne, dass Eisregen eingesetzt hatte.

»Es graupelt«, meinte sie und eilte zum Fenster, vorgeblich, um die Vorhänge zu schließen, doch in Wahrheit, um ihre Tränen zu verbergen.

Sie war Arnie für sein taktvolles Schweigen dankbar. Wer ihn sah oder reden hörte, hätte ihm auf den ersten Blick vermutlich nicht so viel Feingefühl zugetraut. Allerdings stellte er diese Eigenschaft nicht zum ersten Mal unter Beweis.

Das köstliche Dessert stammte aus Omas Rezeptbuch, und die Kinder vertilgten es unter genüsslichem Schweigen. Nur Francine, die sich selbst eigentlich als schokoladensüchtig bezeichnete, rührte keinen Bissen an. Nachdem die Torte fast verspeist war, ergriff sie das Wort.

»Hyacinth, es war ein langer Tag. Es ist schon spät. Warum bringst du Jerry und Emma nicht zu Bett? Ihr habt eine Menge zu besprechen. Ich räume währenddessen auf. Keine Widerrede.«

Sprich mit ihnen über die Scheidung, meinte sie damit. Ich kann es nicht, weil ich zu wenig darüber weiß. Außerdem ist es nicht meine Aufgabe. Immerhin bist du ihre Mutter.

Zornig klapperte Francine mit dem Geschirr, das zu Hyacinths Mitgift gehörte. Jim hatte Hy das Service regelrecht aufdrängen müssen, denn sie fand, dass es viel zu teuer war.

»Aber du liebst Rosen«, hatte er erwidert.

Francine erinnerte sich gut an jenen dunklen Nachmittag, an dem wie heute Eisregen gefallen war. Aber wer hatte mit so einer Entwicklung rechnen können? Trotz ihrer Zweifel hatte nicht einmal sie etwas Derartiges erwartet.

»Ich helfe Ihnen«, erbot sich Arnie. »Als Junggeselle kenne ich mich mit Abwasch aus.«

Auch Gerald hatte sich gern nützlich gemacht, zumindest anfangs, um sich bei ihr einzuschmeicheln. Doch Arnie war anders. Francine mochte ihn wirklich.

»Wenn Sie mir wirklich helfen wollen«, entgegnete sie, »können Sie mir erzählen, was mit Ihrem Geschäftspartner los ist. Hyacinth tut so geheimnisvoll. Wie Sie vorhin bei Tisch sicher selbst gemerkt haben, ist da eindeutig etwas im Busch. Ich bin vor Sorge ganz krank.«

Arnie seufzte tief und lautstark.

»Wenn ich es wüsste, würde ich es Ihnen sofort sagen. Ich habe Hy sehr gern und finde es Wahnsinn, sie von ihren Kindern zu trennen. Es ist schlicht und ergreifend falsch. Allerdings kriege ich aus Gerald kein Wort heraus und habe die Hoffnung offen gestanden aufgegeben. Sicher ist Ihnen klar, in welcher Zwickmühle ich stecke.«

»Selbstverständlich. Geschäftspartner trennen sich nicht, nur weil der eine von ihnen eine Ehekrise hat.«

»Genau. Gerald ist ein guter Arzt und« – Arnie grinste verlegen – »auch kein Kind von Traurigkeit. Wie hieß der Kerl, der alle Frauen herumgekriegt hat? Don Juan?«

»So verbringt er also seine Freizeit.«

»Sie brauchen nicht zu glauben, dass er die Kinder vernachlässigt. Da muss ich fair bleiben. Er vergöttert sie. Außerdem haben sie ein nettes Kindermädchen, das sich gut um sie kümmert. Gerald ist sehr stolz auf die beiden und zeigt sie gern herum.«

»Das liegt nur daran, dass die zwei so hübsch sind.«

»Gerald möchte mit Hy reden. Aber sie legt jedes Mal auf.«

»Sie kann nicht, Arnie, sie würde es nicht ertragen. Er hat sie so bitter enttäuscht. Gut, dass sie wenigstens Ihnen vertraut.«

»Hoffentlich. Ich würde alles für sie tun.«

»Ich wünschte, ich könnte ihr helfen. Aber solange mir niemand erklärt, was dahintersteckt, sind mir die Hände gebunden. Ich wage kaum, mir vorzustellen, dass sie nach unserer Abreise wieder in diesem Haus allein sein wird.«

Francine konnte mit all ihrer Willenskraft nicht verhindern, dass man ihr die Verzweiflung anhörte.

»Sie ist so zart besaitet und so gutgläubig! Schon immer wollte sie für alle Menschen nur das Beste. Bereits als Kind war sie rücksichtsvoll, ganz anders als ihre Altersgenossen, diese kleinen Rabauken, die bloß ihren Willen durchsetzen wollten. Sie ist so … so anständig. Verstehen Sie, was ich meine?«

Arnie nickte. »Natürlich. Aber nette Leute kommen meistens zu kurz im Leben. So geht es nun einmal zu auf der Welt.«

Der Pappelhain im Nachbargarten warf seine Schatten wie dunkelblaue Streifen auf den jungfräulichen Schnee. Ohne die Kälte zu spüren, stand Hyacinth lange allein in der offenen Tür und betrachtete das akkurat ausgerichtete Muster.

Ein interessantes Motiv für ein Aquarell, dachte sie.

Die Gäste waren fort. Das Haus wirkte leer und verlassen. Keine Spielsachen, über die man im Flur stolperte. Keine Brettspiele auf dem Küchentisch. Es herrschte Totenstille.

Die Kinder hatten geweint. Selbst der kleine Junge, der so stolz auf seine Männlichkeit und seine drei Jahre Altersvorsprung gegenüber seiner Schwester war, hatte nicht mehr an sich halten können. Er befürchtete, die Scheidung könnte seine Schuld sein. Sei Mommy wegen seiner Schlamperei böse auf ihn gewesen? Oder habe Daddy sich geärgert, weil er immer seine Schwester piesackte? Aber das habe er sich doch beinahe abgewöhnt!

»Wir telefonieren jeden Tag miteinander«, hatte Hy geschworen.

So viele Versprechen und Erklärungen. Die Beteuerungen, wie sehr sie sie liebte. Die faulen Ausflüchte wegen Omas Krankheit. Am Weihnachtsabend hatte sie geredet und geredet, bis sie schließlich eingeschlafen waren.

Und nun waren sie abgereist.

Vielleicht sollte ich sie entführen, dachte Hy.

Ich könnte das Haus verkaufen. Schließlich stehe ich im Grundbuch. Dad hat mir ein wenig Geld hinterlassen, und Francine würde mir sicher helfen. Meine Brüder auch, wenn ich sie darum bäte. Dann nehme ich die Kinder und fahre mit ihnen ans andere Ende der Welt. Australien. Sibirien. Irgendwohin, wo ich mich verstecken kann.

Unsinn. Ich würde ihnen nur Angst machen, und außerdem wäre es zwecklos. Gerald würde Mittel und Wege finden, sie zurückzubekommen. Und dann würde er in seiner Wut die ganze Geschichte herausposaunen.

Brandstiftung. Ein Mann ist ums Leben gekommen.

Die Quecksilbersäule stieg so plötzlich, wie sie gefallen war, und im Januar begann der harte weiße Schnee zu tauen. Hyacinth hatte aus einer Laune heraus mit einer Schneeszene angefangen. Aber als diese nach mehreren Anläufen noch immer nicht ihren Vorstellungen entsprach, legte sie den Pinsel beiseite. Sie war mit dem Herzen nicht bei der Sache.

Eigentlich war ihr Herz inzwischen sowieso nichts weiter als ein Organ, das Blut durch die Adern pumpte und hin und wieder panisch zitterte. Sie musste unbedingt etwas unternehmen. Das war der erste Ratschlag, den sie von jedem halbwegs vernünftigen Menschen zu hören bekam. Francine, die ihre eigene Angst mühsam beherrschte – die arme Francine, in welche Sorge hatte sie sie nur gestürzt? –, beharrte darauf, dass sie »etwas unternahm«. Moira sagte, vorsichtig und zurückhaltend wie immer, dasselbe. Ja, sogar Arnie, wenn er sich nach ihrem Befinden erkundigte.

Im Moment arbeitete Hyacinth an dem Kleid, das sie der Frau vom Kaufhaus R.J. Miller versprochen hatte. In der letzten Woche hatte die Leiterin der Kinderabteilung sie gefragt, ob sie nicht ein halbes Dutzend weiterer Kleider für Stammkundinnen anfertigen könne. Hy hatte zugesagt. Warum auch nicht? Inzwischen konnte sie das gleiche Muster reproduzieren, ohne darüber nachzudenken.

Eines Tages sprach Will Miller bei ihr vor. Er hatte sie angerufen und gefragt, ob er sie besuchen könne, und Hy hatte keinen Weg gesehen, ihn abzuwimmeln. Schließlich hatte er sie zum Essen eingeladen, weshalb sie ihm nun eine Gegeneinladung schuldete. Das gebot die Höflichkeit und war deshalb unumgänglich.

Obwohl sie sich eigentlich über Wills Besuch hätte freuen sollen, würde diese Bekanntschaft sie nur in Schwierigkeiten bringen, weshalb sie sie unbedingt beenden musste. Dennoch bereitete es ihr seltsamerweise Freude, das Mittagessen vorzubereiten. Der Tisch wollte hübsch gedeckt werden. Und dass das Haus blitzblank sein musste, war selbstverständlich Ehrensache. Hy kaufte Osterglocken, Lachssteak und die Zutaten für einen Salat. Sie bügelte die Platzdeckchen aus Leinen, die sie seit der letzten Reihumeinladung der Elternvertreter nicht mehr benutzt hatte.

Und zu guter Letzt durchforstete sie das Haus nach Dingen, die auf Emmas und Jerrys Existenz hinwiesen, und räumte sie weg. Schließlich gingen ihr Privatleben und ihr Leid diesen fremden Mann nichts an.

Allerdings verhielt er sich ganz und gar nicht wie ein Fremder, als er vor ihrer Tür stand.

»Fällt Ihnen was an mir auf?«, lautete seine erste Frage.

»Die Hornbrille ist weg.«

»Richtig. Von nun an benutze ich Kontaktlinsen. Die Hornbrille habe ich nur getragen, weil alle gemeint haben, ich müsste älter wirken. Aber da ich jetzt über dreißig bin, ist es wohl besser, wenn ich mich jünger mache. Oh, ist das ein schönes Haus. Es passt zu Ihnen. Genauso habe ich es mir vorgestellt, in Naturfarben und Hellgrün. Die vielen Bücher. Ach, Sie nähen noch ein Kleid!«

Neben dem Sessel im Wohnzimmer hatte sie den offenen Nähkorb stehen gelassen. War das Absicht gewesen, damit er ihn sah? Hy war nicht sicher. Irgendetwas hatte sie sich bestimmt dabei gedacht, als sie den Deckel des Korbes geschlossen und dann wieder geöffnet hatte.

»Sally Dodd war ganz begeistert von Ihrem Kleid. Wie ich gehört habe, hat man weitere bei Ihnen in Auftrag gegeben.«

»Ja, aber nach diesen ist Schluss. Schließlich bin ich Malerin und muss mich dringend wieder an die Arbeit machen.«

»Sie haben versprochen, mir Ihre Bilder zu zeigen. Erinnern Sie sich?«

»Ja, natürlich. Nach dem Essen. Hoffentlich haben Sie Appetit mitgebracht.«

»Ich hoffe, dass Sie sich nicht zu viel Mühe gemacht haben.«

Menschen, die mit offenen Augen durchs Leben gingen und begierig darauf waren, immer Neues zu lesen, zu hören, zu sehen oder zu erfahren, fanden stets jede Menge Gesprächsstoff. Und so wurde nach den einleitenden Bemerkungen angeregt geplaudert. Hyacinth trug die Dinge bei, die sie in ihrem Gedächtnis bewahrte, Szenen aus der Vergangenheit, da sie in letzter Zeit nicht viel Erfreuliches erlebt hatte. Allerdings konnte Will das natürlich nicht wissen, und sie erkannte an seinen funkelnden Augen, dass er ihr interessiert lauschte.

Nach einer Weile jedoch zeigte ihr sechster Sinn an, dass er nervös war, auch wenn es sich dabei vielleicht nicht ganz um den richtigen Ausdruck handelte. Angespannt vielleicht? Oder eher verlegen? Nein, das traf eindeutig nicht zu, denn er war genauso gesprächig wie bei ihren letzten Begegnungen, allerdings nicht so locker und ein wenig gehetzt. Ja, das war es: gehetzt. So, als wolle er das unwichtige Geplänkel abhaken und zum eigentlichen Thema kommen.

Beim Verspeisen des selbst gebackenen Apfelkuchens hielt er plötzlich inne und erkundigte sich, beinahe entschuldigend, nach ihrer Scheidung. Offenbar war es das, worüber er reden wollte.

»Die Mühlen des Gesetzes mahlen langsam.«

»Was es sicher noch schmerzhafter macht. Nicht, dass ich in diesem Bereich über persönliche Erfahrung verfüge. Bis zum heutigen Tag habe ich es – da wir uns nun besser kennen, kann ich es Ihnen ja anvertrauen – nur zu einer Affäre mit einer verheirateten Frau gebracht. Sie lebte auch in Scheidung und litt sehr darunter. Noch schlimmer muss es für die Kinder gewesen sein. Die Familie wohnte weiter unter einem Dach, und es herrschte ständig Streit. Dabei möchte ich betonen, dass ich nicht der Anlass für die Scheidung war. Der Mann wusste nicht einmal von meiner Existenz. Wenn ich sage, dass mich keine Schuld traf, meine ich das jedoch nur in juristischem Sinn. Moralisch machte ich mir nämlich Vorwürfe. Deshalb habe ich mich von ihr getrennt. Es war eine sehr schmerzliche Erfahrung.«

Warum erzählte er ihr das?

»Wissen Sie, eigentlich war ich überzeugt davon, dass die beiden hätten zusammenbleiben sollen. Ich hatte einige Dinge erfahren, die mich in dem Glauben bestärkten, dass ihre Probleme lösbar waren, wenn sie es nur versuchten. Meiner Ansicht nach lassen sich die Leute viel zu schnell scheiden, insbesondere, wenn Kinder im Spiel sind.«

Er wartete auf Hyacinths Antwort, doch es hatte ihr die Sprache verschlagen.

»Ich möchte mich nicht als Heiligen darstellen, Hyacinth. Gott behüte, so selbstgerecht bin ich nicht. Ich bin auch nicht prüde oder ein Puritaner, habe aber gewisse Wertvorstellungen. In diesem Fall hat sich mein Instinkt als richtig entpuppt, denn«, Will lächelte, »das Ehepaar hat sich wieder versöhnt und sogar noch ein Kind bekommen.«

Hyacinth war gerührt.

»Ihr Instinkt in allen Ehren«, erwiderte sie. »Aber in meinem Fall kommt jede Hilfe zu spät. Mein Ex und ich werden nie wieder zueinander finden. Niemals.«

Warum dieser Brustton der Überzeugung? Wäre es nicht besser gewesen, ihm das Gegenteil weiszumachen, damit er sie nie wieder besuchte?

»Das erleichtert es Ihnen, oder? Vor allem deshalb, weil Sie keine Kinder haben.«

Warum saß sie da und stocherte schweigend und ohne Appetit in ihrem Apfelkuchen herum? Die Ehrlichkeit gebot, dass sie den Mund aufmachte. Dann jedoch hätte er wie jeder vernünftige Mensch Fragen gestellt. Denn war es nicht seltsam, dass eine Frau im Laufe zweier ziemlich langer Gespräche kein einziges Mal auch nur andeutungsweise erwähnte, dass sie Kinder hatte?

Sie musste etwas antworten. Kein zu offensichtlicher Themenwechsel. Eher eine dezente Überleitung.

»Ja, es ist sicher bald ausgestanden. Aber wer weiß? In der Zwischenzeit werde ich mich aufs Malen konzentrieren. Ich will mich ja nicht wichtig machen, doch es ist so schwer, die richtigen Worte zu finden, ohne arrogant zu klingen. Für mich ist die Malerei das Zentrum meines Lebens. Oder hört sich das sehr überzogen an?«

»Nein, ganz und gar nicht. Meinen Sie nicht, dass Zuckerman dasselbe über seine Geige sagen würde? Ich finde Ihre Begeisterung großartig. Möchten Sie mir nicht Ihre Bilder zeigen?«

Sie gingen nach oben. Hyacinth hatte beschlossen, wie in ihrem Elternhaus den Treppenaufgang mit Familienfotos zu dekorieren, auch wenn bis jetzt nur zwei dort hingen, die Jim und Francine darstellten. Will blieb stehen, um sie zu betrachten. Ihm entging nichts.

Er ist wissbegierig wie ich, dachte sie.

»Sie ähneln Ihrem Vater«, meinte er. »Sicher war er ein zurückhaltender Mensch. Richtig? Ebenso sanft und ernsthaft wie Sie.«

Vom Treppenabsatz aus strömte helles Sonnenlicht in den Flur. Da Hyacinth sich unter Wills Blick verlegen fühlte, sagte sie das Erste, was ihr in den Sinn kam, um das Schweigen zu brechen.

»Über mich selbst kann ich nicht sprechen, aber er war sehr still. Meine Mutter ist das ganze Gegenteil und außerdem unsere Familienschönheit, wie Sie sicher sehen können.«

»Die Familienschönheit? Die Einzige etwa? Nein, nein, das stimmt nicht. Wenn ich mich entscheiden müsste, würde ich Sie nehmen. Das Gesicht auf dem Foto ist eindeutig schön, makellos und ebenmäßig. Doch Ihres wirkt interessanter. Es strahlt Temperament aus. Immer wieder möchte man in Ihre leuchtenden Augen schauen, die vielleicht ein bisschen zu groß für Ihr Gesicht sind. Dazu ein hübscher Mund und ein möglicherweise ein wenig zu markantes Kinn. Ja, man möchte Sie ständig betrachten.«

Erfreut, überrascht und leicht verlegen wegen der unerwarteten Komplimente, bedankte sie sich leise und führte ihn in ihr Atelier. Auch wenn ihr persönliche Schmeicheleien ein unangenehmes Gefühl verursachten, war ihr ein Lob ihrer Arbeiten jederzeit willkommen. Und so beschloss sie, ihre Bilder für sich sprechen zu lassen, und stand schweigend da, während Will durch den Raum schlenderte.

Vor den Porträts blieb er stehen – ihre alten Lieblingsbilder, die Jim in einem Liegestuhl und Francine in einem weißen Abendkleid zeigten. Auch ihr bestes Werk aus dem letzten Jahr, Moiras pummeliger kleiner Sohn, dargestellt mit gezielt eingesetzten Schatten, damit er schlanker wirkte, musterte er aufmerksam. Dann wandte Will sich den Landschaftsbildern zu: ein Paar in einem Ruderboot auf einem dunklen See und Schneeszenen bei Sturm und bei Sonnenschein. Er ließ sich Zeit, verharrte vor jedem Bild, neigte den Kopf zur Seite oder trat einen Schritt zurück, um besser sehen zu können. Er verhielt sich ganz anders als ein wohlmeinender Bekannter, der keine Ahnung von Malerei hat und höfliche Bemerkungen macht, um dem Künstler zu schmeicheln. Als die Minuten vergingen, wuchs die Aufregung in Hyacinths Brust.

Das letzte Gemälde war eines ihrer besten, ein Stillleben mit Karotten und Ringelblumen in einem Gartenkorb. Die Orange- und Gelbtöne, die einen miteinander verschmelzend, die anderen kontrastierend, erinnerten Hy an ein Bild von Matisse. Es war ein kühner Umgang mit Farbe, ein riskantes Spiel, bei dem letztlich doch alles zusammenpasste.

»Bei einer Wohltätigkeitsausstellung wollte jemand dieses Bild kaufen«, verkündete sie mit kaum verhohlenem Stolz. »Aber ich konnte mich nicht davon trennen.«

»Haben Sie schon viele Bilder verkauft?«

»Nun, vielleicht ein Dutzend.« Sie zählte in Gedanken zusammen. Arnie hatte zwei erworben. »Die meisten allerdings im Bekanntenkreis. Ich habe den Schritt an die Öffentlichkeit noch nicht richtig gewagt, bin jedoch fest dazu entschlossen. Ich möchte den Rest meines Lebens malend verbringen.«

Sie war erstaunt, dass er nichts darauf erwiderte. Stattdessen hatte er sich wieder dem Bild mit den Karotten und Ringelblumen zugewandt. Sie fand – sehr seltsam! –, dass er traurig aussah.

»Gehen Sie oft in Kunstausstellungen?«, fragte er nach einer Weile. »Wenn ich mich recht entsinne, sagten Sie, Sie hätten in einem Museum gearbeitet?«

»Derzeit nicht, doch ich habe einige der besten Museen besucht. Mein Traum ist es, eines Tages in ferner Zukunft in ein Museum zu treten und eines meiner Bilder dort an der Wand zu sehen.«

»Im Metropolitan oder im Louvre?«

Hyacinth starrte ihn an. Wollte er sie auf den Arm nehmen?

»Nun, das muss nicht unbedingt sein. Das schaffen nur sehr wenige. Es ist eher etwas für die wahren Genies.«

»Nun, und wo ordnen Sie Ihre Arbeiten dann ein?«

»Ich hoffe, dass sie irgendwann einmal in eine Galerie kommen, in der Kunstkenner gute Bilder kaufen. In der Madison Avenue in New York zum Beispiel. Oder am linken Seineufer in Paris.«

»Ein hohes Ziel«, meinte Will mit einem zweifelnden Kopfschütteln.

»Was soll das heißen? Glauben Sie, ich schaffe das nicht?«

»Na ja, ich wollte nur sagen ... äh ... es ist manchmal nicht klug, seine Ansprüche zu hoch zu stecken. Zu hoch«, wiederholte er lächelnd.

Irgendetwas stimmte nicht. Plötzlich fiel ihr auf, dass er während der Betrachtung der Bilder kein einziges lobendes Wort geäußert hatte. Das war ihr noch nie passiert.

Hy beschloss, kein Blatt vor den Mund zu nehmen.

»Die Bilder gefallen Ihnen nicht. Seien Sie ehrlich. Ich kann Kritik verkraften.«

Nachdem Will eine Weile unschlüssig geschwiegen hatte, erwiderte er, er sei schließlich kein Kunstkenner, sondern habe einfach nur Freude an schönen Bildern und deshalb einige Bücher darüber gelesen. Allerdings könne er sich kaum als Experten …

Die ausweichende Antwort ärgerte und verunsicherte Hyacinth. Denn da sie ihn für einen aufrichtigen Menschen gehalten hatte, erwartete sie Offenheit von ihm.

»Bitte, Will, die Wahrheit. Ich weiß, dass Sie mir etwas verschweigen.«

»Gut. Obwohl Sie vermutlich gekränkt sein werden. Weil ich Sie sehr gern habe, Hyacinth, nehme ich kein Blatt vor den Mund. Also: Diese Bilder werden Ihnen weder Geld noch Ruhm einbringen.«

Verdattert starrte sie ihn an.

»Die Malerei bedeutet Ihnen sehr viel, weshalb Sie sich anscheinend jahrelang etwas vorgemacht haben. Möglicherweise hat Ihre Umwelt Sie darin bestärkt. Doch Ihre Arbeiten sind nichts weiter als Abklatsch.«

Wie konnte er es wagen! Frech stand er da und warf ihr gnadenlose und grausame Worte an den Kopf.

»Zugegeben, das gilt für viele anerkannte Kunstwerke. Der Himmel weiß, wie viele nagelneue Impressionisten derzeit im Umlauf sind. Aber auch sie haben das gewisse Etwas, das sich nur schwer in Worte fassen lässt. Man erkennt es auf den ersten Blick. Es ist wie der Unterschied zwischen jemandem, der Mozart für den Hausgebrauch spielt, und einem Konzertpianisten.«

Erschüttert stand Hyacinth da und hätte ihm am liebsten die Tür gewiesen.

Will fuhr fort.

»Bei Ihnen findet sich alles, von Norman Rockwells barfüßigen Farmerjungen bis hin zu Turners bleichen Sonnenuntergängen über London. Sie sind technisch sehr gut, aber das reicht nicht. Sie …« Er hielt inne, als sei ihm plötzlich klar geworden, was er da angerichtet hatte. »Oh, es tut mir leid, Hyacinth. Ich wollte Sie nicht beleidigen. Allerdings ist mir klar, dass Sie derzeit mehr Probleme um die Ohren haben, als Sie zugeben wollen. Also möchte ich nicht, dass Sie Ihre Hoffnungen und Ihre Kraft in ein sinnloses Projekt stecken. Ich würde das nicht sagen, wenn ich nicht wüsste, wie viel die Arbeiten in diesem Raum – das Ergebnis jahrelanger Bemühungen – Ihnen bedeuten. Heute treffen wir uns zum dritten Mal, und bei jeder unserer Begegnungen haben Sie so leidenschaftlich über die Kunst gesprochen. Deshalb musste ich mit derselben Leidenschaft antworten. Niemals würde ich Ihnen wehtun wollen, Hyacinth.«

»Was soll ich dann mit den Bildern machen?«, gab sie zurück. »Alle auf den Müll werfen oder verbrennen? Was raten Sie mir?«

»Heben Sie sie für Ihre Kinder und Enkelkinder auf. Malen Sie als Hobby. Vielleicht können Sie die Sachen ja auch an ein Einrichtungshaus verkaufen. Es gibt viele Menschen, die Bilder nach der Farbe ihrer Möbel auswählen.«

Wütend, beschämt und voller Zorn auf Will, obwohl sie selbst ihn zu dieser Äußerung gedrängt hatte, musste sie an Arnie denken. Er hatte sie tatsächlich großzügig für einige Bilder entlohnt, die zu seinen Polstern passten. Aber wenigstens hatte er den Takt besessen ...

Will hingegen rieb ihr die Kritik unter die Nase, als hätte er Freude daran. Ja, sie hätte diesen unverschämten Menschen umbringen können.

Als er die Hand nach ihrem Arm ausstreckte, wich sie zurück, worauf er händeringend im Zimmer auf und ab lief.

»Man sollte mich an die Wand stellen. Schauen Sie, was ich angerichtet habe. Das kommt davon, wenn man den Mund aufmacht, ohne zuvor nachzudenken. Wann werde ich es je kapieren? Ich kann nur wiederholen, dass ich es nicht böse gemeint habe. Das wissen Sie sicher, Hyacinth. Im Grunde Ihres Herzens ist es Ihnen bestimmt klar. Warum sollte ich Sie beleidigen wollen? Aus welchem Grund? Hören Sie. Wenn Sie nach Ihrer Scheidung wieder eine berufliche Herausforderung suchen, haben Sie es doch im wahrsten Sinne des Wortes in der Hand. Alle sind verrückt nach Ihren Kleidern. Sie bräuchten nur ...«

»Das Kleid war auch nur ein Abklatsch«, höhnte sie.

»Aber bei Kleidern stört es nicht. Sie sind immer Kopien oder Kopien von Kopien. Das gilt für Saris ebenso wie für Seidenrüschen aus dem achtzehnten Jahrhundert«, entgegnete Will ebenso bitter. »Sie sollten eine Designerschule besuchen, lernen, wie man zuschneidet und anpasst. Denn dass Sie ein Gefühl für Farbe haben, steht fest.«

»So einfach ist das? Warum bewerbe ich mich nicht gleich als Ballerina?«

Will lächelte reumütig.

»Gut, Sie haben ein Recht darauf, sarkastisch zu sein. Aber bitte nehmen Sie sich die Zeit, darüber nachzudenken und mir meine Unverblümtheit zu verzeihen.«

»Das mit der Designerschule ist ja gut und schön«, rief Hyacinth aus. »Doch selbst wenn ich Lust dazu hätte, was nicht der Fall ist, wäre es in meinem Alter sowieso zu spät.«

»Nein, das ist es nicht. Auch mit sechzig hätten Sie noch genug Zeit. Im Leben ist es nie zu spät.«

»Wir wollen wieder nach unten gehen.« Hy steuerte auf die Treppe zu.

»Wo haben Sie nähen gelernt?«, hörte sie hinter sich Wills Stimme.

»Von meiner Großmutter.«

»Sie war eine gute Lehrerin. Sally Dodd sagt, Sie hätten goldene Hände.«

»Komisch. Das meint meine Großmutter auch immer.«

»Tja, dann haben sie beide recht.«

Unten im Flur blieb Will zögernd stehen, als warte er darauf, ins Wohnzimmer gebeten zu werden.

Eigentlich wurde man nicht zum Essen eingeladen und

eine Viertelstunde nach der Mahlzeit hinauskomplimentiert. Doch Hyacinth musste ihn da leider enttäuschen.

»Nett, dass Sie hier waren«, sagte sie förmlich und wandte sich zur Eingangstür.

»Hyacinth, ich weiß, dass Sie mir böse sind, und ich kann es auch verstehen. Bitte hören Sie mich an: Ich möchte, dass Sie etwas aus Ihrem Leben machen. Beschäftigen Sie sich mit Mode und Design. Und zwar bald.«

»Nein, Sie hören jetzt *mir* zu. Das Kleid war nur ein Zufallstreffer. Es bedeutet mir nichts und ist völlig wertlos. Ich habe keine Ideen.«

»Die werden Sie kriegen, genau wie bei Ihren Gemälden. Zeichnen können Sie. Setzen Sie das, was Sie bisher auf die Leinwand gebannt haben, in Stoff um, und ich garantiere Ihnen ein neues Leben.«

»Ein neues Leben«, wiederholte sie, ohne aus ihrer Erbitterung einen Hehl zu machen.

»Ja. Sie haben zwar kaum über Ihre Sorgen gesprochen, doch dass Ihnen etwas sehr wehgetan hat, ist nicht zu übersehen.« Will blickte sich um. »Ganz allein in diesen Haus zu leben muss sich anfühlen, als wohnte man in einem Mausoleum. Lassen Sie es hinter sich. Fangen Sie neu an.«

Ihr fehlten die Worte. Schließlich hatte er ihr gerade ihren einzigen Halt genommen, ihr Lebensziel in Frage gestellt und ihr ohnehin schwach ausgeprägtes Selbstbewusstsein ins Wanken gebracht.

»Sind Sie so böse auf mich, dass Sie mir nicht einmal die Hand schütteln wollen?«

»Ich werde alles vergessen, was Sie gesagt haben, und weiterarbeiten wie bisher«, erwiderte sie nur.

»Danke für das Mittagessen«, antwortete Will, ohne auf diese Bemerkung einzugehen. »Sie backen einen tollen Apfelkuchen. Ich muss für eine Weile geschäftlich nach Europa, aber ich melde mich, wenn ich zurück bin.«

»Gute Reise«, sagte sie und schloss die Tür.

Anders als bei seinem letzten Besuch, blickte sie ihm nicht nach. Wenn er wirklich glaubte, dass er sie wiedersehen würde, hatte er sich geschnitten! In ihren Ohren pochte und rauschte es, der Klang des eigenen Herzschlags, wie sie einmal irgendwo gehört hatte. Kein Wunder.

Hy rannte nach oben, um die gerade so heftig kritisierten Bilder noch einmal zu betrachten. All die Stunden, die Freude, die Hoffnungen, die in das Entstehen dieser hübschen Gemälde geflossen waren! Wie konnte er, ein wildfremder Mensch, eine Zufallsbekanntschaft, einfach hereinspazieren und ihr alles wegnehmen! Ihr ganzes Leben lang war sie stets die Künstlerin gewesen, bekannt und bewundert wegen ihres Talents. Selbst Gerald hatte davor Respekt gehabt.

Hyacinth, die Malerin.

Es war zu viel, dieser Schlag, obwohl sie doch schon am Boden lag. Dabei hatte Will Miller gewusst, dass sie in Schwierigkeiten steckte. Hatte er nicht selbst gesagt, dass man es ihr anmerkte?

Das Pochen in ihren Ohren hielt an. Was war, wenn sie allein in diesem Haus krank wurde oder sogar starb? Schließlich konnten auch eigentlich gesunde junge Menschen jederzeit ohne Vorwarnung tot umfallen. Dann würde sie ihre Kinder nie wiedersehen.

Aus ihrer Kehle stieg ein schrecklicher Schrei empor, der Klagelaut einer Frau, die sich einer Besatzungsarmee entgegenstellt. Außer sich vor Wut und ohne einen Gedanken an die Folgen zu verschwenden, stürzte sie zum Telefon und wählte Geralds Nummer.

»Du!«, schrie sie, als sie seine Stimme hörte. »Was tust du mir an, du Dreckskerl! Ich habe genug von dir. Ich will meine Kinder zurück. Immerhin habe ich sie zur Welt gebracht. Sie gehören mir mehr als dir. Du bist ein Schwein und ein herzloses Ungeheuer. Eiskalt bist du. Hast du überhaupt eine Vorstellung davon, wie sehr ich dich verachte? Ich hasse dich und würde lieber eine Giftschlange anfassen als deine Hand. Wie kannst du dich noch im Spiegel ansehen, ohne Ekel zu empfinden? Was hast du zu deiner Rechtfertigung zu sagen?«

»Nur, dass du wieder einmal völlig außer dir bist.«

Wie immer war er die Ruhe selbst. Aalglatt, wie einer Werbeanzeige für Luxusgüter entstiegen. Diesmal vielleicht für ein Möbelstück? Ein Schreibtisch aus Mahagoni, eine blitzblank polierte Antiquität, jeder Gegenstand auf der Tischplatte akkurat angeordnet.

Hy senkte die Stimme.

»Ich bin nicht außer mir, sondern frage dich nur, warum du mir das antust. Was habe ich verbrochen, dass du mir die Kinder wegnimmst?«

»Du weißt genau, dass du sie sehen kannst, Hyacinth. Das bekommst du noch vor Ende des Monats schriftlich. Du musst es mir nur rechtzeitig ankündigen ...«

»Damit du wieder spontan mit ihnen verreisen und mich an der Nase herumführen kannst wie letztes Jahr zu Thanksgiving?«

»Unsinn, das war ein Missverständnis.«

»Ein absichtliches.«

»Denk doch, was du willst.«

Sie sah sein gleichgültiges Achselzucken so deutlich vor sich, als säße er ihr gegenüber.

»Du hast keinen Grund, dich zu beklagen, Hyacinth. Sicher hast du von Paaren gelesen, die in verschiedenen Ländern leben und nicht einmal die Erlaubnis bekommen können, ihre Kinder zu besuchen.«

»Es sind nicht mehr meine Kinder«, erwiderte sie. »Sondern deine. Du entscheidest, wann ich sie sehen kann. Du suchst die Schulen aus, bestimmst, was sie essen und anziehen, und kannst miterleben, wie sie sich von Tag zu Tag entwickeln, während ich ...« Sie schluchzte auf. »Ich bin nichts weiter als eine gelegentliche Besucherin oder Gastgeberin, die ihnen Geschenke bringt. Und dabei bin ich ihre Mutter!«

»Eine traurige Situation«, antwortete er leise. »Wirklich sehr traurig. Aber ich habe sie nicht verschuldet. Also, werde endlich realistisch.«

»Das bin ich bereits. Außerdem bin ich sicher, dass es sich um einen Unfall handelte. Ich habe geraucht und war unvorsichtig. Es lag keine Absicht darin, und das weißt du ganz genau.«

»Ich weiß nichts dergleichen. Hast du die beiden Schreibtische vielleicht auch unabsichtlich verwüstet? Immerhin habe ich das Tohuwabohu nicht als Einziger gesehen. Die Computer und die Telefone auf dem Boden! Hinzu kommt, dass auch andere über Sandy und mich im Bilde waren. Sofern es dir nicht entfallen ist, hast du mir selbst erzählt, dass über meine sogenannte Affäre bereits getratscht wurde, Hyacinth. Hier bei uns in der Nachbarstadt wurde gerade ein Mann festgenommen, weil fünf oder sechs Jahre später neue Indizien auftauchten, die auf ihn als Täter hinwiesen. Natürlich hat man ihn wegen guter Führung ein paar Jahre früher entlassen. Und«, Hyacinth sah vor sich, wie Gerald die Brauen hochzog und wie seine Augen sich weiteten, »in diesem Fall hatte es weder Tote noch Verletzte gegeben. Also, beschwer dich nicht. Du bist gut versorgt, du kannst eigentlich vollkommen sorglos leben. Wenn du meine Schecks einlösen und mich in Ruhe lassen würdest, würde es dir noch besser gehen.«

»Vergeude die Briefmarken nicht, Gerald. Ich werde nie auch nur einen Cent von diesem Geld ausgeben. Schade, dass du noch lebst, während so viele gute Menschen auf der Welt sterben müssen.«

»Danke. War sonst noch etwas? Ich habe nämlich zu tun. Du magst genug Zeit haben, Hyacinth, aber ich bin ein viel beschäftigter Mann.«

Nachdem er aufgelegt hatte, blieb Hyacinth, den Hörer in der Hand, stehen.

Beschäftigt.

Immer wieder ging ihr dieses Wort im Kopf herum, bis es seinen Sinn verlor.

Ich hingegen habe nichts zu tun. Ich gehe in mein Atelier, greife zum Pinsel und warte auf eine Eingebung. Aber es kommt keine. Was soll aus mir werden? Nichts als eine leere Hülle.

An einem der ersten schönen warmen Frühlingstage erlitt Großmutter einen Schlaganfall und starb kurz darauf im Schlaf. Sogar sie selbst hätte gesagt, dass ihr Tod für ihre Hinterbliebenen keine solche Tragödie darstellte wie der von Jim. Während des langen Gottesdienstes schweiften Hyacinths Gedanken ab, und sie verglich ihr eigenes Leben mit dem ihrer Großmutter.

Ein Trauergast nach dem anderen trat vor, um ein paar Worte über die Verstorbene zu sagen. Da war ein alter Herr, der Trauzeuge bei ihrer Hochzeit gewesen war. Zwei entfernte Cousins waren aus Ohio angereist. Eine jüngere Frau hatte Tür an Tür mit ihr gewohnt. Sie alle sprachen sehr einfühlsam und zeigten sich aufrichtig bewegt.

Als Hyacinth ihnen zuhörte, stürmten die Erinnerungen auf sie ein: Oma, ihr Haus, die Stricknadeln im Korb, Bratäpfel im Backrohr, Großmutters Lilienparfüm. Der Tag, an dem sie einen Hundebesitzer, der sein Tier im Winter draußen frieren ließ, beim Tierschutzverein gemeldet hatte.

Der alte Herr wusste Dinge, von denen Hyacinth gar nichts geahnt hatte.

»Während der Weltwirtschaftskrise nahm sie Logiergäste auf. Sie kochte für sie, wusch ihre Kleider und scheuerte die Fußböden. Früher hatte sie so etwas nie tun müssen, aber sie lernte schnell und packte mit an.

Als der Krieg kam und die Wirtschaftskrise endete, half sie ihrem Mann, sein Geschäft wieder aufzubauen. Nach seinem Krebstod übernahm sie die Firma und legte Geld fürs Alter auf die hohe Kante. Sie verlor zwei Söhne, einen im Krieg, den anderen, Ihren Vater, Hyacinth, und Ihren Ehemann, erst vor Kurzem. Und dennoch ließ sie sich nicht unterkriegen und bewahrte sich ihr Lachen und ihre Lebensfreude. Sie war ein tapferer Mensch.«

Nach der Trauerfeier blieb Hyacinth nicht, um die Beileidswünsche der Anwesenden entgegenzunehmen und Erinnerungen auszutauschen. Bedrückt und in grüblerischer Stimmung, fuhr sie direkt nach Hause, wo sie die halbe Nacht wach lag und ihren Gedanken nachhing.

Ein paar Tage später hinterließ sie eine Nachricht auf Francines Anrufbeantworter: »Bin geschäftlich in New York. Muss nachdenken. Keine Sorge, mir geht es gut. Ich bin bald zurück.«

Dann zog sie die Tür hinter sich zu und fuhr zum Bahnhof.

In ihrem New Yorker Hotelzimmer stellte sie eine Liste von insgesamt zwanzig Kunstgalerien auf, fest entschlossen, sich jedes Bild dort gründlich anzusehen, ganz gleich, wie lange es dauern würde. Ihr stand eine schwindelerregende Reise von der italienischen Renaissance zu den Landschaftsbildern des neunzehnten Jahrhunderts, von den ersten Impressionisten zu den Fauvisten, von den Expressionisten zu den Modernen und Postmodernen und all den übrigen Stilrichtungen bevor. Doch am Ende dieser Expedition würde hoffentlich nicht nur ein Brummschädel, sondern auch eine wahrheitsgemäße Antwort auf ihre Frage stehen: Bin ich nun eine Künstlerin oder bin ich keine?

Die Reise durch die Welt der Kunst dauerte fünf Tage. Später erinnerte sie sich an einige besonders beeindruckende Momente, die sie vermutlich in ihrer Entscheidung bestärkt hatten. Einer davon war die Überraschung beim Anblick eines Porträts. Es stellte ein kleines Kind, liegend auf dem Schoß seiner Mutter, dar.

Emma, dachte sie. An dem Tag, als ich ihr das Kleid mit den Rosen schenkte.

Verzückung und Glückseligkeit spiegelten sich in dem kleinen Gesicht. Der Künstler hatte diesen lebendigen Ausdruck perfekt eingefangen, die anrührende Melancholie der Unschuld, die dem Betrachter ans Herz ging.

Wie habe ich mich selbst so falsch einschätzen können?, fragte sie sich. Will Miller hat recht. Meine Arbeiten haben niemals einen Menschen zu Freudentränen gerührt. Ich bin zwar technisch nicht schlecht, aber es fehlt etwas.

Die zweite Begebenheit war ein Gespräch im Museum of Modern Art. Als sie gerade vor Monets Wasserlilien stand, meinte eine junge Frau zu ihr: »Es bewegt einen, finden Sie nicht? Immer wenn ich nach der Arbeit Zeit habe, gehe ich mir Bilder anschauen. Insbesondere, wenn man Sorgen hat, fühlt man sich einfach besser, sobald man Kunst betrachtet.«

»Stimmt.«

»Man fragt sich, woran es liegen mag. Was ist so besonders an diesen Blumen? Jeder malt Blumen. Man druckt sie sogar auf Glückwunschkarten. Wo also ist der Unterschied?«

In Giverny, der Heimat dieser Wasserlilien, hatte die Nachmittagssonne geschienen. Hyacinth war so glücklich gewesen! Doch Gerald hatte nur geschmollt und gedrängelt, weil er unbedingt weiterfahren wollte.

Lange stand sie vor dem Bild, während das Museum sich allmählich leerte. Sie ließ jenen Tag Revue passieren und dachte an vieles, zum Beispiel daran, wie die Menschen, die sie liebten und stolz auf sie waren, sie in einem Irrglauben gewiegt hatten. Auch sie selbst hatte sich etwas vorgemacht und sich eingeredet, dass ihre Bilder wirklich etwas wert waren.

Will Miller wäre über diese Erkenntnis verwundert gewesen. Allerdings würde er es nie erfahren und auch nie wissen, dass sie im Begriff stand, seinen Rat anzunehmen. Die Kleider hatten wirklich erstaunlich viel Geld eingebracht. Eigentlich hatte sie sich kein Leben als Schneiderin vorgestellt, aber sie war schließlich nicht die Einzige, deren Träume sich nicht erfüllten. Außerdem handelte es sich um einen realistischen Plan, nicht um ein weiteres Luftschloss.

Am sechsten Tag war sie bereit, eine Entscheidung zu fällen. Nach dem Studium einiger Broschüren traf sie ihre Wahl, stieg in ein Taxi und schrieb sich in einer erstklassigen Modeschule ein, bevor sie Zeit hatte, es sich anders zu überlegen.

»Du tust, als wäre ich ein unartiges Kind und von zu Hause weggelaufen«, schimpfte Hy, kaum zu Hause angekommen.

»Das ist keine Altersfrage«, gab Francine zurück. »Du kannst mir keinen Vorwurf daraus machen. Mir so eine schauerliche Nachricht zu hinterlassen. *Zeit zum Nachdenken.* Ich dachte schon …«

»Dass ich Selbstmord begangen hätte? Nein, ganz im Gegenteil. Du solltest mich loben. Hast du mir nicht dauernd gepredigt, dass ich etwas mit meiner Zeit anfangen soll. Du hattest recht. Das tue ich nun.«

So leicht ließ Francine sich nicht beschwichtigen. »Sogar deinen Freunden hast du Angst gemacht. Arnie hat mich angerufen, nachdem er drei Tage vergeblich versucht hatte, dich zu erreichen. Du solltest ihm dankbar sein.«

Arnie, der in Geralds ehemaligem Lieblingssessel thronte, machte eine wegwerfende Handbewegung.

»Ihre Mutter und ich hatten dieselben Befürchtungen. Wenn ich offen sein darf, hatte ich Sorge wegen der Kinder. Nicht auszudenken, wenn Sie sich etwas angetan hätten … Deshalb bin ich sofort hergekommen. In Florida habe ich nur gesagt, ich hätte geschäftlich in New York zu tun.«

»Tut mir leid, wenn ich so viel Wirbel ausgelöst habe. Aber keine Angst, so etwas käme für mich niemals in Frage. Schon allein wegen der Kinder. Es geht Ihnen doch hoffentlich gut, Arnie?«

»Ja, ausgezeichnet. Ich treffe sie ein- oder zweimal pro Woche. Wir gehören demselben Schwimmverein an. Sie nehmen dort Unterricht. Wenn Sie Emma sehen könnten …« Verlegen hielt er inne.

»Ja, sie sollte sie wirklich sehen«, meinte Francine.

Es folgte ernstes Schweigen. Francine und Arnie betrachteten Hyacinth, die ihrerseits zu Boden starrte. Ohne hinzuschauen, spürte sie ihren Blick, als hätten sie sie mit heißen Händen berührt.

»Ich finde diese neue Idee sehr merkwürdig«, verkündete Francine schließlich tadelnd. »Warum arbeitest du nicht wieder als Restauratorin? Das hat dir doch Spaß gemacht.«

»Weil ich in diesem Bereich nur Anfängerin bin. Die Ausbildung würde Jahre dauern, und ich brauche das Geld.«

»Red keinen Unsinn, Hyacinth. Du hast doch Geralds Haus gesehen. Entschuldigen Sie, Arnie, er ist ja Ihr Geschäftspartner. Doch ich betrachte ihn als Gegner und muss mich über Ihr Verständnis für ihn wundern. Bitte nehmen Sie es nicht persönlich, aber …«

»Ich ergreife für keine Seite Partei, und Gerald weiß, dass ich neutral bin. Am liebsten würde ich die Sache wieder kitten. Allerdings kann ich nicht das kleinste Anzeichen für eine mögliche Versöhnung entdecken. Was da passiert sein mag, ist mir noch immer ein Rätsel.«

Hyacinth blickte zwischen Arnie und Francine hin und her.

Eine Kluft trennt mich von den beiden, dachte sie. Ich bin von einer Mauer umgeben. Sie wollen, dass ich sie einreiße, aber ich kann es nicht. Ihre Worte prallen von dieser Mauer ab und kehren zu ihnen zurück.

»Warum verkaufen Sie nicht Ihre Bilder?«, fragte Arnie. »Ich wollte Sie um ein paar für mein neues Haus bitten. Mein Wohnzimmer ist mindestens anderthalb Kilometer lang, sodass ich, abhängig vom Format, sieben oder acht Stück unterbringen könnte. Keine Ahnung, was sie kosten sollen. Doch ich bin kein Geizkragen. Nennen Sie mir nur einen Preis.«

»Gehen Sie einfach nach oben und nehmen Sie sich, was

Ihnen gefällt«, erwiderte Hyacinth leise. »Sie sind nicht viel wert. Vielleicht sogar gar nichts. Betrachten Sie es als ein kleines Dankeschön.«

Francines klopfender Fuß war ein Hinweis auf ihre innere Aufgewühltheit.

»Willst du etwa behaupten, dass deine Näharbeiten mehr einbringen werden als deine Bilder?«

»Ich denke schon. Hoffentlich.«

»Und wegen solch vager Hoffnungen willst du dein Zuhause aufgeben, mich und alle meine Freunde zurücklassen, die Zelte abbrechen und in eine fremde Stadt ziehen?«

»Vergiss nicht, dass ich das schon einmal getan habe.«

»Das kann man doch nicht miteinander vergleichen. Damals hattest du ...«

»Einen Ehemann, ich weiß. Nun, ich werde eben lernen müssen, allein klarzukommen.«

»Das wird sicher nicht von Dauer sein«, meinte Arnie. »Nicht bei Ihnen, Hyacinth.«

Immer weiter prallten die Einwände wie Kanonenkugeln gegen die Mauer. Francines Schüsse waren gut gezielt.

»Wie sollen die Kinder dich besuchen, wenn du dieses Haus verkaufst?«

»Ich suche mir eine Wohnung in der Stadt.«

»So ein Haus zu verkaufen! Meines werde ich ganz sicher niemals aufgeben. Dein Vater wollte es immer für euch Kinder erhalten. Im Sommer kommt George mit Kind und Kegel für eine ganze Woche zu Besuch. Tom wird vermutlich ein- bis zweimal im Jahr geschäftlich in der Gegend sein. Außerdem habe ich Freunde überall, sogar in England, die gerne bei mir absteigen. Dieses Haus zu verkaufen, ist ein schwerer Fehler.«

»Ich habe doch schon gesagt, dass ich das Geld brauche, wenn ich in New York leben will.«

»Wenn ich mir die Bemerkung erlauben darf«, meinte Arnie, »wäre Hyacinth gut beraten, jetzt zu verkaufen. Mit dem

Stadtviertel geht es bergab. Außerdem soll die Straße ausgebaut werden, was heißt, dass sich das Gewerbegebiet in diese Richtung ausdehnen wird. In zwei oder drei Jahren ist das Haus deshalb um einiges weniger wert als heute.«

»Zugegeben, Sie sind im Gegensatz zu mir ein kluger Geschäftsmann«, räumte Francine ein wenig zweifelnd ein. »Also lassen wir das Thema am besten auf sich beruhen. Meine Tochter war schon immer starrsinnig, und wie es aussieht, hat sie sich bereits entschieden.«

Im Flur schlug die Uhr. Sie hatte Großmutter gehört.

Die nehme ich mit, dachte Hyacinth sofort. Ganz gleich, was ich zurücklasse, die Uhr wird mich begleiten. Sie bringt mir Glück.

Nachdem die Uhr noch dreimal geschlagen hatte, erhob sich Arnie.

»Da ich nun weiß, dass mit Ihnen alles in Ordnung ist, Hy, werde ich Sie in Ruhe lassen. Ich besuche Sie bestimmt in New York. Schließlich habe ich öfter geschäftlich dort zu tun.«

Sie schüttelte ihm die Hand, bedankte sich und ließ sich von ihm auf die Wange küssen. Dann begleitete sie ihn zur Tür.

»Auf die Gefahr, dass ich mich wiederhole: Der Mann ist offenbar verrückt nach dir«, stellte Francine fest.

»Wie kommst du bloß darauf?«

»Auch wenn du es nicht begreifst, sehe ich es ganz deutlich. Mir gefällt er, Hyacinth. Er ist ein aufrichtiger Mensch und kann dir in die Augen schauen. Momentan musst du zwar zurückhaltend sein, aber irgendwann kommt der richtige Zeitpunkt.«

»Ich bin weder an ihm noch an einem anderen Mann interessiert.«

»Das gibt sich. Du hast ja gehört, was Arnie gesagt hat.«

»Ich habe nur wenig mit ihm gemeinsam.«

»Aber er kann dir eine große Hilfe sein. Außerdem kümmert er sich im Florida um Jerry und Emma.«

»Ich weiß seine Freundlichkeit zu schätzen.«

»Außerdem ist er sehr klug. Du solltest in geschäftlichen Dingen auf ihn hören.«

»Ich brauche seinen Rat nicht. Ich versuche gerade, unabhängig zu werden.«

»Gut«, meinte Francine. »Du siehst müde aus«, fügte sie hinzu.

»Bin ich auch.«

»Setz dich auf die Veranda. Ich mache dir einen Tee.«

Hyacinth verstand und gehorchte. Mutter war und blieb man, ganz unabhängig vom Alter. Großmutter hatte noch mit achtzig ihren fünfundfünfzigjährigen Sohn bemuttert.

»Ich habe nachgedacht«, meinte Francine und rührte in ihrer Tasse. »Da deine Zukunftspläne offenbar feststehen, solltest du wenigstens die schönen Möbel behalten. Nimm mit, was in deine neue Wohnung passt, und lagere den Rest ein. Irgendwann wirst du sie brauchen.«

Sie sprach im Brustton der Überzeugung.

Nein, ganz sicher nicht. Wie soll ich mir je wieder so ein Haus leisten können?

»Findest du nicht?«, hakte Francine nach, als Hyacinth nicht antwortete. »Aber du hörst ja sowieso nie auf mich. Ich müsste inzwischen eigentlich daran gewöhnt sein.«

Sie seufzte.

Ihr Gesicht wirkte eingefallen, und die senkrechten Falten auf ihrer Stirn hatten sich so tief eingegraben, dass zu befürchten war, sie könnten auf Dauer bleiben.

Es war ein sehr schweres Jahr für sie, und ich habe dazu beigetragen, dachte Hyacinth.

Plötzlich von Trauer und Reue überkommen, griff sie über den kleinen Tisch hinweg nach Francines Hand.

»Verzeih mir«, flüsterte sie. »Wir sind uns nicht immer einig. Aber ist das nicht bei vielen Menschen so, die einander trotzdem lieben? Was die Möbel angeht, werde ich deinen Rat annehmen.«

Die Möbel. Wie unwichtig waren sie verglichen mit ihren

sonstigen Problemen! Hy hätte sie alle zum Sperrmüll stellen können, ohne mit der Wimper zu zucken. Insbesondere, wenn man sich vor Augen hielt, welche Vergangenheit diese Einrichtungsgegenstände hatten. Dennoch waren sie für Francine offenbar von Bedeutung, denn sie betrachtete sie als Garantie, dass ihre Tochter eines Tages wieder ein normales Leben führen würde.

Zum Glück bekam die Kletterrose an ihrem Gerüst – das treue Geschöpf – schon wieder Blätter. Wenn der erste Schnee in der grauen Luft lag, hielt sie immer feierlich an der letzten verschrumpelten Knospe fest.

Ich werde sie vermissen, dachte Hyacinth. Wie glücklich war ich an dem Tag, als ich sie gepflanzt habe. Wir waren so froh in diesem neuen Haus. Nein. Nur ich war froh ...

Und als sie, die Teetasse in der Hand, dasaß, summte die erste Biene des Jahres durch den Sonnenschein.

11

Wie immer, wenn Hyacinth sich in den Fluren und Unterrichtsräumen der Ausbildungsstätte aufhielt, fühlte sie sich an die Zeitungsartikel über Rentner erinnert, die mit siebzig oder achtzig Jahren ihren Collegeabschluss nachholten. Obwohl sie noch weit von diesem Alter entfernt war, trennte sie doch eine gewaltige Kluft von ihren Mitschülern. Sie waren so sorglos und ungebunden. So fröhlich, so ernsthaft, so unschuldig und so reizend in ihrer Jugend. Und so überschwänglich.

Unter ihnen fühle ich mich, als käme ich vom Mars, dachte Hy sich oft.

Das Semester war schon fast zur Hälfte vorbei, als sie feststellte, dass sie die Aufmerksamkeit der Dozenten erregte. Da sie anfangs sehr unsicher gewesen war, traf es sie völlig überraschend, als eine ihrer Skizzen in einem Zeichenkurs für Fortgeschrittene als Beispiel verwendet wurde. Anschließend teilte der Dozent ihr mit, sie habe es nicht nötig, dieses Seminar zu besuchen.

Manchmal dachte sie, dass es dieses kleine Lob gewesen war, das ihre Seele weiter zusammenhielt. Natürlich war ihr der Umgang mit Farben vertraut. Und obwohl sie sich, abgesehen von dem Bedürfnis, gut auszusehen, nie sonderlich für Kleider interessiert hatte, erschien ihr die Vorbereitung einer Mappe nicht schwieriger als das Arbeiten an der Staffelei in ihrem häuslichen Atelier. Häufig nahm sie Skizzen mit nach Hause, breitete sie auf einem Klapptisch aus und übte das Zeichnen mit Bleistift und Tusche.

Samstags und sonntags besuchte sie meistens Wochenendseminare, denn die ständige Beschäftigung war ein Bollwerk gegen die Einsamkeit, die manchmal wie eine Flutwelle über sie hinwegzuspülen drohte.

Einsam inmitten einer Menschenmenge – ein geflügeltes Wort. Noch nie hatte Hyacinth in einer Umgebung gelebt, wo der Briefträger nicht auf ein Schwätzchen an der Tür stehen blieb und die Kassiererin im Supermarkt zu abgehetzt war, um zu plaudern. In gewisser Hinsicht war die Anonymität jedoch eine Erleichterung, auch wenn Hyacinth sie manchmal auch als beängstigend empfand. Eigentlich hätte das bunte Völkergemisch in der Stadt und insbesondere in ihrem Viertel am Rand von Chelsea ihr viele Möglichkeiten bieten müssen, Kontakte zu knüpfen.

Doch die Menschen, auch die Nachbarn in ihrem Haus, waren so verschieden, dass es zu mehr als zu einem freundlichen Nicken nicht reichte. Was, außer die Zugehörigkeit zur Spezies Mensch, verband Hy mit der neunzehnjährigen Möchtegern-Schauspielerin, die mit ihrem Freund auf der anderen Seite des Flurs wohnte? Wie hätte sie sich mit dem Textilarbeiter verständigen sollen, der kein Englisch sprach? Wo überschnitt sich ihre Welt mit der des steinalten Ehepaars, das schon seit fünfundsechzig Jahren in diesem Gebäude wohnte?

Die Straße vor ihrem Fenster legte Zeugnis vom Wandel ab. Die Vergangenheit wurde durch fünfstöckige Häuser ohne Aufzug vertreten, wo man die Bettwäsche zum Lüften aus dem Fenster hängte und wo auf der Vortreppe Frauen saßen, die plaudernd ihre Kinderschar beaufsichtigten. Die Zukunft zeigte sich in den ersten Versuchen, das Viertel aufzuwerten. Gesäuberte Backsteinfassaden leuchteten in blassem Rosa. Die blitzblanken Ladentüren wiesen polierte Messingbeschläge auf. Auf alt getrimmte Schilder priesen viktorianische Antiquitäten an oder warben für thailändische Küche oder Bücher aus zweiter Hand. Außerdem herrschte ein hektisches Treiben, wie Hyacinth es noch nirgends zuvor erlebt hatte.

Wenn sie am Ende eines langen Tages die vier Stockwerke

hinaufstieg und ihre Wohnungstür hinter sich schloss, tat sie das mit gemischten Gefühlen. Manchmal empfand sie die zwei kleinen Zimmer als Schlupfwinkel, dann wieder als Gefängnis. Was diese Schwankungen auslöste, war schwer zu sagen. Der Anblick einer Mutter mit zwei kleinen Kindern sorgte dafür, dass sie sich Schutz suchend in ihre Wohnung flüchtete, wo sie nicht an das normale Leben anderer Menschen erinnert wurde. Doch wenn ein anregendes Seminar oder lobende Worte in ihr den Wunsch nach Bestätigung und Erfolg weckten, hasste sie ihre kleine Zelle.

Sie hatte Arnies Hilfsangebot ausgeschlagen und sich allein auf die Wohnungssuche gemacht. Auch Francines Rat hatte sie abgelehnt und keine Anstalten unternommen, die beiden engen Zimmer wohnlich herzurichten. Sie besaß ein Bett, zwei Stühle – in jedem Zimmer einen – und einen Klapptisch zum Arbeiten. Die Küche war nicht viel größer als eine Besenkammer. Aber sie kochte ohnehin nur selten und aß fast nichts, sodass sie noch mehr abnahm. Ihr einziger Wunsch war, die Ausbildung so schnell wie möglich abzuschließen und eine Stelle und eine Wohnung zu finden, die genug Platz für ihre Kinder bot.

Immer wieder sagte sie sich, dass sie unbedingt und unter allen Umständen nach vorne schauen musste. Sich an die Vergangenheit zu klammern, war nicht nur zwecklos, wie Großmutter stets gesagt hatte, sondern auch verwirrend. Und dennoch wurde Hy an dem Tag, als die Scheidungspapiere endlich unterzeichnet wurden und sie rechtlich nicht mehr an Gerald gebunden war, von einer Flut von Erinnerungen überkommen wie ein Ertrinkender, dessen ganzes Leben wie ein Film vor ihm abläuft. Sie sah das Motel, in dem sie unter der mitgebrachten Seidensteppdecke heimliche Nachmittage verbracht hatten. Ihre Hochzeit. Das Tanzen. Ihre leidenschaftliche Hochzeitsnacht. Die erste Nacht, die sie bis zum Morgen mit ihm in einem Bett verbracht hatte. Mit seinem Ring am Finger ... Wie hatte das alles so jäh enden können? Verschwunden. Wie eine Fata Morgana, die nie wirklich existiert hatte.

Ja, es blieb ihr nichts anderes übrig, als nach vorne zu schauen. Doch wenn sie nicht schlafen konnte, weil draußen auf der Straße Stimmen gellten und Lastwagen rumpelten, kehrte sie in Gedanken in das Haus zurück, das sie verlassen hatte. Zu ihren letzten herzzerreißenden Stunden dort.

Nur wenigen Menschen hatte sie ihre Umzugspläne anvertraut. Es waren einfühlsame Freunde, die keine Fragen stellten und bloß kamen, um sich von ihr zu verabschieden. Natürlich war Moira da. Außerdem zwei Lehrerinnen, die in der Annahme, dass Hy nach Florida zog, Geschenke für Jerry und Emma mitgebracht hatten. Auch der Anstreicher erschien. Als seine Frau im letzten Winter schwer krank gewesen war, hatte Hy die ganze Familie mit eingefrorenen Mahlzeiten versorgt, was er ihr nie vergessen würde.

Francine verstand zwar die Welt nicht mehr und war enttäuscht und sehr, sehr böse auf ihre Tochter. Doch wie es nun einmal ihre Art war, versuchte sie tapfer, sich nichts anmerken zu lassen. Bei der letzten Umarmung hatte sie Tränen in den Augen, aber ihr fehlten die Worte. Es war alles gesagt worden.

Wenn Hyacinth nun wach im Bett lag und dem Ticken ihres Weckers lauschte, dachte sie auch an Will Miller. Sicher würde es ihn erstaunen zu hören, dass eine wildfremde Frau seinen Rat angenommen hatte. Wenn es möglich gewesen wäre, hätte sie es ihm gerne erzählt. Allerdings kam das nicht in Frage. Bei ihrer Abreise hatte sie eine falsche Fährte gelegt. Wahrscheinlich wollte er sie ohnehin nicht wiedersehen. Und außerdem würde sein Interesse an ihr rasch erkalten, wenn er wusste, was für eine seltsame Person sie war: Eine Mutter, die ihre kleinen Kinder im Stich gelassen hatte. Hinzu kam, dass ihr alle Männer zurzeit gestohlen bleiben konnten, ganz gleich, wie attraktiv sie auch sein mochten.

Als sie eines Morgens nach einer unruhigen Nacht erwachte, schwebten die ersten Schneeflocken durch die Luft. Da es erst Anfang November war, verwandelte sich dieser verfrühte Schneefall auf dem Gehweg bereits in grauen Matsch. Der Schnee erinnerte Hyacinth daran, dass Thanksgiving vor der Tür stand. Letztes Jahr war der Feiertag ein Grauen gewesen, das man besser vergaß. In diesem Jahr würde er leer und einsam werden.

Francine plante, an die Westküste zu reisen, um die Enkelkinder zu besuchen, deren Anzahl stetig wuchs. Hyacinth hatte weder das Bedürfnis, sich ihr anzuschließen, noch wollte sie ein erneutes Fiasko in Florida riskieren.

Also war es sinnvoller, den Besuch dort auf einen Termin zwei Wochen vor oder nach dem Feiertag zu legen, den Gerald sicher mit einer großen Gesellschaft begehen würde. Eine beharrliche Sehnsucht, die noch stärker war als das alltägliche Gefühl der Einsamkeit, bemächtigte sich ihrer, als sie die Schneeflocken betrachtete. Das Jahr neigte sich bereits seinem Ende zu. Monate verflogen wie Stunden. Wenn das nächste Semester vorbei war, würde Emma in die erste Klasse kommen. Jerry in die vierte. Und ehe sich Hy versah, würde ihre Kindheit dahin sein.

Sie überlegte, ob sie Arnie bitten sollte, alles für einen Besuch in die Wege zu leiten. Dass sie sich so von Arnie abhängig machte, war doch ziemlich eigenartig, schoss es ihr im nächsten Moment durch den Kopf. Und dennoch erschien es ihr als das Selbstverständlichste auf der Welt.

Auf dem Flug nach Süden war sich Hyacinth ihrer eigenen Gefühle sehr wohl bewusst: überglücklich, euphorisch, begeistert – aber auch nervös und den Tränen nah. Fest entschlossen, nicht zu weinen, sagte sie ihr Mantra – *Kopf über Herz* – vor sich hin und beugte sich über ihr Buch. Sie las gerade die Biografie von Coco Chanel, die als junges Mädchen in einer Änderungsschneiderei angefangen hatte und ein Stern am internationalen Modehimmel geworden war.

Das Buch fesselte sie so sehr, dass sie, als sie später im Hotel allein zu Abend aß – Emma und Jerry sollten erst am nächsten Morgen eintreffen –, zu ihrem eigenen Erstaunen begann, die Kleider der anderen Frauen kritisch zu beäugen. Noch nie zuvor hatte sie so darauf geachtet, was ihre Mitmenschen trugen.

Das da ist ein schickes Kostüm, sagte sie sich. Aber es steht seiner Trägerin nicht. Das Kleid dort ist wirklich reizend, doch das Beige passt nicht zu dem Teint der Frau. Francine würde es mit einem Schal auflockern – scharlachrot oder smaragdgrün würde Wunder wirken. Dieses Kleid ist eine Wucht! Handgewebte Seide, das merkt man sofort. Vor ein paar Monaten wusste ich noch gar nicht, dass es handgewebte Seide gibt. Mit so einem Stoff, einem schlichten Schnitt und ein paar Kontrastfarben könnte man die tollsten Effekte erzielen. Japanisch mit einem entsprechend gemusterten Obi. Schwarzweiß vielleicht. Oder eine gebundene Schärpe mit einer kleinen Quaste oder einem plissierten Volant am Saum.

Nach dem Essen zog Hyacinth sich in ihr Zimmer zurück. Sie war ungeduldig, und um die Zeit bis zum nächsten Morgen totzuschlagen, fertigte sie einige Skizzen auf Hotelbriefpapier an. Sie zeichnete den Obi und den Volant. Eine Frau in einem Tageskleid und mit einem breitkrempigen Sommerhut. Dann dasselbe Kleid, diesmal in Kombination mit einem kleinen Hut. Sie dachte an Menschen in ihrem Bekanntenkreis – Moira zum Beispiel – und daran, wie sich überflüssige Pfunde am besten kaschieren ließen.

Wie peinlich! Für wen hältst du dich eigentlich? Eine zweite Madame Chanel?

Tja, auch die hatte mit einer kleinen Hutmacherei angefangen und schlichte Strohhüte so dekoriert, dass sie nach einer Million Dollar aussahen. Allerdings hatte sie einen reichen Liebhaber, ein Vorteil, der nicht zu verachten war.

Wirklich zum Totlachen.

Am nächsten Morgen wurden die Kinder – stilvoll in einem luxuriösen Geländewagen – vom Kindermädchen abgeliefert. Hyacinth erkannte sie erst auf den zweiten Blick und bemerkte, dass Jerry mindestens sieben Zentimeter gewachsen war. Außerdem sah er immer mehr aus wie eine kleinere Version von Gerald. Emmas Zöpfe waren verschwunden. Sie trug das gewellte Haar offen wie Francine und hatte das Kleinkindalter nun offiziell hinter sich gelassen. Beide wirkten fremd auf ihre Mutter. Hyacinth hatte sich geschworen, keine einzige Träne – nicht einmal vor Freude – zu vergießen, und hielt sich an ihren Vorsatz, als sie die beiden umarmte.

Eine ältere Frau, die eine weiße Tracht trug, hielt sich im Hintergrund.

»Sie müssen Mrs O'Malley sein«, sagte Hyacinth.

»Richtig. Heute Morgen waren die beiden schwerer zu hüten als ein Sack Flöhe. Wenn sie gekonnt hätten, wären sie schon um sechs Uhr losgefahren, so eilig hatten sie es, ihre Mommy zu sehen.«

»Wir haben Badesachen dabei!«, jubelte Emma. »Daddy sagt, dass es im Hotel einen Pool gibt und dass du uns erlauben wirst zu schwimmen.«

Nie hätte Hy gedacht, dass sie das Wort *Daddy* einmal als ärgerlich empfinden würde.

»Aber natürlich«, erwiderte sie fröhlich. »Leider habe ich vergessen, einen Badeanzug einzupacken. Mrs O'Malley und ich setzen uns daneben und sehen euch zu. Später können wir dann am Pool zu Mittag essen. Das wird sicher nett.«

»Sie heißt Nanny«, verbesserte Emma.

»Dann eben Nanny. Ihr könnt euch da drinnen umziehen. Welche Tasche gehört dir, Emma? Ich komme mit und helfe dir.«

»Nein, das macht Nanny«, widersprach Emma. »Das tut sie immer.«

»Gut. Währenddessen suche ich uns Sitzplätze im Schatten.«

Das tut Nanny immer.

Obwohl es nur eine Kleinigkeit war, fühlte Hy sich überflüssig. Es war, als ob sie nicht gebraucht würde.

Nachdem sie die Stühle zurechtgerückt hatte, setzte sie sich, um zu warten. Im Kinderbecken war nicht viel los. Ein paar kleine Kinder spritzten sich nass oder rannten umher, während ihre Mütter sie vor den rutschigen Fliesen warnten. Dass es sich um die Mütter handelte, erkannte man nicht nur äußerlich, sondern auch an der Sprechweise. Der Tonfall einer Mutter war eben unverwechselbar.

Mit solchen Gedanken tue ich mir nichts Gutes, schalt sie sich dann. Auf diese Weise fordere ich es regelrecht heraus, dass mir wehgetan wird. Kannst du die Dinge nicht positiv sehen, Hyacinth? Hier kommen sie. Die kleinen Wesen in der roten Badehose und dem rosafarbenen Bikini sind mein Fleisch und Blut, und an ihnen hängt mein Herz.

»Oh, nein!«, rief sie aus, als Jerry einen Kopfsprung ins Erwachsenenbecken machte.

Nanny versicherte ihr, das sei kein Problem, solange ein Bademeister anwesend sei und er im Nichtschwimmerbereich bliebe.

»Jerry schwimmt schon sehr gut. Sie brauchen sich keine Sorgen zu machen.«

»Das wusste ich gar nicht.«

»Unser Jerry ist ein richtiger kleiner Sportler. Vor einem Monat hat er mit Tennisstunden angefangen. Der Trainer sagt, er sei seinen Altersgenossen bereits weit voraus.«

»Das hat er mir gar nicht erzählt. Und dabei telefonieren wir fast jeden Tag miteinander.«

Wie hatte sie so eine dumme Bemerkung machen können? Es klang, als müsse sie sich für irgendetwas rechtfertigen oder beweisen, dass sie trotz alledem eine aufmerksame und liebevolle Mutter war.

»Ach, ich weiß. Ich erinnere sie immer daran, dass es Zeit ist und dass Sie sicher schon warten.«

Sie spielten einander Theater vor, die Mutter und die Frau,

die – völlig verständlich und nachvollziehbar – diese Situation als sehr merkwürdig und faszinierend empfand. Und nun saß die Mutter seelenruhig, gut gekleidet und gelassen, unter einem blauen Himmel am Marmorpool und tat so, als sei das absolut alltäglich. Gewiss tuschelten Nanny und die unfreundliche Putzfrau, deren Bekanntschaft Hy an jenem schrecklichen Tag gemacht hatte, häufig miteinander und stellten Mutmaßungen an. Sogar jetzt warf Nanny Hy einen neugierigen Seitenblick zu. Als sie sich ertappt fühlte, gab sie vor, Emma zu beobachten, die im Pool mit einem anderen Mädchen sprach.

»Emma ist sehr gesellig und redet wie ein Wasserfall. Sie findet immer sofort Anschluss. Die Menschen mögen sie, auch Leute, bei denen man nie damit rechnen würde. Letztens hat sie sogar den mürrischen alten Mann in der Drogerie in ein Gespräch verwickelt ...«

Die Frau sprach, als seien die Kinder Fremde, die Hyacinth erst vorgestellt werden mussten, indem man sie ihr beschrieb.

»... als ich es ihrem Daddy erzählte, hat er sich halb totgelacht. Er ...« Sie hielt inne.

Schluss mit Wut und Schmerz, Hyacinth. Die Würde bewahren.

»Sie können ihren Vater ruhig erwähnen, Nanny«, sagte sie.

Nanny errötete. »Ich meinte damit nur, dass sie bereits eine Persönlichkeit ist.«

Ja, eine weitere Ähnlichkeit mit Francine und außerdem ein Vorteil, der ihr das Leben erleichtern würde.

Jerry, der ebenfalls Freunde gefunden hatte, kam, einen anderen Jungen im Schlepptau, angelaufen.

»Das ist Doug. Er würde gern mit uns zu Mittag essen. Seine Eltern kommen erst nach dem Essen zurück. Darf er?«

Es war nicht ganz sicher, ob die Frage an Hy oder an Nanny gerichtet war, weshalb beide Frauen gleichzeitig antworteten.

»Ja, natürlich.«

Eigentlich war es Hyacinth gar nicht recht. Der ahnungslose kleine Junge war an diesem doch so wichtigen Tag ein Störenfried – ebenso wie Nanny und jeder andere, der Hyacinth die wertvolle Zeit mit ihren Kindern streitig machte. Allerdings saß sie hier fest und hatte kein Auto, um die Kinder anderswo hinzubringen. Außerdem konnte sie Nanny ja schlecht wegschicken, damit sie allein aß. Plötzlich schoss ihr der Gedanke durch den Kopf, dass Gerald die Frau vermutlich – oder sogar wahrscheinlich – angewiesen hatte, die Kinder keine Sekunde mit ihrer Mutter allein zu lassen.

Du hast dich nicht mehr im Griff, Hyacinth. Du hast ein Problem.

Beim Essen plapperten die Kinder laut durcheinander. Hyacinth hatte sich ihren Besuch ganz anders vorgestellt. Dann dachte sie an die beiden Zimmer, in denen sie nun lebte. Vielleicht war es ein Fehler gewesen, das Haus zu verkaufen. Ihre Gedanken drehten sich im Kreis.

»Ich will reiten gehen. Der Pool ist mir zu doof«, sagte Emma plötzlich. In ihre Stimme hatte sich ein neuer quengeliger Tonfall eingeschlichen. »Mir ist langweilig. Außerdem gibt es im Club eine Eistheke und hier nicht.«

»Ach, sei still«, zischte Jerry. »Halt die Klappe.«

»Ich mag diese Ausdrücke nicht«, tadelte Hyacinth.

»So reden doch alle, Mom.«

»Mag sein, aber ich kann es trotzdem nicht leiden.«

Was tat sie da bloß? Sie schimpfte ihn, weil er ein Wort wie *Klappe* benutzte. Ausgerechnet heute. Allerdings war es doch die Aufgabe von Müttern, ihren Kindern Manieren beizubringen. Wenn auch freundlich. Ja, Mütter taten das. Nur dass sie eines vergessen hatte: Nanny war jetzt seine Mutter.

»Ich will reiten gehen«, nörgelte Emma wieder.

»Ich habe keine Reitsachen für dich mitgebracht«, erwiderte Nanny. »Woher sollte ich das wissen?«

»Ich kann auch so reiten«, protestierte Jerry.

»Nein, das geht nicht. Du brauchst eine lange Hose, damit du dir die Haut nicht wundscheuerst, und außerdem Stiefel und einen Helm mit Kinnriemen. Dein Daddy würde toben, wenn du ohne Helm reitest. Und damit basta.« Nannys Tonfall duldete keinen Widerspruch.

»Können wir trotzdem hinfahren, um Mom alles zu zeigen?«, flehte Jerry. »Nur zum Schauen? Das möchtest du doch, oder, Mom?«

»Sehr gerne. Wir können alles unternehmen, wozu ihr Lust habt.«

»Es ist zwar recht weit, aber eine hübsche Strecke«, sagte Nanny. »Wir sollten bald aufbrechen, solange nicht so viel Verkehr ist.«

Jerry saß vorne, redete wie ein Wasserfall und drehte am Radio herum. Emma schlief ein, und als ihr Kopf gegen Hyacinths Schulter sank, wagte diese nicht, sich zu rühren, obwohl sie gern die Sitzposition gewechselt hätte. Aber was war diese kleine Unbequemlichkeit schon gegen das Gefühl des warmen Köpfchens an ihrem Körper und den Duft des weichen Haares, das ihre Wange streifte.

»Wir sind fast da!«, rief Jerry aus. »Ich kenne den Weg. Noch zwei Ampeln.«

Er hielt zwei Finger hoch.

»Dann biegen wir links, nein, rechts ab. Als Erstes zeige ich dir Onkel Arnies Pferd.«

Vor Aufregung hüpfte er im Sitz auf und nieder. Das hatte er schon damals in seinem Kinderstühlchen getan.

»Wollen wir nicht zuerst zu deinem Pferd gehen?«, fragte Hyacinth liebevoll.

»Ach, zu beiden. Aber zuerst zu seinem, weil es größer ist. Es ist riesig, wie ich dir schon erzählt habe. Ein Tennessee Walker.«

Das erwähnte Jerry in fast allen ihren Telefonaten.

»Ich weiß. Und Emmas Pony?«

»Es gehört ihr nicht richtig. Sie ist noch zu klein und darf es nur reiten. Es wird geführt, wenn sie darauf sitzt. Sie glaubt bloß, dass es ihres ist. Aber das verraten wir ihr nicht«, warnte Jerry. »Um ihre Gefühle nicht zu verletzen.«

Ein wirklich lieber Junge und so rücksichtsvoll. Komisch, wenn man bedenkt, wie gern er den harten Burschen spielt.

»Hast du gerade über mich geredet?« Emma war aufgewacht.

»Ich habe nur gesagt, dass du fest schläfst und dass wir bald da sind.«

Emma lächelte. Sie würde nie eine Zahnspange brauchen. Anders als bei Jerry hatte sich Geralds Grübchen bei ihr nicht gehalten. Jemand – wer? – hatte ihr ein kleines goldenes Herz an einem Kettchen geschenkt. An der Innenseite des Arms hatte sie eine kleine Verletzung. Ein Pflaster klebte darauf. Einem Mutterauge entging nichts.

Allerdings nahm besagtes Mutterauge sonst nicht viel wahr. Die schattige Straße, die niedrigen mit Schindeln gedeckten Gebäude, die Felder und die mit weißen Zäunen eingefriedeten Koppeln sausten vorbei wie in einem Nebel. Ein winziges Pony, kaum größer als eine Dänische Dogge, wurde geholt, und man setzte Emma kurz darauf, damit Hyacinth sie bewundern konnte. Als Nanny applaudierte, folgte Hyacinth ihrem Beispiel. Ein zweites Pony, um einiges größer, erschien, und Jerry begann mit seiner Reitvorstellung. Doch der Nebel vor ihren Augen und in ihrem Kopf blieb. Was tat sie hier? Warum machte sie diese Farce mit?

Nanny berührte sie am Arm. »Fühlen Sie sich nicht wohl?«

Hy kam wieder zu sich. »Doch, alles in Ordnung.«

»Ich frage nur, weil Sie Jerry nicht geantwortet haben. Er wollte Ihnen zeigen, wie er aufsteigt.«

»Tut mir leid! Keine Ahnung, warum ich ihn nicht gehört habe. Los, Jerry, mach es mir vor.«

»Man hält die Zügel zwischen dem Daumen und diesem Finger. Siehst du? So. Nicht mit der Faust. Außerdem muss man gerade sitzen und die Knie unten halten. Schau. Darf ich ein bisschen im Kreis gehen? Nur ganz kurz. Ich weiß, dass ich nicht richtig angezogen bin und eigentlich nicht sollte. Darf ich trotzdem, Tom?«

Der junge Stallbursche, der das Pony hielt, wartete geduldig und zwinkerte Jerry zu. Offenbar mochte er den Jungen. So wie die meisten Leute.

»Okay, ich führe dich einmal um die Koppel. Dann musst du wieder absteigen, und wir verraten es niemandem.«

»Die Angestellten sind sehr nett zu den Kindern«, meinte Nanny. »Wahrscheinlich, weil ihr Onkel Arnie sein Pferd hier stehen hat und fast täglich herkommt. Während der Schulwoche hat Jerry nicht jeden Tag Zeit. Aber sie bewegen das Pferd für ihn.«

Stolz schwang Jerry sich aus dem Sattel und reichte Tom die Zügel.

Er führt ein angenehmes Leben, dachte Hyacinth. Zumindest dafür sollte ich dankbar sein. Und das bin ich auch.

»Habe ich dir schon gesagt, wie er heißt, Mom?«

Das hatte er, sogar schon öfter. Aber da er den Namen offenbar gern wiederholte, verneinte sie.

»King Charles. Und weißt du, warum?«

»Nein.«

»Nach Charlie, weil der ein King Charles Spaniel ist.«

»Oh. Ja, das ist natürlich ein guter Grund.«

»Das finde ich auch. Er ist ein Shetland Pinto.« Auch das hatte Hy bereits gehört, doch sie sagte nur: »Mir gefallen seine weißen Strümpfe.«

»Socken, Mom. Strümpfe reichen bis zu den Knien.«

»Du weißt aber viel, Jerry.«

»Stimmt.« Er nickte feierlich. »Habe ich dir erzählt, dass ich auf einem englischen Sattel reite? Cowboys benutzen Westernsättel, aber ich nicht.«

»Du bist ja auch kein Cowboy, sondern kommst von der Ostküste.«

Nanny sah auf die Uhr.

»Wenn wir nicht in einen Stau geraten wollen, sollten wir

besser zurückfahren. Ein Glück, dass wir nicht rechtzeitig zum Abendessen zu Hause sein müssen. Aber Daddy hat einmal in der Woche abends Sprechstunde, und zwar heute.«

Das hatte Hyacinth natürlich nicht gewusst, doch der durchgeplante Tagesablauf und die pünktlichen, nur im äußersten Notfall verschiebbaren Mahlzeiten kamen ihr sehr bekannt vor. Kurz stand ihr ein Bild vor Augen und war sofort wieder verflogen: starke schlanke Hände, makellos und streng – wenn eine Hand überhaupt streng sein konnte –, die das Besteck exakt parallel zum Teller ablegten. War es dieses Bild und die Erinnerungen, die es auslöste, oder lag es an der Erkenntnis, dass der Tag bald enden würde? Sie konnte es nicht sagen und wusste nur, dass ihre Kraft fast zu Ende war. Welchen Sinn hatte dieser Besuch gehabt? Er hatte nur alte Wunden wieder aufgerissen, ohne dass sie die Möglichkeit gehabt hätte zu erfahren, ob ihre Kinder etwas bedrückte. Vielleicht waren ihre Verletzungen ja schon verheilt. Sie konnte nur darum beten.

»Ich will ein Eis«, quengelte Emma. »Mit Schokostreuseln.«

»Wie heißt das Zauberwort, Emma?«

»Ich will ein Eis, *bitte.*«

»Prima. Wir kaufen eins, wenn wir wieder im Hotel sind.«

»Gibt es da Schokostreusel?«

»Bestimmt.«

»Es ist bald Essenszeit«, wandte Nanny zweifelnd ein. »Ihr verderbt euch nur den Appetit.«

»Es ist mitten am Nachmittag«, entgegnete Hyacinth scharf. »Außerdem werden sie nicht gleich sterben, wenn sie einmal nicht aufessen.«

Nanny überschritt, wenn auch höflich und respektvoll, ihre Grenzen, was sie bei einer anderen Mutter oder Arbeitgeberin nie gewagt hätte. Offensichtlich fühlte sie sich berechtigt dazu, weil sie Hyacinth als Mutter einstufte, die aus geheimnisvollen Gründen von der Familie verstoßen worden war.

Die Wedel der Palmen über ihren Köpfen raschelten im

Wind, als sie, von Blumen umgeben, in dem von Menschenhand angelegten Dschungel auf der Terrasse saßen. Als Hyacinth die Kinder beobachtete, stellte sie fest, dass es ihnen hier zwar zu gefallen schien, sie die Situation jedoch als völlig normal empfanden, denn sie waren bereits an Oasen des Luxus wie diese gewöhnt.

Jerry verkündete, Daddy werde mit ihm ein Tennisturnier besuchen. Er habe auch schon einen neuen Schläger. Emma sei noch zu klein zum Tennisspielen, nehme allerdings Ballettunterricht. Außerdem hatte Daddy angefangen, Jerry das Schachspielen beizubringen.

Es war nichts dabei. Wer es sich leisten konnte, förderte seine Kinder nach Kräften, während Menschen, die in einer Zweizimmerwohnung lebten, nun einmal nicht genug Geld für derartige Dinge hatten. Wie schon so oft musste Hyacinth an die Frau in der Selbsthilfegruppe denken, die ihren Sohn an dessen Vater verloren hatte, weil dieser eine Villa am See besaß. Und sie erinnerte sich – als ob sie es jemals vergessen hätte! – wieder an die Gesichter der Witwe und des kleinen Jungen …

Im nächsten Moment ließ eine plötzliche Frage sie zusammenschrecken. Jerry erkundigte sich, ob sie und Dad bereits geschieden seien.

»Oh, ja«, erwiderte sie beiläufig.

»Sind wirklich schon alle Papiere unterschrieben?«

Hy war erstaunt. *Papiere*. Heutzutage wussten Kinder viel zu früh Dinge, für die sie eigentlich noch zu klein waren. Aber das war ja auch kein Wunder.

Wieder antwortete sie mit einem schlichten Ja.

»Warum kommst du nie zu uns nach Hause?«, hakte Emma nach.

»Du hast keine Ahnung«, wies Jerry sie mit einem nachsichtigen Lächeln zurecht. »Doch dafür kannst du nichts. Du bist ja erst fünf.«

»Ich bin schon fünfeinhalb. Warum nicht, Mommy?«

Ich bin so müde, dachte Hyacinth. Ich bin müde und weiß nicht, was ich sagen soll.

Die Kinder warteten auf eine Antwort. Und wieder warf ihr das Kindermädchen – die fremde Frau – einen neugierigen Seitenblick zu.

»Weil Mom krank ist«, erklärte Jerry. »Das hat Tessie gesagt.«

»Wer ist Tessie?«

»Die Frau, die bei uns kocht und sauber macht.«

Krank, dachte Hyacinth. Ja, so muss ich an diesem Tag ausgesehen haben.

»Oh, da irrt sie sich aber, Jerry. Mir geht es ausgezeichnet. Wisst ihr, ich musste mich lange um Oma kümmern, und dann ...«

»Tessie sagt, dass etwas mit dir nicht stimmt. Ich habe es selbst gehört. Ihnen hat sie es auch erzählt, Nanny, wissen Sie nicht mehr? Ich habe Sie beide in der Küche belauscht. Tessie fand, dass du komisch bist, weil du an dem Tag, als du zu uns kamst und wir nicht zu Hause waren, nicht mit ihr geredet hast. Sie behauptet, du wärst eine böse Frau, und deshalb hätte Daddy dich verlassen. Aber ich weiß, dass das nicht stimmt. Tessie ist eine blöde Kuh, und ich hasse sie. Das habe ich auch zu Daddy gemeint.«

Kurz schloss Hyacinth die Augen. Ihre eigene Stimme schien von ganz weit weg aus einem Hohlraum zu kommen.

»Und was hat Daddy geantwortet?«

»Dass du natürlich nicht böse bist.«

Nanny war so rot angelaufen, dass hektische Flecken auf ihren Wangen erschienen.

»Du musst aufpassen, was du redest«, unterbrach sie ihn. »Ich kann mich nicht erinnern, dass Tessie das Wort *böse* benutzt hat, Jerry, nur *krank*. Du musst immer die Wahrheit sagen.«

»Aber es ist die Wahrheit, Mom. Ich mache keine Fehler.«

»Nein, du hast ein ausgezeichnetes Gedächtnis.«

»Falsch«, protestierte Nanny. »Das ist alles nur ein Missverständnis«, fügte sie, an Hyacinth gewandt, hinzu. »Niemand wollte Sie beleidigen. Und dass Sie krank sind, war wohl ebenfalls eine Fehleinschätzung von Tessie. Vielleicht haben Sie sich an dem fraglichen Tag nicht gut gefühlt, keine Ahnung, ich war nicht dabei. Doch heute machen Sie einen ganz normalen Eindruck auf mich. Ihr Onkel Arnie erzählt den Kindern von Ihnen, und auch er hat niemals erwähnt, dass Sie krank sind. Er hätte es ihnen sicher gesagt, denn er spricht sehr viel über Sie.«

Die Frau konnte Hyacinth nicht täuschen. So mitfühlend sie sich auch geben mochte, grenzte ihre Neugier allmählich an böswillige Unterstellung. Außerdem schien sie andeuten zu wollen, dass Onkel Arnie vielleicht mehr als nur ein Freund der Familie war.

Für Kinder musste es schrecklich sein, Zeugen dieser Sticheleien zu werden. Also war ein sofortiger Themenwechsel angesagt. Nur noch eine Frage hatte Hy auf dem Herzen.

»Was hat Daddy sonst noch geantwortet, Jerry?«

»Dass Tessie nicht so daherreden soll. Er hat versprochen, sie deshalb zu schimpfen.«

»Warum sagst du mir nicht, wann du wiederkommst, Mommy«, beharrte Emma.

»Ich erzähle es dir am Telefon, Schatz. Im Moment weiß ich es nämlich noch nicht.«

»Können wir dich dann in deinem Haus besuchen?«

Wie sollte sie ihnen beibringen, dass sie kein Haus mehr besaß?

»Das erfahrt ihr auch alles am Telefon.«

»Warum musst du heute schon wieder abreisen, Mommy?«

Nannys Neugier war fast mit Händen zu greifen, und die Bemerkung: *»Jetzt hat es dir wohl die Sprache verschlagen«*, stand ihr ins Gesicht geschrieben. Nun, vielleicht konnte man ihr ihre Einstellung nicht zum Vorwurf machen, denn die Situation war immerhin alles andere als alltäglich und forderte Spekulationen regelrecht heraus.

»Ich gehe wieder zur Schule, Emma, und darf nicht zu spät kommen.«

»Schule? Aber du bist doch erwachsen. Erwachsene gehen nicht zur Schule.«

»Manchmal schon«, wandte Jerry altklug ein. »Das hat Daddy gesagt.«

Damit war das Thema erledigt. Wenn Daddy es gesagt hatte, musste es so sein.

»Nun, wir sollten uns jetzt auf den Weg machen«, verkündete Nanny. »Es ist Zeit.«

Alle sprangen auf und gingen durch die Vorhalle in Richtung Auto. Emma und Jerry rannten voraus.

»Wunderschöne Kinder«, stellte Nanny fest.

Ob diese Bemerkung als Versöhnungsangebot oder als Versuch gedacht war, den Stachel tiefer ins Fleisch zu treiben, war schwer festzustellen.

Woher soll ich wissen, ob sie – oder sonst jemand – Hintergedanken verfolgt?, fragte sich Hy. Allerdings spielte es keine Rolle, weil es nichts verändern würde.

Einige Stunden später stieg das Flugzeug in den Abendhimmel hinauf. Als Hyacinth die letzten Minuten Revue passieren lassen wollte, war ihr Gehirn wie leer gefegt. Sie erinnerte sich an den vergangenen Abend, an dem sie in ihrer Aufregung die Zeit mit albernen Modeskizzen totgeschlagen hatte. Trotz ihrer Vorfreude war der heutige Tag ein Fiasko gewesen. Es lag nicht daran, dass Jerry und Emma unglücklich waren. Nanny behandelte sie gut, und die Kinder hatten sie offenbar sehr gern. Da Gerald sie anbetete, hatten sie auch nicht unter Vernachlässigung zu leiden. Allerdings war eine grausame Wahrheit nicht von der Hand zu weisen und ergriff allmählich Besitz von ihrem Denken: Ihre Kinder, ihr eigen Fleisch und Blut, waren im Begriff, ihr zu entgleiten. Sie hatte sie schon beinahe verloren.

Am späten Nachmittag klopfte es an Hyacinths Tür. Arnie stand vor ihr auf der Schwelle.

»Als ich heute anrief, ging niemand ran. Weil ich ohnehin in der Wall Street war, dachte ich, ich schaue auf gut Glück vorbei.«

»Ich hatte bis gerade eben Seminare und noch keine Zeit zum Aufräumen. Man möchte nicht meinen, was für ein Chaos in einer so kleinen Wohnung entstehen kann. Kommen Sie herein.«

Hy redete hektisch, wie viele Menschen es tun, wenn sie sich überraschend auf eine neue Situation einstellen müssen und das als unangenehm empfinden. Von Arnies Platz in der Tür war es nur ein knapper Meter zu dem Klapptisch, auf dem Hy ihre Skizzen ausgebreitet hatte. Aus der geringen Entfernung konnte sie sehen, wie kurz Erstaunen in seinem Gesicht aufblitzte, das er rasch mit einer Begrüßungsfloskel überspielte.

»Na, Fremde, lange nicht gesehen.«

»Aber wir telefonieren doch ständig miteinander«, erwiderte sie mit einem Lächeln, das jedoch nicht ihre momentane Stimmung widerspiegelte. Doch sie wollte nicht unfreundlich sein.

»Das ist nicht dasselbe. Wollen wir zusammen zum Abendessen gehen?«

Sein Blick war auf das noch eingewickelte Sandwich neben der Mineralwasserflasche gefallen, und auch das schäbige Bett im Nebenzimmer entging ihm nicht.

Er ist so aufmerksam, sicher kann er auch meine Gedanken lesen, sagte sich Hyacinth.

»Nein, danke«, entgegnete sie. »Ein andermal. Ich muss morgen in der zweiten Stunde eine Arbeit abgeben und habe noch viel zu tun«, fügte sie bemüht fröhlich hinzu.

»Also gut, dann will ich Ihnen nicht im Wege stehen. Darf ich mich wenigstens kurz setzen und verschnaufen?«

Er ließ sich, ihr gegenüber, auf dem zweiten Stuhl nieder

und betrachtete sie. Obwohl Hy die Augen nicht von Papier und Bleistift hob, spürte sie, dass er sie prüfend musterte.

»Wie geht es Ihnen?«, fragte er unvermittelt.

»Prima. Ich bin sehr beschäftigt.«

»Legen Sie den Stift weg und reden Sie mit mir.«

Überrascht über seinen gleichzeitig befehlenden und besorgten Ton, gehorchte sie.

»Ich möchte, dass Sie ehrlich zu mir sind, Hyacinth. Glauben Sie, ich merke nicht, wie elend Sie sich fühlen? Jerry hat Gerald von dem Gespräch bei Ihrem letzten Besuch erzählt. Und gestern nach der Sprechstunde hat Gerald sich mir bei einem Kaffee anvertraut. Deshalb bin ich hier. Er bedauert die gehässigen Bemerkungen seines Hausmädchens sehr und würde Ihnen gern persönlich alles erklären. Er fände es um der Kinder willen besser, wenn Sie sich hin und wieder auf rein freundschaftlicher Ebene mit ihm treffen könnten.«

Brandstiftung. Ein Mann ist ums Leben gekommen. Sei froh, dass du so viel Glück gehabt hast. Führ dein eigenes Leben. Auf freundschaftlicher Ebene mit ihm treffen.

»Sie können ihm von mir ausrichten, Arnie, dass er sich schämen sollte, Sie zum Überbringen einer solchen Botschaft zu machen. Erstens meint er kein Wort davon ehrlich. Und unter den gegebenen Umständen ... Eigentlich müsste er es besser wissen. Also verlangen Sie so etwas bitte nie wieder von mir.« Es fiel ihr schwer, diese Worte auszusprechen.

Arnie zuckte schicksalsergeben die Achseln. »Meinetwegen.« Er seufzte auf. »Ich blicke da nicht mehr durch, auch wenn eine Scheidung zugegebenermaßen kein Zuckerschlecken ist. Offenbar bleibt immer ein bitterer Nachgeschmack. Aber da kann ich als Junggeselle vermutlich nicht mitreden. Warum ich mich bis jetzt vor der Ehe gedrückt habe? Schwer zu sagen. Vor allem, wenn man bedenkt, wie viele hübsche Frauen ich jeden Tag in meiner Praxis zu Gesicht kriege. Möglicherweise hat mir das den Geschmack verdorben. In meinen Anfangstagen als plastischer Chirurg wollte ich eigentlich Kriegsverletzte und Unfallopfer wieder zusammenflicken. Doch meistens habe ich es nur mit Frauen zu tun, die jünger aussehen wollen.«

Auch Gerald hatte einmal hochfliegende Pläne gehabt. Hy erinnerte sich an den jungen Patienten in Texas, der von Geburt an nur eine halbe Nase besaß und dessen entstellte Züge Gerald ihr geschildert hatte. Diesem bedauernswerten Menschen hatte er ein neues Gesicht geschenkt.

Nun sind es also hübsche Frauen, dachte sie. Na ja, schon in Ordnung. Auch sie brauchen Hilfe. Und wenn einige von ihnen den Herrn Doktor in Naturalien entlohnen, nur zu.

Aber wo war die Leidenschaft geblieben, die Leidenschaft für ihn, die mich vom ersten Tag an beseelt hat, bis sie eines Nachts in einem verheerenden Feuer unterging? Fort. Vorbei. Gestorben.

»Ja, ja, ein Jammer«, meinte Arnie nachdenklich. »Ich habe Ihnen ja schon öfter gesagt, dass ich Sie beide gern habe. Und Gerald war eine wirkliche Entdeckung. Mein erster Praxispartner hatte nicht viel drauf. Er ging schauderhaft mit den Patienten um und verbockte zu viele Operationen. Ein Glück, dass niemand uns verklagt hat. Geralds Name hingegen ist in aller Munde. Die Menschen lieben ihn, und er gilt als ein Meister seines Fachs. Ich habe mir schon überlegt, ob ich meine Tätigkeit einschränken soll, damit mehr vom Erlös für ihn abfällt. Ich bin zwar mit meinen knapp fünfzig noch kein Tattergreis, würde aber gerne öfter ausspannen und mehr Zeit mit meinen Pferden verbringen.«

Während Arnie offenbar in Plauderstimmung war, wuchs Hys Ungeduld, denn sie erinnerte sich, dass solche Anfälle von Redseligkeit bei ihm öfter vorkamen. Als er sie forschend ansah, fiel ihr ein Satz von Francine ein: »Dieser Mann ist verrückt nach dir.«

Der Gedanke beunruhigte sie, und um das Thema zu wechseln und auf andere Gedanken zu kommen, ging sie auf seine letzte Bemerkung über Pferde ein.

»Im Plural, Arnie? Haben Sie einen vierbeinigen Freund für Major gekauft?«

»Nicht ganz. Major ist das Pferd, das ich selbst reite. Das neue ist ein Vollblüter, ein Rennpferd, das ich allerdings im selben Stall untergestellt habe. Ich habe ein Vermögen dafür hingeblättert. Wenn er gewinnt, kriege ich etwas davon zurück. Wenn nicht, ist es trotzdem ein spannendes Hobby. Waren Sie schon einmal beim Pferderennen?«

»Nein, noch nie.«

Sie hatte ein schlechtes Gewissen, weil sie Arnie loswerden wollte. Denn trotz seines Machogehabes, seiner Fönfrisur und seiner auffälligen, mit Zaumzeug und Sätteln auf gelbem Grund bedruckten Seidenkrawatte hatte er etwas Jungenhaftes und Unschuldiges an sich, das sie ein wenig anrührte.

»Ja, ein teures Hobby ist es außerdem, aber ich kann es mir leisten. Warum also nicht? Wenn ich Glück habe und gewinne, gönne ich mir etwas. Letztes Wochenende habe ich mir einen niedlichen kleinen Mercedes angeschafft. Als Nächstes ist ein Lamborghini dran.« Er lachte. »Jedoch spende ich immer einen dicken Batzen der Siegesprämie ans Kinderkrankenhaus oder für einen anderen wohltätigen Zweck. Gut für mein Gewissen.« Er lachte erneut. »Und wie fühlt man sich so, wenn man wieder die Schulbank drückt?«

»Ausgezeichnet. Es ist interessant und macht mir Spaß, auch wenn ich das anfangs nicht erwartet habe.«

»Mag sein, dass die Schule Ihnen Spaß macht, doch ansonsten fühlen Sie sich offenbar nicht wohl.« Wieder musterte er sie. »In so einem Loch kann man nicht wohnen! Schauen Sie sich nur diese Bruchbude an. Und zum Abendessen nichts weiter als ein Sandwich! Wenn ich mich da an die Einladungen in Ihrem Haus erinnere. Kein König hat besser gespeist. Warum, zum Teufel, nehmen Sie Geralds Geld nicht an? Schließlich verdient er mehr als genug.«

»Arnie, Sie kennen die Antwort. Und vor einer Minute haben Sie mir versprochen, nicht zu fragen ...«

Er tat ihren Einwand mit einer Handbewegung ab. »Das ist doch nichts für Sie. Auch ohne sein Geld hätten Sie sicher etwas Besseres finden können.«

»Ich besitze nichts weiter als den Verkaufserlös des Hauses. Das Geld habe ich angelegt, sodass ich von den Zinsen leben kann. Ahnen Sie überhaupt, wie hoch die Mieten in dieser Stadt sind?«

»Aber klar. Deshalb leiste ich mir auch keine Wohnung hier. Es ist billiger und bequemer, ein Zimmer im Waldorf zu nehmen, wenn ich für ein paar Tage in der Stadt bin.« Arnie stand auf und warf einen Blick ins Schlafzimmer. »Ach herrje, das sieht ja aus wie in einem Stall. Da wohnt Major bestimmt komfortabler. Warum haben Sie nicht zumindest ein paar Ihrer Möbel mitgebracht?«

»Oh, Arnie, die würden gar nicht hereinpassen. Außerdem gehören sie nicht hierher. Wie soll ich denn ein Sofa die Treppe hinauf und durch diese Tür kriegen?«

»Vermutlich haben Sie recht.« Sein Tonfall war beinahe niedergeschlagen. »Ich habe gerade an das letzte Weihnachtsfest in Ihrem Haus gedacht. Auch wenn es ohne den Vater der Kinder ein wenig traurig war, hatten sie wenigstens Sie und Ihre Mutter. Es war so reizend, wie sie ihren Schokoladenkuchen aßen und ... Wie wollen Sie in diesem Loch mit ihnen Weihnachten feiern?«

Hy wünschte, er würde endlich gehen und sie in Ruhe lassen. Dennoch traten ihr die Tränen in die Augen, und da sie nicht wollte, dass er sie sah, stand sie auf, um aus dem Fenster zu schauen. Draußen war es zwar schon dunkel, doch die gut beleuchtete Straße diente als Bühne für eine Vielzahl der unterschiedlichsten Menschen – schäbig und elegant, jung und alt, Väter, die aus dem Büro nach Hause kamen, Gäste eines chinesischen Restaurants und Literaturbeflissene, die die Antiquariate durchstöberten. Sie alle führten ihr eigenes Leben und machten einen zielstrebigen Eindruck. Und alle hatten sie jemanden – Ehepartner, Kinder, Freunde oder Liebhaber –, der sie erwartete. Zumindest wirkten sie so.

Arnie legte ihr den Arm um die Schulter und drehte sie zu sich herum.

»Weinen Sie nicht«, sagte er sanft.

Diese Worte waren zu viel für Hy, der sofort wieder die Tränen in die Augen stiegen.

»Ich würde zu gerne wissen, was da gespielt wird«, fuhr er, immer noch liebevoll, fort.

»Er denkt, dass ich es war. Und deshalb bestraft er mich.«

Wie gerne hätte Hyacinth sich die Zunge abgebissen und ihre Worte zurückgenommen.

Wie hatte sie nur so unvorsichtig sein und die schreckliche Wahrheit herausposaunen können?

Nun drohte Gefahr, dass Arnie sich eines Tages verplapperte.

»Was sollen Sie getan haben?«

»Er behauptet, ich hätte das Feuer gelegt und Ihre Praxis angezündet.«

»Was?«, rief er aus und ließ sie los. Seine Augen waren vor Schreck geweitet. »Was? Ich traue meinen Ohren nicht.«

»Aber es stimmt.«

Hy zwang sich zur Vernunft. Nun lag es an ihr, den Schaden zu begrenzen.

»Ja, ist das nicht Wahnsinn? Und dabei war ich nicht einmal in der Nähe des Gebäudes. Ich war seit Wochen nicht mehr dort gewesen. Ich habe zu Hause auf die Kinder aufgepasst.«

»Er muss vollkommen übergeschnappt sein«, erwiderte Arnie. »Was bringt ihn denn auf diese Idee?«

»Ganz einfach. Er glaubt, ich wäre eifersüchtig auf Sandy gewesen.«

»Tja, wenn ich jemanden in Verdacht hätte, dann doch eher diese Sandy. Einem billigen Flittchen wie ihr würde ich es durchaus zutrauen.«

Hyacinths Furcht steigerte sich zu Panik. Sie packte Arnie am Revers und blickte ihm unverwandt in die Augen.

»Oh, mein Gott, Sie dürfen weder Gerald noch sonst jemandem erzählen, was ich gerade gesagt habe. Bitte, Arnie!«

»Natürlich nicht, Hy. Würde ich Ihnen jemals schaden?«

Er erwiderte ihren Blick.

Seine Augen waren gütig.

»Nein, das würden Sie nicht«, antwortete sie.

»Ihre Mutter mag mich«, neckte er sie. »Und wenn ich Gnade vor ihren Augen finde, sollten Sie mir ebenfalls vertrauen. Sie ist nämlich eine kluge Frau.«

Er zog das elegante Einstecktuch aus der Brusttasche und tupfte ihr die Augen ab. »Sie können sich auf mich verlassen, Hyacinth. Ich habe alles längst vergessen. Wenn mich jemand fragen sollte – aber warum sollte das geschehen? –, werde ich einfach behaupten, ich wüsste nicht, wovon die Rede sei. Ich denke an die beiden kleinen Kinder und an Sie. Es ist eine schreckliche Geschichte, ungerechtfertigt verdächtigt zu werden.«

»Ich möchte nicht, dass diese Sache Ihre Zusammenarbeit mit Gerald beeinträchtigt. Das eine hat mit dem anderen nichts zu tun.« Hy nahm sich zusammen und fügte, um das letzte Restchen Stolz zu wahren, hinzu: »Ich bin nämlich keine Spielverderberin.«

»Sie sind die Letzte, der ich das vorwerfen würde, Hy, wirklich die Letzte.« Arnie rang die Hände. »Aber Sie dürfen trotzdem nicht in so einer Bruchbude wohnen, verdammt. Hören Sie zu. Sie müssen sich eine anständige Wohnung besorgen, wo die Kinder Sie auch besuchen können. Etwas Nettes in der Nähe des Central Park, damit die beiden die Möglichkeit haben, draußen zu spielen, zu reiten oder sonst etwas zu unternehmen. Holen Sie Ihre eingelagerten Sachen und richten Sie sich gemütlich ein. Hat Francine das hier schon gesehen?«

»Nein. Sie war noch nicht bei mir in New York.«

Sie würde vor Schreck umfallen. Und Moira auch. Alle, die mich je gekannt haben.

»Junge, Junge, ich sehe ihr Gesicht beim Anblick dieser Wohnung bildlich vor mir. Nein, Sie suchen sich etwas Vernünftiges, je früher desto besser. Eine Wohnung in Parknähe, wie ich schon sagte.«

»Ich weiß, dass ich eine Wohnung brauche, in der Platz für meine Kinder ist. Deshalb mühe ich mich ja so ab, um schnell meinen Abschluss zu machen und Geld zu verdienen. Wissen Sie überhaupt, was Sie da reden? In dem Viertel, das Sie meinen, könnte ich mir nicht einmal einen Türknauf leisten.«

»Das liegt nur daran, dass Sie nicht die richtigen Leute kennen. Mir ist da gerade ein Bekannter eingefallen, der Immobilien besitzt wie Heu und mir noch etwas schuldig ist. Ich werde ihn bitten, eine bezahlbare Mietwohnung für Sie zu finden. Eigentlich hatte ich Ihnen meine Hilfe angeboten, doch Sie haben sich geweigert.«

»Arnie, Sie sind ein Engel. Aber nicht einmal Engel können Wunder vollbringen.«

»Nun, da haben Sie diesen Engel hier unterschätzt. Kriege ich jetzt einen Kuss? Und Schluss mit dem Gesieze.«

Obwohl Hy auf einen freundschaftlichen Kuss auf die Wange hoffte, rechnete sie schon mit dem Schlimmsten und war deshalb erleichtert, als er nur dezent ihr Gesicht streifte, bevor er hinausstürmte und die vier Etagen hinunterhastete.

Aus dem Fenster beobachtete sie, wie er unten ein Taxi anhielt und hineinsprang.

Er ist sehr männlich, und die meisten Frauen würden auf ihn fliegen, dachte sie.

Doch auf sie wirkte er einfach nicht, denn ihnen fehlten einfach die gemeinsamen Interessen. Dennoch konnte er sich erstaunlich gut in sie einfühlen. Hyacinth war ihm sehr dankbar.

Er ist mir noch immer ein Rätsel, schoss es ihr durch den Kopf. Aber hat nicht jeder von uns ein Geheimnis?

12

Die Umzugsfirma war vor drei Tagen da gewesen. Inzwischen herrschte Ordnung in der Wohnung. Immer noch traute Hyacinth ihren Augen kaum, wenn sie im Flur stand, von dem aus Schlafzimmer, Gästezimmer, das kleine Arbeitszimmer, in dem Jerry übernachten konnte, und die restliche Wohnung zu sehen waren. Sie konnte ihr Glück kaum fassen.

Das Viertel, näher am East River als an der oberen Fifth Avenue gelegen, wo alter Geldadel und Neureiche Tür an Tür residierten, strahlte gediegenen Wohlstand aus. Jetzt, zu Beginn des Frühlings, knospten am Straßenrand die Ginkgobäume. Wenn man zum Fluss schlenderte, konnte man die vorbeifahrenden Schiffe beobachten. Ein kleines Stück im Westen lag der große, üppig grüne Park, wo Hy die nächsten Schulferien mit den Kindern verbringen konnte.

In der obersten Schreibtischschublade lag die Liste mit weiteren möglichen Unternehmungen wie Museumsbesuchen, Kinderkonzerten und einer Fahrt zur Freiheitsstatue. Außerdem gefiel Hy die Vorstellung, dass der Anblick des Schreibtischs und so vieler weiterer vertrauter Dinge von zu Hause, vielleicht Erinnerungen in Emma und Jerry wachrufen und sie ihr wieder näherbringen könnte. Unbelebte Gegenstände hatten die Macht, Gefühle zu wecken. Bestimmt würde ihnen an dem kleinen runden Küchentisch einfallen, wie oft sie dort nach der Schule ihre Milch getrunken und Plätzchen gegessen hatten. Mithilfe der Kuckucksuhr hatte Hyacinth ihnen beigebracht, die Uhr zu lesen. Allerdings schrieb sie den Kindern vielleicht eine Einfühlsamkeit zu, die man sich erst als Erwachsener erwarb – und die sich bei manchen Menschen nie entwickelte.

Da die Wohnung dennoch ein gutes Stück kleiner war als ihr ehemaliges Haus, war der Großteil ihrer Habe natürlich weiterhin eingelagert und wartete – in Francines Worten – auf eine »wundervolle Zukunft«. Einige ausgewählte Gegenstände hatte sie verschenkt, wie zum Beispiel das Bett, das sie mit Gerald geteilt, den großen Ohrensessel aus Leder mit der passenden Ottomane, auf die er so gern die Füße gestützt, und den großen Esstisch, an dem er als Haushaltsvorstand gethront hatte. Die Wohnung enthielt nichts, was sie an ihn erinnerte.

»Warte nur, bis du dich richtig häuslich eingerichtet hast«, meinte Arnie, begeisterungsfähig wie immer, als er ihr die Wohnung gezeigt hatte.

Ohne Möbel hatte sie riesig auf sie gewirkt – und außerdem astronomisch teuer.

»Arnie!«, hatte sie sich entsetzt. »Du weißt, dass ich mir das nicht leisten kann. Warum führst du mir nicht gleich die Vanderbilt-Villa vor, falls sie überhaupt noch steht?«

Aber Arnie hatte sich nicht beirren lassen.

»Ich habe dir doch erklärt, Hy, dass ich einen Sonderpreis bekomme. Du kriegst die Wohnung für ein Butterbrot, vorausgesetzt, dass du es für dich behältst. Anderenfalls hätte mein Kumpel die Mieter von halb New York am Hals. Herrje, er besitzt vermutlich einige Tausend Wohnungen. Also werden ihn ein paar Dollar Miete weniger nicht gleich ins Armenhaus bringen.«

»Ich verstehe es immer noch nicht«, protestierte Hy. »Wie kann er mir die Wohnung für so eine lächerliche Miete überlassen?«

»Du hast eben keine Ahnung von der Geschäftswelt. Er ist mir einen Gefallen schuldig. Das habe ich dir doch schon erklärt. Also zahl die Miete und hab Spaß an der Wohnung. Den Kindern wird es sicher gefallen.«

Das war das Ende der Debatte – nur dass Hyacinth nun ihrerseits Arnie einen großen Gefallen schuldig war.

»Wie soll ich mich jemals dafür revanchieren«, meinte sie am Telefon zu Francine.

»Offenbar hat er da schon etwas im Sinn und hofft, dass du es genauso siehst.«

Falls sich das wirklich so verhält, dachte Hyacinth, ist es gemein von mir, ihn weiter in diesem Irrglauben zu wiegen. Allerdings habe ich mir, wie ich glaube, in dieser Hinsicht nichts vorzuwerfen. Oder habe ich ihm etwa falsche Hoffnungen gemacht? Vielleicht hätte ich das Angebot nicht annehmen sollen. Aber die Versuchung war einfach zu groß.

Zum wohl hundertsten Mal sah sie sich um und ließ die Atmosphäre auf sich wirken. Es war so wundervoll ruhig hier, während in ihrer Wohnung in der Innenstadt ständig ein Höllenlärm geherrscht hatte, sodass rund um die Uhr die Geräusche der Straße und des Gebäudes selbst in ihrem Kopf widerhallten. Ach, diese traumhafte Stille, während Sonne oder Mond ein schimmerndes Muster auf Wände und Böden zeichneten.

Arnie hatte zur Einweihung Blumen geschickt, die nun die gesamte Wohnung füllten. Ein Strauß schmückte den Tisch in der Essecke. Eine blühende Staude – vermutlich teuer, aber Hy kannte ihren Namen nicht – stand in einem hübschen Übertopf aus Porzellan zwischen den Wohnzimmerfenstern. Und auf ihrem Nachttisch prangte eine winzige Vase mit rosafarbenen Rosen. Hy griff zum Telefon, um Arnie im Hotel anzurufen und sich zu bedanken.

»Du hast mich gerade noch erwischt«, meinte er. »Ich schmeiße nämlich meine Sachen in den Koffer, um die Nachtmaschine nach Hause zu nehmen.«

»Ich dachte, du würdest länger bleiben«, erwiderte sie, um Konversation zu betreiben.

»Ich bin schließlich kein Rentner. Und diesmal konnte ich nicht einmal einen geschäftlichen Termin vorschützen. Ich wollte nur sehen, ob du dich gut eingelebt hast.«

»Du bist so ein guter Freund! Das war doch alles nicht nötig«, antwortete sie, und sie meinte es ehrlich. »Schade, dass du meine Mutter nicht mehr treffen wirst. Sie kommt morgen, und ich dachte, wir könnten zusammen zu Abend essen.«

»Deine Mutter? Prima. Ein Glück, dass sie die Bruchbude nie zu Gesicht gekriegt hat.«

»Ich weiß. Wahrscheinlich hätten mich die Gardinenpredigten bis ans Ende meiner Tage verfolgt.«

»Und sie hätte recht gehabt. Das sage ich, obwohl ich Francine sehr gern habe. Weißt du, warum? Weil sie mich viel lieber mag als du.«

»Das ist gemein, Arnie. Ich mag dich. Wie könnte ich anders.«

»Nun, darauf will ich nicht weiter eingehen.«

»Schade, dass du nicht zum Essen kommst. Ich möchte die neue Küche einweihen. Seit Ewigkeiten habe ich nicht mehr gekocht.«

»Dann geht es dir offenbar besser«, erwiderte er liebevoll. »Deute ich das richtig?«

»Nicht ganz. Es heißt nur, dass ich lerne zu überleben. Aufgeben wäre die einzige Alternative.«

»Gib nicht auf, Hy. Niemals.«

»Seit Ewigkeiten habe ich nicht mehr so ausgezeichnet gegessen«, meinte Francine, als sie den letzten Teller in die Spülmaschine stellten. »Entweder gehe ich in ein Restaurant, oder ich rühre mir selbst etwas zusammen, und ich muss nicht eigens erwähnen, dass das Ergebnis sich nicht an deiner Kochkunst messen kann. Du bist mir ein Rätsel, Hyacinth, das warst du schon immer.«

War das wieder ein Auftakt zu einer Tirade wegen der Scheidung und der Kinder? Bitte nicht, flehte Hyacinth. Nicht jetzt.

Francines Lächeln war zärtlich und mütterlich.

»Dass du, als Anhängerin von Jeans und Pulli ausgerechnet Mode studierst.«

»Vielleicht habe ich ja doch ein paar Mode-Gene von dir geerbt.«

Francine griff nach einem Skizzenbuch, das auf dem Wohnzimmertisch lag. »Die Zeichnungen erinnern mich an die Porträts von deinem Vater in der Hängematte und von mir im weißen Kleid.«

»Viele Modemenschen malen in ihrer Freizeit. Einige berühmte Designer haben als Zeichner angefangen. Normalerweise zeigt man dem Hersteller erst eine Skizze, damit er sich ein Bild machen kann.«

»Vielleicht wirst du ja doch einmal eine berühmte Modeschöpferin.«

Diese Bemerkung zeugte von Naivität, denn Francine hatte ja keine Ahnung von der gnadenlosen Konkurrenz, der Unzuverlässigkeit von Kollegen und Auftraggebern und den Firmen, die scheiterten, noch ehe das Strohfeuer ihres eigenen Erfolgs überhaupt richtig aufgelodert war.

Wenn ich es nur schaffe, meinen Lebensunterhalt zu verdienen, dachte Hyacinth.

Und zum wohl hundertsten Mal wünschte sie sich eine beständige Einkommensquelle.

Vielleicht ein wenig regelmäßiger als die Kleider, die ich an R.J. Miller verkauft habe.

Ganz gleich, was sie auch tat oder dachte, verfolgte dieses Bedürfnis sie auf Schritt und Tritt und ließ sie nicht mehr los, obwohl es keinen vernünftigen Grund dafür zu geben schien. Auch ihre raschen Fortschritte waren ihr dann kein Trost.

Häufig ertappte sie sich dabei, dass ihre Gedanken mitten im Gespräch abschweiften. Sie redete mit irgendjemandem über ein beliebiges Thema, und plötzlich stand ein Bild vor ihrem geistigen Auge: Jerry, der beim Lachen die Zähne blitzen ließ.

War es schon vier Uhr?, fragte sie sich in diesen Momenten. Waren die beiden unterwegs zum Reitunterricht?

Nun zwang sie sich, bei der Sache zu bleiben. In dem hübschen Zimmer und bei Francine, die eine Antwort von ihr erwartete. War es nicht seltsam, dass zwei Menschen nicht zusammen sein konnten, ohne zu sprechen, wenn sie nicht gerade mit einem Buch oder anderweitig beschäftigt waren? Dass es sogar als unhöflich galt, nichts zu sagen, so, als wollte man dem anderen mitteilen, dass man gelangweilt, gleichgültig oder zornig war.

»Ich habe mir heute Nachmittag spontan etwas gekauft«, meinte Hyacinth. »Eigentlich kann ich es mir nicht leisten, und habe ein schlechtes Gewissen, weil ich so verschwenderisch war.«

»Lass sehen.«

Aus dem Wandschrank im Flur holte Hyacinth einen bunten Stoffballen, entrollte ihn und hängte sich ein Ende über den Arm, um ihn vorzuzeigen.

»Ich habe den Stoff im Schaufenster eines Innenausstatters gesehen«, erklärte sie. »Es ist Polsterstoff. Fühl nur die Qualität. Trotzdem ist er nicht schwerer als ein originaler schottischer Kilt. Ich habe mir gedacht, dass sich daraus ein wundervoller Rock nähen ließe. Und die Farben! Erinnert dich das Kobaltblau und Rubinrot nicht an Buntglasfenster?«

»Wirklich außergewöhnlich.«

»Würde dir so ein Rock nicht gefallen?«

»Ich weiß nicht so recht. Zu welcher Gelegenheit trägt man so etwas, und womit lässt es sich kombinieren?«

»Die Gelegenheit spielt keine Rolle. Man kann Stiefel und einen dicken Pulli dazu anziehen oder abends eine Seidenbluse und eine Halskette aus Rubinen und Diamanten aus dem Familiensafe. Allerdings sollte man in diesem Fall einen Privatdetektiv im Schlepptau haben.«

Die Farben hatten etwas an sich, das Hyacinth trotz ihrer misslichen Lage in gute Laune versetzte. Sie lachte auf.

»Ich habe letztens auch grasgrüne Seide gekauft. Sie war zufällig im Sonderangebot.« Dass sich der Stoffgroßhandel in der Nähe ihrer alten Wohnung befand, verschwieg sie lieber. »Das Material ist zwar recht billig, aber für den Anfang reicht es. Ich fand, dass es sich großartig eignet, um das Zuschneiden zu üben. Ich übe nämlich gerne zu Hause.«

»Zeig her.«

»Schau. Ist die Farbe nicht wunderschön? Sie erinnert mich an einen Rasen nach dem Regen.«

»Und was hast du damit vor?«

»Ein ganz einfacher Schnitt, der jedoch nicht so schlicht sein darf, dass er nach Unterrock aussieht. Heutzutage wirken viele Sachen wie Unterwäsche.«

»Da bin ich ganz deiner Ansicht. Sprich weiter.«

»Tja, natürlich muss eine Frau eine tolle Figur haben, um so ein schlichtes Kleid in einer derart schrillen Farbe tragen zu können. Eine Figur wie deine. Darf ich den Stoff an dir abstecken?«

»Warum nicht?«, erwiderte Francine amüsiert.

»Gut. Dann hole ich die Stecknadeln. Gestern hatten wir einen Kurs im Abstecken. Es ist ziemlich schwierig. Ich werde es mit griechischen Falten probieren. Beweg dich nicht.« Den Mund voller Stecknadeln, sprach sie weiter. »Ein schlichtes Kleid wie dieses sollte handgenäht werden. Die meisten Menschen ahnen nicht – zumindest ging es mir anfangs so –, dass das Nähen von Hand ein gewaltiger Unterschied ist. So verfahren die großen Modeschöpfer in Paris. Und dafür bezahlt man auch die hohen Preise. Oma hätte in so einem Modehaus arbeiten sollen. Das ist mir erst seit kurzem klar.«

»Wie kannst du eigentlich reden, wenn du Stecknadeln im Mund hast?«

»Kein Problem. Außerdem kommt man sich so vor wie ein Profi.«

Hy fiel in konzentriertes Schweigen. Kurz sah sie sich, den Pinsel in der Hand, vor der Staffelei stehen, und wieder fühlte sie die ruhige Versunkenheit, die es auslöste, Formen zu finden und etwas aus dem Nichts zu erschaffen. Sie steckte ab, entfernte die Nadeln und steckte aufs Neue. Der Satin rutschte unter ihren Fingern weg. Mit einem festeren, teureren Stoff hätte es vermutlich besser geklappt. Die Linie des Rocks unterhalb der Hüfte wäre in einer schärferen Diagonale gefallen. Doch das Ergebnis würde trotzdem recht ansehnlich sein.

»Im Bad ist ein großer Spiegel«, meinte sie schließlich. »Schau dich an und sag mir, wie es dir gefällt.«

Kurz darauf kehrte Francine zurück.

»Ich fasse es nicht!«, rief sie aus. »So schnell ein Kleid abzustecken. Ausgerechnet du, Hyacinth.«

»Nun, wir haben namhafte Designer als Dozenten. Wenn man gut aufpasst, kann man eine Menge lernen.«

»Das Talent hattest du schon vorher. Erzähl mir nicht, dass alle deine Mitstudenten in ein paar Unterrichtsstunden so viel gelernt haben.«

»So einfach ist das nicht. Man muss auch über praktische Fähigkeiten verfügen. Soll ich das Kleid für dich nähen? Würdest du es anziehen?«

»Aber natürlich, Schatz. Ich würde ein Schild mit deinem Namen daran hängen, und ich wäre genauso stolz wie Emma, als du ihr das Kleid geschenkt hast.«

Als Emmas Name fiel, entstand kurz Schweigen. Doch nach einem kaum hörbaren Seufzer fuhr Francine bemüht fröhlich fort.

»Inzwischen erkenne ich, wie du über die Malerei auf die Mode gekommen bist. Das Gefühl für Formen und Proportionen ist nicht zu übersehen. Ich muss mich bei dir entschuldigen, Hyacinth. Du hattest recht, dich für diesen Beruf zu entscheiden, und es war mein Fehler, dass ich dir widersprochen habe. Ich habe mir immer gesagt, dass ich keine Einwände machen dürfte, weil ich nichts von Kunst verstehe. Aber die Wahrheit ist, dass du, tja, wirklich etwas Wundervolles geschaffen hast. Es wirkt so mühelos. So, als hättest du dich selbst endlich gefunden.«

Sie hielt inne.

»Hoffentlich habe ich dich jetzt nicht gekränkt«, sagte sie leise.

Francine und Will Miller, zwei Menschen, die einander nicht kannten und sich auch nie begegnen würden. Doch während ihre Mutter ihre Meinung für sich behalten hatte, hatte er sie ihr gnadenlos ins Gesicht geschleudert.

»Gehst du manchmal noch zu R. J. Miller einkaufen?«, fragte Hyacinth.

»Nein. Die Filiale bei uns hat vor kurzem geschlossen. Und die in der Stadt, wo du gewohnt hast, ist zusammen mit der ganzen Kette von irgendeinem Konzern aufgekauft worden. Ich fand die Warenhäuser zwar auf altmodische Weise nett, aber vermutlich waren sie nicht mehr auf der Höhe der Zeit.«

Hyacinth kam sich albern vor, weil sie an einen Mann dachte, mit dem sie insgesamt höchstens sechs oder sieben Stunden verbracht hatte. Und dennoch fühlte sie sich, wenn sie auf der Straße jemanden bemerkte, der ihm mit langen Koteletten, Hornbrille oder sonnengebräuntem Gesicht ein wenig ähnlich sah, unwillkürlich an ihn erinnert. Obwohl es überhaupt keinen Grund dafür gab.

»Du fehlst mir«, sagte Francine. »Früher konnte ich wenigstens alle paar Wochen ins Auto steigen und dich besuchen.«

»Jetzt nimmst du den Zug, und es dauert auch nicht viel länger. Wie findest du dein Zimmer?«

»Sehr schön. Allerdings wusste ich gar nicht, dass du Platz für mich hast, und habe mein Gepäck deshalb in ein Hotel bringen lassen.«

»Ist das die Möglichkeit! In ein Hotel? Oh, das tut mir leid. Ich dachte, ich hätte mich klar genug ausgedrückt.«

»Kein Problem. Beim nächsten Mal bin ich im Bilde. Wenigstens habe ich deine Wohnung gesehen, und das beruhigt mich sehr.«

»Vergiss nicht, dass ich fast nichts dafür bezahle.«

»Glaubst du Arnies Geschichte wirklich?«

»Warum nicht?«

»Weil dieses Haus sehr teuer aussieht, und die meisten Leute nicht einmal ihrem eigenen Bruder so einen Gefallen tun würden. Nein, der liebe Arnie bezahlt die Miete und macht dir ein schönes Geschenk damit.«

»›Francine, du siehst wieder einmal Gespenster‹, würde Dad jetzt sagen. Kannst du ihn nicht hören?«

»Ach wirklich?« Francine zog die Augenbrauen hoch. »Gut, wir werden sehen. Was wirst du tun, wenn er um deine Hand anhält?«

»Das wird er nicht«, erwiderte Hyacinth. »Wie oft soll ich dir noch erklären, dass das albern ist? Ich bin nicht sein Typ, und er ist nicht meiner.«

»Tja, warten wir's ab. Es wäre ohnehin ziemlich heikel. Wegen seiner Geschäftsverbindung mit Gerald.« Francine hielt inne, runzelte die Stirn und platzte dann heraus: »Was wirst du wegen deiner Kinder unternehmen? Ich verstehe dich nicht. Wann erzählst du mir endlich die ganze verrückte Geschichte? Oder bin ich eine Fremde, der du nicht vertrauen kannst?«

Erneut schwappte die schwarze Welle über Hyacinth hinweg. Fest entschlossen, nicht wieder darin unterzugehen, stemmte sie sich dagegen.

»Es ist keine Frage des Vertrauens, sondern meiner Privatsphäre. Ja, du bist meine Mutter, und ich bin dein Kind. Aber ich bin trotzdem kein kleines Mädchen mehr.«

Erst letzte Woche hatte die Polizei einen Mann aufgespürt, der vor zehn Jahren das Haus seiner Ex-Frau angezündet hatte. In Oklahoma. Wie man ihm auf die Schliche gekommen war, wusste Hyacinth nicht, denn sie hatte es nicht über sich gebracht, den ganzen Artikel zu lesen. Sicher war er beobachtet oder belauscht worden. Es spielte keine Rolle. Hyacinth hatte den Eindruck, dass die Zeitungen von Berichten über Brandstifter, die sich irrtümlicherweise in Sicherheit gewiegt hatten, nur so strotzten.

»Nun gut. Vielleicht überlegst du dir es dir eines Tages ja

anders.« Francine erhob sich. »Es ist spät. Und morgen habe ich eine Menge zu erledigen. Schließlich komme ich nicht oft nach New York.«

Auch Hyacinth stand auf.

»Bitte, sei nicht böse«, flehte sie. »Bitte, es ist nicht leicht ...«

»Ja, es ist nicht leicht und außerdem traurig. Am besten spreche ich nicht mehr darüber. Tut mir leid, dass ich es wieder erwähnt habe, denn wir reden sowieso immer nur im Kreis herum.« Francine schlüpfte in ihre Jacke, zog den Gürtel fest um die schmale Taille zusammen und griff nach ihrer Handtasche. »Wir werden einander eine Weile nicht sehen. Der Kinderschutzbund schickt nämlich eine Delegation nach Mexiko, die ich als ehrenamtliche Beobachterin für sechs Wochen begleiten werde. Unterwegs mache ich einen Abstecher nach Florida. Das Schöne an der Bekanntschaft mit Arnie ist, dass ich ihn anrufen kann, wenn ich Emma und Jerry sehen will. Ich richte ihnen ganz liebe Grüße von dir aus.«

»Du weißt, dass wir fast jeden Tag miteinander telefonieren.«

»Trotzdem. Nun, ich muss jetzt los.«

Als sie sich zum Abschied küssten, meinte Hyacinth: »Wenn du möchtest, nähe ich das Kleid. Und falls ich es rechtzeitig schaffe, kannst du es mit nach Mexiko nehmen.«

»Danke. Das wäre wundervoll. Aber hetz dich nicht. Du darfst es nicht übertreiben.«

»Pass auf dich auf.«

Der Aufzug hielt. Francine stieg ein und war fort. Wieder ein höflicher Abschied, ohne Gefühl, höflich und kühl, dachte Hyacinth. Wie anders als damals, als die Kinder noch klein waren. Was für eine fröhliche, vergnügte und offene Familie wir gewesen sind.

Gerald hatte einen Stein in den Teich geworfen. Und die Kreise breiteten sich weiter aus.

Zeit, las sie. Immer wieder glitt ihr Blick über Tennysons vor so langer Zeit geschriebene Worte, die auf ewig Gültigkeit besaßen und so gut zu ihrer eigenen Situation passten.

Die Zeit, ein Irrer, der nur Staub verstreut,
Das Leben, eine Rasende, die Flammen schleudert.

Flammen! Welch ein Zufall, sagte sie sich und klappte das Buch zu.

Es war spät. Als sie einige Wochen später am Fenster saß, wirkte die Stadt wie ein Funkenmeer vor einem Nachthimmel, selbst rosig getönt von unzähligen Lichterpunkten. Vierzehn Stockwerke über der Straße herrschte Ruhe. Es war still im Zimmer. Früher, in ihrem vergangenen Leben, hatten das Zirpen von Grillen, das gelegentliche Bellen eines Hundes oder das Zuschlagen einer Tür durch den Abend gehallt.

Am anderen Ende des Flurs schliefen die Kinder. Morgen würden sie nach Hause zu Gerald fliegen.

In seiner Großzügigkeit, so dachte sie mit einem Schmerz, der ihr wie ein Stich durch die Brust fuhr, hatte er ihr zwei ganze Wochen zugestanden.

In gewisser Weise tat es mehr weh, Jerry und Emma vorübergehend hier zu haben und wieder Abschied nehmen zu müssen, als nur mit ihnen zu telefonieren. Außerdem waren die Abstände zwischen den Besuchen viel zu lang. Doch dank Arnies Einsatz war wenigstens das Telefon immer verfügbar.

Sie hatte Arnie ohnehin so viel zu verdanken. Seine Vorhersage, die Wohnung werde ihr Glück bringen, hatte sich wirklich bewahrheitet. Wenigstens wussten die Kinder nun, dass sie ein »Zuhause« hatten. Allerdings hatte es sie mehr getroffen als erwartet, dass ihre Mutter nicht mehr in dem alten Haus lebte. Als Hy nun wieder über den Einfluss unbelebter Gegenstände nachdachte, kam sie zu dem Schluss, dass die Kinder das Haus mehr vermisst hatten als ihre Mutter.

Großmutters Uhr schlug siebenmal. Trotz des recht lauten Glockentons schliefen die Kinder tief und fest. Der Nachhall verklang, und noch immer saß Hyacinth hellwach da und sagte sich, dass sie eigentlich zu Bett gehen sollte. Nur noch wenige Stunden. Morgen wollte Jerry sich die Dinosaurier im Naturkundemuseum ansehen. Danach würden sie zu Mittag essen. Und dann, am späten Nachmittag, würde Arnie, der die Gelegenheit zu einer Geschäftsreise genützt hatte, die Kinder zurück nach Florida begleiten.

Inzwischen war Arnie für Hyacinth beinahe ein Familienmitglied. Häufig fiel es ihr leichter, mit ihm zu sprechen als mit Francine, weil er sie nie mit Fragen quälte. Und die Kinder hatten ihn so gern. Auch wenn Francine ebenfalls gut mit ihnen umging, war es einfach anders.

Inzwischen spielten Arnie und seine Pferde eine wichtige Rolle in ihrem Leben. Es war erstaunlich zu sehen, wie unbefangen Jerry mit einem Tier umging, das so viel größer war als er. Wenn es um den Tennessee Walker und das Vollblut ging, war er nicht mehr zu bremsen. Und Arnie ermutigte ihn kichernd zum Weitererzählen.

»Du solltest dich mehr ins Zeug legen«, neckte er Jerry. »Denn in ein paar Jahren überholt Emma dich womöglich.«

»Dann reite ich eben noch schneller«, gab Jerry zurück.

»Wahrscheinlich sollte ich reiten lernen«, meinte Hyacinth, und Arnie stimmte ihr darin zu. Aber lohnte sich das wegen der seltenen Reisen nach Florida überhaupt? Sollten sie doch mit Arnie Spaß an den Pferden haben.

Es war schön, dass sie in den Genuss seiner Zuwendung kamen.

Wir, meine Kinder und ich, gehören eben zu seinem wohltätigen Engagement, dachte sie.

Er war wirklich außergewöhnlich großzügig. Wie Gerald ihr erklärt hatte, war er einer der reichen, kinderlosen Männer, die gern ihre Zeit und ihr Geld mit anderen teilen.

Selbstverständlich hatte Francine eine andere Erklärung,

und obwohl sie sich nicht näher darüber ausließ, hatte Hyacinth den Verdacht, dass ihr eine Verbindung – Ehe oder anderweitig – zwischen ihrer Tochter und Arnie nicht unlieb gewesen wäre.

»Du bist doch jetzt frei«, riet sie Hy mehr als einmal. »Deshalb solltest du mehr unter die Leute kommen. Eine junge Frau braucht etwas fürs Gefühl.« Damit meinte sie offenbar, dass Hy zu jung war, um zu leben wie eine Nonne.

Als ob es für gesunde Menschen eine Altersgrenze gegeben hätte! Allerdings war das leichter gesagt als getan. Hyacinth sehnte sich so sehr danach, geliebt zu werden!

Aber da ist niemand, dachte sie. Den ganzen Tag arbeite ich mit Studenten zusammen, die jünger sind als ich. Andere haben bereits eine feste Beziehung oder sind nicht an einer solchen interessiert. Viele stehen auch gar nicht auf Frauen. Die Uhr schlug Mitternacht. Auf Strümpfen schlich Hy an die Betten ihrer Kinder, stand im fahlen Licht der Flurbeleuchtung da und betrachtete sie.

Leben. Leben und Zeit.

»Weißt du, mir war schon immer klar, dass du Stil hast.«

Natürlich zog Arnie es ins Lächerliche, aber es schwang auch ein Körnchen Wahrheit mit, und er wusste, dass es Hyacinth nicht entgangen war. Er hatte nämlich eine Stretch-Limousine gemietet, um sie zum Flughafen zu fahren.

Emma und Jerry waren so müde, dass ihnen fast die Augen zufielen. Nachdem sie das Museum Etage für Etage durchforstet hatten, hatten sie ihr Gepäck aus der Wohnung geholt und litten nun an, wie Hyacinth ihnen erklärte, »Museumsfüßen«.

»Sicher werdet ihr während des ganzen Flugs schlafen«, meinte Arnie. »Und wenn ihr da seid, weckt die Stewardess euch, weil Endstation ist.«

»Stewardess?« Hyacinth schrak zusammen. »Heißt das, dass du sie nicht begleitest?«

»Ich muss noch bleiben, weil ich morgen früh einen Termin wegen einer Immobiliensache habe. Die beiden werden gut versorgt. Deshalb habe ich ihnen ja gerade von der Stewardess erzählt.«

Als Hy ihre bestürzte und besorgte Miene bemerkte, erklärte er ihr, dass Tausende von Kindern heutzutage zwischen ihren geschiedenen Eltern hin und her pendelten.

»Moderne Zeiten. Ich habe Gerald heute Morgen angerufen. Er ist einverstanden, und niemand könnte besorgter um seine Kinder sein als er. Das musst du ihm lassen, Hy.«

»Macht es dir etwas aus, ohne Onkel Arnie zu fliegen?«, wollte Hyacinth, immer noch zweifelnd, von Jerry wissen.

»Aber, Mom, ich bin doch schon neun«, verkündete er, reckte das Kinn und straffte die schmalen Schultern. »Ich kann auf Emma aufpassen.«

»Das wirst du nicht. Ich kann das alleine«, kreischte Emma derart empört, dass Hyacinth sich ein Lachen nicht verkneifen konnte.

Und so blickte sie ihnen nach, bis sie am Ende des Flugsteigs nicht mehr zu sehen waren. Jerry trug beide Koffer, während Emma – vermutlich hatte sie vergessen, dass sie ein großes Mädchen war – hinter ihm hertrottete und sich an seiner Jacke festhielt. Wenn es zulässig gewesen wäre, ihre Mutter wäre vermutlich hinter ihnen hergelaufen, um sie noch einmal in die Arme zu schließen.

»Bist du mir böse?«, fragte Arnie, als sie davongingen.

»Ein bisschen. Du hättest es mir früher sagen können.«

»Dann hättest du sie nie allein fliegen lassen.«

Sie musste zugeben, dass er recht hatte. Manchmal fand sie es lästig, wie er ihr Ratschläge gab und die Initiative ergriff. So absurd es auch klingen mochte, hatte sie den Eindruck, dass er sich zu sehr in ihr Leben einmischte, fast, als wäre sie mit ihm verheiratet.

»Ich habe für uns einen Tisch in meinem Hotel reserviert«, meinte er unvermittelt.

Da sie eigentlich nach Hause hatte gehen wollen, um im Bett zu lesen, war sie nicht unbedingt begeistert. Also bedankte sie sich taktvoll und meinte, sie müsse morgen früh aufstehen und freue sich schon auf das nächste Mal.

»Du gehst doch um acht Uhr noch nicht schlafen«, protestierte er. »Ich sorge dafür, dass du früh genug nach Hause kommst. Lass mich nicht hängen.«

Sein sehr anziehendes Lächeln war teils flehend, teils spöttisch.

Der schwere Wagen rollte durch die Dämmerung den Highway hinunter. Die gleichmäßige Bewegung verfehlte ihre Wirkung nicht, und allmählich entspannten sich Hys Schultern. Im kuscheligen Wageninneren fühlte sie sich geborgen, etwas, das sie so lange hatte entbehren müssen, dass sie gar nicht mehr daran gewöhnt war.

Ruhig, ruhig, sagte sie sich lautlos immer wieder.

Wie erwartet, war das Abendessen von erster Qualität. Dasselbe galt für den in weichem Rosé und Grau gehaltenen Raum mit der farblich abgestimmten Blumendekoration und der sanften Klaviermusik im Hintergrund.

Arnie beobachtete sie und war amüsiert, als sie ein kleines Notizbuch hervorholte und, im Schutz der Tischplatte, etwas notierte.

»Bist du denn immer im Dienst?«

»Entschuldige, es ist eine Marotte von mir. Wenn ich nicht sofort aufschreibe, was ich sehe, riskiere ich, es zu vergessen. Und man weiß nie, wann einem eine Kleinigkeit auffällt. Es kann ein Anblick auf der Straße oder ein Detail in einem Kostümfilm sein.«

»Und was hast du gerade gesehen?«

»Lach jetzt nicht. Der Mann, der gerade hereinkam, hatte einen dunkelblauen Anzug an. Seine Begleiterin trug Schokoladenbraun, und die Farben ergänzten sich großartig. Das möchte ich mir merken.«

»Du liebst deinen Beruf wirklich.«

»Tja, eigentlich hatte ich andere Pläne, aber es hat sich nun einmal so ergeben.« Sie hielt inne. »Hat Gerald sich nach mir erkundigt?«, fragte sie dann spontan. »Weiß er eigentlich, wie viel du für Jerry und Emma tust?«

»Er verliert kein Wort über dich, Hy. Anderenfalls würde ich es dir erzählen. Eigentlich reden wir ohnehin kaum miteinander. In der Praxis geht es hoch her, manchmal wissen wir kaum, wo uns der Kopf steht. In unserer Freizeit gehen wir getrennte Wege. Vielleicht klappt es deshalb so gut mit uns. Gerald hat seinen eigenen Freundeskreis.« Mit einem Zwinkern fügte er hinzu: »Schließlich ist er jünger als ich. Aber er ist froh, dass ich ein gutes Verhältnis zu den Kindern habe.«

Hyacinth war gerührt. Arnie würde mit seiner Menschenkenntnis sicher sofort bemerken, wenn etwas im Argen lag. Nanny konnte man zwar nichts nachsagen, doch sie war nicht der Mensch, auf dessen Urteilskraft man sich verließ. Falls es Schwierigkeiten gab, würde sie sich immer auf Geralds Seite schlagen.

Sie mag mich nicht, dachte Hyacinth.

»Ich weiß nicht, wie ich dir danken soll«, sagte sie. Dann hob sie ihr Weinglas, um zu verbergen, dass ihr die Tränen in die Augen traten.

»Es war sicher nicht leicht für dich, Hy, Abschied von ihnen zu nehmen.« Liebevoll legte Arnie die Hand auf ihre. »Aber Kopf hoch. Du machst das prima. Du bist eine tolle Frau. Denn du hast ein gutes Herz und Durchhaltevermögen wie ein gutes Pferd. Ach, lach nur, das war ein Scherz. Du bist kein Pferd, sondern eine verdammt attraktive Frau, die noch ein Glas Wein braucht. Keine Widerrede. Und iss etwas. Du bist viel zu dünn. Benützt du deine neue Küche denn gar nicht?«

Das Wort »Küche« rief eine Erinnerung in ihr wach. Zunächst hatte sie Francines Andeutung wegen der Wohnungsmiete als albern abgetan. Doch als sie nun Arnies warme Hand spürte, kam ihr die Vermutung gar nicht mehr so abwegig vor.

»Meine Mutter glaubt nicht, dass die Wohnung wirklich so wenig kostet«‹, platzte sie heraus. »Dass dein Freund dir einen Gefallen schuldig ist, kauft sie dir nicht ab.«

»Nein? Und wer hat die Miete dann ermäßigt?«

»Niemand. Du zahlst jeden Monat die Differenz.«

»Tja«, meinte er. »Nun.«

»Es war naiv und kindisch von mir, dass ich nicht gleich darauf gekommen bin.«

»Für eine kindische Frau schlägst du dich gar nicht so schlecht.«

Seine Hand streichelte ihre. Erfreut stellte sie fest, dass er gepflegte Nägel hatte. Zu viele Männer achteten nicht auf Trauerränder.

Seine Armbanduhr bestand aus einem elegant geformten Goldband, das an einen Armreifen erinnerte. Seine goldenen Manschettenknöpfe wurden von winzigen Diamanten geziert, was ihr gar nicht gefiel. Aber das zweite Glas Wein machte sich bereits bemerkbar. Außerdem war so etwas doch nicht weiter wichtig.

»Ich fand, dass du eine anständige Wohnung für die Kinder nötig hast. Und auch für dich. Du bist eine wundervolle Frau. Bis jetzt habe ich noch keine kennengelernt, die dir das Wasser reichen könnte. Sie sind alle austauschbar, verstehst du, was ich meine? Sie sehen gleich aus und reden gleich – hauptsächlich dummes Zeug. Du hingegen bist gebildet und niemals langweilig. Noch nie habe ich so für jemanden empfunden. Wahrscheinlich bist du viel zu gut für mich, weshalb ich mir keine falschen Hoffnungen machen darf. Aber ich glaube, das hast du schon längst gemerkt.«

Hyacinth zog es vor, das Thema zu wechseln. »Du bist so gut zu mir, Arnie. Sobald ich mit der Ausbildung fertig bin und eine Stelle habe, werde ich dir alles zurückzahlen.«

»Sei doch nicht dumm. Glaubst du, ich würde Geld von dir annehmen? Trink einen Schluck Wein. Die Flasche kostet einhundertfünfzig Dollar, verdammt, also verschwende sie nicht. Und der Kaviar. Greif zu. Was ich dafür hinblättern muss, verrate ich dir lieber nicht.«

»Er wirft mit dem Geld nur so um sich«, hatte Gerald gesagt. »Nun, er hat weder Frau noch Kinder.«

»Ich würde mich freuen, wenn du nach dem Essen kurz mit nach oben kommst, Hy. Ich möchte dir etwas zeigen.«

»Deine Briefmarkensammlung?«

Sie wusste nicht, ob er diese Bemerkung witzig oder einfach nur albern fand. Jedenfalls lachte er und erwiderte, nein, es handle sich nur um ein paar Spielsachen, die er für die Kinder gekauft habe. Er habe sie ihnen nicht mitgegeben, weil er befürchtete, sie könnten sie im Flugzeug vergessen.

Oben in seinem Zimmer präsentierte er ihr einen teuren Taschenrechner für Jerry und eine wunderschöne Puppe in Reitkleidung, komplett mit Helm und Reithose, für Emma. Nachdem Hy die Sachen gebührend bewundert hatte, zog er eine kleine Samtschatulle hervor.

Hyacinth erschrak bei diesem Anblick. Hatte Francine mit ihren Vermutungen womöglich doch recht gehabt? Aber nein! Es handelte sich nur – obwohl *nur* wohl nicht das richtige Wort war – um ein dünnes Goldkettchen mit zwei Putten, die eine männlich, die andere weiblich, mit Augen aus großen Diamanten.

»Dreh dich um, damit ich sie dir anlegen kann«, wies er sie an.

Hy sah ihr Gesicht im Spiegel zwischen den beiden Fenstern. Ihre Wangen waren gerötet, ihr dunkles Haar glänzte, ihre Augen schimmerten, und auf ihrer weißen Haut oberhalb des Dekolletés funkelte der Kettenanhänger.

»Oh, Arnie!«, rief sie aus. »Wie wunderschön! Aber …«

»Aber das wäre doch nicht nötig gewesen«, frotzelte er. »Und warum nicht, wenn ich fragen darf?«

Weil ich dir bereits zu viel schulde, hätte sie am liebsten geantwortet, doch sie verkniff es sich. Weil ich dir bereits zu sehr verpflichtet bin, und mir nicht wohl dabei ist.

»Du bist so großzügig«, murmelte sie. »Ich weiß gar nicht, wie ich dir danken soll.«

»Wie wäre es mit einem Kuss?«

Folgsam hielt sie ihm die Wange hin. Allerdings war er schneller, zog sie an sich und küsste sie auf den Mund. Zunächst wollte sie sich sträuben. Aber als er nicht lockerließ, war der Vorsatz mit einem Mal verflogen, und sie standen da, vom Mund bis zu den Hüften fest aneinandergepresst. Ihre Willenskraft schwand, während sich unzählige Gedanken in ihrem Kopf überschlugen: Es liegt am Wein. Ich bin schwach. Seit zwei Jahren habe ich nichts mehr empfunden.

Seine Finger öffneten ihre Blusenknöpfe. Er roch nach Nadelwald, Gewürzen und süßem Heu. Und er war so stark.

Es ist viel zu lange her, dachte sie. Wie schön, sich nicht zu wehren und sich treiben zu lassen. Schließ die Augen. Lass ihn gewähren.

Als Hy die Augen aufschlug, sah sie, dass die Zwischentür der Suite offenstand. Das Bett mit den weißen gestärkten Laken war bereits für die Nacht aufgedeckt. Dort würde er ihr die Kleider ausziehen, sie auf das Bett legen …

O nein! Was tust du da, Hyacinth? Du sehnst dich zwar nach einem Mann, aber nicht nach einem x-beliebigen. Und diesen Mann willst du nicht. Wenn du das tust, wirst du es sicher bald bereuen. O nein!

»Was hast du?«, wunderte sich Arnie.

Sie schämte sich sehr. Gewiss würde er böse werden und sie für ein billiges Flittchen halten, eine jener verachtenswerten Frauen, die einem Mann erst Hoffnungen machten, um ihn dann zurückzuweisen.

»Ich kann nicht, Arnie, ich kann nicht«, flüsterte sie. »Bitte sei nicht wütend auf mich.«

Auch sein Gesicht war gerötet. Er begehrte sie. Und nun hatte sie ihn gekränkt. Sie hatte diesen guten und anständigen Mann beleidigt.

»Entschuldige. O Gott, es tut mir ja so leid. Es ist nicht

deine Schuld, Arnie, ich habe es nur plötzlich mit der Angst zu tun bekommen. Ich verstehe mich selbst nicht mehr. Wahrscheinlich ist es einfach noch zu früh für mich.«

Immer noch trennten sie nur wenige Zentimeter. Zunächst sagte keiner ein Wort. Arnies Augen hatten sich verengt, und sein Gesichtsausdruck war hart geworden.

»Was führst du im Schilde?«, begann er und hielt dann inne. »Nein, der erste Schritt ging nicht von dir, sondern von mir aus. Mir tut es auch leid. Knöpf dir die Bluse zu.«

Mit diesen Worten wandte er sich ab, um ihre nackte Brust nicht ansehen zu müssen.

»Es ist nicht deine Schuld«, meinte er leise. »Ich habe angefangen.«

Manche Frauen hätten vielleicht gefunden, dass eine gemeinsame Nacht als Gegenleistung für seine Großzügigkeit nur angemessen war. Doch Hyacinth gehörte nicht zu ihnen. Sie brachte es einfach nicht über sich.

Offenbar standen ihr Zweifel und Bedauern ins Gesicht geschrieben, denn nun versuchte er, sie zu trösten.

»Du bist zu sehr in deinem Vertrauen enttäuscht worden. Das muss der Grund sein. Ich verstehe dich.«

»Ja, du verstehst, obwohl du nicht einmal die ganze Geschichte kennst.«

Ihre Knie waren so weich, dass sie sich setzen musste. Und da ihm nichts entging, sah er, wie sie zitterte.

»Bin ich psychisch labil?«, flüsterte sie.

»Was sollst du sein?«, fragte er erstaunt.

»Das findet wenigstens Gerald. Stimmt es?«

»Nun, falls das jemals so gewesen sein sollte, Hy, trifft es jetzt ganz sicher nicht mehr zu.«

Plötzlich wurde sie von dem unbezähmbaren Drang ergriffen, alle Vorsicht über Bord zu werfen. Es war, als spränge man von einer Klippe mitten in einen reißenden Strom hinein, um seinem Leben ein Ende zu machen. Und so tat sie das Undenkbare.

»Ich war in jener Nacht im Büro. Wie ich dir bereits erzählt habe, hält Gerald mich für die Brandstifterin. Ganz unbegründet ist sein Verdacht nicht, da ich kein Alibi habe. Ich habe dich angelogen, wahrscheinlich, weil ich dich noch nicht gut genug kannte, um dir mein Leben anzuvertrauen. Ich habe geraucht«, fuhr sie fort. »Du weißt sicher, was für eine starke Raucherin ich damals war. Ist dir aufgefallen, dass ich inzwischen keine Zigaretten mehr anrühre? Ich habe bei Gott geschworen, nie wieder zu rauchen.«

»Oh nein, mir wird übel«, rief Arnie aus. Er war tatsächlich ganz grün im Gesicht und schien seinen Ohren nicht zu trauen.

»Ich hatte einen Wutanfall, habe das ganze Büro verwüstet und dabei eine Zigarette nach der anderen geraucht. So muss der Brand ausgebrochen sein. An allem war nur dieses Mädchen schuld. Und nun sitze ich hier!«, schluchzte sie. »Das ist der Grund, warum Gerald mir die Kinder weggenommen hat! Damit setzt er mich unter Druck. Ich musste alles aufgeben, verstehst du denn nicht. Sonst ... sonst ...«

»Ich verstehe«, erwiderte er sanft. »Wirklich.«

»Bis heute darf ich mich nicht in Sicherheit wiegen, und das wird immer so bleiben. Niemals werde ich meine Kinder zurückbekommen. Und ich werde niemals den armen Mann vergessen, der durch meine Schuld den Tod gefunden hat.«

Als er den Arm um sie legte, lehnte sie den Kopf an seine Schulter. Diesmal waren weder Lust noch Leidenschaft im Spiel, nur der Wunsch, Trost zu spenden und getröstet zu werden.

»Ich schwöre, es war ein Unfall, Arnie. Vielleicht haben die Vorhänge Feuer gefangen, und dann hat sich der Brand ausgebreitet. Oder glaubst du, ich habe es absichtlich getan? Bitte, sei offen mit mir.«

»Da ich dich kenne, traue ich dir nicht zu, dass du mutwillig Feuer gelegt hast. Es will mir nicht in den Kopf, wie er dir so etwas unterstellen kann. Warum regt er sich eigentlich auf? Schließlich gehörte das Gebäude mir und nicht ihm.«

»Er hatte mich satt«, antwortete Hyacinth leise, »und das Unglück hat ihm einen Vorwand geliefert, die Kinder zu behalten, ohne sich mit mir belasten zu müssen.«

»Mit dir belasten?«

»Er wäre nicht der Erste, der seine Frau loswerden will.«

»Ich würde dich nie als Belastung empfinden, wenn du nur ... in Erwägung ziehen könntest ... nein, jetzt ist nicht der richtige Augenblick.«

Plötzlich wurde Hyacinth von einer schrecklichen Furcht ergriffen, und eine eiskalte Hand legte sich um ihr Herz. Was hatte sie getan? Sie umklammerte seinen Arm und sah ihn mit wildem Blick an.

»Arnie!«, rief sie aus. »Du wirst kein Sterbenswörtchen verraten, oder? Oder dich vielleicht verplappern. Ich vertraue dir, Arnie. Es geht um mein Leben. Und um das meiner Kinder, falls mir etwas zustoßen sollte. Ich habe es nicht einmal Francine gesagt, weil ich Bedenken hatte, sie könnte in ihrer Wut Gerald zur Rede stellen. Denn das wäre mein Ende. Sie verabscheut ihn.«

»Hy, denk nicht mehr daran. Ich habe es längst vergessen und weiß nicht, wovon du redest. Du hast mir nie etwas erzählt.«

Vielleicht war sie leichtgläubig gewesen. Schließlich war ihre Naivität laut Francine ihre größte Schwäche, eine, die auch Gerald ihr gern unter die Nase gerieben hatte. Und dennoch konnte man nicht voller Argwohn gegen seine Mitmenschen durchs Leben gehen.

»Ich vertraue dir, Arnie«, wiederholte sie.

Er stand auf.

»Ich bestelle jetzt ein Taxi und bringe dich nach Hause.« Er küsste sie auf beide Wangen. »Ich bin für dich da, Hy, und werde auf dich warten. Fühl dich nicht unter Druck gesetzt. Überleg es dir ganz in Ruhe.«

13

Seit Monaten hatte Hyacinth ihre Abende nach den Seminaren und ihre Wochenenden nähend verbracht, ohne ihre Arbeiten jemandem zu zeigen. Beim Nähen hörte sie meistens Musik.

Inzwischen habe ich zehn Opern durch, dachte sie sich, und genug Kleider für eine kleine Kollektion beisammen.

Im Schrank hing ein Rock, bestehend aus dem kobaltblau und rubinrot gemusterten Polsterstoff, aus dem sie auch eine Jacke angefertigt hatte. Passend zu dieser Jacke gab es zwei plissierte Chiffonröcke in eben diesen Farben. Das grasgrüne Kleid, das Francine auf ihrer Mexikoreise viel Freude bereitet hatte, hatte Hy inzwischen in einem hochwertigen grünen Satin kopiert, der den Schnitt noch viel besser zur Geltung brachte. Der Schrank enthielt auch ein schlichtes schwarzes Kleid mit einem der Mode des siebzehnten Jahrhunderts nachempfundenen Rüschenkragen aus teurer weißer Spitze, ein graues Wollkostüm im Herrenschnitt mit scharlachroten Paspeln, ein geblümtes Leinenkostüm und verschiedene Caprihosen und Blusen.

Als sie eines Tages vor dem Schrank stand und die Kleidungsstücke betrachtete, fragte sie sich, was sie, abgesehen davon, dass ihr das Nähen Spaß gemacht hatte, nun mit den Sachen anfangen sollte. Sie hatte nicht vor, sie selbst zu tragen, denn sie besaß bereits mehr als genug Kleidung für das Leben, das sie führte: Seminare, Nachmittagskaffee mit ein paar Nachbarinnen, mit denen sie sich angefreundet hatte, oder ein gelegentliches Treffen mit Francine, wenn diese sich in New York aufhielt. Francines Tage waren viel erfüllter als die ihrer Tochter.

Hys Reisen nach Florida dauerten höchstens zwei Tage, und auch die Besuche der Kinder in New York fielen meist kurz aus. Wenn Arnie in der Stadt war, lud er Hy zum Essen ein. Doch eine der oberen Etagen des Hotels hatte sie nie wieder betreten.

Es war, als hätte es jenen Abend nie gegeben. Hyacinths Gefühle befanden sich in Aufruhr, denn das, was sie für Arnie empfand, konnte man nur als Dankbarkeit und tiefe Zuneigung bezeichnen. Wie er die Zurückweisung wohl verkraftet hatte? Dass er sie auch weiterhin sehen wollte, war offensichtlich. Sonst hätte er sie sicher nicht angerufen. Außerdem bekam er von anderen Frauen gewiss, was sie ihm verweigert hatte. Vielleicht traf er sich ja nur aus Mitleid mit ihr, insbesondere, seit er die ganze Geschichte kannte.

Als sie so dastand und geistesabwesend ihre Arbeiten musterte, kam sie zu dem Schluss, dass es einen Versuch wert war, die Sachen zu verkaufen. Was hatte sie schon zu verlieren, falls sich dieses Unterfangen als vergeblich entpuppen sollte? Also verbrachte sie die nächste Viertelstunde damit, den Schrankinhalt in einem großen flachen Karton zu verstauen. Dann ging sie nach unten, um ein Taxi anzuhalten.

Keine zehn Minuten später stand sie in einem der renommiertesten Modehäuser in der Madison Avenue, um dem Geschäftsführer ihre Kollektion zu präsentieren.

Könnte es sein, dachte sie, während sie zusah, wie der Mann die Kleider begutachtete, dass er an ein exzentrisches Benehmen wie meines gewöhnt ist?

Denn inzwischen meldeten sich Zweifel, und sie war über ihr eigenes Verhalten so entsetzt, dass sie am liebsten die Flucht ergriffen hätte – wäre das nicht noch peinlicher gewesen, als zu bleiben.

Allerdings war der elegant gekleidete Herr alles andere als pikiert und schien sogar Interesse zu zeigen. Eine Weile war nur das Rascheln von Seidenpapier zu hören.

»Das Kostüm im Herrenschnitt mit den roten Paspeln gefällt mir und würde gut zu einer Spitzenbluse passen«, sagte er mit dem Anflug eines Lächelns.

Er nahm die Sachen nacheinander aus dem Karton, musterte sie gründlich und legte sie dann vorsichtig wieder zurück.

»Nun, ich weiß nicht«, meinte er schließlich und musterte Hyacinth von Kopf bis Fuß.

Er überlegt, wie er mich höflich abwimmeln soll, dachte sie und erwiderte seinen Blick.

»Ihre Arbeiten sind wirklich bemerkenswert. Aber Sie haben sicher nicht sofort mit einer positiven Antwort gerechnet.«

Ich habe eigentlich mit gar keiner Antwort gerechnet, Sir, hätte Hyacinth am liebsten erwidert. Oder sehe ich so dämlich aus? Nun, offenbar schon, denn sonst wäre ich ja nicht einfach hier hereinspaziert. Man braucht sich nur anzuschauen, wer in den unteren Etagen residiert. Alle großen Modeschöpfer aus Mailand, Paris und New York sind vertreten.

Unwillkürlich schüttelte sie den Kopf.

»Warum schreiben Sie mir nicht Ihren Namen und Ihre Telefonnummer auf und notieren uns ein paar Daten Ihres Werdegangs. Geben Sie uns Bedenkzeit. Sie werden auf jeden Fall von mir hören.«

In ihrem Trancezustand wusste Hy nicht, ob sie träumte oder ob der nette Herr sie auf den Arm nehmen wollte. Sie klemmte ihre Schachtel unter den Arm und fuhr mit dem Taxi nach Hause.

Als ein paar Tage später das Telefon läutete und eine fremde Frau am Apparat war, nahm sie an, die Sekretärin des netten Herrn wolle ihr mitteilen, es täte Mr Soundso ja sehr leid, aber er wisse ihre Bemühungen zu schätzen ... bla, bla, bla ...

Stattdessen war es die Sekretärin einer sehr berühmten Modeschöpferin namens Lina Libretti, die inzwischen in

New York fast ebenso viel Ansehen genoss wie Chanel vor vierzig Jahren in Paris. Sie konnte zwar nicht ganz mit ihrem berühmten Vorbild mithalten, war aber auf dem besten Wege dazu.

Offenbar hatte Ms Libretti erfahren, das Hyacinth in dem eleganten Laden in der Madison Avenue ihre Kreationen präsentiert hatte. Ob Hyacinth die Sachen am kommenden Vormittag in ihr Büro bringen könne?

Verdattert legte Hyacinth den Hörer auf. Selbstverständlich war Lina Libretti ihr ein Begriff, und zwar nicht nur, weil die ganze Stadt über sie sprach, sondern weil sie Vorträge am Institut gehalten hatte. Ms Libretti war eine dunkelhaarige zierliche Frau, die von Temperament strotzte und ihren europäischen Akzent nie verloren hatte.

Als Hyacinth sich am nächsten Tag, bewaffnet mit ihrem Karton, auf den Weg in die Seventh Avenue machte, tobte eine Mischung aus banger Erwartung und vernünftigen Zweifeln in ihr.

Es war ein riesiger Raum. Die gewaltigen Fenster gaben den Blick auf den Himmel frei. Hinter einem Trennregal, in dem Fotos von Prominenten standen, befand sich ein großer Schreibtisch, vollgestapelt mit Zeitschriften und Aktenordnern. Und hinter dem Schreibtisch thronte eine kleine Frau. Im Seminarraum hatte sie nicht so winzig gewirkt.

Die Frau stand auf und begrüßte Hyacinth mit einem freundlichen Lächeln. Dann kam sie sofort auf den Punkt.

»Sie hätten die Sachen nicht mitschleppen müssen«, meinte sie forsch. »Schließlich kenne ich Ihre Skizzen. Oder haben Sie vergessen, dass ich Ihr Seminar unterrichtet habe?«

»Ich erinnere mich noch sehr gut daran«, erwiderte Hyacinth.

Wie könnte man das vergessen?, fügte sie in Gedanken hinzu.

»Ja, Sie sind mir damals aufgefallen. Ich hatte ohnehin vor, Sie am Ende des Semesters anzusprechen, denn ich halte nichts davon, Studenten mitten im Unterrichtsjahr kopfscheu zu machen. Aber Sie sind mir zuvorgekommen. Offenbar haben Sie einen guten Eindruck hinterlassen.« Diese Feststellung wurde von einer ausladenden Geste in Richtung Madison Avenue begleitet. »Wie Sie wissen, bringe ich vier Kollektionen im Jahr heraus, die fast restlos aufgekauft werden. Das haben Sie sicher gehört.«

Hyacinth konnte nur nicken, bevor der Redeschwall weiterging.

»Auf mich haben Sie auch einen guten Eindruck gemacht. Ich habe das Gefühl, dass Sie über Kunstverstand und Liebe zur Natur verfügen. Liege ich richtig? Setzen Sie sich doch.«

Noch nie hatte Hyacinth eine außergewöhnliche Frau wie Ms Libretti kennengelernt, die so viel Intelligenz und Menschenkenntnis – und vermutlich auch ein hitziges Temperament – besaß.

»Liege ich richtig?«, wiederholte Ms Libretti.

»Ich habe früher sehr viel gemalt. Meine Kindheit habe ich in einer ländlichen Kleinstadt verbracht.«

»Sehen Sie«, fiel Libretti ihr ins Wort. »Das merke ich Ihren Arbeiten an. Die vielen Pflanzen- und Himmelstöne. Die Frische. Für Sie mag das unsinnig klingen, und vielleicht ist es das auch. Aber Sie sind sehr gut, meine Liebe, sehr gut. Ich bin eine alte Frau von über siebzig Jahren und habe viele arme junge Dinger kommen und gehen gesehen, die sich für talentiert hielten. Doch das traf bei den wenigsten zu. Alle glauben, sie wären originell. Doch wer von uns ist das schon?« Sie lachte auf. »Auch ich kann nicht immer originell sein. Hören Sie: Hätten Sie Lust, hier anzufangen? Bei mir lernen Sie doppelt so schnell wie am Institut.«

Hyacinth glaubte, ihren Herzschlag nicht nur in Brust und Ohren, sondern bis hinunter zu den Zehen zu spüren.

»Schon gut, es steht Ihnen ins Gesicht geschrieben. Sie nehmen mein Angebot an. Und jetzt machen Sie diesen Karton auf und zeigen mir Ihre Sachen. Der arme Mann, dem Sie sie letztens vorgeführt haben, war vor Begeisterung ganz aus dem Häuschen.«

Rückblickend betrachtet, wurde Hyacinth klar, dass sie etwa ein halbes Jahr gebraucht hatte, um die Tragweite der Ereignisse tatsächlich zu erfassen. Zunächst einmal hatte sie so viel lernen müssen, dass ihre anfängliche Euphorie bereits am zweiten Tag in Lina Librettis Atelier verflog. Jeden Moment rechnete sie mit der Mitteilung, sie sei für diesen Beruf nicht geeignet, und man bedauere den Irrtum sehr.

Noch nie zuvor hatte sie eine Werkstatt gesehen, in der Männer und Frauen im grellen Neonlicht saßen oder standen und nähten, schnitten und bügelten, bis das fertige Stück den Vorstellungen der Modeschöpferin entsprach. Den Anblick eines Designers, der ein Kleid an einem leibhaftigen Mannequin absteckte, kannte sie nur aus Modezeitschriften. Ihre eigenen Erfahrungen auf diesem Gebiet beschränkten sich auf Francines grünes Kleid. Sie hatte keine Ahnung, wie man Strickwaren zuschnitt oder wie beidseitig bedruckte Stoffe zu verarbeiten waren – ganz zu schweigen von Fertigkeiten wie Kostenkalkulation und Preisfindung, von denen das Überleben eines Modehauses abhing.

Ihre Fehler machten sie mutlos, und sie fürchtete die Rügen aus Linas Mund, die wie Peitschenhiebe auf sie einprasselten, wenn sie patzte oder etwas vergaß. An einem besonders anstrengenden Nachmittag ging sie sogar so weit, Lina zu fragen, ob sie nicht besser kündigen solle.

Die Reaktion war eine weitere Schimpftirade, gefolgt von einem Schulterklopfen und den Worten: »Seien Sie nicht albern. Sie werden noch lange nach mir hier sein – natürlich nur, wenn Sie das wollen.«

Wenn Sie das wollen?

Hy sprudelte förmlich über vor Ideen. Sie besuchte das Modemuseum und die China-Ausstellung im Central Park, um sich inspirieren zu lassen. Der Spitzenbesatz eines Babyhäubchens verwandelte sich vor ihrem geistigen Auge in die Rüschenpyramide an einer mandelbeigen Ballrobe. Aus einem gemusterten Sari wurden die locker fallenden Ärmel eines cremefarbenen Etuikleides.

»Gut. Und jetzt schneiden wir zu«, verkündete Lina. »Schauen Sie gut hin und merken Sie sich alles.«

Als der Laden, in dem Hyacinth zuerst ihre Kreationen vorgezeigt hatte, einige der Stücke bestellte und sie unter dem Namen Libretti präsentierte, vermeldete eine beliebte Modezeitschrift, die neue junge Designerin hieße Hyacinth.

»Wenn Sie sich weiter so geschickt anstellen, lasse ich Sie unter Ihrem eigenen Namen auftreten«, verkündete Lina großzügig. »Sie werden dann das niedrigere Preissegment übernehmen, was auf keinen Fall mit billig gleichzusetzen ist. Wir nennen Ihre Linie *Lina Librettis Hyacinth Collection.*«

Es war interessant mit anzusehen, wie die verschiedenen Menschen in Hys Leben auf diese plötzliche Entwicklung reagierten.

Francine reiste, ganz die liebende Mutter, sofort nach New York, lud sie in eines der teuersten Restaurants der Stadt ein und schenkte ihr zur Feier des Tages ein Armband.

Arnie äußerte die für ihn typische Mischung aus aufmunternden und warnenden Worten.

»Super! Großartig! Endlich zeigst du es der Welt. Aber du bist neu im Geschäft, also sei auf der Hut. Hör dich um, wie viel die anderen so verdienen. Lass dich nicht ausnützen.«

Von Gerald kam ein kurzer freundlicher Brief, in dem er ihr alles Gute wünschte. Hyacinth warf ihn in den Papierkorb, ohne ihn zu beantworten. Da Gerald eigentlich keine Modezeitschriften las, wunderte es sie, woher er es überhaupt wusste.

»Du hast es ihm erzählt«, meinte sie zu Arnie am Telefon.

»Nein, ich schwöre. Du musst dich offenbar daran gewöhnen, dass dein Name in aller Munde ist, Hy. Und das nach nur einem halben Jahr. Werd mir bloß nicht größenwahnsinnig, mein Kind.«

Die Zeit heilt alle Wunden.

Wenn sie allein war, fiel Hyacinth das Sprichwort ein, das sie einmal in der Schule gelernt hatte, vor so langer Zeit, dass es in einem anderen Leben gewesen zu sein schien. Nur, dass es auf sie offenbar nicht zutraf. Die Zeit lehrte sie nur, ihren Schmerz zu überspielen, ihn zu ertragen und dankbar zu sein, dass sie Arbeit hatte, dass ihre Kinder gesund waren und dass sie bis jetzt dem Fall des Damoklesschwerts entronnen war, das über ihrem Kopf schwebte.

Wenn ich im Bus einen fröhlichen Jungen mit seinem Tornister sehe, denke ich an meinen eigenen Sohn, der auch zehn Jahre alt und fröhlich ist, schoss es Hyacinth durch den Kopf. Dann fällt mir Emma ein, ein mageres kleines Mädchen, so einfühlsam und strotzend vor Wissbegier. Sie sieht nicht nur ihrem Vater ähnlich, sondern auch Francine, und sie wird einmal so groß werden wie ich. Im Gegensatz zu mir haben meine Kinder sich an ihr neues Leben gewöhnt.

Abhängig von der jeweiligen Betrachtungsweise, hat sich alles oder gar nichts verändert. Zwischen Francine und mir herrscht inzwischen eine stillschweigende Waffenruhe. Da sie weiß, dass ich nichts sagen werde, fragt sie nicht mehr. Arnie ist so wie immer, lebhaft, extravagant und ein treuer Freund. Auch zwischen uns ist vieles unausgesprochen geblieben, seit dem Abend, an dem ich mich von ihm losgerissen habe. Lina ist immer noch begeistert und sehr froh, dass die *Hyacinth Collection* nach nur einem Jahr von achtzehn der prestigeträchtigsten Modeketten im ganzen Land geführt wird. Mittlerweise durfte ich bereits meine ersten Erfahrungen mit Modenschauen, Fotografen und Journalisten sammelten.

Ja, alles ist anders geworden – und dennoch gleich geblieben.

»Ich muss Ihnen etwas sagen«, meinte Lina. »Kommen Sie in mein Büro und machen Sie die Tür hinter sich zu, denn das geht momentan nur uns beide etwas an. Erst nächste Woche wird es die Öffentlichkeit erfahren: Ich plane, das Unternehmen zu verkaufen.«

»Aber warum denn, Lina? Was werden Sie dann mit Ihrer Zeit anfangen?«

Hy konnte sich das temperamentvolle Persönchen nicht außerhalb dieses Gebäudes in der Seventh Avenue oder ohne ihr Büro vorstellen, wo ihre Chefin nun wie eine Königin hinter dem gewaltigen, vollgestapelten Schreibtisch thronte.

»Nun, es wird ja nicht sofort geschehen. Ich möchte nur alles vorbereiten. Dann werde ich die Millionen genießen, die man mir dafür bezahlen wird.« Lina lachte. »Nein, im Ernst, ich bin müde. Oh, für eine Weltreise reicht meine Kraft natürlich noch, doch ich werde älter, und die Zeit ist reif für eine Veränderung. Und da kommen Sie ins Spiel, Hyacinth.«

»Ich? Sollte ich mich nicht besser bald nach einer neuen Stelle umschauen?«

»Unsinn. Sie sind einer der vielen Gründe, warum die Kaufinteressenten es auf mein Modehaus abgesehen haben. Es handelt sich um einen großen Bekleidungshersteller, der – wie die meisten Unternehmen auf dieser Welt – seinen Geschäftsbereich ausweiten will. Die Herren haben sich zwar sehr diplomatisch ausgedrückt, würden aber gern frisches Blut in der Firma sehen, wenn sie sie übernehmen. Und Sie sind eine junge Frau, Hyacinth.«

Mit funkelnden Augen beobachtete Lina, wie ihre Worte wirkten.

Hyacinth war völlig überrascht. »Sie trauen mir doch nicht ernsthaft zu, das ganze Unternehmen zu leiten!«

»Nicht nächste Woche oder innerhalb des kommenden halben Jahres. Das steht fest. Deshalb werde ich als Beraterin an Bord bleiben, so lange es nötig ist. Sie behalten Ihre Mitarbeiter, Einkäufer, Buchhalter und alle anderen, die Ihnen unter die Arme greifen werden, und arbeiten einfach weiter wie zuvor. Und irgendwann, wenn Sie meine Erwartungen erfüllen, werden Sie an diesem Schreibtisch sitzen.«

War es nicht erst gestern Nachmittag gewesen, dass sie, aus dem Seminar kommend, in diesen riesigen Raum getreten war und Lina Libretti kennengelernt hatte? Hatte sie sich nicht erst gestern auf ihrer Vortreppe von Moira verabschiedet? Gestern in einer Kirche der Trauerfeier für einen unschuldigen Mann beigewohnt?

»Ich kann es noch immer nicht fassen«, murmelte Hyacinth.

»Das ging mir damals genauso. Ja, ja.« Lina kippte ihren Stuhl zurück und schaute zur Decke, als liefe dort ein Rückblick auf die vergangenen Jahre ab. Dann beugte sie sich wieder vor.

»Wie ich schon sagte, handelt es sich um einen Großkonzern«, fuhr sie in geschäftsmäßigem Ton fort. »Das Unternehmen möchte sein Betätigungsfeld auf den Luxussektor wie teure Parfüms, hochwertigen Modeschmuck und elegante Schuhe und Taschen ausdehnen. Nur, um Ihnen ein Bild zu vermitteln. Einer ihrer Mitarbeiter hat in Kalifornien Ihre Abendkollektion mit Rüschen und bunten Pflanzenfarben gesehen. Ich bin sicher, dass unter anderem diese Kleider ihr Interesse geweckt haben. So sollten Sie weitermachen, Hyacinth.«

»Ist das alles wahr oder nur ein Traum?«

»Nun, es ist wahr. Und Sie müssen auf Zack sein, denn morgen oder übermorgen bekommen wir Besuch von Vertretern der Firma, die die Details mit uns besprechen wollen.«

»Deine Großmutter wäre begeistert gewesen!«, rief Francine aus, ein großes Lob von einer Frau, deren Verhältnis zu Hys Großmutter eher gespannt gewesen war. »Auch wenn man das eigentlich nicht richtig vergleichen kann. Sie hat dir die technischen Fähigkeiten beigebracht, das stimmt, doch sie hatte einen schauderhaften Geschmack. Diese grässliche Kombination aus Erbsengrün und Kastanienbraun. Wie faule Trauben sah das aus.«

»Am besten besorgst du dir einen guten Anwalt«, riet Arnie, als er anrief, angeblich, um ihr das Neueste über Emma und Jerry zu erzählen. »Bei diesen Firmenübernahmen kann man nie vorsichtig genug sein. Du musst deine Interessen schützen, Hy.«

Hy dachte noch über diese beiden Reaktionen nach, als sie am nächsten Morgen in Linas Büro kam. Der Mann, der Lina gegenübersaß, kehrte der Tür den Rücken zu. Sobald die Tür aufging, erhob er sich und drehte sich zu Hyacinth um. Es war Will Miller.

Als Erstes sah sie das Schmunzeln, das sich auf seinem Gesicht ausbreitete und um seine Lippen spielte. Er schien kurz davor zu stehen, loszulachen. Hy hatte ganz vergessen, wie grün seine Augen waren.

»Aber, aber«, sagte er. »So sehen wir uns also wieder.«

»Sie kennen sich?«, fragte Lina verwundert.

»Ja, von früher. Doch wir hatten bei unserer letzten Begegnung eine kleine Auseinandersetzung, richtig, Hyacinth?«

Sie hätte ihre Gefühle nicht in Worte fassen können. Einerseits grollte sie ihm noch ein wenig, denn immerhin war er an jenem Tag unnötig taktlos gewesen. Andererseits jedoch war sie froh über diese Begegnung. Schließlich hatte sie oft genug an ihn gedacht. Allerdings wusste sie auch, dass das zu Komplikationen führen konnte, denn schließlich durfte sie nicht einmal daran denken, sich ernsthaft auf einen Mann einzulassen. In ihrem Leben ging es ohnehin schon turbulent genug zu.

»Wie Sie sehen«, erwiderte sie kühl und höflich, »habe ich auf Ihren Rat gehört.«

Das kurze Gespräch wurde durch die Ankunft weiterer Personen unterbrochen und erst am Mittag nach der Sitzung weitergeführt.

»Was halten Sie von einem Mittagessen?«, fragte Will. – »Tut mir leid, aber ich lasse mir meistens ein Sandwich ins Haus bringen. Die Ferienkollektion muss bald fertig sein.«

»Dann also ein Drink und ein Abendessen.«

»Ich muss Sie enttäuschen, aber ich bin bereits eingeladen.«

»Heute ist Freitag. Was ist mit morgen?«

»Da habe ich Gäste. Ein paar Freunde meiner Mutter«, fügte sie rasch hinzu, damit er die Tatsache, dass er nicht eingeladen war, nicht als Abfuhr verstand.

»Gut, dann gehen wir am Sonntagnachmittag zusammen im Park spazieren. Sie kommen mir nicht davon, Hyacinth. Vergessen Sie nicht, dass Sie bald Mitarbeiterin meiner Firma sein werden.«

Wieder das Schmunzeln!

»Wollen Sie etwa behaupten, dass Ihnen die Firma gehört?«, gab sie zurück.

»Nicht die ganze. Ein Konzern ist nie im Besitz einer Einzelperson. Schauen Sie doch im Wörterbuch nach.«

Dass er sie aufzog, als kennten sie sich bereits seit Jahren, erstaunte sie. Er behandelte sie, als seien sie einander vertraut wie ... tja, wie Dad und Francine, die häufig so gefrotzelt hatten.

»Und welche Funktion haben Sie dann?«, fragte sie.

»Die R.J. Miller Company hat nach dem Tod meines Vaters aufgehört zu existieren. Es geschah kurz nach unserer letzten Begegnung. Zum Glück war es kein Konkurs, sondern eine Übernahme. Inzwischen gehöre ich dem Vorstand des neuen Unternehmens an und wohne in New York.«

Will griff in die Tasche und förderte eine Hornbrille zutage.

»Ich habe mir eine neue gekauft, für den Fall, dass ich wieder älter aussehen muss. Erinnern Sie sich an die Zeit, als ich jünger wirken wollte? Möglicherweise muss sich das Ihretwegen wieder ändern, damit Sie mehr Respekt vor mir haben. Immerhin haben Sie es mir zu verdanken, dass Sie jetzt eine so wichtige Position bekleiden. Los, Hy, lächeln Sie. Ich reiße mir ein Bein aus, um sie zu amüsieren, und Sie verziehen keine Miene.«

Verschwinde, dachte sie. Hau ab. Ich möchte nichts mit dir zu tun haben. Ich will dich, aber das kommt nun einmal nicht infrage. Es hat keinen Sinn. Du weißt nichts über mich. Es ist nicht fair, dir gegenüber und deshalb absolut zwecklos. Also lass mich in Ruhe.

»Am Sonntag zum Brunch?«, fragte er.

Opale, dachte sie. Seine Augen sind wie Opale.

Im nächsten Moment stellte sie fest, dass seine Brille nur ein Scherzartikel ohne Gläser war, und lachte. »Also gut. Brunch, wenn Sie darauf bestehen.«

»Lassen Sie das Frühstück ausfallen. Ich mag es, wenn eine Frau ordentlich zugreift.«

»Sie fangen an, mich herumzukommandieren?«

»Aber klar. Immerhin bin ich Ihr Chef und habe gerade eine Stange Geld für Sie bezahlt.«

»Der April ist mein Lieblingsmonat«, sagte Will. »Und wissen Sie, warum?«

»Weil danach der Mai kommt, und der ganze Sommer noch vor einem liegt.«

»Genau!«, rief er aus. »Und was halten Sie vom September?«

»Den Herbst mag ich nicht so sehr. Angeblich soll er mit seinen roten und goldenen Farben ja sehr schön sein, und vermutlich ist er das auch. Aber ich habe dennoch das Gefühl, dass alles stirbt. Den Winter hingegen mag ich, ich liebe ihn sogar. Können Sie sich den Grund vorstellen?«

»Das ist einfach. Weil der Frühling vor der Tür steht. Es schneit, und in den Supermärkten gibt es schon Osterglocken. Richtig? Geht es Ihnen genauso?«

»Ja, ja, das stimmt.«

Langsam schlenderten sie durch den Park. Inzwischen hatten sie bereits vier Stunden zusammen verbracht. Schon während des zweistündigen Brunchs hatten sie sich angeregt unterhalten, und auch jetzt ging ihnen der Gesprächsstoff nicht aus. Auch wenn die Gedankenfetzen für viele Menschen unverständlich gewesen wären, passte bei ihnen alles auf wundersame Weise zusammen.

»Sie waren einfach wie vom Erdboden verschluckt, und ich konnte niemanden finden, der Sie kannte. Nur die Mitarbeiter im Laden, und die wussten nichts. Überall habe ich Sie gesucht. Aber Sie hatten nicht einmal einen Nachsendeantrag bei der Post gestellt. Warum?«

Als er sie eindringlich musterte, schien er tief in ihren Verstand hineinblicken zu können. Genau diesen Eindruck hatte sie bei ihrer ersten Begegnung auch gehabt.

»Die Scheidung war der Grund«, erwiderte sie. »Ich fühlte mich so elend und wollte nur noch fliehen und alles hinter mir lassen. Auch die Menschen, die ich mit diesem Ort verband.« Zumindest der letzte Satz stimmte.

»Verständlich«, antwortete er leise. »Allerdings wollte ich Sie aus einem ganz bestimmten Grund wiedersehen, Hyacinth. Genau genommen sogar aus zwei Gründen. Erstens möchte ich mich noch einmal für meine Taktlosigkeit und Rechthaberei entschuldigen. Und zweitens wollte ich ihnen von der Dufy-Ausstellung erzählen, die ich während meiner Europareise besucht habe. Mir war nämlich völlig neu, dass er auch als Modezeichner tätig gewesen ist, auch wenn ich nicht weiß, warum mich das so gewundert hat. Seine Skizzen in Wasserfarbe, Bleistift und Tusche sind wahre Kleinodien. Er hat sie vor dem Ersten Weltkrieg im Auftrag eines berühmten Pariser Modehauses angefertigt. Sofort musste ich an Sie und an den Zusammenhang zwischen Mode und Kunst denken.«

»Also kennen Sie sich besser mit Kunst aus, als Sie mir weismachen wollten.«

»Nein, es war die reine Wahrheit. Mein Wissen ist wirklich sehr begrenzt. Ich muss noch viel lernen.«

»Ich auch.«

Plötzlich nahm Hy seine Nähe so stark wahr, dass ihr die Worte fehlten. Erst als sie vor dem Museum standen, fand sie die Sprache wieder.

»Wollen wir hineingehen?«

»Ein andermal. Heute möchte ich mit Ihnen reden. Erzählen Sie mir von sich.«

»Da gibt es nicht viel zu erzählen. Ich arbeite von früh bis spät. Ich liebe meinen Beruf. Und ich hatte großes Glück. Sie haben mir wirklich einen guten Rat gegeben.«

»Ich habe nicht Ihren Beruf gemeint, sondern Sie persönlich. Fühlen Sie sich seit der Trennung einsam? Man hört oft, dass Menschen nach einer Scheidung glauben, ganz allein auf der Welt zu sein, so unerfreulich ihre Ehe auch gewesen sein mag.«

»Ich bin nicht allein«, wandte Hy rasch ein. »Ich habe drei Brüder, und außerdem lebt meine Mutter nur ein paar Autostunden entfernt. Sie ist zwar sehr mit ihrem wohltätigen Engagement beschäftigt, und ich habe auch wenig Zeit. Aber wir treffen uns, so oft es geht.«

Sie wusste, dass er sich nicht nach ihrer Verwandtschaft erkundigt hatte, sondern auf indirektem Weg zu erfahren versuchte, ob sie wieder eine Beziehung hatte. Wenn es ihr gelang, ihn in diesem Glauben zu wiegen, würde er, bis auf gelegentliche Begegnungen im Büro, aus ihrem Leben verschwinden.

»Ich habe zwar ein paar Freunde«, erwiderte sie dennoch nur. »Doch niemanden, der mir nahesteht. Dazu fehlt mir einfach die Zeit.«

»Niemanden, der Ihnen nahesteht? Das freut mich aber. Nein, ich wollte nicht egoistisch klingen. So habe ich es nicht gemeint. Nicht ganz.«

Sie schlenderten an einem Teich vorbei. Dunst lag in der

Luft. Das erste zarte Grün war schon zu sehen. Am Reitweg blieben sie stehen, um einige Reiter vorbeizulassen. Es waren Kinder dabei. Das kleinere saß auf einem Pony, kaum höher als ein Spielzeugpferd. Das ältere Geschwister thronte stolz und feierlich auf einem größeren Tier.

»Hübsch«, stellte Will fest. »Wollen wir uns an den Teich setzen und den Pferden zuschauen?«

Sie ließen sich auf einer Bank nieder und schwiegen eine Weile. Hy spürte, dass er sie, ein Lächeln in den Augen, ansah.

Sein Gesicht ist so ausdrucksvoll, dachte sie. Es sagt so vieles und verschweigt nichts.

Doch im nächsten Moment fiel ihr ihr Geheimnis ein, und sie empfand seine Aufmerksamkeit als bedrückend. In ihrer Verzweiflung konnte sie nicht anders, als ihm reinen Wein einzuschenken.

»Ich habe zwei Kinder«, flüsterte sie. Ihre Stimme klang für sie wie die einer Fremden.

»Wirklich? Aber warum ...« Er verstand die Welt nicht mehr.

»Warum ich ihre Existenz verheimliche? Ich weiß nicht. Wahrscheinlich, um zu vergessen, wie schwer es war ... die Scheidung ... Kinder begreifen so etwas nicht.«

»Wie alt sind sie?«

»Knapp elf und beinahe acht. Jerry ist der große Bruder. Seine Schwester heißt Emma. Es ist vor gut drei Jahren passiert.« Sie erinnerte sich an den Abend nach dem Weihnachtsessen, als sie oben in ihren Zimmern geweint hatten.

»Es war entsetzlich für die beiden«, fügte sie hinzu.

»Für Sie sicher auch. Wie geht es ihnen heute?«

»Besser, soweit ich es beurteilen kann. Aber man weiß schließlich nie, was sie verdrängen.«

»Stimmt. Doch eine starke Mutter wie Sie zu haben, die sich wie mein Großvater zu sagen pflegte, selbst am Schopf aus dem Sumpf gezogen hat, ist sicher eine große Stütze für sie.«

»Mit dem Schopf wäre ich mir zwar nicht so sicher, aber ich hoffe, dass Sie recht haben.« Mit zitternder Stimme sprach Hyacinth weiter. »Der Junge auf dem Pferd erinnert mich an Jerry. Er liebt Pferde, und ich bin froh darüber, weil es ihn ablenkt. Es ist gut, wenn man sich leidenschaftlich für etwas interessiert, denn es gibt einem Kraft.«

»Sehen die Kinder ihren Vater?«

»Aber ja. Sie sind gerade bei ihm. Es sind Frühlingsferien. In der schulfreien Zeit besuchen sie ihn immer.«

Warum lüge ich?, fragte sie sich, während sie diesen Satz aussprach. Ich habe doch früher nie gelogen. Allerdings liegt der Grund auf der Hand. Es ist immer dieselbe alte Geschichte: Eine Frau, die ihre Kinder hergibt, ist unnatürlich, eine Rabenmutter, mit der etwas nicht in Ordnung sein kann. So lautet zumindest die landläufige Auffassung.

Um ihre Normalität unter Beweis zu stellen, öffnete Hyacinth ihre Handtasche, unterdrückte das Zittern in ihrer Stimme und zeigte Will ein Foto von ihren Kindern. Sollte er sie doch als typisches Muttchen abtun und sie in Ruhe lassen.

»Entschuldigen Sie, wenn ich Sie langweile«, meinte sie. »Das sind sie.«

Die Kinder standen in Reitkleidung vor einer Koppel. Arnie hatte das Foto an dem Tag von Emmas erster richtiger Reitstunde aufgenommen.

Will war entweder wirklich interessiert oder zumindest höflich genug, um so zu tun. Jedenfalls musterte er das Bild aufmerksam.

»Sie langweilen mich ganz und gar nicht. Es sind sehr hübsche Kinder.«

»Danke. Emma ist meiner Mutter wie aus dem Gesicht geschnitten. Das Foto haben Sie ja in meinem Haus gesehen.«

»Ich erinnere mich, dass ich ihnen sagte, Ihre Mutter sei sehr schön, aber Sie seien noch schöner.«

Auch auf Nachfrage hätte Hyacinth ihre Gefühle in diesem Moment nicht beschreiben können. »Verwirrung« hätte es vielleicht noch am besten getroffen. Wieder fehlten ihr die Worte, und auch Will wusste offenbar nicht, was er sagen sollte. Später fragte sie sich, ob wohl einer von ihnen das Schweigen gebrochen hätte, wäre nicht just in diesem Moment eine eisige Windböe durch den Park gefegt. Im nächsten Augenblick öffnete der Himmel seine Schleusen.

»Wir sollten umkehren, bevor wir noch klatschnass werden«, schlug sie vor.

»Natürlich.«

Wie um den Abschied an der Tür ihres Mietshauses hinauszuzögern, hielt er inne.

»Was für eine wichtige Rolle doch der Zufall in unserem Leben spielt«, meinte er nachdenklich. »Als ich Sie an jenem Tag im Laden sah, dachte ich mir: ›Diese Frau gefällt mir. Ihr langes Haar erinnert an einen seidenen Vorhang.‹ Außerdem scheint sie mit beiden Beinen im Leben zu stehen. Dann vergaß ich Sie wieder. Schließlich begegnet man ständig interessanten Menschen, die man nie wieder trifft. Und dann bin ich Ihnen auf dem Platz noch einmal über den Weg gelaufen.«

Offenbar wartete er darauf, dass sie ihn hereinbat. Und wieder log sie und redete sich ein, dass es leichter war.

»Meine Mutter und ihre Freunde sitzen oben. Sonst …«

»Ein andermal«, erwiderte er und musterte sie, als hätte die Erkenntnis, was da mit ihnen geschah, ihm ebenso wie ihr die Sprache verschlagen.

Auf der Fahrt im Aufzug erinnerte sie sich an das, was er gerade zu erzählen begonnen hatte. Die heruntergefallene Tüte. Er hob das Buch auf und zitierte Stephen Spender. Was, wenn er ihr einen Heiratsantrag machte? Durchaus möglich. Aber es durfte auf keinen Fall dazu kommen.

Ich bin ohnehin schon zu weit gegangen. Ich trage ein gefährliches Päckchen mit mir herum, das man, wie die Büchse der Pandora, niemals öffnen darf.

Während Will den Kontakt zu ihr suchte, tat Hy alles, um ihn auf Abstand zu halten, und behandelte ihn deshalb freundlich, aber kühl, flüchtete sich in Halbwahrheiten und Ausreden und log, dass sich die Balken bogen. Wenn sich eine Begegnung nicht vermeiden ließ, versuchte sie, ihm auf typisch weibliche Art die Botschaft zu vermitteln, dass sie ihn zwar recht nett fand, mehr aber nicht. Und zwar ganz gleich, was an jenem Tag im Park zwischen ihnen geschehen sein mochte.

Hyacinth war sicher, das der Empfänger dieser Signale sich irgendwann entmutigt trollen und auf Nimmerwiedersehen verschwinden würde. Doch Will Miller schien die Antenne dafür zu fehlen. Es wunderte sie, dass sich ein attraktiver Mann wie er mit einem Spaziergang durch Chinatown oder einem Kinoabend, gefolgt von einer freundlichen Verabschiedung auf der Vortreppe, begnügte. Und dabei hätte er doch an jedem Finger eine Verehrerin haben können.

Was machen wir, wenn wir die ganze Stadt besichtigt haben?, fragte sie sich und schalt sich im nächsten Moment für ihre Albernheit, denn New York hatte unzählige Attraktionen zu bieten. Wenn er nur ganz weit weg versetzt werden würde, wünschte sie sich dann besorgt.

Aber weit gefehlt. Er war offenbar fest entschlossen, sich hier niederzulassen. Hatte er ihr nicht stolz die schlammige Baustelle gezeigt, wo die beeindruckende neue Firmenzentrale entstehen sollte? Außerdem hatte er ihr erzählt, er hätte gerne eine Wohnung mit einer schönen Aussicht.

Jedenfalls ließ er einfach nicht locker, als wäre er mit einer Freundschaft zufrieden. Seine Bemerkungen über die Suche nach ihr, über Gedichte und über ihr Haar, das angeblich einem seidenen Vorhang ähnelte, schienen nie gefallen zu sein. Vermutlich war sie nur eine seiner vielen Damenbekanntschaften, sagte sie sich, auch wenn sie das selbst nicht ganz glaubte.

Als Arnie Mitte Mai aus Florida auf Besuch kam, war Hy

wirklich froh, ihn zu sehen. Mit ihm konnte sie ungezwungen plaudern, und es entstanden nie lange Gesprächspausen, die mit harmlosem Geplapper gefüllt werden wollten. Natürlich waren Emma und Jerry ihr wichtigstes Thema. Außerdem erzählte Arnie gerne von sich, von seinem neuen Rennpferd namens Diamond und den vielen Geschäftsreisen, die ihn zwischen West- und Ostküste hin und her pendeln ließen. Es rührte Hy, wie stolz er auf ihren Erfolg war und wie er sich darüber freute. In seiner Gegenwart konnte sie endlich locker sein, denn schließlich war er der einzige Mensch, der ihr Geheimnis kannte.

Allerdings war auch das Zusammensein mit Arnie nicht völlig komplikationslos, so sehr er sich auch bemühte, seine wahren Absichten zu verbergen.

»Wahrscheinlich lernst du hier in der großen Stadt viele Männer kennen.«

»Eigentlich nicht. Ich bin von früh bis spät bei Libretti, und die Tage sind lang.«

»Aber dort arbeiten doch sicher viele andere Designer.«

»Viele von ihnen stehen nicht auf Frauen, Arnie.«

Als er grinsend erwiderte, er sei noch zu haben, wusste sie, dass das nicht rein scherzhaft gemeint war.

»Am besten schnappst du mich, bevor dir jemand zuvorkommt, Hy. Schau mich an. Nicht schlecht, oder?«

Sein lebhaftes Gesicht und sein durchtrainierter Körper waren wirklich »nicht schlecht«; allerdings fehlte etwas. Kurz schoss Hy ein Schmerz durch den Kopf.

Am ersten Juli traf Lina eine Entscheidung: Es sei an der Zeit, dass Hyacinth die französischen Stoffhersteller kennenlernte. Als weitere Reiseziele für die fernere Zukunft waren Mailand, Schottland – der Tweedstoffe wegen – und zu guter Letzt Indien eingeplant.

»Oh, wie glamourös!«, begeisterte sich Francine, als Hyacinth ihr davon erzählte. »Französische Blumen, französische Musik, französisches Essen – und natürlich die weltberühmte Mode. Du bist ein Glückskind.«

Sie war ganz aus dem Häuschen. Doch plötzlich wurde sie ernst.

»Ich freue mich für dich, mein Liebes. Du hast es dir verdient.«

Nach dem Problem, das du mir noch immer verschweigst, sollte das vermutlich heißen.

Arnie reagierte wie immer überschwänglich.

»Das ist ja toll. Verdammt, wenn ich nicht einen Monat voller Termine vor mir hätte, würde ich sofort meinen Koffer packen und mitkommen. Amüsier dich gut. Den Kindern geht es prima. Du kannst sie besuchen, wenn du zurück bist. Also viel Spaß, Hy. Aber nicht zu viel, wenn du verstehst, was ich meine.«

Zehn Tage später ließ Hyacinth sich auf ihrem Fensterplatz nieder. Während sie das Treiben auf dem Flugfeld beobachtete, erinnerte sie sich an ihre letzte Europareise. Die vier Jahre, die dazwischen lagen, hätten genauso gut vier Jahrhunderte in einem anderen Leben sein können – oder vier Tage, so deutlich stand ihr alles noch vor Augen.

In der ersten Klasse konnte man die Gesichter sämtlicher einsteigender Passagiere gründlich mustern. Neugierig wie immer fragte sich Hyacinth, was ein Gesicht eigentlich über seinen Besitzer verriet. Und so betrachtete sie die Vorbeigehenden und dachte über jeden Einzelnen von ihnen und über sich selbst nach, bis die Maschine beinahe startbereit war.

Inzwischen war Hyacinth zu einer Erkenntnis gelangt: Ich bin nun stärker als bei meinem letzten Flug nach Paris. Ich kann mehr ertragen, weil es sein muss. Denn es heißt noch immer: standhalten oder untergehen.

Unwillkürlich richtete sie sich kerzengerade auf. Der Sitz war bequem. Vor ihr auf dem Klapptisch befanden sich ein Buch, ein Michelin-Führer und ein kaltes Getränk. Unter der dunkelblauen Manschette ihres perfekt sitzenden Kostüms – eine von Linas besten Kreationen – blitzte ein goldener Armreif, ein Geschenk von Francine, hervor. Zu ihren Füßen stand die elegante Handtasche aus Eidechsenleder, die zu ihren Schuhen passte.

Lächelnd dachte Hy an Linas Ermahnung: »Sie sind jetzt eine wandelnde Werbefläche. Das dürfen Sie nie vergessen.«

Ein lange vermisstes Gefühl des Wohlbefindens breitete sich in ihr aus.

Der Platz neben ihr war noch nicht besetzt. Hy wollte sich schon über die zusätzliche Bewegungsfreiheit freuen, als eine Stimme ausrief: »Das gibt's doch nicht!«

Sie blickte auf und stellte fest, dass Will Miller im Begriff war, sich neben ihr niederzulassen.

»So eine Überraschung«, sagte er. »Oder wussten Sie es?«

Dass er ein derart miserabler Schauspieler war, steigerte ihren Zorn noch.

»Ich hatte keine Ahnung«, entgegnete sie spitz. »Und Lina sicherlich auch nicht.«

»Tja, jetzt können wir wohl nichts mehr dagegen tun. Der Flugsteig wurde schon zurückgefahren. Also werden Sie mich ertragen müssen.«

Sofort nahm sie eine Veränderung an ihm war. Die freundschaftlich distanzierte Art der letzten Wochen war verschwunden. Offenbar hatte er sich nur bemüht, auf ihr eigenes Verhalten einzugehen. Eigentlich hatte sie es geahnt, es aber nicht wahrhaben wollen. Nun saß wieder der gradlinige und offene Mann neben ihr, den sie damals kennengelernt hatte.

Und dabei hatte sie allein sein wollen …

»Sie sind mir in letzter Zeit aus dem Weg gegangen«, sagte er.

»Nein, nein«, erwiderte sie ausweichend, um Streit zu vermeiden. »Der Nachmittag in der Morgan Library war doch wirklich nett. Wenigstens fand ich das.«

»Und wann ist das gewesen? Vor drei Wochen? Verschonen Sie mich mit Ihren albernen Ausreden, Hyacinth. Die restliche Zeit waren Sie angeblich ständig beschäftigt, obwohl ich genau weiß, dass das nicht stimmt.«

»Was soll das heißen?« Empört rutschte sie näher zum Fenster. »Wer behauptet, dass ich nicht beschäftigt war?«

»Das sagt mir der gesunde Menschenverstand. Außerdem hat Lina beteuert, dass sie Sie nicht rund um die Uhr schuften lässt.«

»Woher will sie wissen, wie ich meine Freizeit verbringe?«

»Sie weiß mehr, als Sie glauben.«

»War das hier etwa ihre Idee? Ganz bestimmt war es das. Sie mussten ja – natürlich ganz unerwartet – nach San Francisco. Was bildet sie sich eigentlich ein? Sie hat kein Recht, sich in mein Leben einzumischen.«

»Ich möchte mich nicht über Lina streiten. Genau genommen habe ich überhaupt keine Lust auf Streit. Drehen Sie sich lieber um und schauen Sie sich die Freiheitsstatue an. Waren Sie in letzter Zeit einmal oben?«

»Nein.«

»Ich auch nicht, seit ich zehn Jahre alt war. Das erledigen wir, sobald wir von dieser Reise zurückkommen.«

»Was meinen Sie mit ›wir‹?«

»Genau das, was ich gesagt habe. Hören Sie, Hyacinth, Sie haben lange genug die Unnahbare gespielt. Leugnen Sie nicht, denn ich merke es Ihnen an. Das ist sehr weiblich, reizend altmodisch und für den Anfang auch in Ordnung, aber inzwischen sind wir über diese Phase hinaus. Und zwar seit dem Tag, als wir im Park den Jungen auf dem Pferd gesehen und Sie mir die Fotos von Emma und Jerry gezeigt haben.«

»Sie haben keine Ahnung, wovon Sie reden«, erwiderte sie leise.

»Doch, das weiß ich sehr wohl, und Sie wissen es auch. Ganz gleich, was Sie mir erzählen, sprechen Ihre Augen eine andere Sprache. So wie jetzt.«

Zu Hys Ärger traten ihr Tränen in die Augen, und zwar einfach deshalb, weil er sich die Namen Jerry und Emma gemerkt hatte.

Toll, wie du dich wieder im Griff hast, Hyacinth!

Sie wandte sich zum Fenster, wo die Stadt unter ihnen in der Ferne versank. Auf dem Bildschirm vor ihnen war eine Karte mit ihrer Flugroute zu sehen: nach Nordosten in Richtung Boston, dann nach Halifax, Grönland ... so viele Kilometer und Stunden an diesen Sitz gefesselt.

»Ich werde Sie nicht stören«, meinte Will unvermittelt. »Lesen Sie ruhig Ihr Buch. Ich habe auch eines dabei.«

Hy hatte sich auf den neuesten Roman eines ausgezeichneten Autors gefreut. Das Buch selbst fühlte sich so frisch und neu an. Der Schutzeinband glänzte, und die vielen verlockenden Seiten würden sie fesseln, bis die Lichter in der Kabine gelöscht wurden, und ihr auch die beiden Nächte in einem geschmackvoll eingerichteten Hotelzimmer vertreiben. Und nun war alles verdorben.

Obwohl Hys Augen den ersten Satz wahrnahmen, konnte ihr Verstand die Wörter nicht zusammensetzen, sodass sie ihn noch einmal lesen musste. Benommen starrte sie auf die Signalanzeige über ihrem Kopf: »Bitte anschnallen.« Sie las den Satz auf Französisch und dann wieder auf Englisch, bis er sich in einen sinnlosen Refrain verwandelte: »Bitte anschnallen.« Erschrocken rang sie um Fassung.

Pass auf, sagte sie sich. Hör zu, Hyacinth. Dir ging es prima, bis dieser Kerl aufgekreuzt ist. Also noch einmal von vorne: Du bist von niemandem abhängig und brauchst auch keine Schulter zum Ausweinen. Du hast einen schönen Beruf, von dem du gut leben kannst. Da du Arnie dazu gebracht hast, das Geld für die Miete anzunehmen, bist du niemandem mehr etwas schuldig. Zugegeben, du fühlst dich in deiner Freizeit manchmal recht einsam – entsetzlich einsam! –, aber auch das ist zu verkraften.

Ihre Gedanken schweiften ab.

Oh, wenn ich nur einen Mann für eine unverbindliche Beziehung finden könnte. Er muss nett sein wie Arnie, doch viel mehr – oder wenigstens ein bisschen – mit mir gemeinsam haben. Aber das klingt so scheußlich sachlich. Gemeinsamkeiten. So, als würde ich mir einen Mann aus einem Katalog aussuchen. Will ist jedenfalls nicht der Richtige für eine unkomplizierte Beziehung. Und das ist zum Teil auch meine Schuld. Das weiß ich ganz genau. Schließlich hatte ich mehr als einmal die Gelegenheit, mich elegant aus der Affäre zu ziehen. Aber ich habe den Mund gehalten, weil ich es nicht wollte. Dadurch habe ich ihn ermutigt. Und jetzt habe ich den Salat. Eigentlich will ich doch keine feste Beziehung mehr, oder? Also muss ich mich endlich zusammenreißen und ihn nach der Landung nachdrücklich abwimmeln. Schließlich bin ich nicht zum Vergnügen hier.

Will und Hy studierten die Speisekarten, die die Stewardess ihnen brachte, und bestellten, ohne ein Wort miteinander zu wechseln. Die Stewardess musterte sie neugierig. Offenbar war sie unschlüssig, ob sie nun zwei Fremde oder ein Paar vor sich hatte. Allerdings war ihre Einschätzung der Lage eher nebensächlich.

Warum benehme ich mich so?, fragte sich Hy und fühlte sich fast so verunsichert wie in ihrer Jugend. Weshalb interessiert mich die Meinung anderer Leute? Ich bin, wie ich bin, und wenn das den Menschen nicht gefällt, haben sie eben Pech gehabt.

Sie und Will hatten die gleiche Vorspeise bestellt. Wortlos aßen sie und tranken ihren Aperitif. Doch bald erschien das Schweigen ihnen unnatürlich. Selbst zwei Wildfremde, denen, nur getrennt von wenigen Zentimetern, eine ganze Nacht bevorstand, hätten zumindest ein wenig miteinander geplaudert. »Köstlich«, sagte Hy deshalb und sah Will an. »Im Flugzeug würde man nie so ein Essen erwarten.«

»In einem französischen Flugzeug schon.«

»Ja, die Franzosen sind berühmt für ihre Küche.«

Herrje, was für eine abgedroschene Phrase! Da war es vielleicht doch besser, gar nichts zu sagen.

»Wenn ich mich recht entsinne, waren Sie schon einmal in Frankreich.«

»Ja, allerdings noch nie geschäftlich.«

»Ach ja, die Stoffe. Das wird sicher sehr interessant und lehrreich.«

»Ich freue mich schon darauf.«

Wieder entstand Schweigen. Aber da kein Mensch Kopf und Augen über längere Zeit hinweg völlig reglos hält, trafen sich irgendwann ihre Blicke.

Opale, dachte Hyacinth, aufs Neue erstaunt über ihre durchscheinende Farbe.

»Hören Sie«, meinte Will. »Ich finde das albern. Erst treiben Sie Spielchen mit mir. Dann treibe ich Spielchen mit Ihnen. Männer können das nämlich auch. Nur dass Sie damit angefangen haben, indem Sie immer eine Ausrede parat hatten, wenn ich mich mit Ihnen treffen wollte. Ihre Mutter war in der Stadt. Oder die Schwiegermutter der Cousine zweiten Grades ihrer Großtante. Oder war es vielleicht doch kein Spiel, sondern ernst gemeint? Wenn ja, sprechen Sie es bitte laut aus. Sagen Sie: ›Will Miller, ich will dich niemals wiedersehen. Lass mich in Ruhe. Verschwinde aus meinem Leben.‹ Sprich es aus, dann bin ich weg.«

Hy blickte aus dem Fenster. Inzwischen war es dunkel, und sie flogen so hoch, dass man die Lichter der Erde nicht mehr sehen konnte. Der Himmel war schwarz. Wo war denn die Entschlossenheit geblieben, mit der das tapfere kleine Frauchen, das gerade im Begriff stand, sich einen Namen zu machen, noch vor wenigen Minuten den Rücken gestrafft hatte? Hatte sie sich nicht gerade geschworen, niemals einem anderen Menschen etwas schuldig zu bleiben und ihr Leid schweigend zu ertragen? Ein dicker Kloß stieg Hyacinth in der Kehle hoch und drohte sie zu ersticken.

Will Miller wartete ab. Als die Zeit verging, hätten die wenigen Minuten ebenso gut Stunden sein können. Schließlich ergriff er abermals das Wort.

»Ich glaube, du hast mir gerade eine Antwort gegeben, Hyacinth«, sagte er leise.

Sie brachte noch immer keinen Ton heraus, legte ihm nur die Hand auf den Arm und ließ sie dort liegen. Er rührte sich nicht, bis sie endlich die Sprache wiederfand.

»Ich will dir nicht sagen, dass du aus meinem Leben verschwinden sollst.«

»Was dann?«

Mord ohne Vorsatz.

»Ich weiß nicht.«

»Das nehme ich dir nicht ab«, protestierte er im Flüsterton. »Ich glaube, du hast Angst vor einer neuen Beziehung, und ich habe Verständnis dafür. Du hast schließlich schlechte Erfahrungen gemacht.«

»Schlechte Erfahrungen«, stieß sie hervor. »Oh ja, so könnte man es nennen.«

»Ich lasse dir Zeit. Aber verstehen wir uns jetzt richtig? Werden wir offen miteinander sein?«

In Hyacinth tobte ein solcher Konflikt, dass sie es sogar körperlich spürte – Scham, weil sie ihm etwas vorspielte und ihn belog, indem sie ihm ihre Tat verschwieg. Und Zorn, dass ausgerechnet sie, die niemals einem anderen Menschen hatte schaden wollen, mit so einer schweren Schuld leben musste. Dieser einfühlsame, wache, kluge, stolze und gütige Mann war, wie sie sehr wohl wusste, kein Objekt für Schulmädchenträume, sondern genau das, was eine reife Frau in ihrem Alter brauchte.

Vielleicht war es ja doch kein Fehler? Sicher konnte sie vermeiden, ihm wehzutun, denn wenn die Ermittlungen keine neuen Ergebnisse brachten, brauchte er es nie zu erfahren. Warum sollte sie zulassen, dass ihr ganzes Leben von einer möglichen Entdeckung überschattet wurde? Wenn sie zusammen glücklich wurden – ganz gleich, wie lange es auch dauern mochte –, würde er sicher nicht daran sterben, falls die gefürchtete Katastrophe irgendwann doch über sie hereinbrach. War es also eine so schreckliche Sünde, wenn sie ja sagte? War es das?

»Ehrlichkeit?«, wiederholte er.

Als sie zustimmend nickte, nahm er ihre Hand.

Wie auf Nachtflügen üblich, dösten sie immer wieder ein und spürten beim Aufwachen die warme Schulter des anderen. Die Berührung war so vertraut, als hätten sie schon viele Male das Bett miteinander geteilt. Die Maschine raste weiter nach Osten. Und als sie gleichzeitig die Augen öffneten, kamen sie in den Genuss des Sonnenaufgangs.

»Schau!«, rief Hyacinth. »Es ist, als stiege die Sonne aus dem Meer herauf. Und das tut sie zuverlässig jeden Tag aufs Neue. Es ist ein Wunder.«

»Ja, ein Wunder. Wie die Liebe.«

Lina hatte Hyacinth beiläufig gefragt, wo sie bei ihrem letzten Parisaufenthalt übernachtet habe, und dann in weiser Voraussicht ein Zimmer in einem anderen Hotel reserviert.

»Jetzt bist du ihr nicht mehr böse, oder?«, erkundigte sich Will und fügte mit einem spitzbübischen Grinsen hinzu: »Du hast wohl gedacht, du könntest sie aufs Kreuz legen, aber weit gefehlt. Die alte Dame ist nicht auf den Kopf gefallen.«

»Du hast sie dazu angestiftet, das alles zu planen. Gestehe! Auch das mit den aneinander angrenzenden Zimmern.«

»Das kann ich nicht abstreiten, auch wenn die Sache mit den zwei Zimmern nur dazu dient, den Schein zu wahren. Es macht einen besseren Eindruck so. Und außerdem ist unser guter Ruf nicht gefährdet.«

Die Zimmer waren mit Kirschholz und zartem Baumwollstoff ausgestattet, seines in Blau und ihres in Rosa, was Hy sehr komisch fand. Plötzlich hätten sie die ganze Zeit lachen können. Seltsamerweise hatten sie nach der langen und unbequemen Nacht nicht das Bedürfnis, ins Bett zu fallen und wenigstens ein kurzes Nickerchen zu halten. Weit gefehlt.

Strotzend vor Tatendrang vertilgten sie ein gewaltiges Frühstück und traten dann in den kühlen, sonnigen Tag hinaus. Hand in Hand schlenderten sie in Richtung Tuilerien und am Teich vorbei zu einer Eisdiele, wo sie um halb elf Uhr morgens große Eiswaffeln erstanden. Bei ihrem eigenen Anblick in einer Schaufensterscheibe – zwei Menschen, beladen mit Kameras, Stadtplan, Reiseführer und zusätzlichen Pullovern und mit Eiswaffeln in der Hand –, mussten sie schon wieder lachen.

»Ich gehe wie auf Wolken«, sagte Will.

Ja, dachte sie. Ich auch. Ich könnte rund um die Welt laufen, indem ich einfach einen Schritt an den anderen setze. Und wenn ich Flügel hätte, ich würde mich nicht leichter fühlen. Ihm würde ich überallhin folgen. Es ist so schön, sich über nichts den Kopf zerbrechen zu müssen.

»Was wollen wir unternehmen?«, fragte er.

»Lass uns einfach spazierengehen.«

»Keine Museen?«

»Heute nicht.«

»Es freut mich, dass du das sagst. Heute fangen wir an. Es wird unser Jahrestag sein. Wir wollen es einfach genießen.«

Und so schlenderten sie durch die Stadt. Sie überquerten eine Brücke und blieben eine Weile stehen, um die Boote zu beobachten. Als sie auf einige Bücherstände stießen, sahen sie sich die Bücher an und kauften zwei.

»Auf diese Weise vergisst man die Sprache nicht«, meinte Will.

Sie kamen zu einer Kirche. Es war, als ob ihre Füße stets an denselben Stellen innehielten, zuerst am Eingang, dann vor einer Sitzreihe, wo sie sich wortlos niederließen. Eine halbe Stunde lang lauschten sie einer Orgelfuge, die durch den stillen, hohen Raum hallte. Dann standen sie gleichzeitig auf und gingen hinaus.

Die Musik wehte hinter ihnen her bis hinaus auf die Straße.
»War das Bach?«, fragte Hyacinth.

»Nein. César Franck.«

Weiter spazierten sie durch die Straßen und Gassen und erkundeten die verschwiegenen Winkel der alten Stadt. Ihre Heiterkeit vom Morgen wich einer stillen Zufriedenheit, die sie beide einhüllte.

Als sie das Schaufenster einer Galerie erreichten, schien eine unausgesprochene Übereinkunft zu bestehen, wie lange sie zum Betrachten der Exponate brauchten und wann es Zeit zum Weitergehen war. Sie tranken Kaffee in einem Straßencafé unter einem Sonnenschirm und ließen in aller Ruhe die Szenerie auf sich wirken: die bunte Auslage eines Gemüsehändlers, eine Frau mit drei Pudeln an der Leine und ein bräutlich geschmücktes vorbeifahrendes Auto. So vertieft waren sie ins Schauen, dass sie nicht zu sprechen brauchten. Nach einer Weile berührte Will Hy am Arm. »Sollen wir umkehren?«, fragte er. »Haben wir lange genug gewartet?«

Wenn er nur hätte hören können, wie ihr Herz schlug und zu ihm sprach!

»Ich will dich nicht drängen«, sagte er.

Lächelnd sah sie ihn an. »Ich möchte aber von dir gedrängt werden.«

Durch die Lamellen der Fensterläden schien die Nachmittagssonne herein und zeichnete ein Streifenmuster auf den Teppich. Reglos stand Hyacinth mitten im Zimmer und ließ sich von Will die Kleider ausziehen. Seine Hände waren kräftig und beharrlich und fühlten sich dennoch so sanft an. Keiner von ihnen sprach ein Wort. Als er sie küsste, rührte sie sich immer noch nicht, sondern genoss das köstliche Gefühl, das sie durchströmte. Es schien, als wäre sie nie begehrt und geliebt worden. Früher war die Sehnsucht stets nur von ihr ausgegangen. Immer nur von ihr. Bis zu diesem Tag in diesem Zimmer hatte sie niemals die Erfahrung machen dürfen, dass ein Mann sich nach ihr verzehrte. In ihrer Unwissenheit hatte sie gar nicht geahnt, was sie verpasste.

Nach einigen Tagen war alles Geschäftliche erledigt, sodass ihre Zeit nun ihnen gehörte.

»Wir brauchen nicht sofort nach Hause fliegen. Ich buche unsere Flüge um, und dann gönnen wir uns noch ein paar Tage. Es sind unsere Flitterwochen.«

Will hatte bereits eine Liste der Dinge aufgestellt, die er sich gerne ansehen wollte: ein Kloster, die Menhire in der Bretagne, Mont-Saint-Michel und die Strände der Normandie.

»Irgendwelche Änderungsvorschläge?«

Sie hatte keine, bis auf den Gasthof, in dem sie mit Gerald – er voller Ungeduld, sie voller Trauer – eine regnerische Nacht verbracht hatte.

»Das ist vorbei«, erwiderte Will, als sie es ihm erzählte. »Du wirst es vergessen.«

»Das habe ich schon.«

Sie verließen die Stadt in nördlicher Richtung und wechselten sich am Steuer ab. Wenn die Straße frei war, hielt Will beim Fahren ihre Hand, sodass Hyacinth das Gefühl bekam, Kraft flösse zwischen ihnen hin und her und brächte sie einander noch näher. Es war wie ein Wunder, dass ihre Bedürfnisse sich so ähnelten. Wenn Musik ertönte, hielten sie beide inne und lauschten, bis das Stück verklungen war. Und trotz der kurzen gemeinsamen Zeit erspürten sie die Vorlieben und Gewohnheiten des anderen. Für Will mussten Heißgetränke wirklich kochend heiß sein, während Hy sie eher lauwarm bevorzugte. Sie lasen beide gern beim Frühstück ungestört die Zeitung. Er musste immer auf der rechten Seite schlafen.

Ihre Nächte waren wunderschön. In einem Gasthof hatten sie ein Zimmer mit Balkon. An einem anderen Abend schaukelten sie in einer Hängematte zwischen den Bäumen, bis die Sterne aufgingen. Am Mont-Saint-Michel öffneten sie die

Fenster und lauschten dem beeindruckenden Tosen der Brandung. In der Bretagne fotografierten sie Frauen mit Spitzenhauben, kosteten die berühmten Pfannkuchen und bewunderten die Menhire, die aus geheimnisvollen Gründen in Reih und Glied auf flachem Gelände standen. Will fragte sich, ob sie wohl älter waren als Stonehenge. Alles interessierte ihn, ob es nun Schwäne auf einem Teich, eine Kunstausstellung in einer Kleinstadt oder ein paar alte Männer beim Boules-Spielen waren.

Am Omaha Beach wurde er von Gefühlen überwältigt.

»Mein Großvater ist am 6. Juni 1944 hier gefallen«, sagte er. »Ich sehe das nun zum zweiten Mal.«

Oben auf der schroffen Klippe stehend, blickten sie hinunter zum Strand, den Wellen und den Befestigungsanlagen der Nazis und gingen dann schweigend weiter. Auf dem nahe gelegenen amerikanischen Friedhof betrachteten sie die weißen Kreuze, die sich fast bis zum Horizont erstreckten. Es gab nichts zu sagen, doch Wills Gesichtsausdruck sprach Bände. Voller Anteilnahme legte Hyacinth den Arm um ihn.

Auch wenn sie hin und wieder von ihren Gefühlen überwältigt wurden, herrschte zwischen ihnen meist eine zufriedene Gelassenheit und mühelose Vertrautheit. Kleine Gewohnheiten schlichen sich ein, als lebten sie schon jahrelang zusammen. Er bürstete ihr das Haar. Sie massierte ihm den Rücken. Und manchmal fragten sie sich ein wenig erstaunt, wie ihnen nur so etwas hatte passieren können.

Die letzte Nacht verbrachten sie in einem eleganten Gasthof, der früher einmal ein Schloss gewesen war. Als sie sich zum Essen umzogen, schlüpfte Hyacinth in ein Kleid mit kurzen schwarzen Spitzenärmeln.

»Eigentlich wollte ich gar keine feinen Sachen einpacken«, meinte sie, »da ich dachte, dass ich sowieso nur im Bademantel in meinem Zimmer essen würde. Aber Lina hat darauf bestanden.«

»Na klar. Ich habe dir gesagt, dass sie nicht auf den Kopf gefallen ist. Sie hatte eben Vertrauen in mich.«

»Und was ist mit mir? Da kann sie doch nur geraten haben. Ich habe ihr gegenüber nie ein Wort über dich verloren.«

Will schmunzelte. Die Hand schon am Türknopf, wollte er gerade hinausgehen, als er noch einmal innehielt und sie betrachtete.

»Moment. Bleib so stehen. Wirst du mir einen Gefallen tun? Bitte schneide dir nie die Haare ab. Niemals.«

»Das hatte ich gar nicht vor. Aber warum?«

»Weil ich es so schön finde, wie es sich auf dem Kopfkissen anfühlt.«

»Einverstanden«, erwiderte sie glücklich. »Das ist ein triftiger Grund.«

Und dennoch schlich sich am vorletzten Tag – am nächsten Morgen stand die Rückkehr nach Paris bevor – ein Hauch von Spannung in das Glücksgefühl ein. Hy hatte sich gestattet – oder eher gezwungen –, während dieser zauberhaften Woche alle ihr Probleme zu vergessen. Deshalb war es beinahe unheimlich, dass Will ausgerechnet diesen düsteren Moment wählte, um eine Bemerkung zu machen.

»Du sprichst fast nie über deine Kinder«, meinte er.

»Nein? Das ist mir gar nicht aufgefallen. Wahrscheinlich wollte ich dich nicht langweilen. Ich möchte nicht wie eine dieser Frauen sein, die ihre Kinder als kleine Einsteins hinstellen und ununterbrochen von Schulproblemen und Sportveranstaltungen reden.«

»So leicht kann man mich nicht langweilen. Außerdem interessiere ich mich sehr für deine Kinder. Wirst du sie sehen, bevor im September die Schule anfängt?«

»Meine Mutter und ich besuchen sie öfter. Manchmal auch zusammen.«

»Was halten die beiden eigentlich von dem gemeinsamen Sorgerecht? Für die Eltern ist es vermutlich am fairsten so, aber wirkt es auf Kinder nicht verwirrend?«

»Nun, meinen scheint es nicht zu schaden. Ob es doch zu Schwierigkeiten führt, kann nur die Zeit zeigen.«

Hyacinth schlug das Herz bis zum Halse. Und offenbar sah man ihr die Veränderung auch an, denn Will stellte aufmerksam wie immer fest: »Tut mir leid, ich wollte dich nicht mit etwas belasten, das du ohnehin nicht ändern kannst. Lass uns den Augenblick genießen. Ich trinke auf uns.«

Er stieß mit ihr an.

»Auf uns. Auf dich und mich für immer.«

Hy blickte ihn über den Rand ihres Glases hinweg an. So zärtlich, starrköpfig, weise und gütig! Und wieder meldete sich eine düstere Vorahnung.

»Was ist?«, fragte er. »Woran hast du gerade gedacht?«

»Nur daran, dass heute unser letzter Tag ist.«

»Na und? Wir haben doch noch den Rest unseres Lebens vor uns. Kein Kommentar?«, fügte er mit einem fragenden Lächeln hinzu.

»Es muss der Champagner sein. Der steigt mir immer gleich zu Kopf.« Sie streckte die Hand nach ihm aus. »Ich liebe dich, Will.«

»Das möchte ich dir auch geraten haben. Komm, lass uns aufessen, damit wir früh zu Bett gehen können.«

»Du willst doch immer nur das eine«, neckte sie ihn, um ihm die gute Laune nicht zu verderben.

»Hast du vielleicht einen besseren Vorschlag?«, gab er zurück.

Ohne dass Will es ahnte, war Hyacinth in Gedanken bereits zu Hause, noch ehe sie das Hotel in Paris erreichten. Also schien es nur zu passen, dass sie dort von einem Fax aus den Staaten erwartet wurden. Als es an der Tür klopfte, nahm Will das Schreiben entgegen.

»Soll ich es dir vorlesen?«, fragte er rasch.

»Ja, bitte.«

»Es ist alles in Ordnung, Liebling. Kein Grund zur Sorge.

Nur Glückwünsche zum Geburtstag. *›Besser spät als nie. Alles bestens. Die Kinder und ich wünschen dir alles Gute. Was hältst du von einem Abendessen in unserem Stammlokal? Arnie.‹*«

»Mehr nicht? Gott sei Dank.«

»Du hast mir gar nicht verraten, dass du Geburtstag hattest. Wann war das denn?«

»Moment, da muss ich nachrechnen. Es war … am letzten Dienstag. Wenn meine Familie nicht wäre, würde ich gar nicht daran denken.«

»Was, du feierst nicht? Nun, von jetzt an wird dein Geburtstag gefeiert. Meiner ist übrigens am 14. Januar, und ich erwarte einen Kuchen mit Zuckerguss und Kerzen. Wer ist denn Arnie?«

»Der Geschäftspartner meines Ex-Mannes und ein sehr guter Freund von mir.«

»Das muss er wohl sein. Abendessen? Stammlokal?«

»Wenn er einmal im Monat geschäftlich in New York ist, esse ich oft mit ihm in seinem Hotel. Er ist sehr nett und kümmert sich außerdem gut um Emma und Jerry. Ich habe ihn gern.«

»Oh, das freut mich aber. Was hältst du davon, wenn wir uns vor dem langen Flug morgen noch einmal die Beine vertreten?«

Hy war froh, dass die Nachricht von Zuhause bis zum Ende der Woche gewartet hatte, anstatt ihr die Reise zu verderben. Auf ihrem Spaziergang kamen sie an dem Laden vorbei, in dessen Schaufenster sie das Kleid mit den Rosen – Auftakt zu so vielen Veränderungen – gesehen hatte. Hyacinth erkannte das Geschäft auf Anhieb und konnte der Versuchung nicht widerstehen, Will von ihrem Erlebnis zu erzählen.

»Ohne dieses Kleid wäre ich jetzt nicht mit dir hier. Ich hätte dich niemals kennengelernt.«

Niemals.

Im nächsten Moment nahmen Mauern, Gehweg und selbst der Himmel einen tristen Grauton an. *Niemals,* schienen sie Hyacinth zu verhöhnen.

»Und du wärst keine Modeschöpferin geworden. Irgendjemand sagte einmal zu mir, du würdest gar nicht wie eine aussehen, auch wenn ich nicht weiß, wie eine Modeschöpferin eigentlich aussehen sollte. Aber ich bin sicher, dass er dich damit nicht kränken wollte. Genauso gut könnte ich mir vorstellen, dass du einen Kinderwagen eine Vorstadtstraße entlangschiebst.«

»Das habe ich ja auch einige Jahre getan.«

»Was hältst du von einer Wiederholung? Wir könnten ein wundervolles Kind zeugen. Klug, schön, sportlich, künstlerisch begabt, freundlich, Klassenbester …«

»Du hast *angeberisch* vergessen«, unterbrach sie ihn mit einem gespielten Lachen.

»Das hat gesessen!«, erwiderte Will. »Aber im Ernst. Richte dich darauf ein, dass wir über dieses Thema noch reden müssen.«

»Nicht jetzt, um Himmels willen!«

»Nein, allerdings bald. Ich weiß, dass ich ein bisschen voreilig bin, doch das ist ja kein Wunder. Wir kennen einander schon so gut, und wir werden auch nicht jünger.«

14

Es war ein langer und heißer Sommer, angeblich die größte Hitzewelle seit fünfzehn Jahren. Doch Hyacinth hatte eine Klimaanlage und viel zu viel zu tun, um sich Gedanken über das Wetter zu machen. Außerdem wollten ihr ihre Probleme nicht aus dem Kopf.

Bei Libretti wurde die Frühjahrskollektion vorbereitet, und zwar mit besonderem Schwerpunkt auf Hyacinths Entwürfen. Einkäufer, Verkäufer, Mannequins, Schneiderinnen und Fotografen gaben sich die Klinke in die Hand. Hyacinth selbst sollte bald zu einer zweiwöchigen Reise aufbrechen, um ihre Kleider im ganzen Land zu präsentieren. Die krönende Abschluss-Modenschau würde in der Fifth Avenue stattfinden.

»Das ist das Beste, was du je hingekriegt hast«, meinte Lina zu ihr. »Ein völlig neuer Look, gleichzeitig dezent, damenhaft und sehr sinnlich. Die Liebe bekommt dir. Oder bin ich jetzt zu indiskret?«, fügte sie hinzu, als Hyacinth schwieg.

»Nein, schon gut, Lina.«

»Im Gegensatz zu Will Miller hast du mir noch kein Sterbenswörtchen verraten.«

»Wahrscheinlich war ich so mit den Anproben beschäftigt, dass ich keinen Moment Zeit hatte«, erwiderte Hy, was mit viel gutem Willen als faule Ausrede, aber durchaus auch als Abfuhr gewertet werden konnte.

Es kostete sie unglaubliche Mühe, nicht zu weit in die Zukunft zu denken. Diesmal war Will wirklich nach Kalifornien geflogen, wo sich die Verhandlungen wegen eines Unternehmenszusammenschlusses schon wochenlang hinzogen. Hy vermisste ihn so, dass es wehtat.

Erst heute Morgen war wieder ein Brief von ihm eingetroffen, den sie nun schon zum zweiten Mal innerhalb der letzten Stunden aus der Handtasche nahm, um ihn zu lesen.

Mein Liebling,

weißt Du, dass Du mir alles bedeutest? Wo immer ich bin, ob nun allein oder in einer Menschenmenge, bin ich mit einem Teil meiner Gedanken immer bei Dir. Ich höre Deine schöne Stimme. In der Dunkelheit sehe ich Deinen offenen Blick und wie Du beim Lachen einen Mundwinkel hochziehst. Obwohl wir erst wenige gemeinsame Monate hatten, kenne ich Dich, als hätten wir unser ganzes Leben miteinander verbracht. Ich vertraue Dir absolut, und ich hoffe, nein, ich weiß, dass es umgekehrt genauso ist. Das ist mein letzter Gedanke vor dem Einschlafen und mein erster beim Aufwachen.

Will

Absolutes Vertrauen.

Die Schuldgefühle versetzten Hy einen Stich ins Herz, lösten pochende Kopfschmerzen aus und sorgten dafür, dass sie mitten in der Nacht hochfuhr.

Was soll ich bloß tun?, fragte sie sich zum wohl tausendsten Mal.

Und da gab es noch etwas, das sie bedrückte: Obwohl Arnie am Telefon schwor, dass Emma und Jerry sich pudelwohl fühlten, bekam Hyacinth allmählich Zweifel. In letzter Zeit hatte sie die beiden öfter im Hintergrund erbittert streiten und weinen hören. Und einige Male hatten sie sogar ihr mürrische oder patzige Antworten gegeben, sodass sie nach dem Telefonat enttäuscht in Tränen ausgebrochen war.

Allerdings durfte die Arbeit nicht unter ihren Bedürfnissen leiden.

»Ich kann es nicht fassen«, flüsterte Francine, während alles für die große Modenschau in der Fifth Avenue aufgebaut wurde. »Wer hätte je gedacht, dass ausgerechnet du, die du nur in Jeans und T-Shirt herumgelaufen bist und sich einen feuchten Kehricht um Mode gekümmert hat, so ein Händchen für diese Dinge entwickelt.«

»Wie ich dir immer sage, ist Kleiderentwerfen ganz ähnlich wie Malen.«

Allerdings reagierte sie stets verdutzt, wenn eine Kundin sie fragte, welche Schuhe zu diesem oder jenem Kostüm passten oder ob ein bestimmtes Kleid erst nach fünf Uhr oder auch zu einer Hochzeit um zwölf getragen werden könne.

Ehrfürchtig sah sie zu, wie Mannequins ihre anmutigen Pirouetten drehten und dabei Kleider am Leibe hatten, die noch vor kurzem nur Skizzen auf der Rückseite eines Briefumschlags gewesen waren. Da kamen sie anstolziert. In kreideweißem Samt mit scharlachroten Schuhen. In einer gelben Pluderhose und einer mit Perlen bestickten Jacke. In einem kurzen schwarzen rückenfreien Taftkleid, unter dem ein längerer himmelblauer Petticoat hervorlugte. Ein Modell nach dem anderen schritt über den Laufsteg.

Lina strahlte übers ganze Gesicht.

»Weißt du, wer hier ist?«, raunte sie Hyacinth ins Ohr. »Der Mann da drüben kommt aus Texas. Das nächste Mal darfst du seinen Laden nicht übergehen. Was, die Dame kennst du nicht? Ach du meine Güte, sie kontrolliert praktisch die Kundenliste. Oh, er erscheint immer mit seiner Frau und kauft ihr ein Dutzend Abendkleider für die Ballsaison. Du hast sie noch nie gesehen? Sie wird auf der Titelseite der nächsten Ausgabe sein. Der Kleine da drüben links ist einer der führenden Schuhdesigner Europas. Ein Riesenerfolg, meine liebe Hyacinth.«

Nach der Modenschau fand sich Hyacinth inmitten einer wild durcheinander redenden und gestikulierenden Menschentraube wieder, und immer wieder rief jemand ihren Namen.

Zum ersten Mal stört mich mein Name nicht, dachte sie

verwundert. So albern, wie ich immer glaubte, ist er gar nicht. Das sollte ich Francine erzählen.

»Hyacinth, weißt du noch, wer ich bin?«

Wie hätte sie Moira vergessen können? Sie telefonierten zwar alle paar Wochen miteinander, doch das war kein Vergleich mit einer Umarmung und dem Anblick ihres freundlichen Gesichts. Nichts war so entspannend wie das Zusammensein mit einer wahren Freundin, die einen nie durch taktlose Fragen oder Anspielungen auf Probleme in Verlegenheit brachte.

»Oh, du siehst hinreißend aus, Hyacinth! Ich freue mich so sehr für dich. Eines Tages werde ich mich von zu Hause loseisen und mir ein Wochenende in New York gönnen. Vielleicht lege ich mir eines deiner Kleider zu. Ich hoffe, du bietest auch Modelle für fülligere Damen an.«

Moira hatte einen wundervollen Hang zur Selbstironie.

»Erinnerst du dich noch an mich, Hyacinth?«

Aber natürlich, Martha! Die Konkurrentin aus Kindertagen hätte sie überall wiedererkannt.

»Klar. Was führt dich hierher?«

»Deine Mutter hat mir von der Modenschau erzählt. Schließlich sind wir immer noch Nachbarinnen und begegnen uns ab und zu auf der Straße. Du siehst traumhaft aus, Hyacinth.«

Obwohl sie das Kompliment eigentlich hätte erwidern sollen, reichte es nur zu einem höflichen »vielen Dank«.

»Seit du weggezogen bist, habe ich oft an dich gedacht. Daran, wie gemein wir zugegebenermaßen in der Schule und auf dem College zu dir waren. Ich kann nur hoffen, dass du das meiste inzwischen vergessen hast.«

Oho! War das etwa eine Entschuldigung? Und das zu einem derart ungünstigen Zeitpunkt. Wie sollte sie reagieren. Mit einer kühlen Antwort? Natürlich erinnere ich mich noch daran, auch wenn ich es nie ernst genommen habe.

Doch da Martha einen so niedergeschlagenen Eindruck

machte, erwiderte sie: »Das ist schon lange her. Und was hast du in letzter Zeit so getrieben?«

»Nicht viel. Ich habe nie geheiratet, wohne bei meinen Eltern und habe eine Stelle in der Stadt.«

Martha blieb stehen und hätte vermutlich weitergeredet, wenn Lina nicht mit einer Nachricht herbeigeeilt gekommen wäre.

»Es geht um das Samtkleid. Jemand will wissen, ob du das gleiche in Schwarz nähen würdest.«

»Ich störe dich bei der Arbeit«, sagte Martha. »Wie gerne würde ich eines deiner wunderschönen Kleider kaufen, aber das kann ich mir nicht leisten.«

Kurz blickte Hyacinth ihr nach. Was war aus dem kecken Blick und dem stolz erhobenen Kopf mit der lässig zurückgeschleuderten Lockenmähne geworden?

Martha schien wirklich erstaunt über meine Entwicklung zu sein, und mir ging es umgekehrt genauso. Welches Geheimnis mag wohl dahinterstecken?

»Du hast das ganze Essen selbst gekocht? Das leckere Hühnchen? Das köstliche Gemüsesoufflé? Das tolle Dessert? Du wohnst in New York und bestellst nichts beim Heimservice?«, begeisterte sich Will.

»Warum wundert dich das? Du weißt doch, dass ich kochen kann. Dasselbe hast du damals gesagt, als du zum Mittagessen gekommen bist und mir anschließend das Herz gebrochen hast.«

»Habe ich völlig vergessen.«

Dass Hy eine gute Köchin war, hatte die Leute stets überrascht. Niemand verstand, wie sie, ein Bücherwurm, so viel Zeit in der Küche verbringen konnte. Und nun, als erfolgreiche Modeschöpferin, traute man ihr ohnehin keine Kochkünste mehr zu. Die Menschen wurden eben immer wieder Opfer ihrer Vorurteile.

Seit vierundzwanzig Stunden fühlte Hy sich innerlich hin

und her gerissen. Gerade war sie damit beschäftigt gewesen, einige sehr wichtige und kurzfristige Bestellungen zu erledigen, als Emma und Jerry unangemeldet vor der Tür standen. Zum Glück hatte Hy sie bei Francine auf dem Land unterbringen können, denn ihr Vater hatte sie einfach in den nächsten Flieger gesetzt, ohne vorher anzufragen, ob ihre Mutter überhaupt Zeit für sie hatte.

Am Vorabend hatte Will angerufen und seine Ankunft mit der Frühmaschine angekündigt. Hy war überglücklich. Während sie in ihrer blitzblanken kleinen Küche hantierte, malte sie sich ein Haus mit einem Esszimmer aus, wo sich alle geliebten Menschen am Tisch versammelten und Will am Kopf der Tafel thronte. Doch als die Stunde seines Eintreffens näher rückte, wurde sie von Panik ergriffen, sodass sie am ganzen Leib zu zittern begann. Diesmal würde er von ihr verlangen, dass sie Farbe bekannte. Etwas sagte ihr, dass an diesem Abend das ernste Gespräch stattfinden würde, das bis nach der anstrengenden Modenschau und der Rückkehr aus Kalifornien vertagt worden war. Nun war endlich Schluss mit den Ausflüchten.

Getarnt von der Serviette, krampfte Hyacinth so fest die Hände zusammen, dass ihr der goldene Ring in die Handfläche schnitt.

»Wie ich gehört habe, war die letzte Modenschau ein großer Triumph. Eigentlich wollte ich rechtzeitig zurück sein, aber es hat in letzter Minute Verzögerungen gegeben. Dieser verdammte Verwaltungskram.« Will hielt inne. »Ich habe dich so schrecklich vermisst, dass es wehgetan hat.«

»Ich weiß«, erwiderte Hy mit schwacher Stimme und starrte auf den Sessel in der Ecke.

Er war marineblau und hatte ein Muster in Form von zu Häufchen angeordneten Schneeflocken.

»Ich will dich heiraten, Hyacinth. Du musst mir nur sagen, wann.«

»Sollten wie einander nicht erst besser kennenlernen, Mr Miller?«, gab sie mit einem gekünstelten Auflachen zurück.

Will sah sie entgeistert an. »Sei nicht albern und spar dir die Scherze. Bleib um Himmels willen einmal ernst.«

»Entschuldige, ich wollte dich nicht kränken.«

»Also wann?«

»Du weißt, dass ich dich liebe, Will. Aber wir müssen ... planen. Meine Kinder ... diese Wohnung ... so einfach ist das nicht. Ich darf nichts überstürzen.« Obwohl sie sich um einen gelassenen Ton bemühte, hörte sie selbst, dass ihre Stimme flehend klang. »Wir waren diesen Sommer doch so glücklich. Können wir nicht einfach weitermachen, bis ...«

»Nein, ich verstehe nicht, was du mit ›nicht so einfach‹ meinst. Diese Wohnung genügt für uns beide und die Kinder, bis wir etwas Größeres finden. Ich fange schon an zu suchen. Gib mir ein paar Wochen. Ich weiß, dass du gerne eine Schule in der Nähe hättest, und werde darauf achten. In welche Schule gehen sie denn jetzt?«

Hy seufzte auf. »Der Schulwechsel bedeutet eine weitere Komplikation.«

»Diese Komplikationen existieren nur in deiner Fantasie, Hyacinth. Ich glaube, da steckt etwas anderes dahinter. Du erinnerst dich an deine erste Hochzeit, an die Ehe, die in einem solchen Fiasko geendet ist. Deshalb macht dich der Gedanke an eine zweite Heirat nervös. Richtig?«

Eine ganze Minute lang saß Will reglos da. Hy, die seinen Blick auf sich spürte, senkte den Kopf.

»Ich weiß, dass du mich liebst, Hyacinth. Also vertrau mir. Mach einfach die Augen zu und spring ins kalte Wasser. Wir lassen uns in aller Stille trauen. Im Rathaus, wenn du möchtest. In zehn Minuten ist es vorbei. Absolut schmerzlos. Ohne großen Bahnhof.«

»Warum ist es dir dann so wichtig? Wenn wir jetzt nach nebenan gehen, wird es wundervoll sein, auch ohne ...«

»Nein.«

Inzwischen kannte Hyacinth dieses entschiedene Nein so gut, dass sie auch ohne hinzuschauen wusste, wie er jetzt die Lippen über den ebenmäßigen Zähnen zusammenpresste. Das letzte Wort war gesprochen.

»Ich will dich heiraten, nicht einfach nur mit dir zusammenleben. Offenbar habe ich mich für moderner gehalten, als ich in Wirklichkeit bin. Ich hatte genug lockere Beziehungen im Leben. Nun bin ich bereit, öffentlich zu unserer Partnerschaft zu stehen und Vater zu werden. Auch für deine Kinder werde ich da sein. Darüber brauchst du dir nicht den Kopf zu zerbrechen. Das ist es doch, weswegen du unter anderem Bedenken hast, oder? Ich werde sie lieben, weil sie deine Kinder sind. Wann lerne ich sie endlich kennen?«

»Bald.«

»Wie ich annehme, holst du sie nach dem Labor Day ab.«

»Momentan sind sie bei meiner Mutter. Ich fahre morgen für ein paar Tage hin.«

»Dann warte ich, bis du wiederkommst, um die Einzelheiten mit dir durchzugehen.«

Will stand auf, zog sie an sich, umarmte sie fest und bedeckte ihre Hände, ihre Arme, ihre Kehle und ihren Mund mit Küssen.

Wenn wir nur allein in der Bretagne am Strand wären, dachte sie, in seine Arme geschmiegt. Die Brandung tost, meine Gedanken überschlagen sich. Aber ich will an nichts mehr denken ...

»Ich kümmere mich um alles, Hyacinth. Überlass es nur mir. Und jetzt mach diese Knöpfe auf, ich kriege das einfach nicht ...«

Es läutete.

»Verdammt!«, rief Will aus. »Wer kann das sein?«

»Keine Ahnung«, erwiderte sie. Doch dann meldete der Portier, dass Arnie bereits auf dem Weg nach oben sei. Kurz darauf klopfte es an der Tür.

»Aufmachen, du berühmtes Wesen. Ich bin es, Arnie? Erinnerst du dich noch an mich? Keine Sorge«, fuhr er fort, während er eintrat. »Alles ist in Butter. Ich bin nur für zwei Tage hier, um einem Burschen einen Besuch abzustatten, und dachte, ich schaue spontan bei dir herein.«

Das hatte er noch nie getan.

»Du hast mich erschreckt«, meinte sie ein wenig kühl. »Ich habe niemanden erwartet. Will Miller, Dr. Arnold Ritter.«

Die beiden Männer schüttelten einander die Hand. Und dann blieb den dreien nichts anderes übrig, als sich zu setzen und Konversation zu betreiben.

»Wir haben gerade zu Abend gegessen«, begann Hyacinth. »Möchtest du etwas? Ein Stück Kuchen vielleicht?«

»Nein, danke. Ich komme von einem Arbeitsessen. Aber ich bin sicher, dass es ausgezeichnet geschmeckt hat. Diese Frau weiß nämlich, dass Liebe durch den Magen geht«, fügte er an Will gewandt hinzu. »An ihrem Tisch habe ich schon köstlich gespeist.«

Will erwiderte etwas, das Hyacinth in ihrer Aufgewühltheit allerdings kaum verstand. Jede Faser ihres Körpers schien elektrisch aufgeladen zu sein und Funken zu sprühen. *Was soll ich tun, wenn Arnie sich verplappert und verrät, wer wirklich das Sorgerecht für Jerry und Emma hat?*

Wenn der richtige Zeitpunkt da war, musste Will es von ihr, nicht von Arnie erfahren. Warum hatte sie Will keinen reinen Wein eingeschenkt? Aber ihr hatte so davor gegraut, ebenso wie vor den unvermeidlichen Fragen, die dieses Geständnis nach sich ziehen würde.

»Ich dachte, bei euch im Norden wäre es kühler«, sagte Arnie. »Aber es ist genauso heiß wie in Florida.«

»Ich komme gerade aus Kalifornien. Dort haben sie in diesem Sommer offenbar nicht so viel von der Hitze mitgekriegt. Das Wetter hat eben seine Launen.«

Wetter, dachte Hyacinth. Immer ein unverfängliches Thema, wenn Spannungen in der Luft liegen.

»Im Januar, wenn wir Glatteis haben, werden wir uns diese

Temperaturen zurückwünschen«, fügte sie wenig originell hinzu.

Die Männer stimmten zu.

Arnie, warum stehst du nicht einfach auf und gehst, flehte Hyacinth lautlos.

Doch stattdessen griff er in die Tasche und holte einen Umschlag heraus, den er ihr reichte.

»Schau sie dir an«, verkündete er mit einem breiten Lächeln. »Die habe ich letzte Woche auf dem Gestüt aufgenommen. Emma ist auf einem Pferderücken in ihrem Element.«

Da saßen sie, nebeneinander, in ihrer teuren Reitkleidung auf ihren prachtvollen Pferden und sahen aus wie einer Modezeitschrift entstiegen. Ihre Kinder.

»Offen gestanden glaube ich, dass Emma bald besser sein wird als ihr Bruder. Warte nur ab«, fügte er hinzu und klang dabei wie ein stolzer Vater.

Hy blieb nichts anderes übrig, als Will die Fotos weiterzugeben. Er musterte sie gründlich, gab sie ihr zurück und sagte, er habe ebenfalls ein paar Fotos mitgebracht.

»Eigentlich wollte ich sie dir schon früher geben, aber ich hatte sie versehentlich nach Kalifornien mitgenommen.«

Und da waren sie, Will und Hyacinth – in Paris mit einem Obelisken im Hintergrund, in Deauville, in der Bretagne, vor dem Louvre, in einem Garten und vor einem Teich, auf dem Schwäne schwammen. Hy trug wie immer Jeans und T-Shirt und ließ ihr Haar im Wind flattern. In dem Kleid mit den Spitzenärmeln sah sie sehr elegant aus. Am Strand trug sie den Bikini, den Will ihr gekauft hatte, weil der Badeanzug zu Hause geblieben war. In jeder Szene hatte Will den Arm um sie gelegt, was zeigte, dass sie nicht nur Freunde auf einem Ausflug waren, sondern ganz eindeutig ein Paar.

»Darf ich?«, meinte Arnie und streckte die Hand aus.

Nachdem er die Bilder langsam durchgesehen hatte, gab er sie zurück und merkte freundlich an, sie hätten sich wohl großartig amüsiert.

»Es war eine Geschäftsreise«, erklärte Hyacinth. »Lina wollte, dass ich mir französische Stoffe ansehe. Und da Wills Unternehmen das von Lina aufgekauft hat, gehören wir jetzt alle zusammen.«

Sie kannte diese beiden Männer so gut, dass sie genau wusste, was sie dachten. Will ärgerte sich vermutlich über die späte Störung, während Arnie einfach nur eifersüchtig war. Überrascht wurde ihr klar, dass sie sich zum ersten Mal in einem Raum mit zwei Männern aufhielt, die sie beide begehrten.

»Leben Sie das ganze Jahr in Florida, Dr. Ritter?«, brach Will das beklommene Schweigen.

»Ja, ich habe mich dort häuslich niedergelassen und betreibe eine Praxis. Ich bin Chirurg.«

»Dann sind Sie ja ein richtiger Eingeborener«, meinte Will schmunzelnd.

Arnie lachte.

»Fast niemand ist in Florida geboren. Nein, ich habe meine Praxis in der Stadt, wo Hyacinth früher gewohnt hat, vor ein paar Jahren aufgegeben. Dort habe ich sie auch kennengelernt, und inzwischen sind wir alte Freunde.«

»Wir sind uns auch dort begegnet. Meine Familie hatte einen Laden, R.J. Miller am Platz.«

»Wirklich? Ich habe früher alle meine Sachen dort gekauft. Krawatten, Pullover und so weiter. Die Ware war erstklassig. Besteht das Geschäft noch?«

»Nein, wir haben es verkauft. Das Haus wurde abgerissen, um einem zehnstöckigen Büroturm Platz zu machen. Die Stadt wächst schnell. Wenn ich daran denke, was mein Urgroßvater vor hundert Jahren für das Stück Land bezahlt und welchen Erlös es uns erbracht hat ... einfach unglaublich.«

Jetzt haben sie ein gemeinsames Thema gefunden, sagte sich Hyacinth. Nun wird Arnie gar nicht mehr gehen.

»Ich weiß, was Sie meinen. Meine Praxis habe ich vor, einen Augenblick, siebzehn Jahren gebaut. Seitdem sind die Preise astronomisch in die Höhe gegangen. Ich hatte ein hübsches kleines weißes Gebäude. Der Kalkstein allein hat ein Vermögen gekostet. Es war nicht hoch, nur zwei Etagen, aber dafür in erstklassiger Lage, nur drei Straßen vom Platz entfernt.«

»War es nicht das Gebäude, das abgebrannt ist?«

»Doch.«

Arnie warf einen raschen Blick auf Hyacinth, dem sie allerdings nichts entnehmen konnte. Dann hüstelte er.

Es vergingen keine drei Sekunden, bis Will das Gespräch im Plauderton fortsetzte.

»Ich war an diesem Tag sehr in Eile, kam bei Morgengrauen in der Stadt an und habe deshalb das Durcheinander mitbekommen. Das Feuer brannte noch. Ein beängstigender Anblick. Die Haken und Leitern. Die Scherben. Die Menschenmenge. Die Flammen und der Qualm. Wie in einem Kriegsgebiet. Vermutlich hat es in mir die jahrhundertealte Angst des Menschen vor dem Feuer geweckt.«

»Mag sein«, erwiderte Arnie. »Es war eine Tragödie.«

Wie immer, wenn sie unter Druck stand, verkrampfte Hyacinth die Hände im Schoß, zwang sich aber, die Hände auf die Armlehnen des Stuhls zu legen, um lockerer zu wirken.

»Gerüchten zufolge soll es Brandstiftung gewesen sein«, fügte Will hinzu.

Arnie zuckte die Achseln.

»Geredet wird immer«, erwiderte er.

Will stimmte ihm zu und erklärte dann, was ihn an diesem Thema so faszinierte.

»Wir hatten vor etwa zwanzig Jahren einen ähnlich tragischen Zwischenfall in einer unserer Filialen. Ich weiß noch, wie abends beim Essen darüber gesprochen wurde. Damals wurde gründlich ermittelt; offenbar wurde bis auf das FBI jede mögliche Behörde hinzugezogen. Zu guter Letzt wiesen alle Indizien auf einen Mitarbeiter hin, der erst alles abstritt, aber später zugab, dass er geraucht und nicht richtig aufgepasst hatte. Doch mein Vater glaubte ihm nicht. Schließlich war allgemein bekannt, dass der Mann einen Groll gegen die Unternehmensleitung hegte. Er hatte also ein Motiv.«

»Und was ist aus ihm geworden?«, hakte Arnie interessiert nach.

»An Einzelheiten erinnere ich mich nicht, weil ich zu dieser Zeit wegzog, um ans College zu gehen. Ich weiß nur, dass er überführt wurde und ein paar Jahre abgesessen hat.«

»Wurde jemand verletzt?«, fragte Arnie.

»Nein, zum Glück nicht, was an ein Wunder grenzt, denn das Gebäude brannte lichterloh.«

»Wenn ein Mensch dabei ums Leben gekommen wäre, hätte man den Täter sicher zu einer längeren Haftstrafe verurteilt«, meinte Arnie. »Denn dann wäre es Mord gewesen, wenn auch ohne Vorsatz.«

Hyacinth wich seinem Blick aus.

Warum tritt er das Thema breit? Aus welchem Grund quält er mich? Er hätte doch so leicht umschwenken können, indem er über Immobilienpreise spricht oder sich bei Will nach dem Namen seiner Alma Mater erkundigt.

»Wirklich seltsam«, erwiderte Will, »wie sich aus einem Groll eine solche Wut entwickeln kann. Da kann man schon Misstrauen gegen seine Mitmenschen entwickeln. Mein Vater sagte, der Bursche hätte einen völlig harmlosen Eindruck gemacht. Nie hätte er ihm so etwas zugetraut.«

Hy hielt es nicht mehr aus. Sie fühlte sich, als würden ihre tiefsten Ängste freigelegt und als säße sie nackt zwischen diesen Männern. In der Hoffnung, dass ihr Gesicht nicht so rot war, wie es sich anfühlte, stand sie auf, ging zum Fernseher und merkte an, es sei Zeit für die Elf-Uhr-Nachrichten.

Arnie fuhr hoch.

»Schon elf? Ich habe morgen einen langen und sehr anstrengenden Tag vor mir. Also mache ich mich lieber auf die Socken. Hy, ich melde mich. Will – ich darf Sie doch so nennen? –, wollen wir uns nicht ein Taxi teilen? So spät abends ist es nicht leicht, in diesem Viertel eines zu kriegen. Wir haben Glück, wenn wir eines erwischen, geschweige denn zwei.«

Hy hatte keine andere Wahl, als die beiden zur Tür zu begleiten. Wie geschickt Arnie Will zum Gehen genötigt hatte. Allerdings störte sie das nicht weiter, denn sie war nicht mehr in der Stimmung, die unterbrochene Liebesnacht fortzusetzen.

Da kann man schon Misstrauen gegen seine Mitmenschen entwickeln.

Was soll ich ihm sagen. Sicher wird er wissen wollen, warum ich die Wahrheit so viele Jahre verschwiegen habe. Und dann wird er bestimmt an mir zweifeln. Oder mich sogar verachten! Das würde ich zumindest an seiner Stelle tun.

Vor Angst waren ihre Gedanken wie gelähmt. Immer wieder ging sie im Wohnzimmer auf und ab, und als es Mitternacht schlug, legte sie sich ins Bett. Ihr war abwechselnd heiß und kalt, und in ihrer Erstarrung konnte sie keine Träne vergießen. Irgendwie verging die Nacht.

Am nächsten Morgen läutete zweimal das Telefon. Der erste Anrufer war Will.

»Dein Kumpel hat uns gestern ja schön den Abend verdorben, was?«

»Stimmt. Komisch, sonst besucht er mich nie unangemeldet.«

»Erzähl mir mehr über ihn. Er ist wirklich eine Nummer für sich.«

An Wills Tonfall erkannte Hy, dass er verstimmt war, was sie wunderte, da er sich sonst nicht so leicht aus der Ruhe bringen ließ.

»Da gibt es nicht viel zu erzählen. Er hat keine Kinder, obwohl er ein wundervoller Vater wäre. Deshalb kümmert er sich aufopferungsvoll um meine, wenn … wenn sie in Florida sind. Außerdem ist er ein Pferdenarr und hat meine zwei damit angesteckt, was gut für sie ist.«

Sie redete zu viel.

»Mehr weiß ich auch nicht«, beendete sie den Satz.

»Er ist eifersüchtig auf mich, Hy. Die Fotos von uns beiden in Frankreich haben ihm gar nicht gefallen, und das hat er sich deutlich anmerken lassen. Anscheinend interessiert es ihn einen Dreck, ob er dir oder mir zu nahe tritt. Insbesondere mir.«

»Nein, nein, Arnie will nichts von mir. Ich bin nur eine Freundin. Er hat eine Braut in jedem Hafen. Schlagersternchen, Schauspielerinnen, die sogar tagsüber goldene Pumps und dazu dickes Make-up tragen. Sehr glamourös, also das genaue Gegenteil von mir.«

»Falsch. Als Mann beurteilt man seine Geschlechtsgenossen nüchterner, als eine Frau es kann. Er begehrt dich, Hyacinth, und wenn er dein Typ wäre, hätte ich Grund zur Eifersucht. Doch da du so offensichtlich nicht auf ihn stehst, wünsche ich ihm guten Tag und guten Weg, auch wenn er uns gestern Abend den Spaß verdorben hat.«

»Ich weiß. Aber er ist wirklich ein anständiger Kerl.«

»Nun gut. Und was ist mit unserem wichtigen Gespräch? Können wir es heute Abend fortsetzen?«

Sie war noch nicht bereit dazu und brauchte Zeit zum Nachdenken. Wie sollte sie ihm alles erzählen? Die Scheidung. Die Kinder. Das Feuer. Ein gewaltiger Berg türmte sich vor ihr auf.

»Du hast vergessen, dass ich für ein paar Tage zu meiner Mutter fahre«, erwiderte sie, auf der Suche nach einer Ausrede. »Ich breche heute Nachmittag auf.«

»Beeil dich mit dem Zurückkommen.«

»Natürlich. Ich bin wieder da, sobald es geht. Das weißt du doch.«

»Währenddessen mache ich mich auf die Wohnungssuche. Wetten, dass ich bis Ende nächster Woche etwas Tolles gefunden habe? Viel Spaß. Grüß deine Mutter von mir. Und Emma und Jerry auch. Ich freue mich schon darauf, sie kennenzulernen.«

Keine fünf Minuten später hatte sie Arnie am Apparat.

»Ich will dich heute Abend sehen, Hy«, verkündete er barsch.

Sie hatte nicht die geringste Lust dazu und wollte schon ablehnen, als er beharrte: »Heute Abend, Hy. Es ist wichtig. Um neun im Hotelrestaurant.«

»Arnie, du machst mir Angst. Stimmt etwas nicht?«

»Ja und nein. Aber wir müssen reden.«

Zumindest waren die Kinder bei Francine, weshalb sie nicht der Anlass sein konnten. Offenbar ging es um Will.

Als Hy am Abend im Hotel eintraf, war sie fest entschlossen, Arnie wegen des gestrigen Abends zur Rede zu stellen. Doch bei seinem Anblick wusste sie sofort, dass ihn etwas bedrückte, weshalb sie sich die Standpauke verkniff. Sein sonst so sorgfältig geföntes und in Wellen gelegtes silbernes Haar war zerzaust, und seine handbedruckte, importierte Krawatte saß schief.

»Ich habe letzte Nacht kein Auge zugetan«, verkündete er, während er ihr gegenüber am Tisch Platz nahm. »Es war eine der schauerlichsten Nächte meines Lebens, wenn du es genau wissen willst.«

Als der Kellner mit Weinflasche und Speisekarte erschien, verscheuchte er ihn mit einer Handbewegung.

»Bestell nur, was du willst, Hy. Mir ist der Appetit gründlich vergangen. Außer Kaffee habe ich heute nichts herunterbekommen.«

»Ich fühle mich auch nicht wohl, Arnie. Aber bevor wir weiterreden, würde mich interessieren, warum du gestern Abend ständig auf dem besagten Thema herumgehackt hast. Du musstest doch wissen, wie du mich damit quälst. Als du auch noch mit Mord angefangen hast, habe ich meinen Ohren nicht getraut.«

»Willst du wissen, was in mir vorging, als dein Freund mir diese Fotos gezeigt hat? Ich bin unbeschreiblich wütend geworden. Entschuldige Hy, doch ich war machtlos dagegen.«

Arnie beugte sich vor, bis nur noch wenige Zentimeter ihre Gesichter trennten. Seine sonst so gütig und freundlich dreinblickenden Augen verwandelten sich in kupferfarbene, harte Schlitze.

»Er ist dein Liebhaber, richtig? Raus mit der Sprache.«

»Wir lieben uns«, erwiderte Hyacinth leise.

Arnie wich zurück und stieß einen unterdrückten Pfiff aus.

»Direkt unter meiner Nase! Ich habe auf dich gewartet, Hyacinth. Ist dir das klar? Ich dachte, wir hätten eine ... Übereinkunft. Eine Beziehung, oder wie du es auch immer nennen willst.«

Im Lampenschein war ein Schweißtropfen auf seiner Stirn zu sehen. Und da er sonst stets so unbeschwert wirkte, war sie überrascht, ihn derart bestürzt zu erleben. Offenbar war er zu tiefen Gefühlen fähig. Im nächsten Moment schämte sie sich ihres oberflächlichen Urteils und wurde von Schuldgefühlen und Anteilnahme ergriffen.

»Mir tut es auch leid«, erwiderte sie mit bebender Stimme. »Ich dachte, wir wären einfach nur sehr, sehr gute Freunde und wollte keine falschen Hoffnungen in dir wecken.«

»Du weißt genau, dass wir mehr als gute Freunde waren! Das kannst du mir nicht weismachen.«

Vier Stockwerke über dem Hotelrestaurant befand sich das Zimmer mit dem Bett, das Hyacinth nun wieder deutlich vor Augen stand. Ein elegantes cremefarbenes Kopfteil, eine gestreifte Tapete, links und rechts eine Lampe mit rosafarbenem Schirm. Nur wenige Meter entfernt hatte sie vor diesem Bett gestanden und wäre beinahe darin gelandet. Zwei warme, erregte Körper. Sie mit nackter Brust. Natürlich hatte sie es gewusst!

»Du hast dich unklar ausgedrückt«, antwortete sie ausweichend.

»Weil ich gemerkt habe, wie durcheinander du warst. Ich wollte dir Zeit lassen, deine Probleme zu lösen. Schließlich musst du an die Kinder, deinen Beruf und diese andere Sache denken.«

Diese andere Sache.

Am Klavier auf der anderen Seite des Raums saß ein junger Mann und spielte eines der alten Liebeslieder aus den Dreißigerjahren, die wohl nie aus der Mode kommen würden. Am Nachbartisch summte jemand mit. Ein Korken knallte. Konnte einer der Gäste in diesem eleganten mit Samt ausgestatteten Raum sich überhaupt etwas wie die »andere Sache« vorstellen? Nein, sie musste sich auf Arnie konzentrieren und durfte nicht abschweifen.

»Tut mir leid. Ich wollte nicht, dass du dir falsche Hoffnungen machst«, wiederholte sie. »Glaube mir.«

Als das Essen serviert wurde, schob er einen Bissen in den Mund und legte dann die Gabel weg.

»Offen gestanden«, verkündete er, »habe ich gestern Abend absichtlich weiter auf dem Thema herumgehackt, nachdem dein Freund es aufs Tapet gebracht hatte. Ich wollte wissen, wie er reagieren würde, wenn er es je erfährt. Gott behüte!«

»Gott behüte? Aber ich muss es ihm sagen. Das Problem ist nur, dass ich noch nicht weiß, wie ich das schaffen soll. Mir fehlt der Mut.«

»Willst du ihn wirklich heiraten, Hy?«

»Ja, das will ich.«

»Verdammt, mehr fällt mir dazu nicht ein. Es will mir einfach nicht in den Kopf. Wir standen uns doch so nah, schon allein wegen der Kinder. Ja, mir ist klar, dass ich nicht mit ihm mithalten kann, Hy. Er sieht gut aus, was nicht heißt, dass ich eine Vogelscheuche bin. Aber er ist etwa gleich alt wir du und ... ja, ich kenne Burschen wie ihn: klassische Musik, Literatur, die Dinge, die du eben magst. Wenn du möchtest, würde ich auch anfangen, mich damit zu beschäftigen.

Außerdem … müsstest du vor mir keine Geheimnisse haben. Verstehst du? Du hast Angst, ihm reinen Wein einzuschenken, und das zu Recht, verdammt. Wirklich zu Recht, Hy.«

Diese Betonung gefiel ihr gar nicht.

»Was meinst du damit?«, entsetzte sie sich.

»Dass«, raunte er verschwörerisch, »ihm deine Geschichte gar nicht gefallen wird. Du hast ihn doch über das Feuer im Warenhaus seiner Familie reden hören. Der Fall war genauso gelagert wie deiner. Er wird kalte Füße kriegen oder vielleicht sogar einen Rückzieher machen. Außerdem hat er eine Familie. Er wird das Thema mit einer Person seines Vertrauens besprechen wollen, um eine zweite Meinung zu hören. Und die wird er bekommen. Wie sie aussehen wird, kannst du dir denken. Glaube mir, Hy, wenn ich etwas besitze, dann ist das Menschenkenntnis. Mich täuscht man nicht so leicht.«

Arnie hatte recht. Er war ein Mann, dem man nichts vormachen konnte.

»Dann heirate ich ihn eben, ohne es ihm zu sagen«, erwiderte Hyacinth trotzig.

Arnie verzog das Gesicht.

»Oh, nein, das würdest du höchstens ein paar Wochen durchhalten. Zwei Menschen können nicht zusammenleben und einander auf Dauer etwas verschweigen. Die Heimlichtuerei wäre quälend für dich. Jedes Mal, wenn du ihn ansiehst oder ihn im Bett berührst, hättest du das Bedürfnis, ihm dein Herz auszuschütten. Und dann? Denkst du, ein Mann würde so ein Hochzeitsgeschenk zu schätzen wissen? Wie, glaubst du, würde deine Ehe nach diesem Geständnis aussehen? Meinst du, sie würde von Dauer sein? Hast du etwa Lust auf eine zweite Scheidung? Außerdem wäre das Geheimnis dann aufgedeckt. Und was einmal ausgesprochen ist, lässt sich nicht mehr zurücknehmen. Auf einen Schlag wärst du alles wieder los – deinen tollen Beruf, deinen guten Namen, die Kinder, die Dinge, die du dir aufgebaut hast. Nein, für dich ist es besser, wenn du es beim Alten belässt,

Hy. Hör auf mich. Ich bin nicht von gestern, und dasselbe gilt für deinen Freund Will. Der ist auf dem Weg nach ganz oben und kann es sich nicht leisten, dich mit deinen Problemen durchzuschleppen.«

»So sei doch endlich still! Ich wusste gar nicht, dass du so ein Scheusal sein kannst«, rief sie aus.

Als sie ein Taschentuch herauszog, um sich die Augen abzutupfen, wandte Arnie diskret den Blick ab. Für einen so unverblümten Menschen konnte er auch sehr taktvoll sein.

»*Why do I love you? Why do you love me?*«, sang der Mann am Nachbartisch. Menschen lachten.

Hy aß eine Gabel voll Kartoffelpüree. Wie gerne hätte sie zu Hause in der Dunkelheit im Bett gelegen und die Decke über den Kopf gezogen. Sie sehnte sich nach Will. Allerdings wollte sie ihn erst wiedersehen, wenn sich Licht am Ende des Tunnels zeigte. Ihre Gedanken überschlugen sich.

»Es gibt keinen einfachen Ausweg«, meinte Arnie.

Hyacinth verstand nicht gleich, was er meinte.

»Ich sage es dir ja nur ungern«, fuhr er fort, »aber im Moment sind einige Dinge wichtiger als dein Liebesleben. Die Kinder sind nicht glücklich. Es hat sich nämlich einiges verändert.«

»Verändert?«, flüsterte sie.

»Gerald hat seit dem Sommer einen Logiergast. Eine seiner Sängerinnen oder Filmsternchen, wie immer du sie auch nennen möchtest. Sie kommt mit den Kindern nicht zurecht, was vermutlich daran liegt, dass die zwei sie nicht leiden können. Zudem beansprucht sie Geralds Freizeit, was heißt, dass die Kinder weniger Aufmerksamkeit bekommen. So spielt er Tennis mit ihr anstatt mit Jerry. Es gibt noch einige andere Beispiele. Schau, ich bin zwar kein Psychologe, aber dass die Kinder das wurmt, liegt auf der Hand. Vor ein paar Wochen gab es einen Riesenstreit, und zwar wegen Charlie. Du weißt ja, das ist der Hund. Sie hat ihn geschlagen, worauf Emma durchgedreht hat und ihr eine heruntergehauen hat. Dann hat Eareen, so ein dämlicher Künstlername, nein, sie heißt Arveen, Emma geohrfeigt, und das Ergebnis war, dass Jerry Arveen verprügeln wollte. Alles geht drunter und drüber. Ich habe es von Nanny erfahren, die inzwischen gekündigt hat, weil es ihr zu viel wurde.«

»Arnie, warum erzählst du mir das jetzt erst?«

»Was hätte das gebracht? Schließlich kannst du nichts unternehmen. Da keine Kindesmisshandlung vorliegt, wäre es zwecklos, die Polizei einzuschalten.«

Ein wahres Wort. Schließlich hatte Gerald das Sorgerecht. Mit ihrer Unterschrift hatte sie auf jegliches Mitspracherecht verzichtet und musste nun tatenlos zusehen, wie er sich in Florida auslebte.

»Ich habe Gerald geraten, ein neues Kindermädchen einzustellen. Die alte war zwar eine ziemliche Langweilerin, aber gut zu den Kindern. Emma und Jerry wollen sie unbedingt zurückhaben, doch sie hat schon eine neue Stelle gefunden. Offenbar wird das Filmsternchen eine Weile bleiben. Gerald hängt an der Kleinen, so wie eine Frau an einem Schmuckstück hängt und es jeden Tag trägt, sogar am Strand.« Arnie lachte höhnisch. »Nun ja, ich war auch einmal in seinem Alter. Inzwischen bin ich so schlau, bei Frauen auf Qualität zu achten, nicht auf den schönen Schein.«

Hyacinths Gedanken überschlugen sich, und sie war Arnie nicht mehr böse.

»Arnie«, flehte sie. »Du warst so lieb zu den beiden wie ein Vater. Kannst du nicht eine neue Kinderfrau bei einer Agentur anfordern? Du weißt doch, worauf es ankommt. Tust du das für mich?«

»Die Kinder wollen keine neue Kinderfrau, Hy, sondern kurz gesagt einfach nur dich. Sie haben Sehnsucht nach ihrer Mutter und sprechen ständig nur von dir. Beim Reiten und beim Joggen unterhalten wir uns nämlich häufig. Ich möchte dir zwar nicht wehtun, aber so sieht nun einmal die Wahrheit aus.«

»Was soll ich unternehmen?«, schluchzte sie, sodass der Kellner, der gerade Kaffee nachschenken wollte, erschrocken zusammenfuhr.

»Keine Ahnung. Außerdem hast du schon genug um die Ohren. Ich habe nur einen Rat für dich. Wenn du bei mir in Florida wärst, könnte ich Gerald vielleicht beeinflussen. Eigentlich bin ich sicher, dass ich es schaffen würde, ein bisschen Druck auf ihn auszuüben. Das soll nicht heißen, dass wir uns nicht mehr verstehen. Aber letztlich geht es ums Geld. Verträge, Immobilien, gemeinsame Kredite. Tja, du weißt ja, wie das ist.«

Hy sah nichts weiter als einen langen Weg, der von ihr zu Will und zu ihren Kindern führte. Der Weg schlängelte sich, war dunkel und strotzte vor Hindernissen. Und da sie nicht mehr weiterwusste, saß sie nur da und sah Arnie wortlos an. Offenbar war auch er mit seinem Latein am Ende.

»Fährst du diese Woche zu Francine?«, fragte er schließlich.

»Eigentlich wollte ich erst am Donnerstag aufbrechen, aber nun muss es früher sein. Wenn es nicht schon so spät wäre, würde ich gleich losfahren.«

»Warum schenkst du deiner Mutter nicht reinen Wein ein? Möglicherweise hat sie ja einen Vorschlag.«

Hyacinth schüttelte den Kopf.

»Nein. Sie hat Dads Tod noch immer nicht verkraftet und bereits genug um die Ohren. Ich möchte sie nicht damit belasten.«

»Damit meinte ich nicht das Feuer. Oder hast du das etwa gedacht?«

»Natürlich nicht.«

»Ich habe von den Kindern geredet. Und von dir und Will. Frag sie um Rat.«

Für Hyacinth war nicht zu übersehen, dass Arnie auf Francines Fürsprache hoffte.

Sie nahm seine Hand.

»Wie soll ich dir bloß jemals danken?«, sagte sie, und die Frage kam aus tiefstem Herzen.

»Du bedankst dich ohnehin schon viel zu viel, Hy. Denk nur immer daran, dass ich für dich da bin. Und falls du stürzen solltest, fange ich dich auf.«

Dass Arnie die Situation der Kinder richtig eingeschätzt hatte, erkannte Hy gleich nach ihrer Ankunft bei Francine. Sie hatten Charlie mitgebracht und sprudelten sofort die Geschichte hervor, wie Arveen den Hund geschlagen hatte.

»Mommy! Sie wollte Charlie ermorden! Wenn sie das noch mal versucht, bringe ich sie um. Ich kaufe mir ein großes Gewehr und schieße ihr den Kopf weg. So wie die Jungen im Fernsehen, die ihre Schule überfallen haben.«

Noch nie hatte sie Emmas Gesicht so verzerrt von Wut und Empörung gesehen.

Bei jeder unserer Begegnungen, dachte Hyacinth, erscheint sie mir fremd, was nicht nur daran liegt, dass wieder einige Wochen oder Monate vergangen sind. Erfahrungen und Gefühle hinterlassen ihre Spuren. Im Moment wirkt sie vier oder fünf Jahre älter: rachsüchtig mit zusammengepressten Lippen und verengten Augen. Sogar die kleinen Fäuste sind geballt.

»Sicher wollte sie Charlie nicht wehtun«, meinte sie beschwichtigend. »Anschließend hat sie es bestimmt bereut. Manchmal verlieren Menschen eben die Geduld, erkennen jedoch später, dass sie einen Fehler gemacht haben.«

»Sie hat es aber nicht bereut! Wie kannst du so etwas behaupten, obwohl du sie gar nicht kennst?«

»Sie ist eine Schlampe«, sagte Jerry.

»Was?«, rief Francine aus. »Wie oft habe ich dir diese Woche schon verboten, dieses Wort in den Mund zu nehmen!«

»Alle benutzen es. Du bist altmodisch. Alle Großmütter sind altmodisch, und alle Leute sagen Schlampe.« Als Jerry, kichernd über seine eigene Schlagfertigkeit, aufsprang, warf er dabei sein Puzzle vom Tisch.

»Ach, verdammter Mist!«, schrie er. »So ein blödes Zeug! Seit wir hier sind, sitze ich schon an dem doofen Ding, und jetzt ist es kaputt!«

Francine schwieg nur, weil sie der Mutter der Kinder nicht in die Erziehung hineinreden wollte – und die Mutter selbst bekam vor Staunen den Mund nicht mehr zu. Wie konnte ein förmlicher und pedantischer Mensch wie Gerald eine solche Ausdrucksweise dulden?

Und so erkundigte sich Hyacinth – unter Verwendung der beiden Wörter, die sie meistens vermied – bei Jerry, ob »sein Vater« wisse, dass er mit derartigen Kraftausdrücken um sich warf.

Jerry lachte nur.

»Was soll er schon dagegen tun? Arveen benützt noch schlimmere Wörter, Mom, aber sie lässt es sich auch nicht von ihm verbieten. Arveen ist der Boss.«

Da er sich der Aufmerksamkeit seines Publikums nun sicher sein konnte, fuhr er fort, sich für sein Thema zu erwärmen: »Und wisst ihr, warum? Weil sie Holz vor der Hütte hat, das ist der Grund.«

»Holz vor der Hütte?«

»Ja, und zwar so«, entgegnete Jerry mit einem wissenden und anzüglichen Grinsen und deutete die entsprechenden Körperformen an.

Offenbar lag da etwas schrecklich im Argen. Die beiden Frauen wechselten hilfesuchende Blicke.

Sollten sie für den Moment schweigend darüber hinweggehen? Schließlich konnte man einen heranwachsenden Jungen nicht ewig im Kinderzimmer festhalten. Denn sobald er es verließ und in die Welt hineintrat, würde er nun einmal mit Dingen konfrontiert werden, die seiner Mutter nicht gefielen. Daran führte, insbesondere heutzutage, kein Weg vorbei. Andererseits galt es zu vermeiden, dass diese Welt in das Zuhause der Kinder eindrang und sich dort breitmachte.

Arveen, wer immer sie auch sein mag, ist ein schlechtes Vorbild für meine Kinder, dachte Hyacinth schockiert.

Der Hund stand auf, schüttelte sich und schmiegte sich dann wieder an Emmas Füße. Das kuschelige kleine Tier mit dem seidenweichen Fell und dem zierlichen Körperchen appellierte an Hys Beschützerinstinkt. Es war so arglos, vertrauensselig und nicht in der Lage, sich gegen Grausamkeit zu wehren. So wie Emma.

»Charlie war heute noch nicht Gassi. Wollten wir ihn nicht ausführen?«, schlug Francine vor.

Wenn die beiden sich schon die ganze Woche so benehmen, muss sie völlig erschöpft sein, sagte sich Hyacinth. Aber sie würde es sich mir gegenüber nie anmerken lassen.

Dann musste sie daran denken, welcher Trubel in ihrer Kindheit in diesem Haus geherrscht hatte: Francines fröhliche Stimme, wenn sie eine Horde tobender Jungen – ihre drei eigenen und die aus der Nachbarschaft – zur Raison rief. Der köstliche Duft von Grillfleisch. Jims Musik, die aus dem Wohnzimmer hallte. Wie wunderschön es gewesen war, in diesem Nest aus Liebe und Geborgenheit aufzuwachsen! Allerdings hatte Hy das als Jugendliche gar nicht zu schätzen gewusst.

»Gehen wir. Holt Charlies Leine. Dann machen wir einen Spaziergang im Wald. Dort ist es sehr schön.« Der begeisterte Tonfall war wichtig. »Dort gibt es einen kleinen Teich, wo ich früher immer die Frösche beobachtet habe.«

Voller Neugier und Tatendrang stürmten die Kinder vorneweg. Der Wald war tatsächlich sehr hübsch, still und dunkel. Hin und wieder fielen Sonnenstrahlen durch die Bäume, so zum Beispiel an dem Teich, an dessen Ufer Hyacinth so oft auf einem umgestürzten Baumstamm gesessen hatte.

»Setzt euch und seid ganz still«, flüsterte sie nun. »Vielleicht sehen wir ja welche.«

Als auch einige Minuten später noch keine Frösche aufgetaucht waren, musste sie sich etwas Neues einfallen lassen, um die Kinder zu beschäftigen, denn sie bemerkte, dass sie anfingen, gereizt und ungeduldig herumzurutschen. Wie sehr hatte sie sich danach gesehnt, sie für sich zu haben, ihre Aufmerksamkeit zu genießen und ihre warmen Körper so dicht an sich zu spüren.

»Wisst ihr, wo die Frösche herkommen?«, begann sie. Als keine Antwort erfolgte, fuhr sie in fröhlichem Ton fort: »Aus Eiern, so wie Hühner.«

Ihre Stimme klang hoch und schrill, und sie bemerkte, dass sie sehr um die Liebe ihrer Kinder bettelte. Dennoch war es ihr wichtig, ihnen etwas zu vermitteln, an das sie sich später erinnern würden.

»Weißt du noch, wie wir mit Mom im Wald waren und wie sie uns alles über Frösche erzählt hat?«, sollten sie später einmal zueinander sagen.

»Ja, wie Hühner«, sprach sie weiter, »aber nicht ganz, denn ihre Eier sind winzige Pünktchen und werden im Frühjahr auf Zweigen oder Blättern im Wasser abgelegt.«

Da die Kinder weiter schwiegen, bemühte sie sich noch mehr, ihr Interesse zu wecken.

»Wusstet ihr, dass es Frösche gibt, die klettern können?«

»Das stimmt nicht«, brummte Jerry missmutig.

»O doch. Sie heißen Baumfrösche, weil sie auf Bäumen und in Sträuchern leben. Im Frühling hört man überall ihr lautes, hübsches Zirpen. Und dann weiß man, dass der Winter endgültig vorbei ist.«

»Das ist mir doch egal.«

Hyacinth beschloss, dass es wohl das Beste war, ihn nicht wegen seiner Frechheit zurechtzuweisen.

»Findet ihr es nicht seltsam, dass sie klettern können?«, sagte sie deshalb. »Und habt ihr euch schon mal gefragt, wie sie das machen? Sie haben winzige Saugnäpfe an den Zehen, mit denen sie sich festhalten. Andere Frösche haben solche Saugnäpfe nicht.«

Emma verkündete, sie habe das Herumsitzen satt. Also

stand Hyacinth auf, und sie traten den Rückweg an. Das Knirschen ihrer Schritte auf der viele Jahre alten Laubschicht dröhnte ihr ebenso in den Ohren wie das Schweigen. Ein dröhnendes Schweigen – was für ein seltsamer Widerspruch.

»Schaut!«, rief Emma. »Charlie hat etwas im Maul. Davon wird er sicher krank.«

»Das ist doch nur eine Eichel, Schatz. Die wird er nicht fressen. Eichhörnchen fressen Eicheln, Hunde nicht. Lass ihn ruhig damit spielen.«

Bei einem weiteren Versuch, die Stimmung aufzulockern, fuhr sie fort: »Kaum zu fassen. Wenn man eine Eichel in den Boden steckt, hat man eines Tages eine Eiche wie die dort, die doppelt so groß ist wie ein Haus.«

Jerry murmelte etwas, sicher einen Kraftausdruck, auch wenn Hyacinth es nicht richtig verstanden hatte. Nun ging er wirklich zu weit. Sie war ratlos. Aber vielleicht wusste Jerry nicht mehr aus noch ein. Trotz seiner Gegenwehr zog sie ihn an sich.

»Erzähl es mir«, meinte sie leise. »Warum bist du heute so unglücklich?«

Als er den Kopf schüttelte, sprach sie weiter: »Du bist zornig, weil du unglücklich bist. Möchtest du nicht mit mir darüber sprechen?«

»Ich bin auch unglücklich!«, rief Emma und fing an zu schniefen.

Niedergeschlagenheit senkte sich über die kleine Familie. Es war ein tiefes Gefühl, das sich nicht leicht in Worte kleiden ließ und zwischen ihnen in der Luft lag.

»Ist es wegen Arveen und Charlie?«, fragte Hyacinth, wohl wissend, dass sicher noch mehr dahintersteckte.

»Uns gefällt es nicht mehr in Florida«, platzte Emma heraus. »Und Tessie sagt, dass du eine schlechte Mutter bist. Sie hat recht. Du hast uns nicht erlaubt, in unserem alten Haus zu bleiben. Und dabei hatte ich mein Zimmer und meine Puppenstube so gern.«

Wie sollte sie ihnen das erklären? Es war zu kompliziert, dass die Puppenstube fest eingebaut gewesen war und deshalb hatte zurückbleiben müssen. Und dass Tessie log.

Diese unangenehme Person musste eine traumhafte Köchin sein, dachte Hyacinth. Ansonsten hätte Gerald, der sich sonst nur mit schönen Menschen umgab, ein mürrisches Gesicht wie ihres nie in seiner Umgebung geduldet.

Die Situation war so verfahren, dass sie nicht wusste, wo sie anfangen sollte.

Inzwischen verbesserte der große Bruder die kleine Schwester: »Mom wohnt nicht mehr in diesem Haus. Du weißt doch, wo sie jetzt lebt. In New York. Wir haben in ihrer Wohnung geschlafen, und sie war mit uns im Dinosaurier-Museum und beim Hummeressen.«

»Gut, dann will ich eben dort wohnen. Und zwar immer«, protestierte Emma. »Ich will.«

Vorsichtig versuchte Hyacinth, sich an das Problem heranzutasten.

»Gefällt dir deine Schule nicht mehr?« Aber eigentlich meinte sie: Hast du deinen Vater nicht mehr lieb?

»Wir kommen in eine neue Schule«, erwiderte Jerry an ihrer statt. »Wir waren noch nicht da. Dort haben wir den ganzen Tag bis zum Abendessen Unterricht. Dann bringt Tessie Emma ins Bett, weil wir kein Kindermädchen mehr haben. Ich kann allein ins Bett gehen. Für ein Kindermädchen bin ich schon zu groß.«

Es ist fast vier Jahre her. Die Zeit rast, während ich stillstehe.

»Bekommt ihr ein neues Kindermädchen?«

»Dad will jemanden einstellen, der am Wochenende auf uns aufpasst und uns herumfährt. Dad ist nämlich immer beschäftigt.«

»Wegen Arveen?« Hyacinth konnte sich die Frage nicht verkneifen.

»Genau. Außerdem kennt er viele Leute. Wenn er nicht arbeitet, ist er ständig unterwegs. Er geht zu Partys auf Jachten. Mit Mädchen und so, sagt Bruce.«

»Wer ist Bruce?«

»Mein Freund. Nie kannst du dir die Namen meiner Freunde merken! Er wohnt nebenan, aber bei seiner Mutter, nicht so wie wir. Sein Dad ist ein schlechter Vater. Er hasst ihn.«

»Das ist aber traurig«, erwiderte Hyacinth rasch. »Man braucht nämlich einen Dad und eine Mom. Ihr dürft euren Dad nicht hassen. Hoffentlich tut ihr das auch nicht.«

»Nein, aber es macht keinen Spaß mehr. Außerdem habe ich keine Lust, der Einzige zu sein, der nicht bei seiner Mom wohnt. Gut, ich bin nicht ganz der Einzige. Es gibt noch einen, Donny, aber bei dem ist es anders, weil seine Mom nicht mehr lebt. Aber du lebst ja noch.«

»Warum wohnen wir nicht mit dir zusammen?«, beharrte Emma. »Du könntest bei uns einziehen.«

»Nein, das geht nicht, du Dummerchen«, unterbrach Jerry sie ungeduldig. »Dad hat schon eine Frau. Was soll er denn mit zwei Frauen anfangen? Nun, vielleicht will er ja zwei, doch Mom gehört nicht dazu. Wenn du auch Kabelfernsehen schauen würdest, wüsstest du, was ich meine«, fügte er grinsend hinzu.

Bemüht ruhig erkundigte sich Hyacinth, wann er denn so vor dem Fernseher säße.

»Nachts, wenn Dad nicht da und Tessie in ihrem Zimmer ist, stehe ich manchmal wieder auf. Das ist lustig.«

Sie durfte sich ihr Entsetzen nicht anmerken lassen. Das war ein Problem, dessen sich Arnie unbedingt annehmen musste. Sicher würde ihm eine Lösung einfallen.

»Es ist nicht gut für dich, Jerry«, meinte sie deshalb so ruhig wie möglich. »Ich möchte, dass du das in Zukunft bleiben lässt.«

»Ich wohne nicht bei dir. Also muss ich dir auch nicht folgen.«

»Das war ziemlich unverschämt von dir, Jerry.«

»Nein, war es nicht. Schließlich bist du auch gemein zu uns. Du solltest uns erlauben, bei dir zu wohnen. Dann könnten wir uns immer die Dinosaurier ansehen und Eislaufen gehen.«

Fieberhaft suchte Hy nach einem Ausweg aus dieser Zwickmühle.

»Ich muss arbeiten«, sagte sie. »Wenigstens im Moment.«

Emmas hübsches Gesichtchen verzog sich zu einem Schmollen.

»Du brauchst diese Kleider nicht zu nähen«, protestierte sie und setzte noch einen scheinbar zusammenhanglosen Vorwurf obendrauf: »Nie gehst du mit uns reiten.«

»Ich kann nicht reiten«, wandte Hyacinth ein.

»Onkel Arnie bringt es dir bei. Er hat es dir schon so oft vorgeschlagen.«

»Einverstanden. Bei meinem nächsten Besuch nehme ich die erste Stunde.«

»Versprochen?«

»Ja.«

»Versprichst du auch, bei uns in Florida zu wohnen?«

»Ich habe dir doch erklärt, dass das nicht …«, rief Jerry laut, aber Hyacinth fiel ihm ins Wort.

»Genug Versprechen für heute. Erst gehe ich mit euch reiten …«

Emma brach in Tränen aus.

»Du hast mich nicht lieb«, schluchzte sie. »Du hast mich nicht lieb.«

Inzwischen hatten sie eine Sitzbank erreicht. Hyacinth ließ sich darauf nieder und breitete die Arme aus.

»Kommt, setzt euch rechts und links von mir hin. Dann erzähle ich euch, wie lieb ich euch habe, und gleich geht es uns allen viel besser.«

»Musst du auch weinen?«, fragte Jerry. »Du siehst nämlich so aus.«

»Ein bisschen.«

»Ich nicht. Jungen weinen nicht«, verkündete er mit zitternder Stimme.

»Wer behauptet das?«

»Dad.«

Wie typisch für ihn, Jerry seinen Perfektionswahn einzureden.

»Da irrt sich Dad aber«, entgegnete Hy mit Nachdruck. »Natürlich dürfen Jungen weinen, wenn es nötig ist.«

»Es wäre nicht nötig, wenn du zu uns ziehen würdest.«

»Ich werde es versuchen. Und jetzt gehen wir zurück zu Oma und backen einen Kuchen.«

»Du hast es nicht versprochen«, bohrte Emma, beharrlich wie immer, nach. »Du hast nur gesagt, du würdest es versuchen.«

»Das werde ich.«

Das war zwar ebenfalls eine ausweichende Antwort, doch es schien den Kindern nicht aufzufallen. Sie hoffte, dass der Himmel ihr diese Lüge vergeben würde.

»Also war die Woche ziemlich anstrengend«, beendete Francine ihre Schilderung. Sie tranken Kaffee. Jerry und Emma waren bereits im Bett.

»Tut mir leid, dass ich nicht mehr Zeit hatte. Aber wir haben plötzlich einen Riesenauftrag hereinbekommen.«

»Ich beschwere mich nicht, Hyacinth, sondern wollte nur sagen, dass es für die beiden nicht leicht war. Sie haben sich verändert, und zwar auf eine Weise, die mir gar nicht gefällt. Doch so sehr ich es versucht habe, ich konnte kaum etwas aus ihnen herauskriegen.«

Es war nicht ratsam, Francine mitzuteilen, was sie wusste, denn sie hätte damit nur schlafende Hunde geweckt. Seit dem großen Triumph in der Fifth Avenue hackte Francine nämlich nicht mehr darauf herum, wie ihre Tochter sich bei der Scheidung hatte über den Tisch ziehen lassen. Es war fast, als flöße Hys unerwarteter Erfolg ihr Respekt ein.

Allerdings war Francine so beunruhigt, dass Hy heute Abend wohl nicht ungeschoren davonkommen würde.

»Den Kindern geht es nicht gut. Sie drucksen herum, sind antriebslos und frech und bereuen ihr Benehmen kurz darauf wieder. Kurz gesagt, muss sich da dringend etwas ändern.«

»Ich werde mich darum kümmern. Darauf kannst du dich verlassen.«

»Ich kann mich auf überhaupt nichts verlassen«, gab Francine zurück, »weil du mir nichts erzählst. Seit vier Jahren tappe ich im Dunkeln. Es ist eine Schande. Traust du mir etwa nicht? Mir, deiner Mutter? Du weißt, dass ich für dich und für meine Söhne und Enkel kämpfen würde. Bis zum letzten Atemzug, Hyacinth.«

»Das weiß ich.«

»Also. Etwas ist faul mit Gerald, und es muss schlimmer sein, als ich vermutet habe, auch wenn ich ihn von Anfang an nicht ausstehen konnte. Um Himmels willen, sag mir doch endlich, worum es geht. Dann besorge ich dir den besten Anwalt der Vereinigten Staaten. Das habe ich dir bereits hundertmal versprochen. Nie verteidigst du deine Interessen. Du bist viel zu schüchtern. Das war schon seit deiner Geburt so, und ich mache dir keinen Vorwurf daraus, aber ...«

Hyacinth unterbrach sie mit einer Handbewegung.

»Bitte«, murmelte sie.

Aber Francine ließ sich nicht so rasch abwimmeln. »Ich bin so stolz auf dich und deinen Erfolg. Diese andere Seite an dir, die kann ich allerdings beim besten Willen nicht verstehen ...«

Im Nebenzimmer läutete das Telefon. Francine ging an den Apparat, kehrte zurück und meldete, Will wolle sie sprechen. Hyacinth wurde von Angst ergriffen. Zu viele Dinge stürmten gleichzeitig auf sie ein.

Als sie zum Hörer griff, vergrößerte Wills fröhlicher Tonfall ihren inneren Konflikt nur noch, denn er meldete, er habe es tatsächlich geschafft, ein Wunder zu vollbringen – nämlich in New York eine wundervolle Wohnung zu ergattern. Zugegeben, sie sei sehr teuer, aber schließlich sei es eine Investition fürs Leben. Zu zweit würden sie die Raten schon schultern. Natürlich müsse sie sich die Wohnung ansehen, bevor sie zusagen. Allerdings sei er sicher, dass sie ihr gefallen würde, denn sie sei nur zwei Straßen vom Park entfernt, ideal also für die Kinder. Habe sie sich eigentlich schon für eine Schule entschieden? Es sei allmählich Zeit. Hoffentlich sei es noch nicht zu spät, um sie anzumelden.

Während diese Worte auf sie einprasselten, konnte Hyacinth nur die eine, immer wiederkehrende Frage denken: Was soll ich tun?

»Wer ist Will?«, wollte Francine nach dem Telefonat wissen. »Er schien ebenso erstaunt zu sein wie ich. ›Soll das heißen, Hyacinth hat Ihnen nicht von mir erzählt?‹, fragte er. Und als ich das verneinte, meinte er: ›Nun, dann reden Sie mit ihr darüber. Sie wird Ihnen sagen, was für ein netter Kerl ich bin.‹«

Hätte man ihr diese Frage während des Aufenthalts in der idyllischen Normandie gestellt, die überglückliche Antwort wäre nur so aus ihr herausgesprudelt. Und hätte sie es vorgezogen, lieber nichts zu sagen, wäre sie dennoch von Freude erfüllt gewesen.

Was sie in diesem Moment erfüllte, konnte sie jedoch nicht ganz in Worte fassen. Trotzdem unterdrückte sie einen Seufzer und berichtete Francine von ihrer ersten Begegnung mit Will, der Erkenntnis, dass sie einander liebten, und dem Aufenthalt in Frankreich, als sie die Augen nicht mehr vor dieser Liebe hatten verschließen können. Sie schilderte ihr, was für ein Mensch er war. Er sei zwar keine Bilderbuchschönheit, aber recht attraktiv und außerdem durchsetzungsfähig. Dann beschrieb sie seine Gedanken, seine Vorlieben, seinen guten Geschmack und seine einfühlsame Art. Er habe einen guten Charakter, sei offen, ehrlich und gut erzogen – wenn auch manchmal ein klein wenig rechthaberisch. Die letzte Bemerkung wurde von einem Schmunzeln begleitet.

Selbstverständlich hörte Francine aufmerksam zu und meinte dann: »Wird er dein Ehemann oder dein Lebensgefährte?«

»Ich finde den Ausdruck zwar dämlich, aber mir wäre es lieber so. Ganz im Gegensatz zu Will. Er besteht nämlich auf einer Hochzeit.«

»Und du bist dagegen?«

»Darum geht es nicht. Es ist nur ... es ist einfach zu kompliziert. Meine Tage sind ohnehin viel zu kurz.«

»Du hast Jerry und Emma gar nicht erwähnt. Sicher machst du dir Sorgen, wie es mit ihnen weitergehen soll.«

Hyacinth hatte einen dicken Kloß in der Kehle, sodass sie nicht gleich eine Antwort herausbekam.

»Das ist kein Problem. Will liebt Kinder.«

»Weiß Will, dass du nicht das Sorgerecht hast?«

»Nein.« Sie erwiderte Francines eindringlichen Blick, der ihr bis ins Hirn zu dringen schien. Offenbar konnte sie ihre Gedanken lesen.

»Du hast in all der Zeit kein Wort darüber verloren? Wann willst du es ihm denn erzählen? Und wie genau willst du es ihm um Himmels willen erklären?«

»Keine Ahnung. Ich überlege noch.«

Francine presste missbilligend die Lippen zusammen und verkündete dann, sie sei, gelinde gesagt, entsetzt.

»Was gibt es denn da zu überlegen? Du kannst doch nicht ernsthaft mit dem Gedanken spielen, einen Mann zu heiraten, und ihm deine Vergangenheit verschweigen! Mein Gott, gerade noch hast du beteuert, wie ehrlich er ist.« Francine konnte vor Zorn nicht mehr an sich halten. »Ich habe dich gerade gefragt, was du dir dabei gedacht hast!«

Dasselbe hat Arnie auch gesagt.

Hyacinth stand auf.

»Ich muss jetzt ins Bett. Für heute habe ich genug geredet.«

Ihr Tonfall war ebenso barsch wie Francines. »Wir sprechen morgen oder übermorgen weiter, falls ich dazu in der Lage bin.«

Wie sich herausstellte, ergab sich am folgenden Tag keine Gelegenheit, weil kurz vor zwölf Uhr mittags ein Notruf von Lina einging. Ein großer Anbieter im Mittleren Westen habe die letzte Lieferung bereits verkauft, wichtige Kunden drängten und drei leitende Mitarbeiter bei Libretti seien krank. Also müsse Hyacinth umgehend ins Büro kommen.

»Ich nehme den nächsten Zug«, erklärte sie Francine. »Es ist ein Notfall, und ich kann Jerry und Emma nicht mitnehmen. Wer würde auf sie aufpassen, während ich arbeiten muss? Oder möchtest du gleich mitkommen?«

»Ich kann erst hier weg, wenn die Dachdecker fertig sind, und das wäre am Freitag. Dann kommen wir ganz bestimmt nach.«

»Es tut mir leid, sie bei dir lassen zu müssen, obwohl es ihnen nicht gut geht.«

»Wenn man Menschen liebt, erträgt man auch ihre Launen, oder? Außerdem sind die beiden die meiste Zeit wirklich reizend. Sie verstehen eben einfach die Welt nicht mehr.« Francine seufzte. »Der liebe Gott weiß, dass sie auch guten Grund dazu haben.«

Da eine Antwort nur zu einer Fortsetzung des Streits von gestern Abend geführt hätte, schwieg Hyacinth, küsste alle zum Abschied, streichelte Charlie und machte sich auf den Weg.

Während der Zugfahrt, der beiden vollgestopften Arbeitstage und der schlaflosen Nächte rang sie mit sich und kam schließlich zu einer Entscheidung, auch wenn diese ihr nicht leichtfiel: Sie würde Will sagen, dass sie nicht das Sorgerecht für die Kinder hatte. Daran führte kein Weg vorbei.

Allerdings löste das nur die Hälfte des Problems. Denn was sollte sie auf die unvermeidliche Frage nach dem Warum erwidern? Schlimmstenfalls würde er ihr nicht glauben, bestenfalls Zweifel an ihr bekommen. Sein Bild von ihr würde sich auf einen Schlag verändern. Immerhin war Gerald ein angesehener Mann und ein bekannter Mediziner. So jemand musste gute Gründe für sein Verhalten haben.

Am dritten Tag rief Will an. Hy fühlte sich noch immer niedergeschlagen und verunsichert. Will war verärgert. Nein, sogar wütend. Francine habe ihm mitgeteilt, dass sie nach New York zurückgekehrt sei. Nun begriffe er nicht, warum sie sich nicht bei ihm gemeldet habe. Lange Arbeitsstunden seien doch eine seltsame Ausrede dafür, ihn nicht einmal anzurufen.

Um ihn zu beschwichtigen, gestand Hyacinth ihren Fehler ein und entschuldigte sich. Immer wieder sagte sie ihm, wie sehr sie ihn liebte. Und sie erfand eine leichte Erkältung, die nicht ganz gelogen war, weil sie wirklich gelegentlich unter Atemnot litt.

Schließlich verzieh ihr Will und meinte, sie dürfe ihn nie wieder so erschrecken. Auch er beteuerte, wie sehr er sie liebte und vermisste. Morgen Abend würde er sie besuchen, um über Umzugspläne und das Hochzeitsdatum zu sprechen.

Da ihr vor Sorge um Will und die Kinder der Schädel brummte, beschloss Hy, einfach eine Nacht durchzuschlafen, positiv zu denken und die Dinge auf sich zukommen zu lassen.

Am Donnerstag ging Hyacinth früher nach Hause, um sich in der Badewanne zu entspannen und etwas ganz Besonderes für Will anzuziehen – einen geblümten Hausmantel mit fast nichts darunter. Wie beabsichtigt, hatte sich ihre Stimmung über Nacht gebessert. Wenn zwei Menschen einander liebten und sich einander so von Grund auf verstanden wie sie und Will, waren selbst die schwierigsten Probleme lösbar, sagte sie sich.

Erfüllt von diesem Gedanken, drehte sie den Schlüssel im

Schloss um, trat ein – und fand Emma, Jerry und Francine im Wohnzimmer vor.

»Mommy! Mommy!«, rief Emma. »Wir sind mit dem Auto gefahren, weil wir Charlie nicht im Zug mitnehmen durften.«

»Du hast doch gesagt … dass ihr erst am Freitag kommt«, stammelte Hy entsetzt.

»Die Dachdecker waren früher fertig«, erklärte Francine. »Also gab es keinen Grund, länger zu warten. Jerry und Emma haben sich so auf die Stadt gefreut.«

Hyacinth hätte vor Wut aus der Haut fahren können, und es gelang ihr nicht, einen klaren Gedanken zu fassen: Der Hund umtänzelte ihre Beine. Jerry redete über einen Bootsausflug rund um Manhattan.

In zwei Stunden würde Will erscheinen. Das Gespräch unter vier Augen, in dem sie ihm schonend alles hatte beibringen wollen, würde nun im allgemeinen Durcheinander untergehen. Es war zum Losschreien.

»Stimmt etwas nicht?«, erkundigte sich Francine verdattert.

»Nun, ich hatte heute Abend eigentlich etwas anderes vor und überlege, wie ich umdisponieren soll.«

»Wir haben ganz viele Sachen zum Abendessen besorgt«, verkündete Jerry. »Weil wir nicht sicher waren, ob du genug für uns alle dahast, waren wir in der Nähe einkaufen. Grillhähnchen. Der Mann hat mich die Sauce kosten lassen, sie ist echt lecker. Und Shrimps, die sind für mich, weil ich der Einzige bin, der sie mag. Und braune Brötchen mit Rosinen drin. Ich liebe Rosinenbrötchen. Du auch, Mom?« Jerry schien sich zu einem Gourmet zu entwickeln. »Wenn wir hier wohnen, könnte ich immer in diesem Laden einkaufen, oder?«

Oh, bitte, flehte sie lautlos, lass uns nicht wieder damit anfangen. Nicht jetzt.

Als ob sie seine Frage nicht gehört hätte, ging sie zum Telefon im Schlafzimmer.

»Ich muss einen Anruf erledigen«, sagte sie.

Diesmal würde Will wirklich böse sein, und das zu Recht. Allerdings blieb ihr nichts anderes übrig, als wieder eine Ausflucht zu riskieren. Ein plötzlicher Grippeanfall mit Fieber an diesem Nachmittag war wohl das Glaubwürdigste. Auf diese Weise konnte sie auch morgen der Arbeit fernbleiben, um sich zu erholen, bis Jerry und Emma fort waren. Während der komplizierte Plan in ihrem Kopf Gestalt annahm, schämte sie sich für ihre Verlogenheit.

Wills Sekretärin teilte ihr mit, er sei gerade gegangen. Also versuchte sie es bei ihm zu Hause, doch es meldete sich nur der Anrufbeantworter, sodass sie eine Nachricht hinterließ: »Ruf mich an, sobald du da bist. Mir geht es nicht so gut. Erkältung und leichtes Fieber.«

Nur selten im Leben hatte sie sich so bedrängt gefühlt. Hier ging es nicht darum, ein Problem eine Woche oder auch nur einen Tag vor sich her zu schieben. Eine sofortige Lösung war angesagt. Wie sollte sie in Gegenwart von Francine und den Kindern ein Gespräch mit Will führen?

Francine stand mit besorgter Miene in der Tür und verlangte ihre Aufmerksamkeit.

»Ich erwarte Will«, flüsterte sie. »Die größtmögliche Katastrophe. Eigentlich habe ich heute mit ihm über alles reden wollen. Aber wie soll ich das vor Publikum tun? Könntest du mir das verraten?«

»Beruhige dich. Er weiß doch, dass es die Kinder gibt, oder? Werd bloß nicht hysterisch. Was mich betrifft, kann ich mich ja rar machen. Ich gehe ins Kino. Kein Problem.«

»Nein, nein, an dir liegt es nicht. Oh, es ist einfach völlig verfahren. Ich habe ihm eine Nachricht hinterlassen. Hoffentlich kriegt er sie.«

»Nun, am besten essen wir jetzt und bringen dann die Kinder früh ins Bett, weil wir morgen wegen der Bootsfahrt zeitig aufstehen müssen. Sag ihnen, dass du Besuch erwartest und dass sie deshalb in ihrem Zimmer bleiben müssen. Los.«

Francine hatte bereits den Tisch gedeckt. Die mitgebrachten Speisen waren auf Platten arrangiert, die Kaffeekanne stand auf dem Herd. Es war rührend, wie wichtig sie diese Kleinigkeiten nahm.

Ich bin inzwischen so wundgerieben, dachte Hyacinth, dass ich bei jeder lieben Geste und jedem barschen Wort in Tränen ausbrechen könnte.

Zum Glück wurden während der Mahlzeit keine großen Anforderungen an sie gestellt. Die Kinder waren fröhlich, weil Francine die Aufmerksamkeit gleichmäßig zwischen ihnen aufteilte. Außerdem hatten sie mittags unterwegs eine Pizza gegessen. Ihre Stimmen brandeten über Hyacinth hinweg, die ständig auf das Telefon horchte. Doch obwohl es bis zum vereinbarten Zeitpunkt nur noch eine Stunde war, hatte es nicht geläutet.

»Ich räume die Küche auf, während du mit den Kindern redest«, meinte Francine und fügte anteilnehmend einen guten Rat hinzu: »Mach dich nicht verrückt. Es wird schon klappen, denk an meine Worte. Sag ihnen einfach, sie sollen höflich grüßen und dann zu Bett gehen oder in ihrem Zimmer fernsehen. Vielleicht kommt der Mann auch gar nicht.«

Aber »der Mann« traf tatsächlich pünktlich ein und schien im ersten Moment überrascht, Francine und die beiden Kinder vorzufinden.

»Überraschungsbesuch«, erklärte Hyacinth, nachdem sie alle miteinander bekannt gemacht hatte. »Von außerhalb.«

In der Hoffnung, Will möge spüren, dass es sich um einen Familienabend handelte, und sich prompt verabschieden, merkte sie an, sie sähen einander nur sehr selten. Jeder Tag sei deshalb ein Grund zum Feiern.

Doch offenbar verstand Will kein Wort, denn er begann ein freundliches Gespräch, das sich sicher eine Weile hinziehen würde.

»Inzwischen habt ihr sicher von mir gehört, denn ich weiß alles über euch und wollte euch schon lange kennenlernen«, wandte er sich an die Kinder, die, in ihren neuen Bademänteln, brav auf Holzstühlen saßen und die bequemen Sessel den Erwachsenen überlassen hatten.

»Wisst ihr, wie ich eurer Mutter begegnet bin? Sie hatte ein wunderschönes Kleid dabei, das sie für dich genäht hatte, Emma. Es war mit Rosen verziert. Hoffentlich hat es dir gefallen.«

»Sehr gut«, erwiderte Emma ernst. »Aber inzwischen mag ich es nicht mehr, weil es mir zu klein ist.«

»Tja, das heißt, dass du gewachsen bist, eine sehr gute Sache. Ich wette, sie näht dir ein neues, wenn du sie darum bittest.«

»Natürlich«, warf Hyacinth rasch ein.

Schnell musste ein neues Thema gefunden werden. Das Gespräch durfte auf keinen Fall erlahmen, denn schon ein paar Sekunden Schweigen konnten dazu führen, dass die Stimmung umkippte.

Feinfühlig wie immer, sprang Francine sofort in die Bresche und machte eine Bemerkung über Hyacinths Talent, von dem früher niemand etwas geahnt hatte.

»Das Kleid für Emma war ihr allererstes. Und nun prangt ihr Name auf einem Desginerlabel.«

»Ich platze fast vor Stolz«, erwiderte Will. »Doch ich möchte nicht, dass sie sich überarbeitet.«

»So schlimm ist es nun auch wieder nicht«, protestierte Hyacinth. »Nur in den letzten paar Tagen, tja, in jedem Beruf kommt es hin und wieder zu Engpässen und kleinen Notfällen. Und so war es bei mir eben in dieser Woche. Damit muss man immer mal rechnen.«

»Ich habe den Eindruck, dass du derzeit ziemlich übermüdet bist. New York ist berüchtigt dafür, dass es die Menschen mit seinen hohen beruflichen Anforderungen aussaugt.«

»Nein, nein«, widersprach Hyacinth erneut. »Mir geht es prima.«

Im nächsten Moment fiel ihr zu ihrem Entsetzen ihre Nachricht auf Wills Anrufbeantworter ein.

»Aber da du es ohnehin bemerkt hast, muss ich zugeben, dass ich leicht erhöhte Temperatur habe. Vielleicht brüte ich etwas aus. Keine Ahnung. Ich habe dir eine Nachricht hinterlassen.«

»Dann gehörst du ins Bett«, schimpfte Will. »Mit Fieber läuft man nicht in der Gegend herum.«

Francine lachte liebevoll auf.

»Da kennen Sie sie aber schlecht. Hyacinth ist nicht kaputt zu kriegen und ein echtes Arbeitstier.«

Es war Hyacinth ausgesprochen unangenehm, dass über ihren Kopf hinweg über sie gesprochen wurde. Ein gefrorenes Lächeln stand ihr auf den Lippen, während sich ihre Gedanken überschlugen. Morgen oder übermorgen, wenn die Kinder erst einmal abgereist waren, würde Schluss mit den Verzögerungen und Ausweichmanövern sein. Will würde erfahren müssen, dass die beiden bei ihrem Vater lebten.

Wenn sie nur endlich zu reden aufhören würden! Dann würde Will nach Hause gehen, und sie konnte sich allein in ihr stilles Zimmer zurückziehen. Sicher würde ihr dort eine plausible Erklärung einfallen.

»Meine Familie hat mich immer ausgelacht«, sagte Francine gerade. »Vermutlich war es recht albern von mir, aber ich habe nun einmal eine Schwäche für alles Französische, was es auch sein mag. Ich habe den Eindruck, dass man in Frankreich wirklich zu leben versteht. Also weiß ich genau, was Sie meinen.«

Offenbar hatte Will von ihrem Frankreichaufenthalt erzählt. Um sich wieder ins Gespräch einzuschalten und ihre Beklommenheit zu verbergen, merkte Hyacinth an, auch ihr habe es in der Bretagne sehr gut gefallen.

»Aber wir haben gerade über Südfrankreich und die Wildpferde in der Camargue geredet«, entgegnete Will mit verdutzter Miene.

»Ich weiß, ich meine … sie sind sicher faszinierend. Allerdings finde ich die Bretagne trotzdem am schönsten.«

Während sie sich fragte, ob dieser Fauxpas zu merkwürdig gewirkt hatte, warf sie Will einen verstohlenen Blick zu. Er schien sich glänzend zu amüsieren, kein Wunder, denn Francine war eine interessante, elegante und gebildete Frau. Auch sie schien Spaß an Wills Gesellschaft zu haben.

Wenn ich noch einen klaren Gedanken fassen könnte, würde ich mich freuen, die beiden so zusammen zu sehen, dachte sie, denn sie scheinen einander zu mögen.

Währenddessen hatten Jerry und Emma die Szene wortlos beobachtet. Vermutlich machten sie ebenfalls einen guten Eindruck auf Will, der sich sicher bereits gefragt hatte, wie zwei fremde Kinder sein Leben verändern würden. Offenbar hatte sich ein Teil seiner Bedenken inzwischen gelegt. Gerührt darüber, wie brav sie waren, zwinkerte sie ihnen zu und lächelte.

»Ob Mr Miller vielleicht ein paar Bonbons möchte«, meinte Emma. »Soll ich welche holen, Mom?«

Francine lachte.

»Das ist aber nett von dir, Emma. Sag«, neckte sie, »könnte es sein, dass du auch Appetit auf Bonbons hast?«

»Ja«, antwortete Emma. »Es sind Karamellbonbons, meine Lieblingssorte.«

»Das ist aber komisch«, meinte Will. »Die mag ich nämlich auch am liebsten.«

»Was halten Sie von Rosinenbrötchen?«, mischte sich Jerry ein. »Wir hatten welche zum Abendessen, aber das ist schon lange her. Wenn Sie möchten, hole ich sie, Mr Miller.«

»Das ist sehr freundlich von dir, Jerry.«

Francine bot Kaffee an.

»Haben Sie Lust auf ein Tässchen, Will? Ich darf Sie doch Will nennen?«

»Ja und noch einmal ja. Ich würde mich freuen, wenn Sie Will zu mir sagen. Und der Kaffee passt sicher ausgezeichnet zu Jerrys Rosinenbrötchen. Offenbar bist du ein guter Esser, Jerry. Treibst du viel Sport?«

»Ich spiele recht ordentlich Tennis und dazu noch Fußball und Baseball wie alle anderen. Doch am liebsten reite ich. Ich habe ein neues großes Pferd, das King Charlie heißt. Genau wie unser Hund.«

Charlie, der in einer Ecke geschlafen hatte, war von dem Stimmengewirr in der Essecke aufgewacht. Nun kam er hereingetrottet und legte sich unter den Tisch.

Feierlich stellten die Kinder den Teller mit den Brötchen und eine silberne Schale mit Bonbons vor Will auf den Tisch. Dieser war amüsiert, und seine Augen funkelten, als er Hyacinth ansah.

Schau, wollte sein Blick wohl sagen, ich mag deine Kinder bereits, und zwar nicht nur, weil es deine sind. Sie sind nämlich reizend und wirklich sehr nett.

Als sie so gemütlich beisammensaßen, machte sich allmählich ein warmes Gefühl in Hyacinths Körper breit. Und dieses brachte wie durch Zauberhand die Lösung des Problems.

So einfach ist das!, hätte sie am liebsten ausgerufen. Sie brauchte nur zu sagen, dass das Arrangement den Wünschen der Kinder entsprach. Sie liebten das Haus in Florida, den Strand und die Freiheit. Angesichts ihrer eigenen beruflichen Verpflichtungen ergebe das auch Sinn, obwohl es ihr manchmal das Herz bräche. Allerdings wäre es nicht richtig, ihnen ihren Wunsch zu verweigern.

Außerdem, so dachte sie weiter, war sie schließlich nicht die einzige beruflich erfolgreiche Frau, die ihre Kinder ihrem Ex-Mann überließ. Nun hatte sie die Antwort. Sie gefiel ihr zwar nicht unbedingt, klang aber zumindest plausibel.

»Wir sollten Charlie etwas abgeben«, meinte Emma.

Als Hyacinth sie daran erinnerte, dass er bereits sein Abendessen gehabt habe, blieb Emma beharrlich.

»Aber er möchte doch so gerne. Nur ein kleines bisschen, Mommy. Er bettelt. Schau dir seine Augen an.«

Will warf Hyacinth einen Blick zu. »Vielleicht ein ganz kleines Stück? Aber dann ist Schluss.«

Vermutlich hatte er sich von Emmas flehendem Ausdruck erweichen lassen. Hyacinth war überglücklich darüber und gab schließlich nach. Also brach Will ein Stück von dem Brötchen ab, entfernte sorgfältig die Rosinen und gab es Charlie.

Alles wird gut, dachte Hy erleichtert. Ja, alles wird gut.

»Also reitet ihr beide gern«, setzte Will das Gespräch fort. »Eure Mutter hat mir ein paar tolle Fotos von euch im Sattel gezeigt. Du solltest eines davon vergrößern und einrahmen lassen, Hyacinth.«

»Das wollte Onkel Arnie erledigen«, erwiderte Jerry. »Er hat die Fotos auch gemacht. Manchmal reiten wir mit ihm aus. Aber er ist viel besser als wir und kann im Gegensatz zu uns sogar springen.«

»Tja, dann werde ich wohl reiten lernen müssen, damit ich euch einmal begleiten kann«, stellte Will fest. »Und du auch, Hyacinth.«

»Das sagt Onkel Arnie auch immer«, verkündete Jerry feierlich. »Er wollte ihr sogar eine freundliche ruhige Stute zum Geburtstag schenken.«

»Das ist aber ein tolles Geburtstagsgeschenk.«

Das Gespräch wurde zu persönlich. Bis jetzt war noch kein falsches Wort gefallen, und Jerry war die Höflichkeit in Person. Dennoch wuchs Hyacinths Beklommenheit. Wenn ihr Sohn erst einmal zu erzählen anfing, bestand Gefahr, dass er sich in seiner Harmlosigkeit verplapperte.

Also rief sie aus, es sei schon spät. Jerry und Emma sollten jetzt gute Nacht sagen, damit sie morgen für die Bootsfahrt rund um Manhattan auch ausgeschlafen seien. So gehorsam und brav wie selten, erhoben sie sich.

»Ihr müsst euch schließlich wieder ans frühe Aufstehen gewöhnen, denn bald fängt die Schule an«, meinte Will und klang dabei ein wenig wie ein Vater.

»Nicht so früh wie im letzten Jahr«, antwortete Jerry. »Wir gehen nämlich in eine neue Schule.«

Hyacinth wurde von Verzweiflung ergriffen. »Ab ins Bett, aber sofort«, verkündete sie.

Doch Emma, die bereits an der Tür stand, war noch nicht fertig.

»Wir wollen nicht in diese neue Schule. Alle meine Freundinnen gehen weiter in die alte. Aber Dad erlaubt es nicht. In der neuen Schule müssen wir bis fünf Uhr bleiben, und das mag ich nicht. Ich bin schon in der dritten Klasse und will selbst entscheiden, in welche Schule ich gehe.« All ihre Unzufriedenheit brach sich mit einem Mal Bahn. »Ich will hier wohnen und nicht mehr in Florida. Ich will bei Mom bleiben, und sie lässt uns nicht.«

Plötzlich schien alles stillzustehen, ein ruckartiges Innehalten, als versage eine Maschine oder ein Organismus unvermittelt den Dienst. Die drei Erwachsenen wechselten Blicke und wandten sich dann rasch und verlegen ab.

Hyacinth schlug das Herz bis zum Halse.

»Das reicht jetzt, Emma«, brach sie als Erste das Schweigen. »Wir wollen nichts mehr davon hören. Ab ins Bett, habe ich gesagt, Und zwar sofort.«

Zum Glück stand Francine auf, um die Kinder zu Bett zu bringen, sodass Hyacinth und Will allein zurückblieben. Sie hatten sich beide erhoben und sahen einander nun an. Hys Gesicht glühte und war hochrot, während sich auf seinem ein verdatterter und erschrockener Ausdruck malte. Sie wusste nicht, ob er wütend war. Im nächsten Moment ergriff er das Wort.

»Da du dich offenbar nicht wohlfühlst, will ich dich nicht länger belästigen. Geh zu deinen Kindern. Ich habe mich gefreut, sie kennenzulernen.«

Hyacinth suchte nach den richtigen Worten, als sie ihm hinaus zum Aufzug folgte.

»Du verstehst nicht ganz. Die Sache ist kompliziert. Ich wollte es dir heute Abend erklären, aber dann sind sie überraschend aufgekreuzt. Es ist eine lange Geschichte, das soll nicht heißen, dass sie zu lang ist, doch wenn ich es dir erzähle, wirst du sehen, was ich …«

»Ja«, fiel er ihr leise ins Wort. »Wir müssen unbedingt miteinander reden.«

Als der Aufzug da war, verabschiedete sich Will und stieg ein. Mit einem leisen Surren verschwand die Kabine.

»Was hat er gesagt?«, erkundigte Francine sich besorgt.

»Nichts. Mein Gott, warum bist du mit den Kindern hergekommen, ohne mir Bescheid zu geben?«

»Es tut mir schrecklich leid. Ich habe mir gar nichts dabei gedacht. Schließlich ist es nichts Außergewöhnliches, seine Enkelkinder zu ihrer Mutter zu bringen. Ich hatte einen Schlüssel. Und so sind wir eben losgefahren.«

»Aber unter diesen Umständen«, rief Hyacinth aus.

»Was für Umständen? Dass du in großen Schwierigkeiten steckst, steht dir ins Gesicht geschrieben, und ich habe Mitleid mit dir. Allerdings muss ich betonen, dass du dir dieses Durcheinander selbst zuzuschreiben hast. Du mit deiner absurden Heimlichtuerei. Dazu diese unsinnige und widernatürliche Situation. Oh, ich verstehe das alles einfach nicht, Hyacinth! Was ist mit Will? Was soll nur werden? Glaubst du wirklich, dass du so weiterleben kannst? Ist das dein Ernst?«

»Nein. Aber müssen wir ausgerechnet jetzt darüber reden? Ich möchte, dass die Kinder morgen noch einen schönen Tag haben, bevor sie wieder abreisen. Und rotgeweinte Augen dürfen da nicht sein. Ich muss ins Bett.«

»Wie du meinst, Liebes.« Francines Ungeduld wurde von Trauer abgelöst. »Ruh dich aus und versuch zu schlafen.«

Und so verging wieder eine Nacht.

»Sind alle fort?«, fragte Will beim Hereinkommen.

»Ja. Meine Mutter ist wieder nach Hause gefahren, und die Kinder …«

»Sind zurück zu ihrem Vater?«

»Ja. Aber lass mich zuerst alles erklären, damit du es verstehst.«

»Ich verstehe sehr wohl, denn seit ich vorgestern Abend gegangen bin, habe ich an nichts anderes mehr gedacht. Ich verstehe, dass du mich monatelang belogen hast. Nur der Grund ist mir nicht ganz klar.«

Sein niedergeschlagener Blick forderte eine Antwort von Hyacinth. Da sie nicht wusste, was sie sagen sollte, geriet sie ins Stottern.

»Eigentlich habe ich nicht richtig gelogen. Ich gebe zu, dass ich einen Teil der Wahrheit verschwiegen habe, Will, und ...«

»Die Nachricht auf meinem Anrufbeantworter soll also keine Lüge gewesen sein? Ich habe sie beim Nachhausekommen vorgefunden. Krank. Fieber. Du sagtest ...«

»Das habe ich getan, weil sie unangemeldet hereingeschneit waren, und ich allein mit dir sprechen wollte.«

»Ich glaube, du hast eher befürchtet, dass die Kinder sich verplappern könnten, und genau das ist auch geschehen.«

»So einfach liegen die Dinge nicht, Will. Die meisten Scheidungen laufen viel komplizierter ab. So etwas kannst du dir in deinen kühnsten Träumen nicht vorstellen.«

»Dann erklär es mir.«

»Wir waren sehr wütend aufeinander. Das heißt, ich war wütend. Ich habe dir doch von der anderen Frau erzählt. Und als er die Kinder behalten wollte, und alle sagten ...«

»Du zäumst das Pferd von hinten auf. Fang von vorne an.«

»Als ich verlangt habe, dass die Kinder bei mir wohnen, was ich natürlich tat, wollten sie lieber in seinem Haus in Florida leben. Meine Eltern waren einmal mit ihnen dort gewesen. Sie hatten viel Spaß am Strand gehabt und erinnerten sich daran. Also wollte ich ihnen diese Chance nicht nehmen. Es wäre nicht gut gewesen, Druck auf sie auszuüben, und deshalb ...«

Sie hielt inne. Das war doch absurd. Wer würde ihr diese

lächerliche Lügengeschichte abnehmen, die sie da hervorstammelte?

Immer noch musterte Will sie nachdenklich.

»Aber inzwischen wollen sie nicht mehr dort bleiben«, sagte er.

»Ich weiß, und jetzt kommt das Schlimmste. Ich habe etwas unterschrieben, von dem ich nicht wusste, was es war. Damals war ich sehr durcheinander und fühlte mich so elend. Doch jetzt existiert diese Urkunde und ist nicht mehr aus der Welt zu schaffen.«

Wieder hielt sie inne. Die letzten Worte hallten ihr in den Ohren wider. Nur eine Idiotin konnte so daherreden – nicht eine kluge Frau, die im letzten Jahr eine halbe Million Dollar verdient hatte.

»Du weißt doch sicher, dass Scheidungsvereinbarungen, die unter einem solchen emotionalen Druck getroffen wurden, widerrufen werden können. Oder handelte es sich etwa um eine gerichtliche Anordnung?«

»Nein, nur um eine Absprache zwischen mir und Gerald.«

»Dann kann man die Sache sicher noch einmal aufrollen. Du musst vor Gericht gehen.«

Und wieder stand sie an dem gewaltigen Berg und starrte auf die abweisende Wand, die vor ihr aufragte. Sie kehrte ihr den Rücken zu, legte die Fingerspitzen aneinander, hielt inne und versuchte, ihre Gedanken zu ordnen und sich eine vernünftige Antwort zurechtzulegen.

»Das geht nicht. Ich habe mich erkundigt. Es hieß, ich müsse nachweisen, dass ich nicht Herrin meiner Sinne war, als ich mich einverstanden erklärt habe, ihm das Sorgerecht zu übertragen. Das würde einer beruflich erfolgreichen Frau wie mir niemand glauben. Und das ist auch der Grund, warum es den Kindern bei ihrem Vater besser geht. Schließlich arbeite ich von früh bis spät.«

Will schwieg. Ohne ihn anzusehen, wusste sie, dass er sie prüfend musterte. Da sie befürchtet hatte, sich in ihrem üblichen Seidenkaftan, der eine lange Liebesnacht verhieß, lächerlich zu machen, hatte sie sich angezogen wie für einen Geschäftstermin. Ihre Füße in hochhackigen Pumps waren an den Knöcheln überkreuzt. In ihren Ohren funkelten winzige Diamanten. Sicher würde das Wills kritischem und scharfem Blick nicht entgehen. Dazu kannte sie ihn zu gut.

Oder vielleicht nicht gut genug? Beim Sprechen trommelte er auf die Armlehne des Holzstuhls.

»Das reicht mir nicht, Hyacinth. Diese Erklärung ist nicht gut genug. Wie lautet der wahre Grund, warum er dir das antun konnte? Womit hat er dir gedroht?«

»Gedroht? Nein, nein! Er liebt die Kinder, und sie wollten bei ihm wohnen. Mehr steckt nicht dahinter. Wahrscheinlich war ihnen ein Haus am Strand wichtiger als ich«, meinte sie wehmütig und fügte dann mit einem Lächeln hinzu: »Oh, das habe ich natürlich nicht so gemeint. Sie sind eben Kinder und haben mehr Spaß in Florida. Und darum habe ich getan, was das Beste für sie war, obwohl ich bis heute darunter leide.«

»Ein Fall von mütterlichem Opfermut also. Wie rührend.«

»Sei nicht so sarkastisch, Will. Es ist zufällig die Wahrheit.«

»Nein, Hyacinth. Das stimmt einfach nicht. Am besten lässt du dir eine neue Geschichte einfallen. Du hast ja gehört, was Emma in diesem Zimmer gesagt hat. Sie wollen bei dir leben. Warum weist du sie dann zurück?«

Ihr brach der Schweiß aus. Will setzte sie unter Druck, was sie ihm empört mitteilte. »Du zwingst mich dazu, mich ständig zu wiederholen. Dabei weißt du, wie lange ich arbeite und dass ich häufig auf Geschäftsreisen bin. Das habe ich dir doch erst vor einer Minute erklärt.«

Will schüttelte den Kopf. »Deine Geschichte hat zu viele Löcher. Die ganze Sache ist so traurig. Ich fasse es nicht, dass ich hier sitze, es mir anhöre und darauf antworte. Es gibt so vieles … Wer ist eigentlich dieser Arnie? Ich mag ihn nicht, und wenn man ihn reden hört, möchte man meinen, er wäre der Vater der Kinder. Warum isst du regelmäßig mit ihm zu Abend? Und dann die teuren Geschenke. Ein Pferd! So etwas verschenkt man nicht im Vorbeigehen wie eine Schokoladentafel.«

»Erstens habe ich das Pferd nicht angenommen. Und zweitens habe ich dir damals in Paris erzählt, wer er ist. Sag nicht, dass du dieses Theater veranstaltest, weil du eifersüchtig auf Arnie bist.«

Im nächsten Moment wurde ihr klar, dass sie einen Fehler gemacht hatte, denn er hatte sie prompt durchschaut.

»Du versuchst, mich vom eigentlichen Thema abzulenken, indem du Nebelkerzen wirfst, aber da unterschätzt du mich. Ja, dein sogenannter Freund Arnie gehört auch zu diesem Komplott, und bevor du mir nicht endlich die Wahrheit sagst, können wir nicht ...«

Will stand auf und ging zum Fenster. Hy folgte ihm. Unten auf der Straße tobte das Leben. Krankenwagen bahnten sich unter Sirenengeheul einen Weg durch den Verkehr. Busse verharrten wie gewaltige Untiere am Straßenrand. Passanten hasteten zur anderen Straßenseite, bevor die Ampel umsprang. Niemand dort unten wusste – und es hätte auch niemanden interessiert –, was in diesem Zimmer geschah und dass dieses Ereignis ihr und vermutlich auch Will das Herz brechen würde. Ein ängstlicher Schauder lief ihr über den Rücken. So, als triebe sie irgendwo auf einem Ozean oder habe sich in einem Dschungel verirrt.

Sie hörte ihn atmen.

»Ich liebe dich, Will«, flehte sie und lehnte den Kopf an seine Schulter. »Und du liebst mich. Zählt das denn gar nicht?«

Er rührte sich nicht und legte auch nicht den Arm um sie. Als er sprach, war es, als richte er seine Worte in die leere Luft oder an die Straße unter ihnen.

»Erinnerst du dich an das, was ich dir über meine Affäre mit einer verheirateten Frau erzählt habe? Ich habe es dir nicht anvertraut, um mich als Heiligen darzustellen, denn das bin ich weiß Gott nicht. Ich wollte reinen Tisch machen, dir nichts über mich verschweigen und keine Geheimnisse vor dir haben. Wir können nicht zusammen in einem Haus wohnen, wo alle Schränke abgeschlossen sind und nur einer von uns den Schlüssel hat.« Er wich zurück und blickte ihr geradewegs in die Augen. »Nun verstehe ich, warum du nie über deine Kinder gesprochen hast. Ich fand das zwar merkwürdig, habe deine Erklärung aber akzeptiert. Doch du verheimlichst mir zu viel. Du lügst mir sogar vor, du hättest Fieber«, fügte er, plötzlich gehässig, hinzu. »Du hast die Kinder deinem Mann überlassen, weil du wolltest, dass sie glücklich sind? Wie kannst du erwarten, dass ich dir so etwas abkaufe?«

Obwohl er nicht näher gekommen war, machte sie einen Schritt rückwärts. Sie war ihm nicht gewachsen, und sie brachte keinen Ton heraus.

»Dein Ex-Mann ist Arzt und genießt großes gesellschaftliches Ansehen. Vielleicht ist er ein Dreckskerl, was durchaus im Bereich des Möglichen liegt. Dennoch hätte er dich niemals so unter Druck gesetzt, wenn er sich keine Erfolgschancen ausgerechnet und gewusst hätte, dass du außerstande bist, dich gegen ihn zu wehren.« Wills Stimme wurde lauter. »Was verschweigst du mir, Hyacinth?«

Inzwischen war er drei Meter groß, und seine Augen sprühten Funken. Immer noch sprachlos, musste sie den Blick abwenden.

»Was verschweigst du mir?«, wiederholte er.

»Nichts«, murmelte sie so leise, dass Will sich vorbeugen musste, um es zu hören. »Nichts. Ich habe dir alles gesagt, was ich kann, und du glaubst mir nicht.«

Seinem scharfen Ohr entging nichts. »Was du kannst? Also gibt es da doch etwas.«

Gott steh mir bei, dachte sie.

»Bitte!«, flehte sie leise.

Da Tränen ihren Blick verschleierten, war sie nicht sicher, ob er sie ansah.

»Begreifst du denn nicht, dass wir so nicht weitermachen können? Dass Menschen, die nicht von Anfang an ehrlich miteinander sind, keine gemeinsame Zukunft haben?«

Als sie den Mund aufmachte, kam kein Ton heraus.

»War das dein letztes Wort?«, fragte Will.

»Bitte«, wiederholte sie.

Benommen und wie durch einen Nebelschleier spürte sie, dass er ging. Die Tür fiel zu. Dann Stille. Nach langer Zeit kehrte sie zurück zum Fenster und blickte hinunter. Lichter wurden eingeschaltet, und der Himmel lag erstickend wie eine warme Decke über der Stadt. Sie brauchte Luft. Am liebsten hätte sie das Fenster geöffnet und wäre einfach hinaus ins Freie getreten.

Wie viele Sekunden dauerte es wohl, bis man unten war, wenn man sich in die Nacht stürzte, um nichts mehr zu spüren?

Dann jedoch meldete sich wieder ein Gefühl: Oh, Jerry! Oh, Emma! Hyacinth wandte sich vom Fenster ab und kehrte zurück in ihr dunkles, einsames Schlafzimmer.

15

Liebe Hyacinth,

noch nie ist es mir so schwer gefallen, einen Brief zu schreiben. Es ist die traurigste Erfahrung meines ganzen Lebens. Ich habe mich gefragt, ob du es wohl genauso empfindest, doch ich muss annehmen, dass sich das nicht so verhält. Denn ansonsten hättest du mir, als ich dich vor so vielen Wochen um eine wahrhaftige Schilderung deiner Vergangenheit bat, diesen einzigen Wunsch erfüllt. Seitdem habe ich dir geschrieben, wir haben zweimal miteinander telefoniert, und noch immer weist du mich ab, obwohl ich dir unmissverständlich klargemacht habe, dass ein gemeinsames Leben ohne absolute Offenheit für mich undenkbar ist. Das musst du verstehen.

Also werde ich aufgeben und dir das Wort sagen, vor dem ich mich stets gefürchtet habe: Lebewohl. Ich werde versuchen, meinen Frieden zu finden, und wünsche dir von ganzem Herzen, dass dir das auch gelingt.

Will

In einer schwarzen, geraden Schrift marschierten diese gnadenlosen Sätze über das Blatt Papier, das Hyacinth in den zitternden Händen hielt.

Von ihrem nur mit einer kleinen Lampe erleuchteten Zimmer erstreckte sich die einsame Nacht endlos durch die ganze Wohnung bis hinaus auf die Straße und in die Welt. Licht, Frohsinn, Hoffnung, Liebe, Sonne – alles war verblasst. Was blieb ihr noch? Die Kinder, die eigentlich nicht mehr ihre waren? Die Traumkarriere, die für sie längst den Glanz verloren hatte?

»Stürz dich in die Arbeit«, lautete Francines Rat. »Arbeit ist ein gutes Mittel gegen Herzschmerz.«

Seit jenem Abend, als Will die Kinder kennengelernt und die Katastrophe ihren Lauf genommen hatte, telefonierte Hy fast täglich mit ihrer Mutter, der man zugute halten musste, dass sie sie nicht mit Fragen quälte.

Nun, dachte Hyacinth. Das war ja auch eigentlich überflüssig, denn die weitere Entwicklung war vorsehbar gewesen.

Francine bot ihr Hilfe an (aber ihr konnte niemand helfen) und erging sich sonst in tröstenden Phrasen. Ablenkung sei die beste Medizin. Francine selbst wurde von ihren verschiedenen Projekten auf Trab gehalten. Drei Mädchen, die mit einem Stipendium das College besuchten, wohnten in ihrem Haus, denn Francine half gerne und freute sich außerdem über die Gesellschaft. Sie war eine Meisterin darin, sich anzupassen und Schicksalsschläge zu verkraften.

Auch Arnie gab ihr wohlgemeinte Ratschläge. Als er sie einige Tage nicht telefonisch erreichen konnte, hatte er es mit der Angst zu tun bekommen, Francine angerufen und erfahren, was geschehen war. Wenn Hyacinth sich nicht so elend gefühlt hätte, es hätte sie beinahe amüsiert, dass sich hinter seiner Anteilnahme auch eine gewisse Genugtuung verbarg, weil er den Rivalen losgeworden war.

Es war Mitternacht. Hy sagte sich, dass morgen wieder ein langer Tag vor ihr lag und dass sie bereits häufig genug in der Arbeit gefehlt hatte. Also legte sie den Brief weg und löschte das Licht.

»Du siehst schrecklich aus«, sagte Lina. Sie beobachtete Hyacinth schon seit einigen Wochen und ließ immer wieder Andeutungen fallen.

Gut gemeint, dachte Hyacinth. Genauso wie Francines und Arnies Anmerkungen. Aber ebenso vergeblich.

Leider jedoch ließ Lina sich nicht von ihrem Thema abbringen.

»Es tut mir wirklich so leid, Hyacinth. Ich dachte, ihr beide wärt füreinander bestimmt. Ihr wart ein wundervolles Paar.«

Hyacinth war nicht sicher, ob Zustimmung oder Ablehnung von ihr erwartet wurde. Währenddessen fuhr Lina fort: »Zum Glück kommt er nur selten hierher. Seit wir uns einoder zweimal pro Jahr in der Firmenzentrale treffen, hat er keinen Grund mehr dazu. Also bist du nicht gezwungen, ihn wiederzusehen, was es sicher einfacher für dich macht.«

Offenbar war sie auf eine Schilderung der Ereignisse aus und wollte wissen, wer sich nun von wem getrennt hatte und was der Grund gewesen war. Doch als keine Antwort erfolgte und Hyacinths Blick zum grauen Himmel jenseits der Fensterscheibe wanderte, wandte sie sich praktischen Themen zu.

»Ist dir klar, dass du inzwischen in fast allen wichtigen Zeitschriften erwähnt wirst? In dreien warst du sogar abgebildet. Begreifst du, was für ein Erfolg das ist?«

Was nützt mir das?, dachte Hyacinth. Es bedeutet mir nichts. Ich fühle mich krank und habe keine Kraft mehr.

»Momentan bin ich dir keine große Hilfe«, sagte sie. »Deshalb habe ich mir überlegt, ob du mich überhaupt noch gebrauchen kannst.«

Lina riss die schwarzen Augen auf und stieß einen Überraschungsschrei aus. »Dich noch gebrauchen? Ach, du dummes Gänschen, du könntest jederzeit wechseln. Wusstest du das nicht? In nur einer Stunde hättest du genügend Referenzen beisammen, um dein eigenes Modehaus zu eröffnen. Und zwar, wo immer du willst.«

»Daran würde ich nie auch nur im Traum denken, Lina. Niemals. Schließlich habe ich dir den Einstieg zu verdanken. Warum sollte ich dir so etwas antun?«

Ein wehmütiges Lächeln spielte um die Lippen der alten Dame, als sie Hyacinth ansah.

»Nicht viele Menschen sind loyal, meine Liebe. Zumindest heutzutage. Du stammst aus einer anderen Zeit. Das habe ich nicht abwertend gemeint. Deine Unschuld und Naivität sind wirklich reizend, insbesondere angesichts deines Talents.«

»Naiv, das sagen die Leute schon immer von mir.« Hyacinth lachte traurig.

Die Herbsttage schleppten sich dahin wie eine geschlagene Armee. Anfangs brannten sich die letzten Strahlen der Spätsommersonne durch den dicken Smog. Doch bald prasselte der Herbstregen auf die Mauern der Stadt nieder und verstärkte Hyacinths Gefühl der Leere.

Inzwischen arbeitete sie so hart wie nie zuvor, verbrachte auch zu Hause die halbe Nacht am Zeichentisch und rang ihrem widerstrebenden Körper die letzten Energiereserven ab. Sie arbeitete, weil sie sonst keinen Sinn mehr im Leben sah.

Eines Tages rief Arnie an. Seit seiner Begegnung mit Will war er nicht mehr in New York gewesen. Nie hätte Hy erwartet, dass es sie so erleichtern würde, seine Stimme zu hören.

»Hallo, Hy, ich bin in der Stadt. Was hältst du von einem Abendessen? Selbe Zeit, selber Ort?«

Er verbreitete gute Laune, war ein Freund und *wollte sie sehen*. Voller Vorfreude malte Hy sich die Szene aus: Lichter, Wärme, Musik und ein Mensch, der tatsächlich ihre Gesellschaft suchte.

»Ich hole dich in der Arbeit ab. Wenn du möchtest, können wir zu Fuß zum Restaurant gehen.«

»Ausgezeichnet. Um viertel vor sieben?«

»Du arbeitest aber lange!«

»Das ist doch nicht lang. Wir sitzen gerade an der Frühjahrskollektion.«

Sie saß an ihrem Schreibtisch, als Arnie eintraf. Einen Moment blieb er auf der Schwelle stehen und betrachtete ihr Büro. Dann zog er in unverhohlenem Erstaunen die Augenbrauen hoch. Offenbar hatte er nicht mit so etwas gerechnet. Das Büro war zwar viel kleiner als das von Lina und auch schlichter eingerichtet, machte aber anscheinend dennoch einen recht imposanten Eindruck auf ihn. Auf dem Schreibtisch türmten sich die Papiere, die Pinnwand war mit Fotos und Zeitungsausschnitten bedeckt.

Liebevoll küsste er sie auf beide Wangen und ließ dann seinen wachen Blick durch den Raum schweifen.

»Mannomann! Das hätte ich nicht erwartet. Aber natürlich habe ich keine Ahnung von dieser Branche und weiß nur, dass Frauen dumm genug sind, eine Stange Geld für ein paar Fetzen auszugeben.« Er lachte. »Nimm's nicht persönlich. Wenn man mit Fetzen ein Vermögen verdienen kann, nur zu. Was ist denn das? Bist das du?«

Von einer Zeitungsseite oben auf dem Stapel lächelte ihm ein halbes Dutzend Gesichter entgegen, unter anderem das eines Engländers, der gerade dabei war, sich in der Modebranche einen Namen zu machen, das einer Frau aus dem Mittleren Westen, die sich auf Strickwaren spezialisiert hatte – und das von Hyacinth.

»Hey, schau dich an. Die Augen. Das Haar. Wenn das nicht aussieht wie Seide.«

Ein seidener Vorhang, hatte Will gesagt. Ich mag, wie es sich auf dem Kissen anfühlt.

»Das Foto wird dir nicht gerecht, Hy. Ich will verdammt sein, wenn du nicht von Mal zu Mal hübscher wirst. Nimmst du irgendwelche besonderen Vitamine?«

»Ach, wahrscheinlich liegt es an der vielen Arbeit«, erwiderte sie mit einem gekünstelten Lachen.

»Und noch dazu in Kanada. Es ist eine kanadische Zeitung.«

»Wir haben dort viele Kunden.«

»Kaum zu fassen. Ich erinnere mich noch gut an den Tag, als ihr aus Texas gekommen seid. Jerry war gerade raus aus den Windeln, und du warst selbst noch fast ein Kind.«

»Sechsundzwanzig.«

»Ein kleines Mädchen also. Und du siehst immer noch so aus wie damals, nur besser angezogen.« Er grinste. Dann machte er eine bewundernde Geste, die nicht nur den Raum, sondern auch die Bürotürme jenseits der Fenster einschloss. Dort gingen gerade die ersten Lichter an, deren Funkeln sich bis zum Hudson River erstreckte. »Wie hast du das bloß geschafft?«

Warum große Worte darüber verlieren?, sollte Hyacinths Achselzucken besagen. Großmutter hatte ihr das Nähen beigebracht. Bei ihrer Beerdigung hatte Hy ihre Lebensgeschichte gehört, die ihr vermittelt hatte, wie wichtig Beharrlichkeit war. Und dann war da auch noch Wills Ratschlag ... Besser, nicht daran zu denken.

»Ich verhungere. Was ist mit dir? Lass uns gehen, wenn du fertig bist.«

»Ich bin fertig.«

Angesichts der gelben und violetten Farbtöne, die mit dem Ende des Jahres verblassen würden, war unverkennbar, welche Jahreszeit gerade herrschte. Die Schaufenster waren mit Getreidegarben und Chrysanthemen geschmückt. Beim Gehen hörte Hyacinth Arnie nur mit halbem Ohr zu und ließ währenddessen ihre Umgebung auf sich wirken. Sie sah einen Halloween-Kürbis auf einer Vortreppe. Den Thanksgiving-Schmuck (Truthhähne fand man in diesem Teil der Stadt nicht). Und schließlich ein mit Strümpfen und Glaskugeln dekoriertes Fenster, für dessen Besitzer offenbar schon die Weihnachtszeit angebrochen war. Viele Menschen trieben die Jahreszeiten voran, als ob die Zeit nicht ohnehin schon schnell genug vergangen wäre. Wie viele Jahre waren es inzwischen? Beinahe vier ...

Und sie hatte sich wirklich auf diesen Abend gefreut! Nun jedoch sehnte sie sich eine Ausflucht herbei, um sich von Arnie loszueisen und nach Hause zu gehen. Aber es war zu spät.

»Ja, du bist wirklich eine Augenweide«, begann er, während er seine Serviette entfaltete. »Lass uns bestellen. Dann erzähle ich dir von den Kindern. Am Telefon ist das nicht immer einfach.«

»Ich nehme dasselbe wie du«, erwiderte sie, plötzlich ängstlich und angespannt. »Es ist mir egal, was ich esse. Ist etwas Besonderes mit den Kindern? Irgendwelche Veränderungen? Manchmal klingen sie am Telefon ganz zufrieden. Dann wieder kriege ich nur Klagen zu hören, gegen die ich machtlos bin.«

»Es hat sich nichts geändert, nur dass Arveen weg ist. Der Neuzugang heißt Buddy.«

»Buddy? Etwa ein Junge?«

Arnie lachte auf.

»Aber nein. Buddy ist einsfünfundsiebzig groß. Hätte Model werden können, ist allerdings Sängerin. Naturblond. Doch ihre Nase gefiel ihr nicht, und Gerald hat sie ihr gerichtet. Seitdem ist sie in ihn verliebt. Wenigstens behauptet er das. Warum lassen sich die Damen immer nur so dämliche Namen einfallen? Buddy, du meine Güte!«

In Hyacinths Brust bildete sich ein Bleiklumpen, der sie auf ihrem Stuhl zusammensinken ließ.

So billig. So gewöhnlich. Und ohne Rücksicht auf seine eigenen Kinder.

»Sie ist recht gutmütig, und die Kinder vertragen sich mit ihr. Also, keine Sorge.«

Kurz entstand Schweigen. Arnie wich ihrem Blick nachdenklich aus. Als er weitersprach, beschäftigte er sich damit, ein Brötchen zu buttern.

»Wie ich dir immer sage, darfst du nicht denken, dass Gerald die Kinder vernachlässigt. Er ist verrückt nach ihnen. Aber er ist zu beschäftigt mit … mit anderen Dingen eben. Außerdem sind die beiden nicht mehr klein und niedlich. Die Frauen geraten wegen Emma nicht länger aus dem Häuschen. Auch nicht wegen Jerry, so wie damals, als er noch seinen kleinen grauen Flanellanzug mit kurzer Hose trug. Sie werden selbstständiger, geben Widerworte. Sie sind eben Kinder, keine Püppchen.«

Hyacinth wusste nicht, was sie sagen sollte.

»Seit unserer letzten Begegnung ist nicht viel passiert. Ich habe Diamond bei einigen Rennen in anderen Bundesstaaten antreten lassen, und er schlägt sich recht wacker. Ein tolles Pferd mit guten Zukunftsaussichten. Major reite ich oft, wenn ich mit deinen Kindern unterwegs bin. Aber das weißt du ja. Was gibt es sonst noch? Oh ja, ich habe mir ein paar Grundstücke angesehen. Ich bin es leid, in einer Wohnung zu leben, und überlege mir deshalb, ein Haus zu bauen. Warum auch nicht?«

Damit wollte er ihr offenbar mitteilen, dass sie nur zuzugreifen brauchte. Doch da er taktvoll genug war, ihren Gemütszustand zu erahnen, vermied er es, sie unter Druck zu setzen. Und dann, als wolle er sich vergewissern, dass er ihre Stimmung richtig einschätzte, stellte er sanft die unvermeidliche Frage.

»Hast du ihn seit unserem letzten Gespräch gesehen?«

Es war zwecklos, die quälenden Einzelheiten auszubreiten.

»Es ist aus und vorbei«, sagte sie deshalb nur. »Er hat eine Erklärung von mir verlangt, die ich ihm nicht geben konnte. Das war's.«

Arnie stieß einen Pfiff aus. »Genau das habe ich erwartet. Ich glaube, ich habe dich gewarnt.«

»Hast du.«

»Und was wird nun?«

»Das siehst du ja.«

»Keine Chance auf eine Versöhnung?«

»Wie denn? Schließlich bin ich noch nicht aus dem Schneider. Wird es denn je so weit sein?«

»Offen gestanden weiß das niemand, Hy. Natürlich ist es nur von Vorteil, wenn Gras über die Sache wächst. Doch man liest öfter in der Zeitung, dass Jahre nach dem Ereignis neue Beweise ans Licht kommen. Es ist erst vier Jahre her.«

»Schon gut. Es war eine dumme Frage.«

»Tut mir leid. Mir wäre es das Liebste, wenn du diese Schwierigkeiten los wärst, denn ich kann es kaum ertragen mit anzusehen, wie du dich quälst. Ich würde Himmel und Erde in Bewegung setzen, wenn ich dir damit helfen könnte.«

»Meine Mutter sagt, du seist ein Schatz, und ich stimme ihr voll und ganz zu«, erwiderte Hyacinth gerührt.

»Wie geht es deiner Mutter eigentlich?«

»Sie hat wie immer alle Hände voll zu tun. Außerdem hat sie vor kurzem einen sehr netten Mann kennengelernt, was mich sehr freut. Also sehen wir uns nicht sehr oft. Aber über Thanksgiving fliegen wir zusammen nach Florida, um Jerry und Emma zu besuchen. Warum ... was ist denn los?«

Arnies Miene hatte sich verdüstert.

»Eigentlich wollte ich es dir erst später erzählen, um dir das Abendessen nicht zu verderben. Doch Gerald wird Thanksgiving mit ihnen auf einer Jacht verbringen. Über Weihnachten und Silvester reisen sie dann nach Acapulco.«

Hyacinths Gabel fiel klappernd auf den Teller.

»Das gibt es doch nicht!«, rief sie aus. »So etwas kann er nicht tun.«

»Ich fürchte, er kann. So sehr ich auch versucht habe, es ihm auszureden, hat er darauf beharrt, an seinen Plänen gäbe es nichts zu rütteln. Er sagt, du könntest sie in den Schulferien im Februar haben. Versprochen.«

»Seine Versprechen! Ich bin nichts weiter als eine Bettlerin, die ihn um Almosen anflehen muss. Und was mache ich, wenn er eines Tages keine Lust mehr hat, großzügig zu sein? Was dann?«

»Pssst, Hy. So weit wird es nicht kommen«, flüsterte Arnie, denn sie hatte in ihrer Empörung die Stimme erhoben.

»Ach, und das kannst du mir garantieren?«

»Selbstverständlich nicht. Aber ich glaube nicht, dass er es tun wird. Bis jetzt war er immer vernünftig.«

»Das reicht mir nicht«, entgegnete sie.

»Iss etwas, Hy. Du hast dein Essen kaum angerührt«, tadelte Arnie, denn ihre Gabel lag noch immer auf dem Teller. »Du musst etwas essen. Männer mögen keine Knochengerüste«, meinte er väterlich, als sie keine Anstalten machte, zuzugreifen.

»Männer!«, zischte sie erbittert.

»Du hast Todesangst und eine Mordswut im Bauch, richtig? Und das kann dir auch niemand verdenken. Ich weiß, wie schlimm es für dich sein muss, aber was willst du tun? Vermutlich bereut Gerald seine Entscheidung inzwischen, auch wenn er das niemals zugeben würde. Also begnüge dich mit den zehn Tagen im Februar. Komm uns besuchen. Es wird sicher nett.«

Arnies Lächeln schien aufmunternd gemeint, und sein Blick war beinahe flehend geworden. Er schenkte ihr Trost und Wärme. Und – das Allerwichtigste – er war für sie da. Deshalb war Hyacinth ihm ein wenig Einsicht und Dankbarkeit schuldig.

»Also gut, dann eben im Februar. Offenbar ist es sinnlos, mit dem Kopf durch die Wand zu wollen.«

»Ach, schön, dass du es auch so siehst, Hy. Es sollte eben nicht sein. Das wird schon wieder.«

Es war eine Sache, einen tapferen Entschluss zu fassen, jedoch eine andere, diesen auch durchzuhalten. Tagsüber in der Arbeit musste Hy aufmerksam sein und stets ein Lächeln auf den Lippen haben. Doch zu Hause allein wurde sie von Bildern überschwemmt. Die Fehler der Vergangenheit und der Gegenwart brachen über sie herein. Alles war so wirr und vermischte sich mit einer Zukunft, die ihr unergründlich erschien, zu einem dicken, dampfenden Brei.

Am Abend vor Thanksgiving – Hyacinth sollte ihn mit anderen illustren Gästen in Linas elegantem Haus in der East Side verbringen, hatte jedoch keine Lust dazu – geriet ihre Entschlossenheit allmählich ins Wanken. Francine hatte sie eingeladen, zusammen mit ihr ihre Brüder an der Westküste zu besuchen. Doch da ihr Linas Party lieber war, würde Francine allein fliegen. Das Flugzeug startete von New York, weshalb sie bei Hyacinth zum Übernachten blieb. Und natürlich würden sie dann wieder einmal über Gerald sprechen. Seine Gedankenlosigkeit und seine Unverschämtheit. Die geheimnisvollen Gründe, die ihm die Macht gaben, sich derart rücksichtslos aufzuführen. Und zu guter Letzt die übliche Frage: Warum, um Himmels willen, verrätst du mir nicht, was los ist?

Es war zu viel. Hy sprang so plötzlich von ihrem Stuhl auf, dass sie ihn beinahe umwarf, rannte zum Telefon und wählte Geralds Nummer.

»Hast du etwa nicht mit meinem Anruf gerechnet?«, rief sie. »Warum tust du mir das an? Macht es dir Freude, mich zu quälen? Du bist ein Teufel.«

»Ein Teufel?«, entgegnete die dunkle melodische Stimme, die sie früher einmal so angezogen hatte. »Ich weiß nicht so recht. Das ist eine Frage der Betrachtungsweise.«

Er war aalglatt und schien die Situation darüber hinaus als komisch zu empfinden. Wenn er im selben Raum gewesen wäre, sie hätte auf ihn eingeschlagen.

»Ist es ein Spaß für dich, mir die Kinder zu entziehen? Es sind meine Kinder, verstanden? Ich habe sie zur Welt gebracht. Ich habe sie gestillt. Und du ... du ...«

Sie hörte, wie Gerald tief aufseufzte, ein Geräusch, das sie nur zu gut kannte und das dem Gesprächspartner auf höfliche Weise Ungeduld vermitteln wollte.

»Wie ich schon häufig betont habe, Hyacinth, bist du übertrieben emotional und neigst zu hysterischen Ausbrüchen. Ich entziehe dir die Kinder nicht. Du hast keinen Grund, dich zu beschweren. Du behauptest, ich würde dich quälen? Warum? Nur, weil ich meine Urlaubspläne geändert habe?«

»Das ist nicht alles. Weit gefehlt. Da wären nämlich noch diese widerlichen Frauen, mit denen du dich umgibst ...«

»Widerlich? Woher willst du das wissen?«

Hy hatte nicht vor, Arnie, ihren Wohltäter und Fürsprecher, zu verraten.

»Emma und Jerry«, erwiderte sie deshalb. »Hauptsächlich Jerry. Hast du eigentlich mitbekommen, dass er sich spätnachts im Kabelfernsehen Pornofilme ansieht? Aber vermutlich interessiert dich das gar nicht.«

»Nein, davon hatte ich keine Ahnung, und ich werde mich umgehend darum kümmern. Wie du dich vielleicht erinnerst, habe ich eine florierende Praxis und kann nicht überall zugleich sein.«

»Ich bin auch sehr beschäftigt, und ich ...«

»Ich habe von deinem Erfolg gehört«, unterbrach er sie, »und ich bin beeindruckt, aber ...«

»Hier geht es nicht um meinen Erfolg«, fiel sie ihm ins Wort. »Ich würde es trotzdem schaffen, meine Kinder zu beaufsichtigen, und deshalb sollten sie bei mir leben.«

»Den Kindern geht es gut, Hyacinth. Sie sind gesund und werden ausreichend versorgt. Schau sie dir nur an. Das sieht doch ein Blinder.«

»Es geht ihnen schlecht, Gerald. Eindeutig. Sie haben Sehnsucht nach ihrer Mutter, so wie die meisten Kinder.«

»Nun, sie können aber nicht zu ihrer Mutter, weshalb es zwecklos ist, das Ganze noch einmal durchzukauen. Du hast freiwillig ein Dokument unterzeichnet, der Preis, den du für mein Schweigen bezahlen musstest.« Die weiche Stimme klang inzwischen barsch. »Du solltest mir dankbar sein, denn ich hätte ganz andere Saiten aufziehen können. Schließlich hat mich niemand gezwungen, dir die Beweisstücke zurückzugeben, die ich auf dem Rasen gefunden habe.«

»Was ist das nur für eine Welt, auf der es kein Verzeihen und kein Verständnis gibt?«, rief Hyacinth aus. »Es muss doch eine Möglichkeit existieren, mich gegen dich zu wehren ...«

Er ließ sie nicht ausreden, und seine Worte klangen wie Peitschenhiebe. »Gegen mich wehren? Versuch doch, rechtliche Schritte einzuleiten. Du weißt ja, was dann mit dir geschieht.«

Hyacinth hätte nicht sagen können, wer von ihnen zuerst aufgelegt hatte. Eine rasende Wut drohte ihr den Schädel zu sprengen, dass sie schon befürchtete, sie könnte einen Schlaganfall erleiden. Unter Tränen warf sie sich aufs Bett.

Als es einige Stunden später an der Tür läutete, lag sie immer noch – inzwischen still und erschöpft – da. Das Läuten wurde beharrlicher, und ihr fiel ein, dass Francine bei ihr übernachten sollte. Also rappelte sie sich auf und schleppte sich zur Tür.

Vor ihr stand, im eleganten Reisekostüm und einen schicken Koffer in der Hand, ihre Mutter und musterte sie mit entgeisterter Miene.

»Was um Gottes willen ist geschehen?«, entsetzte sie sich.

»Nichts. Ich habe geweint.«

»Das ist nicht zu übersehen. Was hast du? Schau dich nur an.«

Aus dem Flurspiegel starrte ihr ein beklagenswertes, bleiches Gesicht, umrahmt von schwarzem Haar, entgegen.

»Ich habe gerade mit Gerald telefoniert«, sagte sie.

»Und warum?«

»Ich will meine Kinder zurück, aber er weigert sich.« Hyacinth war zu müde, um zu sprechen. »Mehr steckt nicht dahinter. Bitte stell mir keine Fragen. Du kennst die Geschichte ja sowieso.«

»Natürlich ist es zwecklos, dich zum tausendsten Mal um eine Erklärung zu bitten.«

Hyacinth schaute in die besorgten Augen ihrer Mutter, und das Mitgefühl, das sie darin erkannte, ließ sie erneut in Tränen ausbrechen.

Wenn Emma sich so elend fühlen würde wie ich jetzt, dachte sie, wäre das unerträglich für mich. Was würde ich nicht alles tun, um meiner Tochter das Leid zu erleichtern? Und hier steht meine Mutter und fleht mich an, ihr mein Herz auszuschütten. Aber nein, es ist unmöglich.

»Hast du Schmerzen?«, wollte Francine nun wissen.

»Kopfweh. Ich habe das Gefühl, dass mir gleich der Schädel platzt.«

»Das ist die Anspannung. Setz dich, dann massiere ich dir den Nacken.«

Ihre Finger waren kühl und kräftig. Während Francine ihr den Nacken knetete, schossen merkwürdige Gedanken durch Hyacinths schmerzenden Schädel.

Früher ist sie mir auf die Nerven gegangen, weil sie nicht ernsthaft genug war und dummes Zeug geredet hat. Ich habe Oma viel mehr geliebt als sie, und vermutlich ahnte sie es. Doch sie hat mir verziehen. Ich war arrogant und für mein Alter sehr unreif. Sie hingegen hat vorausgesehen, was Gerald mir antun würde. Nein, nicht alles. Nicht die ganze Geschichte.

Versuch doch, juristische Schritte gegen mich einzuleiten. Du weißt genau, was dann mit dir geschieht.

Mord ohne Vorsatz.

Tränen rannen ihr die Wangen hinunter und in den Kragen.

»Ach, was hast du denn?«, rief Francine aus. »Ich ertrage das nicht mehr. Verstehst du. Ich halte das nicht mehr aus.«

Hyacinth hatte verstanden. Sie legte sich auf den Rücken, schloss die Augen und flüsterte: »Schau mich nicht an. Hör einfach nur zu.«

Es war kurz vor Mitternacht, und sie saßen noch immer beisammen. Francine starrte mit leichenblassem Gesicht an die Wand.

»Jetzt fühle ich mich besser, aber dafür geht es dir schlecht«, sagte Hyacinth.

»Stimmt. Allerdings würde sich das rasch ändern, wenn mir eine Lösung einfiele. Aber Fehlanzeige.«

»Weil es keine Lösung gibt.«

»Will konntest du es nicht erzählen.« Francine schien laut zu denken.

»Das wäre eine tolle Mitgift gewesen«, höhnte Hyacinth. »Dieses Damoklesschwert, das über meinem Kopf baumelt.«

»Ja«, erwiderte Francine zögernd. »Ja, selbst wenn er guten Willens wäre. Kein Mann mit Verstand, ganz gleich ob Liebhaber oder Freund, würde sich so etwas aufbürden. Ja, ich verstehe.«

Kurz herrschte Schweigen.

»Kein Mann bis auf Arnie«, fuhr Francine plötzlich fort. »Ist dir klar, wie außergewöhnlich er ist?«

»Selbstverständlich. Deshalb bedanke ich mich ja ständig bei ihm.«

»Er will mehr von dir als nur Dank.«

»Das weiß ich auch.«

»Hat er denn keine Chance bei dir?«

Hyacinth lächelte traurig. »Es ist nur natürlich, dass du deine Tochter unter die Haube bringen möchtest.«

»Denkst du also immer noch an Will?«

Denken? Erinnern. Sehnen. Letztens im Aufzug habe ich seine Stimme gehört und nicht gewagt, mich umzudrehen, bis ich festgestellt habe, dass er es gar nicht war. Jedes Mal, wenn das Telefon läutet, zittert meine Hand beim Abheben, obwohl ich weiß, dass er es nicht sein wird.

»Es tut mir so leid für dich, Hyacinth. Du brauchst Ruhe.«

»Vor allem brauche ich Schlaf. Ich gehe zu Bett.«

Endlich hatte sie reinen Tisch gemacht. Ob das ein schwerer Fehler gewesen war, würde sich noch zeigen. Jedenfalls hatte sie Francine die Wahrheit gesagt, und nun war es zu spät, um noch etwas zurückzunehmen. Wie eine gewaltige Woge brandete die Erschöpfung über sie hinweg.

16

Beim Mittagessen auf der Hotelterrasse ließ Hyacinth den Blick über ihre Familie schweifen und entdeckte ein neues Strahlen auf den Gesichtern der Anwesenden. Die wenigen gemeinsamen Tage unter der Sonne Floridas waren für alle wie Medizin gewesen.

Es hatte Hy sehr belastet, bis Februar zu warten, denn jeder Tag war ihr länger erschienen als der vorangegangene. Offenbar hatten auch die Kinder Sehnsucht nach ihr gehabt. Immer wieder klammerten sie sich an sie und stellten in ihrer Verzweiflung bohrende Fragen, wann sie denn endlich nach New York kommen könnten.

Doch im Moment herrschte fröhliche Stimmung. Emma betrachtete fasziniert die Anhänger an Francines Armband. Jerry debattierte mit Arnie, der sich zum Mittagessen zu ihnen gesellt hatte, über Baseball. Dass er sich wie ein kleiner Fachmann gebärdete, amüsierte Arnie offenbar sehr.

Glück ist nur eine Stimmung, die man mit seinen eigenen Gedanken schafft, sagte sich Hy. Das Gras leuchtet grün, der Himmel ist so blau wie ein Rotkehlchenei, das Obst in der Schale schimmert wie Porzellan, und Lachen perlt durch die Luft.

Als sie Francines Blick auffing, entnahm sie ihm, dass ein Tag wie dieser zehnmal mehr wert war als die Londonreise, die ihre Mutter ihren Enkelkindern zuliebe abgesagt hatte.

In zwei Tagen würde die Schule wieder beginnen, während Hyacinth in New York bei der Frühjahrskollektion gebraucht wurde. Doch sie versuchte, nicht daran zu denken, sondern sich aufs Hier und Jetzt zu konzentrieren. Endlich hatte sie, sehr zur Freude ihrer Kinder, angefangen, Reitstunden zu nehmen. Sie hatten am Strand Ball gespielt, waren zum Hochseefischen gefahren, hatten im Pool gebadet, gewaltige Mahlzeiten verschlungen und keine Minute ungenutzt gelassen.

»Was machen wir heute Nachmittag?«, fragte Jerry. »Gehst du mit uns reiten, Mom?«

Hyacinth wollte schon zustimmen, als Arnie das Wort ergriff.

»Eigentlich hatte ich vor, dich um einen kleinen Gefallen zu bitten, Hy. Könntest du heute ein paar Stunden entbehren und mich zu einer Hausbesichtigung begleiten, während die anderen zu den Ställen fahren? Ich würde gerne deine Meinung hören, ob ich es kaufen soll. Einverstanden?«

»Ich habe keine Ahnung von Häusern«, protestierte sie.

»Dieses Risiko gehe ich ein. Außerdem kennst du diesen Teil von Florida noch nicht. Es wird dich sicher interessieren. Keine Strände, keine Touristen.«

Man brauchte kein Detektiv zu sein, um zu erkennen, dass Arnie etwas Persönlicheres als Immobilien im Sinn hatte. Es war wirklich nicht zu übersehen. Und dasselbe galt für Francines in freudigem Erstaunen hochgezogene Augenbrauen.

»Ich will auch mit«, rief Emma.

»Heute nicht, Schätzchen. Ein andermal«, antwortete Arnie.

Sein sanfter Tonfall bewegte Hyacinth ebenso wie die Tatsache, dass das Kind prompt gehorchte. Er hatte wirklich etwas Väterliches an sich. Schade, dass er keine eigenen Kinder hatte.

»Ich laufe nur rasch nach oben und hole Hut und Sonnenbrille, Arnie. Ich bin gleich zurück«, sagte sie.

Für Menschen, die die verstopften Straßen, die hohen Palmen und die pastellfarbenen Gebäude am Strand gewöhnt waren, musste diese Landschaft wie ein Schock wirken. Die Zuckerrohrfelder erstreckten sich bretteben bis in die Ferne.

Kein Baum war zu sehen, und in der heißen Luft regte sich keine Brise. Hin und wieder querte ein Bewässerungskanal ein Feld, und an den Straßenkreuzungen standen, weit verstreut, kleine schäbige Siedlungen, deren ungestrichene Häuser sich um eine Tankstelle und eine Imbissbude drängten.

»Diese Felder sind viele Kilometer lang«, erklärte Arnie. »Es handelt sich um eines der größten Zuckeranbaugebiete des Landes. Ich wette, das hast du nicht gewusst.«

Da er nur selten über allgemeine Themen redete, fand Hy diese Bemerkungen sehr untypisch für ihn, weshalb sie sich fragte, wann er endlich auf den wahren Grund für diesen ziemlich ziellosen Ausflug zu sprechen kommen würde. Sie brauchte nicht lange zu warten, denn er hielt am nächsten Imbissstand an.

»Ich könnte eine Cola gebrauchen. Du auch?«

»Ja, danke.«

Nachdem der Besitzer der Bude kassiert hatte, kehrte er in sein Haus zurück, knallte die Tür hinter sich zu und ließ sie mit ihren Colas unter dem einzigen mageren Baum in der näheren Umgebung stehen. Es war totenstill. Da Hyacinth in ihrer Nervosität das Schweigen nicht ertragen konnte, begann sie, Konversation zu betreiben.

»Du möchtest dir hier draußen doch nicht im Ernst ein Haus ansehen, Arnie.«

»Nein, ich wollte mit dir nur irgendwo hinfahren, wo wir ungestört sind.«

Er sah nicht sie an, sondern ließ den Blick die einsame schwarze Teerstraße entlangschweifen, sodass Hyacinth Gelegenheit hatte, ihn eingehend zu mustern. Vor ihr stand ein Mensch, den sie sehr gut kannte, wie immer teuer gekleidet und selbstbewusst. Und dennoch war da etwas anderes. Vielleicht lag es an seiner Körperhaltung oder der Neigung seines Kopfes, das sie zu ihrem Schrecken an den Abend in seinem Hotelzimmer erinnerte. Mit dem aufgedeckten Bett jenseits der offenen Tür.

Unvermittelt drehte er sich zu ihr um. »Ich habe auf dich gewartet. Darauf, dass du bereit bist. Und ich habe gehofft ... eigentlich war ich recht sicher ... dass ich nicht mehr lange würde Geduld haben müssen. Also, was meinst du, Hy? Wir werden nicht ewig leben.« Mit einer altmodischen Geste griff er nach ihren Händen. »Heirate mich, Hy. Ich sehne mich beinahe seit dem ersten Tag nach dir.«

Ihr fehlten die Worte, während er weiter ihre Hände umfasste, und sie konnte den Blick nicht von seinen Augen lösen, in denen sich Sehnsucht malte.

»Ich werde dich lieben und beschützen. Gerald bekommt meinen Anteil an der Praxis, wenn er dafür die Urkunde herausrückt, die du unterschrieben hast. Er wird sicher darauf eingehen. Es ist ein gutes Geschäft für ihn.«

»Du würdest ihm wirklich die Praxis überlassen, Arnie? Das wäre Wahnsinn.«

»Warum? Ich bin sehr vermögend, habe jede Menge Immobilienbesitz und außerdem Geld wie Heu. Also könnte ich mich zur Ruhe setzen und mit dir und den Kindern hinziehen, wohin du möchtest.«

»Ich habe ... nicht erwartet ...«, stammelte sie.

»Doch, hast du, Hy. Lass die Spielchen. Du hast mit meinem Heiratsantrag gerechnet. Hör zu. Kannst du dir etwas Schöneres vorstellen? In den letzten Tagen waren wir wie eine Familie. Du, die Kinder und sogar deine Mutter. Frag sie nach ihrer Meinung über mich, insbesondere jetzt, nachdem du ihr reinen Wein eingeschenkt hast. ›Los, schnapp dir den Kerl‹, wird sie dir bestimmt sagen. Da bin ich ganz sicher. ›Er ist nicht auf den Kopf gefallen, nicht gerade abstoßend hässlich und außerdem verrückt nach dir. Was könntest du dir mehr wünschen?‹«

Sie fühlte sich von seinen Worten bedrängt. Und während er immer noch ihre Hände umfasste, prasselten sie weiter auf sie ein.

»Ich bin kein Weiberheld wie Gerald. Das weißt du. Auf

mich könntest du dich verlassen. Bei mir hättest du ein ruhiges Leben. Du müsstest nicht herumlaufen und dir einen neuen Kerl suchen, mit dem du nur dieselben Probleme hättest wie mit diesem Will.«

Er ließ ihre Hände los und legte die Arme um sie. Als ob er spürte, dass sie für mehr noch nicht bereit war, ließ er es bei einem zärtlichen Kuss auf Stirn und Wangen bewenden.

»Am liebsten wäre es mir, wenn wir in Frankreich leben würden. Ich weiß, wie schön du Frankreich findest. Außerdem wärst du mit den Kindern dort in Sicherheit, falls doch noch etwas passiert.«

»Passiert? Mein Gott, wird das denn ewig dauern?«

»Das weiß man nie, Hy. Darüber haben wir oft genug gesprochen.«

Die Furcht, ihre ständige Begleiterin, ließ ihr die Knie weich werden, sodass sie sich setzen musste.

»Ich möchte zum Auto«, murmelte sie. »Ich fühle mich nicht wohl.«

Besorgt riss Arnie die Wagentür auf und half ihr beim Einsteigen. »Wir fahren sofort zurück. Oh, es tut mir leid, ich wollte dich nicht quälen? Ist alles in Ordnung? Bist du sicher?«

»Ich habe nur plötzlich Kopfschmerzen bekommen. Es ist einfach zu viel auf einmal. Diese wunderschöne Woche. Und nun kommen all die Gedanken zurück.«

»Lehn dich an«, befahl Arnie. »Lass uns nicht mehr reden. Das wird schon wieder. Auf dem Rückweg nehme ich die Abkürzung.«

Sie lächelte. »Also gibt es auch eine Abkürzung?«

Er grinste zurück. »Aber klar. Ich wollte nur, dass die Fahrt so lange wie möglich dauert.«

Sie war so aufgewühlt, dass alle ihre Nerven zu vibrieren schienen. Durch halb geschlossene Augenlider beobachtete sie ihn, einen kräftigen, durchtrainierten Mann, der viel jünger wirkte, als er in Wirklichkeit war. Im rötlichen Schein der

Nachmittagssonne bildete seine dunkle Haut einen scharfen Kontrast zu seinem silbernen Haarschopf. Wenn sie ein wenig näher an ihn heranrückte, würde ihr sein Geruch nach Nadelholz in die Nase steigen. Er war sehr gepflegt.

Er würde keine Woche brauchen, um ein Dutzend attraktiver Frauen zu finden, die ihn begehrten. Doch er wollte nur sie. Er würde gut zu ihr sein ...

Fortgehen und ihre Kinder wieder ganz allein für sich haben. Hätte eine andere Frau in ihrer Situation – falls es so ein bemitleidenswertes Geschöpf überhaupt gab – nicht sofort zugegriffen? Francine, die stets praktisch dachte und in den meisten Fällen recht behielt, würde schon deshalb zustimmen, weil man im Leben schließlich nicht alles haben konnte ...

»Da wären wir«, verkündete er, als der Wagen vor dem Hotel stoppte. Dann stieg er aus und ging ums Auto herum, um ihr die Tür aufzuhalten.

Palmen wiegten sich über ihrem Kopf. Die Luft duftete, und von irgendwoher wehte Musik herüber, die eine Vielzahl von Verheißungen weckte.

»Du hast geschlafen«, meinte Arnie. »Ein Psychologe würde wahrscheinlich behaupten, dass du dich vor einer Entscheidung drücken wolltest.«

Arnie war außerdem hochintelligent, aber das hatte sie schon ganz zu Anfang erkannt.

»Wie lange soll ich auf deine Entscheidung warten, Hy?«

»Emma und Jerry müssen das Schuljahr beenden«, hörte sie sich sagen.

Er nickte. »Das ist in wenigen Monaten vorbei. Sind wir uns einig?«

Diesmal küsste er sie auf den Mund. Als er sie wieder losließ, strahlten seine Augen vor Glück.

Oben in ihrem Zimmer öffnete Hyacinth die Tür und trat hinaus auf den Balkon, wo zwei Liegestühle zum Meer hin ausgerichtet waren. Wieder wurde sie von Schwäche überkommen, sodass sie rasch auf einem davon Platz nahm. Sie fühlte sich elend, und auch das Wissen, dass das seelische Gründe hatte, half ihr nicht weiter. Also blieb sie still liegen und versuchte, an nichts zu denken.

Als ihr Verstand nach einer Weile wieder zu arbeiten begann, ließ sie die genauen Ereignisse der letzten Stunden Revue passieren. Sie hatte ihm erlaubt, sie in die Arme zu nehmen. Doch hätte sie ihn zurückweisen können – und sollen? Sie hatte das Ende des Schuljahres erwähnt? War das ein Versprechen gewesen? In ihrem Kopf drehte sich alles wild durcheinander: die Kinder, die Angst, die Drohung, die Anforderungen ihres Berufes, Arnies Beteuerungen. Dann wieder die Kinder.

Sie stand auf und blickte übers Geländer. Hier oben war bis auf das Säuseln des Windes nichts zu hören. Der Ozean lag da, als könnte kein Lüftchen ihn bewegen. Doch wenn man unten am Strand war, sah man die großen grünen Brecher und hörte, wie sie krachend ans Ufer schlugen. Lange stand Hyacinth da, umklammerte das Geländer und starrte in das gewaltige Meer hinab.

In einer Nacht vor gar nicht langer Zeit hatten zwei Menschen in einer Hängematte gelegen und die dunklen Wellen betrachtet, bis der Mond aufging und alles in einen weißen Schein tauchte. Angeblich vergaß man irgendwann. Aber wann genau? Mit neunzig vielleicht, wenn man keine Wünsche mehr hatte?

Ich habe ihm wehgetan, dachte sie. Ich habe Will gekränkt. Es wäre besser für uns beide gewesen, wenn wir nie in dieser Hängematte gelegen hätten. Warum sind wir uns je begegnet?

Ich hätte Arnie heute keine falschen Hoffnungen machen dürfen. Er hat doch so viel für mich getan. Zugegeben, ich habe es nie von ihm verlangt. Aber ich habe auch nicht abgelehnt, und das tut mir leid. Dennoch kann ich ihm keine

Liebe vorspielen, auch nicht, um mir Frieden zu erkaufen – obwohl ich versucht bin, es zu tun. Nein, das geht nicht. Ich kann es nicht.

Mein Gott, gibt es keine Möglichkeit, Ordnung in mein Leben zu bringen?

»Hübsche Kinder«, stellte der Mann auf der Nachbarbank fest.

Der freundliche ältere Herr hatte Francine dabei beobachtet, wie sie Jerry und Emma fotografierte. Nun blickte er den Kindern nach, die auf die Ställe zurannten.

»Das finde ich auch, aber das ist nur natürlich. Ich bin nämlich ihre Großmutter.«

»Ich komme mehrmals in der Woche hierher und sehe die beiden öfter. Sie reiten wirklich gut. Ausgezeichnet, würde ich sagen.«

»Sie freuen sich auf die Vorführung auf dem Messegelände nächste Woche. Deshalb wollten sie heute ihre neue Reitkleidung anprobieren. Samtkappen, neue Stiefel und alles, was sonst dazugehört. Fürs Dressurreiten, haben sie mir erzählt. Doch davon verstehe ich ja nichts.«

»Dazu gehört eine Parade rund um den Ring, ein wunderschöner Anblick. Meine Frau nimmt auch an der Vorführung teil. Sie übt gerade. Ich musste allerdings absagen, weil ich mir das Bein gebrochen habe.«

Erst jetzt bemerkte Francine die Krücke, die an der Bank lehnte.

»Ach, wie schade«, bemitleidete sie ihn höflich.

»Tja, wenn ein Mensch sich das Bein bricht, ist es lange nicht so schlimm wie bei einem Pferd. Die sind nämlich ziemlich empfindlich, obwohl man das niemals glauben würde, wenn man neben einem Hengst mit einem Stockmaß von knapp zwei Metern steht.«

»Vermutlich nicht«, murmelte Francine, diesmal ein wenig widerstrebend. Offenbar war der Mann sehr redselig und würde sie die Stunde bis zu Jerrys und Emmas Rückkehr in ein Gespräch verwickeln.

Also griff sie nach ihrem Buch, allerdings nicht schnell genug, denn schon erfolgte die erste Frage: »Haben Sie das mit Diamond gehört?«

»Diamond?«

»Das berühmte Pferd Diamond. Zumindest war es berühmt, denn nun ist es tot, das arme Tier. Es ist über einen Maulwurfshügel gestolpert und hat sich das Bein gebrochen. Musste eingeschläfert werden. Gestern waren alle wie vor den Kopf gestoßen. Der Besitzer stellt ihn zwischen den Ausstellungen und Rennen manchmal hier unter.«

»Ach, meinen Sie Arnies – Dr. Ritters – Pferd?«

»Ich fürchte, ja. Arnie war schon immer ein Pferdekenner. Wir sind früher in Texas zusammen geritten. Wirklich erstaunlich. Als ich ihn gestern traf, hatte er sich seit damals kein bisschen verändert.«

»Das mit dem Pferd tut mir aber leid für ihn. Er hat es mit keinem Wort erwähnt.«

»Vermutlich war er gestern zu erschüttert, um darüber zu reden. Gut, offenbar wollen Sie Ihr Buch lesen. Ich beschäftige mich mit der Zeitung, um festzustellen, was sich in der Welt so tut.«

Der Nachmittag schleppte sich dahin, denn die Zeiger einer Uhr bewegen sich viel zu langsam, wenn man es eilig hat oder angespannt auf eine wichtige Entscheidung wartet. Francine machte sich Sorgen wegen Hyacinths Landpartie mit Arnie. Aber gab es wirklich Grund, sich den Kopf darüber zu zerbrechen? Gewiss würde Hyacinth allein der Kinder wegen das Richtige tun.

Nach einer Weile stand Francine auf und schlenderte hinüber zu der Koppel, wo eine kleine Gruppe von Reitern trainierte.

»Hübsche Kinder«, hatte der Mann, gesagt, und damit hatte er recht. Emma mit ihren dicken, schimmernden Zöpfen, den funkelnden Augen und der Samtkappe. Jerry bereits so tatendurstig und stolz wie der Mann, der er einmal sein würde.

In wenigen Monaten haben sie einen riesigen Entwicklungsschritt gemacht, dachte sie. Es geschieht ganz plötzlich, als stelle man fest, dass eine Pflanze, die gestern noch viel kleiner gewesen ist, heute schon bis zum Fensterbrett reicht.

Obwohl Francine alle ihre Enkelkinder liebte, nahmen diese beiden aus offensichtlichen Gründen einen besonderen Platz in ihrem Herzen ein. Sie hatte den Eindruck, dass sie sich nach Sicherheit und Beständigkeit sehnten, was sie daran zu erkennen glaubte, dass sie sich an Erinnerungen und Kleinigkeiten aus der Vergangenheit klammerten. So wusste Jerry noch die alte Telefonnummer auswendig. Und bei ihrem letzten Besuch im Sommer hatten sie erzählt, wo sie vor langer Zeit mit Jim Erdbeeren gepflückt hatten, obwohl das Beet inzwischen von Gras überwuchert war.

Ja, es war gut, dass Hyacinth endlich eine Entscheidung fällte. Sie braucht Ruhe und Geborgenheit, sagte sich Francine. Ich weiß nicht, wie sie den Druck und die Schuldgefühle wegen des Todes des armen Teufels ertragen hat. Dazu noch das Ende der Beziehung mit Will, auch wenn man ihm keinen Vorwurf daraus machen kann. Und natürlich vor allem die Trennung von den Kindern.

Doch nun können sie wieder bei ihrer Mutter leben. Sicher wird Arnie dafür sorgen. Ich fasse es noch immer nicht, was Gerald ihr angetan hat. Wahrscheinlich werde ich nie darüber hinwegkommen. Endlich begreife ich, warum sie es mir so lange verheimlicht hat. Es war so schrecklich, dass sie es nicht in Worte kleiden konnte. Sie hatte Angst. Aber Arnie hat Verständnis für ihre Lage und wird gut zu ihr sein. Bei ihm werden sie alle Geborgenheit finden.

Das Dröhnen der Flugzeugtriebwerke hallte und pochte Hyacinth in den Ohren. Die Frau auf der anderen Seite des

Ganges hatte eine durchdringende Quengelstimme und redete seit einer halben Stunde wie ein Wasserfall – während Francine eisern schwieg. Nachdem sie ihre Meinung unmissverständlich kundgetan hatte, starrte sie nun in den blauen Himmel hinaus.

Dann jedoch drehte sie sich unvermittelt zu Hyacinth um. »Du bist ein vernünftiger Mensch, und es handelt sich um dein Leben. Ich will dir nicht auf die Nerven fallen, aber ich versuche es ein letztes Mal. Auch wenn ich nicht an dir herumkritisieren möchte, bleibt mir nichts anderes übrig. Du machst einen Fehler. Schon damals bei Gerald hast du nicht auf mich gehört, und nun tust du es wieder nicht. Was soll ich denn sonst noch sagen, um dich zu überzeugen?«

»Und wie soll ich dir erklären, was ich empfinde?«, entgegnete Hyacinth leise.

»Es tut mir nur so entsetzlich leid. Für dich, für die Kinder und – ob du es glaubst oder nicht – auch für Arnie. Wegen dir und des Pferdes hat er sicher eine scheußliche Woche hinter sich.«

»Das Pferd? Welches Pferd?«

»Diamond. Sein teures Rennpferd.«

»Was ist passiert?«

»Es ist tot. Es hat sich ein Bein gebrochen und musste eingeschläfert werden. Gestern hat mir ein Mann bei den Ställen davon erzählt. Arnie soll sehr erschüttert gewesen sein.«

»Er hat kein Wort darüber verloren! Woher wusste es der Mann?«

»Er hat Arnie gestern zufällig getroffen. Sie kannten einander vor vielen Jahren in Texas. Er meinte, Arnie habe sich kein bisschen verändert.«

»Das mit dem Pferd tut mir aber leid. Ich rufe ihn heute Abend an.«

Francine presste die Lippen zusammen. »Es ist nett von dir, dass du ihn bedauerst. Aber was ist mit der anderen Sache?«

»Über so etwas redet man nicht am Telefon. In einem oder

zwei Monaten kommt er nach New York, und dann werde ich es ihm so schonend wie möglich beibringen. Er wird immer mein bester und liebster Freund sein, doch ich kann nicht … ach, du weißt, was ich meine.«

»Ja, das weiß ich.«

Ihre Mutter war enttäuscht, ja, sogar verärgert über das, was sie als Starrsinn und Verweigerungshaltung beurteilte.

Es ist traurig, wenn die eigene Mutter böse auf einen ist, sagte sich Hyacinth. Insbesondere bei einer Mutter wie Francine. Wenn ich nur daran denke, wie falsch ich sie in meiner Jugend eingeschätzt habe. Sie hatte in so vielen Dingen recht … Es macht mir sehr zu schaffen, dass ich ihren Erwartungen wieder nicht entspreche. Allerdings habe ich keine andere Wahl.

Den restlichen Flug verbrachten Mutter und Tochter schweigend. Nur wenn es sich gar nicht vermeiden ließ, fiel eine unverfängliche Bemerkung. Als sie im Taxi saßen, wollte Francine an der Grand Central Station aussteigen. Eigentlich hatte Hyacinth damit gerechnet, dass sie bei ihr übernachten würde. Doch da sie es vorzog, sofort nach Hause zu fahren, küssten sie einander rasch zum Abschied.

Francine war wütend.

Das Telefon läutete, sobald Hyacinth ihre Wohnung betrat. Als sie abnahm, hörte sie eine vertraute fröhliche Stimme.

»Ich bin es, Arnie. Ich wollte nur wissen, ob ihr auch gut gelandet seid.«

»Ja, alles bestens. Es war eine wunderschöne Woche. Aber Francine hat mir erzählt, deinem Diamond sei etwas zugestoßen. Warum hast du es uns nicht erzählt? Du hast kein Wort darüber verloren.«

»Ich wollte euch den Urlaub nicht verderben. Das hätte ihn auch nicht wieder lebendig gemacht.«

»Jedenfalls ist es jammerschade. Du warst doch so stolz auf dieses Pferd.«

»Ein schwerer Schlag, wie ich zugeben muss. Ein tolles Tier. Es ist in Kentucky passiert. Ein Glück, dass ich nicht dabei war. Darmdurchbruch. Es hieß, er sei aufgeblasen gewesen wie ein Luftballon.«

»Oh! Francine hat gehört, er hätte sich das Bein gebrochen und eingeschläfert werden müssen.«

»Von wem hat sie das?«

»Von irgendeinem Mann bei den Ställen. Er ist aus Texas und kennt dich von damals.«

»Wie heißt er?«

»Keine Ahnung. Ich glaube, Francine kennt seinen Namen nicht.«

»Ich kann mir nicht vorstellen, wer solche Gerüchte über mein Pferd verbreiten sollte, obwohl er keinen Schimmer hat. Nun, genug davon. Wir wollen lieber nach vorne schauen. Ich muss dir etwas erzählen. Letzte Nacht hatte ich nämlich eine Idee. Das Schuljahr ist doch in ein paar Wochen zu Ende. Worauf warten wir also? Wir beide haben uns lange genug in Geduld geübt. Was hältst du davon, wenn wir ein paar Koffer packen und sofort aufbrechen? Den Lehrstoff können die beiden nachholen, und außerdem wird die Reise ein großer Spaß für sie sein. Etwas von der Welt zu sehen, bildet mehr als ein paar Wochen Unterricht. Morgen schicke ich dir per Kurier einen Stapel Reiseprospekte. Dann kannst du aussuchen, wohin du fliegen willst. Die Entscheidung liegt ganz bei dir.«

Hyacinth wurde von Verzweiflung ergriffen. So spät am Abend und nach dem langen Flug hatte sie keine Kraft für seine Kapriolen. Dennoch zwang sie sich zu einem fröhlichen Tonfall.

»Nicht so schnell, junger Mann«, witzelte sie. »Nimm den Fuß ein bisschen vom Gas.«

»Warum Zeit vergeuden? Niemand lebt ewig, Hy. Also ergreife ich die Initiative, sobald ich mich für etwas entschieden habe. So bin ich nun mal.«

Auf der emotionalen Autobahn droht Stau, dachte sie. Am besten fahre ich gleich ab und nehme eine Seitenstraße.

Und so verkündete sie mit einem lauten Gähnen, dass sie kaum noch die Augen offen halten könne.

»Ich fand den heutigen Flug ziemlich anstrengend und kann nicht mehr klar denken, Arnie. Am besten gehe ich sofort zu Bett.«

»Leg dich nur hin. Ich wünschte, ich wäre bei dir. Ich könnte dir so einiges zeigen.«

Diese Bemerkung machte ihr mehr zu schaffen, als sie es je für möglich gehalten hätte. Allein die Vorstellung, jede Nacht das Bett mit Arnie zu teilen, stieß sie ab. Hatte sie wirklich je ernsthaft mit diesem Gedanken gespielt?

Nein, nicht wirklich. Ganz bestimmt nicht.

Allerdings war sie weit davon entfernt, die Augen nicht mehr offen halten zu können. Sie schaffte es nämlich nicht, sie zu schließen und einzuschlafen. Die Gefühle, die sie wach hielten, konnte sie kaum in Worte fassen. Etwas quälte sie, sodass sie sich gleichzeitig nervös und flau fühlte.

Arnie war heute Abend so anders gewesen. Die Hetze und Anspannung wollten gar nicht zu diesem sonst so gelassenen Menschen passen. Gewiss machte er sich Gedanken über den Heiratsantrag. Doch da er noch nicht ahnte, dass sie im Begriff war, ihm einen Korb zu geben, hätte er eigentlich ruhig und gut gelaunt sein müssen. Oder etwa nicht?

Deshalb war sie nicht sonderlich überrascht, als sie am nächsten Tag von der Arbeit kam und ihn wartend in der Vorhalle antraf.

»Ich konnte gestern Abend nach unserem Telefonat nicht schlafen«, erklärte er, nachdem er sie hastig auf die Wange geküsst hatte. »Wir haben nur um den heißen Brei herumgeredet, und ich wurde das Gefühl nicht los, dass wir einander ausweichen. Sobald es um konkrete Pläne geht, machst du einen Rückzieher. Oder irre ich mich?«

»Komm mit nach oben, damit wir alles klären können.« Diese Antwort klang mutiger, als Hyacinth sich fühlte. Sie dachte an ihren Vater, der zu beinahe allem bereit gewesen war, um einem Streit aus dem Weg zu gehen. Doch für sie gab es im Moment keine Möglichkeit zur Flucht.

Arnies blühende Staude in dem hübschen Übertopf aus Porzellan zwischen sich, ließen sie sich in zwei Sesseln am Fenster nieder.

»Hübsch, findest du nicht?«, meinte er mit Blick auf die Pflanze. »Ich habe nämlich in puncto Geschmack einiges von dir gelernt, Hyacinth. Früher einmal dachte ich, dass etwas stilvoll ist, wenn es nur teuer genug war. Heute jedoch weiß ich, dass der Preis nicht viel aussagt. Habe ich dir eigentlich erzählt, dass der Übertopf antik ist?«

»Nein, aber ich habe es ihm angesehen. Er ist wunderschön, und ich habe mich sehr darüber gefreut.«

Hy fand es rührend, dass er es für nötig hielt, sie an den Preis seines Geschenks zu erinnern. Außerdem wirkte er verändert und auf merkwürdige Weise gealtert. Zum ersten Mal merkte man ihm die Jahre an.

Als er ihren Blick auffing, lächelte er. Offenbar hatte er sich auf der kurzen Fahrt im Aufzug für eine andere Strategie entschieden, denn anstatt über seine Sorgen zu sprechen, zog er einige Prospekte aus der Tasche und reichte sie ihr.

»Ein Foto ist mehr wert als tausend Worte, richtig? Schau dir das an. Hier haben wir natürlich Frankreich. Und das da ist die Toskana, genauer gesagt die Umgebung von Florenz, wo es jede Menge Kunstmuseen für dich gibt. Ich habe auch Unterlagen über die Cotswolds angefordert. Sehr idyllisch mit Strohdächern. Alles Dinge, die dir sicher gefallen werden. Sieh nur.«

Während Hy die Prospekte, bebildert mit Prunkvillen, terrassenförmig angelegten Gärten, Statuen, Balustraden und geschnitzten Deckenbalken durchblätterte, wurde ihr immer mulmiger, wenn sie an die bevorstehende Auseinandersetzung dachte. Arnie würde ein schwieriger Gegner sein.

»Die hier habe ich rot angekreuzt. Eine Wucht, findest du nicht? Eine französische Schönheit. Möbliert zu vermieten. Mit Vorkaufsrecht. Wir können morgen einziehen. Ganz in der Nähe gibt es eine erstklassige Reitschule und kilometerlange Reitwege durch die Wälder.«

Hy brauchte dringend Zeit, um ihre Gedanken zu ordnen. Und da ihr diese sowie eine passende Ausflucht fehlten, geriet sie ins Stammeln.

»Solche ... solche Häuser kosten doch ein Vermögen ... ein Landsitz für Adelige ...«

»Ach, Blödsinn, Hy! Ich könnte die Hälfte deiner Aristokraten aufkaufen. Hör auf, dir Gedanken über Geld zu machen. Ich weiß genau, was ich tue.«

»Schon gut, Arnie, aber ich habe diesen Plänen nie zugestimmt und dir keine Versprechungen gemacht. Du entscheidest einfach über meinen Kopf hinweg. Dabei habe ich dir doch gesagt, dass Emma und Jerry Schule haben.«

Arnies Miene verfinsterte sich, als habe eine Hand den Lichtschalter umgelegt. Schon einmal, vor einiger Zeit in einem Hotelzimmer, hatte Hy diesen harten Ausdruck und die verengten Augen gesehen.

»Ich weiß, dass das Schuljahr noch ein paar Wochen dauert. Aber ich rede von den nächsten Jahren, Hy. Was willst du mir damit sagen?«

Hyacinth nahm all ihren Mut zusammen. Es blieb ihr nichts anderes übrig.

»Jahre als deine Freundin, Arnie. Deine gute, gute Freundin, so lange wir beide leben.«

Unvermittelt stand er auf und steckte die Hände in die Taschen, sodass das Kleingeld darin wild zu klimpern begann. Im nächsten Moment jedoch schlug er mit der Faust derart heftig auf den Tisch, dass ein Zeitschriftenstapel zu Boden fiel.

»Verdammt! Das ist kein Spiel! Was zum Teufel hat das zu bedeuten? Du hast es mir versprochen. Erst vor vier Tagen in Florida …«

»Ich habe dir gar nichts versprochen, Arnie. Leg mir keine Worte in den Mund.«

»Als ich dich zum Hotel zurückgebracht und dich in der Auffahrt geküsst habe, hast du es sehr wohl getan.«

»Ja, du hast mich geküsst. Aber was hätte ich denn tun sollen? Dich wegschubsen?«

»Es gibt eine Reihe von Bezeichnungen für Frauen, die einen Mann erst scharf machen und ihn dann fallen lassen. Möchtest du sie hören?«

»Nein. Ich habe dich nicht *scharf gemacht,* Arnie. An diesem Tag war ich sehr durcheinander. Du hast mich gedrängt. Ich … ich habe dich sehr gern. Vielleicht hätte ich deutlicher klarstellen sollen, dass *gern haben* und *lieben* zwei verschiedene Dinge sind. Falls ich mich missverständlich verhalten haben sollte, tut es mir leid. Ich entschuldige mich dafür. Doch ich habe dir nie etwas versprochen, ganz gleich, wie oft du auch Andeutungen in diese Richtung gemacht hast.«

»Du ausgekochtes Miststück! Nach allem, was ich für dich getan habe!«, rief er aus und beschrieb eine raumfüllende große Geste in die Luft hinein. »Du wusstest sehr wohl, was ich für dich empfinde. Deine Mutter wusste es. Und das ist der Dank.«

»Ich habe mich tausendmal bei dir bedankt, Arnie. Niemand hätte dankbarer sein können als ich.«

»Dann zeig es mir. Bin ich denn so abstoßend?« Seine Stimme wurde lauter. »Ist das der Grund?«

»Nein. Aber es reicht nicht für eine Ehe.«

»Es reicht also nicht. Klar, ich verstehe. Ich bin eben nicht wie dein hochgebildeter Freund, der dir in Frankreich den Hof gemacht hat. Ich passe nicht in deine Kreise, richtig? Für wen zum Teufel hältst du dich eigentlich?«

»Schrei mich nicht an, Arnie. Ich mag das nicht, und ich

habe keine Lust, als dein Blitzableiter herzuhalten. Du hast keinen Grund, dich so aufzuführen.«

»Daher weht also der Wind. Dir hat es damals nicht genügt, ein bisschen herumzubrüllen, als dich die Wut gepackt hat. Du hast Computer zerstört und Feuer gelegt. Alles kein Problem. Immerhin bist du jetzt eine berühmte Modeschöpferin. Pass nur auf, dass dir der Erfolg nicht zu Kopfe steigt. Diese Aufsässigkeit kannst du dir nämlich nicht leisten. Vergiss das nicht.«

Hyacinth war entsetzt und wie vor den Kopf geschlagen. Doch im selben Moment meldete sich, was nur selten geschah, die Wut, der sie nun freien Lauf ließ.

»Das hier ist mein Zuhause. Ich habe dir alles zurückgezahlt, was du mir geliehen hattest. Und jetzt möchte ich, dass du gehst. Raus, Arnie.« Sie öffnete die Tür. »Wenn du besserer Laune bist, kannst du gerne wiederkommen.«

In diesem Moment hielt der Aufzug an. Drei Personen stiegen aus und sahen Arnie und Hyacinth an. Diese nützte den Vorteil, Zeugen zu haben, und schloss die Tür, sodass Arnie draußen auf dem Flur zurückblieb. Nachdem sie den Riegel vorgeschoben hatte, wartete sie darauf, dass er entweder den Aufzug nahm oder lautstark Einlass begehrte.

Als alles still blieb, sank sie in einen Sessel und versuchte sich zu beruhigen. Nach einer Weile kam sie jedoch zu dem Schluss, dass ihre Besorgnis überflüssig war. Arnie würde seine verhüllte Drohung, sie zu verraten, niemals wahrmachen. Denn ganz gleich, wie sehr er ihr auch grollen mochte, würde er Emma und Jerry niemals schaden. Da war sie ganz sicher. Und dennoch lag da etwas schrecklich im Argen.

Arnie war doch ein hochintelligenter Mann und musste ebenso gut wissen wie sie, dass sie ihm in all den Jahren niemals falsche Hoffnungen gemacht hatte. Warum hatte er sich dann so aufgeregt? Weshalb wollte er so überstürzt abreisen? Steckten womöglich persönliche Probleme dahinter?

Schließlich stand sie auf und ging zu Bett, obwohl ihre Gedanken sich weiter überschlugen. Die seltsame Sache mit dem Pferd wollte ihr nicht aus dem Kopf. Ein Darmverschluss, hatte er gesagt? Ein Durchbruch? Eine Infektion? Allerdings war Francine sicher gewesen, dass es sich um ein gebrochenes Bein handelte. Das Tier hatte »eingeschläfert« werden müssen. Angesichts von Francines Neigung, solche Dinge zu beschönigen, war es wohl eher ein Gnadenschuss gewesen.

Hy setzte sich auf, klopfte ihr Kissen zurecht und drehte sich zur Seite, um einzuschlafen.

Doch die bohrenden Zweifel ließen ihr einfach keine Ruhe. Arnies Geschichte und die Version, die Francine von dem fremden Mann gehört hatte, widersprachen einander. Warum? Entweder hatte sich jemand geirrt, was sehr unwahrscheinlich war. Oder ihr Freund Arnie sagte nicht die Wahrheit. Aus welchem Grund denn nur?

Das Pferd hatte Arnie so viel bedeutet. Doch er hatte den ganzen Nachmittag über Zuckerrohr geredet und den Tod des Tiers mit keiner Silbe erwähnt. Später hatte er gemeint, er könne sich nicht vorstellen, wer der Mann sei, mit dem Francine gesprochen habe. Und dennoch musste er ihm über den Weg gelaufen sein. Wie sonst konnte der Mann gesehen haben, dass Arnie sich nicht verändert hatte?

Am nächsten Morgen war das Bedürfnis, Francine zu befragen, nicht mehr zu unterdrücken. Und so rief sie trotz ihrer Befürchtung, sich lächerlich zu machen, ihre Mutter an, um sich nach dem Mann, am Stall zu erkundigen.

»Ich meine den, der dir von Diamonds gebrochenem Bein erzählt hat. Fandest du ihn irgendwie merkwürdig?«

»Merkwürdig? Nein. Er und seine Frau, die ich später kennenlernte, waren absolut normale Durchschnittsbürger. Warum interessiert dich das?«

»Ich habe mich nur gefragt … Und es war eindeutig davon die Rede, dass Arnies Pferd sich das Bein gebrochen hat?«

»Ja.« Francine wurde ungeduldig. »Es ist mit dem Huf in

ein Maulwurfsloch geraten. Das habe ich dir doch schon erzählt.«

»Hattest du den Eindruck, dass er dir etwas verheimlicht?«

»Ganz und gar nicht. Warum denn auch? Was soll das?«

Da Hyacinth keine richtige Antwort darauf wusste, beendete sie das Gespräch unter einem Vorwand. Obwohl sie spät dran war, blieb sie noch eine Weile neben dem Telefon sitzen, als müsse sie die verstreuten Teile eines beängstigenden Puzzles zusammensetzen. Das Problem war nur, dass diese Teile nicht reichten, um schlau daraus zu werden.

Doch je länger sie dasaß, desto mehr wuchs ihre Überzeugung, dass da etwas im Argen lag.

»Ich spüre es in meinen Knochen«, hätte ihre Großmutter es ausgedrückt.

Am dritten Tag nach diesen Ereignissen steigerte sich dieses Gefühl noch, denn als sie nach einem langen Arbeitstag und einem späten Abendessen mit Lina gegen Mitternacht nach Hause kam, fand sie vier Nachrichten auf dem Anrufbeantworter vor. Sie waren alle von Arnie.

»Es tut mir schrecklich leid, Hy. Ich habe Dinge gesagt, die ich nicht so meine. Du kennst mich doch inzwischen gut genug ...«

»Manchmal begegnet man im Geschäftsleben zwielichtigen Gesellen, die keine Skrupel haben, anderen Menschen Schwierigkeiten zu machen ...«

»Ich war ziemlich aufgebracht und habe meine Wut an dir ausgelassen. Mein Gott, ich will doch nur dein Bestes. Kannst du nicht ... bitte ...«

»Ruf mich an, ganz gleich, wann du nach Hause kommst ...«

Hy wusste nicht, was sie tun sollte, denn ihr graute vor einer emotionalen Szene, einer Entschuldigung, einer ausführlichen Erklärung oder einer weiteren Lobeshymne auf ein europäisches Idyll. Es war zwecklos, denn an ihrer Entscheidung gab es nichts zu rütteln. Dann jedoch erinnerte sie sich an diese vielen Male, die sie Arnie angerufen hatte, um ihn nach Emma und Jerry zu fragen. Und an die unzähligen Telefonate mit dem Ziel, sie zu beruhigen. Also griff sie zum Apparat.

»Hy, ich möchte, dass du es dir noch einmal überlegst. Geh mit mir fort. Ich kann dir das alles jetzt nicht im Detail erklären. Glaub mir einfach. Ich habe dich und die Kinder nie im Stich gelassen. Oder?«

»Nein, Arnie.«

»Gut, dann hör zu. Ich kann morgen Vormittag zurück nach New York kommen, um alles mit dir zu klären. Am Telefon geht das nicht. Du wirst es nicht bereuen.« Seine Stimme zitterte. »Einverstanden, Hy? Du kannst deine Kleider doch entwerfen, ganz gleich, wo du lebst, falls es das ist, was dir Sorgen macht. Pass auf. Morgen bin ich bei dir.«

»Arnie, ich kann nicht!«, rief sie aus. »Ich muss wegen einiger Modenschauen nach Texas.«

Das stimmte sogar.

»Keine Ahnung, wie lange ich dort bleibe. Aber es geht nicht anders.«

Das war gelogen. Sie fürchtete sich, ohne zu wissen, warum, und wollte Zeit gewinnen, um sich auf die sicher stürmische Debatte vorzubereiten.

»Gütiger Himmel!«, stöhnte Arnie auf. »Weißt du ungefähr, wann du zurück bist?«

»In etwa einer Woche. Ich rufe dich dann sofort an.«

Und so geschah es. Während des fünftägigen Aufenthalts in Texas, dem Staat, wo Hy damals in aller Arglosigkeit und Unschuld ihr Erwachsenenleben begonnen hatte, lastete der ständige Gedanke an Arnie schwer auf ihrer Seele. Und nach ihrer Rückkehr hatte sie zwei Tage später noch immer nicht den Mut gefunden, ihn anzurufen. Heute Abend musste es sein, nahm sie sich vor.

Beiß die Zähne zusammen und tu es, Hyacinth.

Vermutlich hätten sich die Ereignisse völlig anders entwickelt, hätte sie um die Mittagszeit nicht zufällig beobachtet, wie Will Miller in Begleitung zweier anderer Männer aus einem Fischrestaurant kam. Obwohl sie nur einen Blick auf seinen Rücken im Davongehen erhaschen konnte, war er es eindeutig.

Sicher hat er Fischragout gegessen, schoss ihr der banale Gedanke durch den Kopf. Sehr heiß, mit einer Scheibe Toast dazu.

Eigentlich hatte sie vor ihrer Rückkehr ins Büro noch etwas erledigen wollen. Doch der unerwartete Anblick von Will, den sie seit August nicht mehr gesehen hatte, brachte sie mehr aus dem Konzept, als ihr lieb war. Also ging sie sofort ins Büro, setzte sich an den für ihren Geschmack viel zu eleganten Schreibtisch, lehnte das Zeichenbrett an einen Bücherstapel und nahm einen Bleistift zur Hand. Doch ihr Gehirn war wie leer gefegt. In einem Sekundenbruchteil hatten sich all die bunten Bilder verflüchtigt. Die in Florida entstandenen Einfälle waren fort. Stattdessen gab es da nur noch eine namenlose Furcht und das Bedürfnis, mit jemandem darüber zu sprechen. Einem Menschen, der sie verstehen würde.

Und wieder überkam sie das Gefühl, das sie gelegentlich in schweren Lebenskrisen verspürte. Damals zum Beispiel, als Gerald sie zur Abtreibung hatte zwingen wollen. Es war die Angst davor, die Richtung zu verlieren. Auch eine Stunde später saß sie immer noch da, den Bleistift in der Hand. Die Auseinandersetzung mit Arnie und Wills Anblick hatten sie verwirrt, und sie fühlte sich wie auf einer Straße in einer fremden Stadt, wo die Leute eine andere Sprache sprechen.

Und dennoch gab es da einen Menschen, der diese Sprache ausgezeichnet beherrschte. Zumindest früher einmal. Auch wenn die Vorstellung allein absurd war!

Aber war es nicht genauso absurd gewesen, mit einem Karton voller Kleider einfach in einen eleganten Laden in der

Madison Avenue zu spazieren, so wie sie vor ein paar Jahren? Und das, obwohl sie nur eine Studentin, ein Niemand, gewesen war? Damals hatte sie sich vor Augen gehalten, dass ihr nichts Schlimmeres passieren konnte als eine höfliche Abfuhr. Und dasselbe sagte sie sich nun auch.

Die zweite Stunde war schon fast vorüber, als Hyacinth wie automatisch von ihrem Stuhl aufsprang. Vor dem großen Spiegel im Waschraum unterzog sie das schlichte dunkelblaue Kleid mit dem kleinen Spitzenschal am Halsausschnitt und die winzigen Perlenohrringe – nur zu sehen, wenn sie sich das Haar zurückstrich – einer gründlichen Musterung. Sie wollte nicht verführerisch wirken, denn das wäre stillos und außerdem unter ihrer Würde gewesen. So abwegig ihr Anliegen auch sein mochte, musste sie auftreten wie eine Geschäftsfrau. Vielleicht würde ihre Mission ja erfolgreich sein.

Lächelnd stand sie vor ihm. Erst als Will dieses Lächeln nicht erwiderte, verstand sie, wie peinlich diese Verlegenheitsgeste war.

»Anders als du vermutlich annimmst, bin ich nicht hier, um dich um Verzeihung zu bitten«, begann sie leise. »Ich werde dich auch nicht fragen, ob du zu mir zurückkommen willst, denn das wirst du ganz sicher ablehnen. Es ist nicht persönlich. Ich bin gekommen, weil ich ein Problem habe, Rat brauche und sonst niemanden kenne, der mir so gut weiterhelfen könnte wie du.«

»Auch nicht dein Freund Arnie?«

»Nein. Bitte hör mich an. Wenn du nicht willst, gehe ich wieder. Vielleicht war es ein schwerer Fehler, mich an dich zu wenden.«

»Setz dich«, erwiderte er.

Da er sich bei ihrem Eintreten erhoben hatte, standen sie beide. Nun rückte er ihr einen Stuhl zurecht. Wie in den meisten Büros wurden sie, als sie saßen, von einem gewaltigen Schreibtisch getrennt.

Er sieht müde und ernst aus, dachte sie, bevor sie den Blick abwandte.

»Was für ein Problem hast du? Wenn es die Gesundheit ist – ich bin kein Arzt. Und falls es etwas Juristisches sein sollte – ich bin kein Anwalt.«

»Ich bin nicht ganz sicher, wie ich es nennen soll. Das macht es ja so schwierig. Es könnte etwas Juristisches sein, aber ich weiß nicht genau, also …«

»Vielleicht solltest du dich an einen Anwalt wenden«, fiel Will ihr ins Wort.

»Das geht nicht. Denn ich möchte nicht den Namen eines Unschuldigen gegenüber einem Anwalt erwähnen, wenn es sich vermeiden lässt.«

»Das ist nicht nur ein Fall von übertriebenen Skrupeln, sondern gelinde gesagt absurd.«

»Das denke ich nicht, wenn es sich bei der betreffenden Person um einen engen und treuen Freund handelt. Da muss man doch aufpassen, dass man seinem Ruf nicht schadet.«

»Ein enger und treuer Freund. Du meinst nicht etwa zufällig Arnie?«, höhnte Will.

»Ja. Ich sage es zwar nur ungern, aber es ist so.«

»Er ist dein Liebhaber, oder? Warum kommst du damit zu mir?«

»Erstens habe ich dir schon mehrfach erklärt, dass er nicht mein Liebhaber ist und es auch nie war. Es stimmt, dass er es gerne anders hätte und dass er mir einen Heiratsantrag gemacht hat. Doch ich werde ihn nicht heiraten, weil ich ihn nicht liebe. Allerdings habe ich ihn sehr gern und befürchte, dass er in Schwierigkeiten stecken könnte. Das ist die ganze Wahrheit.«

»Du hast meine andere Frage nicht beantwortet. Warum ausgerechnet ich?«

»Ich dachte, das hätte ich. Weil ich dir vertraue.«

Abwartend richtete Hy sich auf. Es war still im Raum, und als Will sie ansah, war seiner Miene nichts zu entnehmen.

Inzwischen hat er sicher eine andere kennengelernt, dachte sie. Er findet mich bestenfalls kurios und verhält sich wie ein Fremder. Die kühle Sprechweise. Die förmliche Körperhaltung. Die gefalteten Hände auf dem Schreibtisch. Der Blick, der meinem ausweicht. Wie ein Fremder.

Plötzlich wäre sie am liebsten davongelaufen, um dieser gekünstelten Atmosphäre zu entfliehen. Allerdings erwartete Will offenbar von ihr, dass sie ihr Anliegen näher erläuterte, weshalb sie ihm rasch – denn sie wusste, wie sehr er weitschweifige Erklärungen hasste – alles erzählte, was ihr an der Sache mit dem Pferd und an Arnies Verhalten so merkwürdig erschien.

»Vielleicht ist das ja auch alles absurd, und ich sehe Gespenster«, meinte sie abschließend.

Will starrte über ihren Kopf hinweg an die Wand und schwieg. Seine früher so ansprechend sonnengebräunte Gesichtsfarbe war verblasst, sodass er nun im fahlen Licht des späten Nachmittags richtiggehend grau aussah.

»Ich will nicht einem Mann schaden, der so gut zu mir und zu meinen Kindern war«, fuhr Hy fort. »Aber wenn sich jemand so seltsam benimmt ...«

»Ich werde mich an einen Fachmann wenden«, fiel er ihr ins Wort. »Er ist sehr diskret, sodass niemand von deinem Besuch bei mir erfahren wird. Wenn ich mehr weiß, melde ich mich bei dir.«

Hycinth, die verstand, dass das Gespräch hiermit zu Ende war, stand auf und bedankte sich bei ihm. Die Unterhaltung war ebenso höflich und korrekt verlaufen, wie sie es geplant hatte. Und sie war, wie erhofft, einen kleinen Schritt weitergekommen. Allerdings hätte angesichts der kühlen Atmosphäre niemals ein Mensch vermutet, dass dieser Mann und diese Frau einander einmal geliebt hatten.

Doch als Hy die Hand schon am Türknauf hatte, musste sie sich noch einmal umdrehen.

»Wie ist es dir in der Zwischenzeit ergangen?«, fragte sie.

»Kann nicht klagen. Und dir?« – »Man schlägt sich so durch. Noch einmal vielen Dank.«

Es hatte zu schneien angefangen. Die trägen dicken Flocken der ersten Frühlingstage hinterließen nasse Flecken auf Hyacinths elegantem Mantel von Libretti, sodass sie einen Faltschirm aus ihrer schicken roten Handtasche zog. Dann setzte sie ihre Sonnenbrille auf. Da kein Sonnenstrahl aus dem trüben Himmel fiel, war der Grund offensichtlich. Sie wollte ihre Augen verbergen, in die plötzlich die Tränen traten.

Das Warten war nervenzerfetzend. Im Laufe der nächsten Woche musste Hyacinth jeden Tag Arnies beharrliches Bitten und Drängen abwehren. Dabei stellte sie sich unablässig dieselben bohrenden Fragen: Hatte sie womöglich in ein Wespennest gestochen? Oder in eines, das gar keine Wespen enthielt, was sie in die Rolle einer neugierigen Besserwisserin versetzte? Auch wenn das eigentlich überhaupt keine Rolle spielte …

Francine, die sich einmal wöchentlich meldete, war anscheinend noch immer böse, weil Hyacinth sich weigerte, ihren Rat anzunehmen. Allerdings verkniff sie sich weitere Bemerkungen in diese Richtung. Nach den ziemlich verhaltenen Gesprächen war Hyacinth stets traurig. Schließlich wollte ihre Mutter nur ihr Bestes – auch wenn sich ihre Pläne leider überhaupt nicht mit denen ihrer Tochter deckten.

Endlich, am zweiten Montag, fand Hy eine Nachricht auf dem Anrufbeantworter: »Inzwischen liegt mir ein endgültiger Bericht vor. Ich könnte dich morgen Nachmittag in meinem Büro sehen. Wenn du möchtest, komme ich heute Abend zu dir nach Hause. Will Miller.«

Will Miller. Nicht nur Will.

Als ob ich nicht wüsste, wer er ist, wenn er sich nicht mit vollem Namen meldet! Es sind Kleinigkeiten wie diese, die

Bände sprechen. Erwarte dir nichts, soll das heißen. Ich bin nur ein anständiger Kerl, der dir einen Gefallen tut.

Plötzlich wollte Hy ihn nicht mehr wiedersehen, vor allem nicht in diesem unpersönlichen Büro. Sollte er doch zu ihr nach Hause kommen. Auf ihr Terrain.

Als sie ihm am Abend aufmachte, war es fast genauso wie bei seinem Abschied. Das leise Zufallen der Tür und das Schweigen, das darauf folgte. Sie fragte sich, ob er sich wohl auch an diesen Moment erinnerte.

Allerdings war sein Auftreten rein geschäftsmäßig. Mit einem leichten Stirnrunzeln lehnte er den angebotenen Kaffee ab und verkündete, er sei in Eile.

»Eigentlich möchte man im Computerzeitalter annehmen, dass man seine Informationen in wenigen Stunden beisammenhat«, begann er. »Aber die Sache hat sich als ziemlich kompliziert entpuppt.«

Die Hände im Schoß verkrampft und mit klopfendem Herzen, starrte Hyacinth auf das Blatt Papier, von dem Will ablas.

»Ich fange in der Mitte an«, meinte er, »und zwar mit dem Tod des Pferdes. Offenbar wurde in dieser Sache schon ermittelt, ehe du damit zu mir gekommen bist. Versicherungsgesellschaften reagieren nämlich höchst argwöhnisch, wenn ein wertvolles Pferd plötzlich das Zeitliche segnet. Früher kam so etwas recht häufig vor. Als du mir davon erzählt hast, ist mir gleich eine Sache eingefallen, die in meiner Heimatstadt passiert ist. Damals war eine prominente Dame der Gesellschaft beteiligt, sehr stilvoll, aber sich offenbar trotzdem nicht zu fein, ihr eigenes Pferd umzubringen, um die Versicherungssumme zu kassieren. In den letzten Jahren sind derartige Vorkommnisse seltener geworden, weil es den Leuten zu gefährlich geworden ist. Einige Glücksritter lassen es dennoch darauf ankommen, und manchmal haben sie sogar Erfolg damit. Manchmal aber auch nicht, weil ein gesetzestreuer Bürger Lunte riecht und sich an die Behörden wendet.

Oft zerstreiten sich die Komplizen, meistens wegen des Geldes. Und schon fliegt die Sache auf …«

»Du unterstellst Arnie nicht etwa so ein Verbrechen?«, fiel Hyacinth ihm ins Wort.

Will nickte.

»Doch. Ich habe einen bewährten Privatdetektiv auf ihn angesetzt. Ja, es war Arnie. Verdächtig waren hauptsächlich die widersprüchlichen Schilderungen des Unglücks, also das gebrochene Bein beziehungsweise der Darmdurchbruch. In Wahrheit ist das Pferd schlicht und ergreifend erschossen worden. Die offizielle Begründung war das gebrochene Bein. Aber offenbar hat es danach Meinungsverschiedenheiten gegeben, und jemand konnte den Mund nicht halten.«

Hyacinth schnappte nach Luft.

»Ich traue Arnie so etwas einfach nicht zu. So brutal ist er nicht. Wie konnte er …«

»Nun, zumindest hat bis auf die Versicherungsgesellschaft niemand gelitten«, merkte Will spöttisch an. »So wie viele angesehene Firmen von Zeit zu Zeit gerne einen Sonderverkauf wegen eines Brandschadens veranstalten. Es ist nichts Neues.«

»Ich glaube nicht, dass es Arnie war«, beharrte Hyacinth. »Es passt so gar nicht zu ihm.«

Will verzog das Gesicht.

»Man kann Menschen nicht immer nach dem äußeren Schein beurteilen. Fühlst du dich nicht wohl? Du bist so blass.«

»Mir ist übel.«

»Bist du sicher, dass du den Rest der unschönen Geschichte hören willst?«

»Sprich weiter«, flüsterte sie.

»Es wimmelt nur so von belastenden Indizien. Arnies Unterschrift auf dem gefälschten Zertifikat. Die Aussage des Mannes in Florida, vermutlich derselbe, mit dem deine Mutter gesprochen hat. Und es gibt noch einen anderen Zeugen, der Arnie Ritter vor fünfundzwanzig Jahren kannte. Damals hieß er allerdings noch Jack Sloan.«

»Arnie hat einen Doppelnamen – Jack Arnold Ritter-Sloan. Aber er fand das immer überkandidelt. ›Verdammt, ich bin doch kein britischer Lord, der einen Doppelnamen braucht‹, sagt er immer.«

»Für eine Weile scheint dieser Name jedoch recht praktisch gewesen zu sein. Als er in Texas Medizin studierte, hat es bei ihm zu Hause gebrannt. Die Versicherung lief auf den Namen Sloan. Es war ein großes Feuer, bei dem seine ganze Wohnung ein Raub der Flammen wurde. Er hat alles verloren, was er besaß. Angeblich waren einige sehr wertvolle seltene Bücher dabei. Obwohl man ihn damals im Verdacht hatte, konnte man ihm nichts nachweisen, und so ist er ungeschoren davongekommen.«

»Vor fünfundzwanzig Jahren«, wiederholte Hyacinth entsetzt.

Hatte es nicht geheißen, er hätte Texas überstürzt verlassen?

»Ja, und ohne die Sache mit dem Pferd wäre längst Gras über die Sache gewachsen. Doch nun wird alles wiederaufgerollt.«

Sie schwiegen beide. Als Will Hyacinth prüfend musterte, empfand sie seinen Blick als so unerträglich, dass sie den Kopf senken musste.

»Es ist ein schwerer Schock, etwas Negatives über einen Menschen zu erfahren, den man gut zu kennen glaubte«, meinte er.

Zweifellos war das ein Seitenhieb gegen sie. Aber Hy ging nicht darauf ein und erwiderte nur, sie wisse seine Bemühungen zu schätzen.

»Ich kann dir gar nicht sagen, wie dankbar ich dir bin.«

Er nahm das Lob mit einem leichten Nicken entgegen. »Ich freue mich, dass ich dir helfen konnte. Allerdings kommt es sowieso bald in den Nachrichten.«

Worauf warten wir noch? Die Kinder müssen doch die letzten Wochen nicht mehr in der Schule absitzen. Lass uns sofort abreisen.

»Arnie«, wiederholte Hy. »Ich fasse es einfach nicht. Er war immer so gut zu uns allen.«

»Erzähl das der Versicherungsgesellschaft.« Wills Tonfall war finster. »Der Mann, der bei dem Brand umgekommen ist …«

»Was!«, rief Hyacinth aus. »Bei welchem Brand?«

»Dem in Arnies Praxisgebäude.«

»Hat Arnie das Haus etwa selbst angezündet?«

»Ja, das hat er«, entgegnete Will, noch immer barsch. »Ihm blieb nichts anderes übrig, als zu gestehen. Ich habe es heute Morgen erfahren. Natürlich war seine Position nach dem Feuer in Texas und der Sache mit dem Pferd nicht mehr zu halten.«

Hyacinth wurde von einem Schmerz durchfahren, wie ihn ein Mensch verspürt, dessen Augen nach langer Dunkelheit plötzlich grellem Licht ausgesetzt werden. Die Ereignisse der vergangenen Jahre wirbelten in ihrem Kopf wie wild durcheinander, und obwohl sie saß, schien sich das Zimmer um sie herum zu drehen.

»Meine Kinder!«, rief sie aus. »Sie haben sie mir weggenommen, und jetzt … und jetzt … jetzt bekomme ich sie zurück …«

»Was hat das zu bedeuten? Wovon redest du?«

Hy brachte keinen Ton heraus. Vor Überraschung fehlten ihr die Worte. Aber ihre Gedanken kreisten unablässig weiter.

Die Erleichterung! Der zentnerschwere Stein, der ihr vom Herzen fiel.

Emma und Jerry … Mich trifft keine Schuld. Es lag nicht an meiner achtlos fallen gelassenen Zigarette … Ich bin nicht dafür verantwortlich … Jetzt kann ich alles erklären. Die arme Francine, sie hat so viel mitgemacht …

Will starrte sie entgeistert an. Und plötzlich erkannte sie, dass seine kühle Förmlichkeit nichts weiter war als Selbstschutz. Als sie bemerkte, wie mühsam er sich beherrschte, schlug sie schluchzend die Hände vors Gesicht.

Im nächsten Moment kniete Will vor ihr.

»Was ist denn? Mein Gott, so rede doch!«, rief er und zwang sie, ihn anzusehen.

»Weißt du ... weißt du ...«, stammelte sie. »Man hatte mich im Verdacht. Man glaubte, ich hätte das Gebäude angezündet, aus Wut, weil Gerald eine Geliebte hatte. Gerald hat Sachen von mir auf dem Rasen gefunden. Und weil der arme Feuerwehrmann ums Leben gekommen ist, wäre es Mord in Tateinheit mit Brandstiftung gewesen. Darauf steht eine lange Haftstrafe und ich ...«

»Sie dachten, du wärst die Täterin?«

»Ja, ja, genau. Und Gerald behauptete ...«

Will stand auf und schloss sie in die Arme, während sie ihm, schluchzend und den Kopf an seine Schulter gelehnt, die ganze Geschichte erzählte.

»Lass dir Zeit, lass dir Zeit«, flüsterte er, küsste ihren Scheitel und drückte sie fest an sich. »Wer hat es gewagt, dir die Schuld zu geben? Wer war der Mistkerl?«

»Nun, Gerald, ich sagte dir doch ...«

»Den Burschen sollte man vierteilen. Oder hat er eine Schraube locker?«

»Nein, nein, er ist wirklich fest davon überzeugt.«

»Gütiger Himmel, warum hast du mir das nicht schon früher erzählt?«, rief Will verzweifelt aus. »Weshalb hast du mir nicht vertraut?«

»Ich hatte solche Angst. Schließlich besaß ich ein Motiv und keinen Beweis für meine Unschuld. Du weißt ja gar nicht, was es bedeutet, ständig in Furcht zu leben. Tag und Nacht habe ich an meine Kinder gedacht und die Angst unterdrückt. Sie in mir versiegelt wie in einem Banksafe. Ich dachte, wenn ich darüber spreche, wird es wahr. Schließlich erleben wir ja gerade, dass eine Straftat auch noch nach fünfundzwanzig Jahren ans Licht kommen kann.«

»Aber warum hast du mir nicht vertraut? Du wusstest doch, dass ich dich liebe. Ich hätte alles für dich getan.«

»Ohne Trauschein hätte ich mit dir zusammengelebt, Will, aber du wolltest ja unbedingt heiraten. Wie hätte ich dir das antun können? Wenn ich plötzlich vor Gericht gestellt und mit hoher Wahrscheinlichkeit verurteilt worden wäre – was wäre dann aus dir geworden?«, stammelte sie. »Schließlich bist du ein Mann, der es in der Welt noch zu etwas bringen wird. Ich durfte deine Zukunft nicht riskieren, indem ich dir meine Probleme aufbürde.«

»Wen interessiert denn meine Karriere? Glaubst du wirklich, ich hätte auch nur einen Gedanken daran verschwendet?«

»Soll das heißen, es wäre dir gleichgültig gewesen? Will, sei ehrlich zu mir.«

»Das war ich immer, sogar was diese unausgegorenen Bilder anging, die du früher gemalt hast. Ja, ich hätte mir Sorgen gemacht, sehr große Sorgen, und zwar um dich. Aber das hätte mich niemals daran gehindert, dich zu heiraten. Für mich bist du das Vollkommenste, was ich je auf dieser Welt zu finden hoffen kann.«

Vollkommen.

Hyacinth spürte seinen Herzschlag, der im Gleichtakt mit ihrem ging.

»Hast du je an mich gedacht?«, murmelte sie.

»Ja. So, wie man sich traurig an jemanden erinnert, der fortgegangen oder gestorben ist, auch wenn man sich noch so sehr dagegen wehrt.«

»Ich bin niemals fortgegangen, doch nach dem Tod gesehnt habe ich mich oft.«

»Aber als du Hilfe brauchtest, bist du zu mir gekommen.«

»Ich wusste, dass du das, was du über mich erfährst, nie gegen mich verwendet hättest.«

»Ich persönlich fand Arnie von Anfang an unsympathisch. Das habe ich dir gesagt. Während der kurzen Zeit, die ich mir nach dem Besuch bei dir mit ihm ein Taxi geteilt habe, hatte ich den Eindruck, dass sein freundliches Grinsen nur Fassade ist. Das lag nicht nur an meiner Eifersucht, obwohl ich mich auch dazu bekennen muss. Ich mochte ihn einfach nicht.«

»Du kennst ihn nicht, Will. Er war – ist – einer der gütigsten Menschen, die es gibt, und ich begreife einfach nicht, wie er so etwas tun konnte.«

»In uns allen schlummern Widersprüche. Nur dass seine ein wenig extrem waren.«

»Er tut mir leid ... Natürlich verabscheue ich ihn auch, weil es ihn nur ein Wort gekostet hätte, mich aus meiner Situation zu befreien. Vermutlich ist das mein Widerspruch.«

Nach einer Weile ergriff Will wieder mit leiser und zitternder Stimme das Wort.

»Ich erinnere mich an die Hängematte und die rauschenden Wellen. Immer wieder stehen mir diese Nächte vor Augen.«

»Weißt du noch, der Tag im Park, als wir uns plötzlich ansahen und es beide wussten, obwohl wir es nicht ausgesprochen haben?«

»Und davor war der Tag, als dir die Büchertüte auf den Gehweg gefallen ist.«

»Und ich erinnere mich ...«

Will hob die Hand.

»Genug von der Vergangenheit. Wir müssen verlorene Zeit aufholen.« Er küsste Hyacinth und lachte dabei leise in sich hinein. »Steh auf, damit ich dich über die Schwelle tragen kann.«

17

»Ja«, sagte Gerald. »Ich war wie vom Donner gerührt und begreife es noch immer nicht.«

Hyacinth hatte gerade die letzten Sachen der Kinder nach unten getragen, als Gerald nach Hause kam. Eigentlich hatte sie gehofft, ihm nicht zu begegnen. Doch nun stand sie – inmitten von Kisten und Koffern – vor ihm am Fuße der Treppe.

»Es will mir nicht in den Kopf, warum ein kluger Mann wie Arnie auf diese Weise sein Leben verpfuscht. Niemals hätte ich ihm so etwas zugetraut.«

Und wer hätte je gedacht, dass Gerald sich eines Tages so ungezwungen mit ihr unterhalten würde, als plauderten sie regelmäßig miteinander? Er trug Tenniskleidung und hatte seinen Schläger in der Hand.

»Er hat sämtliche Wertpapiere verkauft und seine Konten bis auf den letzten Penny leer geräumt«, sprach er kopfschüttelnd weiter. »Aber unser Geschäftskonto hat er nicht angerührt, obwohl die Möglichkeit dazu vorhanden gewesen wäre. Nun ist er verschwunden. Der Himmel weiß, wo er stecken mag. Und wie, glaubst du, geht es weiter?«

»Keine Ahnung«, antwortete Hy bedrückt.

»Ach, irgendwann werden sie ihn schon schnappen. Das tun sie immer. Heutzutage ist es dank Internet und der Suchsendungen im Fernsehen einfacher geworden als früher. Außerdem«, fügte Gerald mit wissender Miene hinzu, »wird es ein Mann wie er, der gerne mit seinem Reichtum angibt und sich auffällig benimmt, nicht lange im Untergrund aushalten. Du solltest sehen, wie er unsere Praxis in der Innenstadt eingerichtet hat. Arnie hat schon immer großzügig mit dem Geld um sich geworfen. Er gibt aus, was er verdient.«

Dasselbe könnte man von dir auch behaupten, dachte Hyacinth und blickte an Gerald vorbei den Flur entlang und in die dahinter liegenden Zimmer.

Seit ihrem letzten und einzigen Besuch hatte sich viel verändert. Überall hatten neue Einflüsse ihre Spuren hinterlassen: geschmacklose Kunstblumen, schwere Goldornamente und dicke, dunkle Satinvorhänge, alles sehr teuer und absolut unpassend in diesem Klima. Früher einmal hätte er sich schaudernd von diesem Protz abgewendet.

»Arnie hat mir einen Brief geschrieben«, fuhr Gerald fort. »Er kam gestern. Laut Poststempel hat er ihn unmittelbar vor seiner Flucht in der Stadt abgeschickt. Er entschuldigt sich bei mir. Und dich erwähnt er auch: ›Gib Hy keine Schuld. Sie hat nicht das Geringste mit dem Brand zu tun und trägt keine Verantwortung.‹ Das hat er sogar unterstrichen.«

Hyacinth schwieg, für einen Moment von Trauer überwältigt.

Arnie.

Welche Erklärung gab es dafür? Konnte man überhaupt feststellen, warum eigentlich anständige Menschen irgendwann vom rechten Weg abwichen?

»Ich habe auch einen Brief von ihm erhalten«, sagte sie. Obwohl es Gerald eigentlich nichts anging, wollte sie, dass er erfuhr, was darin stand: »Verzeih mir, Hy, weil ich dir so viel Schmerz zugefügt habe. Ich habe versucht, dich dafür zu entschädigen. Bitte vergiss nicht, dass ich dich wirklich geliebt habe und dass ich dich immer noch liebe.«

Bei den letzten Worten stockte ihr die Stimme.

»Ich kann mir gut vorstellen, dass du ihn am liebsten umbringen würdest!«, rief Gerald empört aus. »Ich an deiner Stelle würde ihn in den Boden stampfen.«

»Nein«, erwiderte Hy. »Er ist ein tragischer Fall. Alles Gute in ihm wurde vergeudet.«

»Was? Hast du etwa keine Wut auf ihn? Du bist wirklich eine erstaunliche Frau, Hyacinth.«

»Oh, natürlich könnte ich ihn in der Luft zerreißen. Aber was du getan hast, stellt alles in den Schatten.«

Als Gerald verstummte, wusste sie, dass sie einen wunden Punkt getroffen hatte.

Er wandte sich ab, und Hy nützte die Gelegenheit, ihn zu betrachten. Da war es, das Gesicht mit den leicht schräg stehenden, spöttisch dreinblickenden goldbraunen Augen. Das Gesicht, das die Frauen anzog und das seit dem Tag, als sie ihn aus dem Unwetter gerettet hatte, kein bisschen gealtert zu sein schien. Wie mädchenhaft, unreif und verliebt sie damals gewesen war! Bis heute zeigten sich Witz, Lebensfreude und Leidenschaft in diesen Zügen. Und bis heute strahlten sie Unverbindlichkeit aus. Dieser Mann hatte nie wirklich gegeben oder geliebt.

Nun ja, verbesserte sie sich. Er liebte wenigstens die Kinder, denn schließlich waren sie sein eigen Fleisch und Blut.

»Ich hielt dich tatsächlich für schuldig, Hyacinth«, sagte er nun. »Ich habe dir die Tat aus Eifersucht zugetraut. Das ist die reine Wahrheit.«

»Dann kanntest du mich nie richtig. Wenn du mich geliebt hättest, hättest du mehr über mich gewusst, zum Beispiel, dass ich keine Brandstifterin bin. Wenn du mich geliebt hättest, hättest du mir nicht die Kinder weggenommen.«

Gerald rang die Hände.

»Gütiger Himmel, es tut mir leid! Die ganze Sache war ein schreckliches Missverständnis, ein schwerer Fehler, und ein tragischer Irrtum von meiner Seite. Allerdings begreife ich nicht, warum du wütender auf mich bist als auf Arnie.«

»Arnie hatte ein Herz. Eigentlich hat er nur der Versicherungsgesellschaft geschadet, was zugegebenermaßen strafbar ist. Aber er hat der Witwe des Feuerwehrmanns Geld für die Hypothek gegeben und jedem ihrer Kinder ein vierjähriges Collegestudium finanziert. Ganz zu schweigen von seiner sonstigen Großzügigkeit, insbesondere seiner Fürsorge für Jerry und Emma. Meiner Ansicht nach ist er krank. Eine andere Erklärung kann es nicht geben. Und deshalb tut er mir sehr leid.«

»Nun«, räumte Gerald ein. »Da hast du vielleicht gar nicht so unrecht. Er ist spielsüchtig, und wenn solche Menschen Geld brauchen, sind sie schlimmstenfalls zu allem bereit. Ja, wie du es ausdrückst, muss man wirklich Mitleid mit ihm haben. Es handelt sich immerhin um eine Krankheit wie Alkoholismus.«

»Oder Sexsucht. Apropos: Wie geht es denn Sherree? Oder heißt sie Cheryl? Ich meine die, die nach Buddy kam.«

Gerald errötete bis zu den Haarwurzeln und grinste verlegen. »Das ist Unsinn. Mit ein bisschen Willenskraft lassen sich alle Süchte überwinden.«

Inzwischen musterte er sie bewundernd. Plötzlich wurde Hy sich bewusst, was sie heute trug: ein Kleid von der Farbe reifer Aprikosen, glänzende schwarze Sandalen und ein Band im Haar, damit ihr der Wind die Frisur nicht zerzauste.

Noch nie hatte sie sich in Gegenwart dieses Mannes so selbstbewusst, ja, sogar überlegen gefühlt. Kurz stand ihr ein Bild vor Augen, und war sofort wieder verschwunden: Jim an dem kleinen Esstisch in Texas hatte gerade angeboten, ihnen das große Haus zu überlassen, wenn Gerald mit der Ausbildung fertig sei. Und im nächsten Moment war der Sinneswandel Gerald buchstäblich anzusehen gewesen: Eine Abtreibung kam nicht mehr in Frage. Rückblickend betrachtet, war alles so sonnenklar.

»Ich habe viel über deine Erfolge gehört und gelesen«, meinte er nun. »Eigentlich wollte ich dir ja gratulieren, aber da du dich geweigert hast, mit mir zu sprechen …«

»Ich hatte keinen Grund dazu.«

Allmählich wurde Hy ungeduldig. Das Gespräch dauerte viel zu lang. Will wartete draußen im Mietwagen, denn sie hatte nicht gewollt, dass er mit ins Haus kam. Gerade schickte sie sich zum Gehen an, als Geralds plötzliche, wenn auch ein wenig zögernde Frage sie innehalten ließ.

»Da wir wieder miteinander reden, habe ich mir überlegt, ob ... tja, ob du vielleicht Lust hättest, mir noch eine Chance zu geben.«

»Eine Chance? Das ist doch wohl nicht dein Ernst?«

»Nun ja. Schließlich waren wir ... und wenn ich dich so anschaue ... nachdem die Dinge geklärt sind ...«

»Das ist sicher ein schlechter Scherz, Gerald. Lieber würde ich eine Kobra adoptieren.«

Er wich zurück, als rechne er mit einem Schlag. »Schon gut, vergiss, was ich gesagt habe. Ich möchte nur nicht, dass wir im Hass auseinandergehen, Hyacinth.«

»Tatsache ist, dass ich keinen Hass gegen dich empfinde, Gerald. Mir ist vielmehr klar geworden, dass du mir herzlich gleichgültig bist. Nun, vielleicht bin ich ein bisschen böse, weil du mir wirklich etwas Unaussprechliches angetan hast. Aber ich habe nicht vor, weiter Zeit und Kraft mit solchen Gefühlen zu vergeuden. Dazu bin ich viel zu glücklich.« Hyacinth verstummte und sah Gerald unverwandt in die Augen. »Wenn du jetzt bitte Tessie rufen würdest, damit sie mir mit den Sachen hilft. Meine Mutter wartet mit Emma und Jerry im Hotel. Heute gleich nach dem Abendessen fliegen wir nach Hause.«

Es traf Hyacinth, wie wenig Gerald der Abschied von seinen Kindern nahezugehen schien. Ja, er hatte beteuert, er werde sie vermissen, hoffe, dass die neue Schule ihnen gefiele, und werde sich regelmäßig bei ihnen melden. Allerdings war das kein Vergleich mit dem Schmerz, den sie, Hyacinth, in der umgekehrten Situation empfunden hatte. Aber hatte Arnie nicht gesagt, dass Gerald der Kinder allmählich überdrüssig werde?

Ja, das muss es sein, dachte sie. Er ist das ständige Angebundensein leid, genau wie er mich irgendwann auch satthatte. So ist er eben.

»Noch etwas«, meinte sie rasch, denn an der anderen Tür war Tessie in Sicht gekommen – mit weit aufgerissenen Augen, platzend vor Neugier und plötzlich sehr respektvoll gegenüber »der Verrückten«.

»Ich wollte dir nur sagen, dass ich die Kinder nicht gegen dich aufhetzen werde. Das habe ich nie getan, und zwar, weil ich nicht möchte, dass sie seelischen Schaden nehmen, nicht etwa deinetwegen. Du kannst sie sehen, wann immer es mir zeitlich passt – vorausgesetzt, dass sie das auch möchten. Aber das werden sie sicher, denn sie lieben dich, und das soll auch so bleiben. Ach, eine letzte Sache! Gütiger Himmel, beinahe hätte ich den Hund vergessen. Könnte jemand bitte Charlie holen?«

»Moment, Hyacinth, ich bringe die Sachen für dich zum Auto.«

»Nein danke, Tessie und ich schaffen das schon. Das ist unter den gegebenen Umständen weniger peinlich. Mein Mann wartet nämlich im Wagen.«

»Wie war es?«, fragte Will.

»Nicht so schlimm, wie ich befürchtet hatte. Er kann einem wirklich leid tun.«

»Francine fand es sehr mutig von dir, allein reinzugehen und mit ihm zu sprechen. Wir haben gestern Abend darüber geredet. Sie hatte Bedenken, er könnte gemein werden oder dir eine Szene machen.«

»Ganz im Gegenteil, auch wenn es mir egal gewesen wäre. Er hat mir sogar vorgeschlagen, wir könnten es noch einmal miteinander versuchen. Ist das zu fassen?«

»Nach der Sache mit deinem Freund Arnie wundert mich nichts mehr.«

»Der Tragödie mit Arnie, meinst du.«

»Eine Tragödie und ein Geheimnis. Vermutlich wird nie ein Mensch begreifen, wie ein Gerald, ein Arnie oder auch wir beide ticken.«

»Francine ist noch nicht darüber hinweg, wie sehr sie sich in Arnie getäuscht hat. Sie hat sogar gehofft, ich würde ihn heiraten. So gewaltige Fehler macht sie eigentlich nie. Schließlich hat sie Gerald von Anfang an richtig eingeschätzt.«

»Francine ist eine Nummer für sich.« Will kicherte. »Mir hat sie erzählt, sie hätte die Hellseherei aufgegeben.«

»Hat sie dir auch gesagt, dass sie mit ihrem neuen Freund eine Südamerika-Kreuzfahrt macht? Verrat es ihr bloß nicht. Ich will sie nämlich mit einer kompletten Libretti-Garderobe für die Reise überraschen.«

»*Hyacinth Collection*«, verbesserte sie Will. »Ja, sie hat von der Kreuzfahrt gesprochen. Außerdem hatte sie den Nerv mir zuzuflüstern, sie hoffe, dass du bei ihrer Rückkehr schwanger bist.«

»Wie ich sehe, hat sie Sinn für Humor.«

»Nein, nein, das hat sie völlig ernst gemeint. Und ich teile ihre Ansicht, falls ich das noch nicht erwähnt haben sollte.«

Zwischen Strand und Horizont erstreckte sich ein tiefes und endloses Blau. Drei Segel glitten nach Westen, der Nachmittagssonne entgegen. Und dort, im nassen Sand und mit der Sonne im Rücken, tollten die Kinder umher. Hyacinths eigen Fleisch und Blut.

»Schau, Liebling«, meinte Will. »Sie haben auf uns gewartet.«

Hyacinth wurde von einem wundervoll leichten Gefühl erfasst.

»Es ist, als könnte ich fliegen!«, rief sie glücklich.

Will betrachtete sie. Er hatte so humorvolle, gütige und ehrliche Augen, denen nichts entging und die sie so vollständig durchschauten. Lachend legte er den Arm um sie.

»Wir können beide fliegen«, sagte er.

Weltbild Buchverlag – Originalausgaben –
Genehmigte Lizenzausgabe 2008 für
Verlagsgruppe Weltbild GmbH,
Steinerne Furt, 86167 Augsburg

Deutsche Erstausgabe

Projektleitung: Dr. Ulrike Strerath-Bolz
Übersetzung: Karin Dufner
Redaktion: Claudia Krader
Umschlaggestaltung: Hauptmann & Kompanie Werbeagentur GmbH, München
Umschlagabbildung: © Scott Barrow/Solus-Veer/Corbis
Satz: Avak Publikationsdesign, München
Gesetzt aus der Sabon 10,5/12,5 pt
Druck und Bindung: GGP Media GmbH, Pößneck
Gedruckt auf chlorfrei gebleichtem Papier

Printed in the EU

ISBN 978-3-89897-362-5